파라나,
날아오르다

파라나, 날아오르다
열세 명 고등학생 작가들, 꿈을 찾아가는 소설 쓰기

초판 1쇄 발행 2011년 6월 7일

지은이 김지현·정유정·이수빈·우경민·정고운·이건영·이상협·김안나·전정빈·진수인·이준선·이상훈·곽명근
펴낸이 오은지 **펴낸곳** 도서출판 한티재 **등록** 2010년 4월 12일 제2010-000010호
주소 706-821 대구시 수성구 범어4동 202-13 **전화** 053-743-8368 **팩스** 053-743-8367
전자우편 hantijaebook@daum.net **블로그** http://hantijaebook.tistory.com

ISBN 978-89-964413-8-0 03810

이 도서의 국립중앙도서관 출판시도서목록(CIP)은 e-CIP홈페이지(http://www.nl.go.kr/ecip)와 국가자료공동목록시스템
(http://www.nl.go.kr/kolisnet)에서 이용하실 수 있습니다. (CIP제어번호: CIP2011002124)

파라나,
날아오르다

열세 명 고등학생 작가들, 꿈을 찾아가는 소설 쓰기

김지현 · 정유정 · 이수빈 · 우경민
정고운 · 이건영 · 이상협 · 김안나 · 전정빈
진수인 · 이준선 · 이상훈 · 곽명근 지음

한티재

자신만의 꿈을 찾아낸 학생들의 이야기가 여기 펼쳐집니다

현재의 고민과 세상에 대한 따뜻한 시선을 솔직하게 글로 펼쳐낸 지현이.

어린 시절의 아픔 속에서도 희망을 가지고 꿋꿋하게 꿈을 이뤄낸 주인공의 이야기를 잔잔하게 풀어낸 유정이.

스튜어디스인 자신의 꿈을 소설 속 주인공의 이야기로 실현해 낸 수빈이.

답답한 일상과 어머니의 지나친 간섭 속에서 가출을 감행한 한 여고생이 자신의 꿈을 찾아 노력하게 된다는 이야기를 쓴 경민이.

영혼이 바뀌게 된 피부색 다른 두 소녀가 서로를 이해하고 서로의 꿈을 이룰 수 있도록 도와주는 흥미진진한 이야기를 적은 고운이.

어떤 것에도 관심과 의욕이 없던 한 학생이 선생님의 따뜻한 관심과 배려 속에 자신의 꿈을 찾아 노력하게 된다는 내용의 글을 쓴 건영이.

교생선생님으로 온 첫사랑 누나에 대한 애틋한 마음으로 과학교사의 꿈을 가지게 된 설렘 가득한 고등학생의 이야기를 펼친 상협이.

꿈을 이뤄 행복하게 살아가는 한 여의사가 하루 동안 학창시절의 친구들을 만나며 지난 시간을 회상하는 내용을 적은 안나.

약사가 되어 새로운 바이러스에 대처할 신약 개발에 성공하고 가난한 사람들을 위해 자신의 능력을 베푸는 가슴 따뜻한 주인공을 표현한 정빈이.

독일 전쟁을 배경으로, 방황하던 주인공이 온갖 시련을 이겨내고 꿈을 이루게 되는 이야기를 역사 상식 속에서 흥미진진하게 그려낸 수인이.

음모를 헤쳐나가는 주인공의 행적 속에서 진정한 문학이란 무엇인지, 소설가의 역할은 어떤 것인지 제시한 준선이.

파병된 한국군의 활약상과 전우애를 그려낸 가운데 반전의 재미 속에서 정의와 평화의 소중함을 강조한 상훈이.

외로움 속에서 힘들어 하다가 우연히 날아든 민들레꽃에서 기쁨을 찾은 한 아이가 그 민들레꽃이 세상의 힘든 사람들에게 희망을 주기 바란다는 내용의 그림 동화를 쓴 명근이.

서툴고 부족한 면이 있는 이 책의 열세 명 작가들의 꿈이 무엇인지 짐작하시겠지요? 소설인 듯 느껴지는 이 이야기들 속에 어린 작가들의 생활이, 생각이, 지식이, 그리고 꿈이 고스란히 녹아들어 있답니다.

처음 책을 써 보겠다고 모였을 때 이 학생들 모두는 난감해했습니다. 주제를 정하는 것도, 생각을 표현해 내는 것도 모두 어렵게만 느껴졌던 것입니다. 그렇지만 한 줄, 두 줄 글을 써 내려가며, 또 썼던 글을 몇 번이고 지우고 다시 쓰는 과정을 통해 이 어린 작가들은 글 속에 자신을 표현해 나가고 있었습니다. 소설이지만 그 안에 자신의 모습이 부분부분 그려지고 있다는 것을 모두 알고 있었습니다. 자신의 부족한 지식, 드러내기 부끄러운 생각, 누구에게도 말하고 싶지 않은 경험……. 하지만 꿈이라는 것이 있었기 때문에 그 모든 것을 표현해 낼 수 있었습니다. 꿈은 지금의 나를 바탕으로 이루어지는 것이니까요.

이 책의 어린 작가들은 책을 쓰는 과정 속에서 자신들의 꿈을 찾았습니다. 그리고 지금 그 꿈을 이루기 위해서 최선을 다해 생활하고 있습니다. 자신들의 꿈을 이룬, 멀지 않은 미래에 이 어린 작가들은 밝게 웃을 것입니다.

저는 이 어린 작가들이 무척 부럽습니다. 그리고 대견합니다.

2011. 4.

최희숙

대구 도원고등학교 '꿈그린 책쓰기반'

　이 책의 저자 열세 명은 모두 대구 도원고등학교 '꿈그린 책쓰기반' 1기 학생들입니다. 도원고등학교 '꿈그린 책쓰기반'은 자신의 미래나 자신이 꿈꾸는 세상을 솔직하게 그려내는 활동을 통해 작은 변화를 꾀하고, 그 작은 변화가 나아가 큰 발전을 이끌어 낼 수 있으리라는 확신을 가지고 모인 책쓰기 동아리입니다.

　2010년 3월부터 12월까지 약 10개월 동안 이 열세 명의 저자들은 서로의 생각을 나누고 서로를 격려하며 많은 노력을 기울인 끝에 이 책을 출판하게 되었습니다. 이 책에서 저자들은 학업에 지치고 여러 고민과 갈등으로 힘들어 하는 대한민국의 학생들에게 꿈을 가지고 밝게 생활한다면 모두가 행복한 오늘이 이루어질 것이라 말하고 있습니다.

차례

찰칵, 동그란 이야기

김지현

코끝이 시린 두근거림
사람들로 가득한 그리운 떨림
눈물이 흐르는 거룩한 그 저녁
가슴 가득히 차오르는 행복

크리스마스를 맞을 때처럼
언제나 그렇게 살아가기를

머리말

'책', 내가 가장 사랑하는 것 중의 하나다. 하지만 마지막이 다가오는 것을 느낄 때마다 아쉬운 마음이 들고 두려워지는 건 어쩔 수 없는 일이다. 그래서 언젠가 꼭 내 책만큼은 '다 읽었다'는 느낌이 들도록 만들어야지, 하고 생각하곤 했다. 그런데 역시 해 보지 않고 단정지을 수 있는 일은 없는가 보다. 그렇게 자신만만하게 다짐하던 내 모습은 어디로 가고 '이걸 책이라고 할 수 있을까?' 하는 허무함만이 남은 걸 보면 말이다.

글을 쓸 때마다 느끼는 거지만, 마치 등산하는 것 같다. 올라가기 전에는 의욕에 가득 차서 신나게 달려보기도 하지만, 가파른 경사를 만나면 '이제 그만 내려갈까?' 하는 생각도 슬며시 든다. 산 중턱에서 아래를 내려다볼 때나 다람쥐를 만났을 때, 폭포나 개울을 봤을 때 차오르는 감정처럼 글이 물 흐르듯 거침없이 써질 때도 있다. 연필 잡은 손이 내는 속도가 생각의 속도를 따라잡지 못해 글을 쓰고 나면 팔목이 떨어져 나갈 듯하기도 하다. 하지만 신나게 써지던 글들이 어느 순간 턱 하고 막혀버릴 때도 적지 않다. 글을 써 내려가다가 '이건 아니다'라는 생각이 드는 순간 모든 글자들이 제각기 따로 떠돌아다니곤 했던 기억이 난다. 그런 와중에도 가장 안타까웠던 건, 방금 스치듯 지나간 생각을 잡을 수 없었을 때다. 걷다가, 또 혼자서 생각하다가 문득문득 떠오르는 것들을 놓치고 나서 '아!' 하고 후회하는 바보 같은 짓을 수도 없이 되풀이했었다. 지금도 그 스쳐간 생각 하나하나가 소중한 작품이 되었을 수도 있다는 생각을 하니 참 슬프다. 하지만 대회에 나갈 글 아니면 일기밖에 써 보지 않다가 이렇게 '책'이라는 것을 써 본 것은 내게 신선한 경험이었다. 덕분에 내 생각 하나하나가 소중하다는 것도 깨달았으니까.

내가 읽었던 책 중에 공지영 작가가 쓴 산문집이 하나 있다. 거기서 공지영 작가는 글을 쓰는 것은 자신의 '소명'이라고 했다. 소설가여서 고맙다고. 나도 그런 작가가 될 수 있을까? 글을 쓰는 것을 소명으로 여길 수 있을까? 아직은 많이 부족하지만, 앞으로 쓰는 글에는 지금보다 더 솔직 담백한 글이 내 손 끝에서 나올 수 있도록 노력해야겠다. 그리고 이번 책이 내게는 소중한 첫 작품으로 오래오래 남을 것 같다.

1_ Step

바쁘다. 바빠진다. 급해진다.

언제 빨간불로 변할지 모르는 신호등과

언젠가 다른 모습이 되어 있을 이 자리와

나에게 주어진 시간이 곧 끝나버릴 것 같은

조급함 때문에.

세상은 바쁘다.

그래서 쉽게 변한다.

사랑도, 믿음도, 생각도.

그들의 발걸음처럼 빠르게 나아가는 세상의 속도 때문에.

그래서 사람들은 바쁘다.

바빠서 놓치고, 그래서 후회한다.

후회가 너무 커져버리면 사람들은 그제야 생각한다.

지나갔던 일들을.

지나쳤던 순간들을.

; 바쁜 세상 속에서,

꽃 한 송이 피어있지 않은 뜨거운 시멘트 바닥
하지만 그 위로 피어나던 아지랑이 같은 웃음을
나는
기억합니다.

바람 한 점 불지 않던 오늘 같은 여름날
정답게 베어 물던 시원한 수박 향기를
나는
기억합니다.

눈물이 많았던 어제가 있었지만
등 뒤에서 날 부르는 정다운 목소리와
언제나 곁에 있어 준 따뜻한 추억들을
나는
아직 기억하고 있습니다.

그리고…….
아름답고, 아름다운
지금 이 순간을
나는
영원히 기억하고 싶습니다.

; 그래도 아직 남아 있는 기억들 덕분에 하루의 여유를 찾는다.

3_ Adventure

오늘도 엄마와 다투었다. 난 왜 이렇게 엄마랑 맞는 게 없는 거지? 별거 아닌 일 하나도 이가 맞지 않아 크게 뒤틀리고 만다. 오늘만 해도 그렇다. 물건 하나 제대로 못 들고 다 떨어뜨릴 거냐고 꾸짖는 엄마 목소리에 짜증이 확 밀려왔다. 물건을 떨어뜨린 것도 아닌데 엄마가 보기에는 어딘가 위태로워 보이셨던 모양이다. 뭐든지 신속정확하고 똑 부러지게 했으면 좋겠다고 기대하시는 마음을 이해할 수 없는 건 아니지만, 나는 아직 한참 부족하다는 걸 인정해 주셨으면 하는 생각이 든다. 조금이라도 대꾸하면 바로 높아지는 엄마 목소리에 나도 따라 언성을 높이게 되고 결국은 쾅! 하고 닫히는 내 방문을 마지막으로 싸늘한 냉기가 거실에 자욱해져 버린다.

"저 가시나 저거, 저래 가지고 도대체 뭘 하겠단 말이고?"

또 시작된 거다. 저 짧은 문장에서부터 얼마나 많은 추측들이 꼬리에 꼬리를 물고 나올지 생각만 해도 끔찍하다. '이래저래 아무것도 안되겠다'부터 시작해서 나중에는 '떡볶이 장사밖에 더하겠냐'까지, 모두 나를 무시하는 말뿐이다. 예전 같았으면 서러운 울음소리로 엄마 목소리를 덮어 볼 생각도 했겠지만 고등학생이 된 지금 그런 행동을 했다가는 오히려 역효과를 낼 것만 같아 가만히 숨죽이고 있었다. 그런데 속에 담고 있는 게 더 독이 되었는지 귀가 빨개지고 안경이 뿌옇게 흐려지면서 결국 배까지 아파오기 시작했다. 입으로 들릴 듯 말듯 작게 불평을 해 보았지만 짜증 지수는 점점 더 올라가기만 했다.

언제나 같은 모습이다. 엄마랑 조금 웃는다 싶으면 친구들과 다투고, 친구들과 웃고 돌아온 저녁엔 허술한 내 행동 때문에 또 엄마는 화를 내시고……. 시간이 지나면 친구든, 엄마든 결국은 언제 그랬냐는 듯 마주 보며 또 웃겠지만. 말도 안 되게 웃기는 이런 모습들이 마치 정해진 것처럼 차례대로 일어난다. 절대 깨뜨릴 수 없는 규칙이라는 듯이.

; 부모님의 잔소리와 친구들 사이의 갈등으로 해어진 마음을

4_ Sweep

내가 가장 좋아하는 강동원이 나오는 영화 중에 〈전우치〉라는 작품이 있었다. 거기서 세 명의 도사가 전우치에게 했던 말이 떠오른다. "족쇄는 있다고 생각하면 있는 겁니다. 하지만 영원히 벗어날 수 없는 거죠." 전우치를 오해하고 있는 도사들은 어리둥절한 전우치에게 언제든지 그림 속으로 집어넣을 수 있는 족쇄를 채우고는 그렇게 말해주었다.

어쩌면 내 앞에 있는 모든 장애물들은 전우치의 족쇄와도 같은 것일지 모른다. 있다고 생각하면 더 크고 무겁게만 느껴지고, 영원히 나의 일부로 남아 있을, 작지만 두려운 것. 생각지도 못한 상황에서 내 발목을 붙잡아 버릴지도 모를 그런 것들.

테라스에서 친구와 함께 바라본 하늘은 맑기만 하다. 새하얀 구름이 하늘을 덮어버릴 듯하지만 더 이상 거기서 움직이지 않는다. 바람도 불지 않고 모든 것이 정지한 것 같은 새파란 하늘 아래에서 나는 나를 붙잡아 두는 모든 것으로부

터 자유로워질 수 있었다. 학교 테라스에서 올려다 본 하늘에 '자유'라는 것을 느낄 수 있다는 것은 어딘가 모르게 어색한 느낌도 든다. 하지만 그래서 더 행복했는지도 모른다. 점심시간의 끝을 알리는 종이 치고 바람이 불자 구름이 움직이기 시작하면서 교실로 돌아가야만 하는 현실이 코앞에 있었기 때문이다. 마치 불행이 있기에 행복을 알 수 있는 것처럼.

높은 하늘 때문에 가을이 좋다. 하지만 요즘엔 늘 밤과 안개 낀 아침에만 하늘을 만나다 보니 오늘처럼 비 오는 하늘이 전혀 이상하지 않다. 집을 나서자 눈곱처럼 우중충하게 낀 먹구름이 머리 위로 쏟아져 내린다. 우산을 쓰자 빗방울들이 톡톡 튀어 옷에다 왔다간 흔적을 남긴다. 학교에서 사용할 보충교재를 사들고 혼자 터덜터덜 걸어가는 내 모습을 누가 볼까 괜히 주위를 두리번거리다가 이제 졸업한 지 일 년이 다 되어 가는 중학교 앞에서 잠시 멈칫했다. 아직 운동장도 그대로이고 공원 옆 개울도 새로 생긴 것 답지 않게 꽤 오래된 것 같다. 아직도 이곳에 나의 흔적들이 남아있을까 하는 걱정 아닌 걱정이 들었다. 별로 기억하고 싶지 않은 일들도 떠올랐지만, 그럼에도 불구하고 불쑥 학교 안으로 들어가고 싶어지는 마음은 그대로다. 왠지 1학년 교실부터 차례로 들어가다 보면 내가 만나지 못했던 것들을 다시 만날 수 있을 것 같았다. 그때 하지 못했던 것을 용기 내어 하고, 말하지 못했던 것도 당당하게 말해 보고, 웃고 넘어갔던 일들도 다시 한번 웃을 수 있을까? 아주 아픈 기억은 아니지만 생각하면 눈물이 찔끔 나는 일들도 있다. 학교 안으로 들어가 보려다 갑자기 굵어지는 빗방울에 발길을 돌렸다.

; 생활 곳곳에서 다독여 보려 한다.

집이라는 공간과 잔소리라는 굴레에서 벗어나고 나면 휑한 거리와 어두운 골목들이 더 눈에 띄고는 한다. 소소한 일상에서 벗어나고 나면 어쩌면 남은 것은 그런 것들일지도 모른다. 더 슬퍼지고 더 깊어지는 상처처럼 마음 한구석이 더 쿵쿵거리는 느낌. 어른들의 잔소리를 들을 때는 세상에 그것만 없으면 뭐든 다 괜찮을 것 같았는데, 언제나 한 가지 걱정이 끝나면 또 다른 걱정이 찾아오는가 보다. 잘 지낼 것만 같던 친구들 사이에서 일어난 사소한 다툼이 커지고 어느새 뒤돌아보면 저만치 떨어져 있다는 느낌이 든다. 그건 마치 같은 종류의 꽃들 중에 혼자 다른 종류의 꽃이 되어 있는 것 같다. 그런데 겨우 울그락불그락해진 마음을 가다듬고 같은 종류의 꽃이 되고 나면 또 알 수 없는 슬픔이 저 밑에서 스멀스멀 올라오곤 한다. 꽃들 속에서 꽃은 그래도 꽃이다. 그러나 이 슬픔은, 이 외로움은 어두운 골목 구석에서 홀로 앉아 있는 것만 같다. 아무도 없는 세상에서 혼자 살아남은 듯한 느낌.

외로움에는 두 가지 종류가 있는 것 같다. 속하지 못한 외로움과 나는 나 하나뿐이라는 외로움. 속하지 못한 외로움은 다 한때다. 아무리 최악의 상황이라도 '사람'이라는 같은 꽃들 사이에서 살아가고 있으니까. 하지만 나 하나뿐이라는 외로움은 또 다른 것 같다. 나를 아는 사람도 나뿐이고, 스스로를 지키는 것도 결국은 나 혼자이고, 이 사회에서 살아가는 것도 결국 스스로 헤쳐 나가야 함을 깨닫는 순간, 곁에 있던 모든 것들이 멀어지기 시작한다.

나만큼 나를 잘 알면서 또 동시에 모른다고 할 수 있는 사람이 있을까? 나는 아직 내가 누구인지, 무엇을 잘 하고 무엇을 좋아하는지조차 제대로 알지 못한다. 나에 대해서 물을 때, '모른다'는 말만큼은 확실하게 할 수 있는 그런 존재다. 하지만 타인이 나를 판단하려고 할 때는 '제일 잘 알아'라고 소리치고 마는 이상한 자신감을 가지고 있기도 하다. 모든 것을 뚫을 수 있는 창과 모든 것을 막아낼 수 있는 방패보다 더 아리송한 내 모습에 가장 의문이 드는 것도 나라는 사실을 깨닫는 순간, 하늘에 있는 모든 별들의 개수를 셀 때 '지금 생기는 별들까지 포함한다면……' 같은 생각이 들 때처럼 혼란스러워진다.

주택가는 아파트 단지 내에서만 살았던 나에게 신선한 충격이었다. 우리 동네 바로 앞에, 그것도 할인마트 옆 꽁꽁 숨겨진 곳에 작은 텃밭을 키우는 할아버지와, 리어카를 밀고 다니시는 할머니의 작은 주택들이 옹기종기 모여 있었다. 엄마랑 같이 장을 보고 집으로 오는데 지름길이 있다는 말에 음식점과 독서실 사이에 난 작은 골목으로 들어갔던 것이 계기였다. 아무도 돌보아주지 않지만 민들레처럼 꿋꿋이 살아가는 골목의 주인공들. 밖으로 나서면 이리 치이고, 저리 치일 그들의 모습을 생각하니 마음 한편이 쓰리다.

캄캄한 저녁에는 가로등 몇 개만이 아무도 없는 골목을 비춘다. 낮에는 할머니가 세워 두신 리어카가 햇볕 아래에서 잠시 쉬고 있다. 매일 볼 수 없는 풍경인 만큼, 그리고 또 언젠가는 사라질지도 모르는 모습인 만큼 여기를 지날 때는 뛰지 않고 걸어야지 하고 마음먹는다.

; 하지만 여전히 남아있는 깊고 깊은 근심, 걱정들

6_ Love

캄캄한 밤하늘에서 빛을 내던 작은 별이 있었다. 별이 내려다보고 있는 지구에서는 수많은 별들이 또 다른 빛을 내고 있는 것 같았다. '저 아래에는 친구들도 많고 시끌벅적하니 분명 여기보다 아름다운 세상이겠지?' 그때 작은 별은 생각할 겨를도 없이 땅으로 곤두박질쳤다. 깜짝 놀랐지만 전혀 슬프지 않았다. 오히려 호기심과 행복에 겨워 춤을 추고 있었다. 별은 이제 지구로 내려갈 수 있게 되었으니까.

아직 저녁인가 보다. 낮에는 햇빛에 가려서 별이 보이지 않는다는 것쯤이야 잘 알고 있다. 거의 하늘에 닿을 듯한 높은 나무들 사이로 별들의 거리가 보인다. 작은 별은 너무나 반가운 마음에 한걸음에 달려가 말을 걸었다.

"안녕, 난 까만 하늘에서 온 별이야. 너희는 어디에서 왔니?"

거리의 사람들을 내려다보던 도시 별들은 작은 별의 목소리에 모두 고개를 돌렸다.

"하늘? 저기 위 말이야? 거짓말하지 마, 거긴 아무나 왔다 갔다 할 수 있는 곳이 아니야."

"풉. 하긴 하늘에 있던 별이면 왜 이렇게 지저분한 곳으로 왔겠어?"

비웃는 듯한 도시 별들의 말에 작은 별은 고개를 갸우뚱할 수밖에 없었다.

"지저분하다고? 이렇게 예쁘기만 한데?"

예쁘다는 표현에 거리에 떠있는 별들은 잠시 멈칫하더니 처음처럼 사람들을 내려다보며 작은 별에게서 무심한 척 눈을 뗐다. 그리고는 저들끼리 수군대기 시작했다.

"방금 우리가 예쁘다고 한 거야?"

"그런 것 같은데?"

"쟤, 진짜 뭐야?"

"혼자인 거 같은데 우리한테 잘 보이려고 그러는 거 아니야?"

"잘 보이려고 하는지는 모르겠지만 혼자인 건 확실해. 얘, 이리로 와 봐."

다행이라고 생각하며 작은 별은 건물 위에서 빛을 내는 별 하나에게 다가갔다. 그 별은 호기심 가득한 눈으로 작은 별을 바라보았다.

"너도 우리처럼 여기서 빛나고 싶니?"

"여기서……? 이곳에서는 영원히 빛날 수 있는 거야?"

"영원히라……. 뭐, 그럴지도 모르지. 나도 여기 온 지 얼마 되지 않아서."

"그럼 어떻게 하면 돼?"

"나를 여기에 달아준 사람들이 있는데, 만약에 네가 내 옆에 있으면 그 사람들이 다시 와서 널 나처럼 만들어 줄지도 몰라."

작은 별은 주변을 둘러보았다. 모두 같은 모양이지만 다른 색으로 빛을 내고 있었다. 작은 별은 좀 더 가까이에서 보기 위해 옆에 있던 별 위로 올라갔다.

"앗, 뜨거!"

그 말과 함께 작은 별의 한 귀퉁이가 빨갛게 되면서 새카맣게 변해버렸다.

"어떡해, 반쪽짜리 별이 되어버렸잖아."

그때 작은 별은 자신이 짙은 암흑 속으로 빠졌다는 것을 깨달았다.

"여기가 어디야? 얘들아! 나 좀 꺼내줘!"

하지만 방금 전까지만 해도 작은 별에게 호의를 베푸는 듯했던 도시 별은 '흥' 하고 콧방귀를 뀌고 있었고, 다른 별들은 여전히 관심을 주지 않았다. 작은 별은 무서워졌다. 아마 작은 별의 한 귀퉁이를 빨갛게 만든 뜨거운 열기가 한몫했던 탓일 거다. 안절부절 못하던 작은 별은 자신을 부르는 아주 작은 목소리에 멈추어 섰다.

"안녕, 작은 별아. 이리로 와. 여긴 안전해."

목소리를 내는 이는 보이지 않았지만 어디로 가면 되는지 정도는 알 수 있었다.

"나는 항상 널 만나기만을 기다렸어."

땅으로 내려오자 바닥에서 달처럼 하얗게 빛나는 꽃이 말했다.

"무슨 소리야? 날 만나기만을 기다렸다니? 넌 누구니?"

"네가 하늘에서 태어나던 날, 나도 여기 이 자리에서 싹을 틔웠어."

'내가 태어나던 날 싹을 틔웠다고? 음……'

오랜 시간을 곰곰이 생각하던 작은 별은 무언가가 떠오른 듯 반짝 하고 빛을 내었다.

별똥별이 마구 쏟아지던 5월의 어느 날, 작은 별도 혹시나 함께 떨어지지 않을까 단단히 밤하늘에서 몸을 움츠리고 있을 때였다. 물병자리를 지나던 핼리에게 불만 가득한 목소리로 작은 별이 질문했던 적이 있었다.

"넌 왜 자꾸 나타나서 별들을 다 떨어뜨리는 거야? 난 혼자 남는 것도 싫고, 떨어지는 것도 싫단 말이야. 네가 지나갈 때 내 옆에 있던 파란별도 지구로 가 버렸어. 그런데 지금 이렇게 많은 별들이 또 사라지면 난 어떡하라고……."

잔뜩 울상을 한 작은 별에게 핼리는 특유의 장난스런 말투로 이렇게 물었다.

"넌 떨어지는 게 무섭니?"

"떨어지는 것이 무서운 게 아니라 빛을 내지 못하는 것이 싫은 거야."

"별똥별이 되면 지금 네가 내는 빛보다 더 밝은 빛을 낼 수 있는데도?"

"하지만 하늘에서 낼 수 없잖아. 지구로 가는 거라면서. 도대체 왜 저 별들은 지구로 가고 싶어하는 거야?"

"내가 비밀 하나 알려줄까? 사람들은 하늘을 보면서 별자리를 찾지. 그리고 그 별자리가 자기들이 살아가는 데 있어서 영향을 준다고 생각해. 그런데 별에게도 별자리가 있다는 거 알아? 지구로 가면 그 별을 만날 수 있대. 우리처럼 환하게 빛을 내는 건 아니지만 그것보다 더 황홀한 향기를 갖고 있는 별이라던데……. 저 별들은 각자 자신의 짝을 찾아 떠나는 거야. 그러면 더 이상 하늘에 있지 않아도 지구에서 하늘을 올려다볼 수 있으니까. 그리고 지구별을 만나면 너보다 더 예쁜 별을 만들 수도 있어!"

작은 별은 그때서야 느끼지 못했던 달콤한 향을 느낄 수 있었다.

"그럼…… 네가 내 별자리니?"

"별자리? 내가? 뭐, 그럴 수도 있겠다. 엄밀히 말하면 네가 내 별자리고, 난 너의 탄생화쯤 되겠지만."

방긋 웃으며 초록 잎사귀를 흔들자 또 은은한 향이 퍼졌다.

"그럼 이름은 뭐야?"

"나? 사람들은 나를 별꽃이라 부르지만, 사실 진짜 이름은 따로 있어."

그렇게 말한 별꽃은 작은 별의 뒤를 바라보며 예쁜 웃음을 지었다.

"저기 오네!"

따라서 뒤를 돌아본 작은 별은 깜짝 놀라고 말았다. 헐레벌떡 뛰어오는 한 남자아이의 눈 속에 자신이 찾던 파란별이 잠자고 있었던 것이다.

"저 아이가 내게 '달이'라는 예쁜 이름을 지어 줬어. 아마 너도 곧 이름을 가지게 될 거야."

하지만 작은 별의 귀에 별꽃의 작은 목소리는 더 이상 들리지 않았다. 그저 아이의 눈 속에서 여전히 푸른빛을 내고 있는 파란별만이 보였을 뿐이었다. 그리고 파란별이 눈을 뜨자 그 속엔 작은 별이 있었다.

아이는 조심스럽게 별꽃을 들어올렸다. 그리고는 허겁지겁 달렸다. 이리저리 흔들리는 와중에도 작은 별은 파란별을 꼭 다시 만나겠다고 다짐하며 달이의 수술을 꽉 잡았다. 아이가 멈추자 달이도, 작은 별도 겨우 살았다 싶었다.

"휴……. 엄마, 나 왔어요!"

"아이구, 우리 동원이 왔구나."

한 아주머니가 부엌에서 설거지를 하며 이쪽을 내다보았다.

"엄마, 엄마! 여기 좀 봐, 얘가 내가 말하던 달이야, 달이!"

아이의 어머니는 앞치마에 손을 닦으며 거실로 나왔다.

"어디 보자. 어머나, 예쁘네! 어디서 났니?"

"요기 학원 앞에서 며칠 전부터 피어 있어서 내가 미리 점찍어 두었지!"

아이는 함박웃음을 지으며 달이를 자랑했다.

"엄마, 얘가 말이야, 날 알고 있었던 게 분명해! 어제 내가 얘한테 달이라고 부르니까 알아듣더라고!"

엄마는 동원이가 들고 온 꽃을 잠시 바라보더니,

"그런데 달이가 아프지는 않았을까? 조심히 들고 온 거 맞니?"

하고 걱정스러운 목소리로 말했다.

"으, 응…… 사실은 좀 뛰었어, 빨리 와야 할 거 같아서. 밤엔 조금 무섭잖아."

미안한 듯 달이와 작은 별을 쳐다보던 동원이는 그제야 생각난 듯 벌떡 일어나며 말했다.

"아, 엄마! 얘 빨리 심어야지! 안 그러면 죽겠다!"

엄마가 작은 화분을 들고 나오자 동원이는 놀이터에서 갓 퍼온 듯한 흙을 담았다. 그리고는 달이의 뿌리를 그 속에 토닥이며 심었다. 아까까지만 해도 조금씩 고개를 숙이던 달이가 곧 고개를 들고 아이를 바라보았다. 작은 별은 그 눈속에 빛나는 파란별에게 말을 걸기 위해 손을 뻗었다.

"어, 엄마, 달이 위에 뭐가 묻은 거 같아. 분무기 좀 주세요."

작은 별은 화들짝 놀랐지만, 곧 시원한 물줄기에 까맣던 부분이 씻겨나가는 것을 느꼈다. 다시 노랗게 빛날 수 있게 된 작은 별은 파란별에게 다시 한번 손을 뻗었다. 하지만 여전히 파란별은 작은 별에게 대답하지 않았다.

모두가 잠든 늦은 밤, 쌕쌕거리는 아이의 숨소리만이 거실에 가득했다. 달이는 아까부터 작은 별에게 궁금하던 것을 물어보기로 했다.

"별아, 있잖아, 넌 왜 지구로 온 거야?"

"응? 아…… 난 사실 하늘에 있고 싶었어. 그런데 내 옆에 있던 파란별은 정말 지구에 가보고 싶어했었거든. 물론 나보다 먼저 하늘을 떠났고. 난 그 별을 찾으러 온 거야. 혼자 하늘에 떠있기엔 너무 심심하기도 해서."

"정말? 그럼 그 파란별은 찾았어?"

"못 찾을 줄 알았는데, 네 덕분에 찾았어. 아이 눈 속에 있더라고. 너한테 이름을 붙여준 아이 말이야, 동원이라고 했나……?"

"동원이? 나도 사실 오늘 처음 이름을 알았는데. 지금까지 그 아이 눈 속에 있었다면 분명히 예쁘게 빛나고 있을 거야."

달이는 예쁜 미소를 지으며 말했다.

"그런데 말은 걸어봤어?"

"아니, 아직……. 아까도 계속 손을 뻗어 봤는데, 날 보는 것 같은데 대답을 안 해."

함께 걱정스런 표정을 짓고 있는 달이의 모습에서 작은 별은 든든한 친구를 얻은 것 같았다. 왠지 달이에게만은 모든 것을 털어 놓아도 전혀 걱정스럽지 않을 것 같았다.

"아직 널 모르는 건가? 혹시 하늘에 있었을 때도 말을 안 했었어?"

"응, 사실 파란별이 날 알고 있는지도 모르겠는걸."

"그러면 넌 어떻게 아는데?"

"파란별이 계속 가고 싶다…… 가고 싶다…… 이렇게 중얼거리는데 어떻게 관심을 안 가지겠어? 아, 그러고 보니 그때 내가 어디 가고 싶냐고 물었을 때 지구라고 대답했었네. 그 한마디? 그리곤 곧장 떠났으니까."

달이는 의미심장한 미소를 지으며 말했다.

"마지막으로 대화한 상대가 너란 말이지? 그럼 분명히 기억하고 있을걸?"

"그럴까? 그랬으면 좋겠는데……."

행복한 상상에 어쩔 줄 모르는 작은 별을 보면서 달이는 또 한 번 미소 지을 수밖에 없었다. 그 대화를 마지막으로 둘은 내일 어떤 나들이를 하게 될지도 모르는 채 잠이 들었다.

덜컹덜컹.

"엄마, 우리 지금 어디 가는 거야?"

"좋은 일 하러."

동원이의 엄마는 활짝 웃으며 아들을 바라보았다. 그리고 동원이의 손에 들린 달이를 보고도 싱긋 웃어주었다. 방금 잠에서 깬 달이와 작은 별은 덜컹거리는 자동차를 타보는 건 처음이라 동원이가 또 자기들을 안고 있는 줄 알았다. 하지만 동원이의 품에 안겨있지 않은데도 어지럽다는 걸 깨닫고는 살짝 열린 창문 틈으로 지나가는 바람에게 물어보았다.

"얘, 바람아, 우리 지금 어디로 가고 있는지 아니?"

"어, 넌 작은 별 아니야?"

하지만 바람을 처음 만난 작은 별은 갸우뚱하며 다시 물었다.

"바람아, 난 널 처음 만난 것 같은데, 넌 어떻게 날 알아?"

바람은 차 안으로 쏙 들어왔다.

"저기, 앞에 앉은 아이, 쟤가 말해줬어."

달이와 작은 별은 서로를 마주보며 두 눈을 굴리고 있었다.

"동원이가?"

"어떻게?"

둘이 이상하다는 듯 서로를 바라보는 동안 바람은 다시 창 밖으로 나가면서 말했다.

"쟤가 말했나? 쟤 눈이 말했나?"

끼익. 차가 멈추어 섰다. 여기는 동원이의 외할머니, 외할아버지가 키우는 텃밭이다. 옛날부터 주말농장을 가꾸어 보고 싶어했던 딸을 대신해서 시골에 사시는 할아버지 할머니가 가꾸는 텃밭이다. 주말을 맞아 동원이의 엄마는 일손을 거들 겸해서 이곳에 온 것이다.

"우와…… 할아버지, 할머니!"

"아이구, 우리 손자 왔니?"

초등학교 3학년이면 다 컸는데도 할아버지는 손자를 번쩍 들어 올렸다.

"아빠는 나는 안 보이시나 봐요?"

삐친 듯한 딸의 말에 할아버지는 인자한 웃음을 지으며,

"넌 너무 무거워서 안 되겠다."

하고 농담을 건네었다.

"그런데 동원아, 네가 들고 있는 게 뭐니?"

"아, 이거요? 제가 어제 학원 갔다 오는 길에 가져온 거예요. 정말 예쁘죠?"

워낙 화초를 좋아하시는 할아버지, 할머니라 동원이가 들고 온 작은 꽃에도 관심을 가졌다.

"꽃 속에 별이 있구나."

외할머니의 말에 동원이가 함박웃음을 지으며 말했다.

"어, 어떻게 아셨어요? 이 꽃 이름이 별꽃이래요. 저는 달이라고 부르지만요."

"달이? 예쁜 이름이구나. 별꽃보다 훨씬 낫네. 앞으로 이 할아버지도 달이라고 부르도록 하마."

할아버지, 할머니, 그리고 동원이와 엄마는 텃밭에 쪼그려 앉아 열심히 무를 뽑고 있었다. 초여름에 심어둔 무가 동원이의 다리만큼이나 굵어져 있다. 어른들이 모두 밭일을 하고 있는 동안 동원이는 아무도 몰래 살짝 일어났다. 그러고는 외할아버지 댁 바로 옆에 서 있는 커다란 느티나무 아래로 갔다.

"안녕, 오랜만이야!"

동원이의 인사에 나무도 반갑다는 듯 크게 몸을 흔든다. 그러고는 커다란 잎사귀를 늘어뜨려 동원이의 품에 안긴 작은 별꽃을 살펴보았다.

"예쁘지? 우리 집에 두고 싶은데 거기 있으면 건강하게 못 자랄 것 같아서."

다시 나무가 몸을 흔든다.

"너라면 잘 지켜줄 거라 믿어. 나, 내년에도 여기 다시 올 거거든! 알지?"

아이는 굵은 밑동 근처에 고사리 같은 손을 내밀어 동그란 홈을 팠다. 그리고 그 안에 처음 달이를 심을 때처럼 조심스럽게 달이를 옮겨 토닥여 주었다. 어느덧 해는 서산 너머로 지고 있었다.

"동원아, 어디 있니? 저녁 먹으러 오렴."

엄마의 목소리에 동원이는 발딱 일어났다. 그러고는 나무와 달이에게 손을 흔들었다.

"엄마가 부르네! 그럼 조금 있다가 봐!"

조그만 오두막에서 행복한 불빛이 번져 나오고 있을 때 달이와 작은 별은 나무 아래서 짙은 밤하늘을 바라보고 있었다. 차가운 공기 때문에 더 깨끗해 보이는 밤하늘이었다.

"달이야, 보여? 저 하늘에서 내가 여기를 보고 있었는데. 오늘은 여기서 하늘을 올려다보게 됐네."

"여기 있어서 섭섭해?"

달이의 물음에 작은 별은 반짝거리며 말했다.

"아니, 너무 좋아. 파란별을 다시 만났잖아. 그리고 무엇보다도 외롭지 않아서, 슬프지 않아서, 힘들지 않아서, 너 같은 친구를 만나서, 그래서 너무 좋아."

말없이 묵묵하게 서 있던 나무가 갑자기 잎사귀를 흔들었다. 작은 별과 달이는 동시에 고개를 들었다. 달이의 눈 속에 반짝거리는 빛들이 한가득했다.

"우와! 별똥별이네!"

눈처럼 쏟아지는 별들의 향연에 작은 별도 흠뻑 취해버렸다.

"엄마! 하늘 좀 보세요! 별이 막 쏟아져요!"

어느새 동원이도 나무 옆에 서서 별똥별을 바라보고 있었다. 그때였다. 동원이의 눈 속에 있던 파란별이 작은 별의 곁으로 다가온 것이다. 그런데 파란별은 누군가의 손을 잡고 있었다.

"어, 그 애는 누구야?"

파란별이 대답할 겨를도 없이 노란 녀석은 달이의 손을 꼭 잡았다. 작은 별은 얼떨결에 달이에게서 떨어져 나와 파란별과 나란히 서게 되었다.

"음…… 저 애는 여기 오는 길에 바람한테서 전해 받은 앤데, 달이를 아주 보고 싶어하더라고."

"아…… 그렇구나!"

처음으로 나눈 대화였다. 커다란 나무 뒤로 반짝이는 별들이 무수히 떨어지고 있었다.

일 년 후.

"달이야! 축하해!"

동원이의 목소리가 어느 때보다도 우렁차게 들렸다. 하지만 아이의 눈이 향한 곳은 달이가 아니라 그 옆에 난 조그만 새싹이었다. 초록 잎사귀를 빼꼼히 내밀고 있는 새싹은 언제가 작은 별이 얘기 들었던 자신보다 더 예쁜 별이었다. 게다가 파란별과 나란히 새싹을 보살필 수 있다는 건 무척 행복한 일이었다. 작은 별은 새싹을 바라보며 생각했다. '아마 하늘에는 새싹의 별이 떠 있겠지.'

"동원아! 거기서 뭐하니? 군고구마 먹으러 오렴."

어느덧 훌쩍 자란 동원이는 엉덩이를 탈탈 털고는 작은 가족에게 손을 흔들었다. 그리고 뒤돌아서 가려는 발걸음을 잠시 멈추더니 돌아서서 작은 별에게 말했다.

"잘 있어, 하늘아!"

"하……늘……?"

조심스럽게 중얼거리는 작은 별의 손을 꼭 잡은 것은 파란별이었다.

"하늘, 예쁜 이름이다. 안녕, 하늘아. 난 가람이야."

; 서로를 아껴주는 진정한 친구를 만난다면

7_ Future, load and hope

벌써 겨울이다. 얼마 전만 해도 뜨거운 도시의 열기 때문에 등교할 때마다 지금이 겨울이었으면 하고 바랐는데 말이다. 신경 쓰지 않은 사이 반년이 지나 있었고, 겨울이 다가왔다. 어느새 내 머리카락도 길어 있었다. 작년까지만 해도 길게 길러서 다니려고 안간힘을 쓰곤 했었는데 오늘은 내가 먼저 엄마한테 미용실에 가자고 졸랐다. 가는 길에 또 어느 정도 머리카락을 자를지를 두고 눈시울이 붉어졌긴 했지만 말이다. 여차여차해서 밖으로 나왔지만 안타깝게도 동네 미용실이 휴무 팻말을 걸어 놓고 있었다. 하는 수 없이 조금 더 걸어야 하는 시장으로 향해야 했다. 오랜만에 지나는 초등학교와 낯익은 사거리. 조금 긴 신호등을 기다리는 동안 나는 횡단보도 건너편의 세상을 바라보았다.

내 뒤에서는 화초 장사를 하시던 아줌마가 떠날 채비를 하고 있었다. 빈 상자들과 길에 묻은 흙 자국만이 더 이상 변하지 않을 것 같았다. 먼 곳을 바라보자 온 세상을 다 품고 있는 조금 늦은 오후의 하늘이 보였다. 그 하늘을 감싸고 있는 적당하게 차가운 공기. 그리고 갓 켜진 듯한 노란 불빛들. 이 모든 것들이 내 안에서 어떤 그림을 그리고 있는 듯했다. 어릴 때 놀이터에서 놀다가 이제 집으로 돌아가야 할 것 같다는 느낌이 들었을 때처럼 뭔가 아쉽기도 하고 두근 거리기도 하고 잠이 오는 것 같기도 하고……. 코가 점점 차가워졌다. 하지만 눈 주위는 점점 따뜻해지는 것 같았다.

엄마 목소리가 내 뒤에서 들려왔고 나는 화들짝 깨어 정신을 차렸다. 아직까 지 빨간불인가 하는 생각이 들자 바로 초록불로 바뀌었다. 얼떨결에 횡단보도 를 건너자 다시 한번 더 그 그림을 보고 싶다는 생각이 들었다.

횡단보도를 건너자 노란 불빛들이 가까이 다가왔다. 한쪽으로 죽 늘어서 있 는 천막들이 서로 다른 물건들을 늘어놓고 있었다. 내가 잠시 한눈을 팔고 있는 사이, 엄마가 나를 불렀다. 처음 본 듯한 미용실이 그 자리에 있었다. 하지만 몇 달 되지 않았다는 주인 아줌마의 말에 나는 조금 의아한 생각이 들었다. 의자에 앉았을 때 굉장히 많은 사람들이 다녀간 느낌이 들었기 때문이다. 약간 칠이 벗 겨진 수납장에 조금 더러워진 거울, 그리고 오래된 것 같은 의자. 결정적으로 아줌마의 이야기 속에는 이 동네의 모든 일들이 다 들어있는 것 같았다. 전화를 대신 받아주는 일까지 맡아 하시는 걸 보면 말이다. 아까보다 많이 짧아진 내 머리에 "조금만 더 잘라주세요" 하는 엄마 목소리와 그러면 학생이 싫어한다고 한사코 말리는 아줌마의 목소리에 조금 웃음이 났다.

가벼워진 머리로 다시 밖으로 나왔다. 엄마도 나도 모두 만족스러워했다. 조 금 더 걷자 아까 그 횡단보도가 나왔다. 또 신호등을 기다렸고, 이번에는 별로 오래 걸리지 않았다. 집으로 돌아가는 길에 문득 이런 생각이 들었다. 다행이 다. 다시 돌아올 수 있어서.

처음 미용실로 가는 길에, 나는 갑자기 어릴 때 기억이 떠올랐다. 신호등이 바뀌기를 기다리면서 무심코 바라봤던 풍경이 내게 그런 향수를 불러일으켰던 것 같다. 행복에 젖어 있었던 것도 잠시, 신호등을 건넜고, 처음 보는 듯한 미용 실로 들어갔지만 그곳에서도 익숙한 일들이 일어났고, 전혀 어색하지 않은 웃음을 지을 수 있었다. 아마 사람 때문이 아닌가 싶다. 미래에 일어날 일들도 처음 보는 미용실 같을지 모른다. 미래라고 하더라도, 그곳에는 아직 사람이 있어 '정'이란 것도, '마음'이란 것도 남아 있을 것이기 때문이다. 아무리 사회나 과학이 발달해서 정이 메말라 가는 사회가 되어도, 그때를 비판하고 바로잡을 희망을 가진 사람들이 분명히 있을 것이기 때문에 전혀 걱정되지 않는다. 아마 미래든 과거든 현재든 다 똑같기 때문이 아닐까. 과거를 보면서 현재를 깨닫고, 현재가 곧 미래가 되는 거니까.

신호등 앞에 서 있던 두 명의 나. 하지만 아무것도 바뀌지 않았다. 다만, 다시 돌아가서 현재를 쓸 수 있게 되어서 다행이라는 생각이 들었지 않나 싶다. 내가 지금 쓰는 현재의 시간이 곧 미래가 될 거니까.

가벼워진 머리처럼 좀 더 가볍게 미래를 생각하게 된 계기. 오늘을 충실하게 사는 만큼 미래도 똑같이 다가올 거라는 교훈. 그리고 어제의 일은 분명히 흔적을 남긴다는 것. 다시 돌아가고 싶을 만큼 따뜻한 추억과 그냥 지나쳐 버릴 흙자국 같은 것처럼.

어깨 위에서 찰랑거리는 머리가 오늘을 이야기하는 듯하다.

; 우리의 미래는 밝을 것이라고 생각해 본다.

에델바이스,
소중한 추억

글·그림 **정유정**

부드럽고 새하얀 별 모양의 꽃. 알프스의 영원한 존재 Edelweiss.

에델바이스의 꽃말은 '소중한 추억' 이다.

결코 평범하진 않았던 한 소녀의 삶이지만

돌이켜보면 그것 또한 소녀에겐 소중한 추억으로 남겨지지 않을까.

창밖에는 비가 내리고 있다.
해가 지고 어둠이 하늘에 가득하다.
참 많은 생각을 하게 만드는 여린 빗줄기다.
바람과 함께 억세게 내리는 그런 비가 아닌
메마른 잔디에 물을 주고파하는 어린아이 같은 마음의 비.
허나 슬며시 내리는 듯하면서도 그 속에 묻어나는 차가움.

빗방울이 유리창에 묻어난다.
유리창, 그 투명함을 타고 내려가는 빗방울들.

눈길은 창 너머 흐르는 빗방울 하나하나와 마주 보려 하고
두 귀는 풀 속에 내려앉는 빗소리에 집중하려 한다.
그렇게 가만히 눈을 감고 귀를 열면 마음을 비울 수가 있을까…….

옛날 일이 생각나는 건 어쩔 수가 없는가 보다.
빗물에 감겨 오는 어릴 적 일기.

그땐 그랬었다.
갸날퍼 보이는 이 비쯤은 우산을 쓰지 않아도 맞을 수 있을 것만 같다고.

그러나 그 여린 빗줄기도 맞다 보면

어깨만 젖는 것이 아니라 온몸이 흠뻑 젖게 된다는 사실.

비와 함께 숙연해진 이유다.

결혼과 함께 더욱더 먼 시간 속 추억으로 남겨질 것이라 생각했던 일은

이렇게 글자로 남겨져 있다. 서랍 속에서 꺼낸 일기장 하나.

그 속엔 그날의 생생함이 되살아나 아른거린다.

이제는 웃음으로 맞이할 수 있는 그날의 이야기.

2008년 9월 25일

나는 오늘을 잊지 않을 것이다.

하나 둘씩 빠져나간다. 내 눈 앞에서도, 내 마음 속에서도, 낯선 이들의 손에 이끌려 하나 둘씩…….

아침부터 분주하게 이뤄지는 이 장면들을 나는 결코 잊어선 아니 될 것이다.

아무렇지 않은 척, 다른 집으로 이사 갈 것이 그저 즐겁다는 듯 아빠에게 웃음을 보이고 있는 나지만 속으론 4년 동안 살아온 이 넓은 집과 안녕 하며 반드시 10년 후 다시 이 집을 되찾고야 말겠다고 다짐했다. 왜? 도대체 왜?

떠나고 싶지 않은데 내 의지완 상관없이 쫓기듯 나가야 하는 이 상황이 나는 그저 어리둥절할 뿐이다. 지금 이렇게 살던 우리 집을 뒤로 한 채 학교를 다녀오고 나면 더 이상 이 집은 우리 집이 아니다.

모든 짐들이 빠지고 난 텅 빈 남의 집.

몇 주 전 이사 준비를 하던 엄마 앞에서 어린애마냥 이사 가고 싶지 않다고 울어도 보고 싶었으나 나는 차마 그렇게 할 수가 없었다.

왜였을까.

턱을 괴고 고개를 약간 오른쪽으로 젖힌 나는 일기장을 덮고 깊은 회상에 잠겼다. 일기 속의 그날은 지금으로부터 15년 전······.

＊＊＊

그날이 왔다. 무언가를 한다고 생각하니 평소에는 잘 떠지지 않던 눈이 왜 이리도 잘 떠지는지. 늘 그랬듯 비몽사몽으로 세수를 먼저 하고 교복을 입은 후 학교 갈 준비를 했다. 아직 아침 7시밖에 되지 않았는데 이삿짐센터 사람들이 들어왔다.

"나는 아직 떠날 준비가 되지 않았는데······."

말끝을 얼버무리며 콩알만한 목소리로 말했다. 아무도 듣지 못할 작은 나의 외침이었지만 누군가가 듣고 멈춰주었음 하는 마음으로 얘기한 거였다. 하지만

"시작합시다!"

라는 이삿짐센터 아저씨의 우렁찬 소리와 함께 모든 것이 순식간에 일어났다.

우리 집은 각종 이사 장비와 사람들로 발 디딜 틈이 없었다. 나는 혼자 한쪽 벽에 멍하니 서서 상자 속에 담기는 우리 집을 보았다. 나 혼자만 멈췄을 뿐 모든 것은 각자의 역할대로 돌아가고 있다.

벽에 힘없이 기댄 나는 지금으로부터 4년 전 이 집으로 이사 올 때를 생각했다. 저 멀리 창 넘어 수목원이 보이던 우리 집. 내가 그땐 작아서였는지 한없이 크고 넓어 보였던 우리 집. 원래 다니던 초등학교에서 이사한 집 근처의 학교로 전학을 했어야 했지만 그것마저 설레었는데······.

지난 4년의 시간이 주마등같이 흘러가며 또 한 번 이 집과의 이별이 아쉽게만 느껴졌다. 마지막 짐까지 나가는 걸 지켜보고 싶었지만 등교시간이 다 되어 그렇게 나는 집을 나섰다. 1층에서 위를 올려다보았다. 사다리차가 우리 집 베란다에 턱 하니 걸쳐져 있다. 내 두 발은 학교를 향해 걸어가고 있지만 엘리베

이터를 타기 전 현관문을 나설 때 이미 그때 내 두 발은 거기에서 멈췄다.

학교에 도착해 수업을 하는 동안 선생님의 말씀은 귀에 들어오지 않았다. 교실 창 밖으로 어렴풋이 보이는 우리 집의 이사하는 광경. 이사라는 것은 누군가에겐 행복을 만들 앞으로의 새 출발, 또 다른 누군가에겐 슬픔을 견뎌내야 하는 조금은 낮은 곳에서의 새 출발, 이렇게 두 가지로 나눌 수 있지 않을까. 어떤 작은 사물 하나조차도 수많은 사람들에게 각기 다른 감정으로 다가가는 법이다. 나는 영광스럽게도 이 두 가지 모두를 경험해 보았으니 기뻐해야 하는 걸까?

그렇게 시간은 흘러 6교시가 끝나고 집에 갈 시간이었다. 새로 이사한 집은 버스를 타고 가야 했기에 버스정류장으로 향했다. 그런데 그냥 갈 수가 없었다. 발걸음이 떼어지질 않았다.

그 집과 마지막 인사라도 해야 하지 않을까 하는 생각에 걸음을 멈추고 돌아서서 아침까지만 해도 우리 집이었던 그곳으로 향했다. 이 길로 향하는 하굣길도 오늘로 마지막이구나 하는 감정에 사로잡히게 되자 한 걸음 한 걸음 되새기며 걸을 수밖에 없었다. 횡단보도를 건너고 돌계단을 지나쳐 아파트 안으로 들어갔다. 아무것도 들어있지 않은 1704호 우편함에 눈길이 갔다. 공연히 우편함 안에 손을 한번 넣어봤다. 역시 아무것도 없다.

"텅 비었네…… 누구 맘처럼……."

기다렸던 엘리베이터가 1층에 도착하자 문이 열렸다. 엘리베이터를 타고 17층을 눌렀다. 참 많은 추억이 있었던 집. 17층까지 올라가는 시간이 참 느리게만 느껴진다. 17층. 엘리베이터에서 내려 현관문 앞에 섰다. 축 늘어진 팔에 힘을 주어 비밀번호를 누르려 도어록에 손을 대는데 그 옆에 연필로 씌어진 글자가 눈에 들어왔다.

"어…… 이거."

유치한 글씨체로 자그마하게 씌어진 네 글자. 그것을 보는 순간 그 네 글자의 순간으로 돌아간다.

몇 년 전이었던가. 무언가를 적어 오라는 엄마의 심부름으로 1층까지 내려 갔다가 다시 집으로 들어오는 그때 손에 들고 있던 연필로 장난이 치고 싶었는 지 현관문 앞에 멀뚱히 서 있다가 눈에 들어오는 벽 한쪽 면에 사각사각 낙서를 했었다.

"보오⋯ 화⋯ 네 집 We⋯com⋯e to my ho⋯me! 아, 됐다. 연필로 연하게 적었으니깐 아무도 여기 내가 적은 글자를 눈치 채지 못할 거야. 음, 연하게 적 었지만 지워지진 않겠다."

생각 없이 했던 그때의 낙서가 이렇게 이제는 나 혼자만의 비밀이 되고 추억 이 되어 가슴에 남는다. 오직 그 네 글자, '보화네 집'이.

비밀번호를 누르고 집 안으로 들어갔다. 아무것도 없다. 우리 가족의 흔적이 사라져버린 집 안. 그러나 곳곳에서 들리는 우리 가족의 웃음소리. 내 방 문을 열었다. 방문을 열자 문의 맞은편 창문에 자연스레 시선이 갔다. 이삿짐 속에 미처 따라가지 못한 어릴 적 붙였던 분홍색 토끼 스티커 하나. 다가가 그 스티 커를 떼어냈다. 스티커를 뗌과 동시에 이 방과 나 사이의 연결고리도 떨어짐을 강하게 느꼈다.

"잘 있어, 내 방⋯⋯. 다시 찾으러 올게. 아, 다시 올 수 있을까?"

그동안은 나에게 방이 있다는 사실이 얼마나 감사한 일인지 깨닫지 못하고 살았다. 사람들은 가지고 있을 땐 모른다. 가졌던 것을 내려놓았을 때의 뒤늦은 깨달음이 비로소 늘 사람들을 아차 하게 만들지. 내가 평상시에 소유하고 있는 아주 작은 것들 하나하나에 감사할 줄 알아야 한다. 그것들이 얼마나 소중하고 고마워해야 할 존재들인지. 늘 나에게 주어진 모든 것에 감사하고 아끼며 살았 어야 했는데, 나는 너무 늦게 깨달아 버렸다. 나에게 방을 갖게 해주셨던 아빠 의 수고가 계셨기에 내가 그동안 부유하게 살아온 게 아닐까. 가진 것은 늘 주 어지는 것이 아니다. 나에겐 아주 당연하다고 생각해 왔던 것들이 누군가에게 는 만져보지도 못했을 바람이었을 것. 그 바람조차 갖지 못했을 사람들로부터

받아왔던 부러움의 눈빛과 말들을 들으며 우쭐해 왔던 지난날의 어리석음도 떠오른다. 참으로 어렸던 윤보화.

새로 이사한 집은 이 집에서 그리 멀지 않은 곳에 있다. 그렇지만 우리 다섯 식구가 살기엔 너무나 작은 집. 살던 집에서 버스로 세 정거장만 가면 도착할 수 있지만 전에 살던 아파트 대단지와는 사뭇 다른 분위기를 낸다. 고작 세 정거장 거리인데 번지르르한 상가 건물들과 달동네 속 이 허름한 골목길은 비교가 될 수밖에 없다. 아파트 대단지 속 그들과 달동네 속 우리는 서로 다른 세계 사람들 같다. 우리는 우리끼리만 모여 살고, 그들은 그들끼리만 모여 살고.

세 정거장 거리 속에는 보이지 않는 울타리가 쳐져 있다. 우리 가족은 이제 그 울타리 속에서 쫓겨난 것이다. 그러고 보니 달동네 속에 엉뚱하게 세워져 있는 아파트는 한 번도 보지 못한 거 같다. 아파트 속에선 달동네가 보이지 않지만 달동네에선 아파트가 너무나 잘 보인다. 이게 사람의 마음이라고 생각하니 또다시 마음이 무거워진다. 이것 또한 이제서야 깨닫는 나라니.

달동네 속 새로운 우리 집은 방 하나에 부엌 하나 달랑이지만 아무도 힘들다고 말하진 않는다. 세 살인 둘째 동생 지민이만 보채는 일이 많아졌을 뿐.

그날 밤, 나는 엄마에게 학교를 마친 후 그 집에 갔었다고 말하지 않았다. 그 이유는 나도 잘 모르겠다. 그냥 내 마음을 혼자 정리하고 싶었나 보다. 그냥 다른 집으로 이사 가는 거라고 생각할 수도 있는 일인데 왜 그리 속상했을까. 하지만 단순한 이사가 아니었다. 그 집은 나의 추억이었다. 크기만 넓은 그런 집이 아니다. 넓어서 내가 추억에 사로잡힌 집은 더더욱 아니다. 나의 당당함. 나의 어린 시절. 무엇보다 마지막까지 날 깨우치게 만든 곳. 아빠와의 마지막 추억도 그 집이다.

한순간이라는 이 말을 잘 아는 사람은 고작 몇이나 될까.

열다섯. 고작 중학교 2학년이 감당하기엔 너무 벅찬 일이라며 나 스스로를 토닥인다. 나이에 비해 난 '정신적 늙은이'가 되어버린 것만 같다. 단시간에 모든 게 확 바뀌어 버린다면 과연 그 사실 속에서 조금의 흐트러짐도 없이 정신을 차리는 이는 과연 몇 명이나 될까.

일 년도 채 안 되는 시간. 그러나 아빠의 사업은 일 년 전부터 조금씩 기울어진 거 같다. 다만 어린 나에게 말씀을 하지 않으셨을 뿐. 그래도 나에게 조금의 시간을 주시지……. 맘을 다잡을 시간을 조금만이라도……. 불가능한 일이었을까? 그래, '나에게 시간을 주세요'라는 말은 언제 더 무너져 내릴지도 모르는 위태한 지붕 밑 다섯 가족 속에서 두 명의 어린 남동생을 가진 장녀가 하기엔 이기적이고도 사치스런 말일 테다. 나에겐 그런 조금의 여유조차 있어선 안 된다고 내가 더 나 스스로를 철장 속에 가둬 버렸다. 눈도 제대로 뜰 수 없는 이 비바람 속에서 나보다 더 힘드실 부모님에게 그런 말을 하기엔 너무 부끄럽지 않나 하는 생각이 들었다. 엄마와 아빠 두 분 모두 그동안 여러 일들을 정리하시며 앞으로의 걱정과 우리 세 남매 생각에 한숨이 느셨을 걸 생각하니, 내가 부모님보다 힘들면 얼마나 더 힘들까 봐 하는 생각이 가시질 않았다.

아빠는 젊은 시절 섬유회사에서 일을 하셨다고 한다. 매사에 끈기 있고 깔끔한 아빠의 성격 덕분에 일찍 그 회사에서 나와 사업을 시작하셨고 IMF로 온 국민이 힘들었던 그때 당시, 섬유만큼은 경기를 타지 않은 덕에 아빠의 회사는 걸림돌 하나 없이 하는 일마다 잘 되어갔다.

엄마와 결혼 후 일 년 뒤 내가 태어났고, 회사는 점차 번성하여 아빠를 도울 믿음직한 사원이 필요했다. 마침 당시에 일을 찾지 못하던 이모부를 아빠는 회사로 데려와 일을 맡기셨다. 이때까지만 해도 이것이 돌이킬 수 없는 잘못된 선택이라는 것을 그 누구도 예상하지 못했다. 훗날 아빠의 심장에 비수를 꽂는 일이라는 걸…….

모든 일에는 굴곡이 있기 마련이다. 무너지지 않을 것만 같았던 아빠의 일에도 시련이 다가 왔고 2006년부터는 중국에서 들어오는 값싼 직물들에 밀려 국내 섬유시장에 큰 파장이 생겼다. 그 불경기를 타고 10년 동안 이끌어 오시던 아빠의 회사 또한 결국 문을 닫아야만 했다. 커다란 나무가 충격을 받고 쓰러질 때 기우는 나무를 피하기 위해 그 나무와 가장 가까운 사람부터 도망을 치게 된다. 나무 그늘에서 쉬던 조금 전의 편안함은 잊은 채. 그래도 쓰러지는 그 나무를 두 팔 번쩍 들어 조금이나마 지탱해 줄 것이라 믿었던 지난날의 믿음. 가장 가깝다고 생각했던 사람이 자기에게 돌아오는 타격을 판단하고 뒤도 돌아보지 않고 떠날 때 그걸 바라보는 사람의 마음은 어떠하겠는가. 마지막까지 남아, 함께 회사를 정리해 줄 것이라 생각했던 조금의 기대. 오래 전 회사를 시작할 당시 사회에 일원이 되려는 마음조차 가지고 있지 않던 그에게 손을 내밀어 능력을 주고 무엇보다 가족으로서의 마음을 주었건만, 이모부는 아빠를 냉정하게 버렸다. 다른 회사에서 제의가 들어왔기에 거기로 가겠다던 그의 말. 아직 회사가 완전히 끝이 난 시기도 아니었다. 아빠나 이모부 모두 각자의 가정을 살려야 했기에 그의 선택을 이해해야만 한다고 생각할 수도 있었다. 그러나 화를 낼 수밖에 없도록 만드는 그의 당돌함. "완전히 무너져버린 당신과 나는 이제 다르다. 더 이상 당신은 나의 사장도 아니요, 윗사람도 아니니 내가 당신을 짓밟고 올라가겠다. 더 크게 성장하여 당신이 실패한 그 점을 나는 두 번 다시 반복하진 않을 것이다." 거만함을 드러내며 자신의 지난날을 돌이켜보지 못하는 어리석은 자의 모습. 그동안 사람의 됨됨이를 모르는 이를 사람으로 키우려 했으니

타는 속은 막을 수가 없다. 가진 것을 모두 내려놓아야만 하는 암담한 상황이 되어버린 사람에게 그의 돌아섬은 배가 되는 상처를 안겨주었다.

새로운 집으로 옮기고 몇 주 뒤, 우리 집엔 낯선 사람들이 하나 둘 찾아오기 시작했다. 초인종 카메라에 자신들의 얼굴을 보여주지 않는 아저씨들. 그들은 오직 행동으로만 압력을 가했다. 초인종을 수없이 눌러대고 현관문을 사정없이 발로 찼다. 텔레비전에서만 봐오던 일들이 일어났다. 결코 텔레비전 화면 속, 대본에 짜인 일들이 아니었다. 정말 '나에게도 이런 일이……' 였다. 그들은 단 하나의 목적으로 찾아왔겠지. 찾아오는 시간도 정해져 있지 않았다. 하루에 열두 번도 더 넘는 반갑지 않은 방문. '이런 경험을 하기도 쉽지 않겠지', '이것조차도 내가 특별하니깐 경험하는 거겠지' 하고 긍정적으로 생각하면 될까 싶어 그렇게 생각했지만 그런 일은 역시 가슴 속에서 쉽게 지워지는 일이 아니었다.

하루는 집 안에서 인터폰을 빤히 쳐다보고 서 있었다. 돈을 재촉하는 사람들. '내가 나가서 저 사람들을 설득시키면 더 이상 이런 무모한 짓은 하지 않을까?' 하고 생각도 해봤다. 아빠에게 돈을 빌려준 사람들이 아빠에게 나를 비롯한 어린 두 자식이 있다는 걸 알면 이해해 주지 않을까, 묵묵히 돌아가 주지 않을까 하고 어쩌면 가당치도 않을 생각도 해봤다.

돈이 참 싫어지는 날. 돈이 뭘까. 정말 돈이 뭐길래. 돈만 있음 무엇이든 가능하겠지. 갖고 싶은 것, 하고 싶은 것, 즐기고 싶은 것. 세상을 돌아가게 하는 것도 돈이고 사람이 살아가는 이유와 방법도 돈이다. 하지만 그 돈이 사람을 울리고 사람을 다치게 한다. 받으려는 자도 줄 수 없는 자도 누가 더 합당한가는 구분할 수 없을 것이다. 하지만 그 대상이 나라는 것. 어린 두 동생과 나.

돈에 미쳐, 무조건 돈을 받아내려는 그 마음에 미쳐 현관문을 사정없이 치던 그들의 발길질. 집 안에는 그 소리를 듣는 두 어린아이가 있었다. 내 동생들……. 그들은 그 소리를 들으며 하루를 지냈다. 처음엔 그 소리가 너무 시끄럽고 밖에 사람이 있다는 게 조마조마해서 하던 일도 모두 멈추고 집 안의 모든 소리를 낮춘 뒤 그들이 갈 때까지 아무것도 하지 못한 채 잘못을 한 사람처럼 조용히 있었으나, 한 달이 지나고 두 달이 지나 그 소리가 익숙해지자 동생들은 사람들이 왔나 보네 하며 하던 일도 더 이상 멈추지 않는다. 이 소리에 자연스러워지고 연연해하지 않는 어린아이들의 모습이 왜 이리 안쓰러워 보일까.

"누나, 이것도 요령이야."

라고 자랑스럽다는 듯 말하는 녀석들. 누나인 난 어떡해야 할까, 얘들아.

그렇게 시간이 지났지만 그날도 어김없이 초인종은 울렸다. 또다시 반복되는 달갑지 않은 방문자겠지. 나는 문 밖의 방문자에 대해 신경을 쓰지 않으려 했다. 하지만 인터폰을 통해 확인한 문 밖의 방문자는 낯선 사람이 아닌 '이모부'였다. 낯선 이가 아니었기에 나는 별 적개심 없이, 아무 걱정 없이 문을 열었다. 하지만 내가 문을 여는 순간, 내가 문을 채 다 열기도 전에 이모부는 문을 벌컥 열고 들어왔다. 급한 일이 있기라도 한 건가. 그의 얼굴에선 긴박함이 느껴졌다. 그는 고개를 이리저리 돌리며 급하게 누군가를 찾았다. 붉게 충혈된 두 눈과 요란하게 들썩거리는 그의 큰 몸집. 몹시 화가 나 보이는 그의 커다란 몸집이 전보다 더 커다랗게 보였다. 마치 성난 '곰' 같았다.

그때까지만 해도 그가 그렇게 당장이라도 찾아낼 매서운 기색으로 찾고자 하는 것이 우리 아빠란 걸 나는 알지 못했다. 무얼 찾는지 그저 바라보고만 있었다.

그는 한참을 두리번거리다 갑자기 소리를 쳤다.

"윤태호! 이 자식 어딨어? 당장 나와. 어서 내 앞에 나오란 말이야, 이 새끼야!"

그 소리를 들은 난 소스라치게 놀랐다. 그가 이 밤에 찾아와 미친 듯 찾는 대상이 우리 아빠라는 사실에 놀라지 않을 수가 없었다. 그는 너무나 건방지게 우리 아빠를 지목하고 있었다.

아빠의 이름을 아무렇지 않게 불러대는 그의 모습에서 나는 예전의 '나의 이모부'의 모습을 찾을 수가 없었다. 어릴 적, 그들의 가족과 우리 가족이 다 함께 놀러 갈 때면 나에게 자상하던 그때의 이모부는 어디로 간 거지. 나와 잘 놀아주던 그 이모부가 이 사람과 동일 인물이 확실한 건가. 나는 할 말을 잃어 버렸다. 예전의 그 이모부는 온데간데없고 이 자리엔 오직 먹이 앞에서 이성을 잃은 듯한 곰 한 마리뿐이었다. 그저 돈에 눈이 뒤집혀 앞뒤가 없는 '협박자'만 내 앞에 있을 뿐. 소리치는 걸로 못 끝내고 그는 여기저기 집 안 물건들을 걷어 차댔다. 낯선 이가 아니라고 생각했던 나의 생각을 큰 실수로 만들어 버리는 그의 건방진 태도였다. 나는 계속해서 내 눈을 의심했다. 내가 문을 잘못 연 건 가? 다른 사람은 아닐까? 닮은 사람이 아닐까? 과연 이 사람이 내 이모부가 맞는 걸까?

그는 그렇게 연방 소리를 질러대다가 몇 분 뒤, 막 집에 들어오는 엄마, 아빠와 마주쳤다. 아빠를 보자마자 기다렸다는 듯이 그는 아빠에게로 다가갔다. 그는 또 한 번 건방지게 우리 아빠의 멱살을 잡았다. 그의 갑작스런 행동에 아빠 역시 당황했다. 아빠의 멱살을 쥐곤 그는 이것저것 그동안의 불만을 드러냈다. 앞뒤가 맞지 않는 그의 말에 나 또한 자꾸 눈살이 찌푸려져만 갔다. 이성을 잃은 채 오로지 폭력을 가하는 그의 말과 행동에선 그동안 베일 속에 감춰져 있던 그의 이기적인 성격이 드러났다. 내가 보고 있었기에, 엄마가 그를 말렸지만 그는 엄마마저 밀쳐버렸다. 180이 훌쩍 넘는 그의 큰 키와, 덩치, 힘 앞에서 우리 아빠가 너무나 왜소해 보였다. 더 이상 아무도 그를 말릴 수가 없었다. 나는 너무 무서워 방으로 들어갔다. 아빠의 그런 모습을 보는 것도 싫었다. 그리고 그의 만행 또한……. 그가 그렇게 야만적인 사람일 줄 몰랐다. 우리 아빠를 모욕하는 말들. 자기 아내 언니의 남편 되는 사람에게 그런 말을 내뱉기가 그는 쉬울까. 아빠 딸인 내가 아닌 다른 이가 들었어도 그 상황은 충분히 그의 이기적인 행동이었다. 나는 방에 누워 밖에서 들려오는 그 목소리의 주인공이 진짜 이모부가 아닐 것이라 고개를 내저었다. 하지만 그 목소리는 확실한 '나의 이모부'였다. 우리 가족 다섯의 행복이 하루도 부족한 이 상황 속에서 우리의 행복을 일초라도 빼앗아가 버리는 그가 미웠다. 고요한 어느 밤에 예고 없는 폭풍처럼 찾아와 비마저 내리퍼붓는 그. 그가 찾아오기 전까진 우리 가족은 참 즐거운 목요일을 보내고 있었는데……. 잠시 바람을 쐬러 나간 엄마와 아빠였고 즐겁게 집에서 엄마, 아빠를 기다리고 있던 나와 동생들이었다. 그런 그의 모습을 본 내게선 이미 '이모부'라는 것이 사라지고 있었다. 아빠와 이모부의 관계가 어긋나버린 건, 전부터 조금은 알고 있었지만 아빠를 대하는 그의 태도가 이 정도일 줄은 상상도 못했다. 아빠의 멱살을 잡고 계속해서 무례한 행동을 하는 그에게선 공포가 느껴졌다. 참으로 무서운 사람이다. 저 사람은 그동안 우리 아빠를 도대체 무엇으로 생각했던 걸까. 아주 잠시 동안이라도 우리 아빠를 형님으로 생각했던 적은 없었던 걸까. 그와 함께 한 아빠의 세월은 도대체 뭐가 되어버린 걸까. 그는 나의 이모부였다. 가족이었다. 그런데 어쩜 이리 할 수 있을까.

그는 낯선 사람들과 다름없었다. 조카인 나에게 더 이상 이모부가 아닌 남으로 다가온 그……. 적어도 조카인 나와 선호, 그리고 지민이를 생각했다면 집까진 찾아오지 말았어야 했다. 경솔하게 행동해 내 앞에서마저 짐승 같은 행동을 보인 그를 난 앞으로 용서할 수 없을 것이다. 그가 밖에서 그런 만행을 저지르는 동안 나는 방에서 다 듣고 있었다. 그의 말 한마디, 한마디를. 나의 행복한 목요일을 당신의 등장으로 산산조각 내버린 그날 밤…….

나는 그가 다녀간 그날 밤을 기억한다.

나는 그동안 엄마가 우는 모습을 단 한 번도 본적이 없었다. 어쩌면 내 머릿속에 엄마는, 엄마라는 여자들은 울지 않는다고 생각해 왔는지도 모른다. 우리 엄마는 우는 법을 모르는 줄 알았다. 적어도 우리 엄마만큼은. 하지만 그건 틀린 생각이었다. 엄마도 우신다. 엄마도 눈물을 흘리신다.

그날 밤 불 꺼진 부엌 문 틈새로 눈물이 떨어지는 소리를 들었다. 서럽게 우셨다. 누군가로부터 걸려온 전화를 받으시고 그렇게 하염없이 눈물을 흘리셨다. 누구의 전화였을까. 전화를 받으시는 동안 엄마는 한마디도 하지 않으셨다. 수화기 속에서 들려오는 잔잔하지만 몹시 단호해 보이는 누군가의 목소리를 그저 듣고만 계셨다.

나는 부엌으로 들어가 엄마를 한번 안아 줄 수도 없었다. 늘 감정 표현엔 서툰 첫째 딸이다. 그저 부엌 문 뒤에서 조용히 귀만 기울이고 있었다.

"응……. 그래 알았어. 빨리 집에 와."

상대방에게 꺼낸 엄마의 한마디였다. 상대방도 엄마의 한마디에 대답을 한 듯 보였다. 수화기 너머 누군가와의 대화가 끝나자 엄마는 힘없이 전화기를 내려놓으셨다. 그리곤 한참을 멍하니 계시더니 엄마는 소리가 새어나가지 않게 입을 가리고 흐느끼셨다. 맘껏 울 수도 없는 어둠 속 엄마의 모습이 안쓰럽게만 느껴진다. 방 안에 있는 우리를 생각해서서일까. 그새 잠이 든 선호와 지민이는 새근새근 곤히 자고 있다. 이 두 꼬맹이를 생각해서서겠지. 이 어린 것들 앞에서 우는 모습을 보이셨다간 한동안은 두 녀석의 투정에 성이 가실 것이다. 엄마의 눈물은 쉽사리 그치지 않을 것 같았다. 조금 전 약속이 있다며 집을 나서신 아빠는 아직 집에 들어오지 않으셨다. 아빠가 집에 들어오실 때까지 기다렸다가 자려고 했는데……. 이렇게 앉아 있다간 엄마의 우는 모습을 내가 봤다는 것을 엄마가 알 것 같다. 그래서 나도 선호와 지민이 옆에 이불을 깔고 누웠다. 내가 방금 전 엄마의 모습을 봤다는 걸 알면 엄마는 낯 뜨거워하시겠지. 엄마와 나, 둘 다 머쓱해지기 전에 얼른 잠들기 위해 눈을 감았다. 하지만 자는 척 지나가기엔 너무 많은 일이 일어난 밤이다. 감은 두 눈꺼풀이 다시 스르륵 열린다. 좀처럼 감겨지지 않는 두 눈으로 누워서 천장을 바라보고 있으니 자꾸만 머릿속이 아득해진다. 나 또한 짊어지게 된 보이지 않는 짐들. 짐이라고 생각하면 안 되겠지. 하지만 짐 말곤 다른 단어가 떠오르지 않아 다시 두 눈을 질끈 감았다. 눈을 뜨고 감고를 반복하다 지쳐버렸다. 점점 지쳐갈수록 내 마음은 두 동생처럼 어린아이가 되어버렸다. 아이처럼 모든 걸 책임지지 않아도 되는 존재가 되고 싶다, 오늘 밤만큼은. 누운 채 시간이 흘러갔다. 두 눈도 더 이상 떨렸는지 감겼는지 알 수 없는 정도가 되었다. 지금이 꿈일까 생시일까.

"꿈……이었으면 좋겠다."

잠긴 목소리로 슬며시 말이 나왔다.

그렇게 나는 긴 밤을 넘겼다. 시간이 흐르면 또 내일이 오겠지.

다음날 아빠의 단호한 한마디가 있었다.

"보화야, 아빠 간다."

"……?"

모든 것을 이미 결정하신 듯한 아빠의 굳은 얼굴. 어젯밤 집에 들어오실 때 술을 드시고 들어오시더니 어제 모든 걸 결정하고 들어오셨나 보다.

"보화야, 아빠 외국……에 가기로 했어. 앞으로는 우리, 떨어져서 지내야 할 것 같구나. 아빠 나이에 한국에서는 일자리를 찾기가 쉽지가 않네. 외국에선 다시 시작할 수 있는 일이 있을 거야. 보화만 믿고 아빠는 외국에서 열심히 지낼게. 우리 보화도 열심히 공부하고 두 동생 잘 돌보고 엄마 많이 도와줘. 아빠가 외국에서 다시 일어날 수 있는 시간이 몇 달이 될지, 몇 년이 될지 잘 모르겠지만 아빠도 열심히 노력해 볼게. 우리 보화, 아빠가 많이 사랑해. 아빠를 믿어줘."

나는 말없이 아빠의 얼굴을 가만히 들여다보았다. 아빠 얼굴에 언제부터 이렇게 주름이 많았었나. 새카만 아빠 얼굴에 나이를 감출 수 없는 흔적들이 드러나 있다. 그래서 내 마음은 더 아팠다. 얼마나 힘드셨을까.

가장이란 역할은 참 많이 힘들 것이다. 아빠라는 사람들의 어깨에는 아내와 자식들이 늘 앉아 있다. 자칫 발이라도 헛디뎠다가는 어깨에서 가족들이 떨어질 수도 있으니 아빠들은 늘 긴장을 하고 곧은 자세로 한 번의 흔들림도 없이 직선만을 걸어가야 한다.

먼 타지까지 가서서 우리 다섯 식구 다시 일으켜세울 생각을 어떻게 하셨을까. 그 결정을 내리실 동안 또 얼마나 많은 생각을 하셨을까. 우리 땅이 아닌 남의 땅에서 산다는 건 참 힘든 일이다. 젊은이들도 외국에서 살기가 쉽지 않은데 마흔이 넘으신 아빠 혼자는 더더욱 힘들 것이다. 하지만 아빠를 붙잡기엔 늦은 거 같았다. 아빠의 도전을 믿어드리고 싶었다. 떠나는 아빠도 힘들고 여기에 남겨질 우리도 힘들겠지만 이 상황을 붙잡을 이는 아무도 없었다.

새로 이사 온 이 허름하고 작은 집에서 내일을 살아가야 하는 상황…….

나는 아빠를 믿는다. 보화의 아빠니까, 우리 아빠니까, 아빠라면 해내실 수 있을 것이다. 아빠와 엄마, 나 그리고 선호와 지민이. 우리 다섯 식구가 언제 다시 웃으며 마주 볼 수 있을지는 아직 알 수가 없다. 다만 아빠의 노력과 우리의 믿음 그리고 사랑이 있다면 아마 그날은 성큼성큼 다가오지 않을까.

나는 눈빛으로 아빠에게 대답했다. 아빠는 그저 고개를 끄덕이시곤 가방을 들고 나가셨다. 지금 이 순간이 언제 다시 보게 될지 모를 아빠와의 마지막 순간. 문을 열고 나가시는 아빠의 뒷모습에 나의 굳은 의지를 보여드렸다. 눈물을 참았다.

아빠가 문자를 보내셨다. 비행기를 타기 전 아빠가 나에게 보낸 문자였다.

— 아빠 딸, 안녕. 웃으면서 잘 지내고 있어.

아빠 금방 올게. 그땐 우리 보화 맛있는 거 많이 사 줄게. 아빠가.

"아빠를 많이 사랑해……."

그렇게 하루하루가 갔다. 집안일만 하시던 엄마는 생활비를 벌기 위해 직장을 구하셨고, 그렇게 우리는 아빠 없이 넷이서 하루하루를 살아갔다.

하나도 힘들지 않다고 말할 수는 없었다. 모든 것은 예전과 같지 않으니까……. 내 피아노, 침대, 옷장을 버렸다. 내 것을 다 버렸다. 작은 집엔 놓을 수 없어서, 이젠 어울리지 않는 것들이어서……. 나에게 주어지던 모든 것을 내려 놓았고 사고 싶은 것, 먹고 싶은 것, 하고 싶은 것, 모든 것을 줄여 나갔다. 열다섯 소녀에겐 하고 싶은 것이 너무 많았다. 참기엔 너무 간절한 것들. 그것이 물질이든 헛된 욕망이든. 무엇보다 배우고자 하는 마음만큼은 저버릴 수가 없었다. 남들만큼 배우길 원했다. 그러나 엄마의 바깥일로 집안일은 나의 몫이 되어버렸고, 두 동생 또한 내가 돌봐야 할 일들이 되어버렸다. 그만큼 학업에 충실할 시간은 부족해져 갔다. 하지만 이른 아침에 나가서 밤늦게 돌아오시는 엄마께서 혼자 집안일을 하시는 것은 너무 벅찬 것이었고, 그런 엄마를 내가 도와드려야만 했다. 오직 공부에만 전념해도 되는 보통의 열다섯 아이들이 부러웠다. 집안일 때문에 공부할 시간이 부족하다는 말은 모순된 말일지도 모른다. 투정 부리는 아이의 핑계일지도 모르지만 나도 위로받고 싶었다. 나의 힘듦도 알아줄 누군가가 필요했다. 내 투정을 받아줄 누군가가 필요했고 내 상처를 쓰다듬어줄 존재가 필요했다. 그저 평범한 집의 딸로 사 달라고 조르고 갖게 해 달라 떼쓰고 싶었다.

"다른 집 애들은 이런 거 안 해. 다들 자기 하고 싶은 것만 하고 살아. 걔네는 집에서 그냥 공부만 하면 되는 딸일 뿐이야."

"아빠가 그렇게만 되지 않았어도. 아빠 일이 계속 잘됐으면 그 넓은 집에서 나오지도 않고 계속 떵떵거리며 부잣집 딸처럼 죽을 때까지 설거지라곤 모르고 살았을 거 아냐!"
라고 모두에게 아플 말을 속으로만 외쳤다.

내 등을 쓰다듬어 주고 나의 응어리진 철없는 울분에 대해
"보화야, 그렇게 생각하면 안 되는 거야."
라고 말해 줄 친구가 내 주변에 있기는 할까.

그러나 나는 열다섯이었고 내 친구들도 열다섯이었다. 열다섯 친구들에게 위로의 말을 듣기는 쉽지 않은 일이었다. 나의 속마음을 얘기하면 진지하게 들어줄 친구가 과연 몇 명이나 될까. 그들은 집에서 투정 부리는 열다섯 소녀들에 불과했다. 나와는 달랐다.

일찍 철이 들어야만 했던 내가 잘못일까, 내 이야기를 들어줄 수 없는 그 아이들이 잘못일까. 참 어려운 의문이었다. 그런 의문 속에서 나의 얼굴에서는 웃음이 사라졌고 우리 반 아이들과는 멀어져 갔다. 몸과 마음에 온 충격은 겉으로 자꾸만 드러났고 학교에서 내내 웃고 있을 수가 없었다. 활발하고 명랑했던 성격조차 자꾸만 작게 더 작게 변해갔고, 그렇게 나는 무표정의 소녀가 되어갔다. 그러나 반 아이들과의 멀어짐이 나는 슬프지 않았다. '나와 너희는 달라'라고 나는 판단했다. 혼자라는 것도 난 슬프지 않았다. 그렇지만 '혼자'인 나를 '약자'라는 단어로 표현하고 손가락질 하는 것은 용납할 수가 없었다. 나는 충분히 힘든 소녀였다. 그들이 그렇게 아픔을 던져주지 않아도 나는 아팠다. 이미 가슴 속 깊숙이 날카로운 칼날에 벤 상처로 아픔조차 느끼지 못했다. 나는 곧 절벽으로 흩어져버릴 것만 같은 낭떠러지기 위의 꽃 한 송이였고 누군가의 손길이 그리운 외로운 꽃이었다. 나는 수없이 주문을 외웠다.

"시련은 한 번에 찾아오고 한 번에 갈 거야."

그들이 나를 따돌리는 게 아니라 내가 그들을 따돌리는 거야. 아픈 만큼 나는 더욱 더 넓은 사람이 될 수 있겠지. 지금 난 내 가슴 속에 또 다른 나를 키우는 중이야.

그러나 결국 나는 아니라고 거부하던 '약자'라는 말을 받아들여야만 하는 날을 맞이하게 되었다. 아직도 생생한 그날을 생각하면 참을 수 없을 만큼 너무 괴롭다. 두 번 다시 돌아가고 싶지 않은 그때. 오히려 학교에서의 고통이 더 날 사지로 내몰았던 거 같기도 하다.

△△중학교 2학년 5반. 어긋나도 한참을 어긋난 5반. 우리라고 말하고 싶지 않을 정도로 나에게는 정이 메말라버린 교실. 5반의 서른여섯 명은 언제라도 내 숨통을 끊어버릴 준비된 총알이었다. 언제 당겨져버릴지 모르는 방아쇠 같은 하루하루.

그런 서른여섯 명들 중 날 끔찍이 괴롭히는 셋, 악마 삼인방. 열다섯 살 중학생 2학년 남학생 입에서 나온 이야기라곤 믿기지 않을 정도로 입에 늘 선정적인 말을 달고 살아 여자아이들의 간담을 서늘하게 만들고, 아무렇지 않게 내뱉는 욕들로 다른 이들의 눈살을 찌푸리게 하는 신민용과 윤정식. 그리고 싸움 '짱', 얼 '짱', 학교 '짱'이라고 하면 굽신거려야 마땅하다고 생각하는 그런 사고의 소유자 류혜영. 뒤에서 남 헐뜯기를 자주 일삼는 그들 셋은 곱지 않은 성격 탓에 다른 아이들도 그들을 피하기 일쑤였다. 하지만 아이들은 그 삼인방 앞에서 결정적으로 저항하지는 못하는 상황이었다.

다른 중학교 아이들과 메신저로 친분을 쌓는 것이 큰일이라도 된다고 생각하는, 한마디로 철이 없기 그지없는 그들. 그런 그들 셋에게 늘 혼자였던 나는 공격의 표적이 되었고 충분히 갖고 놀리기 쉬운 여자애 한 명일 뿐이었다. 내가 자기들 눈앞에 있든 없든 그건 그들의 신경거리도 되지 못했다. 날 자기들 두 눈 앞에 두고 욕하는 일은 수십 번도 더 되었고 종이를 구겨 나에게 던지는 것 또한 흔한 일이었다.

난 그저 당하고만 있었다. 교실 뒷벽에 붙여진 '학급 친구들을 소개합니다'라는 게시물의 내 사진을 찢어놓은 것 또한 그들의 짓이었다. 그냥 가만히 앉아 있으면 나를 더욱 약하게 볼 거라고 생각했지만 그들에게 하지 말라는 말은 아무런 의미가 없을 것 같았다. 내가 할 수 있는 것은 오직 참는 일 뿐이었다. 참고 견디는 것. 그렇게 한 학년을 버티는 것. 하루가 일 년 같고 한 달이 십 년 같은 나날을 나는 보냈다. 어디로 솟구쳐서 날 찔러버릴지 모르는 그들을 참아내기도 더 이상은 힘이 들었다. 하지만 꾹 참고 참았다. 참 바보 같지만 내 편이 없고 홀로인 나는 바보로 지낼 수밖에 없었다.

그러던 어느 날, 결국 난 그들의 악행을 참지 못하고 그들과의 마지막 악연의 점을 찍게 되었다. 던지는 돌도 마다하지 않고 던질 테면 던져라, 수없이 맞고 피 흘려도 꾹꾹 참아내던 바보 같은 나였지만 그날은 도저히 참고 넘길 수가 없었다.

"그만하라고!"

순식간에 일어난 일이었다. 도대체 방금 나에게 무슨 일이 일어난 걸까…….

쉬는 시간을 알리는 종이 쳤고 아이들은 종이 치기 무섭게 다들 서로 친한 이들끼리 옹기종기 모여 이야기를 나눴다. 나는 늘 그랬듯 의자에 가만히 앉아 다음 수업을 준비하였다. 그리고 책을 펼치려는 찰나 뒤에서 날아온 무언가에 머리를 맞았다. 비명을 지를 순간조차 없이 나는 정신이 아찔할 정도로 몽롱해졌고 겨우 정신을 차렸다. 뒤를 돌아보니 신민용, 윤정식, 그리고 류혜영이 나를 아주 우습다는 듯 흘겨보고 있었다. 교실이 떠나가라 웃는 그들에게 이미 나는 하나의 사람으로 보여지지 않는 듯했다. 하염없이 웃어대는 그들. 이미 그전부터 날 지겹도록 괴롭혀 오던 그들. 이번에도 또인가 싶어 나 또한 그들을 매서운 눈으로 쳐다보았다. 그러자 아무 일도 없었다는 듯 다시 축구공을 교실에서 차고 노는 그들. 축구공은 창문도 깨버릴 기세로 교실 안 아이들의 가슴을 졸이며 여기저기 날아다녔다. 그들 손에 잘도 놀아나는 축구공. 저 공으로 내 머리를 맞추었구나 하는 생각에 어안이 벙벙해졌다. 사과하려는 마음은 눈곱만큼도 없는 듯하다. 교실에서 미친 듯이 축구를 하는 그들에게 교실에서는 공놀이를 하면 안 된다고 한마디 하는 이가 한 명도 없을 뿐더러, 그 날아다니는 공에 어이없게 맞은 나와, 공으로 때려놓고 자기들끼리 깔깔 웃어댄 뒤 다시 공만 슥 가져가는 이 말도 안 되는 상황 속에서 나는 정말 한숨이 턱 막혀 가만히 있을 수가 없었다. 늘 그랬듯 또 그냥 가만히 앉아 있으면 날 더 약하게 생각하겠지.

결국 참지 못한 나는 벌떡 책상을 박차고 일어나 소리쳤다.

"사과 안 해?"

"뭐?"

비웃음이 섞인 외마디로 대답하는 신민용과 윤정식.

"니들이 던진 축구공에 내가 맞았으니깐 사과해야 되는 거 아니야? 그리고 교실에서 축구공 차면 안 된다는 거 모르니? 정말 너무한다. 어떻게 내가 니들이 찬 공에 맞은 거 뻔히 다 봤으면서 공만 다시 가져갈 수가 있어? 이번에도 내가 그냥 가만히 있을 줄 알았니? 다른 애들 표정 좀 보지 그래? 다들 공에 맞을까 봐 겁에 질려 있는 거 안 보여? 얼른 나한테 사과해라."

띵한 머리를 부여잡고 씩씩거리며 소리치는 나는 화가 많이 나서 평소에는 내뱉지도 못할 소리들을 외쳤다. 늘 자기들이 치는 장난에 조용히 묵묵하게 있던 내가 오늘은 평소답지 않게 화를 내자 그 아이들도 흠칫 놀랐는지 잠시 뒤로 머뭇거리는 듯했지만 다시 그 악랄한 본성을 되찾고 슬금슬금 나에게 다가왔다. 그들 중 신민용이 한 발자국 더 내 앞으로 다가오더니 두 눈을 내리깔고는 나를 향해 한마디를 내뱉었다. 나의 가슴에 겨누는 화살 같은 그 한마디.

"아빠도 없는 주제에."

"……!"

그 순간 나는 잠시의 망설임도 없이 소리를 지르며 신민용의 얼굴을 향해 주먹을 날렸다.

"그만하라고!"

"퍽!"

1초의 생각도 없이 나도 모르게 취한 행동이었다. '이번에도 또 한 번 참자, 보화야'라는 인내하고자 하는 마음이 뇌리를 스치기도 전에. 그의 말이 내 귀에

닫는 그 순간, 원래 예정돼 있던 행동처럼 무의식적으로 나와 버린 주먹이었다. 늘 그랬듯 참으려던 마음조차 이번에는 갖고 싶지 않았다. 예전부터 그들에게 던지고 싶었던 분노 덩어리를 가슴 깊숙한 곳에서 꺼내어 나는 그를 향해 있는 힘껏 팔을 뻗은 것이다. 그동안의 내 고통과 서러움, 그리고 눈물을 담아서. 치밀어 오르는 나의 화가 더해진 내 주먹맛을 본 그는 교실 바닥에 철퍼덕 쓰러졌다. 누구도 예상치 못한 결과에 아이들은 몹시 놀란 듯하였다. 여기저기서 웅성거리는 소리가 귀에 들려왔다. 바닥에 드러누운 그는 자신의 뺨을 두 손으로 감싸고 발을 동동 구르고 있었다. 아파하는 그를 향해 한 대 더 날려주고 싶었지만 난 마지막으로 참았다.

'이번이 진짜…… 마지막이다. 그동안 날 죄여 왔던 너희를 향한 나의 마지막 참음.'

내가 아무리 자기들의 장단 속에 놀아나는 인형이었을 뿐일지라도 끝까지 나에게 해서는 안 될 말을 한 그. 그런 그에 대한 나의 들끓는 분노. 그를 쓰러뜨리고 난 뒤에도 내 맘은 도저히 추슬러지지가 않았다. 눈앞이 뿌옇게 흐려지고 초점이 흔들리기 시작했다. 쓰러진 그를 앞에 두고 조금 전 그의 말이 자꾸 내 머릿속에서 맴돌았다.

'아빠도 없는 주제에…… 아빠도 없는…… 니 주제에……. 윤보화, 니 주제에…….'

웅성거리는 아이들의 말소리와 내 몸에 퍼지는 독 같은 그의 말이 여기저기서 울리고 번져 도저히 서 있을 수가 없다. 내 눈에는 눈물이 아롱아롱 맺혔다. 눈물만큼은 흘리지 않으려고 했지만 맘처럼 되지 않았다. 눈에서 눈물이 떨어지기 전에 나는 교실을 뛰쳐나왔다. 어디로 가야 할지 몰라 이리저리 고개만 둘러댔다. 숨고만 싶다. 잘못한 것도 아닌데 자꾸 숨고만 싶어진다.

하지만 지금 내가 당장 갈 수 있는 곳이 아무데도 없다. 지금 이 순간조차도 날 감춰줄 곳 따위 하나 없다니. 다리에 힘이 풀려온다. 모든 걸 내려놓고 싶다. 그만하고 싶다. 교실에서 좀 멀어진 어딘가에 털썩
주저앉았다. 더는 서 있을 힘조차 없어 주저앉았더니
그제서야 눈물이 펑펑 흐른다. 일부러 눈물을 닦지
않았다. 그냥 하염없이 흐르게 내버려뒀다. 눈물조차
도 그동안 가둬 뒀었으니깐.

　'내가 왜 아빠가 없어? 잘 알지도 못하면서……. 멀쩡히
살아계시는 우리 아빠를…… 지들이 뭘 안다고. 그냥 잠시 아빠랑 떨어져 있는
것인데. 나쁜 자식들 이제 난 더 이상 바보같이 굴지 않을 거니깐 맘대로들 해
봐라. 내가 얼마나 힘든 줄 니들이 알아? 니들이 그렇게 밟으려 들지 않아도 나
는 많이 힘들어…… 우리 아빠, 지금은 여기 안 계시지만 곧 오실 거고 그때까
지 내가 해야 할 일은 많다고. 아직도 철부지 같은 너네랑 난 달라. 철없는 고작
열다섯 너네와는 다르단 말이야. 다르다고…….'

　손이 아려 왔다. 그를 때리고 한참이 지났는데도 아직도 내 손에는 전율이
흐른다. 그래도 그렇게 울분을 토하고 나니까, 표현이라도 좀 하고 나니까, 가
슴에 웅어리져 있던 것들이 조금은 내려간 듯했다. 그동안의 괴로움을 모두 날
려버렸으리라. 오늘 일도, 그리고 지금까지 나에게 펼쳐졌던 수많은 상황들의
아픔도……. 오늘도 그냥 참고 넘겼더라면 나는 도중에 미쳐버렸을지도 모른
다. 힘들 땐 힘들다고 말해야 하는 건가 보다. 아프면 아프다고, 괴로우면 괴롭
다고. 달라야만 하는 열다섯이지만 아픔을 표현하는 건 열다섯에 맞게 행동해
야 하는 건가 보다. 그것조차 감당해 내려 한다면 너무 비참하니깐.

　나에게는 중학교 2학년 시절이 없다. 아니, 없애고 싶은 거일지도 모른다. 그
들이 나에게 쏠 화살들의 수가 바닥을 드러낼 때까지 맞고 있을 어리석은 자가
되고 싶진 않았었다. 어쩌면 그때, 순간적으로 나온 행동이 아닐지도 모른다.
늘 풀어헤치고 싶었던 순간이었을지도…….

그랬기에 오랫동안 속에 감춰오던 화의 주머니를 참지 못하고 그 순간에 푼 게 아닐까. 분명 그동안 피를 흘리며 다짐했을 것이다. 한 번에 모두 던져 버리 겠다고. 그들의 장난에 놀아나면서도 맘 속엔 늘 그들에 대한 분노와 저항심이 있었다. 하지만 그들과 끝을 낸 그날이 있기 전까진 난 결코 그들에게 나의 괴로움을 분출하지 않고 참기만 했었다. 하지만 그게 좋은 생각은 아니었다는 걸 나는 깨달았다.

참 길었던 일 년의 시간. 나는 이제 더 이상 그들이 두렵지 않다. 왜냐하면 난 강해졌으니까. 이제는 방법을 아는 윤보화이니까.

2008년이라는 시간이 흐르고 나니 문득 알게 되었다. 표현을 하면 되는 거였다. 소리치면 되는 거였다. 참는 건 결코 해결방법이 아니었다. 나를 위해서도 그 누굴 위해서도……. '한결 낫잖아', '왜 몰랐을까'.

그날 이후로 멈추지 않을 것만 같았던 그들의 악행도 어느 정도 수그러든 듯 했다. 나를 향해 있던 화살의 촉들이 조금씩 방향을 비튼 것이다. 그래도 너무 아픈 시간이었다. 다시는 들춰보고도 싶지 않은 고통의 시간들. 그들과는 다르 게 살아야 하는 나를 조용히 두고 싶었을 뿐이었는데. '나'라는 존재를 '혼자' 로 감추고 싶어했던 날 내버려두지 않았던 그들. 그들의 악독하고 잔인함에 비 명을 지를 수밖에 없었고 거기에 울부짖었었다.

허나 지난 시간의 일들이 화의 주머니가 아닌, 고통에 울부짖는 시간이 아닌 왜 나에게 꽃봉오리가 되어 아름답게 터뜨려지지 못했을까. 왜 집에서의 고통 을 조금은 덜 수 있었던 공간이 되지는 못했을까. 조금은 미련이 남는다. 그들 이 나에 대해 조금만 생각해 주었더라면 가능했던 것들일까. 나도 조금만 쉽게 생각했다면 쉬운 일이었던 걸까. 나에게 좋은 시간으로 남겨질 수 없었던 것 들…….

하긴 누가 날 이해할 수 있었을까. 나는 달랐는데……. 사실 지난 시간, 구덩 이 속에 빠진 나를 향해 밧줄을 던져주는 이가 단 한 명도 없었던 것은 아니다.

반에서 한두 명의 아이들은 가끔가다 말도 붙여주고 혼자 앉아 있을 때마다, 그들에게서 돌이 던져질 때마다, 나에게 괜찮냐며 물어봐 주기도 했다. 하지만 그 말들은 내게 주는 '위로'가 아니었다. 다만 그 당시 괴로웠던 나에게 그 말들이 날 위한 위로처럼 들렸던 것이다. 그들의 말은 지극히 일상 같은 말들이었다. 같은 반 친구에게 하루에 한 번쯤은 건넬 수 있는 지극히 평범한 그런 말.

"보화야, 너 교무실 가 봐."

"보화야, 너 밑에 내 지우개 좀 주워 줄래?"

그들은 아무렇지 않게 내게 건넨 말들이었지만 난 그들이 건넨 말에서 따스함을 느꼈던 것이다. 나의 '착각'이었지만 그래도 난 그들이 건네는 말 한마디가 반가웠나 보다.

구덩이에 빠진 나에게 던져진 긴 밧줄이 아닌 던져주다 만 짧은 밧줄. 나는 굵고 긴 밧줄이 던져지길 원했던 건데. 그들의 그저 사소한 말이었지만 '보화야'라고 불러주는 말 한마디에 난 그걸 잠시나마 날 위한 관심으로 받아들였다. 위로라는 범위를 조금은 벗어난 말들. 하지만 나를 향한 진심어린 말이라고 하기엔 너무 초라하다. 날 토닥여 주는 말들이 아니었는데 그런 말들조차 날 위한 위로로 받아들이려고 했던 내가 안쓰럽게 느껴진다. 그들의 말을 들으며 '아, 그래도 날 위해 주는 친구가 있구나' 하며 혼자만의 기쁨을 느끼기도 했으나 그러면서도 조금은 허전해 했던 것 같다. 비록 날 위한 진심의 말이 아니었지만 그런 위로 속에서도 나는 내 공허함을 채우려고 했다. 결국 그런 그들의 거짓된 눈빛에서 날 만족시키는 품을 찾지는 못했지만…….

사람들이 극한 상황에 처한 이를 보았을 때 '저 사람을 도와주어야 할 것 같은데'라고 생각만 할 뿐 적극적이지 못한 것이 현실이다. 도와주고자 하는 마음은 있으나 그것이 밖으로 나오지 않는다. 마음이 행동으로 바뀌려는 선택의 순간, 그 1초의 찰나가 꿈쩍하는 것은 참으로 어렵고도 긴 순간이다. 그런 그들의 태도는 어려운 자에게 무관심한 것과 무엇이 다르겠는가.

그렇게 나는 벅차기만 했던 날들을 홀로 보냈고 여전히 날 다독여 줄 누군가를 찾고 있다. 언젠가는 그래줄 이들이 나타날 것이라 생각을 하며.

그렇게 끝을 냈다. 길고 길었던 한 해와도. 돌이켜보면 아무것도 아니었던 2학년 5반, 그리고 그들 셋과도.

나는 자랐다. 또다시 자라게 되었다.

끝이 없게만 느껴졌던 2008년이, 오랫동안 내리는 비지만 지나가고 난 뒤엔 뜨거운 햇빛이 기다리는 장마처럼 그렇게 홀홀 날아가 버렸다.

"난 이미 가라앉아 버렸어."

"다시 떠오르려 아무리 애를 써도 내 발에 묶인 밧줄들이 내가 빠져나오려 할수록 나의 두 발을 더 엉키게 만들고 나를 놔주질 않아. 그래서 떠오르려 마음먹은 것조차 놓게 해버려."

그래서…….

"나 많이 힘들어."

라고 소리쳤었는데. 힘겨워 했었는데……. 언제 그랬냐는 듯 세상은 밝아왔다.

아빠와 헤어진 지도 어느덧 반년이 지났다. 이제 좀 현실에 익숙해진 듯한 엄마와 우리 세 남매는 안정을 찾아가고 있었다.

나는 열여섯이라는 숫자를 어느새 살아가며 채워 나가고 있었다. 눈을 떠보니 나는 한 살을 더 먹고 있었다. 의미 없는 한 살이 더해진 것이 아니라는 걸 나는 안다. 헛되게 보낸 작년 한 해가 아니라는 것 또한 알고 있다. 비록 고통은 있었지만 결과가 있다는 것. 교훈이 있다는 것. 남겨진 것이 있다는 것. 이 모든 것을 안다.

3학년이 된 나는 새로운 반, 새 친구들과 함께 다시 시작하고 있었고 기나긴 터널을 지나 어둠을 막 뚫고 나온 그런 나에게 하늘은 조금의 빛을 주려는 듯했다. 잘 견디는 나를 위한 상일까. 잘 버텼다고 잘 이겨냈다고, 그렇게 하늘은 네 명의 인연을 나를 향해 보내주고 계셨다.

　새 학년 새 반에 적응해 가고 있었지만 여전히 나는 웃지 않았다. 일부러 웃지 않는 것은 아니었는데 웃지 않는 게 버릇이 되고 말았다.

　작년과는 다른 올해의 우리 반이었다. 참 활발한 아이들. 이 아이들을 보고 있으면 나도 모르게 피식거리고 만다. 하지만 나는 다시 입꼬리를 내리고 무표정으로 돌아갔다. 여기저기서 웃음소리가 들리는 이 반. 저 웃음소리들 속에 나의 웃음 또한 섞일 수 있을까. 새롭게 시작할 수 있는 모든 여건이 갖춰진 환경 속의 나지만 나는 좀처럼 이들 사이에 쉽게 섞이려 들지 않았다. 그 누구도 날 꺼려하지 않았지만 나 스스로가 새로운 반 속에 나를 풀어놓지 않았다. 아직도 작년의 악몽이 떠올라서 그런 걸까. 선뜻 나서기가 참 어렵다. 무언가를 시도하기가 두려워 자꾸만 나는 망설였다.

　그러던 어느 날 하루는 담임선생님께서 날 부르시고 한마디 건네셨다.

　"보화야. 선생님은 보화 얼굴을 보고 있으면 입가에 미소가 지어진단다. 보화에게는 선한 아름다움이 있어. 그런데 보화는 잘 웃지 않는 것 같구나. 무슨 고민이라도 있는 거니? 다른 아이들은 늘 웃고 있는데 보화는 미소가 없는 거 같아. 보화야, 한번 웃어보렴. 그래, 봐. 이게 더 예뻐 보이지 않니? 무슨 일이 있는 건 아니겠지만 내심 선생님은 보화가 조금 걱정되는걸? 보화가 늘 웃으면 참 좋겠구나."

　남에게 걱정을 줄 만큼 내가 웃고 있지 않았던 걸까 싶어 나는 한동안 고민을 하기도 했다. 거울을 꺼내 웃으려고 입에 힘을 줘 보았다. 쉽사리 웃어지지 않는 걸 보니 내가 그동안 너무 안 웃었던 모양이다. 내가 웃지 않으면 또다시 작년의 일들이 되풀이되지 않을까 하는 생각이 번쩍 들었다.

　"이렇게 무섭게 표정 짓고 있는 나한테 누가 다가오겠어……."

　마음의 문을 닫고 있는 나에게 먼저 다가올 사람은 아무도 없을 것이다. 내가 마음의 문을 열고 있어야 누구든지 들어올 수 있지 않을까. 그래야만 모든 것이 가능할 것이다. 예전처럼 홀로 앉아만 있을 순 없었기에 나는 그때부터 조금씩 시도를 했다. 용기를 내어 조금씩 시도를 하니 늘 혼자만 앉아 있던 내가 한 명, 두 명씩의 아이들과 말을 주고받을 수 있게 되었고 서로 대화를 나누며 거기에 대한 반응으로 조금씩 미소 짓는 것도 가능해졌다. 비록 크게 떠들고 웃고 하지는 못했으나 나에게 찾아 온 충분히 큰 발전이었다. 하지만 잠깐 동안 말만 건넬 수 있었을 뿐 그 이상의 관계로는 발전하지 못하고 나는 역시나 혼자였다.

　그러던 어느 날, 드디어 나는 나에게 다가오는 네 명의 인연 중 첫 번째로 눈이 예쁜 한 아이를 만나게 되었다.

　쉬는 시간에 좀처럼 자리에서 일어나지 않는 작년의 습관을 버리지 못해 그날 역시 난 자리에 홀로 앉아 다음 수업을 준비했다. 그때 갑자기 나에게 '정원'이라는 아이가 다가왔다. 반에서 나만큼 조용하고 수줍음 많은 정원이라는 아이. 한 번도 말을 붙여 본 적은 없었지만 3학년이 되던 첫날 아무데나 앉아도 된다는 담임선생님의 말씀에 그 아이의 옆자리에 앉은 기억이 났다. 그 아이의 눈은 참 크고 예뻤다. 그녀는 갑자기 나에게 가위를 빌려달라고 했다. 수줍은 줄로만 알았던 그녀가 나에게 말을 붙여 주어 나는 잠깐 동안 당황했다. 동그란 눈으로 나에게 부탁을 하는 그녀. 내가 가방에서 가위를 꺼내주자 그녀는 작은 목소리로 '금방 돌려줄게'라고 말했다. 작고 나지막한 목소리로 속삭이는 정원이는 참 조용한 아이인 것 같았다. 하지만 이것 또한 잠시 나에게 건네고 가는 말이겠지. 나는 별 기대를 하지 않았다. 작년에도 이런 친구들이 많았으니까. 그녀와 친구가 되리라는 생각은 전혀 하지 못했다. 잠시 후 그녀가 나에게 다가왔고 조금 전 내가 빌려 준 가위를 돌려주며 고맙다고 말했다. 나는 그저 눈웃음으로만 대답을 했다. 그런데 다시 나에게 말을 건네는 그녀. 그녀는 한참을 망설이다 나에게 수줍게 말을 건넸다.

"저기, 근데 보화야……. 오늘 점심시간에 나랑 같이…… 밥 먹으면 안 될까?"

"뭐?"

나는 그녀의 갑작스런 말에 당황했다. 소극적으로 보이던 정원이가 늘 혼자인 나에게 용기를 내어 먼저 다가와 주었다는 사실에 나는 멈칫거린 것이다. 나는 놀라움 반, 고마움 반이었다. 여전히 쉽지 않았던 그 과제를 용기 있게 먼저 보여준 그녀. 만감에 사로잡힌 나의 대답이 늦어졌다. 그러자 정원이는

"아…… 아니 싫으면 어쩔 수 없지, 뭐. 난 괜찮아."

하며 돌아서려 했다. 먼저 다가와 준 그녀를 돌려보내서는 안 되었기에 나는

"아, 내 말은 그게 아니라…… 밥 같이 먹자…… 고마워, 정원아."

하고 얼른 대답을 했다. 그제서야 다시 웃는 그녀.

늘 혼자였던 나에게 그렇게 말을 붙여준 친구는 정원이가 처음이었다. 나만큼 누군가에게 먼저 다가가기 어려워했던 그녀가 먼저 용기를 내주어 나는 무척이나 고마웠다. 갑자기 다가온 그녀의 행동에 잠시 놀라 말을 머뭇거리기도 했으나 그때 얼마나 정원이에게 감사했는지 모른다. 용기 있는 행동을 하려 매번 시도했지만 서둘러 접고 말았던 나. 그런 나에게 선뜻 와준 정원이가 예쁘고 멋져 보였다.

그 후로 정원이와 나는 조용하지만 서로를 믿는 좋은 친구가 되었다. 우리는 늘 함께 했다. 밥을 먹을 때도, 운동장을 나갈 때도…….

정원이는 항상 나에게 웃음으로 대했고 나도 그녀가 진심으로 좋았다. 그런 정원이와 나, 둘의 모습이 보기 좋아 보였는지 우리에게 어느 날 '슬이'와 '채현'이라는 아이들이 다가왔다. 작년에 이어 올해도 같은 반이 된 슬이와 채현. 그녀들은 연이어 같은 반이 된 탓에 반에서 오직 둘만 친한 듯 보였다. 나와 정원이처럼 둘뿐인 그녀들. 허나 둘이서만 다니기엔 허전함을 느꼈던지 슬이와

채현이는 역시 둘뿐이었던 우리에게 다가왔고 정원이와 난 그녀들이 반가웠다. 그렇게 만난 우리 넷은 새로운 만남인 탓에 며칠은 다소 서로를 어색해 하기도 했다. 모두의 처음은 다 그런 법이다. 하지만 우리는 그 어색함 속에서 서로가 서로의 인연임을 느낄 수 있었고 빠른 속도로 가까워져 갔다. 그녀들은 우리와는 달리 참 활발하고 장난기 많은 아이들이었다. 늘 자신감이 넘쳤고 다른 아이들과도 잘 어울려 놀았으며 매사 적극적으로 행동하는 밝은 아이들이었다. 정원이와 난 그런 그녀들이 부럽기도 했다. 열여섯 소녀에게 어울리는 환한 미소를 가진 그녀들이었기에……. 정원이와 나는 그녀들과 정반대로 여전히 수줍음 많은 소녀였다. 하지만 점점 시간이 지날수록 정원이와 나는 그런 그녀들의 행동이 편해져만 갔다. 그녀들이 웃을 때 우리 둘도 따라 웃었고 장난을 칠 때 함께 장난을 쳤다. 하루하루 그렇게 그녀들을 따라가고 맞춰 갔다. 그러다 보니 어느 순간 정원이와 나는 그녀들 못지않은 밝은 소녀가 되어 있었다. 그녀들이 수줍음 많고 조용했던 나와 정원이를 바꾸어 놓은 것이다. 그렇게 우리는 하나가 되어 전보다 더 밝고 명랑한 시간을 보냈다. 둘보다 넷의 시간은 더욱 더 즐거웠다. 둘이 넷이 된 만큼 나의 웃음소리 또한 두 배가 되어 늘어갔다.

하지만 날이 갈수록 쌓여가는 우리 넷의 우정 속에서도 뭔지 모를 '하나의 빈자리'가 느껴졌다. 아직 주인을 찾지 못한 한 자리.

그 마지막 자리를 채우게 된 것은 눈이 새하얗게 내리던 어느 겨울날이었다. 그날은 아침부터 눈이 내려 학교가 새하얀 도화지로 변한 것만 같았다. 지붕 위에도 나무 위에도 모두 새하얀 눈이 소복이 내려 조금이라도 건들면 쌓인 눈이 파르르 떨어져 내렸다. 그날도 어김없이 우리 넷은 다 같이 하굣길을 걸었다. 집 방향이 모두 같은 덕분에 나의 하굣길은 즐거워졌다. 아침부터 내린 눈이 오후가 돼서도 계속 내려 우리는 집을 나설 때 가져온 우산을 두 명이 하나씩 쓰고 걸었다.

눈이 내린다는 그 설렘 때문에 어린아이가 되어버린 네 명의 소녀. 눈을 피하려 우산을 쓴 우리지만 우산은 필요가 없는 듯했다. 너도 나도 할 것 없이 우리는 손에 조금씩 눈을 들고 서로에게 장난을 쳤다. 덕분에 우리는 우산을 썼음에도 어깨 위가 눈송이로 쌓였다. 나무 위에 쌓여가는 새하얀 눈들처럼. 작은 우산 두 개 밑, 우리 넷은 입김을 호호 불어댔다. 안경을 쓴 슬이 눈 앞에도 뿌연 김이 생겼다 사라졌다 한다. 그렇게 학교를 나선 지 채 얼마 되지 않은 그때, 저 멀리 우리 반 '효빈'이의 뒷모습이 보였다. 너무 멀리 있었던 탓에 나 말고는 다들 효빈이를 알아차리지 못했다. 멀리 있는 효빈이를 나 혼자서만 알아차린 상황. 길을 걸으며 나는 효빈이를 머릿속에 떠올렸다. 날카로운 이목구비와 키가 몹시 큰 그녀. 키가 크다는 그 이유 하나만으로도 아이들은 효빈이에게 거리감을 느꼈다. 매서워 보이는 첫인상을 가진 것 또한 아이들이 효빈이를 어려워하는 이유가 되었다.

아이들은 효빈이에게 좀처럼 쉽게 다가가지 못했다. 더구나 효빈이가 잘 웃지 않는 탓에 그런 그녀를 다소 내켜하지 않는 아이들이 생겨났다. 붙임성이 없던 효빈이 역시 다른 친구들에게 먼저 다가가지 못했고 결국 효빈이는 함께 다닐 친구를 찾지 못하게 되었다. 효빈이는 성격이 나쁜 아이는 아니었다. 단지 조금 수줍어할 뿐, 그녀는 차가운 외모와 달리 마음이 참 따뜻한 아이였다. 나는 혼자인 효빈이를 바라볼 때면 예전의 내가 생각났다. 또 잘 웃지도 않는 효빈이가 나와 공통점이 있는 것 같아 나는 더욱 더 그녀를 생각할 수밖에 없었다. 늘 혼자여야만 하는 아픔을 아는 나로서는 그녀에게 도움을 주고 싶었다. 그리고 그녀에게서 예전의 내 모습을 자주 떠올렸다.

그런데 어김없이 혼자 쓸쓸히 걸어가는 효빈이의 뒷모습을 바라보고 있자니 당장이라도 달려가 그녀의 어깨에 손을 올리고 싶었다. 눈이 와서 그런지 더 외로워 보이는 그녀의 뒷모습. 그녀의 차가워졌을 손을 잡아주고 싶었다. 그래서 나는 가던 길을 멈추고 내 옆에 있던 정원이, 슬이, 채현이를 멈춰 세웠다.

"애들아, 저기 효빈이 보여?"

길까지 멈추고 효빈이에 대해 묻는 내가 이상하게 여겨졌는지 그녀들은 걱정 어린 눈빛으로 나를 바라보았다. 나는 숨을 가다듬으며 얘기를 꺼내려 했다. 하지만 좀처럼 떨어지지 않는 입술. 그녀들은 더욱 더 진지한 표정을 지었다. 나는 쉽게 이야기를 꺼내기 힘들었다. 나의 친구들이긴 하지만 효빈이의 상황을 누구보다 잘 아는 나와는 달리 그녀들은 작년의 나와 같은 아픔을 겪어보지 못했기에 그녀들에겐 생각할 시간이 필요할 수도 있다고 나는 생각했다. 그런 마음에 나는 차마 쉽게 입을 열 수가 없었던 것이다. 하지만 혼자인 효빈이에게 내 마음이 빨리 닿길 원했기에 나는 그녀들이 나의 마음을 이해해 주길 바라며 천천히 입을 뗐다.

나는 우리가 효빈이와 같이 지내면 어떻겠냐고 이야기했다. 슬이와 채현이가 조용했던 나와 정원이를 바꾸어 놓은 것처럼 효빈이를 우리 넷이 밝은 아이가 될 수 있게 도와줄 수 있을 거라며, 우리가 그녀의 진정한 친구가 되어 주자며……. 나의 갑작스런 말을 들은 그녀들이 어떤 생각을 하고 있을지 궁금했다. 나는 잠시 동안 그녀들의 대답을 기다렸다. 대답이 많이 늦어질 거라 나는 생각했다.

하지만 나의 예상과 달리 그녀들은 몇 초도 안 되어 너무 쉽게 좋다고 대답

해 주었다. 내가 걱정할 필요가 없게 만들어 주는 그녀들. 그녀들이 내 의견에 너무나도 쉽게 응낙을 해 준 것이다. 나는 그녀들이 정말 고마웠다. 이야기가 끝난 우리는 당장 효빈에게로 달려갔다. 그러곤 그녀의 손을 잡았다. 효빈이는 자신의 손을 잡아준 우리에게 대답 없는 미소를 지어주었다. 그렇게 우리는 눈을 맞으며 서로의 손을 잡고 눈길을 걸었다.

눈이 오던 겨울날, 비어 있던 그녀의 자리가 그렇게 주인을 찾았다.

그녀들이 참 좋았다. 전과는 180도 달라진 나의 생활에 정말 즐거웠다. 그녀들과 함께 하는 하루하루가 즐거웠고, 나는 그녀들에게 진심으로 고마움을 느꼈다. 이들과 함께일 때면 그 속에서 자신감을 되찾는 내 모습을 발견할 수가 있었다. 작년의 나는 온데간데없이 사라지고 예전의 밝았던 내 모습으로 돌아오는 것만 같아 나는 설레었다. 그녀들은 깜깜하기만 했던 나의 학교생활에 활력을 불어 넣어 준 것이다.

같이 있으면 너무나 편안했다. 나를 웃게 해주고 기쁘게 해주었던 나의 친구들. 나의 열여섯이란 시간에 그녀들과 함께 할 수 있다는 게 정말 좋았다. 힘겨워했던 나날들을 버티게 해주었고 날 다시 일으켜 세워준 그녀들. 나의 쉼터인 그녀들. 그녀들과 함께 하는 하루는 늘 맑다.

지난날 나를 걱정하시던 선생님은 넷과 함께 다시 웃음을 찾은 내 모습을 보시고 나의 웃는 모습에 환한 미소를 지어 주셨다.

그러던 어느 날 낯선 번호의 전화 하나가 걸려 왔다.

─00XXX0─XXX9─XXXX001

"어, 뭐지? 해외에서 걸려온 전화 같은데."

무척이나 낯선 번호였지만 그 번호에 애틋한 마음이 생겼다. 내가 기다려 왔던 전화일 것만 같다는 느낌. 아빠가 아닐까. 혹시 하는 마음으로 조심스레 통화 버튼을 눌렀다.

"여보……세요?"

잠시 동안 정적이 흘렀다. 정확히 3초 후, 수화기 너머 들려오는 낯익은 목소리.

"보……화니? 아빠야……."

내가 정확하게 맞췄다. 너무나 내가 듣고 싶었던 목소리. 참 오랜만에 듣는 아빠의 목소리였다. 늘 자상한 아빠의 목소리. 아빠가 처음으로 나에게 꺼낸 말은 '잘 지내고 있니?'라는 말이었다. 멀리서도 우리 걱정만 하시는 아빠. 아빠는 밥이라도 잘 챙겨 드시고 계신 걸까. 아프신 데는 없으시겠지.

나는 아빠의 목소리를 들으며 아빠의 모습을 떠올렸다. 어디서 전화하고 계신 걸까. 아빠는 이것저것 그동안 우리에게 물어보실 게 많으셨나 보다. 그만큼 아빠와 떨어져 지낸 지도 오래됐으니까. 아빠의 반가운 목소리에 나는 아빠한테 아무것도 묻지 못하고 그저 대답만 하고 있다. 그냥 아빠 목소리만 듣고 있어도 좋겠다고 생각하면서. 그런데 그때, 갑자기 아빠의 목소리가 잘 들려오지 않았다. 전화상태가 안 좋아져 갔다. 아빠 목소리를 방해하는 시끄러운 수화기 속 소리들. 무엇이 잘못이었는지 전화연결 상태마저 아빠와 나의 통화를 막는 것만 같아 괜스레 울컥했다.

"여보세요? 아빠 잘 안 들려. 뭐라고? 여보세요?"

"……."

아무 소리도 들려오지 않는다. 전화가 완전히 끊겨 버렸다. 끊긴 수화기 속에선 그저 치지직거리는 소리만 들려왔다. 어디 계신 걸까. 어디서 무얼 하고 계신지도 아직 물어보지 못했는데. 아빠와 헤어진 후로 첫 통화였는데, 그렇게 끝나버렸다. 서로의 안부조차 제대로 묻지 못하고 끝나버린 짧은 통화. 언제 또 다시 아빠의 목소리를 들을 수 있게 될까. 그러나 몇 마디 되지 않았던 아빠와의 짧은 대화였지만 그 짧았던 말들 속에서 아빠와 난, 서로를 그리워하는 마음을 충분히 느낄 수 있었다. 아빠도 여기가 많이 그리우시겠지. 우리들이 있는 이곳으로 돌아오고 싶으시겠지. 그 마음이 굴뚝같으실 텐데.

아빠의 나지막한 목소리를 들으며 나는 아빠의 상황을 이해할 수 있었다. 많이 힘드실 거다. 아무도 없는 그곳에서 우리 삼남매가 얼마나 눈앞에 아른거리실까. 나 또한 그런 아빠가 머릿속에 떠오른다. 하지만 보고 싶은 아빠를 제대로 떠올릴 수가 없다. 십년이 지난 것도 아닌데 참으로 오래 못 본 듯한 이 느낌. 마음만큼은 참 긴 순간이었던 지난날, 그 시간 속에서 하루하루 혼자 늙어가고 있으실 아빠의 모습을 생각하니 자꾸 서러워진다. 아빠가 너무 보고 싶다.

"아빠…… 보고 싶어."

전화기를 아직 끊지 못한 채 나는 이미 끊겨버린 수화기에 대고 그렇게 중얼거렸다. 아빠가 평소보다 더욱 더 보고 싶어졌다. 여기서 이렇게 내가 아빠를 기다리고 있으니까, 누구보다 아빠를 사랑하고 있으니까 아빠는 곧 돌아오실 꺼다, 곧.

아빠와의 일 분도 채 함께 하지 못한 것만 같던 하루가 그렇게 가버리고도 시간은 하염없이 흘러갔다. 영원히 고장 나지 않는 시계처럼 시침은 일초도 멈추지 않고 돌아간다. 시간을 누리며 살기보단 시간에 떠밀려 삶을 사는 우리. 하루가 지면 다시 하루가 오고 또 하루가 오면 다시 하루가 지는 연속되는 삶. 그 끝없는 길 속에 '변화 없는 나'를 걷게 하고 있을 것 같지만 그 긴 '삶의 길' 속에서도 우리는 자기도 모르게 조금씩 성장하는 법이다. 그 옛날 참 힘들어 했던 나의 '열다섯'의 시간 속에서도, 내가 어둠을 막 지나 밝은 곳으로 나왔을 때 햇빛을 두려워하는 나에게 이 밝은 세상 속엔 꽃도 자라나는 법이란 걸 구경시켜 준 네 명의 그녀들과 함께 했던 '열여섯'의 그 시간 속에서도, 무언가 얻은 게 있는 걸 보면 나도 모르는 사이 한 발짝 한 발짝씩 컸다는 걸 알 수 있다.

그렇게 나뿐만 아니라 선호, 지민이 그리고 엄마도 아빠라는 버팀목 없이 살면서 홀로 얻은 게 분명 있을 것이다. 이것 또한 내가 평범한 삶을 살았더라면 결코 얻어내지 못했을 것들. 되짚어 생각해 본다면 우리에게 이런 시련들이 찾아 왔었기에 그 속에서 좀 더 어른스러워질 수 있었던 것이 아닐까. 만날 수 없는 서로의 공간 속에서 아빠와 우리는 각자 최선을 다해 살며 그렇게 다시 모두 함께 모여 살 날을 기약했다.

참 좋아했던 나의 친구들, 슬이, 채현이, 정원이, 효빈이와 함께 했던 2009년도 획 하고 지나가 버렸다. 아픔이 있었던 2008년처럼 힘들 땐 일 년이란 시간이 참 느리게 느껴졌는데 행복한 일 년의 시간은 참 빠르게 느껴진다. 일 년이라는 그 시간의 길이는 같은데 말이다. 역시 생각하기에 따라, 마음먹은 거에 따라 달라지는 사람의 마음.

그렇게 '고등학생이 된 윤보화'의 3년이란 시간도 어느새 훌쩍 가버리더니 칠년이 지나고 팔년이 지나 그렇게 12년이 흘렀다. 참 어렸던 16살의 소녀는 어느덧 스물여덟의 어른이 되어 있었다. 9년이란 시간 역시 나는 헛되게 보내지 않고 늘 아빠를 생각하며 성실하게 살았다. 그 세월과 함께 나는 더욱 더 멋있고 강한 윤보화가 되어 갔다. 대학시절의 학비 역시 내 손으로 벌어야 했고 성인이 되어 생활비도 내가 한몫 거들어야 했지만 그것마저 이제는 더 이상 나에게 '짐'이 아닌 '나의 역할'이었다. 나는 동생들의 누나이자 장녀니까, 우리 집의 또 다른 가장이니까……

그렇게 나의 하루를 책임감 있게 살다 보니 좋은 회사에도 취직하게 되었고 내가 잘할 수 있는 일, 내가 즐겁게 할 수 있는 직업을 갖게 되었다. 나의 좋은 친구들, 그녀들 역시 각자의 삶에 최선을 다해 살고 있고, 중학교를 졸업한 지 십 년도 더 되었지만 우리는 여전히 변함없는 친구들이다.

하지만 아직도 우리 집은 달동네 속이다. 직장을 다니면서 조금씩 저축한 결과, 이제는 다른 곳으로 충분히 이사를 갈 정도가 되었지만 이곳에서의 추억이 가득해져서 좀처럼 떠날 수가 없다는 동생들과 엄마의 의견 때문이었다. 그리고 언젠간 돌아올 아빠를 위해서도 주소가 바뀌면 안 되니까 우리는 아빠가 돌아오시면 그때, 다른 곳으로 이사하기로 했다. 이 집을 떠날 땐 지난날의 추억과 안녕이겠지. 하지만 안녕이라고 해서 없던 일이 되는 건 아닐 것이다.

우리 가족의 '지난날의 아픔'과 '새로운 출발'이 새겨진 이 집도 이제는 나에게 집에 대한 추억들 중 하나로 남겨졌다. 그 옛날, 넓은 집에 대한 추억보다 이 작고 작은 달동네 속의 우리 집이 이제는 더 큰 추억이 되어버렸다. 넓은 집에서 이곳으로 올 때 무척 슬퍼했던 내가 떠오른다. 이제는 웃음으로 넘길 수 있는 지난날의 추억. 오래오래 마음에 접어둘 이야기들. 가끔씩 꺼내어 회상할 수 있는 이야기들.

이 달동네에 올 땐 몸도 마음도 아무것도 가진 게 없었는데 이제는 아빠의 자리만 비었을 뿐 모든 게 원래대로 되돌아온 것 같아 기쁘다. 언젠간 돌아올 아빠와 함께 또다시 새로운 곳에서 출발할 머지않은 그날을 엄마와 동생들, 그리고 나는 기대한다.

오늘은 막내 지민이의 생일이다. 벌써 중학생이 된 막내. 그때 세 살의 꼬맹이였던 지민이가 벌써 열다섯 살이 된 걸 보면 참 오래전 일인가 보다. 나는 퇴근하는 길에 케이크를 사서 집으로 들어갔다. 문을 열고 집 안으로 들어가니 벌써부터 들떠 있는 지민이가 퇴근하는 나를 반겼다. 대학생인 선호도 막내 생일 선물을 준비했는지 덩달아 들떠 있는 분위기였다. 어느덧 50대 중반을 훌쩍 넘기신 엄마도 그런 우리의 모습 앞에 흐뭇한 미소를 지으셨다. 생일상을 차리고 케이크 촛불에 불을 붙였다. 우리는 노래를 부르고 지민이에게 한마디씩 하였다.

"지민아, 건강하고 밝게 커줘서 고마워. 누나가 지민이 정말 사랑하는 거 알지? 앞으로도 열심히 공부하고. 자, 이건 누나 선물."

얼굴에 웃음이 가득해진 지민이. 선호도 지민이에게 선물을 건넸다. 나와 선호의 선물을 받고 즐거워하는 지민이에게 엄마는 어서 촛불을 끄라고 하셨다. 지민이가 촛불을 끄려는 순간, 갑자기 누군가가 문을 두드렸다. 참 오랜만에 듣는 두드림. 문 뒤에 서 있는 사람은 누굴까. 나는 자리에서 일어나 문 앞으로 다가갔다. 문 손잡이를 잡자 반대편에 서 있는 사람의 기운이 느껴진다.

"누구세요?"

라는 말과 동시에 문을 열었다. 문을 열자 늙은 중년의 남자가 고개를 숙이고 있다. 그 남자의 떨군 얼굴에서 느껴지는 낯익음. 그 남자의 모습에 나는 고개를 갸우뚱거렸다.

다시 한번 '누구시죠?'라는 내 질문에 그제서야 고개를 드는 그 남자.

"아빠……."

십 년 만에 보는 아빠였다. 아빠가…… 돌아오신 거다. 문 밖에 서 있는 아빠를 나는 부둥켜 안았다. 이게 얼마 만일까. 두 팔로 아빠를 끌어안으니 아빠가 내 팔에 딱 맞으신다. 십 년 전엔 내가 아빠의 품에 쏙 들어갔었는데 이제는 아빠가 내 품에 들어온다.

내가 이만큼 컸나 하는 생각보다 아빠가 많이 작아지셨네 하는 생각이 먼저 들었다. 내 눈에선 뜨거운 눈물이 흘러 내렸다. 문 밖에서 내가 중년의 남자를 끌어안자 아빠임을 알아차린 동생들과 엄마가 맨발로 뛰어나왔다. 모두가 다 아빠를 끌어안았다. 우리 다섯 명이 십 년 만에 다 같이 안게 된 것이다. 오늘을 어찌 잊을 수 있을까.

지민이의 생일에 돌아오신 아빠. 지민이의 가장 큰 생일선물이 아닐까. 어릴 때 헤어진 아빠지만 지민이는 그 세 살의 아련한 기억 속에서도 아빠를 기억해 내는 것 같았다. 늘 묵묵했던 선호도 오늘만큼은 눈물을 보였다. 엄마도 그동안 아빠 없이 우리를 키워내셨던 지난날의 서러움이 떠오르셨는지 말없이 우리를 감싸셨다.

십 년이란 세월에 아빠도 주름을 이겨내진 못하셨나 보다. 아빠를 떠나보낼 때 마지막으로 본 아빠의 얼굴을 다시 보았다. 늙으셨지만 아직도 그대로이신 아빠 얼굴 속 자상함. 그동안 어디 계셨냐, 무얼 하셨냐 아빠에게 묻지 않아도 아빠가 돌아왔다는 그 하나만으로도 우리는 기뻤다.

십 년 동안 비워져있던 아빠의 자리가 드디어 채워졌다. 이 날을 얼마나 기다렸던가. 아빠의 자리가 채워졌으니 이제 우리 가족은 다시 완전한 하나가 되었다. 하나가 되기까지 참 길었던 시간. 하지만 그 긴 시간을 우리는 앞으로 더욱 더 긴 시간으로 메워 나가리라.

아빠가 돌아온 그날부터 우리는 더욱 더 행복한 날들을 보냈다. 어쩌면 불가능할지도 모른다고 생각했던 아빠와의 재회가 꿈만 같이 다가와주어 모든 것에 감사했다. 아빠가 하시는 일도 다시 자리를 잡아갔고 나도 회사일이 바쁘지만 그 속에서 일하는 행복을 느꼈다. 아빠가 있어서 그런지 동생들도 전보다 더 밝아졌고 엄마도 한시름 놓으신 듯했다. 우리는 그동안 채우지 못한 행복을 그 날 이후부터 하나씩 채워나갔다. 다신 없을 것만 같았던 우리 가족의 웃음이 다시 우리에게로 찾아왔고, 나는 가족과 함께 하는 순간들을 소중하게 생각하며 지냈다.

그리고 아빠와의 기적 같은 만남에 이어 우리집엔 또 하나의 기쁜 일이 생겼다. 평소에 만나오던 사람과 결혼을 하기로 내가 마음을 먹은 것이다. 기쁜 나날에 또 기쁜 소식이 겹치니 우리 가족의 행복은 두 배가 되었다. 그는 나의 고등학교 동기였는데 듬직한 그라면 평생을 함께 해도 좋을 거 같았다. 그리하여 나는 아빠가 돌아온 그해 가을, 그와 평생을 함께 할 것을 약속했다. 그는 '나의 네 명의 친구들'에 이은, 하늘이 준 소중한 나의 '두 번째 인연'이었다. 참 바르고 곧은 사람. 무엇보다 그는 지난날 나의 상처를 잘 쓰다듬어 주는 넓은 품의 남자였다. 그런 그와 결혼을 하여 나는 딸을 낳았고 남편과 함께 딸아이를 키우는 행복에 그대로 멈춰도 좋을 시간들을 보냈다.

나는 더할 나위 없이 행복했다. 이제 더 이상 나에겐 슬픈 일도 없었고 두려울 일도 없었다. 보고 싶었던 아빠가 돌아왔고, 남편이 있고 딸아이가 있는 나는 행복한 여자였다. 지난날 늘 힘들어 했고 눈물 흘렸던 소녀가 이제는 아무것도 두렵지 않은 여자가 된 것이다. 모든 것은 지나고 나면 다 그저 추억이 될 뿐이다. 시련이 다가오는 그 잠깐의 시간 동안은 많이 힘들고 아프지만 지나고 나면 상처가 난 자리는 어느새 아물게 되는 법이다.

설사 다시 시련이 찾아온다 해도 한 번 겪어본 고통이니 충분히 잘 막아내고 견뎌낼 수 있을 것이다. 그 값진 경험들은 앞으로도 나에게 많은 도움을 줄 삶의 지도자가 되어줄 것이다.

나는 지금부터 다시 시작하려고 한다. 아빠, 엄마, 선호, 지민이, 남편, 갓 태어난 딸, 그리고 새로운 나와 함께.

모든 걸 이겨낸 스물여덟의 나. 지금의 윤보화는 정말 행복하다. 그러므로 그동안의 아픔에게 보란 듯이 앞으로 더욱 더 행복하게 살 것이다.

"나는 널 이겨냈어. 아픔 따윈 나에게 아무것도 아니었어. 나는 누구보다 잘 견뎌냈어."

나의 두 번째 삶은 지금부터 다시 시작이다. 강해진 윤보화와 함께!

* * *

눈에 넣어도 아프지 않을 내 딸 유은이가 태어나던 해에 어렵게 에델바이스를 구해 화분에다 심었다.

남편을 닮아 눈이 참 맑은 아이. 올해로 다섯 살이 된 유은이가 어느 날 화분에 심겨진 에델바이스를 보고 나에게 물었다.

"엄마, 이 꽃 이름은 뭐야?"

"이 꽃 이름은 에델바이스야."

"에델바이스?"

"에델바이스의 꽃말은 소중한 추억이래. 별처럼 생긴 이 꽃 참 예쁘지? 이 에델바이스의 꽃말처럼 엄마한텐 참 값진 추억이 있어. 힘들었지만 지금은 너무 소중해져버린 추억. 우리 유은이가 엄마랑 에델바이스 보고 있는 지금 이순간도 우리 유은이 마음 속에 예쁜 추억으로 간직해 줘."

유은이를 무릎에 앉히고, 나는 그렇게 나의 딸과 함께 작은 화분 속에 핀 이 아련한 에델바이스를 바라보고 있다.

에델바이스여, 안녕.

후기

책을 써 내려간다는 게 결코 쉬운 일은 아니라는 걸 깨달을 수 있었던 긴 활동이었다. 독자들에게 전달하고자 하는 것을 글로 표현해내는 게 얼마나 대단하고 부단한 노력이 뒤따르는 일인지도 느낄 수 있었다. 또 글의 마지막 문장을 쓸 때는 얼마나 뿌듯했는지 모른다. 쉽게 끝낸 활동은 아니었기에 아마 더 뿌듯했던 것 같다. 동아리 친구들의 글이 한 권에 모인 책을 두 손 위에 올려놓을 땐 얼마나 더 기쁠까. 다들 우여곡절 끝에 글을 마무리 지어서, 8개월 남짓한 지난 시간이 오랫동안 기억에 남을 것이다. 글을 쓰면서 참 자신없어 했던 순간도 많았던 거 같다. 부담도 많이 되었고 그만큼 책임감도 가져야 했기에 걱정도 많았는데, 다 쓴 글을 몰래 읽어 보신 엄마가 잘했다고 하셔서 그동안 내가 내 글에 자신없어 하고 부끄러워했던 마음이 스르륵 사라지는 것 같았다. 모든 걸 떠나 긴 시간 동안 내가 하고자 했던 일을 끝냈다는 점에서 내가 나에게 칭찬해 주고 싶다. 늘 무언가를 이렇게 끝내고 나면 느껴지는 '기쁨'이라는 감정이 너무 좋은 것 같다. 글 쓰는 데 조언을 많이 해준 언니와 기대하고 있을 다슬이, 유현이, 원희. 그리고 글을 마무리 지어 갈 때쯤 많은 도움을 준 돌이에게 고맙다는 말을 전하고 싶다.

알게 모르게 우리 주변에는 여러 상황 속에서 힘들어 하는 친구들이 많은 것 같다. 그런 친구들을 바라보는 많은 사람들 중 그들을 동정하는 이들도 있는 반면, 차갑게 바라보는 이들도 있기 마련이다. 그렇게 나뉘는 두 반응들을 보며 참 안타까워 하고 많은 생각을 떠올리는 나지만 나 역시 정작 현실에 닥쳤을 때 그들을 외면하지 않았는지 반성해 본다. 그러므로 내 글을 읽은 사람들만큼은 적어도 힘들어 하는 이들에게 먼저 손을 내밀어 줄 수 있는 그런 사람이 되어주었으면 한다. 그리고 좌절하고 있을 '너'에게 힘을 주고 싶어하는 내 마음이 잘 전달되었기를 바란다. 참 약했던 '나'도 잘 이겨내 가듯이 너도 잘 견뎌내 갈 수 있을 것이라 믿기 때문이다.

하늘을 넘어

이수빈

over the sky

아무도 없는 벤치에 앉아 녹차를 삼킨다. 바로 옆 놀이터에는 아장아장 걷는 아이들을 지켜보는 부모들이 보인다. 모래장난으로 손이 더러워지자 손수건을 들고 달려가는 엄마. 넘어진 아이에게 괜찮다며 머리를 쓰다듬는 아빠. 그 모습이 내 어린 시절과 많이 닮았다. 아빠가 머무른 하늘을 바라보며 생각에 잠겼다. 처음 자전거를 타던 날, 두려움에 떨던 나를 위해 자전거 뒤꽁무니를 잡고 밀어주며 응원하던 우리 아빠.

벌컥. 방문이 열린다.

"이별이! 준비 다 됐나?"

"아, 놀래라! 있어 봐라! 다 돼 간다!"

"이 가시나가 어디 엄마한테 신경질이고! 니 눈에는 엄마가 니 친구제!"

"아, 바쁘니까 이카지!"

"퍼뜩 하고 나온 나. 밥은 묵고 가야 떡하니 붙을 거 아이가."

쾅—. 닫혀버린 문에 방 안의 먼지들이 풀썩거린다. 소란스러운 아침. 엄마의 잔소리로 시작해서 잔소리로 끝나는 게 이 세상 모든 딸들의 일상이 아닐까. 오늘같이 중요한 날에도 우리 엄만 구구절절 잔소리만 늘어놓는다. 중요한 날! 바로 몇 달 동안 기다렸던 면접날이다. 이번만 해도 세 번째. 한국항공 채용준비에 그동안 얼마나 많은 시간과 정성들을 쏟아부었던가. 절대 헛되지 않도록 꼭 붙고 말리라! 말끔히 정리된 거울 앞에서 이제는 익숙해질 말쑥한 내 모습에 다시 한번 자신감을 가진다. 곱게 단장한 모습으로 식탁 앞에 앉으니 엄마표 밥상이 날 기다리고 있다.

"오호. 오늘 밥상 신경 좀 썼네?"

"카면! 오늘은 엄마 혼을 쏟았으니까네, 남기기만 해봐라잉."

"맨날 이렇게 해주면 소원이 없겠네."

시큰둥하게 대답하고는 수저를 들려는데 동생이 배를 긁적거리며 나온다. 저 녀석은 누나가 면접 보는 날인지를 아는지 모르는지 하품만 쩍쩍 해대며 말라붙은 눈곱을 떼어낸다.

"산이도 빨리 앉아서 밥 무라."

"알았다, 알았다."

"산! 누나야 어떤데? 누나야 오늘 한국한공 면접 날인데."

"뭐, 괜찮은데……. 어차피 떨어질 거 뭐 하러 보는데? 스물일곱인데 시집이나 가시지?"

"이놈이! 작년에 니 수능 볼 때 누나야가 얼마나 응원 많이 해줬는데!"

언제나처럼 투덕거리는 나와 산이, 그리고 엄마. 이렇게 셋이 둘러앉아 남은 한 자리를 채우듯이 한 숟갈 두 숟갈 비워진 속을 채우고 있다. 엄마가 강조한 엄마표 밥상은 혼을 담은 음식이라지만 실상은 눈대중으로 대충대충 넣은 간장과 고춧가루의 아이러니한 조합이 아닐까. 아무리 대충 넣어도 맛이 항상 같은 것은 엄마의 혼 때문일지도.

모든 준비를 끝내고 현관 앞에서 구두를 신고 있는데 엄마가 또 왜 저럴까 싶다.

"똥강아지만 하던 이별이가 이제 삐딱구두도 신고. 잘 컸네, 우리 딸."

"오늘 따라 와 이카노, 징그럽게!"

"다 합격하라고 말하는 기지. 저번에는 엄마가 신경 못 써줘가 떨어진 거 아인가 싶어서."

"고맙네! 꼭 붙으라고 기도해라. 내 간데이! 할머니한테는 말하지 말고!"

집을 뒤로 하고 버스정류장으로 가는데 날씨는 왜 이렇게 창창한지. 주야장천 내리던 장맛비는 어젯밤에 다 쏟아 버렸나 보다. 아직 마르지 않은 아스팔트 위를 걷는 동안 이른 아침 햇살은 나를 비춘다. 귀에 꽂은 mp3에서는 언제나 그렇듯이 다섯 명의 하모니가 나를 들뜨게 한다. 한산한 버스정류장. 별로 기다리지도 않았는데 1226번 버스는 벌써 날 향해 달려오고 있다. 돌아오는 버스를 즐겁게 탈 수 있을까?

가는 손목에 유연하게 감긴 손목시계의 바늘은 빠르게 돌아가고 있다. 왜 이렇게 심장이 벌렁거릴까. 떨리는 발걸음으로 또각또각 들어선 면접대기실에는 같은 처지인 사람들이 다들 긴장을 놓지 못한 채 자기 순서를 기다리고 있다.

"23번, 이별 씨."

"네!"

손에 쥐어진 땀을 문지르며 면접장으로 들어섰다. 잘 하자, 이별.

소란스러웠던 중학교를 졸업하고 의미 없는 긴 공백의 시간이 지났다. 그 시간을 채우려는 듯 거세게 부는 겨울바람이 날 데려다 놓은 곳은 한담고등학교다. 중학교와 멀리 떨어져 있는 탓에 함께 온 친구는 세경이뿐이지만 순전히 우리가 바라고 계획한 일이니 다행이라 여겨졌다. 세경이는 나와 중학교 1학년 때부터 함께 지낸 단짝으로 가족과도 같은 존재다. 새파란 하늘도 그걸 아는지 세경이와 나를 같은 반에 붙여주었다. 야호! 세경이의 손을 잡고 새로운 학교, 새로운 교실의 문을 조심스레 열었다. 그 순간 일 년 동안 함께 지낼 아이들의 호기심 어린 눈동자들이 우리에게 쏠렸다. 어수선한 분위기 속에서 자리 잡고 앉아 긴장을 풀고 있을 때 또 한 번 교실 문이 열렸다. 높게 솟은 눈썹, 각진 흑빛 단발머리, 얇은 안경다리 사이로 비친 날카로운 눈빛이 교실을 얼게 만들었다. 교탁에 출석부를 소리 나게 내려놓은 선생님이 말했다.

"선생님은 장명숙이라고 한다. 담당과목은 물리다. 내 스타일은 지내다 보면 알 테니까 알아서들 긴장하고 있고, 지금부터 번호 알려줄 테니까 잘 들어라. 두 번 반복 안 할 거야. 1번 김선주."

대략 21번까지 불렀을까. 멍하니 있다 내 번호를 놓쳐버렸다. 아뿔사, 큰일이다. 세경이에게 물어봐도 세경이가 내 번호를 들었을 리가 있나. 어느덧 35번까지 다 부른 담임은 또 뭘 말하려는 건지 입을 달싹거린다. 이때다.

"저……. 이별, 몇 번인지 다시 말씀해 주시면 안될까요?"

"두 번 말 안 해준다고 했을 텐데?"

"죄송합니다."

"19번 이별. 그 분단에 있는 애들 다 나와서 책 좀 가져와."

첫날부터 찍혔다. 내 덕에 이끌려 나온 열 명의 아이들은 책을 가지러 가는 내내 담임을 명숙이라 부르며 재잘재잘 떠드는 소리로 어두운 복도를 울리고 있다.

낑낑대며 책을 가지고 오니 아이들에게 무언가를 나눠주고 있는 담임. 뭐지? 하며 살펴보니 담임은 아이들에게 자기소개서를 나눠주고 있었다. 매년 적는 자기소개서이지만 고등학교에서도 쓰게 될 줄이야……. 자기소개 생각에 머리가 복잡하다. 아이들에게 책을 나눠주는 내내 자기소개서를 작성하고 있는 아이들을 훔쳐봤다. 난 뭘 써 넣을까. 자리에 앉자마자 사각사각 빠르게 써 내려가고 있는 세경이에게 도움을 청했다.

"야, 나 뭐라고 쓸지 모르겠는데. 뭘 이런 걸 나눠 주냐."

"다 학생들 파악하려고 쓰는 거지. 매년 하면서도 모르냐."

"난 맨날 이런 거 나눠주는 게 너무 싫은데. 잉잉."

"쓰기나 해."

왜 이렇게 귀찮고 쓰기 싫은 걸까. 갑자기 내 속에 있던 뭔가가 들끓기 시작했다. 첫날부터 담임에게 찍힌 것이 억울했던 걸까. 무슨 깡으로 그랬는지 장래희망, 취미, 특기 모두 없음으로 써내버렸다. 그러고선 앞으로 일어날 일들을 생각하지 못한 채 새로운 친구들과의 벽을 하나 둘씩 허물어 갔다. 경험상 친구들을 사귀고 싶다면 공감대 형성이 가장 중요하다는 걸 깨달은 지 2년. 지금 꽃다운 열일곱 우리 나이 때 공감대 형성이라면 두말할 필요 없이 연예인 이야기 아니겠는가. 초등학교 때부터 열광했던 남자 아이돌 이야기를 꺼내니 아이들이 하나 둘 벌떼같이 모여든다. 세경이는 그럴 줄 알았다는 듯이 옆에서 새침히 바라보고 있었고, 나는 나의 가수 팬 활동 경험담들을 차곡차곡 펼쳐내기 시작했다. 그렇게 고등학교에서의 첫날은 그렇게 지나갔다.

"이별, 나와."

자기소개서를 거둔 뒤 한 장씩 넘겨 보던 담임의 미간이 일그러지더니 날 바라봤다. 담임의 눈길을 피해 보지만 예상했던 대로 담임은 나를 불러냈다. 뚜벅뚜벅. 당당한 듯 걸어가는 내 발걸음에 혹시 초조함이 묻어나지 않을까. 어제 집에 돌아가 후회했지만 이미 써내버린 자기 소개서를 어쩌겠는가. 학기 초부터 정말 제대로 찍혔다. 담임은 날 노려보며 내가 예상했던 말들을 내뱉었다.

"이거 어떻게 설명할거니, 별아?"

"……."

"대답 안 해?"

"죄송해요. 잘못했어요."

"들어가!"

나는 비 맞은 고양이처럼 꼬리를 내리고 반성하는 표정을 지었다. 그런 내가 마음에 안 들었는지 담임은 자기소개서를 다 써서 교무실로 내려오란다. 생각보다 강도가 약하게 대응한 담임에게는 미안하지만 조금은 고마운 마음이 든다. 그나저나 반 아이들은 날 뭐라고 생각할까. 자리로 돌아오는 내내 얼굴을 들 수가 없다. 아이들은 무슨 일인지 궁금한 건지 자기들끼리 수군거린다. 그렇게 자리에 돌아와서 다시 자기소개서를 작성하며 정말 뭐라고 써야 할지. 머리를 싸매고 있는 날 한심하게 바라보는 세경이와 눈이 마주쳤다.

"우씨, 뭘 봐."

"그거 하나 못 써내냐, 정말."

"아, 그럼 뭐라도 도움을 주든가!"

"내가 괜히 니 친구겠냐. 줘봐."

내 자기소개서를 빼앗아간 세경이는 지난 몇 년간 날 관찰한 결과를 하나하나 써 내려가고 있다. 취미 및 특기, 자기 소개까지 다 채운 세경이가 잠시 손놀림을 멈췄다.

"니 장래희망 뭐였지?"

"나 아직 안 정했다니까. 하고 싶은 건 많은데 정하진 않았어."

"뭐 하고 싶은데?"

"선생님도 괜찮고 아나운서도 괜찮고. 우선 나, 엄마 하고 싶은데."

"엄마는 무슨. 십 년도 더 걸리겠다. 선생님으로 쓴다."

"맘대로 해. 써주는 것만 해도 고맙네!"

세경이가 정성스레 써준 자기소개서를 들고 아직 낯설기만 한 한담고등학교 계단을 폴짝폴짝 밟으며 교무실로 향했다. 중학교와는 다른, 한층 탁한 공기에 이제 내가 고등학생이구나 하는 것을 생각하며 갈라진 나무손잡이를 힘껏 밀었다. 두리번거리며 담임을 찾는데 다른 선생님들이 모두 날 보고 계신다. 조금 당황해 하면서 담임의 자리 앞으로 다가가니 담임이 다짜고짜 또 혼내기 시작한다.

"교무실 들어오는데 노크도 안 하는 건 어디서 배워먹은 짓이야!"

담임의 고함에 놀랐는지 선생님들의 시선이 다시 한번 집중되었다.

"아, 죄송합니다. 다음부터 조심할게요!"

단단히 밉보였나 보다. 풀이 죽은 모습으로 자기소개서를 내미니 담임이 미간을 찌푸리며 종이를 받아들고는 훑어보기 시작했다. 담임의 눈길이 장래 희망란에서 멈췄다. 지금 날 보는 것 같은데 나는 담임을 못 보겠다. 담임은 내 장래희망이 선생님이라는 걸 어떻게 생각할까. 담임의 입꼬리가 점점 올라간다. 웃는 모습은 처음 보는데 깊게 패인 팔자 주름이 참 인상적이다. 담임은 별말 없이 날 돌려보냈다. 교실로 돌아오니 이미 친해진 아이들이 궁금한 눈빛을 마구마구 보낸다.

"별이 왔나! 많이 혼났어? 쌤이 뭐라서?"

"뭔데. 너거 왜 이렇게 궁금해 하는 건데. 혼났을 거 같나?"

"보니까 쌤 성격 장난 아닌 거 같던데, 괜찮나?"

"근데 진짜 별소리 안하더라. 다행이지 뭐."

"아, 뭔데. 재미없게!"

이것들이 왜 이렇게 실망한 눈치인 거지? 뭘 기대한 거지? 때마침 수업종이 울리고 캐묻던 아이들도 하나 둘 자기 자리를 잡으며 아이들의 궁금증은 사그러들었다.

오후 3시 20분. 넉 달 전, 중학교 때만 해도 친구들과 하하호호 떠들며 집에 가던 시간이지만 지금 이 시간은 한담고등학교 청소시간이다. 각자 하나씩 맡은 청소 담당구역으로 향하는 아이들이 신나 보인다. 청소시간이라 쉬는 시간이 20분이나 주어져서 다들 팔랑팔랑 뛰어다니고 있다. 물론 그 중심엔 내가 서 있지만. 빗자루를 들고 신나게 먼지를 쓸어내기보다는 날려버리는 나 때문에 아이들이 콜록콜록 기침을 해댄다. 그렇게 청소를 끝내고 아이들은 약속이라도 한 듯 매점으로 우당탕탕 달려 나간다. 나와 세경이는 자리에 앉아 고등학교 생활에 대해 도란도란 이야기를 나누었는데 벌써 7교시다. 수업은 왜 이렇게 많은 건지……. 9교시와 더불어 야간자율학습은 어떻게 버텨야 하나. 눈앞이 캄캄하군.

오후 9시 20분. 꽤 늦은 시간이지만 이미 정해져버린 귀가시간이 아닌가. 야자 첫날의 수고로움을 달래주려는 듯 엄마와 아빠는 날 반긴다. 열 살 막둥이 산이는 누나가 하루 종일 집에 없어서 심심했는지 자꾸만 달라붙는다. 피곤한 몸을 이끌고 소파에 누워 잠시 눈을 감았다.

"우리 딸, 많이 피곤했나. 공부는 많이 하고 왔겠지? 중학교랑 뭐 별 차이 없제? 재미있는 일은 없었나?"

"재미도 있고 친구들도 많이 만들었는데 담임을 잘못 만난 거 같다. 첫날부터 찍혔나 봐."

"와, 그 담임이 니한테 뭐라 카드나!"

갑자기 욱해 버린 아빠는 엄마도 함께 불러 앉혀놓고는 내가 늘어놓는 이야기를 주의 깊게 듣는다.

"니가 처음부터 잘못했구만. 와 선생 탓을 하는데, 이별."

"당신은 와 그러노. 별이가 뭘 잘못했다고. 그치, 별이?"

역시 내 편 들어주는 사람은 우리 아빠밖에 없다. 아빠, 사랑해! 엄마, 아빠와 도란도란 이야기하던 사이 어느새 산이는 소파 한쪽에서 새근새근 잠이 들어 있다. 남들이 볼 땐 사고뭉치 막둥이지만 누나 눈에는 마냥 귀여운 초등학생이다. 귀여운 산이와 나, 엄마, 아빠. 우리 네 식구는 그저 평범하고 화목한 가족이다. 아빠는 무역회사 부장으로 우리집 생계를 책임지고 있고 엄마는 아빠와 사내 커플로 만나 결혼에 골인한 후 주부로 지낸다. 나는 이제 갓 입학한 상큼한 여고생, 산이는 파워레인저를 사랑하는 내 동생이다. 지금까지 이렇다 할 큰 어려움 없이 지내온 것에 감사하며 다가오는 내일을 위해 설렌 마음을 가라앉히고 잠을 청한다.

벌써 이만큼이나 흘러버렸나⋯⋯. 하루하루 친구들과 추억을 쌓고 새로운 환경과 선생님들에게 점점 익숙해져 갈 때쯤 중간고사도 한발 두발 다가왔다. 처음부터 열심히 하는 학생이 아니었던 나는 친구들이 시험 준비에 걱정일 때 콘서트 티켓에 목매고 있었고, 친구들이 독서실에서 쪽잠을 자고 있을 때 나는 서울로 떠나는 버스 안에서 곧 만나게 될 아이돌 스타에 대한 꿈을 꾸었다. 그렇게 공부에 신경 쓰지 않고 탱자탱자 놀기만 했던 나에게 중간고사 성적은 큰 충격도 아닌 작은 소란에 불과했다. 공부를 안 했으니 성적이 안 나온 건 당연한 것이니. 하지만 계속되는 엄마의 잔소리에 점점 반항심은 커져 갔고, 그런 나를 달래주는 건 항상 아빠 몫이었다. 아빠는 엄마에게 공부는 언젠가 스스로 하게 된다며 지금은 가만히 놔두라고 한다. 자꾸 강요하면 더 안 하게 된다고 말이다. 그런 아빠가 굉장히 고맙지만 사실은 나도 내가 언제 정신 차릴지 모르기에 걱정이 앞선다. 아빠가 없었으면 엄마의 잔소리는 누가 다 막아냈을 것이며 날 누가 감당할 수 있을까. 그래도 지금 이 상황이 싫지 않은 것은 왜일까. 이미 저 멀리 흘러가버린 시험을 뒤로 한 채 반성할 겨를도 없이 시간은 흘렀다. 또 친구들은 시험이 끝났다는 이유로 나를 여기저기 불러내어 쾌락의 길로 인도했다. 나는 슬프게도 여전히 그저 그런 고등학생인가 보다.

　

　"아빠, 또 출장이야?"

　"응. 승진할 날이 얼마 안 남아서 그런지 회사에서 자꾸 이리저리 보내버리네."

　"이번에는 어디로 얼마나 갔다 오는데?"

　"필리핀에 일주일 정도?"

　"아꽈! 흐흐흐흐, 선물 사올 거지?"

　월요일 아침. 주말의 휴식을 뒤로 한 채 아침부터 아빠의 출장 소식에 힘이 빠진다. 산이는 아빠가 출장 때마다 이름 모를 과자며 로봇이며 여러 가지를 사다 주니, 아빠를 며칠 못 보는 것에 대해서 서운해 하기보다 아빠에게 받을 선물 생각에 들떠있는 듯하다. 해외출장 때면 늘 걱정되고 불안하지만 매번 잘 돌아왔던 아빠이기에 오늘도 웃으면서 아빠를 배웅한다. 학교 가는 길에 지금쯤 공항에 있을 아빠에게 문자라도 보내야겠다 싶어 휴대폰을 열었다.

　[아빠, 일주일 동안 나 보고 싶다고 울면 안댕! 몸 건강히 잘 다녀와~. 엄마랑 산이는 내가 잘 챙기고 있을껭. 걱정마쇼! ♥]

　몇 분이나 지났을까. 주머니에서 울리는 진동소리에 휴대폰을 열어 보니 아직 문자에 서툰 아빠의 답장.

[그래 사랑하는 울 딸. 금방 올 대니까 사니랑 어ㅁ마 잘 챙기고 있어. 수업 졸지 말고~]

푸른 잎들 사이로 보이는 푸른 하늘에 안심하며 한결 가벼워진 발걸음으로 갈 길을 재촉하고 있다. 그때까지 아무도 어떤 일이 일어날지 예상하지 못한 채 시간은 조금씩 빠르게 흘러가고 있었다.

점심을 먹고 친구들과 점심시간을 즐기고 있을 때 주머니에서 울리는 진동소리. 이 시간에 누구지?

"여보세요."

"여보세요? 이별이!"

"어, 아빠!"

"어. 별이 밥은 먹었겠제. 아빠 지금 잠깐 시간 나서 뭐 좀 사러 왔는데 필요한 거 없나?"

"밥은 먹었지! 별로 필요한 건 없는데. 맛있는 거나 많이 사 온나, 내가 좋아하는 젤리랑. 그래도 산이랑 엄마 선물은 잊지 말고 챙겨오고! 아빠는 밥 먹었나?"

"밥은 먹었는데 여기 음식이 아빠 입에는 안 맞다, 아이가! 빨리 집에 가가꼬 느그 엄마가 해주는 밥이나 먹었으면 좋겠다."

"그래, 빨리 오기나 온나. 산이가 아빠 보고 싶어 죽을라 칸다 아이가."

"별이는 아빠 안 보고 싶은갑제. 그럼 아빠 늦게 가야겠는데."

"아, 꼭 말로 해야 아나! 몸 조심해서 온나이. 이제 종치는데 끊는데이."

"알았다. 공부 열심히 하고!"

"우와 별이 아버지셔? 완전 짱이네!"

"뭐가? 너네는 아빠랑 전화 안 해? 새삼스럽게."

"우리 아빠 완전 무뚝뚝하고 무섭단 말이야. 별아, 너무 부럽다. 너무 자상하셔."

"겉으로 무뚝뚝해도 이 세상 모든 아버지들은 다 우릴 사랑할걸?"

"아, 뭐야. 오글거리게!"

부러울 만도 하겠지, 우리 아빠니까.

5교시 물리시간. 담임시간이다. 수업이 시작된 지 얼마 되지도 않았는데 아이들은 하나 둘 책상에 머리를 묻기 시작했다. 담임은 자는 아이들 몰래몰래 명단에 체크하고 있는 중이다. 졸고 있는 아이들은 그 사실을 아는지 모르는지 박자에 맞추어 고개를 흔든다. 평소에는 항상 같이 머리를 묻던 나지만 오늘은 왠지 잠이 오지 않는다. 창가로 고개를 돌린 나는 담임의 목소리가 점점 옅어지는 것을 느끼며 학교 뒷동산을 바라보았다. 비가 오려는 걸까. 고요한 산에서 뿜어져 나오는 산의 숨결에 옅은 구름들이 하늘을 향해 솟아가고 있었고 그 하늘은 해라곤 찾아볼 수 없는 잿빛 하늘이었다.

아빠가 돌아오기로 한 날. 며칠간 계속되던 가는 빗줄기는 아빠를 저 하늘 위로 씻어 보냈다. 전세계적으로 아빠가 탄 비행기의 사고 소식은 발빠르게 전해졌지만 아직도 사고 현장은 마무리가 안 되어 아빠는 우리 곁에 빨리 돌아오지도 못했다. 설마 하면서 속보를 보던 엄마와 나는 사망자 명단에 나타난 아빠의 이름을 보고 참을 수 없이 눈물을 쏟아냈다. 뉴스를 본 친척들의 밀려드는 전화를 차마 받지 못하고는 전화선을 뽑아버렸다. 뉴스에서 계속해서 들려오는 사고 소식 전달에 나는 얼어붙은 손으로 엄마를 끌어안았다.

사고는 충분히 막을 수 있었다고 한다. 그간 내리던 비는 아빠가 있는 곳에도 머물렀는지 비행이 잠시 중단되었다는데 아빠는 무리하게 첫 비행기로 한국으로 돌아오려고 했다. 우리 가족의 선물을 한아름 품고서……. 아빠는 그 비행기가, 그날 아침이 마지막 길이었다는 걸 알고 있었을까. 차디찬 몸으로 우리를 맞이한 아빠의 표정은 아이러니하게도 편안해 보였다.

또다시 비가 내리기 시작했다. 장례식장의 엄숙한 분위기를 깨뜨리는 산이의 울음소리에 빗줄기는 점차 거세진다. 나조차 견디기 힘든데 과연 저 어린 열살 꼬마가 버틸 수 있을까. 울고 보채는 산이를 달래며 조문객들을 맞이하는 동안 몸도 눈물도 말라버린 엄마는 아빠의 영정사진을 끌어안고 잠이 들었다…….

숨이 차오른다. 비가 그쳤지만 여전히 축축한 산길은 발목을 잡는다. 모두들 숨도, 눈물도 차오르겠지만 차마 터뜨리지 못하고 묵묵히 산을 오른다. 빗물이 스며들어 폭신해진 땅을 파낸 자리에 아빠가 놓여졌다. 관 위에 덮여지는 고운 흙들은 차곡차곡 아빠를 덮어주었고. 모두들 그제서야 참았던 울음이 터뜨렸다. 지난 일들이 머릿속을 스치고 다정했던 아빠의 목소리가 귓가에 맴돈다. 17년 동안의 아빠와의 추억을 마음에 묻으며 산을 울리는 울음소리와 함께 아빠를 떠나보내야 했다. 그렇게 아빠와 나는 아빠가 지어준 내 이름 이별처럼 이별했다.

일주일 만에 학교로 돌아왔지만 아무것도 제대로 할 수가 없다. 갑작스런 비보에 담임과 세경이, 그리고 학교 친구들까지도 충격이 컸는지 쉽게 나에게 다가오지 못한다. 하지만 세경이는 내 곁에 말없이 머물러주며 따뜻하게 안아주었다. 세경이 품에 안겨 한참 울먹거리던 나에게 다른 친구들도 하나 둘 다가오기 시작했다. 그런 아이들의 위로가 고마웠지만 사실은 세경이가 하는 말 이외에는 아무것도 들리지 않았다. 담임은 그런 나를 바라보다가 나에게 다가왔다. 무언가에 홀린 듯이 따라가는 나의 어깨를 감싸 안고 교무실로 향하는 담임. 담임은 날 위로한답시고 이런저런 이야기를 늘어놓았지만 나는 허공만 바라보고 있었다. 그런 나를 느꼈는지 담임은 이내 말이 없어졌다. 그러다가 담임은 따뜻한 녹차가 담긴 종이컵을 나에게 내밀었다. 아무 말 없이 녹차의 찰랑거림을 바라보는 나에게 담임은 진심을 담은 이야기를 털어놓았다.

"별이 많이 힘들지?"

"……."

"사실은 선생님도 어렸을 때 아버지가 돌아가셨거든. 아주 어렸을 때지만 말이다. 지금은 기억조차 나지 않지만 다른 사람보다는 내가 위로해주는 편이 나을 것 같아서."

전혀 예상치 못했던 담임의 이야기. 나는 바닥에 시선을 고정한 채 묵묵히 들어주었다.

"니가 생각해도 내가 참 무섭고 엄하제? 캐도 지금만은 따뜻한 선생님으로 남고 싶다. 우리 어머니가 내 키우실 때 엄하게 키웠거든. 아버지 안 계시다고 가정교육 못 받았다 소리는 안 듣게 할라고. 그래서 어렸을 때부터 가난한 데다가 하고 싶은 것도 제대로 못해서 반항하고 싶었던 때도 많았는데……. 그때마다 어머니는 아버지 이야기를 하시면서 내를 설득시켰다. 내가 바르게 자라나야 아버지가 좋아할 거라고."

"……."

"반항하고 싶었던 이유 중의 하나가 학교 선생님들이 가정조사서를 보고 은근히 무시하는 걸 내는 못 참겠더라고. 항상 난 가난하니까, 아버지가 안 계시니까, 반장선거에 나가도 이런저런 핑계로 난 안된다 카드라. 그럴 때마다 이를 바득바득 갈았지. 그래서 코를 납작하게 해주려고 정말 공부 열심히 했다 아이가. '난 당신 같은 선생님이 되지 않을 거야'라고 생각하면서……. 그래서 결국엔 선생님이 됐지. 물론 아직 좋은 선생님이라고는 생각 안 한다. 항상 잘해주고 싶은데 그게 표현이 잘 안 돼서 그런다. 별이도 선생님 하고 싶다고 그랬었제?"

"사실은 아무렇게나 적어냈었어요. 죄송해요, 선생님."

"그랬나. 괜찮아. 그럴 수도 있다. 꿈을 일찍 정하는 건 그 꿈에 한 발짝 더

다가서는 일이지만, 남들보다 조금 늦어도 별이가 노력만 한다면 충분히 이룰 수 있을끼다."

물끄러미 담임을 바라보았다. 쓴웃음을 지으며 날 따뜻하게 바라보는 그 눈빛이 싫지 않다. 지금까지 내가 알던 담임과는 전혀 다른 사람인 것 같다. 눈에 눈물이 고였지만 지금은 눈물을 보이기 싫다. 눈물이 흘러내리지 않게 천장을 바라보면서 담임의 말을 다시 되새겼다. 담임은 아무 말도 하지 않는 내 손을 잡으며 조퇴증을 건넸다. 놀란 눈으로 바라본 담임은 오늘은 그만 집에 가서 쉬라고 한다. 참, 고맙게도…….

이미 식어버린 녹차를 들고 학교를 빠져나왔다. 지금 당장은 집에 가고 싶지 않아 학교 주변을 서성거리다가 매일 아무렇지 않게 지나쳤던 공원으로 향했다. 학교 앞 작은 공원에 들어선 날 보는 사람들의 시선이 곱지 않다. 지금쯤이면 한창 수업할 시간일 테니……. 아무도 없는 벤치에 앉아 녹차를 삼킨다. 바로 옆 놀이터에는 아장아장 걷는 아이들을 지켜보는 부모들이 보인다. 모래장난으로 손이 더러워지자 손수건을 들고 달려가는 엄마. 넘어진 아이에게 괜찮다며 머리를 쓰다듬는 아빠. 그 모습이 내 어린 시절과 많이 닮았다. 아빠가 머무른 하늘을 바라보며 생각에 잠겼다. 처음 자전거를 타던 날, 두려움에 떨던 나를 위해 자전거 뒤꽁무니를 잡고 밀어주며 응원하던 우리 아빠. 행여나 넘어질까 노심초사하던 우리 엄마, 그날 그때의 그 기분이 날 설레게 만든다. 지금은 녹슬어버린 자전거지만 아름다웠던 그 추억은 선명하기만 하다.

공원을 떠나 아빠와의 추억이 묻어 있는 집 근처 장소들을 빠짐없이 들르고 들르고 하며 집으로 돌아갔다. 여전히 집안 분위기는 슬펐지만 슬픔을 이겨내기 위해 엄마와 산이에게 반갑게 인사했다. 엄마는 따뜻한 눈인사로 나를 맞이했고, 웃음을 잃었었던 산이도 파워레인저와 함께 나를 반겨주었다. 저녁을 준비하는 쓸쓸한 엄마의 뒷모습을 바라보다 엄마를 꼭 껴안았다. 엄마의 온기를 느끼며 오늘 학교에서 있었던 일들을 하나 둘 말했다. 엄마는 그러냐 하고선 내

엉덩이를 토닥거린 후 선생님이 참 좋으신 분 같다며 옅은 미소를 띠고 상을 차렸다. 숟가락을 챙기면서 주인 없는 단단하고 차가운 아빠 숟가락을 집었다. 아빠 숟가락을 만지작거리다 다시 제자리에 놓아버렸다. 밥을 푸던 엄마는 무의식적으로 손에 쥔 네 개의 밥그릇에 놀란 듯 우리가 눈치 채지 못하게 조용히 내려놓았다. 그렇게 우리 세 식구는 하루하루 아빠의 흔적을 지워나갔다.

갑작스레 떠나간 아빠는 우리에게 작은 보험금을 남겼지만 얼마 지나지 않아 우리집은 점점 힘들어져만 갔다. 엄마는 우리들의 생계를 책임져야 했고, 큰 고생이라고는 안 해본 엄마에게는 어려운 시련이었다.

"별아, 당장 엄마가 할 수 있는 일이 없는데 우야면 좋겠노. 느그 아빠가 남겨둔 돈으로 뭘 시작하려고 해도 엄마가 아무것도 해본 게 없으니까 답답해 죽을 지경이다."

"엄마는 그런 소리 하지 마라. 내랑 산이 생각해서라도 힘내서 이겨내야지! 엄마가 그런 생각하고 있으면 내랑 산이랑은 우야란 소리고. 급하게 생각하지 말고 몇 날 며칠 생각해서 엄마가 잘할 수 있는 걸로 결정하면 된다 아이가."

"당장 앞이 막막한데 엄마가 뭘 할 수 있겠노. 별아……."

때마침 울리는 전화소리. 외삼촌의 전화였다. 삼촌은 예전부터 자신이 운영해온 카페 일을 엄마에게 해보지 않겠냐고 했다. 그전에도 몇 번 가게를 맡아준 적이 있었기에 엄마에게는 비교적 쉬운 일이었다. 엄마는 걱정스런 목소리로 그렇게 해도 괜찮겠냐며 미안해 했지만 삼촌은 당연히 해도 된다며 엄마를 나무란다. 수화기 너머로 들려오는 삼촌의 가벼운 웃음소리와 엄마의 환한 미소가 내 마음을 녹인다. 오래 고민하던 문제가 비교적 수월하게 해결되니 엄마도 나도 마음이 놓였다.

아빠다. 꿈에 아빠가 나왔다. 마치 내가 그 사고 현장에 있었던 것처럼 생생하다. 비행기는 부러진 채 불을 뿜고 있었다. 아빠는 불길 속에 있었고 나는 그 밖에서 비를 맞으며 아빠를 외치고 있었다. 울면서 잠에서 깬 내 꼴은 말이 아니다. 꿈이 꽤 길었던지 눈은 퉁퉁 부어있고 베개도 흠뻑 젖어 있었다. 엄마에게 보이고 싶지 않아 바로 화장실로 달려가 관자놀이에 그려진 눈물 자국을 씻어냈다. 두 달 만에 아빠를 만났지만 기분이 이상하다. 어떤 의미를 전해 주고 싶었던 걸까.

교복을 입으며 학교에 갈 준비를 하는 동안 아침 뉴스에서 뒤늦게 아빠의 사고와 관련된 소식이 나왔다. 생존자가 있었다는 것은 알고 있었지만 인터뷰라니……. 순간 엄마와 나는 그 뉴스에서 눈을 떼지 못했다. 가벼운 인사 멘트와 함께 리포터는 병실에 앉아 있는 생존자를 소개했다. 생존자라고 나온 아름다운 여성은 한쪽 팔이 없었다. 사고 이후 크게 다쳤지만 겨우 목숨을 건진 여성은 아빠가 탔던 비행기의 스튜어디스였다. 회복 후 방송사의 끈질긴 설득 끝에 인터뷰를 허락했다고 한다. 이 인터뷰를 하기까지 많은 고민을 했는지 쉽게 대답하지 못했지만 그날 사고 상황을 조심스럽게 알려주었다. 떠올리는 것조차 힘들 텐데, 인터뷰 자체도 힘들 텐데……. 자신이 조금만 더 빨리 대처했더라면 한 명이라도 더 생존할 수 있었을 거라며 눈물 흘리는 그녀가 안쓰러웠다. 코끝이 찡해졌다. 그리고…… 마지막으로 남긴 그녀의 한마디는 내 가슴에 쿵—하고 박혔다. "저는 지금도 하늘을 날고 싶어요. 하늘에 계신 분들과 함께하고 싶어요."

그날 나는 스튜어디스가 되기로 마음먹었다.

학교에 도착하여 교실에 들어가기 전에 담임을 먼저 찾아갔다.

"별이, 아침부터 무슨 일이고?"

"안녕하세요. 다른 게 아니라 제 꿈을 찾은 거 같은데 방법을 모르겠어요."

"잘됐네! 그래, 뭘 하고 싶은데?"

"스튜어디스요……. 제가 할 수 있을까요?"

"스튜어디스라……. 글쎄, 선생님도 그 직업에 대해서는 잘 알지 못하지만 필요한 게 있으면 알아봐 줄게. 스튜어디스 되려면 지금보다 공부는 훨씬 더 열심히 해야 되는 거 알고 있제?"

"영어만 잘 하면 되지 않나요?"

"영어만이 아니라 다 잘 해야 되는데, 영어를 우선순위에 둬야 될 거다."

"아…… 그렇겠네요."

"근데 어떻게 스튜어디스가 되고 싶다고 생각했노?"

"사실…… 오늘 아침 뉴스에 아빠가 타셨던 비행기의 스튜어디스가 인터뷰한 걸 봤어요……. 위험하겠지만 꼭 하고 싶어요. 무엇보다 아빠가 있는 곳에서 일할 수 있으니까 아빠가 지켜주실 거 같아서……."

"그랬구만. 잘 생각했다. 별이 니도 알아볼 수 있는 대로 알아보는 게 좋을 끼다. 선생님만 믿어선 안 되는 거 알제? 니 직업이 될 테니까 니가 잘 꾸려 나가야겠지?"

"네. 이제 1학년도 거의 다 끝나가는데 열심히 할게요, 선생님!"

집에 돌아와 엄마와도 진지하게 내 미래에 대해 이야기했다. 엄마의 눈 속에서 아빠의 모습이 보였다. 엄마는 위험하다며 절대 안 된다고 했지만 자식 이기는 부모가 없다고 결국 엄마는 허락해 주었다. 엄마가 허락했지만 사실은 나조차도 두려웠다. 혹시 나마저 떠나버리면 엄마와 산이는 어떻게 될까. 이런 생각을 왜 벌써 하고 있니, 이별아. 다 잘될 거야.

시간은 눈 깜짝할 새 나를 수험생의 길로 안내했다. 언제부턴가 공부에 빠진 나는 최상위권을 노리진 못했지만 중상위권을 유지하며 한 단계 한 단계 성적이 올라가고 있었다. 2학년 때 잠시 헤어졌던 담임은 또 담임이 되었다. 담임은 여전히 날 챙겨주며 내 꿈을 이루도록 도와주었다. 그러나 3학년에 접어들어서 급격히 바닥을 보이는 체력 때문에 걱정이 되었다. 스튜어디스를 하려면 체력이 생명이라고 했는데……. 성적은 더 이상 떨어지지만 않으면 항공운항과는 충분히 지원할 수 있었다. 하지만 어렸을 때부터 체력이 약해 수영도 다니고 태권도도 다녔던 나는 담임과 긴 상담 끝에 야자시간을 체력 키우는 데 쓰기로 했다. 수험생인 나를 보며 담임은 더 잘 할 수 있다고 용기를 북돋아주고 가끔씩 농담도 건네며 응원해주었다.

세상에 쉬운 일이라고는 없지만 공부보다는 운동이 더 힘든 것 같다. 정말 운동도 운동이지만 다이어트도 함께 해야 하는 상황은 지옥이다. 공부하는 동안 자연스럽게 붙어버린 살들을 어찌해야 할까.

어렸을 때 배워 놓았던 수영은 이제야 빛을 보기 시작한다. 꽤 오랜 시간이 흘렀지만 내 몸은 아직 물을 기억하는지 물 만난 고기처럼 물을 가르고 있다. 그리고 하루에 한 시간씩 운동장을 달렸다. 다리가 후들거리고 입에서 단내가 올라오지만 내 몸은 계속 달렸다. 그렇게 달리다 바닥에 풀썩 주저앉은 나는 운동장에 비치는 달빛을 바라보며 지친 몸을 일으켰다. 힘내자, 이별.

그렇게 수영과 달리기를 반복한 결과 물렁했던 내 몸은 탄탄한 근육질로 바뀌었고 자연스럽게 내 체력도 강해졌다. 어느 정도 몸을 만든 후엔 수시 준비에 모든 걸 쏟았다. 학교에 있는 내내 볼펜을 입에 물고 발음교정에 신경 썼다. 입 주변 근육들이 움찔움찔했지만 처음보다는 훨씬 나아진 내 모습에 만족하며 자세와 제스처 하나까지 준비해 나갔다. 가족은 물론 친구들의 기대를 한 몸에 받고 있는 처지라 열심히 안 할 수가 없었다.

학교에선 학생들은 면접 준비, 선생님들은 추천서를 작성한다고 하루하루가 전쟁이다. 시간은 왜 이렇게 잘 흐르는지. 벌써 수시 면접날이 코앞이다. 면접날이 내일인데 담임에게 인사라도 해야 되지 않겠는가. 바쁜 담임을 붙잡고 면접 스토리를 구구절절하게 늘어놓았다. 귀찮을 법도 하지만 일일이 하나하나 잘못된 점을 바로 잡아주는 담임. 잘 다녀오겠다며 담임에게 폭 안긴 후 학교를 떠나 동방대학교로 향하는 기차를 탔다. 하나 둘 도착하는 친구들의 응원

문자를 받으며 창가에 스치는 늦가을 풍경에 젖어들었다.

그 후 당당하게 수시에 합격한 나는 수능 공부에 열심인 세경이를 응원했다. 세경이는 산월대 경영학과를 목표로 잡고 있다. 수능만 대박나 준다면 세경인 당연히 합격이다. 세경이는 수시 합격 후 조금은 한가로워진 날 보며 부러워하지만 그렇다고 난 자랑을 할 수도 없었다. 세경이가 산월대는 물론이요, 종신대, 현세대 모두 수시에 떨어졌기 때문에 내가 괜히 방해가 될까 걱정이 되어서 묵묵히 옆에서 응원하는 수밖에 없었다.

울리는 알람소리에 평소와 다름없이 칼같이 기상시간에 맞춰 일어났다. 드디어 오늘인가. 휴대폰 배경화면에 띄워진 D-day 수능! 가벼운 미소를 지으며 식탁에 앉으니 비몽사몽하는 산이는 학교에 안 가는 게 좋은지 일어나자마자 싱글벙글이다. 산이를 바라보던 엄마는 그래도 지금까지 한 노력이 헛되지 않도록 최선을 다해서 시험을 치라며 어깨를 두드린다.

수능 날의 추위에도 불구하고 학교 앞을 둘러싼 응원 행렬에 몸둘 바를 모르겠다. 그때 한 남자후배가 달려들어 엿을 꼬옥 쥐어준다. 귀엽기는. 긴장해서 벌벌 떠는 아이들과 다르게 여유로운 표정으로 이 상황을 즐기고 있는 내 모습은 내가 보기에도 밉상이다. 수험장에 들어서자 그제서야 조금 긴장이 되면서 아빠 생각이 났다. 아빠, 나 시험 잘 칠게!

최선을 다해 실력대로 시험을 치고 나왔다. 벌써 학교 앞은 축제 분위기다. 시험을 잘 쳤든 못 쳤든 지난 19년간의 노력에 박수를 보내는 사람들. 흥에 겨워 노래를 부르는 아이들. 이런 나라는 우리나라밖에 없을 거야. 두리번거리며 세경이를 찾는데 세경이가 보이지 않는다. 분명 여기서 만나기로 약속했는데, 어디 있는 거야. 순간 내 등을 후려치는 세경이가 싱긋 웃고 있다.

"잘 쳤냐?"

"별이…… 내 우야노! 내 수능 완전 대박난 거 같다."

"잘됐네! 빨리 집에 가서 가채점 해 봐야지. 배고프지? 뭐라도 물래?"

"아니다, 아니다. 일단 우리집에 가서 뭐 시켜 먹자."

"그라든가!"

세경이와 나는 키득거리며 입김을 내뿜으며 수다로 거리를 물들였다.

세경이는 산월대에 합격했다. 졸업까지 둘이서 얼마나 이곳저곳을 다녔는지……. 그동안 못 봤던 영화도 보러 가고 훌쩍 서울로 떠나 좀 더 넓은 세상을 맞이하기 위한 준비도 했다. 수험생에게 주어지는 혜택을 마음껏 누리며 전국을 누비고 다녔다. 그리고 어느덧 졸업이 다가왔다.

마지막으로 교복을 입는 날. 교복 단추를 하나하나 채우면서 입학하던 때를 생각해 보니 고등학교 3년 동안 내 인생이 확 바뀐 것을 실감할 수 있었다. 학교에 도착하니 졸업식이라고 다들 들떠있다. 그동안 가장 많은 도움을 준 담임에게 감사의 인사와 함께 정들었던 친구들과도 안녕을 말했다. 수고 많았다고, 잘돼서 성공해서 만나자는 한마디 한마디가 코끝을 시큰하게 만들었다. 그것도 잠시, 여기저기서 날아오는 밀가루를 피하기 위해 도망다니던 나에게 세경이가 한방 먹였다. 복수하고 싶었지만 그래도 사진은 찍어야 했기에 얼굴에 묻은 밀가루를 톡톡 털어내고 세경이를 잡아끌어 포즈를 취했다. 곧이어 다른 친구들도 사진 찍자고 열심히 달려든다. 신나게 사진을 찍었던 오늘도 내일이면 추억이다.

설레는 마음으로 대학에 입학한 후 나는 고된 훈련과 함께 사회생활에 익숙해졌다. 사람과 사람 사이의 만남에서 친해질 수 있는 방법들과 그들을 어떻게 대해야 하는지 하는 것까지도, 선배들에게는 싹싹하게, 후배들에게는 무섭고도 다정하게 하는 것까지도……. 한동안은 신입생이라고 매일같이 벌어지는 술판에 이러지도 저러지도 못한 날들이 있었지만 이제는 알아서 낄 때는 끼고 빠질 때는 빠질 수 있게 되었다. 간간이 연락 오는 한담고 친구들은 내가 보고 싶은

지 언제 한번 만나자고 푸념만 늘어놓는다. 결국 아이들의 의견을 모아 대학 입학 후 처음으로 한담고등학교 앞 카페에서 조촐한 모임을 가졌다. 오랜만에 보는 친구들은 아직은 서툰 화장의 얼굴을 서로서로 바라보며 가벼운 농담으로 말을 이어갔다. 십 분쯤 수다를 떨고 있을 때 여인의 향기를 풍기며 세경이가 들어섰다. 산월대로 간 세경이는 남자친구가 생긴 건지 평소와는 다른 모습으로 우리 앞에 나타났다. 언제 어디서나 여자선배들과 함께 하는 나와 달리 대학교에 들어가서 이성에 눈을 뜬 세경이가 새로 사귄 남자친구 이야기를 늘어놓는데 그저 부럽기만 하다. 친구들의 야유에도 굴하지 않고 꿋꿋이 남자친구 자랑을 해대는 세경이. 남자를 보기만 해도 수줍어하던 세경이가 마치 다른 세계의 사람처럼 느껴진다. 신나게 웃으며 지난 추억들을 하나하나 꺼내 되돌아보며 몇 개월 사이에 부쩍 자라난 우리들을 확인했다. 어느덧 해가 지고 술이나 한잔 하자는 아이들을 뒤로 한 채 집으로 발길을 돌렸다. 갑자기 울리는 휴대폰에는 담임의 전화번호가 떠있다.

"여보세요, 선생님?"

"어, 그래. 별이 잘 지냈나?"

"네! 잘 지내셨어요? 너무 오랜만이에요!"

"그래. 아까 세경이가 전화했더라. 오랜만에 다 같이 만났다면서. 어떻게 내를 초대 안 할 수가 있노? 조금 실망인데…….."

"아…… 죄송해요! 다음엔 꼭 초대해 드릴게요. 워낙 갑작스럽게 만난 거라 어쩔 수 없었어요."

"아니다, 괜찮다. 대학 생활은 재미있나? 선생님은 이제 도곡고로 왔는데 한담고가 벌써 그립네."

"저도 한담고 많이 그리워요. 오늘 오랜만에 애들이랑 한담고 이야기하면서 재밌었어요."

"왜 이렇게 조용하노. 애들이랑 벌써 헤어졌나?"

"아, 애들 술 마시러 간다기에 전 살짝 빠져나왔어요. 술살 찌면 유니폼 못 입으니까요."

"그래. 아직 졸업하려면 한참 남았제? 졸업하면 무슨 항공사 갈 거고?"

"아직 정하기는 이르지만 웬만하면 한국항공 가고 싶죠. 안된다면 외국 항공사라도 꼭 일하고 싶지만요. 지금 학교에서 한참 대피훈련 받느라고 너무 힘들어요."

"힘들어도 즐겨야지, 별아. 힘들어도 중간에 포기하지 말고 꼭 스튜어디스 돼야 되는 거 알제? 지금 우리 반 제자들 중에서도 그쪽으로 희망하는 애들이 있더라고. 내가 자랑 한껏 해놨는데 빨리 돼야지?"

"당연하죠! 나중에 한국항공에서 만나자고 전해주세요! 다음에 한번 찾아뵐게요."

"올 시간이 있겠나? 하여튼 오면 연락하고. 나는 이제 야자 감독하러 가야겠다, 별아."

"여전히 무서운 선생님이시죠? 애들이 조금 떠들어도 봐주세요. 그게 야자의 묘미인데! 그럼 들어가세요."

"그래. 성공하고 보자, 별이!"

벌컥.

심장이 쏟아지는 줄 알았다. 나를 모질게 몰아붙이던 심사위원들의 눈초리와 한마디 한마디 독설을 뿜어내는 잔인한 입들. 이토록 나를 애타게 만드는 저 사람들은 과연 나를 선택해 줄까? 면접실을 나서면서 내가 어떤 말을 어떻게 했는지 떠올리느라 이리저리 사람들에게 치여 가며 건물을 빠져나왔다. 아침에 그리 맑던 하늘은 어느덧 어둑어둑 붉은 해가 저문다. 그 해와 나의 몸뚱이가 만들어낸 가늘고 긴 그림자는 앞으로 내가 갈 길을 알려주듯 한 길로 곧게 뻗어

나간다. 이 길을 따라 걸으면 내가 바라는 그곳에 닿을 수 있게 될까.

집으로 돌아오니 산이와 엄마는 나를 애타게 기다렸는지 근심스러운 표정으로 나를 맞이한다. 신발을 벗는 동안에도 몇 번이고 말을 걸어 오늘 면접 상황을 꼬치꼬치 캐묻는 엄마.

"별이, 오늘은 좀 잘 본 거 같나. 엄마가 하루 종일 성당 가꼬 기도 하고 왔다 아이가. 아빠도 하늘에서 같이 기도했을 거니까 걱정하지 말고, 꼭 붙을 끼다. 누구 딸인데. 발표날이 언제고?"

"일주일 뒤에 발표 나는데 나도 지금 내가 어떻게 말했는지 기억도 안 난다. 너무 떨려가지고. 이 질문 저 질문 하는데 말도 제대로 안 나오고, 그렇게 연습했던 서울말은 하나도 안 나오고. 이놈의 사투리가 자꾸 튀어나와가지고 조금 불안 불안했다."

"누나야, 이번에도 안 되면 스튜어디스고 뭐고 다 접고 내랑 같이 쇼핑몰이나 하자."

"얼씨구. 됐네요. 붙을 거니까 니는 신경 쓰지 말고. 쇼핑몰은 무슨. 허파에 바람 좀 빼지?"

"내가 쇼핑몰 잘되기만 해봐라. 누나나 내랑 같이 일하고 싶다 카지 마라!"

"저놈이 철이 언제 들겠노, 맞제? 이별이 니가 이번에 떡하니 붙어가지고 산이 정신 좀 차리게 좀 해봐라잉. 알았제? 엄만 니 믿는다!"

"나도 꼭 그랬으면 좋겠구만……."

말은 저렇게 해도 은근히 내가 잘되길 바라는 산이의 마음. 아무리 미운 소리를 해도 마냥 귀여운 산이. 나이가 들어도 넌 아직 애기야.

발표일을 며칠 앞두고 엄마랑 산이랑 함께 아빠 산소를 찾아왔다. 엄마는 지난 몇 년 동안 흘린 눈물이 마르지도 않았는지 하염없이 눈물을 쏟아내고 있지만 그새 훌쩍 커버린 산이는 듬직하게 엄마 옆을 지키고 서 있다. 엄마는 결국 이럴 거면서 그렇게 가자고 보챘나 보다. 손수 무덤 위에 돋아난 잡초들을 걷어내고 거친 손으로 아빠를 어루만지는 엄마. 무언가를 중얼거리는 모습에 엄마 뒤에서 지켜봤더니 엄마는 기도 중이다. 기도 내용을 알 수는 없지만 대략 짐작이 가는 걸 보니 내가 이젠 정말 다 커버렸나 보다.

아빠, 이번에는 꼭 붙게 응원해 줘.

발표 당일, 한국항공 홈페이지는 접속자 폭주로 서버가 잠시 다운됐다. 긴장하면서 새로 고침을 누르고 있을 때 산이 녀석이 소리를 지르며 달려온다.

"누나야! 합격!"

"뭐래, 아직 안 떴거든?"

"내 컴퓨터에는 떴는데? 누나야도 떴네!"

"어, 진짜네. 들어가 보고 거짓말이면 닌 죽었어."

"함 봐봐라, 진짠지 아닌지!"

"우와, 엄마!"

"엄마도 내 방에서 같이 봤거든?"

"엄마, 나 붙었어!"

"그래, 잘했다. 이별이, 이번에는 아빠가 많이 밀어줬는갑네."

"누나야, 카면 내일부터 출근인 거가?"

"아니, 다음 주 월요일부터일걸? 아, 어떡해!"

쏟아지는 축하 문자와 전화에 이제야 실감이 난다. 산이와 엄마의 축하를 받으며 꿈을 이룬 꿈같은 날에 잠을 청했다.

창가로 들어오는 햇살에 따뜻해진 머리카락을 흩뜨리며 기지개를 켠다. 침대 위 이불을 정리하고 가벼운 스트레칭으로 아침을 연다. 첫 출근의 설렘을 한 아름 품고 한국항공으로 나선다. 선임들과의 첫 대면. 각자 자기 소개를 하는데 면접 때보다는 덜하지만 목소리가 떨린다. 선임들은 나를 귀엽다는 듯이 바라보며 미소를 지었다. 그 모습에 안심한 나는 환하게 웃어 보였다. 간단한 교육과 함께 나의 스튜어디스 생활은 시작되었다.

긴 비행 끝에 찾아오는 피로감을 말로 설명할 수 있을까. 작은 구두에 갇혀버린 나의 발에 쏟아지는 고통을 참으며 웃음을 지어야 했지만 그것마저도 행복했다. 비행 전이면 항상 하늘을 바라보고 아빠에게 안부를 전하며 기도했다. 그 덕분인지 지금까지 실수 한 번 없이 잘했고, 한국항공 스마일 퀸에도 뽑혔다. 스마일 퀸은 한국항공을 이용한 승객이 뽑은 한 해 최고의 스튜어디스를 말한다. 일 년에 한 번 선발되는데 스마일 퀸에게는 한국한공 지면 광고는 물론 2년에 한 번 촬영하는 CF까지 출연할 수 있다. 작년에 이미 CF를 촬영한 탓에 지면광고밖에 촬영할 수 없었지만 입사한 지 일 년도 안된 나에게는 정말 큰 행운이었다. 이제는 비행할 때마다 나를 알아보는 사람들도 생겼고, 잊고 지내던 친구들도 하나 둘 먼저 연락해 오기 시작했다. 그때부터일까, 점점 이 일에 대한 사랑과 자부심이 싹텄다. 매일 반복되는 일상이 아닌, 항상 새로운 나라와 새로운 고객들을 만나는 일……. 다양한 향기를 품은 나라들과 색다른 눈동자를 가진 외국인들을 접하면서 한국을 벗어나 세계로 한 발짝 다가가는 느낌은 말로 설명할 수 없었다. 사람들은 말한다. 스튜어디스는 포장에 싸여진 종업원이라고. 하지만 나는 그렇게 생각하지 않았다. 겉멋에 빠진 여자라고 손가락질해도 나는 당당했다. 아빠가 있는 곳에서 일하고 싶었고, 누구보다 승객을 우선으로 하는 스튜어디스가 되고 싶었다. 누군가에겐 사랑하는 가족이며 연인이며 친구일 승객들에게 항상 변함없는 친절한 모습으로 다가갈 것이다. 지금도, 앞으로도.

비즈니스석에 들어서자마자 나도 모르게 가슴이 두근거린다. 비행 전 잠시 봤던 그 남자의 얼굴이 머릿속을 스치듯 지나간다. 그 사람이 지금 내 앞에 있다. 이 순간을 항상 꿈꿔 왔지만 꿈만 꿨던 나는 어찌해야 할지 모른다. 더군다나 지금은 근무시간이 아닌가! 자꾸 그 사람을 훔쳐보던 나를 그 사람이 바라보았다.

"저기요!"

"네, 손님. 필요하신 것 있으십니까?"

"물 한 잔 주세요."

괜히 기대한 걸까. 최대한 상냥하게 웃으며 물을 따르는 동안에도 혹시나 나의 두근거림이 전해지지 않을까 생각하지만 무심히 책장을 넘기는 그를 보며 이내 마음을 접는다.

"여기 있습니다."

물을 받아들며 덥석 내 손을 잡고서는 무언가를 쥐어준다. 눈짓하며 웃음 짓는 그를 스치며 손을 바라보니 손에는 그가 쥐어준 쪽지가 덩그러니 놓여있다. 상황실로 들어와 몰래 펼쳐보았다. 급하게 썼을 테지만 반듯한 글씨체의 한 줄.

'첫눈에 반했습니다. 012-345-6789 꼭 연락주세요.'

착륙하기 직전 안내 멘트를 하는 목소리가 떨린다. 덜덜 떨리는 목소리로 안내방송을 마치고 착륙 준비를 하는데 심장이 요동친다. 착륙 후 손님들을 안내하면서도 횡설수설하는 내 모습에 동료들은 왜 그러냐며 걱정한다. 내 눈은 그를 찾았고 결국 나를 찾고 있는 그를 발견했다. 무심한 표정으로 내 한쪽 어깨를 툭툭 건드리고 걸어가는 그를 바라보다 주저앉아 버렸다.

그 후 고민할 필요도 없이 전화를 건 나는 알았다. 그가 내 사람이 될 거라는 것을.

오래 전 기억이 파노라마처럼 펼쳐진다. 비가 오던 날 아빠를 이곳에 남기고 온 지 벌써 12년이 흘렀다. 비가 갠 후 스치는 여린 비린내에 발걸음이 가볍다. 일 년에 한 번씩 가족들과 함께 아빠를 찾아왔었지만 오늘은 다르다. 비행기에서 만난 그를 아빠에게 보이고 싶었다. 아빠가 맺어준 인연이니까. 지난 2년 동안 한 번도 아빠에 대해 언급하지 않았던 나였지만 이제는 아빠에 대해 말하고 싶었다. 진지하게 결혼도 생각하고 있었고, 무엇보다 30대를 향해 달리고 있는 내 나이도 부담스러웠고, 그를 사랑했기에 다 보여주고 싶다는 생각도 들었다. 조심스럽게 아빠 이야기를 꺼내며 산소에 가보자는 내 말에 당연히 가야 한다는 그. 너무나 고마웠다.

편안한 운동복에 등산화를 신고 평소처럼 데이트를 하는 기분으로 그의 손을 잡고 산을 향했다. 낯선 산길을 씩씩하게 오르는 듬직한 등을 바라보니 마음이 놓인다. 혹여나 내가 미끄러질까 노심초사하는 모습이 왜 그렇게 멋있는지. 분명 아빠도 마음에 들어할 거야! 15분쯤 올랐을까. 오랜만에 만나는 아빠다. 가슴이 뛰는 건 아빠 때문인지, 등산 때문인지, 아니면 내가 사랑하는 이 사람 때문인지……. 아직은 가뿐하다는 듯이 앞으로 날 이끄는 그를 붙잡아 세웠다. 숨을 고르는 그가 귀엽다.

"다 왔어. 여기로 가면 돼."

"벌써 다 온 거야? 아, 떨려. 별아."

"떨지 마. 우리 아빠 완전 좋아. 분명 오빠 합격일 거야……. 여기다. 아빠, 오랜만이야."

"안녕하십니까, 아버님. 별이 남자친구 심효범입니다. 절부터 받으세요!"

풀썩—.

말릴 틈도 없이 다짜고짜 절하는 그의 모습에 웃음이 터졌다. 한참이 지나도 일어나지 않는 그가 수상하다.

"오빠, 뭐 해?"

대답이 없다. 엎드려서 뭔가 꾸물대던 그가 벌떡 일어났다. 비장한 눈빛으로 날 바라보는 그가 우스웠지만 너무 진지한 태도에 웃을 수가 없었다.

"별아. 지금부터 내가 하는 말 잘 들어."

"응? 무슨 소리야?"

잠시 심호흡을 하더니 산이 울리도록 하늘에 외친다.

"아버님! 별이랑 저 결혼해도 괜찮겠습니까!"

메아리가 끝나기도 전에 품속에서 반지를 꺼낸 그는 토끼눈을 한 나에게 무릎을 꿇었다.

"별아. 나, 아버님한테 허락 받은 거 맞지?"

"당연하지. 분명 아빠한테 닿았어."

아빠, 보고 있지?

책쓰기를 끝내며

가볍지도, 무겁지도 않은 마음으로 시작한 글쓰기가 드디어 끝이 났다. 늘 항상 상상만 하던 내 미래를 써 내려간다는 것. 직접 겪어보지 못했던 일들이기에 많이 부족할 것이다. 그렇지만 언젠가 꿈을 이룬 뒤 이 글을 읽으며 이날 이때의 기분을 다시 느낄 수 있었으면······. 언제 또 손가락 끝이 시커매지도록 키보드를 두드려 볼 수 있을까. 새벽녘 모니터 불빛에 눈이 아프도록 글을 써 볼 수 있을까. 독자들이 이 글을 읽으면서 다시 한 번 가족, 꿈, 자기 자신에 대해서 되돌아보길 바란다.

내가 지쳐 글쓰기를 포기하려 할 때 날 잡아준 세상에 단 하나뿐인 내 친구 정유정, 그리고 자꾸만 읽어달라고 귀찮게 해서 미안한 내 친구들 모두 모두 정말 고마워. 나의 게으름 때문에 고생하신 최희숙 선생님, 감사합니다! 마지막으로 꿈그린 책쓰기만 친구들, 우리 모두 수고했어!

가깝지도, 멀지도 않은 곳에 꿈은 있다!

세상의 중심

우경민

가온. '가온'은 '세상의 중심'이라는 뜻의 순 우리말이다. 나는 가온이다. 이가온.

하지만 나는 내 이름의 뜻과는 정반대로 살고 있다. 세상의 중심은 무슨…… 나는

내 인생의 중심도 되지 못한다. 내 인생의 중심은 내가 아니라 바로 우리 엄마다.

나는 집을 나왔다……. 그냥 나온 게 아니라 가출했다는 소리다.

가온. '가온'은 '세상의 중심'이라는 뜻의 순 우리말이다. 나는 가온이다. 이가온. 하지만 나는 내 이름의 뜻과는 정반대로 살고 있다. 세상의 중심은 무슨…… 나는 내 인생의 중심도 되지 못한다. 내 인생의 중심은 내가 아니라 바로 우리 엄마다.

나는 집을 나왔다……. 그냥 나온 게 아니라 가출했다는 소리다. 조금 있다가 내가 학교에 안 갔다는 사실을 엄마가 알게 되면 분명 난리가 나겠지. 나중에 일어날 일이 두렵긴 해도 이미 늦었다. 벌써 학교에선 1교시 수업이 시작되었을 테니까. 지금 학교에 들어간다 해도 엄마는 내가 지각했다는 사실을 어디서든지 듣고 올 테고, 집에서 일찍 나갔는데 왜 지각을 했는지에 대해서 꼬치꼬치 캐물을 게 뻔하다. 그러고는 학교 갈 때 다른 아이들처럼 걸어가지 못하게 하겠지. 나를 엄마 손으로 등하교시키고 레슨까지 일일이 다 데리고 다닐 것이다. 분명하다. 우리 엄마는 그러고도 남을 사람이다. 아— 몰라, 몰라. 엄마 생각하니까 벌써 뒷일이 무섭고 머리가 아파 오는 듯하다. 이왕 이렇게 된 거, 내 인생 처음이자 마지막일 일탈, 한번 해보자는 생각이 든다. (마지막이 될 거라고 믿고 싶다.) 까짓것, 해보지 뭐. 어차피 방학 보충수업이라 출결 성적에도 들어가지 않을텐데……. 아, 가출을 하면서까지 이런 걸 따지고 있는 내가 정말 한심하고 웃기게 느껴진다. 뭐, 지금까지 17년 내 삶의 목표가 바로 이런 것들이었으니…….

* * *

가온은 휴대폰을 끈 후 주변을 이리저리 둘러보았다. 딱히 갈 곳이 없었다. 하긴 평소에 학교—학원—집만을 전전하던 가온이었다. 주변에 보이는 곳이라고는 피씨방과 학원들뿐이다. 일단 동네를 벗어나야겠다고 생각한 가온은 지하철역을 향해 걸어갔다. 막막했다. 아무 계획 없이 한 가출이라 목적지도 없었고, 별다른 대책도 없었다. 하지만 기분만은 뭐랄까, 후련하달까? 뭔가 말로 형용할 수 없는 기분이었다. 띠리리리리리링—. 갑자기 요란한 종소리가 울렸다. "지금 안심 방면, 안심 방면 열차가 들어오고 있으니……." 지하철이 달려오는 소리가 들렸다. 지하철이 도착하자 가온은 그냥 무작정 지하철을 탔고, 한 정거장, 한 정거장 지날 때마다 이 정거장에서 내릴지 말지 고민을 했다. 어디서 내리든 여전히 갈 곳은 없다는 생각을 한 가온은 어딘지도 모른 채 그냥 무작정 내렸다. 대구역. 무작정 내린 곳이 집 없이, 혹은 집을 나와 노숙생활을 하는 사람들이 많은 곳이라니……. 왠지 신기했다. 막상 내리긴 했는데 또다시 갈 곳이 없어진 가온이었다. 집 나오면 고생이라는 말이 실감났다. 대구역에는 출근 시간이 좀 지나서인지 생각보다 조용했다. 텔레비전에서 볼 때는 정말 복잡했는데 막상 와보니 그렇지도 않았다. 노숙자들도 별로 없었다. 그래도 가끔씩 길바닥에 아무렇게나 누워있는 노숙자들이 보이면 왠지 무서워서 그들을 피해 다른 곳으로 가고 했다. 자신도 그들과 마찬가지로 갈 곳이 없으면서 말이다. 이런저런 생각을 하며 역 주변을 배회하던 가온은 자신이 교복차림에 커다란 클라리넷 케이스를 들고 있다는 것을 깨달았고, 지나가는 사람들이 고등학생이라면 학교에 있어야 할 시간에 교복을 입고 웬 커다란 트렁크 가방 같은 것을 들고 역 주변을 돌아다니는 자신을 이상하게 쳐다본다는 사실도 깨달았다. 원래 사람들의 시선을 부담스러워 하는 성격의 가온인지라, 얼른 사람들이 별로 없는 화장실로 들어갔다. 화장실에서 어디로 가야 할지 생각하던 가온은 아침에 엄마 눈치를 보며 챙겼던 통장을 기억해냈다. 마침 점심 먹을 시간도 다 됐고 하니 통장에 있는 돈을 조금 찾아서 써야겠다고 생각했다.

13만원. 올해 만든 통장이라 용돈을 조금씩 모은 돈밖에 없었다. 그래도 다 인출해서 가지고 다니기에는 불안했기에 우선 5만원만 인출했다. 은행에서 나오자마자 배에서 꼬르륵 소리가 났다. 주변을 둘러보며 점심을 간단하게 때울 곳을 찾다 보니 패스트푸드점 하나가 눈에 들어왔다. 햄버거 정도면 가격이 그리 비싸지는 않을 테고, 하나 시켜놓고 시간 때우기에도 좋은 장소이기에 패스트푸드점으로 들어갔다. 햄버거 세트를 하나 시켜서 사람들이 지나다니는 모습이 가장 잘 보이는 창가로 갔다. 햄버거를 먹으면서 이제 또 어디 가서 저녁을 먹고 어디 가서 자야 할지 생각했다.

어디 가서 자야 하지? 보통 내 나이 정도의 애들이 가출하면 어디 가지? 아, 진짜 갈 곳이 없네. 친구한테 전화해 볼까? 아니야, 엄마가 이미 내가 아는 애들한테 다 전화해 놨을 거야. 아, 그럼 어떻게 하지? 괜히 집에서 나왔나? 피씨방에 가볼까? 아니야, 피씨방은 담배냄새가 많이 날거야. 아, 정말 미치겠네. 진짜 어딜 가야 하지?

가출한 것을 슬슬 후회하는 가온이다. 그런 고민을 한 지 한두 시간째, 햄버거를 다 먹었음에도 불구하고 나갈 생각을 하지 않는 가온을 점원이 이상하게 쳐다보는 것 같았다. 가온은 점원의 눈치를 보며 일어나서 패스트푸드점 밖으로 천천히 나갔다. 찜통더위 속을 다시 느릿느릿 걸으면서 이제 어디로 가야 할지를 생각했다.

매미소리가 세차게 울렸다. 매미소리와 어깨에 메고 있는 무거운 클라리넷 가방 때문에 더 더워지는 듯한 기분이었다. 날도 덥고 갈 곳은 없으니 점점 더 짜증이 나는 가온이었다. 무더운 여름날 하루 종일 답답하고 불편한 교복을 입고 돌아다니다 보니 땀이 비 오듯 흘러내렸다. 가온은 당장 새 옷으로 갈아입고 싶었다. 땀 냄새도 나는 듯했다. 옷은 하나도 챙겨오지 않았으니 어떻게 해야 할지 몰랐다. 가온은 그나마 더위를 조금이라도 피할 수 있는 지하철역으로 다시 들어갔다. 지하철역 안은 그래도 덜 더웠다. 가온은 앉아서 쉴 만한 곳을 찾아 주변을 두리번거렸다. 다행히 한구석에 벤치가 있었다. 벤치에 클라리넷과 책가방을 올리고 하루 종일 걸어다녀 아픈 발뒤꿈치를 주물렀다. 목이 너무 말랐다. 저 너머에 있는 음료수 자판기가 눈에 띄었다. 가온은 얼른 음료수 자판기로 걸어가 이온음료를 하나 뽑아들고 다시 벤치로 돌아왔다. 아, 시원해. 그냥 손에 들고 있는 것만으로도 시원했다. 딸칵―, 시원한 소리를 내며 캔 뚜껑이 열렸다. 시원한 음료수가 목구멍으로 넘어오는 느낌이 좋았다. 더위를 조금이나마 식힌 가온이 다시 지하철역 안을 둘러보기 시작했다. 자그마한 구멍가게 같은 옷가게가 하나 보였다. 가게 앞으로 옷걸이들이 늘어서 있었고 많은 옷들이 나열되어 있었다. "티셔츠 한 장 4,900원." 가온은 눈이 번쩍 뜨이는 듯했다. 들고 있던 음료수를 얼른 벌컥벌컥 마셔버리고는 가방을 들고 그 가게 앞으로 갔다. 가게 점원은 그냥 지나가던 학생이 옷 구경하는 것이라고 생각했는지 가온을 본체만체 나와 보지도 않았다.

"저, 여기 있는 티셔츠들 정말 4,900원이에요?"

"네, 그 옷걸이에 있는 것만……."

점원이 귀찮다는 듯이 시큰둥하게 말했다. 기분 나쁜 말투였다.

가온은 조금 불쾌했지만 땀 냄새 나는 답답한 교복을 갈아입을 수 있다는 생각에 기분을 풀었다. 한참을 옷걸이에 있는 옷들을 뒤적이다가 그나마 낫다고 생각한 티셔츠 두 개를 골라서 점원에게 내밀었다.

"계산해 주세요."

"……아, 네? 아, 9,800원이요."

산다고 하니 목소리 톤부터 바뀌는 점원이었다. 점원이 옷을 봉투에 담는 동안 가온은 가게를 둘러보았다. 바지들도 꽤 많았다.

"이 짧은 바지는 얼마예요?"

"아, 그건 이만 원이요."

"이것보다 더 싼 짧은 바지는 없어요?"

돈이 얼마 없으니 최대한 아껴 써야겠다고 생각한 가온이었다.

"아, 그거 바로 옆에 있는 바지는 만오천 원인데…… 그게 제일 싼 거예요."

만오천 원짜리 바지치고는 나쁘지 않았다. 결국 가온은 바지까지 하나 사들고 가게를 나와 옷을 갈아입으려고 지하철역 화장실로 향했다. 깨끗한 옷으로 갈아입고 나오니 기분이 한결 나아진 가온이었다. 하루 종일 걸어다녀서 다리도 아프고 더 이상 걷고 싶지도 않은 마음에 그냥 무작정 지하철역 벤치에 앉아 있었다. 바깥 날씨에 비해 훨씬 시원한 탓에 나가고 싶지 않았다. 왜 노숙자들이 역 근처나 지하철에 있는지 이해가 되었다.

점점 날이 어두워지면서 저녁이 되어 갔다. 이제 정말 잘 곳을 정해야 했다. 지하철역에서 나온 가온은 주변을 둘러보았다. 가온은 또다시 잘 만한 곳을 찾아 걸어야만 했다. 아직까지는 늦은 오후라서 어둠이 깔리진 않았지만 간판에 하나 둘씩 불이 들어오기 시작했다. 저 멀리 24시간 영업 찜질방 간판이 보였다. 가온은 살며시 웃었다. 됐어. 저기서 자면 되겠다. 가온은 우선 가까운 ATM기계로 가서 돈을 마저 찾았다. 또 조금만 찾을까 하다가 귀찮은 마음에 남아있던 돈을 한꺼번에 다 찾았다. 이제 통장에 남은 잔고는 0원이었다. 아, 몇 달 모은 용돈이 한번에 날아가는구나. 가온은 조금 씁쓸하기도 하고 불안하기도 했지만 인출한 돈을 지갑에 넣고 밖으로 나왔다. 그러고는 다시 지하철역 안으로 들어갔다. 가온은 지하철역 안에 있는 물품보관함에 돈을 넣어 문을 열고 그 안에 가방을 넣었다. 찜질방에는 밤늦게 청소년이 못 들어간다는 말을 친구에게 들은 기억이 나서 가방을 들고 들어가면 아무리 사복이라도 청소년이라는 것을 들켜 못 들어갈 것 같았기 때문이었다. 가온은 가방과 클라리넷을 물품보관함에 넣은 후 지갑만 들고 지하철역에서 나와 찜질방으로 향했다. 클라리넷 같은 비싼 악기를 이런 곳에다 둬도 괜찮을까 걱정이 되었지만 이내 생각을 접고 찜질방으로 갔다.

사복을 입고 찜질방에 들어가니 학생인지 모르는 듯했다. 책가방과 클라리넷을 지하철역에 있는 물품보관함에 넣고 오길 잘했다는 생각이 드는 가온이었다. 이걸로 오늘 저녁은 걱정 않고 보낼 수 있겠지. 가온은 그나마 좀 안심이 되었다. 사실 찜질방에 가는 것은 처음이어서 어떻게 해야 할지 몰랐지만 그냥 다른 사람들이 하는 대로 따라 들어갔다. 찜질방 내부는 생각보다 쾌적했다. 잠시 앉아 있던 가온의 눈에 찜질방에서 파는 구운 계란이 들어왔다. 아까 햄버거 하나를 먹은 이후 아무것도 먹지 않고 하루 종일 돌아다녔더니 아사 직전이었다. 결국 구운 계란 다섯 개와 녹차음료를 사서 저녁으로 때웠다. 집에 있는 밥이 벌써부터 그리웠다. 엄마 생각도 났다. 지금 엄마는 무얼 하고 있을까? 휴대폰을 켜 볼 엄두가 안 났다. 그동안 엄마의 간섭은 다 날 생각해서였을 건데……. 지금쯤 날 엄청 찾고 있겠지. 좀 전에 엄마 생각을 안 하기로 다짐했으면서 가온은 엄마 생각만 내내 하고 있었다.

* * *

난 온실 속의 화초였다. 엄마는 날 학교—학원—집 외에는 가지 못하게 했다. 학교 갈 때 나를 차에 태워 학교까지 데려다 주고, 학교가 끝나면 학원에 데려다 준 후, 레슨이 끝날 시간이 되면 또 나를 차에 태우고 집으로 데려갔다. 같이 레슨하는 친구들은 나에게 부럽다고, 정말 편하겠다고 했지만 나는 달랐다. 초등학교 6년, 중학교 3년, 이제 고등학생임에도 불구하고 매일 그런 일상을 반복하고 있는 것이다. 어쩌다 아주 가끔 엄마가 아침에 볼일이 생겨서 일찍 나갈 때를 제외하고는 아침 등교까지 엄마가 직접 차로 시켜주는 것이 불만이었다. 내 또래의 다른 아이들처럼 등하교 같이 할 친구도 사귀고, 친구들과 맛있는 것도 같이 사 먹고, 수다도 떨고, 엄마 욕도 가끔은 하면서 그렇게 학교를 다니고 싶었다. 시험이 끝난 날이나 휴일도 예외는 아니었다. 다른 아이들은 노래방이니, 영화관이니 하며 친구들과 같이 놀러 다니고, 사진도 같이 찍고 했지만 나는 예외였다. 연습을 꾸준히 해야 한다면서 잠자는 시간을 빼고는 죽어라고 클라리넷 연습만 시켰다. 친구들도 처음에는 나에게 같이 놀러 갈 것을 권유하다가, 이제는 놀 계획을 짤 때 나부터 빼놓고 시작했다. 시간이 지남에 따라 친구들과 멀어지는 느낌도 들었다. 나는 이제 어린아이가 아님에도 불구하고 하나부터 열까지 엄마가 일일이 다 챙겨주고, 심지어 레슨할 때도 내가 잘 하는지 못 하는지 뒤에서 지켜보기까지 했다. 언젠가 한 번은 그런 일상에 너무 화가 나서 엄마에게 화를 냈었다. 화를 내고 나면 엄마가 나를 이해해 줄 줄 알았는데, 아니었다. 엄마는 오히려 나에게 더 화를 내면서 이렇게 잘 챙겨주는 엄마가 어디 있냐고, 불만 가질 일이 뭐가 있냐고, 다 날 위해서라면서 고래고래 소리를 질렀다. 엄마는 날 근본적으로 이해하지 못했다. 한낱 사춘기 청소년의 일시적인 반항으로 치부하고 들은 척도 안 했다. 난 그게 더 화가 나고 짜증이 났다. 심지어 엄마는 내가 입는 옷, 신발 하나하나까지 간섭했다. 초등학생 때는 당연하다고 생각했지만 점점 시간이 지남에 따라 숨이 막혀 죽을 지경이었다. 게다가 엄마는 나의 진로까지 엄마가 알아서 생각하고 준비했다. 어렸을 때부터 원하지도 않는 클라리넷을 시키더니, 하루에 여섯 시간 연습은 기본이고 클라리넷 이외의 것은 쳐다보지도 못하게 했다. 가끔 클라리넷 연습을 안 하게 되는 날에는 꼭 독주회나 오케스트라 정기 연주회에 나를 데리고 갔다. 내 인생은 내 것인데, 모든 것이 다 엄마의 선택과 주관에 의해 이루어졌다. 엄마는 내 인생이 엄마의 것인 줄 아나 보다. 나는 엄마가 17년간 공들이고 애써서 만들어낸 인형에 불과했다. 최근 들어서는 엄마와 매일 매일 싸웠다. 그리고 클라리넷 연습도 대충 했다. 엄마에 대한 반항심만 생겨나니까 다섯 살 때부터 해온 클라리넷을 그만두고 싶다는 생각까지 했다. 연습도 안 하고 레슨도 대충 하면서 엄마가 아무리 애를 써도 내가 안 하면, 내 의지가 아니면 다 소용없다는 걸 엄마에게 보여주고 싶어서 요즘 계속 그랬지만, 엄마는 날 이해하려고 하지 않고 청소년 상담센터에 데리고 가서 다른 사람에게 나를 맡겨버렸다. 내가 엄마에게 매일 반항한다고 나에게 뚜렷한 꿈이 있는 것은 아니었다. 그저, 엄마가 시키는 대로 하고 싶지 않았다. 그래서 고등학교 원서를 쓸 때도 엄마가 예고에 진학할 것을 강요해 실기시험을 보러 갔지만 일부러 음과 박자를 놓치면서 엉터리로 연주하고 나왔다. 당연히 결과는 불합격이었고, 엄마는 내 실력에 왜 불합격인지 모르겠다며 길길이 화를 냈다. 엄마를 속였다는 것이 찝찝했지만, 그래도 통쾌했다. 인생에 있어서 처음으로 나 스스로 결정해 본 중요한 일이었기 때문이다. 다섯 살 때부터 지금까지 질리도록 클라리넷만 해 왔고, 그래서 손에는 굳은살이 생기고 입술도 부르트고 입 안에서 피도 났다. 사람이 많은 곳에 가면 무조건 나가서 클라리넷을 불어야 했고, 심지어는 대중 앞에서 긴장하지 않게 하는 연습을 시킨다고 엄마는 나에게 사람들이 많은 시내 한복판에서도 연주를 하게 시켰다. 케이블의 모 프로그램에 딸을 완벽하게 키우려고 하는 어떤 엄마의 모습이 나왔을 때 다른 사람들은 독하다면서 혀를 내두르며 욕을 했지만 나는 그러지 못했다. 우리 엄마와 나의 모습이었기 때문이다. 그런 곳에서부터 시작된 표현하지 못한 반항심이 여기까지 왔다. 클라리넷을 그만두고 싶었다. 보기만 해도 치가 떨렸다. 시간이 지나면서 항상 엄마 말대로만 움직이는 나 스스로가 너무 한심했고 나란 존재가 허수아비 같았다. 엄마가 시키는 대로만 하는 로봇. 더 이상 그런 엄마와 마주하고 싶지 않았고, 한심하게 그런 식으로 살고 싶지 않았다.

* * *

생각을 하다 보니 점점 우울해지는 가온이었다. 저 멀리 대학생 정도로 보이는 딸과 엄마가 웃으면서 함께 계란을 먹고 있었다. 가온과 그녀의 엄마는 지금까지 저렇게 다정하게 이야기를 해본 적이 없었다. 가온의 엄마는 그냥 단어 하나로 말하자면 '매니저'랄까? 가온의 스케줄을 짜고 그 스케줄에 맞게 이동하도록 도와주고, 가온의 레슨, 대회, 이런 것들 따위나 관리하고. 엄마가 하는 일이 딱 매니저였다. 부러워. 가온은 한숨을 내쉬었다. 가온이 원하는 엄마는 저런 엄마였는데……. 가온은 속상했다. 엄마도 가온을 이해하지 못했고 가온도 엄마를 이해하지 못했다. 가온의 엄마는 딸의 하나부터 열까지를 다 챙겨주는 것이 엄마의 역할이라고 생각했고, 가온은 그런 매니저 같은 엄마가 아니라 딸이 꿈을 찾을 수 있도록 도와주고 그 꿈을 응원해주며 속상할 때 고민도 들어줄 수 있는 친구 같은 존재의 엄마이길 바랐다. 어쨌든 청소년이란 걸 들키지 않고 오늘 하룻밤이라도 찜질방에서 무사히 자게 된 게 다행이란 생각을 하며 우울해진 기분으로 또다시 이런저런 생각을 하다가 가온은 잠이 들었다.

아침이 되었다. 가온은 옷을 갈아입고 찜질방에서 나왔다. 갈 곳이 없던 가온이 하룻밤을 잘 보냈지만 그래도 찜질방은 집이 아니라서 불편했다. 길거리에서 밤을 지새우는 것보단 훨씬 나았지만……. 가온은 어제 가방과 클라리넷을 넣어 뒀던 지하철역 물품보관함으로 다시 갔다. 가방을 꺼내는데 문득 가온은 허전함을 느꼈다. 뭔가 하나 빠진 듯했다. 내 지갑! 지갑이 없어졌다는 것을 깨달은 가온은 가방을 들고 다시 급하게 찜질방으로 뛰어갔다. 카운터에 있는 아저씨가 보였다.

"아저씨! 아침에 찜질방에서 나온 사람인데요, 찜질방에 있는 락카 안에 지갑을 두고 나온 것 같아서요!"

"아유, 정말……. 몇 번 락카 쓰셨는데요?"

"158번이었던 것 같은데……."

"여기요, 지갑만 찾고 얼른 나오셔야 해요."

"네! 감사합니다!"

여자 락카룸으로 올라가는 동안 가온은 매우 불안했다. 불안한 마음으로 락카 문을 열었는데 지갑이 없었다. 가온은 주변을 샅샅이 뒤져보고, 찜질방 안에까지 찾아봤지만 지갑은 찾을 수 없었다. 가온은 울고 싶었다. 가온은 다시 카운터로 내려갔다.

"아저씨, 지갑을 찜질방에서 잃어버린 것 같은데……."

"지갑에 돈이 많이 들어 있었어요?"

"한 십만 원 정도……. 어떡해요?"

"어떡하긴 뭘 어떡해요. 여기 안 보이세요? 귀중품은 카운터에 맡겨 달라고, 그렇게 안 했다가 잃어버리면 책임 못 진다고 적어 놨잖아요."

혹시나 지갑을 변상해 달라고 할까 봐 그러는지 신경질적으로 말하는 찜질방 주인이었다. 안 그래도 갈 곳이 없어서 막막하던 가온은 그대로 주저앉아 울고 싶었다. 집에 가고 싶었지만 지금 들어가기에는 너무 웃기고, 부끄럽고, 엄마 얼굴을 마주 볼 자신도 없었다. 그리고 지금 들어가도 들어가자마자 다시 악기 연습을 하는 연습기계가 될 것이다. 그나마 다행인 건 어제 충전한 뒤 귀찮아서 지갑에 안 넣고 가방에 던져 놓았던 교통카드가 가방 속에 있다는 것이었다. 그러나 교통카드가 있어도 갈 곳이 없었다. 정말 땡전 한 푼도 없었다. 어제 저녁에 계란 몇 개랑 녹차음료를 먹은 게 다여서 그런지 배가 몹시 고팠다. 집에 돌아가고 싶었다. 대책 없이 가출한 것도, 칠칠하지 못하게 지갑을 잃어버린 것도 다 한심하고 속상하고 후회됐다.

어제처럼 하루 종일 걷기만 하다가 점심시간이 훌쩍 넘어섰다. 돈도 없고 갈 곳도 없고 진짜 막막했다. 무엇보다 배가 너무 고팠다. 엄마가 꼬박꼬박 챙겨준 아침밥이 생각났다. 엄마의 빈자리를 뼈저리게 느끼게 되는 순간이었다. 그래도 돌아가긴 싫었다. 무작정 길을 걷고 있는데 갓 구운 빵 냄새가 솔솔 났다. 보통 빵집은 아침에 빵을 굽던데 이 빵집은 점심시간이 훨씬 지난 지금 빵을 굽고 있네. 아, 배고파. 빵 먹고 싶다. 가온은 빵집 앞에서 발을 못 뗐다. 갓 만들어 뜨거운 빵을 식히는 건지 가게 밖 테이블 위로 빵을 담은 바구니들이 나열되어 있었다. 하나쯤 가져가도 모를 것 같았다. 갓 구운 빵 냄새에 사람들이 많이 사러 와서인지 손님이 가득한 가게 안의 주인은 정신없어 보였다. 하나 가져갈까? 하나 몰래 가져가고 나중에 집에 돌아가면 그때 다시 와서 빵 값을 갚아주면 되지 않을까? 가온은 심한 갈등에 휩싸였다. 한참을 빵집 주변을 서성이며 고민했다. 왠지 레미제라블의 장발장이 생각났다. 배가 너무 고파서 훔친 빵 하나로 19년 동안 감옥에서 살아야 했던 장발장. 갑자기 정신이 확 돌아왔다. 내가 미쳤나 봐. 이제 도둑질까지 생각하다니……. 가온은 스스로를 책망하며 다시는 이러지 말아야겠다고 다짐하면서 빵집 주변을 얼른 떠나려고 발걸음을 옮겼다. 그때였다. 뒤에서 누가 가온을 불렀다.

"저기, 잠깐만!"

"네? 저…… 저요?"

"응, 그래 너. 이리로 잠깐만 와 봐."

빵집에서 열심히 빵을 팔던 아르바이트생처럼 보이는 아가씨였다. 가온은 혹시나 자신이 빵을 훔치려던 걸 보고 자신을 의심하여 부르는 건 아닐까 하는 생각에 몹시 긴장했다. 경찰서에 가자고 하면 어떡하지? 엄마도 부르겠지? 소년원 가는 건 아니겠지? 아가씨가 서 있는 빵집 앞으로 다가가는 그 짧은 순간 동안 가온은 혼자 머릿속으로 별별 상상을 다했다. 무서웠다.

"……저 ……저 빵 안 훔쳤어요, 그…… 그냥 보…… 보기만 했는데……."

도둑이 제 발 저린다더니 딱 그 짝이었다. 목소리에다 손까지 덜덜 떨면서 가온은 변명을 하기 시작했다.

"지, 진짠데……. 빵 냄새가 너무 좋아서 저도 모르게 그만……."

그러자 그 아가씨가 깔깔 웃더니, 웃어서 미안하다는 표정을 짓고는 말했다.

"누가 너보고 빵을 훔쳤대? 네가 훔치려고 했다는 사실을 네 입으로 술술 말하는구나?"

가온은 너무 부끄러워서 귀까지 빨개졌다. 왠지 경찰서에 끌려갈 분위기는 아닌 듯해서 조금 안심이 되었다.

"잠깐 가게로 들어와 볼래?"

그녀는 가게로 들어오라더니 가게 안에 있는 테이블에 잠깐 앉아 있으라고 하곤 잠깐 어딜 가더니 갓 구운 빵과 우유를 가져왔다.

"자, 이거 먹어."

"네?"

"이거 먹으라구. 먹고 싶었잖아? 사양하지 말고 먹어. 배고픈 거 다 아니까."

"…… 감사해요. 그럼 잘 먹겠습니다."

가온은 예의상으로 하는 '괜찮아요'라는 말조차 하지 않고 뻔뻔하게 빵을 집어들고 급하게 먹기 시작했다. 갓 구운 빵이라서 그런지, 아니면 배가 너무 고파서 그런지 매우 맛있는 빵이었다.

"체하겠다. 천천히 우유도 마셔 가면서 먹어."

가온은 우유까지 챙겨주는 그녀를 보며 한번 씩 웃어 보이고는 계속해서 허겁지겁 빵을 먹었다.

"너, 가출했지?"

"켁, 켁켁!"

가온이 몹시 놀라는 바람에 먹던 빵이 목에 걸렸다. 내가 배고픈 것도 알고 가출한 것도 알다니, 혹시 점쟁이인가? 아가씨가 켁켁대는 가온에게 우유를 건네주며 말을 이었다.

"가출한 거 맞구나! 으유, 뭐 때문에 가출했는데?"

"……"

왠지 처음 만난 사람에게 개인적인 이야기를 하기가 부담스러워 눈을 피했다.

"괜찮아, 말해 봐. 나는 가출 선배니까 네가 도움 받거나 조언 받을 수 있는 것도 있을걸? 나도 네 나이 때 가출한 적이 있었거든. 우리 엄마가 나를 가둬 놓고 공부만 시키려고 하는 거야. 진짜 처음에는 시키는 대로 공부만 하면서 살았는데 가면 갈수록 이건 아니다 싶은 거야. 그래서 엄마한테 벗어나려고 가출을……. 아 내가 쓸데없이 이상한 말을. 미안, 내 성격이 원래 이래. 그런데 넌,

뭐 때문에 가출했는데?"

가온은 이 아가씨가 하는 얘기 때문에 더 놀랐다. 자신과 정말 비슷한, 아니 똑같은 상황이었다.

"…… 그냥 답답해서요."

"그냥 답답해서? 우와, 굉장히 뻔한 내용이잖아? 시시하게, 좀 제대로 말해 봐."

"…… 사실, 엄마가 날 너무 구속했다고 해야 하나요? 어쨌든 나에게 거는 기대도 크고, 내가 외동딸이라서 더 심해요. 내 인생을 엄마가 다 결정해요. 나는, 그저, 엄마의…… 엄마가 마음대로, 창작하는…… 창작물 같았어요."

처음 보는 사람에게 이렇게 자신의 고민을 이야기한다는 것부터가 웃겼지만 한번 나오기 시작한 얘기는 멈출 줄 몰랐다. 자신과 비슷한 일을 겪은 사람이라 생각하니 왠지 마음도 편하고 그래서 그런지 지극히 개인적인 이야기도 술술 나왔다.

"나는 친구도 많이 없었어요. 엄마는 내가 친구들이랑 놀러가는 것도 허락 안 해주구요, 심지어 친구들과 함께 등하교 하는 것도 못하게 했어요. 그런 현실이 너무 답답했어요, 내 진로도 엄마 마음대로 다 정했어요. 물론 내가 특별히 되고 싶은 게 있는 건 아니지만, 미래에 하고 싶은 거 하나 없이 엄마가 알아서 정해 주는 걸 하는 내가 된 게 더 한심했구요. 그리고 그런 시간이 계속될수록 불안하고, 또……."

결국 가온이 가지고 있던 생각 전부를 털어버렸다. 이 처음 보는 아가씨에게. 이렇게 자신의 속마음을 다른 사람에게 드러낸 것은 처음이었다. 얘기하던 중간 중간에 울먹이기까지 했다. 아가씨는 가온의 말이 끝날 때까지 묵묵히 들어주었다. 다 말하고 나니 후련하면서도 부끄러웠다. 가온은 다시 아가씨의 눈을 피해 버렸다. 그래도 마음속에 있는 말을 다 내뱉고 나니 굉장히 후련했다.

"…… 엄마의 지나친 관심이 구속처럼 느껴지고, 지금까지 하던 것도 다 싫다 이거지……. 그리고 갈 곳도 없다고……?"

그녀는 뭔가를 골똘히 생각하더니 이내 웃으면서 일어나서는 하고 있던 앞치마를 벗어던졌다.

"자, 가자!"

"네? 어딜요?"

"으휴, 내가 너 때문에 한 달에 두 번 쉬는 나의 금쪽같은 휴일까지 일터로 가야 하다니……. 이놈의 오지랖!"

아가씨는 혼자 궁시렁거리면서 봉투에 빵을 두둑히 담더니 가온의 손을 잡고 가게를 나와 버스정류장으로 갔다.

"교통카드는 있어?"

"아, 네. 교통카드는 있어요."

"그럼 됐고. 아, 아직까지 내 이름도 안 가르쳐 줬지? 나는 유혜령. 사회복지사야. 언니라 불러."

"저는 이가온이요. 그런데 사회복지사요? 그럼, 아까 빵집은……."

"아, 그 가게는 우리 엄마가 운영하시는 거. 내가 쉬는 날에 가끔씩 도와드리고 있어. 그건 그렇고 지금 네가 어디 가는지는 알아?"

"어디 가는데요?"

"우리 천사들이 있는 곳."

그 말을 하면서 환하게 웃는 혜령이 가온의 눈에 정말 예쁘게 비쳤다. 뭐가 저렇게 행복한 걸까? 가온은 왠지 혜령이 부러웠다. 자신도 저런 환한 미소를 짓고 싶었다.

"버스 왔다. 타자."

결국 혜령의 손에 이끌려 가온이 무작정 따라간 곳은 시립아동센터였다. 혜령은 즐거운 듯 빠른 걸음으로 들어갔다.

"얘들아~, 선생님 왔다!"

그러자 여기저기서 아이들이 뛰어왔다. 몸이 불편한 아이들도 있었고, 한눈에 봐도 정신이 이상한 아이들도 있었다. 가온은 인상이 찌푸려졌다. 주변에 장애인이 다가오면 피하던 가온이었다.

"우와~, 유령 선생님 오셨다!"

"유령 선생님이 아니라 유혜령 선생님이라고 했지! 오늘 선생님이 빵 가져왔는데! 여기 선생님 볼에 뽀뽀하는 사람한테 맛있는 빵 주지~."

가볍게 윽박지르면서도 즐거워 보이는 혜령이었다. 가온은 아이들을 서슴없이 안아 올리고 뽀뽀까지 하는 혜령을 신기하다는 듯 쳐다봤다.

"오늘은 선생님이 무슨 빵 가져왔게? 너희들이 좋아하는 소보로 빵이다~."

"우와! 빵이다."

가게에서 가져온 빵들을 내놓자 우르르 달려들어 맛있게 먹는 아이들이다. 그런 아이들을 보면서 혜령은 미소를 지었다.

"어때, 우리 천사들 예쁘지?"

"…… 아, 네……. 그렇네요……."

혜령은 가온이 아이들을 차별이 가득한 눈으로 쳐다보는 것을 느꼈지만 내색하지 않고 말을 이었다.

"그렇지? 저 천사 같은 아이들, 마음속은 다 상처투성이야."

혜령이 아이들에게 빵을 나눠 주고는 조용한 목소리로 안타깝다는 듯이 말했다. 아이들 중에는 다리가 불편해서 의족을 하고 있는 아이도 보였다.

"그런데 오늘부터 여기서 봉사해 줄 수 있지? 별로 안 어려울 거야. 애들하고 놀아주고 숙제 도와주고 밥 챙겨주는 그런 것만 하면 돼. 그러면 여기서 한 이삼일 정도 지낼 수 있게 해 줄게."

"정말요? 다행이다. 지낼 곳도 없었는데."

이런 아이들과 같이 지내야 한다는 것에 거부감이 들었지만 가온은 최대한 내색하지 않으면서 말했다. 지낼 곳이 없었는데 며칠 묵을 수 있는 곳이 생겨서 다행이라는 생각이 들어서였다.

"얘들아~, 이리 모여 봐! 이제 오늘부터 한 이삼일 동안 너희 숙제도 도와주고 같이 놀아줄 언니야. 이름은 '이가온'이라구, 가온이 언니나 누나라고 부르면 돼. 처음 왔다고 장난 너무 심하게 치면 안 된다!"

아이들은 처음 본 사람에 대한 신기함 때문인지 가온의 옆에 붙어서 조잘거리며 이것저것 물어보고 장난도 걸고 했다. 아이들은 가온을 스스럼없이 대했지만 가온은 아이들을 편하게 대하기가 힘들었다. 정신적으로도 육체적으로도 아픈 곳이 있어서 자꾸 침을 흘리고, 고개를 이상하게 돌리는 아이들에게 어떻게 대해야 할지 당황스러웠다.

"어때, 힘들지?"

"네, 좀……. 사실 제가 이런 곳에 안 와봐서 애들한테 거부감도 들고 어떻게 해야 할지 당황스럽기도 해요."

"그래, 그런 것 같더라. 처음이라 그래. 그런데 가온아, 네가 애들한테 그렇게 대할 때 애들이 다 모르는 것 같지만 그런 걸 다 느끼고 상처 받는단다."

가온은 부끄러웠다. 자신도 아이들에게 잘해주고 싶고 자신의 태도가 나쁜 것인 줄 알면서도 감정적으로 거부감이 드는 것은 어쩔 수 없었다.

"편견 없이 봐 주라. 우리랑 똑같은 사람이고 티 없이 맑아서 이런 거라고 생각해 줘."

"……네. 죄송해요."

쥐구멍이라도 있으면 숨고 싶은 심정이었다. 그때부터 가온은 아이들에게 진심으로 다가가려고 애썼다. 애쓰고는 있었지만 노력대로 되지 않아서 슬슬 짜증이 나려던 참이었다.

"누나!"

가온은 뒤에서 들려오는 소리에 뒤를 돌아봤더니 한쪽 다리가 불편한 6학년 승환이었다.

"승환아, 왜?"

"혜령 쌤이 이거 갖다 주래."

절뚝거리면서 오렌지주스를 가져다주는 승환이다.

"정말? 고마워. 너는 안 마셔?"

"나는 괜찮아. 그런데 누나. 일루 와서 앉아봐."

승환이가 절뚝거리면서 구석진 의자 쪽으로 몸을 옮겼다. 가온은 뭘 하는 건지 의아했지만 그냥 따라갔다.

"누나도 나랑 동생들이 불편하지?"

의자에 앉자마자 승환이가 대뜸 이렇게 말을 해서 가온을 당황하게 했다. 가온이 대답을 미처 못하자 승환이가 바로 이어 말했다.

"알고 있어. 여기 처음 오는 사람들은 우리한테 다 이렇게 대하거든. 무지 불쌍하다는 눈빛이면서도 선뜻 못 다가오고."

"아니, 승환아, 그게 아니고……."

"괜찮아. 사람들이 늘 그러니까 이제 별로 신경 안 쓰여. 그래도 누나, 우리는 이상한 사람들 아니고 누나랑 똑같은 사람인 것만 알아줘."

6학년 아이가 이런 말을 하는 것에 가온은 마음이 아팠다. 그러면서 동시에 죄책감도 들었다.

"근데 누나. 누나도 가출했어?"

"…… 어떻게 알았어?"

"그냥. 혜령 쌤은 늘 누나 같은 사람을 데리고 오거든. 누나는 뭐 때문에 가출했어?"

6학년밖에 되지 않은 아이한테 이런 말을 듣고 또 자신의 얘기를 하려니 왠지 부끄러워져서 말을 해야 하나 말아야 하나를 가온은 고민하였다.

"말해 봐. 이래 봬도 미래의 심리치료사 겸 상담사라구. 이전에 왔던 누나들도 내가 다 고민 상담해 줬어. 누나 고민도 내가 다 들어줄게."

열일곱 살인 가온보다 더 명확한 꿈을 가지고 있는 6학년 승환이가 씩 웃으면서 말했다. 자신의 꿈을 저렇게 당당하게 말할 수 있다는 게 부럽다는 생각을 하면서 가온은 천천히 입을 떼었다. 정말 상담사같이 진지하게 말을 들어주는 승환이었다.

"…… 그러니까, 누나는 엄마가 누나 인생의 모든 것에 참견하는 게 싫다는 거지?"

"…… 응."

"부럽네."

뜬금없이 이런 소리를 하는 승환이다.

"뭐라고?"

"부럽다고. 누나 엄마가 다 누나를 사랑해서 그러는 거잖아. 누나는 모르겠지만 나는 진짜 부럽다. 진짜 내가 하는 모든 일에 다 참견해 주는 엄마가 있었으면 좋겠어. 나는 엄마가 누군지도 모르는데……. 누나는 진짜 행복한 거야. 여기 있는 동생들 다 자기 엄마가 누군지 몰라. 엄마가 누군지 아는 애들은 엄마가 자신을 버렸다는 상처를 항상 끌어안고 살아. 나도……, 사실 이모가 누군지는 알아. 엄마가 갓난아기인 나를 이모에게 맡겼고, 이모는 결국 나를 여기에 버렸어. 단지 내가 몸이 불편해서 키우기 힘들다는 이유 하나만으로. 이모가 날 버렸어도 난 이모를 원망하지 않아. 사실 이모 집에 있는 것보다 여기 있는 게 더 편하고 내 집 같아서 좋거든."

"……."

"가족인데도, 다른 사람들이 당연히 누리는 일인데도 무슨 일을 하든지 눈치 보이고 죄스럽고, 주눅 들고……. 누나는 그런 기분 모르지? 누나에게는 내가 누리고 싶었던 것들이 다 당연한 것이었을 테니까……."

"……."

승환이는 그 후 한참 동안 아무 말이 없었다. 가온은 그 아이의 눈에 고인 눈물을 보았다. 가온은 뭐라 위로의 말도 해줄 수가 없어 잠자코 앉아 있었다. 승환이의 눈에 고인 눈물을 모른 척해 줘야 할 것 같았다. 한참 동안 서로에게 불편하지 않은 침묵이 오갔다.

"누나는 불평할 게 아니라 정말 감사해야 해."

승환이는 이 말 한마디를 씩 웃으면서 하더니 아무 일 없었다는 듯이 일어나서 아이들에게로 갔다.

승환이가 간 후 가온은 몹시 부끄러워졌다. 승환이 앞에서 불평을 늘어놓은 자신이 한심하게 느껴졌다. 승환이와 얘기한 후 가온은 왠지 복잡했던 머릿속이 한결 정리된 기분이 들었다. 가온은 아이들이 놀고 있는 쪽으로 가서 아이들 눈높이에 맞추며 함께 놀았다. 처음에 들었던 거부감은 어느새 사라지고 점점 아이들의 티 없는 맑은 웃음이 보였다. 이제 아이들과 함께 있는 것이 즐거웠다. 아이들과 있다 보니 걱정도 사라지고 시간도 금방 가서 어느새 밤이 되었다.

아이들과 함께 자려고 아이들 방으로 짐을 들고 들어갔다. 아이들은 또 우르르 달려왔다. 신기하게 생긴 클라리넷 가방을 보고 모여든 듯했다.

"언니, 이건 뭐예요?"

"누나! 이거 악기예요? 무슨 악기예요?"

아이들은 또 쉴 새 없이 질문을 해 온다.

"아……, 이건 클라리넷이라는 악긴데……."

"누나 이런 것도 할 줄 알아요?"

"언니 한 번만 들려줘요!"

"우와, 신기하다!"

가온은 고민에 휩싸였다. 그만두기로 한 클라리넷인데……. 이왕 그만둘 거 미련 두고 싶지 않았다. 아이들에게는 밤이 늦었으니 다음날 들려주겠다고 달래고 잠을 재웠다.

다음날 아침에 눈을 뜨자마자 클라리넷을 불어 달라고 아이들이 성화였다. 가온은 계속 미루다가 결국 클라리넷을 연주하기로 했다. 아이들의 기대에 찬 눈빛을 외면할 수 없었다. 지금까지는 자신의 연주를 이렇게 기다려 주는 사람도, 기대해 주는 사람도 없었다. 가온은 떨리는 마음으로 악기 케이스를 열었다. 매일 조립하던 악기를 조립하는데도 굉장히 떨렸다. 기대에 가득 찬 눈빛으로 자신을 쳐다보는 아이들 앞에 섰을 때, 가온은 어떤 대회나 훨씬 많은 수의 사람들 앞에 섰을 때보다 더 긴장되고 초조했다. 악보를 펼치는 손에서 땀이 났다. 연주하기 편한 곡을 골랐다. 멘델스존의 '봄의 노래'. 가온은 어느 때보다 긴장했지만 클라리넷에서는 어느 때보다 맑은 소리가 났다. 가온의 떨림이 입술에서 온몸으로 퍼져나갔다. 기대에 찬 아이들의 눈빛도 한층 더 밝아졌다. 가온은 연주를 하는 내내 편안함을 느꼈다. 이런 느낌은 클라리넷을 불면서 지금까지 한 번도 느껴보지 못했던 것이었다. 즐거웠다. 클라리넷 소리 이외에는 어떤 소리도 들리지 않았다. 가온과 아이들은 그 음악 속에 푹 빠졌다.

연주가 끝난 후 아주 잠깐이지만 정적이 감돌았다. 아이들 입에서는 한 곡만 더 연주해 달라는 말이 쏟아져 나왔다. 뒤에서 보고 있던 혜령이 웃으면서 엄지를 치켜들었다. 아이들의 입에서는 계속 최고라는 소리가 나왔다. 가온은 그대로 정지해 있었다. 지금까지 이렇게 연주에 빠져 본 적이 없었다. 연주를 하면서 오늘처럼 즐겁거나 편안했던 적도 없었다. 항상 엄마의 강요나 스트레스를 받아가면서 연주를 했기 때문에 한 번도 즐기면서 연주를 한 적이 없었고, 자신의 연주를 이렇게 진지하게 들어주거나 듣고 즐거워해 준 사람도 없었다. 가온은 제대로 클라리넷에 빠져보고 싶다는 생각을 하게 됐다. 어느 누구의 강요에 의해서가 아닌, 나 스스로가 원해서, 내 연주를 좋아해 주는 사람들을 위해서……. 답이 나왔다. 가온은 씩 웃었다. 꿈을 찾았다. 목표가 정해졌다. 한참을 멍하게 서 있던 가온이 아이들의 성화에 힘입어 다른 곡들도 즐겁게 연주하기 시작했다. 또 한 번 모두가 가온의 연주에 빠져들었다.

며칠 동안 이 아이들, 천사들과 함께 지냈다. 처음에는 거부감이 들었던 아이들이지만 지금은 이렇게 예쁠 수가 없었다. 가온은 이제 집으로 돌아가야 할 때가 되었다고 생각했다. 책가방과 클라리넷을 챙겨서 밖으로 나왔다.

"이제 집에 가는 거야?"

혜령 언니였다. 뒤에 선 아이들은 불안한 눈빛으로 가온의 대답을 기다리고 있었다.

"네. 엄마도 많이 걱정하실 거예요."

"그래, 잘 생각했어. 다시 일상으로 돌아가도 여기 천사들 잊지 말고 가끔 놀러와."

혜령은 가온에게 웃으면서 손을 내밀었다. 맞잡은 혜령의 손에 들어간 적당한 힘이 가온에게 전달되면서 가온은 혜령에게 신뢰감을 느꼈다.

"감사했어요. 자주 올게요."

가온의 말이 끝나자마자 아이들이 가지 말라며 떼를 썼다. 가온이 자주 오겠다는 약속을 거듭하고 나서야 아이들은 나에게 잘 가라며 손을 흔들어 주었다. 가온은 아이들을 향해 손을 흔들어 주고는 버스정류장을 향해 걸어갔다.

버스정류장을 향해 천천히 걸어가면서 가온은 휴대폰을 켰다. 수십 통의 미확인 메시지. 대부분이 엄마였다. 가출의 원인 중 하나가 엄마였지만 그래도 미안함이 드는 가온이다. 얼른 단축번호를 눌러 엄마에게 전화를 걸었다. 긴장되고 손끝이 떨려왔다. 엄마는 내가 가출한 동안 어떻게 지냈을까? 수화음이 두 번쯤 울렸을까? 힘은 없지만 다급한 엄마의 목소리가 들렸다. 아마 가온인지 확인도 안 하고 받는 듯했다.

"여보세요……!"

"엄마, 나 가온이."

엄마의 목소리가 커졌다. 잔소리가 시작되는 듯했다.

"이가온! 너 대체 어디야! 너 때문에 내가 얼마나……."

휴대폰 너머로 울먹이는 엄마의 목소리가 들렸다.

"정말 미안해요. 나 지금 집으로 갈게."

"어딘데! 어딘지 빨리 말해!"

"아니야, 내가 알아서 갈게요."

"빨리 말 안 해? 엄마가 거기로 갈 거야. 어딘지 말하고 거기서 꼼짝 말고 기다려."

"엄마, 미안. 나 혼자 집으로 갈 수 있어요. 진짜 나 혼자 갈 거야. 데리러 오지 마요."

"그럼 엄마가 안 갈 테니까 빨리 집으로 와!"

전화를 끊고 가온은 집으로 가는 버스를 기다렸다.

가출한 지 삼일 만이었다. 집으로 가는 버스를 탄 가온은 기분이 홀가분했다. 앞으로 이어질 엄마의 잔소리와 추궁 따위는 무섭지 않았다. 이제 클라리넷을 하고 싶다는 열정도 생겼고, 아직 구체적이거나 뚜렷하지는 않지만 꿈도 생겼다. 자신의 인생에서 중심이 된, 그리고 이름의 뜻대로 세상의 중심이 될 가온을 태운 버스가 점점 정류장에서 멀어져 갔다.

* * *

가출하고 나서 처음 집에 들어갔을 때 엄마는 역시 변한 것이 없었다. 조금 변한 부분이 있다면 내 걱정 때문에 밥을 못 먹었고 밤을 못 자서 빠진 볼살과 퀭한 눈 정도랄까? 역시 예상대로 윽박지르면서 잔소리를 늘어놓았고, 협박 겸 부탁의 말도 했으며 다시는 아침에 혼자 걸어서 등교하지 않도록 하겠다고 했다. 내가 가출한 것에 대해 몹시 화를 내던 엄마를 진정시켜 놓고 엄마에게 사과했다. 그리고 고맙다고도 했다. 내가 가출하기 전에 느꼈던 것들과 가출해서 만난 천사들에 대해 이야기했고, 거기서 느낀 것도 이야기했다. 솔직하게 하나도 빠짐없이 다 이야기했다. 내가 말을 마치고도 엄마는 한동안 말이 없었다. 엄마와 나 사이에 침묵만이 감돌았다. 그러다 엄마는 울기 시작했다. 엄마도 나에게 미안하다고 했다. 내가 그렇게 생각하고 있는지 몰랐다고 했다. 우리는 같이 울었다. 무슨 드라마에 나오는 한 장면처럼.

그 일이 있은 후 엄마가 변했다. 나와 관련된 일을 할 때에는 내 생각을 먼저 물어봤다. 그리고 매달 쉬는 토요일마다 시간을 내서 엄마와 함께 천사들을 보러 다니고 있다. 또 요즘에는 클라리넷 연습을 내가 먼저, 스스로 한다. 클라리넷을 연주할 때 다른 사람들이 좋아해 주고 기뻐해 주면 기분도 더 좋고 더 열심히 해야겠다는 생각도 든다. 클라리넷을 불면 즐겁고, 걱정거리도 없어지는 것 같다. 이젠 하루하루가 행복하고 너무 즐겁다. 난 이제 내 이름대로 살 거다. 세상의 중심으로.

두 소녀

정고운

플로리다주 west 13 orange 거리에 있는 신호등에서 마주 보고 있는 동양인 소녀와 서양인 소녀가 있다. 동양 소녀는 서양 소녀를 바라보면서 생각했다. '돌아가고 싶다. 남을 부러워하면 안 된다. 다른 사람이 나를 부러워하게 만들어야 한다. 나에게는 다른 사람이 가질 수 없는 것이 있기 때문이다.'

서양 소녀는 동양 소녀를 쳐다보면서 생각을 했다. '돌아가고 싶다. 남에게 베풀 줄 알아야 한다. 내가 베풂을 받는 것이 아니다. 나에게는 따뜻한 마음이 있기 때문이다.'

플로리다주 west 13 orange 거리에 있는 신호등에서 마주 보고 있는 동양인 소녀와 서양인 소녀가 서 있다. 동양인 소녀는 건너편 소녀를 바라보면서 생각했다.

'내가 만약 저 여자아이라면 일상이 매일 신나고 즐거울 텐데…… 공부 같은 거 안 해도 될 텐데.'

서양인 소녀도 건너편의 소녀를 쳐다보면서 생각을 했다.

'저 동양인 여자아이는 뭘 하면서 살까? 어디서 왔을까? 저 검은머리는 염색을 안 한 걸까? 내가 만약 저 여자아이라면 어떻게 살아갈까?'

그 순간 두 소녀는 쓰러졌다.

헤일리 시점 —

"아띠야!! 일어나 봐! 아띠야!"

나는 눈을 떴다. 내 눈에 보이는 것은 날 둘러싼 검은머리의 동양인들……. 내가 아는 금발의 백인은 없다. 그리고 자꾸 나를 아띠라고 부른다. 나는 아띠가 아닌데…….

"여보! 빨리 꿀물 타 와! 애가 깼어."

"알았어! 지금 가."

날 걱정스럽게 바라보는 아줌마가 나에게 이상한 물을 줬다. 나는 달달한 물을 마시고 화장실에 가려고 했다.

"애도 참! 가만히 앉아 있어. 이럴 땐 앉아 있는 거야." 아줌마가 나에게 까탈스럽게 말했다.

"그래! 아띠야, 이모 말 들어." 거친 목소리의 아저씨가 말했다.

나는 그 말을 무시하고 일어서서 어딘지도 모르는 화장실을 찾아갔다. 화장실 안의 거울을 봤다.

내가 아니다. 내가 아니다. 내가 아니다. 내가 아닌, 검은머리 여자아이다. 내가 아니다. 기억상실인가? 아니다. 나는 미국에서 사는 미국인이다. 아시아에서 사는 동양인이 아닌 미국인이다. 내가 아니다. 이 여자아이는 아까 신호등에서 본 여자아이다. 내가 착각한 것일까? 아니다. 나는 미국인이다. 내가 미친 걸까? 아니다. 나는 정상이다. 난 누구지?

화장실을 나섰다. 순간 내 눈에 들어오는 것은 엄청나게 큰 책상에 가득 차 있는 책과 노트들. 트와일라잇 책 한 권 없고, 해리포터 책도 없고, 그레이 아나토미, CSI, 크리미널 마인드, 화이트 칼라, 섹스 앤더 시티, 위기의 주부들 DVD로 차 있지도 않고, 한국어로 적힌 이상한 DVD 그리고 영어공부용 DVD만 가득 있는 책상, 좁은 침대.

나는 문을 박차고 나갔다. 삐걱거리는 계단과 싸구려 카펫을 밟고 아래층으로 내려가니 텔레비전이 있을 자리에 엄청난 책장이 우뚝 서 있었고, 책들로 어지럽혀진 탁자가 거실을 꾸미고 있었다. 나는 맨발로 밖으로 나갔다. 나는 내가 미친 줄 알았다. 꿈을 꾸는 줄 알았다. 내 발에 밟히는 이것은 우리 집 것과는 다른 잔디의 느낌이었고, 향긋하지만 우리 집 것과는 다른 꽃내음이 나의 코를 자극했다. 나는 뒤를 돌아보았다. 거기엔 나를 걱정스럽게 보는 아줌마와 거친 목소리의 아저씨가 서 있었다.

아띠 시점 一

"헤일리! 일어나 봐, 헤일리!"

누군가 나를 깨운다.

"헤일리! 제발 일어나 봐……, 제발……."

삼촌 목소리가 아니다. 나는 눈을 떴다. 내 눈에 보이는 것은 날 둘러싼 금발의 백인들……. 내가 아는 검은머리의 동양인은 없다. 그리고 자꾸 나를 헤일리라고 부른다.

"여보! 빨리 물 가지고 와. 헤일리가 목 말라 하잖아."

"알았어! 지금 가지고 가!"

헤일리의 부모님 같다.

"헤일리, 여기 물 있어. 좀 마셔 봐."

날 걱정스러운 눈으로 바라보는 예쁜 아줌마는 나에게 정성스럽게 물을 건네주었다.

나는 물을 마시고 화장실에 가려고 했다.

"헤일리! 일어나지 마. 넌 아직 조금 더 쉬어야 돼!" 예쁜 아줌마가 말했다.

"그래, 헤일리. 가만히 앉아 있어." 멋쟁이 아저씨도 맞장구쳤다.

나는 그 말을 무시하고 일어서서 알지도 못하는 화장실을 찾아서 갔다. 푹신푹신 침대를 떠나 화장실로 들어가 거울을 봤다. 내가 아니다. 내가 아닌 금발의 예쁜 여자아이다. 나는 한국에서 사는 한국인이다. 미국에서 사는 미국인이 아닌 한국인이다. 이 여자아이는 아까 신호등에서 본 여자아이다. 내가 착각한 것일까? 나는 정상이다. 난 대체 누구지? 화장실 문을 열고 나갔다. 순간 내 눈에 들어온 것은 핑크빛 방. 매우 큰 핑크색 침대와 남자배우인지 남자가수인지 잘 모르겠지만 많은 남자들의 포스터, 그리고 내가 갖고 싶어하던 애플사 컴퓨터, 보들보들한 카펫, 브랜드 화장품, 향기 좋은 향수로 가득 찬 공주풍 화장대,

〈미녀와 야수〉에 나오는 말하는 옷장처럼 생긴 귀여운 옷장……. 내가 알고 있는 나의 방이 아닌 예쁜 방이 내 눈에 들어왔다. 나는 문을 박차고 나갔다. 아파트인 우리 집에는 없는 고급스러운 계단을 내려가니 엄청나게 큰 집. 매우 큰 벽걸이 텔레비전이 놓여져 있고 많은 수의 DVD. 거실에는 말로 표현할 수 없을 정도의 크고 호화스런 가구들이 있었다. 맨발로 밖으로 나갔다. 내가 미쳤거나 꿈을 꾸는 건가. 내 발에 밟히는 이것은 잔디의 느낌이었고, 향긋한 꽃내음이 나의 코를 자극했다. 나는 뒤를 돌아보았다. 거기엔 나를 걱정스럽게 보는 예쁜 아줌마와 멋쟁이 아저씨가 서 있었다.

이건 꿈이다……. 나는 화장실로 달려가 세수를 했다. 그대로다. 두렵다. 어떻게 해야 하지?

헤일리 시점 ―

꿈이라고 생각했다. 그래서 찬물에 세수를 해 보았다. 하지만 효과는 없다. 평생 이렇게 살아야 되는 걸까? 두렵다……. 내가 아닌 모습이 너무나 두렵다. 이 모습으로 살아야 하나? 신께서는 지금 나에게 벌을 주시는 걸까?

아띠 시점 ―

몇 시간이 지난 것 같다. 멋쟁이 아저씨와 예쁜 엄마는 컴퓨터 앞에서 이야기를 소곤소곤 하고 있다. 나는 엄청나게 큰 벽걸이 텔레비전으로 이상한 프로그램을 보고 있다. 한참을 보고 있었는데 예쁜 엄마가 다가왔다.

"헤일리! 우리 이제 집으로 돌아갈 거니까 가방 챙기렴."

"네? 벌써 가요? 저 일어난 지 얼마 안 된 것 같은데…… 조금 더 쉬다 가요."

나는 플로리다주에 있는 이모 집에 놀러 와서 한 것이라고는 공부 밖에 없었다. 그래서 몸이 바뀌었을 때 플로리다주를 구경할 수 있다는 희망을 품고 있었는데 헛된 희망이었나 보다.

"안 돼. 너 보니깐 집에 가서 푹 쉬는 게 좋을 것 같아."

난 더 이상의 말대꾸를 하지 않고 방으로 올라가서 짐을 챙겼다. 짐을 거의 다 챙겼을 쯤 누군가 내 방을 노크 하고 들어왔다.

"제가 가방을 들고 나가겠습니다."

말쑥하게 정장을 차려입고 모자를 쓴 남자가 말했다. 나는 당황해서 멍하게 쳐다봤다. 나는 내려가 물었다.

"아! 엄마가 포터서비스를 불렀어."

포터서비스? 궁금해서 물어보려고 했는데 예쁜 엄마가 전화통화를 한다고 바쁘다. 밖으로 나가 보니 웬 리무진이 떡하니 자리 잡고 있었다. 난생 처음이다, 이런 대접을 받는 것은. 눈으로도 구경하지 못한 리무진이 내 눈앞에 있고 나는 그것을 타고 공항으로 가는 것 같다. 처음이다…….

"가방 모두 실었습니다."

말쑥한 남자가 말했다. 그 남자는 차 문을 열어주었다. 차를 타니 두 분 다 통화 중이다. 그런데 통화 내용을 들어 보니 헤일리 때문에 집에 가는 것 같지는 않다.

"어! 지금 가고 있어. 고객 잘 붙들고 있어. 어. 내 책상 위에 보면 무슨 서류 있거든? 일단 그거 작성하게 해."

예쁜 엄마는 변호사인 것 같고, 헤일리 아빠는 무슨 사업을 하는 것 같다. 두 분 다 헤일리는 안중에도 없는 것 같다. 공항에 도착했다. 짐을 내리고 수속을 밟고 비행기를 타는 동안 두 분은 핸드폰을 놓지 못하고 있다. 비행기의 제일 좋은 좌석에 앉았다. 이렇게 좋은 좌석에 앉는 건 처음이다. 역시 좋은 좌석이라서 그런지 푹신푹신하고 뭔가 다르다. 헤일리는 뉴욕에 산다. (여권에 적힌 것을 읽었다.) 나는 헤일리의 부모님에게 말을 걸어보기로 했다.

"엄마, 플로리다주 날씨 정말 따뜻했다. 그치?"

"어."

"그리고 보트 탔을 때 정말 기분 좋았어."

"어."

대화를 이어갈 수가 없다. 그렇게 내내 아무 말 없이 있다가 뉴욕에 도착했다.

헤일리 시점 ―

"아띠야! 이아띠!"

아띠 이모가 나를 부른다.

"네?"

"아띠야. 오늘 밤 비행기 타고 집으로 돌아가야 될 것 같아. 지금 빨리 짐 싸."

아띠 이모가 말했다.

"왜요? 좀 더 있다가 가요. 플로리다주가 얼마나 좋은데……. 더 놀다가 가요!"

나는 투덜거리며 말했다.

"아띠야, 이모도 그렇게 하면 좋겠지만 네가 많이 힘든 것 같아서 그래. 처음으로 온 해외여행이고 날씨랑 시차에 적응을 못 하는 것 같으니깐. 그냥 집으로 가자."

아띠의 이모는 차분하게 말하고 내려갔다.

하…… 이렇게나 빨리 돌아가야 되나? 좀 전에 기절한 것 가지고.

“누나! 괜찮아?”

동생이 방문을 열고 들어왔다.

“어? 어……”

“누나 완전! 오래 잠잤었다.”

“어? 그게 무슨 말이야?”

“누나, 기절한 다음날에 일어났잖아.”

아…… 그래서 이렇게나 빨리 돌아가는 건가? 아띠가 걱정돼서?

우리는 가방을 허겁지겁 싸고 아래층으로 내려갔다.

“애들아, 뭐 잊어버린 것 없이 다 쌌니?”

아띠 이모가 물었다.

“네!”

동생이 대답했다.

“아띠는?”

“어……, 다 챙겼어…….”

아띠는 동생이랑만 여행을 온 것 같다.

“그래…… 짧은 시간이었지만 이모는 너희들 얼굴 봐서 너무 좋았어.”

이모는 웃으면서 말했다.

“삼촌이 공항까지 태워다 주고 비행기 수속을 밟아 주실 거야. 그러니깐 삼촌 말 잘 들어!”

아띠 이모는 으름장을 놓았다.

“그럼, 안녕히 계세요.”

인사를 하고 집을 나왔다. 너무 순식간에 벌어진 일이라서 당황스럽다. 그래도 한국이라는 나라에 간다는 것이 내 마음을 자극한다. 그런데 이 아름다운 플로리다주를 떠나려고 하니 아쉽다. 하지만 나의 다른 인생을 살려면 이런 아픔쯤은 감수해야겠지?

　뉴욕은 이미 저녁이다. 공항 밖으로 나왔는데 야경이 엄청 아름답다. 이래서 다들 뉴욕, 뉴욕 하는 건가? 내가 야경을 구경하고 있는 동안 이미 헤일리의 부모님들은 저만치 가셨다. 종종걸음으로 겨우 따라잡았다. 두 분 다 통화 중이셔서 말도 못 하고 차에 탔다. 도착해 차에서 내리니…… 놀라울 따름이다. 고급스런 건물 앞에서 나는 멍하니 서 있다. 매우 멋진 건물인 데다가 주변에는 예쁜 공원도 있다. 나는 멍하니 있다가 예쁜 엄마가 부르는 소리에 정신을 차려 달려갔다.

　집으로 들어서니 입이 다물어지지 않는다. 이층집이다. 거실에서는 자유의 여신상과 아름다운 야경이 보인다. 서울에서 보던 야경과 너무나 다르다. 바닥은 고급스런 대리석이고 계단은 고풍스런 목재로 되어 있다. 이층으로 올라가 헤일리 방으로 여겨지는 곳으로 들어갔다. 방 안의 커다란 창문이 자유의 여신상과 야경을 담고 있다. 그녀의 방은 하얀색 계열로 깔끔하게 인테리어가 되어 있다. 내가 항상 꿈꾸던 대로다. 언젠가 이런 집에서 살 수 있길 원했는데 지금이 그 언젠가인가 보다. 기쁜 마음에 침대에 올라가 뛰어보기도 하고 책상에 앉아보기도 하며 별의별 짓을 다하고 나니 배가 고파진 나는 아래층으로 내려가 먹을 것을 찾아보기로 했다.

　일층의 예쁜 엄마와 멋쟁이 아저씨는 방에서 전화를 받는다고 난리다. 냉장고를 찾아 여는 순간 나는 신세계를 접했다. 평소 내가 먹어보고 싶었던 음식들과 처음 보는 음식들이 가득했다. 입안에 침이 넘치도록 고였고, 손은 부들부들 떨렸다. 원래의 나는 싸구려 햄과 신 김치, 눅눅한 쌀밥 등이 다였다. 하지만 지금은 텔레비전에서나 볼 수 있는 음식들이 냉장고에 즐비하다. 나는 간단하게 샌드위치를 꺼내 먹었다. 이 샌드위치는 편의점에서 유통기한이 지난 탓에 먹었던 샌드위치와 정말 다르다. 샌드위치를 다 먹고 나서 케이크를 꺼냈다. 종류가 다양했지만 모두 먹었다. 나에게 케이크란 생일에나 먹을 수 있는 것이었고 생일에 먹는다고 좋은 것은 아니었다. 손님이 잘 가지 않는 빵집에서 파는 제일 싼 케이크가 내가 먹었던 케이크였다. 냉장고에 있던 음식을 거의 다 꺼내 먹어 본 것 같다.

그때 갑자기 울컥했다. 나도 엄마만 있었더라면 싸구려 햄과 오래되어서 신 김치와 눅눅한 쌀밥 같은 걸 먹지 않았을 텐데…… 끼니때마다 따뜻한 된장찌 개는 먹지 않았을까 하는 생각이 내 뇌리를 스쳤다. 엄마는 내가 중학교에 입학 할 때쯤 병으로 돌아가셨다. 수술비가 없어 고생만 하다가 돌아가셨다. 헤일리 가 부러웠다. 부모님이 다 계시니깐. 하지만 헤일리 부모님을 봐서는 계시다는 것만으로 만족할 수 있을 것 같지는 않다. 경제적으로는 넉넉하지만 행복하지 는 않을 것 같다. 돈 많은 집이라도 나름의 사정은 다 있으니까.

헤일리 시점 一

나는 공항에 들어섰다. 엄청난 인파가 있다. 나는 사람들이 많은 곳은 파티 외에는 다 싫다.

"아띠야! 빨리 따라와." 아띠 삼촌이 말했다.

나는 종종걸음으로 아띠 삼촌 뒤를 졸졸 따라갔다. 그러더니 갑자기 멈춰 서 서 나보고 잠시만 여기서 기다리라고 말하고 어디론가 홀연히 사라졌다.

"누나……. 나, 뭐 물어봐도 돼?"

아띠의 남동생 진성이가 말했다.

"음…… 그래!"

"누나, 어디 아파? 위험한 거 아니야?"

진성이는 몸을 비비 꼬면서 말했다.

"아니야…… 누나는 하나도 안 아파!"

"그런데 누나가 하는 행동이 평소와 다르잖아."

"내가 좀 피곤하고 스트레스를 받아서 그런 거지. 아파서 그런 거 아니야."

진성이는 수긍하고 나를 향해 살짝 웃었다. 조금 미안하다. 말해 주고 싶지만 말해 봤자 이 상황을 이해할 수 있을까.

"애들아!"

아띠 삼촌은 우리에게 달려왔다.

"자리가 다행히도 있더라고, 그래서 티켓을 바꿔 왔다. 지금 시간이 많이 남아있지 않으니깐. 서둘러서 가방 부치고 해야 제시간에 비행기를 탈 수 있겠다."

삼촌은 가방을 들고 어디로 달려갔다. 그리고 다시 우리에게 왔다.

"비행기 시간은 6시야. 지금이 4시니까, 일단 가서 뭐 좀 먹고 비행기 타러 안에 들어가라."

아띠 삼촌은 우리에게 햄버거를 사 주셨다. 햄버거를 다 먹은 우리는 공항 안으로 들어갔다. 삼촌은 우리에게 계속 손을 흔들었고 우리가 안 보일 때까지 그 자리에 계셨다.

자리가 너무 좁다. 평소대로라면 이 자리보다 넓은 곳에 앉아서 갔을 텐데…….

아띠의 여권을 보니 한국에서 사는 아이였다. 예전에 수업을 같이 듣던 애가 한국에서 왔는데, 우리 학교에서 아마 공부를 제일 잘했던 걸로 기억한다. 코딱지만한 텔레비전에서 운항에 대한 안내가 나오고 있다. 한국까지 열네 시간 정도가 걸린다고 한다. 그리고 경유를 한 번 해서 거의 열다섯 시간이나 소모된다. 미치겠다. 이 좁은 자리에서 어떻게 그 긴 시간을 버텨야 하는 건지……. 아띠가 사는 곳은 서울이라고 하는데 서울이 어떤 곳인지 궁금하다. 이런 궁금증이 아띠의 몸으로 살아가는 유일한 희망이다.

아띠 시점 ㅡ

방에 돌아와 그녀 책상 위에 있는 다이어리를 집었다. 내가 헤일리의 삶을 살려면 그녀가 무슨 일을 하며 어떤 학생인지 알아야 하니까…….

그녀는 학교에서 동아리 활동을 두 개 한다. 한 가지는 치어리더. 또 다른 한 가지 음악동아리. 나도 동아리를 한다. 정치에 관해 공부하는 동아리와 봉사활동을 하는 동아리. 나랑은 다른 삶을 살고 있지만 충분히 그녀의 삶을 살 수 있다고 생각된다.

그녀의 꿈은 피아니스트다. 그러니 피아노가 방에 있는 거지……. 부럽다. 그녀는 자신이 원하는 꿈을 꾸고 있다. 우리집에는 돈이 없어서 생각도 못 할 일이다. 그녀가 피아니스트의 꿈을 이루기 위해 어떤 것들을 하고 있는지 알고 싶어진 나는 그녀의 이름으로 인터넷에서 검색을 한다. 그녀의 블로그나 트위터를 찾기 위해서다.

드디어 그녀의 트위터를 발견했다. 헤일리는 인터넷에서 유명 스타였다. 그녀는 자신의 피아노 치는 모습을 동영상으로 찍어 인터넷에 올린다. 그것을 본 사람들은 댓글을 달고 칭찬을 하고 파티 할 때 그녀를 부르기도 한다. 그녀의 동영상 중 가장 인기 있는 것을 클릭했다. 그녀는 부드러운 피아노 음악에 자신의 목소리를 얹었다. 정말 환상이다. 나도 모르게 박수를 쳤다. 나는 혹시나 하는 마음으로 피아노 앞에 앉아 건반을 두드렸다. 그 순간 나한테 없던 피아노 실력이 나왔다. 한 음 한 음마다 힘이 실려 있고, 손가락은 부드러웠다. 연주를 끝낸 뒤 알았다. 그녀의 실력이 본능이라는 것을. 만화가가 꿈인 내가 공부할 때 책 옆에 그리곤 하는 만화와 같은 현상인 것 같다. 헤일리의 몸으로 살아가는 것에 희망이 느껴진다.

드디어 한국에 도착했다. 나는 한국에 대해서 전혀 모른다. 아띠가 사는 동네의 지리 정도는 알아야 할 텐데……. 비행기에서 내려 공항으로 들어가자 어떤 냄새가 나의 코를 자극하였다.

"누나! 아빠가 우리 데리러 나오실 거라고 삼촌이 그러셨어."

"아? 정말 잘 됐다."

"맞아. 아! 아빠 빨리 봤으면 좋겠다."

"어."

"아빠는 우리 보고 싶었을까? 우리 없는 동안 뭐 하면서 지냈을까?"

"……."

"누나?"

"왜?"

"아빠 보고 싶다."

"그래."

"누나는?"

나? 나는 말이지, 뉴욕에 있는 우리 엄마와 아빠, 그리고 친구들이 보고 싶어.

"응. 보고 싶어."

잠시 후 웬 낡은 봉고차 한 대가 우리 앞에 멈춰 서더니 차에서 내린 아저씨가 우리에게 달려왔다.

"아이고! 우리 아들, 딸. 너희들 정말 보고 싶었어."

아띠의 아빠인 것 같다. 아띠 아빠는 우리를 꼭 안았다. 그에게서 이상한 냄새가 났지만 나는 그냥 안겨 있었다.

차에 오르자 진성이 입에서 엄청난 이야기들이 쏟아져 나왔다. 미국에서 지낸 이야기였다. 가면서 뉴욕에서는 볼 수 없는 풍경들을 보았다. 뉴욕에도 공원이 있지만, 서울처럼 가는 길마다 나무가 심어져 있지는 않다. 그리고 도로 사이로 흘러가는 강물, 그리고 예쁜 다리, 산 위로 보이는 타워……. 아직 한국 냄새에 익숙하지 않아, 조금 버겁긴 하지만 꽤 매력 있는 곳으로 느껴졌다. 정신없이 차창 밖 풍경에 빠져 있을 때 차가 멈춰 섰다.

"애들아! 내리자."

주차장에서 내려 가방을 끌고 가는데 내 눈앞에 펼쳐진 것은 낡고 높은 계단과 계단 옆에 있는, 갈라지고 식물이 여기저기 나있는 담장이었다. 동생은 낑낑거리며 가방을 들고 올라갔다. 다행히 아띠 아빠가 가방 드는 걸 도와주서서 원활하게 올라갔다. 하지만 올라가니 더 가관이었다. 직각으로 서 있는 도로, 작은 바람이 불면 날아갈 것 같은 파란 지붕의 나무판자 집들이 다닥다닥 붙어있었고, 담장은 거의 다 부서져서 벽돌들이 바닥에 있었다. 우린 이 집들을 뒤로하고 계속해서 올라갔다. 거의 맨 위까지 올라가서야 아띠의 집이 있었다. 다른 집과 다름없이 파란지붕의 나무판자 집이었다. 다른 점이라면 마당 한구석에 유리병, 플라스틱, 고철 같은 쓰레기가 있었다.

방으로 들어갔다. 날씨가 많이 더웠다. 동생이 방으로 들어왔다. 동생이랑 방을 같이 쓰는 모양이라고 생각했는데, 아띠 아빠도 들어와서 겉옷을 벗고 방에 앉았다. 세 사람이 한 방을 쓰는 모양이다.

나는 방 안이 너무 더워서 밖으로 나왔다. 그리고 조금 올라갔더니 멋진 야경이 나를 압도했다. 뉴욕과 다른 야경. 우뚝 솟은 타워 하나가 중심이 되었고, 그 옆으로 예쁜 건물들이 즐비했다. 다시 방 안으로 들어갔더니 아빠와 동생은 잠에 빠져 있다. 나는 작은 탁상 위에 있는 너덜너덜한 핑크색 다이어리를 들고 밖으로 나왔다. 아띠의 일기장인 것 같다. 나는 희미한 가로등 불빛에 의지해서 글을 읽었다.

아띠 시점 —

한참 자고 있는데 누군가 들어오는 소리와 웃음소리가 들렸다. 나는 조용히 나와 일층을 내려다보았다. 헤일리의 엄마 아빠다.

"어우! 헤일리. 엄마가 네 잠을 깨웠니?"

"아, 아니요."

"그래? 그럼 어서 들어가서 자."

갑자기 마음 한쪽이 아프다. 헤일리가 반응하는 것 같다. 헤일리는 매번 이런 감정을 혼자서 짊어져 왔던 것일까? 방에 들어와 다시 잠을 청했다.

뉴욕에서의 첫날이 밝았다. 배가 고파 일층으로 내려와 밥을 차려 먹으려고 했다. 마침 헤일리의 부모님이 일어나셨다. 나는 헤일리의 엄마가 아침을 챙겨 줄 거라고 생각했는데…….

"헤일리! 엄마 배고파. 아침 좀 차려줘. 어제 술을 마셨더니 속이 쓰리네. 커피는 블랙으로 부탁해."

"아빠는 기름진 식단으로 부탁한다."

헤일리 부모님은 아침을 부탁하고 씻으러 들어간다. 예전의 나라면 상관없을 텐데 지금은 울컥 하고, 짜증이 난다. 헤일리가 반응을 한다. 나는 요리를 하고 식탁을 차렸다. 헤일리 부모님은 그릇을 들고 방으로 들어가셨다.

"엄마! 식탁에서 먹어야지."

헤일리 엄마가 방에서 얼굴을 빼꼼 내밀고 말했다.

"얘도, 참. 앉아서 먹고 있을 시간이 없어."

나는 쓸쓸하게 식탁에 앉아 샌드위치를 먹었다. 나는 늘 아빠와 동생과 함께 아침을 먹었다. 눈물이 나오려고 한다. 아침을 다 먹고 나서 뉴욕을 구경하기로 했다. 밖에 나가려면 돈이 필요할 것 같아서 헤일리 아빠에게 부탁을 했다.

"아빠?"

옷을 입고 있는 아빠에게 말했다.

"오늘 밤에 나가려고 하는데 용돈 좀 주시면 안 될까요?"

"그래? 알았어."

그러더니 헤일리 아빠는 지갑에서 카드를 꺼냈다.

"너 쓰고 싶은 만큼 써."

고민이 된다. 기뻐해야 할지, 아님 아빠의 무심함에 화를 내야 할지.

"고…… 고맙습니다."

이 순간만큼은 꼬치꼬치 캐묻기를 바랐다. 평범한 아빠들처럼. 나는 그냥 물러서 나왔다. 이층으로 올라가 외출 준비를 하고 나와서 헤일리네 차고로 갔다. 미국은 열여섯 살만 되면 운전을 할 수 있다. 차를 타고 시동을 걸려는데 헤일리 엄마가 창문을 두드렸다.

"헤일리! 정말 미안한데 엄마 좀 태워 줄 수 있어?"

"어? 어…… 타. 엄마가 운전할래?"

"얘가! 엄마 통화해야 돼서 운전 못 해."

"그…… 그래?"

"엄마 사무실까지만 태워다 줘."

나는 네비게이션에 찍혀 있는 사무실 주소로 운전을 했다.

"아! 맞다. 헤일리, 오늘 시내 나갈 거라고?"

"응."

"그럼 잘 됐다. 엄마가 구두 수선을 맡겨놨는데. 찾아줄 수 있겠니?"

"어? 어……."

"그리고 엄마가 살 게 좀 있는데 시내 나간 김에 좀 사다 주라."

헤일리 엄마는 메모된 종이를 건넸다.

"어……."

"계산은 아빠한테 받은 카드로 해."

뭔가 바뀐 것 같다. 정적이 흘렀다. 드디어 사무실에 도착했다.

"잘 가! 좋은 하루."

헤일리 엄마는 차에서 내렸다. 돈이 전부는 아니다.

헤일리 시점 ―

그녀의 글을 읽는데 나의 눈엔 눈물이 고였다. 그녀는 내가 생각도 못한 일들을 겪고 있었다.

> 4월 12일
>
> 오늘 동생이랑 오랜만에 마트에 왔다. 내일 동생이 소풍을 가기 때문에 도시락 반찬과 과자를 사러 왔다. 동생은 자기가 먹고 싶은 과자를 이것저것 담았고, 나는 김밥 재료를 담았다. 동생한테 한 가지 미안했다. 돈이 없어서 김밥 재료를 무조건 싼 것으로만 골랐다. 우리는 계산대로 갔다. 생각 외로 돈이 너무 많이 나왔다. 동생이 과자를 많이 담아서 그런 것 같다. 만약 이대로 산다면 이번 달에는 김치랑 밥만 먹어야 할 것 같다. 동생은 눈치가 보였는지 과자를 몇 개 뺐다. 동생은 '과자 너무 많이 먹으면 이도 썩고 살도 찌니까 조금만 살래' 하면서 과자를 뺐다. 카운터에는 작은 캔 음료수 한 개와 봉지 과자 두 개만 남았다. 순간 나의 눈에는 눈물이 핑 돌았다.

나와 대조되는 삶을 살고 있는 아띠. 신이 우리의 영혼이 바뀌게 한 이유가 있는 것일까. 아띠의 삶을 사는 것이 걱정이 된다. 내가 잘해 낼 수 있을까? 많이 힘들 것 같다. 조금 더 그녀의 글을 읽고 방에 들어가서 잠을 잤다. 잠결에 누가 일어나는 소리를 들었다. 나는 실눈을 떴다. 아띠의 아빠였다. 여섯시쯤

된 것 같은데 일찍 일어나셨다. 나도 일어났다.

"아띠야, 아빠가 깨웠니?"

"아니요. 어디 가세요?"

"일하러 가야지. 아빠 도와줄래?"

"네."

아띠 아빠는 옷을 챙겨 입고 밖으로 나갔다. 그러더니 마당 한구석에 있던 리어카를 꺼내서 마당에 있던 쓰레기를 차곡차곡 담았다.

"아띠야! 이거 좀 조심히 담아 봐."

"네."

나는 쓰레기를 리어카에 다 옮기고 나서 물었다.

"쓰레기 버리려구요?"

"아니. 팔아야지."

쓰레기를 판다고?

"그리고 공사현장에 가서 일을 해야 우리 아들, 딸 맛있는 거 먹이지."

아띠 아빠는 웃으면서 말을 하고는 리어카를 끌고 집을 나섰다. 나는 배웅을 하고 방에 들어가서 다시 잠을 청했다. 30분 정도 잠을 잔 것 같은데 전화가 울렸다.

"여보세요."

"아띠야! 편의점 사장인데."

"네?"

"아, 자고 있었구나. 다름이 아니라 너 돌아왔다는 소식을 들었거든."

"네……."

"그래서 말인데. 오늘 알바 하기로 한 애가 일이 있어서 못 나온다네."

"네……."

"혹시 오늘 나와줄 수 있니?"

"네?"

솔직히 말하면 이 아저씨가 무슨 말을 하는지 모르겠다.

"아…… 내가 돈을 좀 더 챙겨 줄 테니깐. 오늘 좀 나와주면 안 되겠니? 부탁이다."

무슨 부탁인진 모르겠지만 왠지 들어줘야만 할 것 같다.

"네, 알겠어요."

"그래! 정말 고맙다. 7시 반쯤에 오렴. 그때 보자."

"네."

전화를 끊었다. 나는 대화의 내용도 제대로 이해 못한 채 씻고 나갈 준비를 했다. 그리고 그녀의 다이어리를 펼쳐 무슨 일인지 알아냈다. 그녀는 아르바이트를 한다. 아까 들은 바로는 편의점 사장이라고 한 것 같다. 다행히 편의점 주소가 적혀 있다. 어떻게 가야 하는지는 모르겠지만 가까운 곳 같다. 그런데 그녀는 편의점 알바만 하는 것이 아닌 것 같다. 숙이네 식당도 적혀 있고, 맥도날드도 적혀 있다. 정말 힘들게 사는구나……. 편의점을 찾는 데 어려움이 있었지만 그래도 잘 도착했다.

"왔니? 아띠야, 정말 고맙다. 저녁 때에 다른 애가 오니까 5시까지만 해줘. 부탁할게."

"네."

아까 통화한 사람 같다. 그 사람은 편의점을 나갔다. 쉴 새 없이 오는 손님, 더러워지는 바닥. 나는 열심히 일을 했고, 5시쯤에 통화한 사람이 왔다.

"아띠야! 정말 수고했다. 자, 오늘 일한 데 대한 돈이야. 나중에 월급 줄 때도 좀 더 줄게."

"감사합니다."

"그래, 조심히 가거라."

정말 힘든 하루였다. 하지만 집에 있는 동생을 생각하며 기쁜 마음으로 집에 갔다.

아띠 시점 一

　　뉴욕의 한 무료주차장에 차를 주차하고 나는 뉴욕 시내를 돌아다니며 헤일리 엄마가 부탁한 일을 하고, 헤일리 몸이 이끄는 곳으로 갔다. 그곳은 한 레코드점.

　　"헤일리!"

　　들어가니 금발의 파란눈의 잘생긴 남자가 내 쪽으로 뛰어왔다. 이름표에 닉이라고 적혀 있었다.

　　"어, 닉!"

　　"안녕, 오랜만이다. 뉴욕에 언제 도착했어?"

　　"어제 저녁에 도착했어."

　　"그래? 문자하지……."

　　닉은 섭섭하다는 듯이 말을 했다.

　　"아, 피곤해서 그랬어."

　　"그래? 여기는 웬일이야? CD 찾으러 왔어? 아님 나 보러 왔어?"

　　닉은 생글생글 웃으면서 말했다.

　　"어? 음…… 둘 다?"

　　닉은 크게 웃었다.

　　"그래? 요번에 새로 들어온 피아노 CD가 있어. 잠시만 기다려 줄래?"

　　"그래, 알았어."

　　닉은 사라졌다. 나는 한참을 카운터에서 기다렸다.

　　"네가 없는 동안 CD가 많이 나왔는데 골라 볼래?"

CD가 스무 장 이상은 되는 것 같다.

"음……."

내가 망설이자 닉이 도와줬다. 나는 그 중에서 세 장만 골랐다.

"근데, 언제 피아노 연주 들려줄 거야?"

"응, 뭐라고?"

닉은 계산을 하기 위해 기다리고 있는 나에게 물었다.

"맨날 들려준다는 말만 하고, 들려준 적은 없잖아!"

"어……. 언제 한번 들려줄게."

"쳇, 물어본 내가 잘못이다."

닉은 입을 삐죽이며 카운터로 갔다. 나는 CD 값을 계산하고 가게를 나섰다.

"잘 있어, 닉! 다음에 보자."

레코드점을 나왔는데 가슴이 뛰고 괜히 흐뭇해졌다. 헤일리는 이 남자애를 마음속에 품고 있는 것 같다. 나는 지금까지 살아오면서 남자애를 좋아해 본 적이 없다. 고백도 받아본 적이 없다. 하루하루 살아가는 게 급급해서 그랬던 것일까? 내가 가난해서 그런 것 같다는 생각을 해 본다. 보잘것없는 집에 살면서 매일 알바 하는 애를 좋아해 줄 사람은 없다고 생각한다. 나도 헤일리처럼 여유를 가지고 하루를 보내보고 싶고, 좋아하는 남자애도 생겼으면 좋겠다. 그런데 나한테 그런 일은 생기지 않을 것 같다. 나는 뉴욕을 더 구경하다가 텅 빈 집으로 돌아왔다.

헤일리 시점 ―

지금은 시험기간이다. 아띠의 책상을 뒤지다가 우연히 그녀의 성적표를 봤는데 전교 10등 안에 들어 있었다. 그런 그녀를 실망시키기 싫어서 나도 열심히 공부 중이지만 무슨 얘기를 하는지 도저히 모르겠다. 그래도 그녀를 생각하면서 필기도 열심히 하고, 수업도 열심히 들었다. 그래도 영 아니다. 점심시간이 되었다. 그런데 반장이 나를 불렀다.

"아띠야, 담임선생님께서 너 부르셔."

"그래? 고마워."

교무실 문을 열고 담임선생님께 갔다.

"선생님……."

"어! 아띠야, 잠시만."

선생님은 의자를 가지고 오셨다.

"자, 여기에 앉아."

"감사합니다."

"그래, 다름이 아니라 이번에 영어 말하기 대회가 열리는데 혹시 참가할 생각이 있니?"

"네? 영어 말하기 대회요?"

"그래. 너 영어 잘하잖아. 각 학교마다 한 명씩 나가는 건데 우리 학교에서 몇 명의 후보를 뽑았는데 그 중에서 네가 됐어! 어때, 나갈 의향이 있니? 이건 정말 좋은 거야. 대학 갈 때 도움이 될 거야."

"아! 저야 좋죠."

"그래? 그럼 여기 참가 동의서 있어. 그런데 참가비가 있어."

"아, 얼마예요?"

"음, 자세한 건 모르겠는데, 5만 원 정도였던 것 같아. 괜찮지?"

그 순간 나도 모르게 좌절감이 밀려왔고, 눈물이 핑 돌았다. 나가고 싶지만 돈이 없어서 못 나가는 현실…….

"아빠랑 의논을 해볼게요."

나는 자리에서 일어났다.

"아띠야! 선생님 말 아직 안 끝났거든?"

"네? 아, 죄송합니다."

"네가 나가고 싶다면 선생님이 참가비를 낼게. 대신 조건이 있어."

"조건이 뭔데요?"

"무조건 대회에서 우승하는 거야! 알았지?"

"네."

나는 웃지 않았는데 입꼬리가 올라가는 것을 느꼈다. 그녀의 다이어리에서 그녀가 가진 꿈에 대해 읽었다. 그녀의 꿈은 공무원이었는데 한국에서 좋은 직업에 속한다고 들었다. 아띠의 꿈을 위한 거라면 이 정도는 해줘야겠지?

아띠 시점 一

그녀의 학교생활은 즐겁다. 치어리더 연습, 그리고 음악동아리 활동. 음악동아리에서 하는 일은 피아노 반주. 헤일리는 자신이 하고 싶은 일을 한다. 부럽다. 나도 내가 원하는 것을 하고 싶다. 오늘은 학교 수업이 끝난 후 공연이 있다. 한 커플이 약혼식을 하는데 거기서 피아노 연주를 해주기로 했다. 헤일리는 이렇게 자신의 꿈을 조금씩 키워가는 것 같다. 그리고 그녀에게 한 가지 더 부러운 것은 친구다. 나는 공부하기 급급해서 친구를 만들지 않았다. 하지만 그녀는 친구가 많다. 학교에 가면 모두들 그녀에게 인사한다. 하지만 진정한 친구는 없는 것 같다. 자신의 아픔을 나누고, 기쁨을 함께 할 수 있는 친구 말이다. 이건 헤일리와 나의 공통점일까? 나는 헤일리를 위해 한 가지의 선물을 주려고 한다. 성적. 내가 할 수 있는 것이라고는 공부밖에 없으니 그녀의 몸으로 살아가는 동안 공부를 열심히 해서 그녀가 좋은 음대에 갈 수 있도록 해 주고 싶다. 몇 달 뒤 테스트가 있다. 영어시험은 조금 힘들겠지만 그래도 과학, 수학 같은 것은 해줄 수 있지.

헤일리 시점 ―

한국에는 야간자율학습이라는 특이한 교육과정이 있다. 그런데 아띠는 그것
을 하지 않는다. 돈을 벌어야 하기 때문이다. 나는 오늘도 어김없이 편의점에
가서 알바를 한다. 시험기간이라 공부할 것도 들고 간다. 편의점 사장님은 아띠
를 딸처럼 여겨 많이 도와주신다. 배가 고프면 라면이나 김밥을 먹으라고 하기
도 하고, 학교에 들고 갈 과자도 챙겨 주신다. 그리고 동생 주라고 빵까지 챙겨
주신다. 정말 아띠에게는 고마운 분이시다. 아르바이트를 끝내고 집으로 돌아
가는 길이었다. 한 할머니께서 나를 부르셨다.

"아띠야! 아띠야!"

"네?"

나는 할머니 쪽으로 달려갔다.

"무슨 일이세요?"

"우리 집 전구가 나간 것 같은데 좀 고쳐 봐라."

이 동네에는 젊은 학생이 나랑 동생밖에 없다. 그래서 힘 좀 쓰는 아띠가 동
네의 궂은일을 도맡아서 한다.

"다 됐어요."

"고맙다. 잠시만 기다려 보거라."

할머니께서 바구니를 들고 오셨다.

"이거 감자인데. 동생이랑 같이 먹어라."

"괜찮아요. 할머니 드세요."

"아니야. 수고비라고 생각하고 받아."

억지로 떠밀려서 나는 감자를 받았다. 이 동네에서 살면서 배운 두 가지가 있다. 한 가지는 집의 작은 문제를 해결하는 방법이고, 다른 한 가지는 누군가를 돕는 법이다. 기쁜 마음으로 감자를 안고 집으로 돌아갔다.

"와! 누나, 이거 뭐야?"

"아, 저기 밑에 사시는 할머니가 주신 거야."

"진짜? 왜?"

"전구 갈아드렸거든."

"아싸! 마침 배고팠는데 잘 됐다."

동생이 기뻐하는 모습을 보니 기분이 좋다.

"그리고 편의점에서 빵 좀 가지고 왔어."

"우와! 오늘 먹을 거 정말 많다."

감자와 빵만으로도 기뻐하는 아띠 동생을 보니 마음 한구석이 짠하다.

"진성아! 많이 먹지 마. 아빠도 드셔야지."

"아, 맞다."

"대신에 누나 몫은 네가 먹어. 나는 편의점에서 이것저것 먹었더니 배가 부르다."

"진짜? 고마워."

그렇게 밤이 흐르고 나는 밤새도록 공부를 했다. 집중이 안 되고 힘이 들 때는 밖으로 나와서 서울의 야경을 보며 머리를 식힌다. 아띠도 이렇게 했을까?

아띠 시점 ─

매주 수, 금요일에는 헤일리의 피아노 선생님이 오신다. 이 선생님이 마음에 드는 이유는 수업방식이 자유롭다는 것이다.

"헤일리! 나, 왔어."

"안녕하세요."

"자, 그럼 오늘은 뭘 해볼까?"

"음……, 재즈는 어때요?"

"재즈? 좋지. 그전에 나 배고픈데 먹을 것 좀 줄래?"

"아! 드릴게요. 잠시만요."

나는 아래층에 내려가서 과자를 몇 개 담아왔다.

"고마워. 잘 먹을게."

선생님은 가방에서 재즈 악보를 몇 개 꺼내셨다.

"이거 내가 좋아하는 곡인데 한번 쳐 봐."

나는 아니 헤일리는 부드럽게 재즈를 연주했다.

"잠깐. 헤일리, 43소절은 약간 통통 튀는 것 같아도 부드럽게 연결시켜 연주해야 해."

"네, 알겠어요."

헤일리는 연주를 마쳤다.

"잘 쳤어. 근데 헤일리. 저번에 너의 연주를 듣고 싶다는 사람들이 있다고 했지?"

"네."

"우리, 피아노 파티를 열어 볼까?"

"네?"

"그냥 작은 파티야. 너의 집에 사람들을 불러 연주회를 여는 거야."

"갑자기 뜬금없이……."

"좀 있으면 콩쿨이 있어. 연주회를 동영상으로 찍어 인터넷에 올리면 좋을 듯해서."

"좋은 생각이에요!"

선생님과 나는 며칠 동안 연주회를 구상했다.

헤일리 시점 ―

오늘 5교시 수업은 진로시간. 우리에게는 자습시간이다. 오늘도 자습할 책들을 꺼내놓고 있었다.

"인사하자."

"차렷. 선생님께 인사."

"안녕하세요."

"그래. 평소대로라면 자습을 주겠지만 오늘은 교장, 교감선생님께서 수업을 보신다고 하더라."

애들은 한숨을 쉬었다.

"그래서 오늘 내가 프린트물을 나눠 줄게. 그럼 프린트물에다가 자신의 꿈을 적고 토론하는 시간을 가져보자."

진로시간의 전형적인 수업. 나는 프린트물에다가 정성스럽게 공무원이라고 적었다.

"자, 그럼 누구부터 발표를 해볼까? 음……, 이아띠!"

"저의 꿈은 공무원입니다."

"왜?"

선생님이 물으셨다.

"아, 음……, 공무원이 안정적인 직업이라서요."

"그래? 그럼 공무원 말고 진짜 꿈은 뭐니? 정말로 네가 하고 싶은 일."

"네? 공무원인데……."

"공무원 말고 네가 정말로 돈을 떠나, 이 사회를 떠나서 순수한 마음으로 볼 때 되고 싶은 꿈."

선생님께서 정곡을 찔렀다. 정말로 아띠가 되고 싶은 꿈은 무엇일까? 아띠는 그런 꿈을 가져 본 적이나 있을까?

"생각 안 해봤는데요……."

"음, 그래? 앉아."

선생님은 그 뒤로 꿈에 대한 이야기를 하셨고, 나는 마음속으로 생각했다. 정말로 아띠가 되고 싶은 꿈이 무엇일까를……. 집에 가면 아띠의 다이어리를 다시 읽어 봐야겠다.

아띠 시점 ─

오늘이 대망의 연주회다. 선생님과 꼬박 일주일을 머리를 맞대고 구상했다. 나의 작은 연주회에 초대된 사람들은 총 30명 정도? 헤일리의 친구들, 레코드점에 있는 알바생, 오르골 할아버지, 엄마와 아빠의 직장 동료, 선생님과 친구들을 초대하니 작은 연주회가 중소 연주회가 되어버렸다. 오늘 연주할 곡은 다섯 곡으로 재즈, 클래식, 대중가요, 뉴에이지 두 곡이다.

나는 초대된 모든 사람들에게 인사를 했다. 그리고 드디어 헤일리의 연주회가 시작됐다. 환호 소리로 시작했고, 아름다운 연주가 그 뒤를 이었다. 피아노를 치면서 나도 만화를 그려 사람들에게 환호를 받고 싶다는 생각을 했다. 그녀의 손가락이 피아노를 치는 부드러움을 기억해서 나의 만화에 표현하고 싶다. 나는 헤일리 덕에 꿈의 소중함을 깨달았다. 그래서 집으로 돌아가게 되면 만화를 그릴 생각이다. 이미 주제도 생각해 두었다. 피아노 치는 소녀, 헤일리에 대한 만화를 그리려고 한다. 모든 곡의 연주가 무사히 끝났다. 사람들은 환호를 했다. 이제 여유롭게 파티를 즐기면 된다. 헤일리의 엄마는 직장 동료들에게 헤일리를 자랑하느라 바쁘시다.

"헤일리! 이리로 와 봐."

헤일리 엄마가 부르셨다.

"인사해."

"안녕하세요."

"정말 연주를 잘하는구나!"

"얘가 날 닮아서 그래."

헤일리 엄마가 우쭐해 했다. 왠지 오늘만큼은 헤일리 엄마와 가까워진 것 같다.

"헤일리! 이쪽으로 와 봐."

헤일리의 아빠가 부르셨다.

"인사해."

"안녕하세요."

"너, 연주를 정말 잘 하더구나. 지금까지 본 연주 중에서 최고였어."

헤일리 아빠 동료 중 한 분이 칭찬해 주셨다.

"얘가 어렸을 때 재능이 있는 걸 알고 피아노를 일찍 시켰지."

헤일리의 아빠도 어깨가 으쓱했다. 가까워진 기분이다. 그런데 뭔가 이용되는 기분이다. 헤일리는 단지 피아노를 치고 싶어서 한 건데 자꾸 이용되는 기분이 들어 마음 한편이 불안하다.

"고마워. 연주를 들려 줘서."

저번의 그 레코드가게에서 만난 남자아이다.

"이 정도 가지고 뭘……."

"매일 네가 사가는 피아노연주 CD, 내가 들어봤는데 정말 좋더라. 그런데 네가 연주한다는 것을 생각하니깐. 정말 멋지더라구."

볼이 발그레 밝아졌다.

"고, 고마워."

"그런데 피아노는 네가 치고 싶어서 치는 거니?"

"어? 응, 당연하지."

"그래? 너 피아노 칠 때 정말 행복한 표정이었는데, 아까 부모님이랑 얘기할 때는 표정이 영 아니더라?"

"그, 그래?"

"응. 나, 그 기분 알아. 나는 바이올린을 하거든."

"뭐?"

"부모님 때문에 어쩔 수 없이 하는 거야. 부모님 꿈이 자식을 음악가로 키우는 거래나 뭐래나. 그래서 억지로 바이올린을 배우고 있어. 그런데 내가 싫어하니까 음악이랑 친해지라고 레코드 알바를 대뜸 잡아주는 거야. 그래서 뭐, 이렇게 살고 있는 거지."

"정, 정말 너랑 바이올린 안 어울린다."

"그렇지? 그래서 학교 친구들에게는 비밀로 하고 있어. 내가 바이올린을 하고 있다고 말하면 아마 모두들 비웃을걸?"

"그렇겠다."

"근데 네가 피아노 치는 모습에 조금 용기를 얻어서 나도 트위터에 내 연주 모습을 올려 보려고……."

누군가 나의 모습을 보고 용기를 얻었다고 말하는 것은 처음이다. 항상 내가 누군가를 보고 용기를 얻었는데…….

"나중에 한번 나랑 같이 연주하지 않을래?"

"좋아!"

그렇게 파티는 재미있게 흘렀고 모두들 떠났다. 헤일리 덕에 재미있는 시간을 가졌다. 헤일리도 나의 자리에서 재미있게 보냈으면 좋겠다. 신은 이런 이유로 우리의 영혼을 바꾼 걸까? 나는 집을 정리하고 방으로 올라갔다. 이미 나의 트위터에는 선생님께서 올리신 동영상이 있었다. 나는 그 동영상을 보면서 나의 만화가 꿈을 키웠다.

헤일리 시점 —

오늘은 주말. 장을 보러 가는 날. 아띠의 다이어리에는 장을 보러 가는 날이 제일 싫다고 적혀 있다. 나도 그렇다. 장을 볼 때마다 예전의 습관이 나온다. 내가 먹고 싶은 것만 담기. 하지만 지금은 내가 아니니까 먹기 싫은 것이라도 간단하고 싼 것으로 골라야 한다. 나는 아띠의 건강이 걱정이 된다. 아띠는 좋은 음식을 먹지 않는다. 항상 제일 싼 것만 고르니 건강이 좋을 리가 있겠나 싶다. 오늘도 밥과 김, 계란, 햄이 전부이다. 장을 보고 집으로 돌아왔더니 아띠의 아빠가 계신다.

"아빠! 오셨어요?"

"오늘은 일거리가 없어서……. 아빠보다 실력 좋은 사람들이 일거리를 다 가져갔어."

요즘에는 마당에 매일 쌓여 있던 쓰레기들도 잘 없다.

"그럼 식당의 배달 일은 어때요? 배달은 아빠가 하기에 괜찮지 않아요?"

나는 장을 본 것을 풀며 얘기했다.

"인건비가 싼 아이들만 쓰더라구……. 아빠가 무슨 기술이 있니, 능력이 있니?"

아띠의 아빠가 좌절하는 모습을 보니 마음이 아프다.

"시장하세요? 식사 하실래요?"

"아니, 괜찮아. 아휴! 내가 뭘 하고 있는 건지 원. 나가서 일거리나 찾아보고 올게."

한국 사회의 문제점은 일거리인 것 같다. 인건비가 싼 청소년이나 기술 있는 젊은 사람들만 고용하는 것 같다. 나라가 좁으니 일거리가 적은가 보다. 아띠 아빠 같은 사람들은 쓰레기나 주워서 먹고 사나? 아띠 아빠 일하게 해주는 게 뭐 그리 어려운 일이라고, 인건비가 비싸 봤자 얼마나 비싸다고. 그거 아끼려고 안 써준다니 너무들 한다. 생각해 보면 내가 하고 있는 알바들이 아띠 아빠 같은 사람들의 일거리를 뺏는 것은 아닐까? 하지만 나는 지금 아르바이트를 하러 가야 한다. 오늘은 식당과 편의점에서 일을 해야 된다. 식당 아주머니가 좋은 분이어서 아띠 가족을 많이 챙겨 주신다.

"아줌마! 저 왔어요."

"아띠 왔구나. 마침 잘 왔다."

"네?"

"오늘 네가 일을 좀 많이 해야겠다. 그 배달 하던 녀석이 월급을 올려달라고 하는 거야. 그래서 내가 못 올려 준다고 하니까 일을 그만두겠대. 그래서 며칠 동안 네가 배달을 좀 해줬으면 해"

"네?"

"설거지는 놔뒀다가 밤에 하면 되고, 서빙은 내가 하지 뭐."

너무 무리한 부탁이다. 그러면 아띠의 몸이 남아나지 않을 것이다. 아, 좋은 수가 있다.

"아주머니. 그러면 제가 아르바이트 하다가 알게 된 분이 계시는데 그분은 어때요?"

"어른이야?"

"네."

"그러면 안 돼! 인건비가 비싸서 내 등허리 부서지지 싶다."

"괜찮아요! 그전에 주던 돈만큼만 주셔도 괜찮을 거예요."

"그래? 근데 먹여 살려야 하는 애들이 있을 텐데?"

"제가 연락을 한 번 해볼게요."

"알았다. 전화해 봐라."

나는 아띠 아빠에게 연락을 했고, 아띠 아빠는 흔쾌히 수락했다. 몇십 분 뒤 아띠의 아빠는 식당에 도착했고, 아주머니랑 얘기를 했다. 아띠 아빠의 입가에 미소가 지어졌다. 잘된 것 같다.

아띠 시점 ―

학교 시험은 무사히 지나갔다. 모든 과목이 A다. 이게 나의 진정한 능력이라고나 할까? 헤일리의 친구들과 모든 선생님들이 놀랐다. 요즘은 또 피아노 콩쿨 때문에 바쁘다. 이번 콩쿨에서 상위권 안에 들면 헤일리의 미래는 정말 밝아질 것이다. 그러려면 많은 노력이 필요하다. 학교가 마치면 집으로 달려가 선생님과 함께 피아노 연습을 한다. 선생님이 가시면 나 혼자서 내내 연습을 한다. 부모님이 관심을 가지신다. 아침밥도 차려주시고, 간식까지 챙겨주신다. 그리고 헤일리의 건강을 위해 좋은 주스를 만들어주시고, 집에 계시는 시간도 많아졌다. 피아노 옆에 앉아서 연주를 듣고는 격려도 해주신다. 이런 것이 엄마의 사랑일까? 좋아해서 치는 피아노지만 뜻대로 되지 않으면 스트레스를 받고 화도 나고 짜증도 난다. 그럴 때마다 헤일리의 엄마가 도와준다. 엄마의 배려에서 오는 이 따뜻함은 몇 년 만에 느껴보는 것일까?

헤일리 시점 ―

중간고사가 무사히 끝났고 영어 말하기 대회에서는 대상을 받았다. 정신없이 시간이 흘렀다. 책 정리를 하다가 지난 진로시간 때의 일이 생각났다. 그래서 아르바이트를 마치고 집으로 돌아오자마자 아띠의 다이어리를 꺼내 들고, 아띠 집 근처 금이 간 허름한 나무정자에 앉아 가로등 불빛에 다이어리를 읽었다. 슬픈 내용들이 나의 가슴을 울렸다. 아띠의 이야기를 책으로 쓰면 베스트셀러가 될 것 같다. 드디어 아띠의 꿈이 적힌 페이지를 찾았다.

　나의 꿈은 공무원이다. 왜냐하면 공무원은 안정적이어서 이 동네에서 벗어날 수 있을 것 같다. 열심히 공부해서 7급 이상의 공무원을 하게 되면 매달 정액의 월급을 받아 진성이에게 맛있는 과자도 사주고 편안하게 공부할 수 있도록 해줄 수 있을 것이다. 그리고 아빠도 더 이상 여기저기에 리어카를 끌고 다니면서 일을 하지 않아도 된다.

이 부분은 지난번에 본 내용이다. 몇 장을 넘겨 보니 아띠의 꿈 이야기가 또 나온다.

　나는 만화가가 되는 것이 꿈이다. 내 만화를 보면서 사람들이 웃고 울고 즐기는 것이 나의 바람이다. 예전에 한번 학교에서 만화를 그려 오라고 한 적이 있었다. 나는 만화를 그려 갔고, 짝꿍이 정말 재미있다고 말했다. 학교에서 개최한 만화 그리기 대회에서 나는 대상을 받았다. 이후로 만화에 흥미를 가지게 되었다. 하지만 만화가는 안정적으로 돈을 벌기 어렵다. 만화가를 꿈꾸는 많은 사람들이 있고, 만화를 그린다고 해서 내 만화가 인기를 얻는다는 보장도 없다. 나는 가난하게 살고 싶지 않다. 이 동네에서 빨리 벗어나고 싶다. 그러려면 만화를 포기해야만 한다.

아띠의 꿈은 만화가였다. 하지만 가난 때문에 포기해야 하는 꿈이다. 아띠는 자신감이 없다. 자기가 그린 만화가 인기를 얻을 수 있는 가능성을 적게 보고 실패할 가능성을 크게 보고 있다. 나의 꿈은 피아니스트다. 나는 내 꿈을 믿고 열심히 피아노를 치고 있다. 그래서 몇 번의 콩쿨에도 나갔고, 공연도 몇 번 해 봤다. 나는 나의 성공할 가능성을 높게 보고 실패할 가능성을 낮게 보고 있다. 아띠도 나처럼 생각하면 좋겠다. 신은 아띠에게 자신감을 주고 싶어서 우리를 바꾸신 건가?

아띠 시점 —

콩쿨이 일주일밖에 남지 않았다. 나는 미친 듯이 연습을 하고 있다. 그때 헤일리 엄마가 들어오셨다.

"헤일리. 잠깐만 멈춰 볼래?"

"왜?"

"다름이 아니라 콩쿨 때 입을 드레스를 정하려고. 같이 가서 고르면 좋은데 네가 너무 바빠서 내가 몇 벌 가지고 왔어. 지금 볼래? 빨리 정해서 가게에 알려 줘야 해."

"알았어. 지금 볼게."

헤일리 엄마는 몇 벌의 드레스를 가지고 들어왔다.

"엄마가 보기에 제일 괜찮은 옷부터 볼래."

헤일리 엄마는 옷에 대해 설명을 해주었다. 헤일리와 헤일리 엄마가 가진 시간 중에서 최고가 아닐까?

"헤일리, 네 생각은 어때?"

"음…… 나는 하얀색 드레스가 괜찮은 거 같아. 내 금발에도 어울리는 것 같고……."

"그래? 디자인이 너무 단조롭지 않니?"

"콩쿨에 화려한 옷을 입고 가는 것도 좀 그런데……."

"그렇지? 머리는 어떻게 할까?"

"풀었으면 좋겠는데."

"아니야, 올리자. 피아노 칠 때 방해가 될 수도 있잖아."

이런 대화가 모녀간의 정을 돈돈히 하는 것 같다. 딸을 생각해 주는 엄마. 엄마가 원하는 모습을 보여주기 위해 노력하는 딸. 한 두 시간 정도 이야기를 한 것 같다. 이야기가 끝난 뒤, 기쁨 마음으로 피아노를 열심히 쳤다. 해와 달이 번갈아 바뀐 뒤. 콩쿨의 날이 밝았다. 헤일리 엄마와 아빠가 콩쿨 장소까지 태워다 주셨다. 그리고 나를 응원하러 온 피아노 선생님, 친구들, 그리고 레코드점 바이올린 남까지 모두들 헤일리를 응원해 주러 왔다. 나는 하얀색 드레스를 입고 준비를 하고 있었다.

"헤일리!"

바이올린 남이 들어왔다.

"어, 안녕."

"정말 예쁘다."

"고마워."

"아! 여기 꽃."

"아……."

"너랑 어울려."

"고마워."

"콩쿨 준비 열심히 했어?"

"피아노가 망가지도록 했어."

"그래? 나도 바이올린 콩쿨에 나가 보려고."

"정말? 잘됐다!"

"응. 부모님을 생각해서도 그렇고, 지금까지 해온 시간도 아까워서. 그리고 너랑 같이 연주하려면 어느 정도의 실력이 있어야 하잖아."

"아니, 그렇게까지 생각 안 해도 되는데……."

"네 덕에 바뀐 게 많아. 나도 바이올린연주 CD를 듣기 시작했고, 콩쿨 준비까지 하잖아. 뭐, 콩쿨은 아직 일 년 정도 남았지만."

"내 덕에? …… 아무튼 잘됐네. 일 년? 아마 연습하기에 짧은 시간일 거야."

내가 헤일리와 영혼이 바뀌면서 했던 일들 중 가장 뿌듯한 일이다. 누군가의 모델이 되었다는 것. 나는 항상 바라보며 자랐다. 하지만 나도 이제 달라져야 할 것 같다.

헤일리의 엄마와 피아노 선생님이 들어와서 우리의 대화는 끝이 났다.

"열심히 해!"

"너도."

헤일리의 엄마는 재미있는 이야기를 하면서 나의 긴장을 풀어주었다. 피아노 선생님의 콩쿨 경험담을 듣는 동안 벌써 내 차례가 되었다.

"잘할 수 있어, 내 딸."

울컥했다. 내 딸, 내 딸……. 무대로 올라갔고 아무 생각이 나지 않았다. 만화가가 된 나의 모습만 떠올랐다. 나는 의자에 앉았고, 연주를 시작했다. 연주를 어떻게 시작했는지, 어떻게 끝냈는지도 모르겠다. 정신없이 연주를 마치고 나니 모두들 기립 박수를 쳐주었고, 나는 그 박수를 즐기고 있었다. 대기실로 가니 모두들 나를 안아주었고, 자기 일처럼 기뻐해 주었다. 내가 그린 만화를 보고 아빠도 똑같이 느낄까? 헤일리의 삶을 살면서 얻은 것들이 너무나 많다. 그 중의 하나가 피아노이지 않을까? 몇십 분이 지나고 발표가 시작되었다. 일등을 기대하지 않는다. 다만 노력한 만큼만 나왔으면 좋겠다. 3위다. 잘했어, 헤일리!

오늘은 동네 대청소날이다. 나와 동생은 집에 있는 안 쓰는 물건을 리어카에 담고 할머니들 집에서 안 쓰는 물건도 받아 리어카에 담아 아빠에게 건넸다. 약간의 돈을 벌 수 있겠지. 동생과 집으로 돌아와 청소를 시작했다. 아띠의 집에는 물건이 많지 않아 힘든 일은 없었다. 아띠의 책상을 정리하다가 너덜너덜하고 오래된 책을 발견하였다. 『시골 소녀의 희망이야기』라는 책이다.

"진성아!"

"왜, 누나?"

"이거 네 책이야? 버려도 되지?"

"누나! 미쳤어? 이거 엄마가 제일 아끼던 책이잖아. 왜 그래?"

동생은 내 손에 있던 책을 갑자기 낚아챘다.

"야! 장난이었어. 왜 이래."

나는 너무 미안해서 거짓말을 했다.

"누나! 장난도 정도가 있거든?"

"아, 미안해! 쳇."

동생은 그 책을 이불 사이에 넣어 둔다. 동생을 향해 피식 웃어주고는 아띠의 책상을 계속 정리하는데 한쪽 구석에 박스가 있었다. 박스를 꺼내 열어 보니 아띠가 쓴 다이어리들이 빼곡하게 쌓여 있었다. 제일 오래되어 보이는 다이어리를 꺼내 첫 장을 펼쳤다.

엄마가 내 생일선물로 다이어리를 사주셨다. 엄마가 매일매일 있었던 일들을 적으면 하느님이 나의 글을 보고 소원을 이루어주신다고 했다. 그래서 나는 이제 다이어리에다가 있었던 일들을 적을 거다.

아띠가 다이어리를 쓰게 된 이유일까? 초등학교 때부터 다이어리를 써온 것 같은데 그 양이 주위를 둘러보니 똑같은 박스가 두 개나 있다. 읽어 보긴 버거울 것 같다. 나는 박스를 원래 자리에 두고 청소를 계속했다. 청소를 다하고 할머니들 집에 방문해서 금이 간 벽에 시멘트를 칠해 주고, 전구를 갈아주고 아르바이트를 하러 갔다. 오늘은 편의점에 사람들이 별로 없다. 심심해진 나는 아띠의 다이어리에 글을 썼다. 지금까지 있었던 일들을 요약해서 적었다. 그런데 갑자기 좋은 생각이 났다. 예전에 미국의 한 소녀가 자기가 겪었던 일들은 적은 일기장을 한 유명 작가에게 건네주고 자신의 대한 글을 적어달라고 했다. 작가는 혼쾌히 수락했고, 그 소녀에 대한 글을 적어 책을 내니 사람들이 책 속 주인공인 그녀를 동정하고 도와준 일이 있었다. 나는 아까 발견한 아띠의 다이어리 모두를 정가온 작가에게 건네서 아띠에 대한 글을 적어 달라고 부탁하기로 했다. 나는 정가온 작가의 이메일을 알아내 편지를 보냈다. 나와 만나자고, 나에 대한 글을 써 달라고 메일을 보냈다. 며칠 후 작가에게 답장이 왔다. "나의 팬이 그런 부탁을 하는데 거절할 수 가 있나요? 일단 다이어리를 모두 가지고 오세요. 제가 읽어 보고 결정을 할게요. 학생이고 아르바이트를 한다니 바쁘겠네요. 이번 주 주말 저녁에 저의 사무실로 오는 게 어떨까요? 사무실 약도를 보냈으니 첨부파일에서 다운받으세요." 나는 너무 기뻤다. 주말이 되기를 손꼽아 기다렸고 주말 저녁에 식당 아주머니에게 말해 일찍 나와 집에 있는 리어카에 박스를 담았다. 한 손으로는 리어카를 끌고 한 손에는 약도를 쥐고 사무실이 있는 건물에 도착했다. 사무실까지 리어카를 끌고 가는 건 무리다. 박스를 하나씩, 하나씩 사무실 앞으로 옮겼다. 그리고 사무실 문을 두드렸다.

"들어오세요."

나는 문을 열고 들어갔다.

"안녕하세요? 아띠예요."

"아, 그래. 어서 오렴."

나는 박스를 사무실 안으로 들여놓았다. 정가온 작가가 박스 들이는 것을 도와주었다.

"여기 앉아."

"감사합니다."

"이게 다 다이어리니?"

"네. 좀 많죠?"

"아니야! 초등학교 때부터 쓴 거면 이 정도는 돼야지."

"네."

"문제는 글 쓰는 데 몇 년은 걸리겠다."

"네? 그렇게 오래 걸리나요?"

"장난이야! 일 년이면 될 거야."

"아, 감사합니다."

"근데 나 혼자는 다 못 할 거 같고 문하생 몇 명을 데리고 읽어야 되겠는데?"

정가온 작가와 작품 구상 이야기를 하고 집으로 돌아갈 시간이었다. 가온 작가가 집까지 태워다 주겠다고 했다.

"괜찮아요."

"어차피 글 쓸 때 너의 동네에 가야 하는데, 지리 좀 익혀 두지, 뭐."

"네, 감사합니다."

가온 작가는 내가 사는 동네를 보고 놀라는 듯했지만 곧 이 정도는 예상했다는 듯한 표정을 지었다. 우리는 인사를 하고 헤어졌다.

아띠 시점 一

헤일리의 트위터는 난리가 났다. 온갖 축하메시지로 가득했기 때문이다. 학교에서도 헤일리는 친구들의 관심을 받았고 바이올린 남과도 잘 지냈다. 그렇지만 나는 불안하다. 영혼이 바뀐 지가 일 년이 넘었기 때문이다. 플로리다주로 몇 번이나 놀러가서 그 신호등 앞에 서 봤고, 삼촌 집에도 가 봤지만 나의 모습이 보이질 않는다. 이러다 영영 안 바뀔지도 모른다. 헤일리의 삶도 정말 좋다. 하지만 나는 헤일리가 아니다. 아빠가 보고 싶고, 진성이도 보고 싶다. 가난했던 그 시절로 돌아갔으면 좋겠다. 원래로 돌아가면 나는 공무원의 꿈을 버리고 만화를 그릴 것이다. 인터넷에 나의 만화를 올리고, 나에 대한 만화를 그리며 꿈을 키워갈 것이다. 헤일리의 삶을 살면서 얻은 점이 많다. 그동안 사람들이 나를 보며 동정했지만 더 이상 동정 따윈 필요없다. 나는 달라졌다. 가난이 이제 부끄럽지 않다. 내가 부끄러운 것은 나의 꿈을 무시하고 돈만 생각한 내가 부끄럽다. 항상 돈을 원망하고 돈을 싫어했던 내가 돈 때문에 정말 원하던 꿈을 망가뜨렸던 것이 부끄럽다. 이제 용기가 생겼다. 그리고 다른 사람에게 용기를 줄 수도 있게 되었다. 헤일리가 바꾼 나의 모습이 궁금하다. 어떻게 변해 있을까?

헤일리 시점 一

　요즘 점점 불안해지고 있다. 영혼이 바뀐 지 일 년이 넘었다. 우리 둘이 마주쳐야 하는데 아띠가 미국에 가지를 않는다. 삼촌에게 몇 번 전화를 했더니 바빠서 우리를 봐줄 수가 없다고 했다. 나는 괜찮다고 했지만 삼촌은 안 된다고 하셨다. 너무 불안하다. 이러다가 영영 안 바뀔 수도 있을 것 같다. 하지만 나는 평소와 다름없이 지내고 있다. 그런데 어느 날 한 통의 전화가 왔다.

　"여보세요?"

　"이아띠 학생?"

　"네, 전데요. 누구세요?"

"가온 작가님 조수인 박한울이라고 해."

"네."

"오늘 좀 올 수 있니? 책이 완성됐어!"

"정, 정말요?"

"응! 예정보다 오래 걸렸지만 완성이 됐어. 오늘 책표지 구상하거든? 그래서 오늘 네가 와 줬으면 해."

"네! 당연히 가야죠."

한 시간 뒤 한울 오빠가 왔고, 우리는 차를 타고 사무실로 갔다.

"아띠야! 왔구나. 오랜만이네."

작가님이 말했다. 나는 인사를 했다. 우리는 활기차게 표지에 대해 이야기를 했다. 몇 개의 의견 중 마음에 드는 게 있다. 진성이와 내가 손을 잡고 동네를 풍경 삼아 서 있는 모습과 내가 밤에 자주 나와 앉아 있던 정자에 앉아 있는 모습.

나는 아띠의 모습이 나온 표지가 마음에 든다. 표지에 대한 의견이 분분했지만 내가 마음에 드는 것으로 하기로 했다. 그래서 정자에 앉아 있는 것으로 하기로 했다. 모두들 승낙을 했고 며칠 뒤 사진작가가 와서 사진을 찍었다. 그러고 나서 얼마의 시간이 또 흘렀다. 작가님에게 전화가 왔다. 출판기념회를 한다고 나랑 진성이를 초대하셨다. 진성이랑 사무실에 갔다. 가득 차려진 음식을 보고 진성이는 좋아하며 이것저것 맛있게 먹었고 진성이가 먹고 싶어하던 피자도 실컷 먹었다. 집에 가려고 할 때 작가님이 나를 부르셨다.

"자, 이거."

"이게 뭐에요?"

"책이지, 뭐야."

"책이요?"

"초판인데 너 가져. 원래 작가들이 가지는 건데 네가 작가잖아."

"아, 감사합니다."

얼른 책을 펼쳐 보았다. 첫 장을 펼치니 프롤로그가 있었고 글을 시작하는 첫 장에 이렇게 적혀 있었다. "이 글을 별이 되신 아띠 어머니에게 바칩니다." 감정이 북받쳐 올랐다. 아띠의 삶을 살면서 느낀 것 중 하나가 엄마의 사랑이다. 매일 바빠서 핸드폰을 끼고 사는 엄마가 미워서 차라리 엄마가 없으면 좋겠다는 생각을 많이 해봤다. 하지만 이제는 엄마의 소중함을 안다. 부모님 생각을 하자 눈물이 나려고 했다. 애써 참았다. 이건 내 눈물이 아니라 아띠의 눈물이니까……

"책이 나오면 다 잘될 거야."

"감사합니다, 감사합니다. 도와주셔서 감사합니다."

"고맙긴 뭘. 네가 아직까지 『시골소녀 희망이야기』를 가지고 있는 게 더 감사한걸."

"네?"

"그 책, 실패한 책이거든."

작가님은 씁쓸하게 웃으셨다.

"아! 시간 너무 오래 지났다. 빨리 가야지."

"네!"

우리는 차를 얻어 타고 집으로 돌아갔다. 책이 서점에 나왔지만 반응은 영 별로였다. 하지만 한 달 정도 지나자 반응이 서서히 나타났다. 나와 진성이에게 관심을 가져주는 사람들. 학교에서는 스타가 되었다. 시간이 더 지나자 반응이 폭발하였다. 나와 진성이를 도와주는 '키다리 아저씨'들이 생겼다. '키다리 아저씨'들은 아띠의 가족에게 희망을 가르쳐 주었고, 우리는 그 동네를 떠나게 되었다. 아쉬워하는 할머니들, 우시는 할머니들……. 막상 떠나려니 마음이 아프다. 우리는 아파트에서 살게 되었고, 아띠 아빠는 좋은 직업을 가지게 되었다. 책 한 권으로 아띠의 생활은 변했고, 진성이도 원하던 과자를 실컷 먹게 되었다. 이제 아띠가 좋은 재료로 만든 음식을 먹고, 원하던 만화가를 할 수 있도록 사람들이 도와주었다. 아띠에게는 정말 잘된 일이다. 나에게도 잘된 일일까?

삼촌한테서 연락이 왔다. 미국으로 놀러 오란다. 드디어 원래의 나로 돌아갈 수 있게 되는 것일까? 원래의 모습으로 돌아가면 나는 많이 변할 것이다. 아띠와 바뀌면서 얻은 보물들. 그것을 버릴 수 없으니까 그 보물들을 지키기 위해 노력할 것이다. 아띠는 나와 바뀌어서 얻은 보물이 있을까? 궁금하다. 아띠가 변화시킨 내 모습이 궁금하다.

플로리다주 west 13 orange 거리에 있는 신호등에서 마주 보고 있는 동양인 소녀와 서양인 소녀가 있다. 동양 소녀는 서양 소녀를 바라보면서 생각했다.

'돌아가고 싶다. 남을 부러워하면 안 된다. 다른 사람이 나를 부러워하게 만들어야 한다. 나에게는 다른 사람이 가질 수 없는 것이 있기 때문이다.'

서양 소녀는 동양 소녀를 쳐다보면서 생각을 했다.

'돌아가고 싶다. 남에게 베풀 줄 알아야 한다. 내가 베풂을 받는 것이 아니다. 나에게는 따뜻한 마음이 있기 때문이다.'

그 순간 두 소녀는 쓰러졌다.

후기

글을 처음 썼습니다. 글을 쓰는 게 어렵다는 것을 알게 되었습니다. 바보같이 몸부터 던져 글을 썼습니다. 아마 그때 저는 세상에서 제일 바보였을 것입니다. 글 쓰는 능력이 부족하고 하찮지만 마음 잡고 글을 써 보니 글이 완성됐습니다. 새벽에 엄마의 눈초리를 받아가면서 쓴 글. 너무 대충 쓰지 않았나 걱정돼서 계속 수정했습니다. 이 부족한 글을 누군가 읽는 게 너무 부끄럽습니다. 글을 쓰면서 힘들었던 것은 표지. 표지 때문에 애를 먹었습니다. 재촉하는 선생님, 귀찮은 몸뚱아리, 억지로 억지로 핸드폰에 있는 사진을 뒤져 괜찮게 나온 사진을 하나 열어 그 위에다가 제목을 쓴 것밖에 없지만 왠지 뿌듯해지는 표지. 지독히도 안 맞는 두 조합이 만나 책에 실리게 된다는 사실이 저를 한 번 더 뿌듯하게 만듭니다. 어쩌면 세월이 지나 먼지에 묻히게 될지라도 내 마음속에는 먼지 대신 꿈을 가득 담지 않을까 합니다. 되돌아보니 어렸을 때 글을 쓰기가 귀찮아서 마음대로 끄적이던 제가 한편으로는 귀엽기도 하고 자랑스럽기도 합니다. 글을 쓰면서 느낀 것은 별 거 없습니다. 다들 느끼는 것들. 하지만 조금 다른 것은 글을 쓰는 게 뿌듯하다는 것.

어떤 이유로 동아리에 들어왔는지는 모르겠지만 중간에 포기하지 않고 꿋꿋하게 자리를 지킨 제가 너무 자랑스럽고, 공부는 못해도 엄마한테 자신있게 내밀 수 있는 게 생겨서 기쁩니다.

삶 : 극복을 위한 걸음

이건영

태영이의 말이 끝나자마자 갑자기 그 아이가 태영이를 때렸다. 태영이가 넘어지자

그 아이가 태영이를 발로 차려고 했다. 태영이는 얼른 일어나서 그 아이를 때렸다.

둘은 서로를 치고 박고 때리고를 계속했고 결국 그 아이는 코피를 흘렸다. 그런데

도 태영이는 계속 그 아이를 때렸다. 애들이 태영이를 말리려고 달려들었다. 그 아

이는 많이 다쳐 코피뿐 아니라 입에서도 피가 났다.

머리말

제가 이 글을 쓰게 된 것은 어려운 환경에 있는 사람들이 포기하지 않고 끝까지 노력하길 바라는 마음에서입니다. 이 글의 주인공은 어려운 환경을 잘 이겨내고 꾸준히 노력합니다. 글의 제목처럼 뜻 있고 깊은 의미가 들어있습니다. 제 글을 읽고 한번 깊이 생각해 보는 기회를 가지길 바랍니다.

1

어느 겨울, 함박눈이 내리는 날이다.

"이태영. 너, 선생님 따라와."

태영이는 교무실로 가서 담임에게 혼이 났다.

"너, 어제 학교에 왜 안 왔니? 할머니께서 이 사실을 아시면 얼마나 걱정하시겠어?"

태영이는 아무 말 없이 가만히 있었다. 담임에게 한참 동안 꾸중을 듣고 교실로 들어오자 친구들이 말했다.

"야, 너 왜 학교 자주 안 와? 아르바이트 가냐?"

태영이는 역시 아무 말 없이 있었다. 수업이 끝나고 집에 돌아올 때까지 태영이는 친구들과 이야기를 하지 않았다.

태영이는 할머니와 단둘이 가난하게 산다. 태영이는 새벽 일찍 일어나 우유와 신문 배달을 하고, 할머니는 바닷가에 나가 조개를 캐신다. 학교를 마치고 집에 가자 할머니가 태영이를 반겨주었다.

"우리 손자, 공부 열심히 했니?"

"네. 공부 열심히 하고 왔어요."

할머니는 태영이의 간식으로 빵과 우유를 챙겨주었다. 태영이는 간식을 먹고 나서 편의점 아르바이트를 하기 위해 집을 나섰다.

다음날 태영이는 반 아이들과 함께 축구를 하고, 점심을 먹었다. 점심을 먹고 나니 잠이 왔다. 태영이는 너무 졸린 나머지 그만 책상에 엎드려 한참을 자 버렸다. 교과 담당 교사가 책상에 엎드려 자는 태영이를 앞으로 나오게 하였다.

"이태영, 손바닥."

태영은 손바닥을 맞았다. 손바닥을 맞고 있어도 잠은 여전히 쏟아진다. 5교 시가 끝나고, 담임이 태영이를 호출하였다.

"태영아, 너 학교에 다니기 싫니? 할머니가 이런 너의 모습을 아시면 큰 실망 을 하실 텐데. 왜 이렇게 선생님들한테 네가 수업태도 안 좋다는 말을 자꾸 듣 게 해?"

"……"

태영은 할 말이 없었다. 담임은 계속 말을 이어갔다.

"네 집안 형편은 네가 잘 알잖니? 그런데도 공부는 안하고 수업시간에 잠만 자고 툭하면 학교에 안 오고, 할머니한테 다 말할까?"

태영은 담임에게 사정했다.

"할머니한테는 제발……."

"앞으로 잘해라. 다른 선생님께 지적 받지 않게. 알았으면 나가 봐."

태영이 교실로 들어가니 아이들이 태영이에게 말을 걸었다.

"또 담임선생님께 혼났냐?"

"……"

태영은 대답하기가 싫었다. 애들한테 자신의 약한 모습을 보이는 것 같았기 때문이다. 6교시가 시작되었다. 6교시는 수학이었다.

"전체 차렷! 선생님께 인사"

수업이 시작되었다. 그러나 수업 내용이 태영의 귀에는 들어오지 않았다. 아 까 담임에게 혼난 것만 자꾸 생각이 났다.

청소시간이 되었다. 청소시간에 아이들은 담임에게 청소를 왜 안하냐고 혼 이 났다. 학교 일정을 마치고 집으로 가는 길에 아이들은 오락실이나 피씨방으로 간다.

친구들이 말한다.

"태영아. 오락실 가자."

"오늘은 왠지 가기 싫다. 니네끼리 가라. 난 집에 갈란다."

태영이는 이렇게 대답하고 나서, 집으로 향했다. 집에 가니 아무도 없다. 할머니는 조개를 캐러 가셨나 보다. 태영이는 밀린 설거지를 하고, 텔레비전을 보았다. 텔레비전을 한참 보다가 잠이 들었나 보다. 눈을 떠 보니 밤 9시 20분이었다. 태영이는 늦은 저녁을 먹었다. 할머니는 자고 있었다. 태영이는 다시 잠자리에 들었다.

새벽에 일어난 태영이는 우유 배달을 했고, 신문 배달을 했다. 배달을 다 하고 나니 오전 7시였다. 태영이는 아침밥을 먹고 학교에 갔다. 교실은 텅 비어 있었다. 태영이는 온몸이 피곤해서 책상에 엎드려 잠을 자려고 했으나 교실이 너무 추워서 잠이 오지 않았다. 8시가 되자 아이들은 모두 교실에 도착했다.

2

담임이 말한다.

"내일, 방학이네."

아이들은 좋아하며 소리를 질렀다. 담임은 계속 말하였다.

"하지만 방학과 동시에 보충수업이 시작된다. 곧 고 2니까 방학 동안 보충수업 열심히 듣고 나름대로 학습계획을 세워 성실히 하여 성적을 향상시킬 수 있도록 하자."

아이들은 금방 시무룩해졌다. 하지만 어떻든 방학을 맞은 아이들은 방학식을 마친 후 들뜬 마음으로 대부분 피씨방이나 오락실로 갔다. 태영이도 오랜만에 오락실에 갔다. 방학이면 평소보다 더 쉴 수 있기 때문에 태영이는 기분이 좋았다. 아이들과 실컷 오락을 하고, 노래방에 가서 노래를 부르고, 같이 저녁을 먹고 집으로 돌아왔다. 집에 돌아오니 역시 아무도 없었다.

태영이는 집에 오면 허전하다는 생각이 들기도 한다. 예전에는 엄마가 반겨 주었지만 지금은 엄마가 없기 때문에 자주 허전하다는 생각을 한다. 부모님 생각이 많이 난다. 태영이의 부모님은 모두 교통사고를 당해 태영의 옆에 없다. 부모님의 사고 소식을 들었을 때 태영이는 충격이 너무 커서 울지도 못했다.

할머니가 차려 놓은 밥상이 보인다. 태영이는 저녁을 먹고 왔으나 할머니의 마음이 담긴 밥상을 보니 갑자기 배기 고파진다. 그래서 밥을 또 먹었다. 그러고는 할머니가 올 때까지 텔레비전을 본다. 할머니가 들어왔다. 태영이는 할머니를 반겼다.

"우리 손자, 공부 열심히 했어요?"

할머니는 태영이에게 장난스러운 목소리로 물었다.

"네……. 무지 열심히 했어요."

"할미가 간식 해줄까?"

"아뇨, 전 배불러요."

이렇게 말을 끝내고 태영이는 잠을 청했다.

아침에 일찍 일어난 태영이는 우유와 신문 배달을 안하고 바로 학교에 갔다. 담임이 태영이를 호출하였다.

"이태영, 너, 나 따라와."

태영이는 이유도 모르고 교무실에 갔다.

"너는 성적은 안 좋고, 학교에서 잠만 자니까 공부 쪽은 포기하고, 다른 진로를 선택하는 게 어떠냐? 네가 너무 걱정이 돼서 하는 말이야."

태영이는 고개를 숙인 채 아무 말도 하지 않았다.

다시 담임이 말하였다.

"한번 생각해 봐라……. 곧 있으면 수업 시작하겠다. 선생님이 한 말이 무슨 말인지는 알아듣겠지?"

학교가 끝나고, 태영이는 할머니를 보러 바닷가로 갔다. 할머니는 태영이를 반겨주셨다.

"우리 손자, 공부 열심히 했구나. 어서 집에 들어가자. 여긴 너무 추워서 우리 손자 손 얼겠다."

태영이는 집에 들어갔다. 담임의 이야기가 생각나 태영이는 고민을 했다. 그러다가 날이 점차 밝아왔다. 태영이는 우유와 신문 배달을 하러 갔다. 그런데 태영이가 어제 배달을 하지 않은 것 때문에 일을 줄 수 없다고 하였다. 태영이는 터덜터덜 집으로 돌아왔다.

3

어느 날 태영이가 같은 반 아이들과 축구를 한 후 제일 먼저 교실로 들어간 일이 있었다. 그런데 같은 반 아이 중에서 한 아이가 돈을 도난당했다. 돈을 찾는 과정에서 비어 있던 교실에 제일 먼저 들어간 태영이가 의심을 받게 되었다. 태영이는 몹시 억울했다. 그 일로 담임이 반 아이들 모두를 학교에 남겼다. 집에 일찍 못 가게 되자 아이들 모두 당황했다. 담임이 태영이를 교무실로 불렀다.

"태영아, 선생님은 네가 돈을 훔치지 않았다는 것을 믿고 있단다. 분명히 다른 반 아이가 한 짓일 것이다. 난 네가 훔치지 않은 것을 믿고 있단다."

"선생님, 제가 훔치지 않았어요. 전 억울해요. 그저 교실에 먼저 들어가기만 했을 뿐인데 의심받는 게 억울하다구요. 전 가난해도 그런 짓은 안 해요. 선생님, 저를 의심하지 말아주세요. 부탁드려요. 선생님도 아시잖아요. 전 억울해요."

"선생님은 너를 믿는단다."

태영이는 교실로 들어갔다. 하지만 같은 반 아이들이 보내는 의심의 눈초리에 태영이는 더욱 속상했다. 잠시 후 담임이 들어와 말했다.

"돈을 훔친 사람을 못 찾으면 오늘 집에 갈 생각을 하지 마라. 내가 너희 부모님들께 그렇게 말씀을 드릴 테니까."

상황은 더욱 심각해졌다. 태영이는 너무 억울해서 학교를 뛰쳐나갔다. 그때 태영이 반의 한 아이가 담임에게 갔다.

"선생님, 제가 오늘 배가 아파서 화장실에 갔는데, 어떤 애가 우리 반 창문을 넘어 교실로 들어가는 걸 봤어요. 얼굴은 봤지만 몇 반인지는 모르겠어요."

담임이 말하였다.

"네가 선생님을 도와줘야겠다. 선생님을 따라오렴."

그 아이와 담임이 1반부터 12반까지 모두 다닌 결과, 범인을 찾을 수 있었다. 돈을 훔친 아이는 교무실로 가 훔친 돈을 돌려주고 사과했다. 그리고 사실을 알게 된 그 반 담임에게 엉덩이를 맞았다. 담임이 태영이를 찾아 교실로 갔으나 태영이는 이미 교실에 없었다. 담임은 아이들에게 말했다.

"너희들 무턱대고 친구인 태영이를 의심하다니……. 모두 복도로 나와."

반 아이들은 복도로 나가 담임에게 엉덩이를 맞았다. 태영이가 돈을 훔쳤다는 증거도 없이 의심했기 때문이다. 담임이 말했다.

"지금 태영이가 교실에 없다. 태영이가 몹시 억울할 텐데 만약 내일 태영이가 학교에 안 온다면 너희들은 단체 기합인줄 알아라. 태영이에게 사과하고 내일 태영이를 데리고 와야 한다. 알겠나?"

"네……."

아이들은 태영이를 찾으러 다녔으나 태영이를 쉽게 찾을 수가 없었다. 오락실, 피씨방에도 태영이는 없었다. 그럴수록 아이들은 초조해졌다. 태영이에게 전화를 해도 받지 않았다. 아이들은 태영이를 찾아 온 동네를 찾아다녔다. 헤매고 헤매던 끝에 동네 놀이터 그네에 앉아 있는, 억울하고 화난 표정의 태영이를 찾을 수 있었다. 반 아이들은 태영이에게 사과하고 내일 학교에 나오라고 말했다. 그럴수록 태영이는 더 학교에 가기가 싫어졌다.

"태영아, 우리가 널 의심한 거 정말 미안해. 너, 내일 학교에 안 오면 우리 모두 선생님한테 혼나……."

태영이가 말했다.

"고작 선생님한테 혼나는 게 싫어서 지금 나한테 이러는 거냐?"

태영이가 이렇게 화를 내는데 갑자기 한 아이가 말했다.

"너 미쳤냐? 우리가 미안하다고 하는데 넌 뭐 잘한 게 있다고 난리야? 너 때문에 우리 반 애들이 다 맞았는데 넌 미안하지도 않냐?"

태영이가 소리쳤다.

"너희들이 나를 의심하지를 않았으면 됐잖아!"

"그러면 넌 고작 의심 좀 받았다고 우리 반 애들을 다 맞도록 만들었는데 미안하지 않냐? 넌 네 생각만 하냐?"

다른 아이가 말했다.

"됐다, 그만해라. 이러다가 싸우겠다. 우리가 정말 사과하니까 태영아, 내일 학교 나와라."

"싫다. 난 학교 안 갈란다."

한 아이가 말했다.

"그래, 됐다. 너 그냥 학교 나오지 마라. 그리고 너 그렇게 살지 마라. 네 걱정이 돼서 왔는데 그렇게 말하냐?"

태영이가 다시 말했다.

"그래. 내가 잘못했다. 나 때문에 너희들이 맞은 거. 근데 그런 식으로 말하지 마라. 기분 나쁘다."

다시 그 아이가 말했다.

"우리가 너 찾으려고 얼마나 고생했는데. 넌 어쩜 그렇게 뻔뻔하냐."

"나한테 사과하러 온 거 아냐? 왜 그런 식으로 말하고 있어?"

"우리도 미안해. 근데 너 말 하는 게 마음에 안 들어."

"그래 미안하다. 내가 다 잘못했다. 너희들이 선생님한테 맞은 것도 모두 내 잘못이다."

"이게…… 그런 식으로 말하지 말랬지?"

"아이구, 죄송하네요. 임금님."

태영이의 말이 끝나자마자 갑자기 그 아이가 태영이를 때렸다. 태영이가 넘어지자 그 아이가 태영이를 발로 차려고 했다. 태영이는 얼른 일어나서 그 아이를 때렸다. 둘은 서로를 치고 박고 때리고를 계속했고 결국 그 아이는 코피를 흘렸다. 그런데도 태영이는 계속 그 아이를 때렸다. 애들이 태영이를 말리려고 달려들었다. 그 아이는 많이 다쳐 코피뿐 아니라 입에서도 피가 났다. 아이들은 다친 아이를 데리고 병원에 갔고, 태영이는 집으로 돌아갔다. 할머니가 먼저 와 있었다.

"우리 손자, 오늘도 공부 열심히 했어요?"

"오늘도 열심히 공부했어요."

할머니가 태영이 얼굴을 보더니 걱정스럽게 말했다.

"너, 누구랑 싸웠니? 얼굴에 멍이 들었네. 왜 그래?"

"학교에서 넘어져서 그래요."

"조심해서 다니지 않구선."

"앞으론 조심해서 다닐게요. 나 다치면 할머니가 슬퍼하잖아요. 조심해서 다닐게요. 약속해요."

할머니는 태영이에게 약을 발라주었다. 태영이는 학교생활이 재미있다고 말하며 웃었다.

다음날 아침, 태영이는 학교에 갈까 말까 망설였다. 한참을 고민하다가 오락실에 가서 게임을 하다가 학교에 갔다. 태영이가 학교에 도착한 것은 2교시가 끝난 후였다. 담임은 태영이가 학교에 가자 반가운 얼굴로 태영이를 맞이하였다. 그런데 한 학부모가 담임을 찾아 왔다. 그 학부모는 태영이를 찾고 있었다. 태영이는 교무실로 가서 어제 있었던 일을 모두 그 아이 부모에게 이야기하였다. 그렇게 한바탕 소동이 일어났다. 태영이는 그 아이와 부모에게 잘못했다고 사과했다. 그 학부모가 돌아가고 그 아이와 태영이는 담임과 조용한 곳으로 갔다.

"너희들, 어제 있었던 일을 다 말해봐."

태영이와 그 아이가 한마디도 하지 않자, 담임은 A4용지와 볼펜을 주면서 있었던 일을 거짓 없이 쓰라고 했다. 거짓이 있으면 더 혼낼 거라고 했다. 태영이와 그 아이는 솔직하게 다 썼고, 담임은 한참 고민을 하더니 말했다.

"너희들, 수업 끝나고 교무실로 와."

태영이와 그 아이는 수업이 끝난 후 교무실로 갔다. 담임은 둘을 데리고 밖으로 나가 떡볶이집으로 갔다.

"여기 떡볶이 3인분하고 순대 3인분 주세요."

주문한 음식이 나오고 그들은 떡볶이와 순대를 맛있게 먹었다. 담임이 말했다.

"맛있지?"

"……."

잠깐 침묵이 흐른 후 태영이가 말했다.

"선생님, 죄송해요……."

"그 일은 잊고 앞으로 더 잘하자. 너희들 서로에게 좋은 감정 가지게 되기를 바란다. 어서 먹어라, 식기 전에……."

떡볶이를 먹고 나와 담임이 말했다.

"태영아는 선생님을 따라오너라."

태영이는 담임을 따라갔다. 오랜 시간 걸으면서 담임과 이런저런 이야기를 나누었다. 태영의 집 근처까지 와서 담임이 말했다.

"네가 아무리 오해를 받았어도, 친구들을 미워하지 않는 게 좋다. 내일 아이들을 만나면 미안하다고 사과를 해라. 그래야만 너도 애들을 미워하지를 않지. 선생님 말 알아들었지?"

"……."

담임과 태영이는 헤어졌다. 집에 들어가니 저녁 7시였다. 할머니께서 태영이를 반겨주셨다.

"우리 손자 잠깐만 기다려. 밥 차려줄게."

"할머니, 저 오늘, 선생님이 떡볶이 사주셔서 그거 먹고 왔어요. 배불러서 밥 못 먹겠어요."

"그래, 그렇구나."

태영이는 텔레비전을 보다가 잠이 들었다.

다음날 학교에서 태영이는 반 친구들에게 미안하다고 사과를 했다. 반 친구들은 괜찮다고 말했다. 태영이는 기분이 좋아졌다.

4

겨울이 지나가고, 어느새 봄이 왔다. 꽃샘추위가 아직 있었지만 마음만은 봄이었다. 태영이네 학교는 방학이었다. 방학이 끝나면 태영이도 이제 한 학년 올라가 2학년이 된다. 태영이는 아침 일찍 일어나 이불을 정리하고 집안 청소를 하였다. 그리고는 아침 준비를 했다. 아침 준비를 끝내고 머리를 감고 할머니와 함께 밥을 먹었다. 설거지를 마친 후 태영이는 시내에 갔다. 할머니에게 드릴 털장갑을 사기 위해서였다. 할머니는 일하러 갈 때 장갑 하나 없이 다닌다. 그게 늘 마음에 걸렸던 태영이는 좀 늦은 감이 있지만 지금이라도 할머니에게 장갑을 선물하기로 했다. 장갑을 사온 태영이는 그것을 텔레비전 위에 얹어놓았다. 할머니가 텔레비전 위에 놓인 털장갑을 보고 말하였다.

"우리 손자, 이 할미를 걱정해 주고, 참 착한 손자구나."

태영이는 웃었다.

다음날 담임이 태영이에게 전화를 걸어 방학 중이지만 잠깐 학교에 나오라고 했다. 교무실로 가서 담임에게 인사를 하고 자리에 앉으니 담임이 불쑥 말을 건넨다.

"태영아, 너 이제 진로를 찾아야겠다."

태영이는 말이 없었다.

"너, 공부에 관심이 없지?"

태영이는 솔직하게 말했다.

"관심 없는 게 아니라……."

"너, 예체능쪽 진로를 생각해 보는 게 어때?"

"선생님, 저 예체능은 할 줄 아는 게 없어요."

"그러면 음악은 어떠니? 배우기도 쉽고……."

"선생님, 음악을 배우려면 돈이 필요한데, 저희 집 형편이 안 돼서……."

"그러면…… 공부는 할 거니?"

태영이는 할 말이 없었다.

"태영아, 지금이 중요한 시기야. 이제 진로를 정하고 노력해야지. 공부는 못한다고 포기하고, 음악은 돈이 없다고 포기하고……. 정 그렇다면 공부밖에 없어."

"선생님, 공부하려면 책도 사야 하고, 학원도 가야 하는데……. 돈이 필요하잖아요. 형편도 어려운데 저, 어떻게 해요?"

"책은 선생님이 뭐든 사 줄 테니. 공부는 너 스스로 해 봐. 학원 안 다니고도 공부 잘하는 애들 있잖아. 아니면 인터넷 강의를 들으면서 공부하면 되잖아. 도서관이나 학교 컴퓨터실을 잘 활용해 봐. 지금이라면 늦지 않아."

"선생님, 전 1학년 때 공부를 안 해서 기초도 잘 몰라요."

"넌 왜 해보지도 않고 포기를 하니? 일단 시작해 보고 정 안되면 바꿔야지. 노력도 안 해보고 성공하는 사람은 없다. 일단 네가 할 수 있는 대로 해봐. 필요한 거 있으면 선생님한테 이야기하고. 책은 선생님이 사 줄 테니."

"네. 한번 해볼게요."

"그러면 선생님이랑 서점에 가자. 내가 책을 사줄 테니 집에 가서 열심히 공부해."

"네. 선생님."

담임과 서점에 간 태영이는 담임의 도움을 받아 공부할 책을 골랐다. 태영이는 담임에게 말했다.

"선생님, 고맙습니다. 열심히 해볼게요."

"그래, 공부 열심히, 꾸준하게 해라. 잘 가라."

태영이는 집에 돌아와 공부를 했다.

5

태영이는 교실에서 책을 펴고 공부를 한다. 반 아이들이 장난을 걸어왔다.

"오, 태영이 공부하냐?"

"그래, 나 공부한다. 이제부터 공부 열심히 하려고……."

성훈이가 말했다.

"야, 공부하지 말고 나랑 놀자."

"싫어, 공부할 거니까 제발 가 주라."

성훈이는 태영이의 책을 뺏고 던졌다. 태영이는 화가 나서 성훈이의 얼굴을 때렸다. 그렇게 싸움이 되었다.

"싸워라! 싸워라!"

반 아이들은 싸움을 안 말리고 오히려 더 부추겼다. 때리고 맞고 하더니 태영이가 밀렸다. 성훈이는 반에서 덩치가 크고 힘도 셌다. 태영이가 이길 수가 없었다. 태영이는 바닥에 주저앉았고 성훈이는 발로 태영이의 배를 찼다. 태영이는 신음소리를 내면서 힘들어 하고 있었다. 담임이 들어오더니 성훈이를 혼냈다. 성훈이는 고개를 숙이고 계속 담임에게 혼이 나고 있었다. 담임은 태영이와 성훈이를 교무실로 불렀다.

"이성훈! 너, 왜 태영이를 괴롭히니?"

담임이 말하였다.

"네 책이랑 가방, 선생님이 다 던져줄까?"

성훈이는 말없이 계속 고개를 숙이고 있었다.

"이성훈, 너 부모님 모시고 와."

그때, 태영이가 말했다.

"선생님, 제 잘못이에요. 제가 성훈이를 무시했어요. 성훈이, 혼내지 마세요. 제 잘못이에요. 죄송해요."

담임은 잠시 밖으로 나갔다가 들어오더니 말했다.

"태영이 잘못이니, 성훈이는 교실로 들어가 봐."

성훈이가 교무실을 나가자 담임이 말했다.

"네 잘못 아닌 거 알고 있단다. 친구를 위해 네 잘못이라고 하니 성훈이를 봐주는 거다. 교실로 들어가 봐."

태영이가 교실로 들어가자 성훈이가 책을 주워 태영이한테 주면서 말했다.

"미안하다. 내가 잘못했어."

태영이는 성훈이의 사과를 받아들였고 둘은 다시 친해졌다.

점심시간에 태영이는 운동장에 축구를 하러 갔다. 태영이의 축구 포지션은 미드필드였다. 재빠르고 체력이 좋아서였다. 태영이 팀이 우승을 하고 아이들은 기분좋게 교실로 들어갔다. 아이들과 축구 이야기를 했다. 점심시간이 끝나고 5교시가 되자 아이들은 졸기 시작했다. 하지만 태영이는 꿋꿋하게 공부를 계속하였다.

5교시가 끝나고도 자는 학생들이 전체 3분의2 정도였다. 6교시가 시작돼도 아이들은 피곤한지 계속 졸았다. 그래도 태영이는 계속 공부를 하고 있었다. 선생님 말씀 한마디, 농담 한마디도 놓치지 않았다. 청소시간에도 태영이는 책을 보면서 계속 공부하고 있었다. 친구들은 더 이상 태영이를 건들지 않았다. 태영이는 시간이 흐를수록 공부를 더 열심히 하고 있었다. 학교가 끝나고 태영이가 집으로 돌아가려고 하는데 한 친구가 말했다.

"태영아. 너, 우리랑 같이 오락실 갈래?"

"아니, 너희들끼리 가라. 난 집에 가야지. 다음에 놀자."

태영이는 집으로 돌아가 책을 펴고 공부를 하였다. 몇 시간 후에 할머니가 왔다.

"우리 손자, 공부 열심히 하는구나. 열심히 공부해서 좋은 대학 가야지. 그래야만 부모님이 좋아하시지."

태영이는 계속 공부를 했다.

6

태영이는 키도 크고 몸무게도 늘었다. 중간고사 기간이 다가왔다. 태영이가 공부를 열심히 한 이후 처음 치르는 시험이다.

시험일이 되었다. 바짝 긴장을 하여 입술이 마르고 있었다. 1교시는 수학이었다. 수학이어서 더욱 긴장이 되었다. 1교시가 끝난 후 태영이는 다음 시간 공부를 하였다. 2교시를 알리는 종소리가 울렸다. 태영이는 그나마 과학을 잘해서 여유롭게 시험을 쳤다. 2교시, 3교시가 모두 끝나고 태영이는 집으로 가다가 1학년 때 담임을 만났다.

"너, 공부 열심히 한다면서? 선생님이 책을 몇 권 더 사줄까?"

태영이는 당당하게 대답했다.

"네, 선생님."

태영이는 선생님과 함께 서점에 가서 책을 몇 권 사 집으로 갔다. 집에 돌아가자마자 태영이는 책상에서 내일 시험 공부를 했다.

마지막날 시험까지 모두 끝나고 태영이가 집에 가려고 할 때 친구들이 말을 건넸다.

"태영아, 시험도 끝났는데 우리 같이 피씨방이나 오락실 갈래?"

"그래, 시험도 끝났는데 머리도 쉴 겸 놀자."

태영이는 피씨방에 가서 친구들과 함께 게임을 하면서 놀았다.

다음날, 몇몇 과목의 점수가 나왔다. 태영이는 자신의 점수를 확인했다. 반 친구들이 말했다.

"오, 태영이 성적 잘 나왔네."

태영이가 말했다.

"몇 점인데?"

"네가 봐. 시험 잘봤네, 너."

친구들이 부러워하며 말했다. 태영이는 점수를 확인했다

"수학 82점, 영어 78점, 국어 92점, ……."

태영이는 기뻐하며, 1학년 때 담임에게 가 시험 결과를 말했다. 담임은 뿌듯해하며 말하였다.

"계속 그렇게 열심히 해서 좋은 대학 가는 거야, 알았지?"

"네."

"우리 태영이가 열심히 공부해서 성적도 잘 나왔는데 선생님이 맛있는 거 사 줄까?"

태영이가 들뜬 목소리로 말했다.

"네, 맛있는 거 사 주세요."

태영이와 선생님은 식당에 가서 고기를 구워 먹었다. 담임이 말했다.

"네가 공부를 열심히 해서 선생님은 기분이 좋구나. 그렇게 계속 열심히 공부해. 성적이 오를수록 선생님이 맛있는 거랑 책이랑 많이 사줄게."

"네. 선생님."

"많이 먹어라. 태영아."

담임은 태영이를 집까지 데려다 주었다.

"선생님, 안녕히 가세요."

·

7

어느새 일 년이 흘러가고, 대학진학을 위한 시험이 다가왔다. 지난 여름에 담임이 태영이를 불러 말했다.

"태영아, 너는 어느 대학에 갈 거니?"

태영이는 선뜻 대답을 하지 못했다.

"태영아, 너 성적이 괜찮으니까, 수시전형에 원서를 내보는 건 어때? 잘하면 좋은 대학에 갈 수도 있어. 어떠니?"

"선생님, 저는 1학년 때 성적이 너무 안 좋아서 정시로 대학에 가고 싶어요. 부족한 점이 많지만 아무래도 정시를 준비하는 게 좋을 거 같아요, 선생님."

"그래라, 어차피 너의 생각에 달렸으니……."

태영이는 며칠 남지 않은 수능을 위해 더욱 더 열심히 공부를 했다. 1학년 때 담임은 공부하느라 지친 태영이를 많이 격려해 주었다.

수능을 하루 앞둔 날.

1학년 때 담임이 태영이를 불렀다.

"태영아, 내일이 수능인데 이 떡 먹고 시험 잘 봐. 그리고 지금 집에 가면 수험표랑 잘 챙겨 놓고 일찍 자. 알았지? 태영이, 파이팅!"

드디어 수능시험 아침이다. 태영이는 6시에 일어나서 아침밥을 든든하게 챙겨 먹고 따뜻하게 옷을 입고 집을 나섰다. 1학년 때 담임이 태영이 집 앞에 와서 태영이를 시험장까지 데려다 주었다. 태영이는 담임의 조언대로 긴장하지 않고, 침착하게 시험을 쳤다.

시험이 끝날 무렵 담임은 시험장 앞에서 태영이를 기다렸다. 시험장 밖으로 나온 태영이는 담임을 보고 환히 웃었다.

"선생님, 저 수능 잘 친 거 같아요."

태영이는 웃었다. 선생님도 기뻐하며 웃었다.

"태영아, 고생했다. 선생님이랑 밥 먹으러 가자."

"아뇨, 선생님. 전 집에 가 볼게요. 할머니가 기다리세요."

태영이는 집으로 가 할머니에게 시험을 잘 봤다고 말했다. 할머니는 태영이를 안아주며 매우 기뻐했다.

다음날, 학교에 간 태영이는 어제 친 수능시험지를 채점했다. 언어, 수리, 외국어, 경제, 윤리, 지리를 매겼다.

"언어 94점, 수리 92점, 외국어 95점, ……."

태영이는 시험지를 매기면서 기분이 좋아졌다. 아이들은 태영이를 부럽다는 시선으로 보았다. 태영이는 곧바로 1학년 때 담임에게 달려가 점수를 말했다. 담임이 태영이를 안으면서 축하한다고 말했다.

"태영아, 이제부터 대학과 학과를 선택해야지."

"선생님, 전 좋은 대학보다는 보람된 일을 할 수 있는 과를 선택하고 싶어요. 선생님이 저를 도와주신 것처럼 저도 다른 사람을 도우면서 살고 싶어요."

"그러면, 사회복지학과는 어떠니? 졸업하면 도움이 필요한 사람들을 도와주고 보살필 수 있을 거야."

"네. 저, 거기 들어갈래요."

"그래라, 어차피 자기가 보람되다고 여길 수 있는 일을 해야 하니까."

"선생님, 그러면 ○○대학 사회복지학과에 갈 수 있을까요?"

"음……. 일단 점수 결과를 보고 나서 가능 여부를 확인한 후에 원서를 내도록 하자."

"네, 선생님."

수능시험 성적이 발표되고 난 후, 태영이는 ○○대학 사회복지학과에 원서를 냈다. 그리고 구술 면접도 봤다.

합격자 발표일, 담임이 말했다.

"태영아, 축하한다. 너, 합격했단다."

"네? 정말이요?"

"그래, 축하한다."

태영이는 1학년 때 담임에게 달려가 감사의 마음을 전했다. 그리고 축하를 받았다.

대학생이 되어 서울에서 공부하던 태영이는 오랜만에 고향으로 내려왔다. 고향에 오자마자 태영이는 다니던 고등학교의 담임을 찾아가 인사를 했다.

"선생님, 고맙습니다. 선생님 덕분에 제가 이렇게 잘됐습니다. 이 은혜, 절대로 잊지 않겠습니다."

"아니야. 나는 내가 해야 할 바를 했을 뿐이야. 열심히 공부해서 어려운 사람들을 도우렴."

"네, 선생님."

태영이는 집으로 갔다. 공부하느라 오랜만에 집에 온 태영이를 할머니는 반겨주었다. 태영이는 할머니와 함께 밥을 맛있게 먹고 밖으로 나왔다. 하늘을 올려다보며 태영이는 중얼거렸다.

"아, 멋진 하늘이구나……. 저 넓고 아름다운 하늘처럼 힘들고 어려운 사람들을 찾아 포근하게 감싸주는 그런 사람이 될 거야."

그렇게 말하고 나서 태영이는 한 집을 찾아가 몸이 불편한 할아버지를 위해 청소를 하였다. 그 집의 아이가 태영이한테 말을 했다.

"형, 이렇게 도와줘서 고마워요."

"고맙긴……."

태영이는 그 아이의 머리를 쓰다듬으며 웃었다. 그 아이도 웃었다.

단풍

이상협

"그래서 어떻게 됐는데요? 그 선생님이랑 지금 어떻게 됐어요?"

"그건……. 다음 시간에, 선생님 간다."

"아아아아~." 아이들이 이야기를 더 해달라고 소리를 질러댔다. "탁."

그렇게 아이들의 원성을 뒤로 한 채 나는 문을 닫고 나왔다. 창 밖 가을산은 단풍이 들어

어릴 적 그때 나의 얼굴처럼 붉게 물들어 있다.

"물을 전기 분해하면 수소와 산소로 이루어지는데……."

"선생님."

"어, 그래. 왜, 수진아?"

"선생님! 첫사랑 얘기 해주세요!!"

"네! 해주세요!!"

"갑자기 웬 첫사랑이야."

"가을에 날씨도 좋겠다, 지금이 딱 첫사랑 생각이 날 때잖아요."

"아, 선생님. 해주세요!!"

"오늘 이거 끝내야 되는데……. 알았어. 그럼 이번만이다. 알았지?"

"네!"

나는 한빛고등학교의 화학 교사이다. 2년 전, 이곳 대구의 한빛고등학교로 첫 발령을 받은 새내기 교사이다. 오늘도 아이들은 나에게 첫사랑 이야기를 해달라고 열심히 조른다. 나의 첫사랑은 조금 특별했다. 내가 이 일을 하게 된 것도 첫사랑 때문이라고 할 수 있다.

"흠…… 그러니까 말이지……."

초등학생 때만 해도 난 공부를 잘한다고 동네에서 소문이 자자했다. 물론 엄마, 아빠에게도 칭찬을 많이 받았고 친구들한테 공부도 가르쳐주는 모범생이었다. 그러다가 내가 초등학교 6학년이 되었을 때, 엄마가 중학교 예습을 시키려고 옆집의 고2였던 누나에게 내 공부를 가르쳐 달라고 부탁을 해서 같이 공부를 하게 되었다. 그 누나도 학교에서 공부를 잘한다고 소문이 나 있었다. 어린 나의 시선에 그 누나는 학교의 어떤 예쁜 선생님보다도 좋았고 더욱 열심히 공부를 하게 되었다. 누나가 시키는 숙제는 물론이고 예습까지 착실히 해서 성적은 쑥쑥 올라갔고 난 그 누나를 점점 좋아하게 되었다.

"누나, 이거요."

"어, 이게 뭐야? 누나 주는 거니? 고마워, 잘 먹을게. 날 챙겨주는 건 역시 용수밖에 없어."

"헤헤……."

누나가 우리집에 오면 몰래 숨겨 놓았던 과자나 사탕을 주기도 하고, 수업시간에 장난을 치기도 했다.

그러다 6학년 겨울방학 어느 날, 약속한 공부 시간이 지났는데도 누나가 오지 않았다. 애타게 기다리면서 누나에게 줄 사탕을 만지작거리고 있었는데 전화가 왔다. 전화를 받은 엄마가 내게 와서 말했다.

"용수야, 누나 이제부터 수업 못한대……. 이제 대학 입시를 준비해야 돼서 서울로 올라간대. 누나가 직접 와서 얘기해 주고 싶었는데 갑자기 가게 되어서 미처 말 못했다고 전화 왔더라. 누나가 미안하대."

책상 위에 주인 잃은 작은 사탕이 혼자 쓸쓸히 남겨졌다. 그렇게 갑작스럽게 누나는 가버렸다. 지난주까지만 해도 아무 이야기가 없었는데 정말 갑자기 가버렸다. 지금까지 반에서 3등 안에 들 수 있었던 이유가 누나라고 해도 될 정도로 누나의 영향이 컸다. 그런 누나가 이제 없다는 생각을 하니 공부를 해도 잘되지 않았다. 더구나 중학교 생활에 적응을 잘 하지 못해서 성적은 점점 추락했다. 학교 선생님들께 떠든다고 혼나기도 하고, 수업시간에 자주 잠을 자고, 친구들과 어울려 놀다가 집에 들어가지 않는 등 공부에서 손을 떼게 되었다. 그나마 누나에게 매 시험마다 칭찬을 받았던 과학은 여전히 나의 흥미를 끌고 있어서 수업시간에 졸지 않고 들었다. 그 덕분인지 과학 성적은 여느 과목과 달리 다른 애들에 비해 뒤처지지 않았다. 과학경시대회도 준비하면서 과학은 교과목 중에서 그나마 제일 할 만한 과목이 되었다. 그러다 중학교 2학년 때 과학경시대회에서 금상을 타게 되었다.

"김용수, 과학경시대회 금상이다. 네가 웬일이냐, 금상을 다 받고……. 아무튼 축하한다. 박수!"

"오, 김용수. 네가 과학을 이 정도로 잘할 줄은 몰랐는데? 다시 봤어."

선생님과 아이들은 나를 축하해 주었고, 나도 공부를 하면 되는구나 하는 생각을 가지게 되었다. 특히 과학은 더 열심히 해야겠다는 생각이 들었다. 그 후로도 다른 과목은 별로 관심이 없었지만 과학시간만은 졸지 않았다. 특히 화학실험시간이면 어떤 수업시간에도 찾아볼 수 없는 집중력이 나도 모르게 생겼다.

이렇게 중학교 시절이 끝이 나고 고등학교에 들어가게 되었다. 중3 담임선생님이 내가 과학에 흥미가 있다는 것을 아시고 내게 과학중점고등학교인 ○○고등학교를 추천해 주셨다. 과학중점고등학교는 과학 중심의 수업이 이루어져서 나에게 유리할 것이라고 하셔서 왠지 고등학교 생활이 중학교와는 다를 것이라 여겨졌다. 고등학교에서는 공부를 좀 더 열심히 해보겠다고 다짐을 했지만, 과연 지켜질지 의문이 되기는 했다. 과연 한두 달 정도는 열심히 공부했지만 시간이 흐를수록 점차 마음이 해이해져서 놀기 시작했다. 다시 성적이 하락세를 타고 있을 때 학교에 교생선생님이 온다고 했다. 남녀 분반이라서 남자애들만 들끓는 반에 모두들 여자 선생님이 오시길 바라고 있었다. 그리고 드디어 교생선생님이 오시는 날.

"야야야, 우리 반에 오시는 교생선생님, 여자야."

우리 반 실장이 교무실에서 보고 와서는 엄청 떠벌리고 있었다.

"진짜? 어떻던데?"

"음……, 세 명인데 다 예쁜 거 같았어."

우리 반에서 여자에게 관심이 제일 많은 원삼이가 교생선생님에게 아주 많이 신경을 쓰고 있었다.

"에이, 그래 봤자 다 선생님이거든?"

나도 겉으론 관심 없는 척하고 있었지만 은근히 기대하고 있었다.

"자자, 다들 자리에 앉아라. 오늘 교생선생님이 오시는 건 다들 알고 있겠지?"

담임선생님 뒤로 교생선생님이 세 분이 서 계셨지만 처음에는 관심 없는 척하려고 생전 안 읽던 책까지 읽고 있었다.

"선생님들, 오셔서 애들이랑 인사하세요. 실장아, 인사해라."

"차렷, 인사."

"안녕하세요!"

조례시간에 매일 책상에 누워서 인사하던 애들이 난생처음으로 똑바로 앉아서 인사를 한다.

"이 녀석들. 매일 이렇게 해 봐라."

"하하하~."

"우선 박은혜 선생님부터 인사하시죠."

"네, 안녕하세요. △△대학교의 박은혜라고 합니다. 국어교육학과구요, 한 달 동안 잘 부탁드려요."

"네!"

"그 다음은 정소라 선생님."

"안녕하세요. 저는 정소라이구요 저도 국어교육학과에서 공부 중이에요. 잘 부탁드립니다."

"네!"

다들 예뻐서 많은 애들이 관심을 갖고 있었다. 그리고 드디어 마지막 선생님이었다.

"마지막으로 이소현 선생님."

내 머릿속에 순간 소현 누나가 스쳐 지나갔다.

'설마 내가 아는 소현 누나겠어?'

하고 고개를 드는 순간 나는 잘못 본 줄 알았다.

"안녕하세요. 이소현이라고 하구요, 저만 화학교육학과에서 공부하고 있네요. 예전에 저도 이 동네에서 고등학교 시절을 보냈는데 다시 오게 돼서 기뻐요. 우리, 친하게 지내요. 한 달 동안 잘 부탁드립니다."

소현이 누나였다. 속으로는 '어떻게 이런 만화 같은 일이……'라고 생각하면서 누나를 힐끗 쳐다보니 소현 누나도 나를 쳐다보고 있었다. 선생님의 말씀이 다 끝나고 담임선생님은 교생선생님들과 같이 교무실로 돌아갔다. 몇몇 애들이 일제히 나한테 몰려든다.

"야! 교생선생님 중의 한 명이 계속 너만 보던데 아는 사이냐?"

"심지어 보고 몇 번씩이나 웃었단 말이야!"

달려온 애들은 이미 소현 누나를 보고 마음에 들었거나, 흥미가 있어서 온 애들이었다.

"아, 알기는 무슨! 그냥 조금…… 옛날에……."

"호오, 말끝을 흐리는 걸 보니 적어도 처음 본 사이는 아니란 말이네? 선생님이 예전에 여기 사셨다는데 그때 너랑 무슨 사이였던 거 아니야?"

"사이는 무슨 사이야."

"김용수, 얘는 한번씩 우릴 놀라게 한다니까. 과학경시대회에서 금상을 받질 않나, 교생선생님이랑 구면이질 않나……. 그럼 이제 김현지는 어떻게 되는 거냐?"

갑자기 거기서 내신등급이 최상이면서 교내에서 예쁘다고 소문이 자자한 김현지의 이름이 나왔다. 애들이 자꾸 우리 둘을 이상하게 보면서 놀려대니 나도 점점 호감이 생기는 중이었다.

"야! 왜 여기서 김현지가 나오는 건데!"

"왜냐니? 현지가 너 좋아하니까 그런 거지. 사실은 지도 좋으면서……. 큭큭."

몇몇 애들이 따라서 키득키득거렸다.

'징그러운 녀석들…….'

나는 그 생각을 뒤로 하고 교실 문을 나섰다.

"하필 소현 누나가 화학이람……."

이래서는 학교 수업 중 제일 집중 잘 하던 화학시간에 누나 때문에 집중도 제대로 못하게 될 것이다. 게다가 엄청나게 떨어진 나의 성적이 들킬까 봐 걱정되었다. 예전에 누나가 있을 때 전 과목을 통틀어 다섯 개 이상 틀리지 않던 내가 한 과목에서 최소 다섯 개 이상을 틀리는 현재의 모습을 교생선생님이 되어 나타난 누나에게 보여주고 싶진 않았다. 그렇지만 어떻게 생각하면 오히려 내게 좋은 기회일 수도 있다는 생각을 하게 되었다. 내가 지금은 공부를 못하고 있지만 과학을 잘하면서 다른 과목들의 점수도 올려가는 과정을 누나가 보면 오히려 나의 노력을 보고 나를 더 좋게 생각할 수도 있기 때문이다. 여러 가지 생각을 하며 걷고 있는데 앞에서 교생선생님들이 걸어오고 있었다. 역시나 누나는 날 알아보았다.

"안녕, 용수아. 너 이 학교 다니는구나. 여기서 널 만나게 될 줄은 몰랐는데? 정말 반가워. 우리 또 잘 지낼 수 있겠지?"

나는 겨우 고개를 들었고 거기에는 내가 좋아했던 예전 모습 그대로의 소현 누나가 정말 즐거워 보이는 얼굴로 웃고 있었다.

"네……."

나지막한 목소리로 인사만 하고 나는 매점 쪽으로 뛰어갔다.

"이 빵 하나 주세요."

나는 빵 하나를 사 먹고, 종이 친 뒤에야 교실로 돌아갔다. 4교시까지 수업을 마치고 점심을 먹으러 가는데 뒤에서 누군가 말을 걸어왔다.

"여, 김용수. 식당 같이 가자."

어떤 의미에서는 좋은 친구지만 어떤 의미에서는 가장 마음에 들지 않는 친구인 이진혁이 나를 불렀다.

"웬일로 나한테 호의를 다 베푸시나? 우리 진혁님께서?"

이 녀석은 한때 불량 학생으로 이름을 좀 알렸던 애들 중 한 명이다. 그런데 어이없게도 성적은 전교에서 상위에 든다. 그리고 그 중에서 과학 성적이 제일 높다. 이런 친구가 있다는 것 자체가 이미 좋은 일일 수 있지만 나는 그다지 얘가 맘에 들지 않았다. 나와 이진혁은 말없이 밥을 먹었고 이진혁이 먼저 그 정적을 깼다.

"어, 이번 경시대회에서 금상 탔다며? 축하한다."

"웬일이냐? 네가 나한테 축하를 다 해주고? 너는 은상이면서 이제 와서 뭘……."

"어, 알고 있었냐? 그래도 역시 너한테는 못 당하겠더라."

웃기지도 않는 소리였다. 마음만 먹으면 나 정도는 충분히 제치고 금상을 차지할 수 있었을 텐데 말이다. 자기 말로는 괜히 이 이상 성적을 잘 받아버리면 부모가 자기한테 거는 기대가 너무 커지는 게 싫어서 지금의 성적을 유지하고 있다고 한다. 그래서 나는 이 녀석이 싫다. 이런 녀석들은 어디로 다 보내버렸으면 좋겠다. 과학에서만큼은 제일이고 싶은데 그걸 조롱이라도 하듯이 자기는 공부를 하지 않아서 은상이라고 얘기하는 것 같았다.

"김현지가 동상이던데……. 무슨 말 하더냐?"

김현지 이름이 나오자마자 나는 수저를 내려놓고 자리를 일어났다. 이진혁은 나를 따라 일어났고 교실까지 계속 같이 걸었다. 그런데 내가 기분 나쁜 얼굴이라도 하고 있었던 걸까? 이진혁이 말을 걸었다.

"야, 왜 그래? …… 기분이다, 오늘 보충은 그냥 째자."

"나야 그냥 가면 되지만 넌 그냥 가도 되냐? 심자(심야자율학습)까지 있는데."

"그런 거 어차피 하고 싶어서 하는 것도 아니야. 6교시 끝나고 교문에서 보자."

어이가 없을 정도로 마음대로인 우등생 겸 불량학생이었다. 나도 솔직히 소현 누나 생각 때문에 오후 수업은 왠지 듣고 싶지 않았다. 보충수업이 화학인데 분명히 화학선생님은 소현 누나를 데리고 들어오겠지……. 오랜만에 보는데 처음부터 이런 인상을 새기면 안 되지만 오늘은 수업을 듣고 싶은 마음이 생기질 않아서 그냥 째는 게 낫겠다고 생각했다. 6교시 수업이 끝난 후 이런저런 생각을 하면서 교문으로 가니 이진혁은 이미 와 있었다.

"빨리 가자. 괜히 걸리면 또 귀찮아져."

"넌 바로 집으로 갈 거냐? 아니면 어디 갔다 가려고?"

"흐음, 그냥 피씨방이나 들렸다가 갈까나. 너도 갈래?"

하여튼 이런 걸 보면 참 대단한 친구다. 나야 어차피 집에 가면 엄마가 왜 일찍 왔냐고 한소리 할 테니 어디선가는 시간을 때워야 했다.

"집에 가도 어차피 잠만 잘걸. 조금만 놀다 가지 뭐."

피씨방에서 두 시간 정도 시간을 때우고 나서 슬슬 집으로 가려고 나왔다.

"어이, 근데 넌 어떻게 소현 누나를 아는 거야?"

갑자기 이진혁이 물어왔다. 내 생각엔 이진혁도 소현 누나한테 적잖은 관심을 갖고 있는 것 같아 보였다.

"아 그거……. 그냥 별거 아닌데……. 옛날에 누나가 우리 동네에서 살았다고 했잖아. 그때 나한테 공부를 가르쳐주곤 했었어."

무덤덤하게 아무 일 아니란 듯이 얘기했다.

"그런 누나도 알고 부러워. 나도 그런 누나 있었으면 좋겠다."

"별걸 다 부러워한다. 아무튼 내일 보자."

"잘 가라."

우리 둘은 헤어져 각자 집으로 갔다.

"용수야, 학교에서 소현이는 만났니? 누나가 그 학교로 교생실습 나왔다고 하던데?"

역시……. 이쪽으로 교생실습을 나오는데 우리 엄마한테 말하지 않았을 리가 있나…….

"어. 우리 반 화학 교생선생님으로 왔더라."

"진짜? 그것도 인연이다. 소현이 다시 만나니까 좋지? 너, 소현이 누나 엄청 좋아했잖아. 옛날에 누나 무릎에 앉아서……."

"엄마는 언제 적 얘기를 하고 그래! 그건 초등학교 때잖아."

나는 그렇게 대답하고 방으로 올라갔다. 소현 누나를 오랜만에 봐서 기분은 좋았지만 한편으로 이제 어떻게 지내야 할지 머릿속이 복잡했다. 인사도 똑바로 못했고……. 침대에 누워서 여러 가지 생각을 하는데 폰으로 담임선생님의 문자가 왔다.

'야자 째고 튄 사람들은 내일 아침 바로 선생님한테로 오너라.'

결국 걸리고 말았다. 이진혁한테도 문자가 갔는지 물어보려고 했지만 귀찮음이 나를 덮쳤다. 그러면서 옛날 생각이 났다. 그땐 공부를 잘했고 누나가 옆에 있으면서 내게 힘을 줬다. 특히 과학이면 누나가 놀랄 정도로 아는 것들이 많았고 그만큼 과학 관련 책에 파묻혀 살았는데……. 누나가 갑자기 아무 말 없이 나의 곁을 떠났던 것을 생각하면 마음 한쪽이 짠하니 아파왔다. 그렇게 눈을 감고 있다가 내일 일은 그냥 내일 생각하기로 하고 그대로 교복 셔츠만 벗고 잠이 들었다. 일어나 보니 등교시간이 5분밖에 안 남았다. 엄마는 어딜 갔는지 밖이 조용하다. '까짓것 늦었는데 천천히 가지 뭐' 하면서 나는 부엌에서 빵 하나를 꺼내 입에 물고 여유롭게 등교를 했다. 교실에 도착하자마자 바로 1교시 시작종이 울렸다. 하필이면 1교시부터 화학수업이었다. 방금 종이 쳐서 그런지 아직까지 애들은 반을 헤집고 다니며 소리치고 난리가 났다. 그리고 뒷문이 열리더니 그쪽으로 화학선생님이 들어왔다.

"조용! 오늘 교생선생님이 수업하시는 거 모르나! 빨리 자리 앉고 수업 준비해라."

오늘 소현 누나가 수업을 한단다. 아침부터 일이 꼬이더니 왠지 오늘 하루는 힘들 거 같았다. 내가 자리에 서둘러 앉자 곧 앞문으로 누나가 들어왔다.

"차렷, 인사."

"안녕하세요!"

소현 누나가 들어온 탓인지 아침부터 인사소리가 장난이 아니었다.

"그럼 수업 시작 전에 내가 몇 마디만 하겠다."

뒤에서 화학선생님께서 말씀하셨다.

"우선, 김용수랑 이진혁! 어제 수업은 왜 안 들었냐. 교생선생님 소개도 하려고 했는데 하여튼 너희들은 정말……. 너희는 수업 마치고 교무실로 와라. 선생님께 인사도 따로 드리고……."

이진혁은 날 보며 피식 웃는다. 결국 걸렸네, 라는 눈치였다.

'아, 저 화학선생님은 대충 끝낼 수 있는 걸 왜 복잡하게 만드는지 몰라.'

"좋아. 다음은 교내 과학경시대회 일정에 대해서다. 다음 주 화요일 H.R. 시간에 경시대회를 하기로 결정이 났다. 많이 해 봐서 알겠지만 이번 시험은 내신에는 들어가지 않는다. 그러나 우리 학교 과학경시대회는 어렵기로 유명하고 그만큼 대학에서도 알아주는 시험 중 하나이다. 그러므로 입학사정관제에 도움이 될 테니까 시험 치기 귀찮다고 정답지에 줄 세우지 말고 똑바로 치도록!"

내게 중요한 과학경시대회가 있다. 다른 애들은 그냥 대충 치고 마는 시험이지만 나에게는 제일 중요한 시험이었다. 그리고 아이들 눈에는 과학경시대회에서 매번 금상을 받는 나에게 이런 대회쯤은 쉬워 보이지만 그런 생각들 때문에 나는 은근히 더 압박을 받는다. 겉으론 대학이나 미래에 관심이 없어 보이는 나지만 그래도 어느 정도는 생각을 하고 있기 때문에 이런 시험을 잘 쳐 두면 좋은 일이 있을 거라고 생각은 하고 있다. 그래서 이런 시험을 열심히 준비하게 된다. 그리고 아직은 눈치 못 챘겠지만 소현 누나도 좀 있으면 내가 성적이 안 좋다는 것도 알게 될 테니 과학이라도 잘 해야 했다.

"자, 그럼 이젠 제 수업을 시작해 볼까요?"

드디어 소현 누나가 수업을 시작했다.

"오늘은 전기분해에 대해서 알아볼게요. 전기분해는 수업시간에 다들 들어봤죠?"

"네!"

누나가 수업을 시작했다. 옛날에 내게 공부를 가르쳐 주던 누나가 이젠 저 교탁 앞에 서서 많은 학생을 가르치고 있다니 왠지 느낌이 이상했다. 옛날 옆집 누나의 느낌은 사라지고 선생님 느낌이 물씬 풍겼다.

"용수야? 물을 전기분해할 때 왜 전해질을 넣는지 아니?"

"네?"

멍하게 앉아 갖은 생각을 하던 내게 갑자기 누나가 질문을 했다.

"어, 그게요. 물은 전기가 안 통해서……."

"네! 그렇죠? 물은 전기가 안 통하기 때문에 전해질을 넣어줘야 돼요."

너무 놀라 말까지 더듬으면서 대답을 했다. 그래도 정답을 말한 게 다행이었다.

"에…… 얼굴 빨개졌대요……."

순간 얼굴이 빨개져서 애들이 놀려댔다. 웬만하면 얼굴이 잘 안 빨개지는데 친구들이 엄청 빨갛다고 한다. 부끄러운 걸 없애기 위해 괜히 안 보던 과학책을 획획 넘겼다.

"자자, 그러면 그 다음엔…… 진혁이가 해볼까? 진혁이 누구니?"

"전데요."

"어, 그래. 진혁아, 물을 전기분해했을 때 양극과 음극에서 나오는 기체가 뭔지 아니?"

"양극에서는 산소가 나오구요, 음극에서는 수소가 나와요."

"오~."

"여기 8반에는 공부 잘하는 사람들만 모였나 봐? 진혁이가 말한 것이 맞죠? 양극에서는 물 속에 OH음이온이 전자를 잃는 산화반응을 해서 산소가 발생되고, 음극에서는 H양이온이 전자를 얻는 환원 반응을 해서 수소가 발생해요. 8반 정말 대답 잘 하네."

누나가 진혁이를 마음에 들어하는 거 같다.

'참 이진혁은 복을 타고 났단 말이야.'

우여곡절 끝에 화학시간이 끝나고 이진혁이랑 함께 화학선생님께 갔다.

"하필이면 어제 화학선생이 야자 감독이냐? 운도 더럽게 없지."

"그러게, 에휴. 그냥 가서 몇 대 맞고 치우지 뭐."

화학선생님께 가니 옆에 소현 누나가 앉아 있었다. 책상 위에 책들이랑 자습서들을 보니 당분간 거기 있을 것 같아 보였다.

"너희들 자꾸 야자 안 하고 그냥 집에 갈 거니! 한 번만 더 야자 빠지고 그냥 가면 부모님한테 전화한다. 알겠니? 언제 정신 차릴래. 이진혁. 너는 성적도 좋은 애가 왜 야자를 빠지고 그러는지 몰라. 어제 교생선생님이랑 인사도 못했잖니! 선생님께 인사하렴. 선생님, 얘들이 8반 말썽꾸러기들이라 어제 못 보셨을 거에요. 화학교육과 이소현 선생님이시다."

"안녕하세요. 이진혁이구요."

"김용수예요."

부끄러워서 얼굴을 푹 숙이고 있었다. 괜히 야자를 튄 거 같은 생각이 들었다. 요즘 공부하려고 마음을 먹었는데 누나한테 좋지 않은 인상이 먼저 새겨진 것 같았다.

"어제 못 봐서 아쉬웠어. 네가 진혁이구나. 반가워. 용수는 나랑 잘 알고 있잖니? 다시 만나서 기뻐. 요즘 잘 지내지?"

"네. 어제 그냥 가서 죄송했어요. 그냥 어디 잠깐 간다고……."

"괜찮아, 그럴 수도 있지. 선생님도 그땐 그랬어. 둘이 서로 친한가 봐? 같이 야자도 빠지고 수업시간에 대답도 잘 하고……. 잘 어울리는데?"

"네? 그다지 뭐……."

이진혁이 웃으며 대답했다. 나는 이진혁을 째려봤다. 이진혁은 피식 웃었다.

"그럼 이제 매 수업시간마다 볼 수 있겠지? 잘해 보자."

"네."

나오려는데 화학선생님이 말씀하셨다.

"아, 그리고 이번 과학경시대회도 둘이 잘 칠 수 있겠지? 이번에 일등은 누가 할지 궁금한데?"

"오, 선생님. 쟤들이 과학경시대회도 잘하나 봐요. 이 학교 경시대회는 좀 어렵다고 들었는데."

누나가 관심을 가졌다.

"네, 진혁이는 대부분의 과목에서 잘하기 때문에 예상을 했었는데 김용수 얘가 조금 특이하죠. 다른 과목은 못하는데 과학은 잘해서 과학 과목 전교 일등도 하고 그래요."

"정말요? 용수 역시 과학실력은 아직 녹슬지 않았나 봐?"

'저 과학 쌤은 그냥 과학만 잘 한다고 하면 되지, 다른 과목 못한다는 소리를 왜 하시는지 몰라.'

결국 내가 공부를 못한다는 걸 소현 누나가 눈치 채게 되었다. 우리 둘은 교무실에서 나왔다. 복도를 걸어가는데 갑자기 이진혁이

"이번에는 나도 열심히 해볼까?"

"뭘, 과학경시대회? 왜 갑자기 그러는데. 내가 제일 잘할 수 있는 거였는데……."

갑자기 이런 얘기를 해서 좀 놀랐다. 관심 없다는 듯이 그냥 슬쩍 물어봤다.

"갑자기 왜 그런 생각을 했냐고?"

"아니 그냥, 화학 교생선생님이 예쁘잖아. 공부 좀 해서 일등 하면 그 선생님한테 뭔가 관심을 받을 수 있을 거 같아서……."

역시 그냥 공부를 한다고 할 이진혁이 아니었다. 근데 그 이유가 소현 누나 때문이라니……. 그 얘기를 들으니 왠지 모를 질투가 생겼다.

"그 선생님, 나랑 더 친하거든. 너한테 관심 없을 텐데?"

"그래도 내가 경시대회 일등 하면 나한테 관심을 가질 수도 있겠지?"

"꿈 깨라. 공부를 못하던 애가 하나를 잘 하면 매력 있지만 너같이 다 잘하면 매력 없어."

비꼬면서 이야기했지만 이 녀석도 왠지 단단히 마음먹은 것 같았다. 나도 공부를 해야 했지만 어젯밤부터 누나가 갑자기 떠난 일을 생각하니 아무것도 손에 잡히질 않았다. 괜히 심각하게 생각한 것 같았다. 학교의 일과가 모두 끝나고 난 후 주번인 나는 혼자서 교실 문을 잠그고 학교를 나섰다. 횡단보도 앞에 혼자 서 있는 나의 그림자 옆에 다른 그림자 하나가 다가왔다. 가로등 불빛이 비치는 소현 누나의 얼굴.

"어, 선생님?"

"용수 너, 아직 옛날에 살던 집에서 사나 봐? 이쪽으로 가는 걸 보니?"

소현 누나가 말을 걸어왔다.

"네."

"선생님은 지금 가시는 거예요?"

"어, 내일 발표해야 하는 게 있어서 좀 늦게까지 있었어. 넌 왜 이제 가니? 친구들은 아까 갔을 텐데?"

"주번이라서요……."

"아, 그렇구나."

횡단보도의 빨간불이 초록불로 바뀌었다. 횡단보도를 걸어가면서 머리가 혼란스러워졌다.

'누나한테 그때 왜 아무 말도 없이 갔는지 물어볼까? 아니야. 어차피 그때 누나가 날 좋아했던 것도 아니고 그냥 내가 눌 좋아했던 것뿐인데…….'

혼자서 여러 생각을 하고 있는 내게 누나가 조심스레 말을 걸어왔다.

"용수야, 그때 누나가 아무 말도 없이 가서 실망스러웠지?"

깜짝 놀랐다. 누나가 먼저 그 얘기를 할 줄은 몰랐기 때문이다.

"누나도 그땐 너무 갑작스럽게 가서 미처 얘기를 못했어. 가게 된 이유도 꼭 공부 때문만이 아니라 아빠 직장에 문제가 있어서 가야 했기 때문이었기도 하구."

'그냥 공부 때문에 간 것이 아니라니……. 그리고 갑자기 간 것이라니…….'

나 혼자서 큰 오해를 하고 있었다. 지금까지 난 누나가 나와 하는 수업이 귀찮아진 데다가 학교 공부에 열중하려고 그냥 말없이 간 것이라고 생각했다.

"아니에요. 그냥 가신 게 아니라 일이 있으셔서 가신 거잖아요."

"그래, 역시 용수는 이해해 줄 거라고 생각했어."

갑자기 기분이 좋아졌다. 누나가 다시 돌아왔다는 것이 이젠 행복한 일이 되었다.

"용수 아직도 과학 잘한다며?"

"네? 아, 그냥 옛날에 하던 배경 지식이 좀 있어서 그런 거에요."

"그래도 화학선생님은 네 칭찬 많이 하시더라. 네가 과학에는 엄청 소질이 있는 것 같다고 그러시면서 나보고 많이 도와주라고 하셨어."

그 선생님이 그런 줄은 몰랐다. 선생님한테 갑자기 엄청난 고마움을 느꼈다.

"용수야, 너만 괜찮으면 내가 공부하는 거 도와줄게. 괜찮겠니?"

당황스러웠지만 누나가 도와준다는 걸 절대 거절할 생각은 없었다.

"제가 성적이 옛날 같지가 않아서요……."

"그래도 이대로 포기하기에는 네 머리가 아깝잖니. 옛날에 잘했으니까 분명히 지금 다시 하면 잘할 수 있을 거야."

"그럼…… 해 볼게요."

그렇게 누나와 다시 공부를 하게 됐다. 나도 이제부터 열심히 해야겠다는 다짐을 했다. 이제부턴 정말 새로운 시작을 하려고 마음먹었다.

아침 조례시간이 끝나고 공부 계획을 잡으려고 연습장에 여러 가지 적긴 했지만 안 하던 계획을 짜려니까 막막했다.

"오, 김용수. 너 공부하려고? 웬일이냐? 내일은 해가 서쪽에서 뜨겠네?"

마침 내 짝꿍이 말을 걸어왔다. 손자강, 얘는 전교 10등 안에 들면서 서울대를 꿈꾸는 공부벌레이다.

"야, 내가 이번에 과학 공부 좀 해보려는데 네가 좀 도와줘야겠다. 내 공부 계획 좀 짜줘."

"내가 무슨 너의 비서냐? 네 공부 계획을 짜주게?"

"짝꿍이 그런 것도 못 해 주냐? 도저히 어떻게 해야 될지 모르겠다. 네가 좀 해줘. 이번에 과학경시대회 시험 치는 거 있잖아. 그거 준비하려고 하는데 과학 자습서 뭐 봐야 되는지 대충 적어서 나한테 좀 줘."

"뭐, 할 수 없지. 김용수가 공부한다는데 내가 어쩌겠어? 내가 해줄게, 줘 봐."

역시 난 친구를 잘 사귄 듯했다. 계획을 보니 조금 빡빡할 것 같았지만 한번 마음을 먹었으니 끝까지 해보리라 생각했다. 손자강이 만들어준 계획을 보면서 자습서랑 교과서를 꺼내오는데 이진혁이 옆자리에 앉으며 내 어깨에 손을 턱 올려놓는다. 그러고는 말을 걸어왔다.

"오, 이번에는 과학 공부 좀 하시려나 봐요?"

"그래. 네가 열심히 한다기에 나도 이번엔 열심히 준비해서 해 보려고."

이진혁이 내 옆구리를 쿡쿡 찌른다.

"무섭게 왜 그래? 설마 소현 선생님 뺏길까 봐 그러는 건 아니지? 그럼 나도 이번엔 열심히 해보겠다!"

이런 진혁이에게 차마 이제부터 누나와 같이 공부를 하게 되었다는 이야기를 꺼내지 못했다.

"몰라, 난 그냥 손자강이 짜준 계획대로 공부해 보려고."

"그래라, 같이 열심히 해보자고."

그리곤 진혁이는 웃으면서 자기 자리로 돌아갔다. 이제부턴 정정당당하게 내가 공부하면서 모르는 것들만 누나한테 물어가면서 공부할 생각을 했다. 누나가 가르쳐주겠지만 나도 정말 이 상태에서 얼마나 올라갈지가 궁금해서였다. 화학을 선택한 나는 화학선생님이 나눠주신 프린트부터 꺼냈다. 모든 빈칸들이 빈칸 상태 그대로였다.

"하……."

한숨 한 번 쉬고 스피드 있게 짝꿍 것을 보면서 적어나갔다. 대부분 내가 기억하고 있는 것들이었지만 중간중간 이해가 안 되는 부분들은 표시를 해놓고 누나한테 물어보려고 했다.

"김용수! 화학 교생선생님이 너 오라셔."

바로 달려갔다.

"어, 그래, 용수야. 이거 내가 옛날에 보던 화학문제집이랑 자습서인데 지금 화학 과정이랑 별로 안 다를 거야. 보면 공부에 도움이 될 거 같아서 들고 왔어."

"이런 거 안 챙겨주셔도 되는데……."

"에이, 괜찮아. 들고 가서 열심히 공부해."

"네!"

문제집을 들고 나오는데 누나의 격려를 받아서 그런지 힘이 솟았다. 반에 가서 차마 누나한테 받았다는 자랑은 못하고 그냥 슬그머니 내 책상 속에 넣고선 다시 화학 필기를 했다. 오늘은 필기를 하면서 내 머릿속에 있는 화학 지식들을 정리해 보려고 했다. 필기하면서 대충 정리해 봤는데 그렇게 어려운 것은 없었다. 수업시간에 열심히 들은 것이 지금 빛을 발휘했다. 이제 과학경시대회도 3일 남았다. 누나가 준 문제를 풀어봤다. 그런데 작은 쪽지가 책에 꽂혀 있었다.

이틀 동안 공부하느라고 누나를 별로 보지도 못했는데 이런 것이 있을 줄은 몰랐다.

'용수야, 누나가 그때 갑자기 떠나서 정말 미안했어. 누나 마음 이해해 줘서 정말 고맙고 이제부터 누나랑 열심히 공부해서 정말 잘해 보자! 파이팅!'

눈물이 핑 돌 정도로 감동을 받았다. 내가 오해를 했던 것이 미안했다. 이번 과학경시대회를 잘 쳐서 누나에게 보답하겠다는 생각을 하면서 열심히 풀었다. 처음에 한 장에서 반 이상을 틀렸을 때는 짜증도 났지만 다시 마음을 다잡으며 틀린 문제를 또 풀고 또 풀고 했다. 그러면서 서서히 틀리는 문제도 줄어갔고 자신감이 생겼다. 집에서 밤에 공부를 하면 엄마가 놀라면서 먹을 것을 갖다 주시는데 그런 대접을 오랜만에 받아서 기분이 좋았다. 그리고 학교에서 힐끔힐끔 이진혁이 공부하는 걸 봤는데 역시나 평소와는 다르게 뭔가를 열심히 하는 모습이 종종 보였다. 그럴수록 나는 라이벌 의식이 생겨 더욱 열심히 공부하려고 노력했다.

"어이, 김용수. 요즘 열심히 공부하는데? 무슨 목표가 생겼기에 이렇게 열심히 하냐? 이 계획표도 지키고⋯⋯. 웬일이냐?"

손자강이 옆에서 지켜보더니 한소리 한다.

"이번에 열심히 한다고 했잖아. 목표야 있긴 있지."

"뭔데?"

"몰라."

"뭐야. 이야기해 주기 싫단 이 소리가⋯⋯. 계획표까지 짜줬더니만."

"나중에 이야기해 줄게."

대충 얼버무리고 이야기를 끝냈다. 경시대회 하루 전이었는데 모르는 것이 있어서 오늘은 누나에게 물어보려고 누나를 찾아갔다.

"누나, 모르는 게 있어서요."

"어 그래, 용수야. 열심히 하나 봐? 요즘 통 얼굴을 볼 수가 없네?"

"네. 열심히 하려고 마음먹었거든요."

"그래, 힘내자구. 질문이 뭐야?"

"물을 전기분해할 때요, 전해질을 넣는다고 했는데 그러면 그 전해질이 환원이나 산화반응을 일으켜서 기체가 되거나 고체로 석출될 수 있는 거 아닌가요?"

"와~, 역시 용수다워. 애들은 그대로 수용하는 걸 왜 그런지 다시 생각해 보는 자세! 정말 마음에 들어. 왜 그러냐 하면 산화반응이랑 환원반응이 물질마다 비교적 더 잘 되고 잘 안 되는 것들이 있거든. 예를 들어 (+)극에는 음이온이 오겠지? 그런데 그 음이온들 중에 물을 분해하려면 수산화이온이 산화가 되어야 하는데 염화이온이 더 잘 산화돼서 전기분해를 하면 염소기체가 나오게 돼. 그래서 염화이온을 가지고 있는 전해질은 넣으면 안 되는 거야."

"아. 그래서 전해질 중에 염화이온을 가지고 있는 물질이라든지 구리이온을 가지고 있는 것들을 넣지 말라고 하는 거군요."

"그렇지, 이제 알겠니?"

"네."

왠지 이번 과학경시대회도 잘 칠 것 같은 느낌이 들었다. 학교를 마치고 가는데 이진혁이 학원을 가야 된다면서 같이 가자고 했다.

"어이, 잘 돼 가시나?"

"나야, 뭐. 그럭저럭……. 넌 어떤데?"

"은근히 과학도 공부하려니까 할 게 많더라고. 다른 과목은 문제만 풀면 되는데 과학은 실험이랑 과정을 이해해야 더 잘되니까 이해하는 게 제일 어렵더라."

"난 어떻겠냐. 안 하던 공부를 갑자기 하려니까……."

"에이, 그래도 과학은 원래 잘 했잖냐."

"이번엔 네가 열심히 해서 밀릴 거 같은데?"

"그런 소리 하지 마. 너도 보니까 열심히 하던데 뭘……."

"그냥. 네가 누나를 뺏는다고 하길래."

"에이, 그걸 진짜로 믿냐?"

"난 그거 때문에 열심히 했는데?"

이젠 서로 농담도 하면서 이런 이야기를 할 정도로 친해졌다. 어느새 이진혁이 친근해진 것이다. 이래서 사람은 같이 지내 봐야 안다는 것을 느꼈다.

"아무튼 우리 둘 다 열심히 한 거 같으니까 난 이번 결과가 어떻게 나와도 기분이 좋을 거 같아."

"나도……. 물론 일등을 지킨다면 더 좋겠지만."

"뭐야? 그럼 내가 양보한 꼴이 되는 거잖아!"

"일등은 항상 내 거라니까."

"그런 게 어디 있어!"

서로 뛰어가면서 소리쳤다. 드디어 내일이 결전의 날이다. 지금까지 열심히 했으니까 내일 분명히 좋은 일이 있을 것이라 믿으면서 하루를 끝냈다.

날이 밝았다. 아침부터 떨리고 불안했지만 편안하게 마음을 먹고 되도록 안 떨리려고 노력했다. 학교에 가니 벼락치기로 공부해서 다크서클이 볼 아래로 내려온 애도 있고, 이런 시험 따위는 신경도 안 쓴다는 듯 놀고 있는 애도 있었다. 조례를 마치고 어제 적었던 오답노트를 보려는데 이진혁이 소현 누나가 부른다면서 나를 데리고 갔다.

"오늘 둘이 시험 잘 볼 수 있겠지?"

"당연하죠!"

둘이서 똑같이 대답했다.

"역시……. 쌤은 둘 모두 시험을 잘 칠거라고 생각해. 그리고 이거 초콜릿인데 먹으면 도움이 될 거야."

"고맙습니다."

"오늘 시험 잘 칠게요."

"파이팅!"

이진혁이랑 나랑 초콜릿을 먹으면서 교무실을 나오는데 이젠 떨리는 것보다는 정말 내가 지금까지 이렇게 공부한 것이 자랑스럽고 기뻤다. 빨리 시험을 쳐서 지금까지 했던 나의 노력에 대한 결실을 보고 싶은 생각이 들 정도였다.

"잘 쳐라."

"너도."

서로 힘내라는 얘기를 하고는 자리에 앉았다. 시험 시작 종이 울렸고 내 눈앞에는 시험지가 놓여 있었다. 크게 숨을 들이쉬고는 문제를 풀기 시작했다. 총 열다섯 문제. 이 중 마지막 세 문제가 제일 어려운 문제들이다. 앞장은 술술 풀어나갔다. 조금 어려운 것처럼 느꼈지만 나의 답에 대한 확신은 있었다. 드디어 마지막 세 문제가 남았다. 문제를 찬찬히 읽으면서 풀었다. 한 문제는 앙금생성 반응에 대한 것이었다. 이 부분은 열심히 외웠기 때문에 쉽게 풀 수 있었고, 그 다음 문제는 겉으로 보기엔 어려워 보였지만 원리만 알면 쉬운 문제였다.

'드디어 마지막 문제야. 괜히 겁먹지 말고 힘내.'

속으로 생각하면서 문제를 읽었다.

"○○은 물을 전기분해하려고 한다. 그러나 순수한 물은 전기가 통하지 않기 때문에 전기분해하려면 전해질을 넣어야 한다. 그렇다면 아래에 전해질들 중에서 넣어서 반응 후 나올 물질이 나머지와 다른 것은?"

이 문제는 내가 소현 누나에게 물어봤던 부분이었다. 문제를 풀면서 누나에게 다시 한번 고마움을 느꼈다. 누나가 아니었다면 공부도 하지 않았을 것이고 좋은 친구를 가지지도 못했을 것이며 공부하는 기쁨을 다시는 알 수 없었을 것이다.

마지막 문제의 답을 적어 내고 엎드려 있었다. 시험 끝을 알리는 종이 울렸다. 그 순간 나는 홀가분한 느낌과 무엇인가를 해냈다는 느낌에 사로잡혀 있었다. 친구들은 마지막 문제를 포함한 여러 문제들의 답을 서로 맞춰본다고 왁자

지껄했다. 난 이진혁에게 슬쩍 다가가 물어봤다.

"잘 쳤냐?"

"흐음, 마지막 문제. 찍었어."

"아, 그래? 아무튼 열심히 했잖아? 잊어버리자고."

"그렇지?"

"에이, 기분이다. 오늘은 내가 매점 쏠게."

"정말이지? 가서 다른 말하기 없기다. 매점에 있는 거 다 먹을 테니까 돈 두둑하게 준비하라고!"

진혁이가 마지막 문제를 찍었다길래 차마 난 아는 문제였다고는 말 못하고 같이 매점에 가서 홀가분한 마음으로 잠깐의 자유를 느꼈다. 그러곤 쉬는 시간 5분을 남겨놓고 소현 누나에게 갔다.

"문제 보셨어요?"

"아니. 왜?"

"제가 선생님한테 물어본 게 문제로 나왔어요."

"정말? 그럼 맞췄겠네?"

"당연하죠!"

"축하해! 이번에도 일등은 용수 네가 하겠네."

"아직은 모르죠."

일부러 들뜬 마음을 죽이고 티를 안 내려고 노력했다.

"일등 하면 뭐 해 주실 건데요?"

"음, 뭘 해주지? 맛있는 거 사 줄게."

"진짜죠? 어차피 시험 쳤으니까 잘 나오길 바라야겠네요."

"열심히 했으니까 잘 나올 거야. 내일 모레 경시대회 결과가 공지되지?"

"네, 그런 걸로 알고 있어요."

"기다려지는데? 결과가 빨리 나왔으면 좋겠다."

"저두요."

그러고선 2년 같던 이틀이 지났다.

"야야야! 과학경시대회 결과 공지 떴대!"

그 소리를 듣고 나랑 이진혁은 공지가 붙은 곳으로 후다닥 달려갔다. 앞에 적지 않은 애들이 있어서 처음엔 잘 보이지 않았다.

"김용수가 누구야? 어떻게 하면 이걸 다 맞추냐."

"그러니까. 나도 과학을 저 정도만 했으면 좋겠다."

앞에서 아이들의 이야기 소리가 들렸다. 그리고는 '1등 김용수, 2등 이진혁, 3등 ……'라는 것을 봤다.

"야, 축하한다! 하여튼 과학에선 널 이길 방법이 없는가 보다."

이진혁이 소리쳤다. 어쩔 줄 몰라 하던 내게 이진혁이 먼저 축하를 해줬다.

"야, 이거 미안한데?"

"내가 그랬잖아. 이번엔 결과가 어떻게 나오든 인정할 거라고. 비록 일등을 못해서 아쉽지만 그렇다고 해서 이등이 좋지 않은 결과도 아니고. 난 아무튼 기분 좋아."

"나도 당연히 기분은 좋지. 근데……."

"에이, 별로 기분 안 나쁘다니까. 오늘은 내가 축하하는 의미에서 매점을 쏘겠다. 따라와!"

역시 내가 친구 하나는 잘 사귄 듯싶다.

그리고 나는 한 손에 몇 년 전 주인을 잃었던 작은 사탕과 똑같은 모양의 사탕을 쥐고 소현 누나에게 달려갔다.

"땡동댕동~."

"애들아, 종 쳤는데?"

"아~, 그래도 해 주세요!"

"그래서 어떻게 됐는데요? 그 선생님이랑 지금 어떻게 됐어요?"

"그건……. 다음 시간에. 선생님 간다."

"아아아아~."

아이들이 이야기를 더 해달라고 소리를 질러댔다.

"탁."

그렇게 아이들의 원성을 뒤로 한 채 나는 문을 닫고 나왔다. 창 밖 가을산은 단풍이 들어 어릴 적 그때 나의 얼굴처럼 붉게 물들어 있다.

오래오래 행복하게 살았답니다

김안나

사람은 누구나 해피엔딩을 꿈꾼다.

현실은 모두가 행복해지는 결말을 갖고 있지는 않지만

모두에게 행복해질 기회는 똑같이 부여해준다.

부디 자신의 앞에 놓인 누구에게나 주어지는 그 기회를 제대로 쓸 수 있기를

미약하고 작은 마음으로 기도해 본다.

한참 놀리던 펜을 탁 소리가 날 정도로 세게 놓았다. 푹신한 의자에 등을 기대며 여태 쓰던 책을 멍하니 응시하는데, 졸린 건지 귀찮은 건지 손이 무작정 나가더니 그냥 책을 덮어버린다. 집중이 풀리자 슬며시 저려 오는 눈가를 차가운 손으로 매만지며 마사지를 했다. 일 년 전쯤 했던 시력교정수술이 잘돼서 안경이 필요없어졌지만 이렇게 일부러 눈을 만질 때는 아직도 뭔가 어색하다. 앓는 소리를 내며 비명을 지르는 어깨를 뒤로 하고 진료실 내의 히터를 껐다. 습관적으로 확인한 탁상시계의 시침을 보고 혀를 깨물 뻔했지만, 어둑한 창밖이 시계의 결백을 주장하고 있었다. 새벽 2시. 아, 정말 맙소사다.

방학 시즌이라 꼬맹이들부터 중, 고등학생들이 예약진료의 주를 이루고 있다. 쉬는 시간이래야 손 씻을 때나 밥 먹을 때 한숨을 돌리는 정도라 몸이 남아나질 않는 것이다. 가끔 진료를 받으러 오는 고등학생들을 보고 있노라면 옛 생각이 나곤 한다. 그때가 좋았지.

식은 커피를 홀랑 마셔 버리고 외투와 지갑을 챙겼다. 좀 전에 팽개쳐 둔 가운을 잘 개어 한쪽 손에 들고 신발을 갈아 신자 진료실 내의 시스템이 자동 종료되어 불이 꺼진다. 확실히 시간이 지나면 지날수록 사람들을 위한 것들이 개발되기 마련이고 편하게 살 수 있게 사회가 변한다. 단지 그 속도가 느려서 사람들이 변하는 것을 잘 인식하지 못할 뿐이다.

밤이 늦었지만 구름이 몰리는 게 심상치가 않다. 운전석에 몸을 싣고 나니 머릿속에는 집 생각만이 가득 차올랐다. 나름 능숙하게 코너를 몇 번 돌자 주택가가 나온다. 집에 들어서서 차고에 주차를 하는데 안쪽에 은색 A7이 들어서 있다. 야근이라더니 나보다 먼저 온 모양이다. 여느 때 같으면 새벽 5시는 돼야 미적미적 들어올 텐데. 설핏 웃으며 현관문을 열자 기다렸다는 듯이 튀어나온 사람이 내게 매달리며 애처럼 얼굴을 비벼왔다.

"자긴 맨날 늦더라. 방학이라 애들이 바글바글 하다며? 많이 바빠?"

"오늘은 자기가 일찍 온 거잖아. 그리고 바글바글이 뭐야, 바퀴벌레도 아니고."

그가 별것 아닌 얘기에 키득거리고 웃는 것을 보면서 신발을 벗었다. 의식도 못한 채로 현관에 서 있었다는 게 우습다. 문 주위에서 인기척이 사라지자 현관이 자동으로 홀드(hold) 프로그램을 가동했다. 아까도 문손잡이에 장치된 지문인식 프로그램이 아니었으면 못 들어왔을 거다. 시범운영이긴 하지만 꽤 괜찮은 경비시스템인 것은 틀림없다.

"애들은 자?"

"그럼, 둘 다 자. 너 올 때까지 버틴다는 거 겨우 재웠어. 나 왔을 때도 깨 있던걸?"

밤샐 기세로 눈에 힘주는 게 웃기긴 했지만, 하여튼 대체 그 고집은 누굴 닮은 건지……. 나는 그가 중얼거리는 것을 가만히 주시했다. 누굴 닮았는지 과연 몰라서 묻는 걸까.

"자긴 몇 시에 왔는데?"

"1시."

"이 녀석들 혼나야겠네."

집에 왔다는 걸 자각해서인가 수면욕이 자동으로 온몸을 덮쳐누른다. 그가 겉옷 단추를 대신 풀어주며 방으로 나를 끌었다. 프로파일링 전문가지만 아마 그런 게 아니더라도 내 표정 정도는 그에게 있어 어린애들 동화책 읽는 것만큼이나 쉬울 것이다. 침대를 보자 눈이 반쯤 감기는 것이 느껴진다.

"내일 휴무지? 푹 자. 6시 자동알람시계는 좀 꺼둬도 될 것 같은데."

"글쎄. 내 몸이 자기 말을 들을까?"

"당연히 들어야지. 내 건데."

"웩—이야, 정말."

자기가 말해 놓고도 민망한지 얼굴 여기저기에 버드키스를 날리며 침대에 나를 파묻었다.

"내가 일어나면 다시 재워줘. 나 아침에 약하잖아. 푹 자고 싶어."

킥킥거리며 그렇게 말하자 고개를 끄덕끄덕 하면서 시트로 나를 둘둘 감는다. 그 와중에 몰려온 수마가 그나마 떴던 눈을 감기게 했다. 사람은 잠을 못 자면 죽고 말거야. 뜬금없이 든 생각에 눈 감은 채로 웃자, 그가 가볍게 나를 안았다. 얼른 자라는 뜻이다.

사춘기……인가 보다.

의식하지 못했는데 하늘을 보는 습관이 생겼다. 밤하늘에 떠 있는 달을 보고 왠지 슬퍼져서 울거나 비가 내리는 오후의 하늘을 보며 멜랑꼴리한 기분이 드는 소녀 같은 감성은 생기지 않았지만 어쨌든 떠가는 구름이나 멍하니 보면서 햇빛을 쬐는 날들이 많아졌다는 것이다.

나는 마냥 평화로워 보이는 하늘과 대조되는 나의 일상생활에 지겨움과 짜증을 느껴가기 시작했다. 어딜 가든 눈만 뜨면 공부하라는 소리를 했고, 나는 급기야 그렇게 공부해서 좋은 대학엘 가면 뭘 하나 하는 반항심리가 마음 한구석에 뿌리내리는 것을 방치했다. 그리고 그쯤 되자 어른들이 말하는 모든 것들이 입에 발린 소리라고 여겨졌다. 그렇게 말하는 모든 이들이 성공한 인생을 살고 있다면, 그들의 말에 신빙성이라도 있었을 것이다. 아이들이 괴로워할 정도로 '성공'에 집착하는 어른들이 이해가 가지 않았다.

우리 엄마는 그 어른들에 속하지 않은 소수의 사람이었다. 자식의 성공을 바라는 부모의 마음이 다른 건 아니지만, '나'라는 그 자체를 공부보다 더 중요하게 여겨주는 사람이라는 것이다. 엉망이 된 성적표를 들고 집으로 가면 대뜸 화내면서 그러니까 공부하랄 때 하면 좀 좋으냐고 소리치는 부모가 아니라 수고했다고 내일 시험 치는 과목을 보라고 말하는 부모였고, 그래서 나는 스스로 사고할 수 있는 어떤 것이 생겼다고 자부한다.

성적이 하위권으로 떨어졌을지언정 나는 결코 내가 공부를 못한다고 진심으로 생각해 본 적은 없다. 그것은 교만과는 다른 일종의 자존감이었다. 공부를 안 해서 그렇지, 못하는 건 아니라는 말에 익숙하게 길이 든 것일지도 모르지만. 앞으로 내가 선택한 길목에는 수많은 걸림돌이 널브러져 있을 것이고, 피하지 못하고 넘어져서 그 고통에 인상만 쓰게 되더라도, 그때쯤이면 지금보다 더 성장해 있을 것을 믿어 의심치 않으니 유연하게 대처하고 다시 일어설 수 있지 않을까.

여긴 어디, 난 누구? 가 아니라, 지금 무슨 소리를 하는 거야. 일단 몸은 일으켰는데 가출한 정신이 아직 집을 못 찾고 헤매고 있다. 이럴 때면 내가 저혈압이라는 사실을 새삼스레 인식하게 된다. 본능적으로 맡은 커피 특유의 달콤한 향이 모르는 새에 집안 구석구석 퍼져 있었다. 입가에 절로 미소가 지어질 만큼.

이제껏 살아오면서 내가 좋아하게 된 향이 세 가지가 있는데, 하나는 레몬의 청량감이 느껴지는 시원한 향이고, 하나는 빵을 굽는 고소한 그것이며, 나머지 하나가 커피콩을 볶을 때 나는 향이다. 나는 침대에 기대 앉아 온몸의 긴장을 풀었다. 인턴과 레지던트 과정 내내 지내 오던 대학병원에서 나와, 내 오랜 소원이던 개원의로 독립하게 된 이후로 이렇게 쉬는 날은 그렇게 많지 않았다. 물론 인턴 때만큼은 아니지만, 병원에 대한 모든 일을 내가 신경 써야 했기 때문에 그때와는 다른 성질의 스트레스가 쌓이곤 한다.

나는 오랜만에 만끽하는 아침의 자유를 위해 시트에 몸을 파묻으며 창가로 눈을 돌렸다. 어느새 커튼 새를 비집고 들어온 햇빛의 노란 손이 죽 뻗어와 침대

맡까지 닿아 있었다. 그것을 멍하니 응시하다가 사이드테이블 위의 핸드폰으로 시간을 확인했다. 조만간 안방에 시계를 하나 놓아야겠다는 생각을 하면서.

"10시 2분!"

세상에. 기겁한 표정으로 입만 벌리고 있는데, 커피 볶을 때 쓰는 나무수저를 든 그가 방문을 열었다.

"깼어? 배 안 고파?"

"자기는 자다가 막 일어나서도 배가 고파?"

"응."

대답이 너무 당당해서 내가 할 말이 없다. 말없이 좌우로 고개만 몇 번 저어주고, 마이크가 달린 무선 이어폰의 전원을 켰다. 서랍을 뒤져 핸드폰의 메모리 칩을 끼워넣은 후에야 나는 엉망으로 헤쳐져 있는 머리카락을 손으로 대충 빗었다.

"커피 줄까?"

"어, 응. 혹시 아침에 자기가 나 재웠어?"

"나 아니면 당신 재워줄 사람이 있긴 해?"

"그건 아니지만, 대체 어떻게 했기에 이렇게 심하게 푹 자냐."

비밀이야, 하고는 상큼하게 윙크까지 하고 문을 닫는다. 정신연령을 거꾸로 먹고 있는 건 아닌지 심히 의심이 된다. 이어폰을 귀에 고정시키고 햇빛에 노출되어 따뜻해진 슬리퍼에 발을 넣었다. 발을 감싸오는 온도가 기분좋게 와 닿았다. 노란색 병아리 슬리퍼를 질질 끌면서 거실로 나오자 복도 반대편의 열려 있는 문으로 자고 있는 아이들의 발이 보였다. 춥다고 이불을 끌어올린 건지 작은 발 네 개가 삐져나와 있는 풍경이 더없이 사랑스럽다. 문틀에 기대어 선 채로 그것을 마냥 보고 있자니, 이내 부드러운 웃음을 머금은 그가 내 손에 따뜻한 머그잔을 쥐어주었다.

"고마워."

"별말씀을."

그때 이어폰에서 작은 소리가 들려왔다. 볼륨을 조금 높이자 기계음성이 점점 커진다.

— 발신자 이시연. 메시지입니다. 확인합니까?

휴일 오전에 일어나는 걸 본 적이 없는 녀석이 웬일일까. 속으로 의아해 하면서 마이크에 대고 확인이라고 말했다가 커피를 엎지를 뻔했다.

— 살아있나, 제군! 근래 자네 소식을 들은 적이 없어 내 친히 발걸음을 할 작정이니, 알고나 있게!

라고 말한 뒤엔 심지어 해괴한 목소리로 웃어대기까지 했다. 내가 머그컵을 놓치지 않은 건 정말 대단한 것이다. 남편과 겨뤄도 절대 지지 않을 장난꾸러기의 표본답다. 그래도 결혼 후의 그는 내 눈치에 장난은 잘 치지 않게 되었다. 사실 그렇다고 해도 제 버릇은 남 못 준다고 가끔 일을 내긴 하지만. 둘 다 나이가 몇인데 그러고 싶을까.

"수신자 이시연. 메시지 녹음."

— 메시지를 녹음합니다.

"꺼져."

— 이대로 녹음을 완료합니까?

"완료. 전송."

— 전송을 완료하였습니다.

그러고는 이어폰을 빼내 전원을 off로 돌리고 비워진 잔을 싱크대에 올려놓았다. 욕실에서 간단하게 씻는 중에도 off로 돌린 이어폰이 소리를 못 내고 깜빡거리고 있다. 거슬려 죽겠네. 수건으로 얼굴을 부비면서 이어폰을 on으로 돌리자 기다렸다는 듯이 음성이 들렸다.

— 발신자 이시연. off 동안 총 다섯 번의 콜(call)을 요청하였습니다. 확인합니까?

"데이터 전체 삭제."

— 데이터를 전체 삭제합니다. 옳은 오더(order)입니까?

"확인."

— 삭제하였습니다. 수신자 이시연. 콜을 요청합니다. 받습니까?

데이터 삭제한 지 1초 만에 재콜이라니.

"거절."

내 말에 콜은 가차 없이 내쳐졌지만, 갖다버려도 시원찮을 망할 집요함이 일곱 번째 콜을 요청해왔다. 진짜 돌겠군. 두 손 두 발 다 들고 콜을 받자 녀석이 반색을 하며 말을 해 온다.

— 자기야!!

"확 끊어버린다."

아침만 되면 예민해지는 내 감수성을 익히 알면서도 왜 저 버릇을 고치지 않는 걸까.

— 알았어. 알았어.

"알면 용건."

— 동창회가 있어.

"안 가. 끊어."

— 으아악! 잠깐만!!

그렇다고 이렇게나 소리를 지르다니. 도통 낫지 않는 내 두통은 다 이 녀석 탓이다.

— 이, 일단 문 좀 열어줘.

"뭐?"

— 나 집 앞이란 말이야. 추워 죽겠어.

그 '집 앞'이 자기 집 앞을 말하는 건 아니겠고.

— 히히, 담부턴 안 그럴게.

"못 믿어."

말 그대로 일단 문은 열어주는데……. 시연이 잽싸게 들어오며 신발을 벗었다. 그 짧은 찰나였음에도 금방 한기가 들었다.

바로 몇 해 전, 달가워하지 않는 눈들 속에서 이루어진 우리나라의 통일은 많은 변화를 가지고 왔지만, 통일 후 힘들었던 남한 사람들의 한이 서려있는 것 같은 추위는 요 근래 판을 치고 있었다. 지금이야 힘들었던 몇 년을 발판삼아 꽤 높이 도약하는 데 성공했고 본래 우리 것이었던 땅과 하늘도 모두 되찾아왔다.

"안녕, 자기. 난 코코아."

뭘 먹고 자라면 저렇게 뻔뻔할 수 있는 걸까.

"누구더러 자기래."

칭얼거리는 연이를 품에 안고 도닥거리던 그가 거실로 나왔다.

"우리 자기 뺏어가선 냉큼 도장 찍어버린 게 누군데!"

거기다 대고 똑같이 화내는 이시연, 너도 절대 평범한 인간은 아닌 것 같다. 그에게서 연이를 받아 안으며 시연에게 눈을 돌렸다. 나를 보고 있었는지 눈이 마주치자 배시시 웃는다. 얼씨구.

"네 진짜 자기가 들으면 울겠다, 아주."

나는 시연에게도 애인이 있다는 것을 상기하며 말했다. 결국 입을 다문 시연을 보다가 어느새 잠잠해진 연이를 편한 자세로 받쳐 안았다. 시연이 불퉁한 표정으로 입을 삐죽이 내민다. 이 녀석도 정신연령은 중학생 수준에서 자라지를 않았다.

"자기야, 그러지 말고, 나, 아침."

"여기가 식당이냐?"

홋― 하고 코웃음을 치며 그가 말했다.

"싫음 오빠는 먹지 말든가."

시연이 여유롭게 받아치며 혀를 삐죽 내밀었다.

2차전이 시작될 것 같은 불길한 예감이 나를 급습했다. 강제로라도 종결시키기 위해 연이를 거실 소파에 누이고 주방으로 들어갔다. 내 모습을 눈으로 좇던 두 사람이 약속이라도 한 것처럼 동시에 씩 웃는다.

"이시연."

"응?"

"난 단순히 동창회 때문에 네가 여기까지 온 거라곤 생각하기 어렵구나."

"윽……."

틀린 말은 아니었던지 녀석이 내게서 시선을 돌렸다.

"네 자기랑 트러블 있었냐?"

"내 자기는 너뿐이야!"

"아, 진짜. 연이 엄마가 왜 네 자긴데?"

"둘 다 입 못 다물어?"

평소엔 별로 신경도 안 쓰는 내 말을 부모님 말씀이라도 듣듯이 잘 따르는 건 장담컨대 밥 때문이다. 내가 밥을 잘하는 편은 결코 아니었으나, 두 사람은 의외로 굳이 내가 해준 것을 찾았다. 뭐, 그래서 밥 해주는 보람을 느끼게 해준다고나 할까.

"자기야……."

"왜."

시연이 금방 축 늘어진 목소리를 냈다. 진짜 동창회 안 갈 거야? 나는 그녀를 힐끗 보고는 시스템이 알아서 불 조절을 해놓은 국을 간 봤다. 동창회라…….
아니, 그런 델 가봤자 나는 열심히 먹는 녀석들 자금줄인 데다가, 특히 남자애들은 술 먹고 뻗으면 그 뒤처리 또한 내 몫이요, 아예 기절을 해서 택시도 못 태워보낸 애들을 결국 집에 데려오면 다음날 아침 해장국까지 끓여 달랬다가 시간이 좀 지나서 정신 차리고 나면 해장술 먹으러 가자고 또 나를 이끌 것이었다. 대체 나를 왜 부르는 건지 의문일 정도로, 아니 너무 잘 알 것 같아서 문제인가……. 하여튼 말이 동창회지, 그냥 술 파티다. 내가 약 먹었냐, 냉랭하게 말하자 녀석이 금세라도 쓰러질 듯한 표정으로 테이블 위에 엎드렸다.

"게다가 오늘은 약속도 있어."

"뭐?"

여유롭게 빙글빙글 웃으며 시연의 모습을 방관하고 있던 그가 기겁을 하며 멍하니 입을 벌렸다. 그런 말 안했잖아. 거의 울상이 된 그가 파를 다듬는 나를 너무한다는 듯이 보았다. 그럼 자기도 같이 가든가. 그러자 얼굴색이 눈에 띄게 화사해진다. 어디 가는데? 기분이 수시로 휙휙 바뀌는 게 무슨 사춘기 애들도 아니고. 킥킥거리며 받침을 깔고 냄비를 중앙에 놓았다. 시연은 음식냄새가 풍기기 시작한 냄비에서 눈을 못 뗐다.

"한슬이네 갈 거야."

정말로 요 근래 눈코 뜰 새 없이 바쁜 바람에 얼굴 본 지가 꽤 되었다. 밥을 담아 내놓으며 반찬을 꺼내 놓았다. 그 사이에 꾸물꾸물 잠이 깬 아이들이 재킷을 입는 내게 졸졸 쫓아와 다리 한쪽씩을 꿰차고 앉았다. 일어나 보니 엄마가 나가려는 것 같아 무조건 쫓아와서 다리를 안기는 했는데 금방 잠에서 깼지라 비몽사몽 상태인 것 같았다. 게다가 그 자세로 다시 졸기 시작했다. 쪼그려 앉아 머리를 쓰다듬어주며 정신을 차릴 때까지 기다리자 곧 눈을 반쯤 뜬 채로 다리에서 힘을 푼다. 애들을 한 팔에 하나씩 안으며 거실로 가자 순식간에 할당량을 다 섭취한 두 사람이 배가 부른 건지 소파에 늘어져 있었다. 둘이 서로 어려서부터 봐 와서인지는 모르겠지만 평소엔 견원지간이 따로 없으면서 가만 보면 정말 하는 행동이 비슷하다.

"볼 때마다 투닥거리면서 어쩜 그리들 비슷하십니까?"

내 말에 시연이 고개를 획 돌린다. 표정을 보니 빈정이 상한 것 같다. 그래도 둘 다 내게 눈을 흘기지는 못한다. 그가 입을 삐죽 내밀다가 아이들에게로 시선을 돌린다.

"보지만 말고 애 좀 들어줘. 애네 요새 살쪘나 봐. 나 없을 때 보양식이라도 먹이는 거야?"

그래 봐야 포동포동한 볼살이 귀여워 미치겠다는 얼굴이면서. 시연이 우우—거리다가 냉큼 작은애를 안았다. 칭얼거리며 달라붙으려는 큰애를 그에게 안겨준 후에 지갑을 들고 나가려는데 작은애가 막 깼는지 나를 찾는다.

이왕 이렇게 된 거 자기도 애인을 불러 놀다 갈 거라면서 소파 등받이에 축 늘어져서 나를 향해 원망의 눈빛을 보내는 시연과 그런 그녀를 남의 집에서 행패라며 쫓아내려 덤비는 그까지 합해, 나는 결국 두 아이뿐만 아니라 나잇값 못하는 어른 둘도 달래고 어른 후에야 집을 나올 수 있었다.

지문을 입력하고 차에 올라 타서 히터를 켜고 시동을 거는 일련의 과정들이 이제는 좀 자연스럽다는 게, 면허증을 따고도 겁이 나서 차를 못 몰고 다녔던 때를 생각하면 그래도 흐뭇하다.

언제 터질지 모르는 폭탄을 만지는 그런 떨림으로 교실 문을 잡아 열었다. 트리플 A형의 만년 소심한 꼬마가 갓 중학생이 된 것이다. 게다가 시간을 맞춰 왔건만 마치 내가 마지막이라는 듯 빼곡히 들어선 애들이라니. 누가 보면 심장병이라도 걸린 사람처럼 숨을 쉬고 몸은 경직돼서는 비어있는 두 자리 중 한 자리에 가서 앉았다. 나 빼곤 다 아는 사이라는 듯이 교실 안는 아이들 이야기 소리로 시끄러웠다. 정자세로 굳어서 마치 열 시간 같은 10분을 보내자 마지막 남은 자리이던 내 옆에 어떤 남학생이 착석하는 것을 끝으로 선생님이 들어오셨다. 연세가 좀 있으신 듯한 여선생님이신데 과목이 영어라신다. 나는 이제부터 영어만 공부시킬 기세의 엄마를 떠올리며 참담한 기분으로 자리를 배정받았다.

신입생은 5월까지 사복이라는 말에 괜한 투정을 쏟아냈으나, 학교 교복을 보고서는 그런 말들이 도로 입으로 들어갔다. 차라리 사복을 입겠노라 싶을 정도의 교복인 것이다. 점점 암울해지는 기분을 등 뒤로 한 채, 매일같이 2층에 오르며 뒷반의 비애를 느끼고 있자니 이래서는 아무도 모르게 중1의 일 년을 날로 보낼 것 같은 불길한 기분이 문득 들었다. 그래서 나는 얼굴이 발갛게 달아오를 것 같은 부끄러움을 무릅쓰고 바로 뒷자리의 애와 통성명을 하는 데 성공했다. 말이야 통성명이긴 한데 일단 말이 트면 입이 긴장을 놓는 게 나이기 때문에 그때부터 그 아이와 급속도로 친해지기 시작했다. 그렇게 일주일을 지내다 보니 나를 포함한 세 명의 그룹이 생기게 되었다. 여학생들 사이엔 알게 모르게 그런 게 있다. 친하게 지내던 애들끼리만 늘 함께 있고, 그러다 보면 보이지 않는 '선'이 생기기 마련인 것이다. 학기초인 만큼 다들 쉬쉬하고 조심스러워 아직 서로의 눈치를 보기 바쁘다. 나는 그런 긴장감이 싫다.

때가 때인지라 신입생들은 모두 파카를 껴입고 뒤뚱뒤뚱 걸어다녔고, 사실 나라고 크게 다를 건 없었다. 창가 자리에 앉아서 무료한 시선으로 교실을 훑고 있는데 그때 문득 내 시야에 복도 쪽 분단에 앉은 흰색 파카가 보였다.

'독서하고 있네. 무슨 책인지 가서 물어보면 이상하게 볼까?'

생각이 뭉게뭉게 피어나 내 머릿속 한편에 소복이 쌓였다. 그 애는 다음날도 그 다음날도 또래와는 다르게 꼿꼿한 자세로 책을 보고 있었다. 오래 앉아 있으면 자연스레 등이 굽는 그런 흐트러진 모습조차 없었다. 오히려 일직선이 된 등선이 더 편해 보였다. 나도 모르게 계속 주시하게 되자 흡사 흥미가 생긴 책에서 손을 놓지 못하고 새벽까지 붙들고 있는 내 모습이 그 위로 오버랩 되는 듯했다. 물론 나야 그러고 있다가 한 옥타브 올라간 엄마 잔소리에 책을 덮고는 하지만.

처음 출석을 부를 때가 생각이 났다. 성이 '기' 씨였는데 그게 특이해서 기억해 두고 있었다. 그게 아마 자연스럽게 관심이 가게 된 계기였던 것도 같다.

그 모습 그대로 마음속에 깊은 각인을 남긴 한슬이는, 정신적으로 작기만 했던 중1 때부터 내게 둘도 없는 친구였고, 내가 슬이를 소중히 여기는 만큼 그 애에게 나도 그렇게 생각되고 있다고 믿고 있다. 비록 주소지에서 가깝다고 ○○고에 1지망을 넣은 한슬이는 1지망, 2지망에서 다 떨어진 후 뜬금없이 △△고에 떡 붙어버리고 고등학교 같이 가자고 똑같이 썼던 나는 집에서 도보로 30분 거리에 위치한 ○○고에 붙는 불상사가 발생했을지라도 말이다. 지금에야 생각하면 웃긴 추억거리지만 당시엔 둘이서 '뭐가 이래'라는 표정으로 마주 보고 있었지.

잠깐 들러 테이크아웃 해온 커피를 손에 들고 시동을 완전히 껐다. 찬바람 불고 있을 밖에 나가려면 귀찮고 싫다 싶지만, 자동으로 움직이는 몸을 보면 그저 생각일 뿐이다.

벨을 누르자 귀여운 아이 목소리가 흘러나왔다. 분명 '누구예요'이지만 아이 특유의 어눌한 발음 때문에 비슷하지만 이상미묘한 소리가 되었다.

"은조야, 이모야 왔다."

그러자 우당탕 하는 소리와 맨발의 아이가 두다다다 달리는 소리가 들렸다. 곧이어 문이 열리고 잠옷 차림의 꼬마가 달려와 폭 안긴다. 어이구, 귀여워. 현관에 들어서서 아이를 번쩍 안아들자 얼굴을 마주 비벼온다.

"근데 이모, 엄마 나갔는데?"

"그래? 엄마 어디 갔는데?"

은조가 문을 열 때부터 알아채긴 했지만, 마치 모르는 걸 선심 써서 알려주겠다는 듯한 어조의 은조가 에헴 하는 것에 장단을 맞추며 과장된 목소리로 한슬이가 실종이라도 된 듯 놀라며 말했다. 그러자 신이 났던 녀석이 잠시 멈칫한다. 도서관이라는 단어가 생각이 나지 않는 탓이겠지. 은조는 이 레퍼토리가 아직 질리지 않은 모양이다.

"음…… 큰소리로 떠들면 엄마가 막 혼내."

나는 가볍게 웃으며 은조를 바닥에 내려놓았다. 애들다운 발상이다.

한슬이는 S대 문헌정보학과를 졸업하고 정사서 1급 자격증을 취득했다. 그리고 강의를 들었던 S대의 도서관 사서로 일하고 있다. 피는 못 속이고 자란 환경도 무시 못 한다고 하더니 제 부모님이 하시던 도서관이 영향을 꽤나 준 모양이었다. 은조를 안아들고 방에 들어가 봤더니 책을 보다 늦게 잠들었는지 오후까지 잘 기세인 은서가 보였다. 은서를 볼 때마다 중학생 시절의 한슬이가 생각나는 건 어쩔 수 없다. 나는 은서의 손에서 책을 빼고 이불을 바로 덮어주었다. 웅얼거리더니 다시 이불 안으로 파고들어간다.

"누나는 두고 우리는 엄마 보러 갈까?"

"웅!"

은조는 대답을 하면서도 자칫 잘못하면 부러질까 염려되는 고개를 세게 흔들어댔다.

"자, 그럼 얼른 씻고 옷 입어야지?"

빙긋 마주 웃어주며 욕실에 은조를 내리자, 알아서 소맷부리를 걷고 세면대 높이를 조정한다. 은조도 다 컸네 하고 보고 있는데 그럼 그렇지, 고양이 세수만 하려는 녀석이다. 결단코 다 씻었다고 우기는 녀석을 붙들고 제대로 씻긴 후에 옷을 갈아 입혔다. 코트를 껴입고 모자를 푹 눌러쓴 채로 나를 멀뚱히 보는 게 귀여워서 등가둥가 안아들고 밖으로 나왔다. 급격한 온도차에 몸을 움츠리기에 얼른 차 조수석에 태우고 안전벨트를 매어주자 뭐가 그리 좋은지 허공에 뜬 다리를 마구 휘저어댔다. 운전석에 앉아서 짐짓 목소리를 깔고 '손님, 출발하겠습니다' 하고 말하자 까르르 웃는 것이 여느 애들보다 밝다.

그네 집에서 S대까지는 차로 5분도 걸리지 않았으나 요즘은 꽤 추워져서 걷는 사람을 흔히 볼 수는 없었다. 번화가 쪽이나 대학가 쪽으로 나가면 상당수가 눈에 띄지만 누구라도 이 엄동설한에 걷고 싶다고 선뜻 말하는 사람은 잘 없을 것이다.

S대에 도착하여 최대한 건물과 가깝게 주차한 차를 뒤로 하고 이제는 익숙해

진 경로를 따라 도서관에 다다랐다. 따뜻한 도서관 실내에는 가벼운 정장차림에 어깨선을 조금 넘는 머리카락을 단정하게 반묶음한 사서가 열심히 책을 나르고 있었다. 나는 은조의 손을 잡고 가까운 책상에 앉아 슬이를 지켜보기 시작했다. 책을 다 원상복귀시킨 후에는 아직 책을 반납하지 않은 대출자들에게 컴퓨터로 일일이 알림문자를 보내고, 대출 및 반납기록과 테이블 옆에 쌓인 책들을 비교하기 시작했다. 최다대출의 책을 골라내서 게시판에 공고하는 것도 일인 것이다. 날마다 저런 것을 하려면 보통 사람들과는 다른 고도의 인내심이 필요하겠다는 생각을 하면서 은조에게 쉬잇, 하고 제스처를 취했다. 내 장난기를 눈치 챈 은조가 씩 웃는다.

나는 최대한 조심스럽게 은조를 앞으로 끌어안고 슬이의 맞은편 책장으로 건너가서 책을 정리하는 한슬이와 책장 하나만 사이에 두고 섰다. 그리고 막 목소리를 내려고 목을 가다듬으며 숨을 들이마신 찰나,

"좀 참신한 장난 없어?"

"……쿨럭. 알고 있었으면서 왜 가만히 있는 거야."

짐짓 부루퉁해져서는 책 사이로 고개를 빠끔 내밀자, 안경을 바로 쓰면서 다시 책을 끼워 넣기 시작한 슬이가 별거 아니라는 투로 말했다.

"이번엔 뭔가 다르겠지…… 뭐, 그러고 있었어."

이상하게도 슬이가 있는 도서관만 오면 살아나는 내 장난기가 나날이 발전할수록, 대처하는 슬이의 자세도 한층 업그레이드 되어간다.

"오랜만에 보는데 집에도 없고……."

원래 오늘은 한슬이의 근무일이 아니다.

"신참이 들어와서. 잠깐 해놓고 갈 생각이었어."

표지가 두꺼운 책을 마지막으로 꽂아 넣으며 말하던 슬이가 검지를 입에 갖다 대며 문을 가리켜보였다. 잠시 나가 있으라는 뜻이다. 도서관 제1규칙은 언제나 '실내에선 조용히'이니까. 나는 그 손짓에 고개를 끄덕이고 여전히 내 다

리를 잡고 있는 은조를 들어 책장 사이로 보이도록 안았다. 내 손에 의해 허공으로 오른 은조가 처음으로 직장에서 보는 엄마의 모습에 반가운 듯이 동글동글한 귀여운 얼굴로 활짝 웃었다. '엄마, 안녕?' 그제야 소스라치게 놀란 한슬이 밉잖게 눈을 흘겼다. 그렇지, 이런 반응이라니까.

어떻게 보면 시끄럽다고 쫓겨난 우리 두 사람은 같은 층의 휴게실에 앉아 커피와 우유를 각각 마시고 있었다. 자판기 커피도 그 나름대로의 매력은 있지만, 그래도 커피는 라떼(latte)가 제일 입에 익고 맛있다. 집에 가는 길에 멸치도 보러갈 겸 라떼나 마시러 갈까.

물론 '멸치'는 별명이지, 사람 이름이 아니다. 중3 때, 당시 내 짝이던 보배에게 붙여준 것인데, 그 애 별명이 멸치가 된 건 여러 복합적인 이유가 작용했겠지만, 그 중에서도 가장 큰 이유는 누가 봐도 동감할 만큼 마른 체격 때문이었다.

"그러고 보니 바쁘다고 멸치 본 지도 좀 된 것 같고……."

"이모, 우리집에도 그거 있어."

"그 멸치가 아니야, 은조야."

나는 그저 웃으면서 은조 머리를 쓰다듬어주었다. 어떻게든 나와 함께 집으로 가려는 은조의 모습이 귀엽다. 그러면서도 티는 내지 않으려 노력하는 게 우습기도 했다. 내겐 외가인 할머니 집에서 멀리 떨어진 곳에 살던 삼촌네 사촌동생이 아직 아기였을 때, 제 아빠차를 타면 집에 가는 줄 알고, 기를 쓰고 타지 않으려 버티던 모습이 겹쳐 보였다.

"은조. 엄마가 잠깐 갔다 온다고 했더니, 이모 왔다고 그새를 못 참고 여길 와?"

은조가 자기보다 훨씬 큰 내 손을 잡고 사이좋게 쎄쎄쎄를 하다가 제 엄마 목소리에 귀신같이 반응을 한다. 슬이가 가볍게 꾸짖는 어조로 떽! 하고는 익숙한 손놀림으로 은조를 안아들었다. 나는 가서 승강기 버튼을 눌렀다.

"그렇게 말하면 내가 할 말이 없잖아. 같이 오자고 꾄 건 난데?"

"알아. 어디 한두 번이니?"

나는 조가비처럼 입을 다물었다.

어느 어머니든 아이가 익숙하게 걸음마를 떼고 말을 배우기까지 자라게 되면 처음 아이를 안아봤을 때의 설렘과 두근거림을 점차 잊어가는 것 같다. 하지만 그만큼 노련해진 품새가 은조를 안은 슬이에게서 엿보였다. 은조는 딱 좋은 위치에 자리한 제 엄마 목에 얼굴을 대고 비실비실 웃고 있었다. 이런 건 어쩜 우리 현이랑 똑같은지.

"그런데 너 또 커피야?"

"우우, 자판기잖아. 양도 이것밖에 안 된다구."

"어이구, 너, 옛날부터 내가 짐작했어야 했어."

뭐, 솔직히 말하면 학창시절의 내게 커피는 일종의 활력소였다. 워낙 삭막한 세상에서 살아가다 보니 나로서도 스트레스를 풀 방법 한 가지 정도는 있어야 하지 않았겠는가 말이다.

"오늘은 또 얼마나 마셔댈지 상상도 안 돼. 평소에 일한다고 바쁜 게 다행이다 싶다."

그건 절대로 다행이 아니야. 바쁘다고 식후 커피 한 잔도 안 된다는 건 뭔가 문제가 있는 게 아닐까. 그냥 틈날 때마다 한 모금씩 마시는 게 커피지. 일하면서 먹으면 안 된다는 법도 없는데, 어째서 병원 간호사들이나 한슬이나 하나같이 질색을 하는 걸까.

"다른 어떤 사람들도 그렇다고 못 먹은 커피를 쉬는 날 원수라도 갚듯이 먹어대진 않아."

"……"

그런가.

"어쨌든 네가 와서 덕분에 콜(call) 비용 굳었어."

"나도 자꾸 이 일에 익숙해지면 안 되는데 말이야. 운전기사는 좀……."

"기사님은 시동이나 켜시지?"

나는 엘리베이터에서 내리며 농담조로 말하는 한슬이에게 씩 웃으며 말했다.

"아마 코트 제대로 여미는 게 좋을걸. 바깥 날씨 장난이 아니거든. 그치, 은조야?"

은조가 해맑게 웃으며 고개를 힘차게 끄덕인다. 아이구, 예쁘다. 아무럼 제 자식보다 예쁘랴 해도 난 내 아이들만큼이나 은서, 은조도 똑같이 예쁘다. 목도리를 다시 감아주고는 문을 열자 기다렸다는 듯이 한파가 몰아닥쳤다. 차를 입구 바로 근처에 세워 둔 선견지명에 스스로 감탄해 가면서 운전석에 오르자 떨떠름한 표정으로 찬바람을 맞이한 한슬이 바로 조수석에 앉았다.

"나올 때만 해도 이렇게 춥진 않았는데."

"바람이 부는 탓일걸."

은조는 발간 볼을 하고도 춥지 않은 건지, 추워도 신경 쓰이지 않는 건지 생긋생긋 웃고 있었다.

"음……. 어디로 갈까. 밥부터 먹어야 하지 않나."

그러고 보니 아침에 그 사람이 해준 커피 외에 뭐 먹은 기억이 없다. 그 사실을 자각하게 되자 쓰나미처럼 몰려오는 허기가 배를 쿡쿡 찔렀다. 표정으로 모든 걸 말하는 나를 보며 한슬이가 어깨를 한번 으쓱 하고 말했다.

"우리집으로 가자. 볶음밥 해줄게."

나는 두말 않고 엑셀을 밟았다. 나답지 않은 급발진은 결코 볶음밥에 현혹된 탓이 아니다.

중1 때도, 중2 때도 학교체육대회를 겸한 가요제마다 내 시선은 물론 학생들의 시선을 단박에 끌어낸 이가 있었다. 그래서인가, 이미 중1 때부터 그 이름이 머릿속 한편에 저장되어 있었던 것 같다. 그리고 중3. 난 나와 같은 반에 앉아 있는 그 애를 발견했다. 열여섯 살, 평범한 중3 소녀의 눈에도 보일 만큼 춤꾼의 기질을 타고난 소현이를.

　여전히 고쳐지지 않는 소심병이 중학생으로서의 마지막 일 년을 말없는 아이로 시작하게 만들었다. 내 짝은 해림이었는데, 드물게 악기연주 쪽으로 진로를 정한 아이였다. 바이올린을 연주한다던 해림이는 턱을 바이올린에 괴느라고 피부가 죽어서 거칠어졌다고 말하곤 했다. 나는 그것이 일종의 훈장 같은 것이라고 생각했다. 그래서 주부 습진에 걸린 것 같다며 부어서 단단해진 손가락 끝을 내보일 때도, 가끔 턱 밑을 매만질 때도, 녀석이 하는 만큼 결실을 맺을 날이 오리라고 나는 생각했다.

　해림이는 소현이나 그 짝인 윤희와도 잘 지내곤 해서 얌전히만 있는 내 주의를 아주 훌륭하게 그쪽으로 끌어다 놓았다. 하지만 나는 섣불리 그 사이에 끼어들어서 그들에게 말을 걸 수가 없었다. 그냥 겁이 났던 것 같다. 어쩌지, 어쩔까, 하는 시간만으로 두 주를 족히 넘겼다. 그럴 때마다 난 내 성격에 울고 싶었다. 생각해 보면, 지금 나와 친한 아이들은 내가 처음에 보였던 그 모습을 거의 기억하지 못한다. 일단 친해지면, 심할 정도로 쾌활해지는 게 나이기 때문이다.

　그 무렵, 보배를 포함한, 그 네 명이 이미 암묵적인 그룹을 선언했다고 생각했다. 나는 해림이와 곧잘 수다를 떨곤 했지만, 그들 대열에 끼지는 못할 것 같다는 생각은 줄곧 해왔다. 그런데 얼마 지나지 않아 나는 자연스럽게 그 애들과 같이 있게 되었다. 솔직히 뭐가 계기가 되었는지는 기억나지 않는다. 나에겐 어쩌다 보니였고, 결론적으론 생각지 않게 말을 트게 되었다는 것이다.

　소현이에 대해서는 정의하거나 딱히 할 말이 없다. 굳이 말하지 않더라도 그앤 내게 특별한 몇 안 되는 친구들 중 하나다. 슬이하고는 다른 의미로 나와 비슷하다고 생각하기 때문이다. 특히 진로문제에서 그렇게 느꼈고, 그래서 누구보다도 행복했으면 하는 아이다. 무엇이 됐든 나에게 털어놓을 수 있다는 그 마음이 제일 고마웠다. 그리고 몰랐다기보다는 기억이 나지 않았는데, 초등학교 4학년 때, 소현이가 나와 같은 반이었단다. 학예회 때 내가 바이올린을 켰다는 것도 기억하고 있었다. 지금은 관둔 지 오래되었지만, 5년이 넘게 그걸 기억하는 것에 놀랐다. 더불어 내가 기억하지 못하는 게 아쉽고, 미안했다.

늦은 점심을 먹고, 두어 시간 떠들고 나니, 일어나서 실컷 뒹굴거리다가 이제 본격적으로 활동을 시작했을 우리 꼬맹이들이 생각났다. 뭐 그렇게 할 말이 많은지 떠들었다가 웃었다가 우리끼리 신나서 장장 두 시간 넘게 떠드는 것을 질렸다는 표정으로 보던 은조와 은서가 겉옷을 집어드는 나를 보고 최대한 가여운 표정으로 나를 좀 말려보라는 듯 제 엄마를 바라본다. 하지만 어림도 없다. 한슬이도 내일은 출근을 해야 하기 때문이다. 우리 꼬맹이들은 은조와 은서보다도 더하기 때문에 내가 이쪽으로 오는 거지만, 이럴 때마다 그냥 둘 다 확 우리집으로 데려가고 싶을 정도다. 물론 은서가 학교만 가지 않는다면……. 은조만 데려갈 수는 없잖은가.

"운전 조심하고, 연이와 현이한테 안부 좀 전해 줘."

"그래, 알았어. 은조야, 은서야. 이모 간다."

몸을 낮추며 손을 흔들자 둘 다 엄마랑만 놀다가 가느냐는 듯 뚱한 표정으로 마지못해 손을 흔든다.

현관을 나서자마자 달라지는 온도에 새삼 기겁을 하며 차에 올랐다. 시동을 걸고 히터를 틀면서 머릿속으로 가야 할 길의 경로를 그린다. 일단 큰 도로로 나가야 할 것 같다.

번화가로 들어서자 확실히 사람들이 많아졌다. 온갖 상점과 음식점들이 즐비해 있어 그만큼 사람이 많은 곳이다. 그 사이 새로 생기고 없어진 몇 개의 건물들 덕에 나는 타고난 길치를 자랑하며 10분 이상을 헤매고 나서야 시내에 따로 마련된 주차장에 차를 대고 2층으로 된 카페로 들어갔다.

온화한 내부에 적당히 은은한 조명이 카페 안을 아늑하게 했다. 일부러 맞춘 나무 테이블들이 기분 좋은 커피향으로 가득 채워진 듯한 느낌이었다. 이른 저녁 시간이라 식사를 하지 않는 여성들이 티타임을 갖고 있었다. 조금 있으면 사람들로 가득 찰 테지.

"보배."

이름을 부르자 나를 쳐다보더니 픽 웃고는 다시 머그잔을 닦는 데 열중한다.

"왜 웃는데?"

"말해야 아냐?"

"……."

부드러운 천으로 잔을 닦던 손이 능숙하게 선반 위로 잔을 올린다. 가까운 테이블에 앉아 그 모습을 멀뚱히 보고 있자, 얼마 지나지 않아 라떼아트로 월계수 잎이 그려진 잔을 내 앞에 내려놓는다. 말끔했을 하얀 셔츠 위의 검은색 베스트 단추가 다 풀려있다. 오늘은 일이 좀 많았던 모양이다. 내 맞은편에 앉은 보배가 등받이에 몸을 파묻으며 한숨을 내쉰다. 나는 커피스틱으로 아트를 흩뜨렸다.

"멸치야."

"왜."

"설탕."

"2개 반."

"응."

풀이하자면, 설탕 얼마나 넣었어? 각설탕 2개 반은 더 넣었어, 더 달라 그러기만 해 봐, 그럼 됐어, 라고 할 수 있겠다. 올 때마다 같은 패턴이니 자연스럽게 말수가 줄어들었다. 바로 옆 테이블에서 신나게 떠들던 한 커플이 이상한 대화를 나누는 카페 지배인과 손님을 힐끔힐끔 본다. 사실 이렇게 말이 줄어든 건 익숙해져서 그런 것도 있지만, 이 멸치 녀석이 '나 간다'고 말하면 왜냐고 묻는게 아니라 잘 가라고 말하는 무심한 신경의 소유자라는 것도 한몫 했다.

"참 일찍도 온다, 그지?"

히끅. 거 참, 얌전히 커피에 빠져서 자기만의 세계를 막 펼치려는 친우에게 참으로 분위기 깨는 망언이로구나.

"아니, 뭐. 급한 환자가 있는데 어떡해, 그럼."

그날 했으면 50으로 끝날 일을 다음으로 미루면 500으로 불 수 있는 상황이었단 말이지. 내 직업정신상 그런 건 용납할 수 없다. 물론 이 말을 들은 멸치는 얼굴이 눈에 띄게 변해가고 있었다. 직업 정신이 뭐 어째?

"알았어, 미안해. 대신 그 건은 내 선에서 해결해 줄게. 됐지?"

"확실히 해."

"내가 이런 일 허투루 하는 거 봤어?"

그럼 됐고. 보배가 피곤한 듯 스트레칭을 하며 내 잔을 들어 한 모금 마셨다.

"어우, 달아."

초등학교 때부터 그림이라는 분야에 남다른 관심을 갖고 있던 나는 그 덕에 의과 계열과 아무런 상관도 없는 미술 계열에 종사하는 친한 후배들이 여럿 있었다. 가끔 레포트를 낼 때 내가 그렸던 그림을 모티브로 한 애들도 몇몇 있을 정도다. 전체적으로 어떤 느낌이고 배치를 어떻게 해줬으면 한다고 한 건 보배였지만, 사실은 실내장식에 꽤 식견이 있는 내 후배가 멸치의 의견을 수용해서 만든 인테리어 모형을 보여주고 만들게 된 것이 이 카페이다. 그래서 지난 수요일에 카페 내에 작은 액자 몇 개를 놓고 싶다면서 내게 콜을 요청해 왔는데, 하필 내가 한창 바쁠 때라 시간을 내지 못했다.

"멸치야, 나 아메리카노 한 잔만 테이크아웃."

"너희 부부는 참 꼴불견이야."

"부부가 커피를 같이 좋아한다는 건 꼴불견이 아니야."

"단순히 좋아한다는 걸 넘어섰으니 꼴불견이지. 너 설마 이게 첫 잔은 아닐 거 아냐."

"하루에 세 잔까지는 평균이랬어."

"얼씨구, 네 남편도 똑같은 소리 하더라. 그 정신연령 꼬꼬마 남편은 담배도 안 피니?"

나나 멸치나 혐오하기는 똑같은 담배 소리가 나온 걸 보니, 너무 커피에만 관심을 쏟았던 모양이다. 이 정도면 그래도 심한 건 아닌데.

"그딴 극악무도한 걸 폈다간 봐. 집에 발도 못 붙이게 할 테니."

내 비장한 각오에 보배가 고개를 설레설레 흔든다. 이내 에스프레소 머신에서 익숙하게 손을 놀리는 녀석을 보다가 라떼를 마저 마셨다.

"자, 아메리카노. 그리고 말이 나와서 말인데, 테이크아웃 컵이 다 떨어졌어."

"새로?"

"그래 주면 좋고."

이 카페의 테이크아웃 용기는 내가 디자인한 것이다. 아주 예전에 그러기로 약속했던 일이라 선뜻 해준 것이었다. 나는 아메리카노가 담긴 따뜻한 베이지색 커피용기를 보다가 천천히 고개를 끄덕였다.

"좀 걸릴 거야."

"그래."

심야 자습을 시작하고 얼마 지나지 않아 심자실 내의 아이들 대부분과 말을 한 번씩은 다 해본 것 같다. 우리는 금방 친해졌고, 비록 서로의 이름을 몰라서 나중에 좌석표를 보고서야 몇 반인지, 이름이 뭔지 알게 되기도 했지만 쉬는 시간에는 저절로 모여 여러 얘기를 떠들 정도가 되었다. 원래는 두 개의 책상이 붙어 있었지만 그 한 세트를 한 명이 차지하고 있었기 때문에, 쉽게 합석의 묘미를 느낄 수도 있었다. 1학기가 끝나갈 무렵이 되자 나는 거의 지현이와 같이 앉아 있게 되었는데, 어쩌다 동아리까지 같이 하게 되어서 더 돈독해진 사이라고 말할 수 있다. 뭐, 이건 사실 내 생각만일 수도 있지만.

책쓰기 동아리를 함께 했는데 지현인 포토에세이를 쓰겠다고 했다. 아이들 대부분이 소설을 쓰는 가운데 꽤 독창적인 영역이었지만 사진 찍으려면 고생 꽤나 하겠구나 생각했다. 그러는 동안 방학 아닌 방학이 시작되었고 보충수업 때문에 중학교 때까지만 해도 생각도 못했던 방학 중 수업을 시작했다.

방학을 맞아서 심자반 편성도 다시 했는데, 성적이 많이 떨어진 나는 교실로 돌아가야 했지만 지현이는 제자리를 지켰고, 아주 소수의 몇 명은 4층 심자반으로 올라가기도 했다. 어쨌든 내가 심자반에서 퇴출당함으로써 여유 있게 같이 앉아 공부할 수는 없게 되었다. 가끔 문자를 보내면서 얘기하는 정도이거나 혹은 자습이 끝나고 집에 가기 전에 잠깐 들러 얘기하는 게 다였다. 그런데 이상하게도 지현이는 나를 의존하게 만든다고 해야 하나. 다른 애들에게는 하지 않을 행동을 지현이는 하게 만드는 면이 있었다. 친구를 만나도 안고 매달리는 건 잘 하지 않는데, 왠지 그렇게 해야 할 것 같은 기분을 느끼게 한다고나 할까? 그만큼 믿음직스럽게 느껴지는 것일지도 모른다.

막 콜이 들어온 듯 요란하게 울리는 폰을 찾으며, 다음에 보자 멸치야, 했더니 가만히 작은 폭으로 손을 흔들어온다. 주차장까지 조금 걸어 차에 올라타면서 시연이 녀석인가 하고 수신자를 확인했다. 지현이다.

"야!"

— 어우, 야. 왜 소리를 질러?

"너 어디야?"

"나? 제주돈데?"

또 언제 거기까지 간 거야. 마치 너 뭐해? 아, 밥 먹어, 라고 얘기하는 듯 평이한 어조에 힘이 쫙 빠진다.

"제주도까지 갔으면 이제 우리나라는 다 돌아본 거지?"

행선지를 듣고 안심하는 내 목소리가 그대로 묻어났던지 이어폰 밖의 목소리가 큭큭거리며 웃는다. 나는 엑셀을 가볍게 밟았다. 이곳에선 집까지 그리 멀지 않으니 금방 도착할 것 같다.

— 아니지. 대한민국의 최남단은 제주도가 아니라고.

"마라도까지 갈 필요 없으니 얼른 필름 다 쓰고 오란 말이야."

— 무섭게 굴긴. 그냥 해본 말이야. 나도 굳이 배 타고 마라도에 가고 싶은 건 아니라고.

번화가를 벗어나 주택가로 들어설 때까지 줄곧 지현이의 제주도 자랑이 이어졌다. 모르는 사람이 들으면 제주도 사냐고 물을 만큼 상세하고 자랑스러운 어투로 말이다. 직업병이 여행병으로 이어진 특이한 케이스이지만, 사진 찍는 걸 좋아하는지라 최소 비용과 카메라, 필름만 들고 배낭여행을 떠나도 꽤 괜찮은 수확물을 걷어온다.

— 비행기 내리면 바로 콜 넣을게.

"그래. 아, 그리고 네 애인 좀 챙겨."

— 어, 왜?

"왜냐니? 하루 아침에 말도 없이 갑자기 사라지면서……. 이제 익숙해져서 실종 신고는 안 하더라."

— 바람피우거나 그러지만 않으면 돼.

"그 양반이 퍽이나 그러겠다. 내가 소개팅 주선해 준다고 하기 전에 연락해 봐."

물론 그런 자리를 만들면 뒤도 안 돌아보고 나가버릴 위인이지만. 내 말이 농담인 것을 아는 지현이 웃으면서 그러겠다는 것을 끝으로 전화를 끊었다.

수능이 끝나자마자 한 것은, 당시에 흔히들 하던 성형수술 따위가 아니라 머리를 초코브라운으로 염색하고 굵은 컬로 웨이브를 넣는 일이었다. 원래 하지 말라면 더 하고 싶은 게 당연하다. 헤어스타일을 바꾼다는 건 고1 때부터 바랐던 것이다. 나는 바뀐 머리를 이리저리 거울에 비춰 보며 흐뭇해 하는 것을 적어도 사흘은 했었다. 그것은 마치 나를 통제할 것은 이제 없다고 말하는 것 같아서 한 단어로는 정의할 수 없는 어떤 기쁨을 맛보게 했다. 주민등록증은 8월에 이미 발급받았고, 면허증을 따는 일만 남은 셈이다. 지긋지긋한 수능이 끝나면서 고등학교도 마찬가지고, 앞으로 교복 입을 일도 없다는 생각은 꽤나 시원섭섭했다.

고3이 지나면 성인이 되었다는 게 실감이 날 줄 알았다. 하지만 여전히 나는 나였고, 변한 것은 없었다. 마음은 아이인데 몸만 어른이 되었으니 나는 당연히 당황했고 한동안 버벅대야 했다. 고3 생활과는 너무도 다른 대학생활은 합격의 기쁨보다 적응하지 못해 겉도는 나를 만들었고, 그 와중에도 공부를 해야 하는 게 힘이 들었다.

나는 대학과정을 마치고 캐나다로 어학연수 겸 휴가를 떠났다. 그리고 거기서 만난 게 내 평생 반쪽이 된 그였다. 프로파일링 전문가와 대학생이라니 전혀 연관성이 없지만, 정말 말 그대로 우연한 계기로 알게 됐던 그가 범죄자를 다루는 사람이라고는 처음엔 생각도 못했다. 부드러운 인상으로 방긋방긋 잘도 웃으며 자연스럽게 재밌는 일들을 얘기하는 소소한 사람이었기에 오히려 꽃집 주인 같은 것이 더 잘 어울렸기 때문이었다. 그러던 중, 그 당시 내가 자주 가는 지역에서 범죄자와 맞닥뜨렸을 때였다. 얼어붙은 나를 등 뒤로 숨기고 오로지 말로만 잔뜩 흥분한 상태의 놈이 스스로 칼을 놓게 만드는 그의 노련한 솜씨에 나는 그저 멍하니 그 상황을 방관하듯 보게 되었다. 거기에 그가 놈을 잡고 난 뒤에 한 말은 정말 지금 생각해도 가관이었다.

"짠. 해결 다 됐어요. 나 잘했죠? 에이, 칭찬 좀 해줘요. …… 아, 밥 먹으러 갈래요? 마침 이 근처에 내가 잘 아는 집 있는데. 내가 당신 구해 줬으니까 상 주는 겸 나랑 저녁 같이 먹어요."

"……."

방금 별 이상한 놈한테 목숨을 위협 당했는데, 자기가 해결했다고 상으로 밥이나 먹자니. 보통 사람이면 놀라고 어이가 없어서 아무 말도 못할 상황에 그는 언제는 자기가 안 그랬냐는 듯이 능청스레 웃으며 그렇게 말해 왔다. 아무리 생각해도 황당하고 웃긴 대화지만, 정말 이상하게도 나는 이렇게 말했었다.

"맛없기만 해봐요. 당신이 사는 거죠?"

베란다에 미세하게 비치는 그림자를 보며 차를 주차했다. 어느 정도 식었지만 컵 자체의 효능으로 온기가 잘 가시지 않아 아직 따뜻한 커피를 들고 현관문을 열었다. 기다렸다는 듯이 꼬맹이들이 두다다다 효과음까지 내며 달려나와 내 다리 한쪽씩을 차지하곤 고개를 치켜들었다. 커피를 그에게 넘기고 으샤 하면서 한 팔에 한 아이씩 안고 나자 다소 삐딱한 자세로 나를 지그시 보고 있는 그가 눈에 띈다. 뭔가 불만일 때 나오는 포즈다.

"이렇게 늦게 오면서 오자마자 꼬맹이들부터 챙기고."

"애들한테 질투하는 건 좀 고치는 게 어떨까."

"내가 언제?"

시침 떼는 것 좀 봐. 아님 말고. 태연하게 웃는 그를 지나치며 슬쩍 발을 밟자 악! 하고 비명을 지른다. 저 힐리웃액션은 날이 갈수록 진화하는 것 같다.

"하늘 같은 서방님 발을……."

"당신 하늘은 나 아니었어?"

그제야 입을 다문다. 어딜 날 이기려고 그래. 점점 번해 가는 뾰로통한 표정이 심상찮다.

"어이구, 참. 삐졌어?"

"안 삐졌어. 내가 애야?"

"그럼 아니라고? 난 애초에 아이 셋 키우는 엄마였던 것 같은데."

아이 세 명 중 한 명이 자기를 가리키는 것을 안 그가 현관문을 닫으면서 끊임없이 종알댔다. 나이에 맞게 살라고, 아저씨야. 말없이 아이를 안은 채 그를 계속 주시하자 입을 다물고 내 눈치를 몇 번 보더니 씩 하고 웃는다. 단순하긴. 그래도 이런 사람이랑 같이 살아서 나이가 든다는 자각이 많이 옅어진 것인지도 모른다.

사실 가볍다 못해 아주 팔랑거리는 저 사람이 하루에도 수십 명의 범죄자들과 마주하면서 일은 제대로 할까 걱정했었는데, 내 우려와는 달리 그는 수사국 내에서 프로였고, 프로파일링 부문에서는 거의 독보적인 베테랑이었다.

"엄마, 책 이모 보고 왔어?"

"책 이모 보고 싶어."

꼬맹이들이 귀에 대고 조잘거렸다. 책 이모는 한슬이를 지칭하는 말이다.

"책 이모가 꼬맹이 잘 지내냐고 그러더라구. 나중에 은조랑 은서 누나 보러 갈까?"

까르르 웃으며 좋아하는 연이와 현을 거실 소파에 내려놓았다. 그는 아까 쥐어준 아메리카노만 만지작거리고 있었으나 누가 봐도 엄마가 장난감을 사주지 않아 삐져 있는 어린아이의 모양새를 하고 있었다. 내가 그를 계속 주시하자 덩달아 연이와 현이까지 내 시선을 따라 그를 보기 시작했고, 어느 순간 눈을 돌리다 세 쌍의 눈동자를 마주한 그는 히익, 소리를 내며 한 발자국 뒷걸음질을 쳤다.

"무…… 뭐, 왜 다들 날 봐?"

"연아."

"웅?"

"넌 어른스러운 남자친구를 사귀도록 해. 어리다고 좋은 건 아니야."

"나 당신보다 두 살 많아!"

정신연령이랑 실제 연령이랑 같다고 자신 있게 말할 수 있어? 그는 말없이 아메리카노에 입을 댔다. 나는 속으로 웃어대며 시계를 가리켰다. 꼬맹이들의 눈이 따라왔다. 잘 시간이네, 꼬맹이들. 그러고는 다시 둘을 번쩍 들어 안았다. 애 낳고 나선 힘만 세졌다니까. 종알대는 그의 입을 막기 위해 지나가면서 발을 한 번 더 밟아주자 막 잡아올린 물고기같이 펄쩍 뛰었다. 침대에 두 녀석을 누이고 이마에 가볍게 입맞춤 하고 이불을 덮어주었다. 꼬물꼬물, 편한 자세를 찾아간 두 꼬맹이가 내게 당부했다.

"엄마, 추우니까 이불 꼭 덮어야 돼."

"엄마, 추우니까 창문 닫고 자야 돼."

요즘 같은 날씨에 내가 지금 제일 걱정하는 게 누군지 모르니, 요 꼬맹이들. 나름 엄마를 생각해 준다고 조잘조잘 말하는 것에 작게 웃었다.

"네─. 엄마는 걱정 말고 우리 꼬맹이들은 이제 자야지."

"응. 엄마 잘 자."

"아빠 너무 혼내지 말고."

…… 애들 눈에도 그가 안 돼 보였다면 그건 좀…….

방문을 반쯤 닫고 나오는 나의 뒤에서 그가 웅얼거렸다.

"사랑이 식었어."

"식긴 뭐가 식어."

"커피."

"뭔 소리래. 자긴 원래 뜨거운 거 잘 못 마시잖아."

내가 방으로 들어가자 그도 얼른 따라 들어왔다. 홈 시스템에 의해 거실에 불이 꺼지고 정적이 찾아왔다. 겉옷을 옷걸이에 걸고, 잘 때 불편하지 않도록 편한 옷차림을 하는 동안 그는 침대에 푹 파묻혀선 미동도 않고 있었다.

"또 왜 이러실까."

묻지 않아도 이유야 뻔했지만 까만 뒤통수만 내놓고 있는 그에게 다가가 모른 척 옆구리를 쿡 찔렀다. 간지럼을 잘 타는 그의 특성상 작은 손가락에도 반응을 안 할 수 없는 노릇이라 순간 온몸이 움찔 떨리더니 그 자세로 옆으로 슬금슬금 기어간다. 내일은 나도 출근을 해야 하고, 그도 새벽에 나가야 한다. 퍼져있는 이불 귀퉁이를 그러모아 그를 감싸고, 그 채로 옆자리에 그를 굴려 놓았다. 이불 때문에 얼굴만 나온 그의 표정이 심술맞다.

"다음번엔……."

나직이 혼잣말 하듯 말하는 그의 입 가까이에 귀를 가져가자, 다음 off때도 외출을 감행하면 쫓아갈 거야, 하고 중얼거리는 것이 작게 들렸다. 나는 시간이 지나도 변하지 않는 그의 아이다움에 웃어대며 그에게 보이도록 고개를 끄덕여 주었다. 그리고 정말 눈에 보일 정도로 회복되는 그의 얼굴을 새삼 감탄어린 얼굴로 보았다. 곧이어 센서에 감지되도록 팔을 휘둘러 불을 껐다. 나는 졸지에 누에고치 신세가 된 그에게 말했다.

"잘 자."

후기

사람들은 살아가면서 다른 많은 사람들을 만난다. 그들 중에는 신기할 정도로 자신과 맞는 사람도 있고, 이해하지 못할 정도로 맞지 않는 사람도 있다. 때론 그런 사람들 때문에 상처를 입고 주저앉아버리다가도, 일으켜주는 또 다른 사람에 의해 상처를 메울 수도 있는 것이다. 지금 나에게 세상은 그리 좋지 못하다. 나는 자라면서 점점 지쳐가고 있으며, 어디를 가든 꼭 하나씩 있는, 민폐만 끼치는 정신세계가 궁금한 인간들에게 짜증을 내고 있었다. 그럴수록 어린 나이지만 점점 삶에 대한 회의와 싫증을 느끼고, 겉으론 그렇지 않은 척 기계적으로 살기 시작했다. 그런 생각을 하게 되자, 학교에 다니는 모든 애들이 그렇게 보였다. 실제로 그들 중 대다수가 아침에 눈을 뜨면 학교에 왔다가 수업을 마치면 학원에 갔다가 집으로 돌아가는 것으로 시간표라도 짜여진 것처럼 살았고, 그런 사실에 그다지 의문을 품지 않았다. 그게 당연한 것처럼 행동하는 어른들 때문에. 하지만 나는 그것을 중1 때 관두게 되었다. 그렇게 하도록 도와준 아이는 인간보다는 '사람' 같았고, 아직 내가 생각하는 '사람 같은' 사람들 중 한 명이다. 두 갈래로 나뉜 길을 보면서 힘이 빠져 다리를 주저앉아버린 나에게 처음으로 괜찮냐고 물어본 사람과 같았다.

어느 정도 성장하자, 사고할 수 있는 힘이 생겼다. 생각만으로 자기만의 세계를 구축하는 게 가능한 나이가 된 것이다. 그때쯤, 조기교육이라며 영어교육을 일찍부터 시키려는 것이 우리나라에 퍼져 있었다. 기가 막히고 한심했다. 다 때가 있는 거라고 입이 닳도록 말하는 건 그들인데, 한창 뛰어놀며 정서를 풍부하게 길러야 할 시기에 알 수 없는 언어나 가르친다는 게 말이 되는가. 게다가 그렇게 해서 효과가 있으면 또 모르지, 아이들은 기본적으로 어른보다 지적능력이 떨어진다. 그건 그만큼 학습효과가 없다는 뜻이다.

어른들은 자신들이 말하는 것은 다 옳은 것이라고 착각한다. '그러하다'고 누가 가르쳐줬는지는 모르겠지만, 많이 겪지 못하고 다 자라지 않은 아이라고 그 나이 때에만 경험할 수 있는 모든 것들을 멋대로 박탈할 권한 따위는 그 누구에게도 없다. 나이는 권력이 아니다. 애들이라고 무시하지 말고, 너희들이 뭘 안다고 나서냐는 상처 되는 말 하지 말고, 제발 한 번만이라도 아이들의 목소리에 귀 기울여 줄 수는 없을까. 언젠가는 세상을 이어받아 짊어지고 갈 테니, 속는 셈 치고 한 번만 물어봐줬으면 좋겠다. 나중에 뭘 하면서 살면, 네가 행복할 것 같냐고.

약사 = 희망, 베풂 그리고 정

전정빈

열일곱 살, 많은 일들을 할 수 있는 나이

열일곱 살, 모든 것을 가능하게 만드는 나이

열일곱 살, 하고 싶은 것이 많은 나이

그리고

열일곱 살, 꿈을 꿀 수 있는 나이

가지를 뻗으며 퍼져 나가는 나뭇잎처럼 꿈을 펼치기 위해

오늘도 나아간다.

하루가 멀다 하고 모든 게 단숨에 변하는 세상.

아침에 눈 뜨기가 무서울 정도로 변하는 세상.

그런 세상에 사는 우리. 텔레비전을 켜면 나오는 사건 사고들.

오늘은 또 어떤 일이 일어나 우리에게 공포를 안겨줄지 두렵다.

아침이에요. 일어나세요~. 아침이에요. 일어나세요~. 조용한 아침을 울리는 알람소리

"하암~, 알람은 들어도 들어도 짜증이 나."

지친 몸을 겨우 일으켜 화장실로 간 나는 머리를 질끈 묶고 칫솔에 치약을 묻히며 거실로 나간다.

"오늘은 또 무슨 일이 일어났을까?"

텔레비전을 켜니 아나운서의 말이 들린다.

'속보입니다. 유럽에서 발병한 신종 바이러스로 인한 감염 환자가 우리나라 곳곳에서 발생하고 있습니다. 외출을 삼가시고 외출시 마스크를 꼭 착용하시기 바랍니다.'

텔레비전을 끈 나는 신경질적으로 리모컨을 소파에 던지고 일터로 갈 준비를 한다.

따르릉~. 따르릉~.

가방을 뒤적여 폰을 꺼내 발신자를 확인하니 김 박사다.

"여보세요."

"어, 소연 양. 뉴스는 봤나?"

"아…… 네, 신종 바이러스가 우리나라에도 발생했다면서요."

"그래, 그것 때문에 비상이구나. 우리나라는 안전하다고 정부에서 공지해 백신주사를 만들지 않았는데 환자들이 생기니, 나 원 참……."

"우리나라가 안전하다고 정부에서 그랬다고요? 안전한지 안 한지를 자기들이 어떻게 안다고……."

"그래서 말인데, 지금 연구소에 많은 인원이 필요해."

"그럼 지금 저보고 연구소로 다시 오라고요?"

"상황이 상황이니 어쩔 수 없지 않은가."

"박사님, 저 아니어도 충분한 인원을 모을 수 있으시잖아요."

"너처럼 훌륭한 인재는 찾기 힘드니까 그렇지."

"그래도 싫어요. 전 연구소에서 나온 지 일 년도 채 되지 않았다구요. 박사님, 저 운전 중이어서 이만 끊을게요."

"저, 소연……."

폰에서 박사의 목소리가 들렸지만 전화를 그냥 끊어버렸다.

3년 전, 내가 처음 연구소로 간 날은 햇살이 유난히 따뜻한 어느 봄날이었다.

"안녕하세요. 이번에 새로 온 유소연이라고 합니다. 잘 부탁드립니다."

"자네가 그 유명한 유소연 양이로군. 반갑네. 난 김승만 박사라네."

어색한 악수를 나눈 후 신약 개발부로 갔다. 신약을 개발하는 곳은 내가 생각했던 것보다 넓었다. 개인 책상이 열 개쯤 있었는데 책상마다 이름이 적혀 있었고, 실험실도 옆에 있었다. 실험실에는 우리나라 최대 규모의 실험기구들이 있었다.

'우와! 내가 여기서 일을 한단 말이지? 역시 연구소로 오길 잘한 것 같네.'

속으로 뿌듯해 하며 안내를 받아 나의 자리로 갔다. 내 자리에는 연구원 유소연이라고 적힌 명패와 컴퓨터 한 대, 그리고 서류가 쌓여 있었다. 그 중 단연 눈에 들어오는 것은 서류였다. 서류를 뒤적거려 보니 첫날부터 내가 할 일이었다.

'오늘 온 신입한테 이렇게 많은 일을 줘? 어휴, 나의 미래가 보이는구나.'

그렇게 시작된 생활은 오로지 신약 개발만을 위해 개인 생활을 포기한 채 거의 3년여 동안 계속되었다. 그러다가 결정적인 사건으로 인해 연구소를 나오게되었다. 지금 생각해도 정말 화가 치밀고 역겹다.

한참 신약 개발을 하다가 문득 누군가가 쳐다보는 느낌이 들어 주위를 둘러보면 항상 이 박사와 눈이 마주치곤 했다. 그냥 '별거 아니겠지, 설마 나를 쳐다보겠어?' 하며 혼자 중얼거리곤 했었다.

그런데 어느 날, 그가 나에게 다가와 말을 걸었다.

"신약 개발은 잘 되고 있나?…… 그렇게 내 프로젝트를 빼앗아가니 기분이어떤가?"

'나 참. 어이가 없네. 내가 뭘 빼앗아?'

"뭐라고요? 제가 왜 이 박사님의 프로젝트를 빼앗았다고 생각하시나요?"

"내가 하고 있던 일을 너 혼자 한 것처럼 하니까 그렇지."

"전 위에서 시키는 대로 하는 것뿐입니다."

"위에서 뭐가 어쩌고 어째. 내가 이걸 먼저 했다고……."

"김 박사님이 저보고 이 일을 마무리 지으라고 하셔서 하고 있는 건데……. 공연한 화풀이를 저한테 하시는 거네요. 억울하면 김 박사님께 직접 말씀하세요. 그럼 전 이만."

쫘악! 뒤로 돌아서려는 순간 그가 나의 뺨을 갈긴 것이다. 볼에서 따끔따끔한 통증이 느껴졌다.

"왜 저한테 이러시냐구요. 제가 뭘 잘못했는데요? 전 하라는 대로 하는 건데!"

"어디서 나이도 어린 게 따박따박 말대꾸야, 싸가지 없는 년이. 그래, 얼마나 잘하나 보자. 내가 가만히 보고만 있을 것 같은가?"

이 말을 끝으로 그는 횅하고 가버렸다. 뺨을 어루만지며 아무리 생각을 해 보아도 난 잘못한 게 없었다. 순간 내가 맞은 것이 억울해서인지 아니면 울고 싶었는지 몰라도 눈에서 투명한 액체가 흐르고 있었다. 눈물을 닦고 김 박사에 게로 곧장 갔다.

똑! 똑! 똑!

"김 박사님. 저, 유소연입니다. 잠시 드릴 말씀이 있습니다."

"그래, 들어와."

김 박사의 방에는 그도 같이 있었다. 난 보란 듯이 그를 보며,

"김 박사님. 저 연구소 나가겠습니다."

"아니, 소연 양, 갑자기 왜 그러는가?"

"어떤 이상한 사람 때문에 기분 나빠서 그만두겠습니다."

"침착하고, 여기 앉아 다시 생각……."

"아니요. 침착할 수도 없고 여기에 있고 싶지도 않습니다. 지금까지 감사했 습니다. 그럼."

뒤를 돌아 나가려는데 조용한 목소리가 들려 왔다.

"건방지게…… 지가 뭐라고……."

'그래, 혼자 열심히 지껄여 봐. 그리고 네가 얼마나 잘 먹고 잘 사나 보자.'

그렇게 난 연구소를 떠났다.

빵! 빵!

뒤 차가 시끄럽게 경적을 울려댄다. 퍼뜩 정신을 차린 나는 브레이크에서 발 을 뗀다. 그렇게 도착한 나의 ○○약국. 슬기는 어느새 출근하여 컴퓨터로 일을 하고 있었다.

"안녕, 즐거운 아침~!"

억지 미소를 지으며 밝게 인사를 했는데 슬기가 이상하게 바라본다.

"너, 무슨 일 있지?"

'어이고, 족집게군.'

"일은 무슨…… . 날씨가 좋아서 즐거운 아침이라는데 불만 있니?"

"기집애. 말은 그렇게 하지만 기분이 안 좋아 보이는걸. 쳇! 아침은 먹었어?"

나는 고개를 저었다.

"그럴 줄 알았다. 냉장고에 죽 사다 놓았으니까 데워 드셔."

"고마워. 역시 너밖에 없다."

냉장고에서 죽을 꺼내 전자렌지에 넣고는 데움 버튼을 눌렀다. 죽이 데워지는 동안 가운을 입고 일할 준비를 끝내자 죽이 다 데워졌다는 신호음이 들렸다. 데워진 죽을 꺼내 들고 와 의자에 앉아 텔레비전을 켰다.

'속보입니다. 신종 바이러스로 인한 첫 사망자가 오늘 생겼습니다. 50대 중반인 여성으로 감염된 지 일주일 되었다고 합니다…… .'

"어떻게 또 새로운 병이 생긴 거야?"

난 슬기가 하는 말을 곰곰이 생각해 보았다.

"또라니…… . 그러고 보니 6개월 전에도 비슷한 일이 있었지? 그땐 사람이 아닌 가축들 사이에서 발생한 병이었는데, 이번에 인간이라니…… . 우리가 어렸을 땐 이 정도는 아니었는데…… ."

"산업화, 도시화 등 사람들의 무한 이기주의로 자연을 훼손하고 낭비를 하니 이런 병들이 계속 생기는 게 아닐까?"

"그럴 수도 있지. 요즘은 밖에 나가면 뿌연 연기가 하늘을 덮기 일쑤고, 하수구에선 악취가 나고 나무라곤 찾아보기 힘드니까."

딸랑딸랑.

한 여자가 문을 열고 들어온다.

"어서 오세요."

"저, 신종 바이러스 예방약이 있을까요?"

"아직 나오지 않았다고 합니다."

"그럼 언제쯤 나올까요?"

"잘 모르겠는데, 시간이 좀 걸릴 것 같습니다."

"아, 그래요. 알겠습니다."

그 여자가 나간다.

'사회의 악재로 사람들이 날이 갈수록 혼란에 빠지는 것 같아. 이번 일이 지나간 후 또 어떤 병이 나돌지 모르는 세상, 이게 바로 우리가 사는 세상이지. 매일 병이 발생하면 사람들이 죽어가기 일쑤고……. 이러다간 전세계 인류의 멸망으로 치닫진 않을까…….'

하루의 일을 마치고 약국을 나섰다. 거리엔 사람이 거의 없어 휑하다. 아마도 신종 바이러스로 인한 공포로 사람들이 밖에 나올 엄두가 나지 않은 거겠지. 집 앞에 도착해서 바라 본 나의 집 창으로 불빛이 새나오고 있었다.

"어! 부모님이 오셨나?"

서둘러 문을 열고 들어가니 부모님이 와 계신다.

"엄마, 아빠. 연락도 없이 웬일이세요?"

"네가 걱정돼서 왔지."

"신종 바이러스 때문에요?"

"그래 그것도 그렇고. 너 혼자 밥을 잘 먹는지, 건강한지 궁금해서 올라왔지."

"아무튼 잘 오셨어요. 식사는 하셨어요?"

"시간이 몇 신데, 밥 먹었지. 엄마가 반찬 몇 가지 만들어 왔는데 너는 밥 먹었니?"

"예, 약국에서 시켜 먹었어요."

"신종 바이러스 때문에 위험하다는데 시켜 먹었어? 조심해라. 다음부턴 도시락을 싸 다녀."

"예. 알겠어요."

"아! 그리고 너 한동안 약국 나가지 말고 집에 있으렴."

"집에 있다고 안 걸리는 것도 아니에요."

"그래도 밖에서 일하는 것보단 낫지 않겠니?"

"괜찮아요. 전 약국 계속 나갈 거예요."

다음날 아침, 부모님의 만류에도 출근길에 나섰다. 한산한 거리와는 대조적으로 나의 일터인 약국 앞은 사람들로 붐볐다.

'사람이 왜 이렇게 많은 거지?'

"저기, 잠시만요, 길 좀 비켜주세요, 길 좀 비켜주세요."

"줄 서요. 앞에 사람들 안보여요? 다 줄 서 있잖아요."

"네? 문도 열지 않은 약국 앞에 왜 이렇게 줄을 서 있는 거죠?"

"그거야 신종 바이러스 약이 있나 싶어서 사려고 모인 거지."

"저, 제가 이 약국 주인인데요, 이렇게들 서 계시니 문을 열 수가 없네요. 그리고 신종 바이러스 약은 아직 나오지 않았어요."

"뭐라고? 아직도 나오지 않았다고? 니들은 공부해 놓곤 약도 못 만드냐?"

"아니, 전 약 만드는 사람이 아니고 약을 처방하는 사람입니다."

"그게 그거지. 그럼 약은 대체 언제 나오는 거예요. 사람들이 다 죽어가야 그때서야 나오는 거예요?"

"맞아! 맞아!"

"왜 해결책이 없냐고."

"그러다 우리 가족 신종 바이러스에 걸리면 누가 책임져요?"

"정부는 약에 대한 언급도 없고 이러다 정말……."

그 많은 사람들이 나를 향해 삿대질을 하며 항의를 한다.

"저는 아까 말했다시피 약을 만드는 사람이 아닙니다. 전 단지 약을 처방하는 사람입니다. 그리고 정부가 약 언급을 안 하는 이유는 정부에 가서 따지세요. 저도 가족이 있는 사람으로 빨리 약이 나오면 좋겠어요. 그런데 약이 안 나오는 걸 어떡합니까? 너무 조급해 하지 말고 좀 기다려 보세요. 그럼 길 좀 비켜주세요. 약국 문 열어야 하니까."

사람들은 저마다 한마디씩 하면서 자신의 집으로 돌아갔다. 약국 문을 연 나는 곧장 김 박사에게 전화를 했다. 잠깐의 신호음이 가고 김 박사가 전화를 받았다.

"그래, 소연 양. 무슨 일로?"

"박사님. 신종 바이러스 약은 개발했나요?"

"아, 그게 하고 있는 중인데 쉽지가 않아."

"그래도 빨리 약을 만들어야죠."

"그러니 자네가 필요하다는 거 아닌가?"

"왜 말씀이 그쪽으로 가시는 거예요. 오늘 어떤 일이 일어났는지 아세요?"

"무슨 일이 있었기에?"

"아침에 약국에 도착했는데 사람들이 약국 앞에 많이 모여 있는 거예요."

"그게 뭐?"

"제가 차에서 내려 약국으로 들어가려는데 사람들이 많아 '잠시만 비켜주세요'라고 하니까 사람들이 뭐라는지 아세요?"

"뭐라던가?"

"글쎄 저보고 줄을 서라는 거예요."

"줄을 서?"

"네. 그래서 제가 '네?' 이러니 한 사람이 저에게 지금 사람들 줄 서 있는 거 안 보이냐면서 새치기 하지 말고 줄 서라는 거예요."

"대체 무슨 줄을 말하는 거야? 너희 무슨 이벤트 하니?"

"박사님, 농담할 기분이 아니라고요. 글쎄 신종 바이러스 약 받겠다고 줄 서 있는 거였어요."

"언론에서 아직 약이 안 나왔다고 했을 텐데."

"그러니까 저도 처음 듣는 이야기여서 아직 약 나오지 않았다니까 사람들이 저보고 넌 뭐하는 거냐면서 약은 대체 언제 만드냐고 따지는 거 있죠? 사람들이 지금 공포와 혼란에 사로잡혀 있는 거예요. 이대로 계속 가면 어떤 일이 일어날지 몰라요. 그러니 박사님, 빨리 치료약을 만들어주세요."

"그게 쉽지 않다니까 그러네."

"그럼 사람들을 그냥 죽게 내버려 두실 거예요?"

"내가 언제 죽게 놔 뒀나? 우리도 최선을 다하고 있다고."

"최대한 빨리 만들어주세요. 부탁드립니다."

전화를 끊고 나니 슬기가 들어선다. 슬기는 늘 그렇듯 웃음 띤 얼굴로 인사를 건넨다.

"일찍 왔네?"

"어쩌다 보니 일찍 왔어. 슬기야, 우리 연구소 좀 가자."

"거긴 왜?"

"급한 일이 있어서……. 시간이 없어."

"연구소 싫어하는 네가 연구소에 가자는 걸 보면 분명 급한 일이겠지? 그래. 빨리 차 시동 걸어. 난 문 잠글게."

서둘러 차에 탄 슬기가 안전벨트를 매며 묻는다.

"근데 대체 무슨 일이야?"

"오늘 아침에 사람들이 와서 신종 바이러스 약 빨리 내놓으라고 한바탕 했지 뭐야. 사람들을 위해 도움이 되는 일을 하고 싶어."

"유소연. 너, 왜 그래. 갑자기 착한 일을 하려고 하다니, 아이고 기특해라."

"내가 니 동생이냐? 징그럽게."

"난 그저 네가 연구소 가서 약 개발을 도우려고 하는 게 마냥 기뻐서."

"내가 가도 별수 없겠지만 그래도 해보는 데까진 해봐야지."

"그래, 그래야지."

"우리 콤비의 실력을 보여주자고."

"그래. 그러자."

어느새 차는 연구소 앞에 도착했다. 우린 곧장 김 박사의 방으로 갔다.

"안녕하세요, 박사님. 저희 왔습니다."

"유소연, 김슬기. 너희가 오다니……."

"저희가 싫으세요?"

"너희가 싫을 리가. 내가 얼마나 너희를 기다렸는데."

"지금 인사 나눌 시간도 없는 거 아시죠? 빨리 연구실로 가요."

"그래, 빨리 가자."

우리 모두는 서둘러 신약 개발 연구실로 향했다.

"교수님, 지금 어디까지 개발된 상태인가요?"

"그게 거의 완성 단계까지는 왔는데 뭐가 잘못되었는지 모르겠구나."

연구실에 도착하자 박사는 분주히 움직이던 연구원들에게 우리를 간단히 소개했다.

"인사해. 너희랑 한동안 같이 일할 분들이야."

"안녕하세요. 유소연입니다."

"안녕하세요. 김슬기입니다."

"반가워요. 지금 일을 빨리 마무리지어야 되니 이 보고서를 검토해 주세요."

"이게 뭐예요?"

"저희가 그동안 연구한 자료랍니다."

"아, 그런데 이것만으로는 잘 모르겠는데요."

"그동안 만들었던 것을 보여주실 수 없나요?"

"그게…… 실패작이라 다 폐기되었습니다."

"그럼, 저희가 보고서대로 만들어도 되나요?"

"네, 그러세요."

슬기와 나는 바쁘게 움직였다. 시약을 나누고 합치고 적절한 반응을 기다려 테스트를 하고……. 반복되는 작업을 몇 번이고 계속 하였다.

"왜 저 원자끼리 변형이 일어나는 거죠?"

"그게 풀리지 않는 의문입니다."

"다시 처음부터 연구하는 건 어떨까요? 이렇게 해선 오히려 시간이 더 걸릴 것 같아요."

"하지만 지금까지 해 온 시간과 노력이 있는데 다시 한다는 건……."

"그러면 저희는 다시 시작할 테니 지원해 줄 사람을 보내주세요."

상대방은 몹시 곤란해 하더니 우리의 단호한 모습을 보고 고개를 끄덕였다.

"알겠습니다. 모두 바쁘고 인원이 부족하긴 하지만 그렇게 하죠."

이렇게 해서 슬기와 나는 원점에서 신종 바이러스 예방약을 만들기 시작했다. 다시 반복되는 작업들이 이루어졌다.

우리가 밤새 연구를 하는 동안에도 사람들이 병에 걸려 고통 받거나 죽었다.

"우리가 해냈어."

"와, 드디어……."

연구소에 있던 사람들은 너나 할 것 없이 기쁨을 만끽했다.

"근데 지금 이 많은 물량을 언제 다 만드느냐 하는 것이 문제야."

"지금 빨리 제약회사들에 전화해서 생산 타협을 해보자."

모두 분주하게 움직인다.

"안녕하세요. 거기가 도원제약인가요?"

"네. 그렇습니다만, 누구신가요?"

"제 소개가 늦었네요. 전 대한연구소에서 근무하는 유소연입니다."

"아, 네. 그런데 무슨 일이시죠?"

"지금 신종 바이러스에 대한 치료약을 개발했는데 저희만으론 물량 생산이 힘들어 제약회사들이 힘을 합쳐 한시라도 빨리 약을 생산했으면 해서 연락드렸습니다."

"그럼 저희에게 치료약을 만들 자료를 팩스로 보내주세요."

"지금 보내 드리겠습니다. 팩스번호 좀 알려주세요."

"123-45-789"

"네, 그럼 시간은 사흘입니다. 최대한 만들어주세요. 그럼 이만."

그 약 생산에 필요한 여러 여건을 갖춘 제약 회사를 알아보고 연락한 결과 두 개 회사에서 생산을 맡기로 했다.

'이젠 괜찮을 거야. 하루라도 빨리 약이 나와 사람들에게 보급되면 모든 게 잘될 거야. 그럼 이제 난 내 자리로 돌아가면 되겠지?'

"박사님."

"오, 소연 양. 무슨 일 있는가?"

김 박사는 두꺼운 안경 너머로 나를 바라보았다.

"전 다시 약국으로 돌아가겠습니다."

"왜 다시 돌아가려는 건가?"

"전 일 년 전 이곳을 그만뒀어요."

"그래도 다시 왔잖은가."

"그건 병으로 고통 받는 사람들을 구하기 위해서 온 거예요."

"내가 계속 여기에 남으라고 해도 소연 양은 약국으로 돌아갈 건가?"

"네, 죄송합니다."

김 박사는 한숨을 가볍게 내쉬고는 어쩔 수 없다는 듯한 표정을 지었다.

"그럼, 잘 가게. 이번 일은 고마웠네."

슬기와 나는 박사님께 인사를 하고 연구소 주차장에 세워 둔 차에 올랐다.

"슬기야. 이젠 다시 우리 일상으로 돌아가는 것만 남았네."

"뭔가 섭섭하기도 하고, 홀가분하기도 하고……."

"우리가 다시 약국에서 일하다 보면 우리가 개발한 약이 나오겠지?"

"하루라도 빨리 약이 나와 사람들이 병으로부터 안전해지면 좋겠어."

슬기와 나는 서로 마주 보며 웃었다. 긴장이 풀리자 갑자기 졸음이 몰려오는 듯했다.

"우리, 오늘은 쉬고 내일부터 열심히 다시 시작하자."

"그래."

집으로 도착한 나는 씻고 난 후 텔레비전을 켰다. 몹시 졸렸지만 약 개발과 관련한 보도가 있는지 궁금해서였다. 텔레비전의 뉴스에서는 마침 신약 개발 관련 소식이 나오고 있었다.

"지금 대한연구소에서 신종 바이러스 치료약을 개발했다고 합니다. 조만간 판매될 거라고 합니다."

"신종 바이러스로 인한 사망자는 96명이라 합니다. 노약자, 어린이, 임산부는 특히 조심하시길 바랍니다. 이상 CDC뉴스였습니다."

'우리가 좀 더 서둘러 연구에 임했다면 사망자가 생기지 않을 수도 있었는데 정부와 보건당국이 너무 안이했어.'

이런저런 생각에 자리에 누워서도 오래 뒤척였는데 어느새 잠이 들었던 모양이다. 창문 사이로 들어온 햇살에 눈을 떠보니 벌써 평소의 출근 시간을 넘어서고 있었다.

또다시 일상을 시작하게 되었다.

며칠 후 약국에 도착하니 슬기는 어느새 와서 커피 한 잔을 앞에 놓고 신문을 읽고 있었다. 나는 밝게 인사를 건넸다.

"소연아, 일찍 왔네. 방금 대한연구소에서 전화 왔었는데 빠르면 오늘부터 약을 판매할 수 있대. 지금 우리 약국으로 약이 올 거라니까 준비하고 있자."

그동안의 고생과 약의 판매에 대해 이런저런 이야기를 하며 약이 빨리 도착하기만을 우리는 기다렸다.

"소연 양, 치료약을 가지고 왔다네."

반가운 목소리가 들려왔다.

"어머, 박사님이 직접 가져오신 거예요?"

"자네들에게 고맙기도 하고, 약국 개업 때도 못 와 봐서 겸사겸사 왔다네."

"잘 오셨어요. 그런데 약이 생각보다 빨리 나왔네요."

"약을 만들면 바로 각 약국마다 배부하기로 했다네. 그래야 당장 필요한 사람들이 이용할 수 있지 않은가."

"박사님, 서둘러서 일 추진을 잘 하셨네요."

김 박사는 손을 저으며 말했다.

"모두 여러 사람들이 고생한 덕분이지. 자네들도 정말 애썼네."

김 박사는 우리를 격려해 준 후 바쁘다며 서둘러 자리를 떴다.

딸랑딸랑. 약국 문이 열리며 한 여자가 들어섰다.

"저, 뭐 좀 물어볼게요. 저희 아들이 오늘 아침에 밥을 먹고 얼마 뒤 구토를 하더니 열이 나면서 쓰러지는 거예요. 혹시 이게 신종 바이러스인가요?"

"신종 바이러스가 맞는 것 같아요. 병원에 가 보셨어요?"

"아뇨, 아직……."

"일단 병원에 가서 검사를 해 보세요. 신종 바이러스라면 치료약이 나와 있으니 의사가 처방을 해 줄 거예요."

"그럼 괜찮을까요?"

"그럼요. 얼른 병원에 가보세요."

"네. 감사합니다."

그녀는 서둘러 나갔다. 유행하는 전염병에 대한 예방약과 치료약이 준비된 것은 환자들이나 환자를 접하는 우리에게 정말 다행한 일이었다. 고통 받는 환자를 보는 것은 정말 가슴 아픈 일이다. 시간이 갈수록 병원 처방전을 들고 약국을 찾아오는 사람들이 늘었다.

　그렇게 신종 바이러스에 걸린 사람들의 병도 조금씩 나아가는 것 같았다. 그러고는 시간이 흐르면서 신종 바이러스는 사람들 사이에서 서서히 잊혀져 갔다. 나는 걱정이 되기 시작했다.

　'사람들이 약이 모든 걸 해결해 줄 수 있다고 생각해서 큰일이네. 병이 생겨나면 금방 약에 의존하고 나으면 잊어버리니, 앞으로 약으로도 고치지 못하는 병이 나오면 어떡하려고 약에 저렇게들 의존하는 걸까?'

　딸랑딸랑. 한 여자가 남편이 타고 있는 휠체어를 밀어 약국 안으로 들어와 처방전을 내민다. 나는 처방전을 받아들고 말했다.

　"잠시만 기다리세요."

　그런데 이상한 것은 그녀가 의자에 앉아 있는 남편을 바라보며 자주 눈물을 훔치는 것이었다.

　"저, 약 나왔는데요."

　"얼마예요?"

　"10,600원입니다."

　"10,600원이요?"

　그녀는 고개를 떨구고는 주머니를 뒤져 꼬깃꼬깃 구겨진 천 원짜리 일곱 장을 꺼내 나에게 주며 말했다.

　"나머지 돈은 내일 갖다드려도 될까요?"

　"그냥 칠천 원만 주세요."

　그녀에게서 생활의 고달픔을 느낀 나는 그녀가 내민 돈만으로 충분하다고 말한 것이다. 여자는 연신 죄송하다며 다음에 또 오겠다는 말을 남기고 남편과 함께 약국을 나갔다. 옆에서 지켜 본 슬기는 한숨을 내쉬며 말했다.

　"저 분들, 너무 힘들어 보여. 안됐다."

우리와 함께 살아가는 사람들 중에는 힘들게 살아가는 안타까운 이들이 매우 많다. 특히 병으로 고통 받으면서도 경제적으로 어려워 두 가지 고통을 모두 겪는 이들을 나는 더 안타깝게 느낀다.

"소연아, 며칠 전에 그 부부 있지, 누군지 알았어."

슬기가 중요한 사실을 알게 되었다는 표정으로 심각하게 말했다.

"누구? 그때 돈이 부족하다던?"

"응. 근데 그분들 좀 안 됐더라."

"왜?"

"부부가 장사를 했었는데 남편이 배달을 갔다가 교통사고를 당했대."

"정말?"

"근데 더 안타까운 건 상대가 뺑소니를 했다는 거야."

"아직 못 잡은 거야?"

"아니, 경찰들이 잡긴 했는데 글쎄 고2 남학생이라네."

"뭐? 어떻게 고등학생이……."

"근데 그 남학생도 부모님이 이혼하고 아버지와 할머니랑 사는데 반항심에 아버지 차를 타고 나갔다가 그렇게 된 거래."

"그래도 그 남편 분은 보상금 받지 않아?"

"그런데 그 남학생 집도 잘살지 못해서 보상금은커녕 입원비도 주기 힘들 정도래."

"그래? 그분들 형편은 어떻대?"

"그분들도 형편이 안 좋은가 봐. 아줌마가 남편 병수발 드느라 일도 못하고 있으니……."

"그렇구나……. 우리가 작은 보탬이 될 방법은 없을까?"

나의 말이 끝나자마자 슬기가 반색을 하며 말했다.

"나도 너한테 그 말 하려고 했는데……."

"근데 그 집이 어딘지 알아?"

"응, 우리집 근처더라."

"그럼 네가 퇴근할 때 그 집에 한번 가 봐."

"응!"

슬기는 즐거운 표정으로 대답을 했다. 우리는 미소를 주고받았다.

집으로 돌아와 내내 '그분들께 도움이 되는 일이 뭐가 있을까?' 하는 생각을 줄곧 하다가 잠을 청했다. 그런데 갑자기 전화기가 울리는 바람에 잠깐 잠이 들려던 나는 깜짝 놀라 눈을 떴다.

"여보세요?"

"나, 슬기야. 자고 있었어?"

"아냐, 막 자려던 참이야. 내가 알아보란 거 때문에 전화했구나?"

"응, 내가 너무 늦게 전화했니?"

"아니야, 어떻게 됐어?"

"아, 그 집에 찾아가니까 아주머니께서 우리가 자신들을 기억해 주고 찾아와 줘서 고맙대."

"또 다른 건?"

"그냥 오늘은 얼굴만 보고 왔어. 무작정 도와준다고 하면 혹시 자존심 상해 할까 봐 걱정이 되기도 해서……."

"그래. 그럴 수도 있겠다. 그냥 보기엔 어때? 도와야 할 것 같아?"

"너무 서두르지 말고 천천히 하자. 내일 같이 이야기해 보자."

"그래, 그럼 내일 너의 집 근처로 갈게."

다음날은 일요일이었기 때문에 슬기와 나는 슬기집 근처에서 만나기로 했다. 느긋한 아침 시간을 보낸 나는 슬기를 만나기 위해 집을 나섰다.

빵! 빵!

"슬기야, 여기야."

"늦게 나와서 미안."

밝게 웃으며 슬기는 차에 올랐다.

"아니야, 괜찮아. 내가 길을 모르니까 네가 가르쳐줘."

"당연하지, 출발~!"

슬기의 안내로 그 아주머니 집에 금방 도착했다.

똑똑. 아주머니가 문을 열고 내다보았다.

"누구세요?"

"안녕하세요. 오늘 찾아뵙겠다고 말씀드렸는데……."

"내 정신 좀 봐. 그새 잊어버렸네."

아주머니의 민망해 하는 웃음에 우리도 따라 웃었다.

"어서 들어와요."

아주머니의 안내로 안으로 갔다. 아저씨는 불편한 몸으로 방에 누워있었다.

"안녕하세요."

"반가…… 콜록콜록…… 워요."

아저씨가 인사말도 제대로 건네지 못했다.

"지난번보다 몸이 더 안 좋아지신 것 같아요."

"감기까지 걸렸어요."

아주머니가 대답했다.

"몸도 안 좋으신데 감기까지……."

"그래도 많이 나아졌으니 곧 괜찮아질 거예요."

"혹시, 저희가 도울 일이 있을까요?"

나의 말에 아주머니는 대답하기를 망설였다. 슬기가 말을 건넸다.

"두 분께서 장사를 하셨다고……."

"장사를 했었죠, 얼마 전까지만 해도……."

"그럼 지금은 장사를 안 하시나요?"

"남편이 움직이기 불편해서 내가 늘 같이 있어야 되니, 다른 사람에게 넘겼어요."

"아……. 사고 낸 쪽에서는 보상금을 받으셨나요?"

"아니요. 그쪽도 상황이 좋지 못한지 조금만 시간을 달라는데 저희도 어쩔 수 없었어요."

"그럼 지금 수입은 없는 상태예요?"

"제가 집에서 조금씩 일거리를 받아 하는데 남편 병원비로도 많이 부족하죠."

아주머니는 고개를 떨구고 한숨을 깊이 내쉬었다.

"그러면 저희가 약값을 조금 보태면 어떨까요?"

"약값을요?"

아주머니는 많이 놀란 듯 우리를 바라보았다.

"네."

"약값이 많이 들 텐데……, 미안해서……."

"괜찮아요, 저희 직업이 약사니까 저희가 아저씨 약은 책임질게요."

"이런 착한 아가씨들이 있나."

아주머니는 우리 손을 덥석 잡으며 말했다. 아주머니의 손이 따뜻했다.

"뭘요, 서로 돕고 사는 거죠."

"그래도 미안해서……. 공짜로 남의 도움을 받는 건 도리가 아닌 듯 싶어서……."

"그럼 한번씩 저희가 찾아뵐 때 맛있는 밥을 해주세요. 부모님과 떨어져 지내다 보니 엄마가 해주시는 밥이 그립거든요."

"그거야 어렵진 않지만."

아주머니가 계속 미안해 하는 것 같아 우리는 자리에서 일어섰다.

"그럼 저희는 가 볼게요. 다음에 또 올게요."

"아니 벌써 가려고. 물 한 잔도 대접 못 했는데……."

우리는 아주머니에게 다음에 올 때 오래 놀다 가겠다고 이야기하고 밖으로 나왔다. 나의 마음은 무언가 모를 따뜻함으로 가득 차 올랐다.

"슬기야, 우리 뭔가 뿌듯한 일을 한 것 같지 않아?"

"응! 이웃이 어려울 때 도움을 줘야지."

"정말 기분 좋은 날이다. 우리, 어디 가서 밥이나 먹자."

"그래, 좋아."

우리 둘은 손을 맞잡고 어린아이들처럼 기뻐했다.

"슬기야, 너 고등학교 동창회에서 우편물 왔어?"

"그게 뭐야? 아, 그 우편물. 출발하느라 바빠서 못 뜯어보고 그냥 나왔는데……. 뭐라고 보냈어?"

"잘 지내냐는 안부 인사."

"달랑 그것만?"

실망하는 듯한 슬기를 보니 웃음이 나왔다, 우린 고등학교 시절을 매우 즐겁게 보냈었지. 지금도 그리워할 만큼.

"그리고 우리가 고등학교 때 적었던 자신의 미래."

"넌 그때 뭐 적었어?"

"나? 안 적었어."

"정말? 난 그때 선생님이 되고 싶다고 적었었는데. 아, 옛날 생각난다."

슬기는 두 손을 머리 위로 올려 크게 기지개를 켜며 약국 출입문 쪽으로 걸어가 밖을 내다본다. 나도 슬기 옆으로 걸어가서는 슬기의 옆구리를 쿡 찔렀다. 슬기가 웃으며 나의 팔을 잡았다. 우리는 깔깔거리며 그때처럼 장난을 치기 시작했다.

2010년 우리가 고등학교 1학년이던 그해. 모든 게 신기하기만 했지만 고등학교 1학년이라는 시기는 미래를 위해 자신을 가혹하게 단련하는, 힘든 고등학교 생활의 발판이어야 했다.

"이젠 고등학생이니 다들 정신 똑바로 차리도록, 이상."

아침 조회가 끝나고 시끄러워지기 시작하는 교실. 아이들은 저마다 불평을 늘어놓기 시작했다.

"아침부터 잔소리! 듣기 싫어."

"짜증나, 고등학생이 뭐라고 맨날 저런대."

"참, 대한민국 고등학생이란……."

"후유!"

친구들의 말을 듣고 있는 나는 조용히 한숨을 내쉰다. 고등학교에 들어오면서 학교, 학원, 집을 순환하는 생활로 피곤이 쌓여 졸기 일쑤다. 나름대로 정신을 차리고 공부한다고 하지만 필기가 된 노트를 보면 도대체 이해할 수 없는 말들이 가득 적혀 있다. 중학교 때는 고등학생들이 야자하기 싫다고 하면 그게 뭐 어려울까 생각을 했었는데 생각과는 달리 많이 힘들었다. 야자 시작 종이 울리면 모두 책을 펼쳐 그날 가는 학원 숙제를 하거나 자기 나름대로의 공부를 하는데 사람을 너무 지치게 하였다.

매일 아침 일찍 일어나 열두 시나 되어야 집에 들어가는 나. 꿈 없이 부모님이 공부하래서 하는 것 같아 삶의 즐거움을 모르고 살았다.

'내가 무엇이 되려고 이렇게 공부해야 되는 걸까? 공부를 잘해야만 잘 사는 걸까? 돈을 잘 벌면 다 즐거울까?'

그렇게 시간 낭비를 하는 것만 같았다.

"넌 꿈이 뭐야?" 가끔 친구들이 나에게 물어 올 때마다 나는 "꿈, 아직 없는데"라고 얼버무리기 일쑤였다.

"꿈이 없어?"

"응. 너흰 뭐가 되고 싶은데?"

"난 사회복지사가 돼서 불쌍한 사람들을 도와주고 싶어."

"난 현모양처. 하하, 농담이야. 유치원 선생님이 되고 싶어. 아이들과 노는 것이 재미있거든."

"사회복지사, 유치원 선생님도 좋지만 내 꿈은 한의사가 되는 거야."

"너희는 정말 꿈에 대하여 생각을 많이 했구나. 난 내가 뭘 하고 싶은지 잘 모르겠어."

"그럴 땐 네가 잘하는 것과 좋아하는 것을 생각해 봐. 그럼 너의 꿈이 생길 거야."

"내 꿈이 생기면 너희에게 말해 줄게."

친구들의 대화로 난 나의 꿈이 무엇인지 깊이 생각하곤 했다.

'난 무엇이 하고 싶을까? 무엇이 되고 싶을까?'

그 이후로 주위의 직업들을 관심 있게 살펴보았고, 내가 좋아하는 일들을 찾았던 것 같다. 그러다 결정적으로 내가 하고 싶은 것을 찾게 된 일이 있었다.

몸이 아파 병원엘 갔다가 약국에 갔다. 처방전을 건네주고 의자에 앉아 약국을 살펴보았다. 꼬마아이부터 할머니까지 나이와는 상관없이 그곳에 온 사람들은 모두 아파 보였다. 그 속에서 약사는 환하게 웃으며 아픈 사람들의 기분을 좋게 만들어주는 것 같았다. 그때 비로소 나는 약사가 되고 싶다는 꿈을 가지게 되었다. 평소에는 관심 있게 보지 않았던, 남녀노소 나이와 상관없이 아픈 사람을 돌볼 수 있는 직업인 약사.

"소연아, 너 무슨 생각을 그렇게 골똘히 해?"

"어? 옛날 생각이 나서."

"옛날? 언제?"

"내가 약사가 되고 싶다는 꿈을 가졌을 때."

"아, 그때 아프다고 병원 갔다가 와서는 약사가 될 거라고 했을 때?"

"응. 그때 정말 이 일이 하고 싶다고 느꼈어."

"그때 무슨 일이 있었기에 갑자기 하고 싶다고 한 거야?"

"아무 일도 없었어. 그냥 왠지 그날 따라 아픈 사람들을 내가 주는 약으로 낫게 할 수 있다는 생각을 하니 기분이 좋았어."

"그래서 약사가 되고 싶었다고?"

"응. 신기하지? 그때 '이건 네 직업이다'라고 누가 말해 주는 것 같았어."

"그러는 넌 왜 약사가 되고 싶었어?"

"난······."

슬기가 초등학교 1학년이 될 때였다. 슬기의 집 형편은 아버지의 병으로 나날이 힘들어졌다. 그러다 어머니가 버는 돈으로는 아버지의 약값을 감당할 수 없었다. 결국 슬기의 아버지는 제대로 약을 못 드시고 힘들어 하시다가 돌아가셨다. 아버지의 장례식을 치르며 약사가 되어 아버지처럼 약값이 없어 약을 못 먹고 제대로 치료 받지 못하는 사람들에게 약을 줄 것이라고 슬기는 마음속으로 다짐했다.

"아, 그랬구나. 미안해, 내가 괜한 걸 물어 봤네."

"아니야, 언제가는 너에게 말해 주고 싶었어."

슬기와 나는 지금까지 못했던 이야기를 나누며 우리의 우정을 더 돈독히 하였다.

여러분은 꿈을 가지고 있나요? 제 꿈을 찾기까지 정말 많은 꿈을 꾸었고, 그것들이 수없이 바뀌었답니다. 만약 확신하는 꿈을 가지고 있지 않다면 시간을 가지고 천천히 생각해 보세요. 그러면 자기가 하고 싶은 꿈이 무엇인지 알게 될 거예요.

후기

꿈에 대한 책을 쓴다고 했을 때 나의 꿈에 대해 생각해 보게 되었다. 하고 싶은 것은 많은데 그 중 하나만을 골라야 한다는 것이 힘들었다.

"정말 내가 커서도 하고 싶다는 생각이 들게 하는 것이 뭘까?" 하는 의문을 던져보았다. 처음 책을 쓰면서 꿈이라는 단어를 떠올리며 쓰는 것이 무척 힘이 들었지만 그만큼 보람도 크다.

꿈, 더 이상 무가 아닌 유로 나에게 다가왔다.

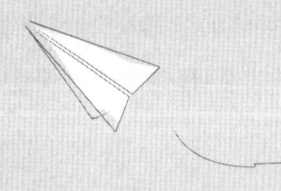

방황 끝에 돌아온 행복

진수인

그는 손수건으로 눈물을 훔치고 말을 이었다.

"그분은 아무 꿈도, 희망도 없이 멋대로 살던 제가 바른 길로 갈 수 있도록 이끌어

주신 분이었습니다. 그분도 저와 마찬가지로 학교 역사선생님이셨습니다. 이건

제가 군에 입대한다는 소식을 듣고 저에게 주신 것이지요."

그는 천천히 하모니카를 들고 〈로렐라이 언덕〉을 연주하기 시작했다.

머리말

소설을 몇 번 써보기는 했지만, 완결을 낸 건 몇 편 안 되는 것으로 기억합니다. 무엇보다 이번처럼 마음먹고 써본 적도 잘 없었구요. 무엇보다도 글을 쓰면서 머리를 싸매는 창작의 고통에 엄청나게 시달렸다는 것이 조금은 신선한 경험이 된 것 같습니다. 글의 배경선택은 자신 있는 것으로 했다고 생각했는데, 막상 시작을 해 보니, 글의 내용이 전혀 다루어보지 않은 '멜로' 라는 장르더라구요. 부족한 점도 많이 있으리라 생각합니다. 하지만, 저 나름대로 열심히 고민하고 노력한 글이니, 재미없으시더라도 끝까지 읽어주시면 감사하겠습니다. 그리고 본문에 독일어가 많이 나오는데, 주인공이 모두 독일인이고, 배경 또한 독일인지라 일치시키자는 의도에서 시도한 것입니다.

내용은 2차세계대전 이전의 삭막한 독일사회, 전쟁터, 전후를 살아가는 한 소년 — 혹은 남자 — 의 일대기입니다. 그 소년이 사회의 밑바닥에서 사고 치면서 뒹굴지만, 그런 소년을 끝까지 포기하지 않는 선생님, 그 선생님의 애정이 그저 부담스럽기만 하던 소년은 결국 선생님의 사랑이 가식이 아닌, 진심이란 것을 깨닫게 된다는 것이지요.

여러분께도 소중한 선생님이 계신다면, 제 글을 읽으면서 그분을 떠올려보는 것은 어떨까요.

그리고, 글을 쓰는 데 격려해 주시고 많은 도움을 주시고, 지원을 아끼지 않으신 부모님과 블로그 지인 Immortalpzkpfw, 프리드리히, Basilius, Dust 님, EastRoma 님, 하얀세상 님, 그리고 친구 '이상윤' 과 '어대경' 에게 특별한 감사를 표합니다.

등장인물

프란츠 하이겔 (Franz Heigel)
베를린 출신의 소년. 아버지 없이 어려운 환경에서 태어나, 거리의 소년으로 자라나며 비뚤어진 성격을 가지게 되었다. 그의 담임선생인 볼프강의 지나친 관심이 귀찮아 가출한 이후 '안나 폰 리델하이머'라는 소녀를 만나게 되었고, 비관적이던 그의 인생관이 바뀌기 시작한다. 이후 무장친위대 장교인 '에른스트 팔머'의 권유로 친위대에 들어가 전쟁 영웅이 된다.

안나 폰 리델하이머 (Anna von Ridelheimer)
브라운슈바이크(Braunschweig) 출신의 상류 집안의 외동딸. 부친은 부유한 사업가로, 모자란 것 없이 생활했으나, 1차대전 후 사업이 위기에 처하게 되자, 일가족이 회사를 살리기 위해 고군분투하면서 혼자 외롭게 지내왔다. 그로 인해 가출을 결심하게 되고 프란츠를 만나게 된다.

볼프강 슈트라이저 (Wolfgang Straiser)
프란츠의 김나지움 담임선생이자, 역사선생. 프란츠를 자기 아들처럼 여기고 있으며, 무슨 일이 있을 때마다 프란츠를 옹호한다. 그런 그를 프란츠는 불편해 한다.

에른스트 팔머 (Ernst Falmer)
무장친위대 소령으로, 프란츠가 무장친위대에 입대하게 만든 장본인. 교활함으로 악명이 높다.

짐머만 중위 (Zimmermann SS-HaupfFührer)
동부 독일, 굼빈넨 출신의 베테랑 병사로, 프란츠의 목숨을 구한다.

노의사 (Die Alte Ärzt)
프란츠의 아버지와 1차세계대전 때 함께 싸웠던 전우. 프란츠에게 그의 아버지의 이야기를 들려주는, 프란츠의 과거와 현재를 이어주는 인물.

Einleitung (프롤로그)

"Ich bin Mörder(저는 살인자입니다)."

1972년, 프랑크푸르트 암 마인에서 열린 독일 참전용사들의 모임에서 연단에 선 한 노인이 기자들과 다른 참전용사들 앞에 서서 말했다. 그는 자신의 주머니에서 낡고 손때가 묻은 하모니카를 꺼내 보이며 조용히 말했다.

"저는 베를린 출신으로 제 1SS LSSAH(Waffen SS 1st Panzer Abteilung-Leibstandarte Schutz-Staffel Adolf Hitler)에서 복무했고, 지금은 바이에른의 시골 학교 교사를 하고 있는 프란츠 하이겔입니다. 이 하모니카는 저에게 정말로 소중한 분께서 주신 선물입니다. 그러나 저는 이것을 볼 때마다 제가 저지른, 씻을 수 없는 죄악을 떠올리지요."

그는 손수건으로 눈물을 훔치고 말을 이었다.

"그분은 아무 꿈도, 희망도 없이 멋대로 살던 제가 바른 길로 갈 수 있도록 이끌어주신 분이었습니다. 그분도 저와 마찬가지로 학교 역사선생님이셨습니다. 이건 제가 군에 입대한다는 소식을 듣고 저에게 주신 것이지요."

그는 천천히 하모니카를 들고 〈로렐라이 언덕〉을 연주하기 시작했다.

Kapitel 1. Franz (1장 프란츠)

1918년, 전 유럽을 광기로 몰고 갔던 1차세계대전이 종식되었고, 황제라는 최고 권력자가 사라져버린 독일은 거의 무정부상태로 변해 버렸다. 그런 가운데, 베를린의 한 집에서는 '프란츠 하이겔'이라는 이름의 아이가 태어났다. 축복 받을 탄생이었으나, 그 아이는 축복 받지 못했다. 그가 태어나고 얼마 지나지 않아 집으로 날아온 한 장의 전사통지서 때문이었다. 실의에 빠진 그의 어머니는 아이를 거의 방치하였으며, 그는 거리의 아이가 되었다. 그가 볼 수 있었던 베를린의 모습은 대낮에 총탄이 날아다니며, 붉은 기를 든 이들과 들지 않은 이들 사이에서 벌어지는 패싸움이었다. 아이는 매일 그런 장면만을 보고 있었다. 거리에 나가 보면 늘 사람들이 피를 흘리며 쓰러져 있었고, 그런 이들을 방치한 채 또 다른 싸움이 벌어지고 있었다. 뿐만 아니라, 골목에서는 조금 큰 아이들 역시 전단지를 뿌리며 주먹다짐을 벌이고 있었다. 개중에는 그 아이 또래의 아이들도 있었다. 당시 부모가 없거나, 둘 중 한쪽이 죽은 아이들은 이렇게 정당의 삐라를 뿌리며 용돈벌이를 하곤 했는데, 가끔 상극인 정당의 삐라를 뿌리던 아이들은 정치와는 아무런 관련이 없음에도 불구하고 원수라도 만난 것처럼 주먹질을 해댔던 것이다.

얼마 후, 아이는 학교에 입학하게 되었다. 그리고 자석에 이끌리듯 다른 아이들과 함께 삐라를 돌리기 시작했다. 당연히 주먹다짐을 하게 되었고, 그럴 때마다 얻어맞기도, 두들겨 패기도 하면서 골목의 아이로 성장해 나갔다. 시골 친척의 도움을 받아 아이는 어렵게 김나지움에 입학하였으나, 김나지움 안에서도 소문난 문제아였다. 학교 안에서나 밖에서나 그 아이는 주먹을 휘둘러댔다. 아이의 어머니는 아이의 일에 관여하려 하지 않았고, 모든 선생들도 그 아이를 꺼려했다. 그럼에도 그의 담임이자 역사교사였던 볼프강 슈트라이저만큼은 아니었다. 여느 때와 달리, 이번에는 경찰관을 폭행해서 입건된 아이는 그를 위해 경찰서까지 찾아온 그의 담임을 노려보며 소리쳤다.

"더 이상 나에게 관여하지 마! 당신이 내 아버지라도 돼?"

"이놈이!"

경찰이 손을 들어 아이를 후려치려 하자, 볼프강은 경찰의 앞을 막아섰다. 그러나 아이는 선생을 거칠게 밀어내고 경찰에게 달려들어 주먹을 먹이려 했으나, 그의 주먹은 경찰이 아닌, 그를 막아선 선생을 가격했다. 선생은 아무런 내색도 않고 아이를 데리고 경찰서 밖을 빠져나왔다. 경찰서 밖에서도 아이는 여전히 그의 담임에게 반항했다. 아이는 그의 손을 뿌리치며 소리쳤다.

"왜 자꾸 날 간섭하는 건데? 당신이 대체 뭐야!"

그럼에도 불구하고 볼프강은 아이의 눈높이를 맞추고 포옹하며 말했다.

"프란츠, 이러지 말거라. 널 내 아들처럼 사랑하니까 이러는 거란다. 난 네가 잘못된 길로 가는 것을 원하지 않아."

부드럽게 타이르는 볼프강을 아이는 거칠게 밀었다. 넘어지며 흙탕물에 빠져 신음하는 볼프강을 보며 지나가던 남자가 툭 던지듯 말했다.

"미친 양반이로군. 생긴 건 멀쩡하게 해가지고 말이야. 요즘 세상에 저런 애들이 말을 듣던가? 그냥 내버려두는 것이 차라리 나을 텐데. 몸만 고생하는구면."

그럼에도 불구하고, 볼프강은 이내 아이를 쫓아갔다.

"프란츠, 이러면 안된다. 학교로 돌아가자. 응?"

"그만! 그만! 그만! 내 인생이야. 내가 어떻게 살건 당신이 무슨 참견이야? 제발 그만 괴롭히고 꺼져!"

그날 이후로, 아이는 학교에 모습을 드러내지 않았다. 교무실에서는 교사들이 앉아서 그 아이에 대해 한마디씩 던졌다.

"하아. 정말 살 것 같아요. 그 애가 없으니까 학교가 정말 조용하지요?"

"그러게 말입니다. 진작 좀 사라져주었음 참 좋았을 텐데 말입니다."

그 누구도 아이를 걱정해 주지 않았다. 오히려, 사라져주어서 참 고맙다고 말하고 있었다. 볼프강은 가만히 앉아서 그들의 이야기를 듣다가, 신경질적으로 펜을 소리 나게 내려놓았다. 모든 교사들이 숨을 죽이고 그를 쳐다보았다.

"오늘은 먼저 가보겠소. 다들 수고하시오."

말은 그렇게 했으나, 속뜻은 '한 번만 더 프란츠에 대해 그딴 소리를 한다면 당신들 국물도 없을 줄 알아'라고 하는 것이었다. 교사들은 볼프강이 나간 후에 이해할 수 없는 그의 행동에 대해 다들 한마디씩 하곤 했다. 미쳤다는 데부터 시작해서, 그 아이에게 꼬투리가 잡혔다느니 하는 이야기가 하나씩 들렸다. 그들 사이에 끼여 있던 한 교사가 조용히 말했다.

"전 오히려 응원해 주고 싶어요. 우리가 할 수 없고, 할 거라고 생각하지도 않았던 일을 볼프강 선생님이 대신해 주시잖아요? 이런 우리의 모습을 부끄러워해야 하는 것 아니에요? 볼프강 선생님이야말로 진정한 선생님이라고 생각해요."

모두가 그 말에 고개를 끄덕였지만, 여전히 프란츠에 대해 가지고 있는 생각은 똑같았다. 문제아, 폭력배, 꼴통, 평생 고쳐지지 않을 인간쓰레기.

그 시간, 볼프강은 어렵사리 프란츠의 집을 찾을 수 있었다. 베를린의 여러 주거지역 중에서도 가장 빈곤한 이들이 사는 곳에서도 한참을 들어가서야 프란츠의 집을 찾을 수 있었다. 주변에는 동냥을 하러 다니는 이들이 여기저기 널려있었고, 싸움통에 죽어나간 이들의 시체가 정리되지 않은 채 길바닥에 널브러져 있었다. 히틀러가 집권한 후로 나아진 편이지만, 아직도 공산당과 나치로 나눠진 이들은 길거리에서 하루가 멀다 하고 싸움을 벌이고 있었다. 볼프강은 코를 찌르는 악취에 인상을 찌푸리면서도 프란츠가 산다는 조그만 3층짜리 건물로 들어가 프란츠의 집 문을 두드렸다.

"계십니까? 프란츠, 안에 있니? 들어가도 될까?"

묵묵부답. 돌아서려는데, 문이 살짝 열렸다. 초췌한 모습의 여인이 빼꼼이 내다보고 있었다. 볼프강은 급히 문을 닫으려는 것을 막고 물었다.

"프란츠의 어머니 되십니까?"

"누……구세요?"

"저는 프란츠의 학교 담임인 볼프강 슈트라이저라고 합니다."

"그 아이, 지금 여기 없어요."

그녀는 그렇게 말하고 문을 닫으려 했으나, 볼프강은 문 틈에 발을 집어넣고는 물었다.

"프란츠의 이야기를 듣고 싶습니다. 잠깐이면 됩니다."

"전 이제 그 아이와 상관없어요. 그러니 그 아이가 돌아오기 전에 여기서 나가세요."

"부인!"

볼프강은 마치 자신과 프란츠는 아무런 관련도 없다는 듯이 이야기하는 프란츠의 어머니를 원망하듯 불렀다. 하지만 더 이상 말을 이을 수 없었다. 여인이 급히 볼프강을 문 밖으로 밀어내고 문을 닫아버렸기 때문이었다. 계단으로 누군가가 올라오는 소리가 들렸다. 볼프강은 계단 앞에 서서 아래를 내려다보았다. 또 싸움을 했는지, 여기저기 멍이 든 프란츠가 비틀거리며 올라오고 있었다. 프란츠 역시 인기척을 느꼈는지, 멈춰 서서 천천히 위를 올려다보았다.

"또 싸웠니?"

부드럽게 물었지만, 프란츠는 아무런 대답도 하지 않고 계단을 올라왔다. 그러나 볼프강은 그의 앞을 막아서고 비켜주지 않았다. 거기에 슬쩍 부아가 치밀었는지, 프란츠는 볼프강을 밀쳤으나, 볼프강은 그 자리에서 꿈쩍도 하지 않았다.

"당신, 대체 왜 나를 이렇게 못살게 구는 거야? 내가 그때 분명히 말했지? 더 이상 간섭하지 말라고."

"오늘은 반드시 들어야겠다. 너한테 무슨 일이 있었는지."

볼프강도 질 수 없다는 듯이 프란츠의 말을 받아쳤다. 그러자, 프란츠는 잠시 볼프강을 노려보더니, 이내 주머니에서 무언가를 꺼내어 볼프강을 향해 휘둘렀다. 칼이었다. 정확히 볼프강의 목을 노리고 날아든 것이었으나, 그것은 볼프강의 뺨을 스치고 지나갔을 뿐이었다.

"프란츠!"

"망할 놈의 영감쟁이! 죽어버려!"

계속해서 칼을 휘둘러대던 프란츠를 가방으로 막던 볼프강은 아랫배에 찌릿한 통증을 느꼈다. 아랫배에 칼이 꽂힌 것이었다. 당황한 쪽은 오히려 프란츠였다. 생각 없이 휘둘러대던 칼이, 정말로 박힐 줄은 꿈에도 몰랐던 것이다. 볼프강은 말없이 칼을 뽑아내어 바닥에 던졌다. 그리고 겁먹은 표정의 프란츠의 어깨를 두드려주고 피가 흐르는 아랫배를 움켜쥐고 건물 밖으로 빠져나왔다. 그 순간, 눈앞이 흐릿해지면서 볼프강은 의식을 잃었다.

"……신이 드십니까?"

누군가의 목소리에 볼프강은 눈을 떴다. 분명히 프란츠의 집에 갔다가, 프란츠가 휘둘러대던 칼에 찔려 그 아이의 집을 빠져나오다가 쓰러진 것까지는 기억이 난다. 하지만, 그 사이의 일은 하나도 기억이 나질 않는다.

"제가…… 어떻게 여기에 있는 거지요?"

"아, 어떤 애가 여기까지 선생님을 업고 왔습니다. 참……, 요즘 세상에 그렇게 바르게 큰 애도 있군요. 곤경에 처한 사람을 구할 줄도 알다니……."

볼프강은 의사의 말에 문득 떠올라 물었다.

"그 애는요? 그 애는 어디 있습니까?"

"그 애라면, 경찰서에 간다고 하더군요. 글쎄요, 가는 이유는 저도 모르죠. 신고를 하러 가는 것 같았습니다만……."

의사는 어깨를 으쓱해 보이곤 병실 밖을 나섰다. 몸을 일으키려 했으나, 아랫배에서 느껴지는 통증에 몸을 일으킬 수 없었다. 일 분 일 초라도 빨리 프란츠에게 가야 했으나, 그러지 못하는 자신이 너무나도 한심스러웠다.

"또 너냐."

경찰서장이 지겹다는 듯한 표정으로 물었다.

"어, 불만 있어?"

"많지. 이번엔 또 뭐냐? 네놈이 순순히 기어들어온 걸 보아하니, 뭔가 큰일을 저질렀나 보구먼."

"쪼잔하게 그런 소리 그만 지껄이고 밥이나 줘. 밥때잖아."

못마땅하게 그를 쳐다보던 경찰서장을 무시하고 프란츠는 유치장 바닥에 주저앉았다. 처음에 칼로 찔렀을 때 두려웠고, 볼프강이 바닥에 쓰러졌을 때도 공포감을 느꼈다. 하지만, 그를 병원에 데려갔고, 이렇게 제 발로 유치장에 들어앉았으니, 더 이상 죄책감을 느낄 필요는 없다고 생각하며 편하게 머리를 벽에 기대고 식사를 하고 있었다. 돌처럼 딱딱한 빵을 씹어 먹고 있을 때, 누군가가 이쪽으로 걸어오더니, 프란츠가 있는 유치장의 문을 열었다.

"프란츠 하이겔, 석방이다. 나와."

"무슨 개소리야? 하루 만에 석방이 어딨어?"

프란츠의 말에 경찰관도 고개를 절레절레 저었다.

"나도 궁금하다. 맘 같아선 네놈을 총으로 쏴버리고 싶다만, 그 양반이 꺼내라고 아우성이니."

"그 양반은 또 누구야?"

프란츠의 눈꼬리가 올라가더니, 신경질적으로 소리쳤다.

"누구긴 누구야. 네놈 뒷바라지 해주는 그 양반이지. 잔말 말고 빨리 튀어나와!"

그는 프란츠의 멱살을 잡고 밖으로 내동댕이쳤다.

"나도 바쁜 몸이라고. 별것 아닌 것 가지고 말썽이야. 앙?"

프란츠는 먼지를 털고 밖으로 나왔다. 경찰서 의자에 앉아 있던 볼프강이 프란츠를 발견하고 몸을 일으키려 했으나, 배의 통증 때문에 일어서지 못했다. 프란츠는 볼프강의 앞에 서서 말했다.

"내가 이런다고 해서 당신한테 고맙다고 할 줄 알아? 당신이 나를 그렇게 끔찍하게 위한다면, 이제부터 날 찾지 마. 차라리 그게 날 도와주는 거야. 알겠어?"

볼프강은 고통스런 얼굴로 프란츠를 올려다보며 무어라고 말하려 했으나, 눈물만 맺힐 뿐, 입을 열지 못하고 있었다. 프란츠는 몸을 휙 돌려 경찰서 문을 신경질적으로 걷어차며 나갔다. 프란츠를 따라 나가려는 볼프강을 부축해 주며 경찰서장은 딱하다는 표정으로 말했다.

"선생도 이젠 그만 하십시오. 저놈은 싹수가 노란 놈입니다. 선생만 괴로울 뿐이라고요."

볼프강은 그의 말에 고개를 절레절레 저으며 서장의 부축을 받으며 지팡이를 짚고 힘겹게 자리에서 일어났다. 그리고 서장에게 말했다.

"나는 포기하지 않소. 내가 맡은 학생을 포기한다는 것은 선생으로서의 의무를 다하지 않는 것일 뿐 아니라, 저 아이에게 죄를 지는 것이오. 아시겠소?"

서장은 그의 완강함에 고개를 절레절레 저었다. 이제 더는 말 못하겠다는 표정이었다. 볼프강은 절뚝거리며 경찰서 밖을 나섰다.

그렇게 경찰서를 나온 프란츠가 향한 곳은 기차역이었다. 그의 주머니에 들어있는 돈은 고작 20마르크였다. 정처 없이 거리를 돌아다니던 프란츠는 역 앞에 멈춰 섰다.

— 뒤셀도르프 (에센) 편도 15마르크.

그는 아무 거리낌 없이 역무원에게 돈을 내고 표를 끊었다. 아무 계획도 없이 그저 맘 내키는 대로 떠나는 길이었다.

"잠시 후 뒤셀도르프행 열차가 도착할 예정이오니, 승객 여러분들은 짐을 분실하시지 않게……."

안내방송이 나온 지 얼마 지나지 않아 열차가 요란한 경적소리를 울리며 역에 멈춰 섰다. 프란츠는 승무원에게 표를 건네주고 열차에 올라탔다. 그는 자리를 찾으며 중얼거렸다.

"K10……."

열차 안은 사람으로 붐볐다. 아마, 한창 철강공업이 발달하고 고속도로를 놓고 있는 서쪽 지역에 일거리가 많아서, 일자리를 얻으러 가는 사람들일 것이다.

"K10, 찾았다."

두 칸을 건너서야 겨우 자리를 찾은 프란츠는 자리에 털썩 주저앉았다. 그의 옆과 맞은편 좌석에는 아무도 없었기에, 편하게 다리를 맞은편 좌석에 올려놓고 편안히 의자에 몸을 묻고 눈을 감았다. 기차의 기적소리가 아득하게 들려왔다.

한편 볼프강은 아픈 아랫배를 움켜쥐고 베를린의 거리를 배회하고 있었다. 프란츠가 갈 만한 곳은 이미 거의 다 찾아보았다. 나치당사에도, 뒷골목에도, 집에도 프란츠는 없었다.

"설마……."

볼프강은 베를린 역을 보며 중얼거렸다. 하지만, 그의 발걸음은 이미 역을 향해 옮겨지고 있었고, 역 앞에 서 있는 역무원에게 물었다.

"이보시오, 잠시 뭐 좀 물어봅시다."

"예. 말씀하십시오."

완장을 차고 있는 남자가 친절하게 대답했다. 볼프강은 올라오는 통증을 꾹 누르며 말했다.

"혹시, 여기 열일곱 살쯤 되는 남학생이 오지 않았소? 그러니까, 내 말은……, 조금 남루한 갈색 코트에, 청색 모자를 쓰고, 키는 한 180쯤 되는 학생 말이오."

"아아, 그 학생 말입니까? 큰 키 때문에 기억하고 있지요. 표를 사들고 들어가는 것을 보았습니다만, 벌써 떠났습니다. 뒤셀도르프행 표를 사들고 갔는데, 그 열차는 30분 전에 떠났거든요. 왜 그러십니까?"

"아니오. 됐소. 그러면, 그 열차가 도착하는 대로 슈판다우어슈트라쎄 38번지로 전보를 넣어줄 수 있겠소? 그리고, 열차에 프란츠 하이켈이라는 사람이 타고 있는지 확인해 주시오."

"아……, 예. 알겠습니다. 근데 그 학생은 왜 찾으시는 거죠? 혹시 아드님이신가요?"

"아닙니다. 제 학생입니다. 그렇지만 제가 아들처럼 생각하는 아이지요."

역무원은 고개를 끄덕이며 전화를 걸었다.

"아, 네. 수고하십니다. 베를린역입니다. 그쪽에 도착할 HQ-110 열차가 도착하면, 프란츠 하이켈이라는 승객을 확인해 주시길 바랍니다. 예, 예. 감사합니다."

그는 전화기를 내려놓고 볼프강을 보며 어깨를 으쓱해 보이며 말했다.

"뭐, 그쪽에서 알았다고 하니, 연락 줄 겁니다. 연락 오는 즉시 전보를 쳐 드리겠습니다. 주소를 적어놔 주세요."

Kapitel 2. Wenn Franz Treffen Anna (2장 프란츠가 안나를 만날 때)

얼마나 곯아떨어졌을까, 곤하게 자고 있을 때, 프란츠는 자신을 건드리는 손길에 문득 눈을 떴다.

"뭐야?"

신경질적으로 올려다본 쪽에는 자기 또래의, 나들이복을 입은 소녀가 서 있었다. 순간 멍하니 올려다보고 있는 프란츠에게 그 소녀가 말했다.

"좀 비켜줄래? 여기 내 자리거든."

프란츠는 고개를 창 쪽으로 돌리며 다리를 내렸다.

"고마워."

고맙단 말을 들을 행동은 아니었지만, 프란츠는 고개를 끄덕이며 창밖을 내다보았다. 밖으로 보이는 풍경은 전부 넓은 들판이었다. 이미 날은 어두워져 달빛과 열차의 불빛만이 밖을 비출 뿐이었다. 베를린의 꽉 막힌 거리만을 보고 자란 프란츠에게 이렇게 넓은 들판은 마음을 흔들어놓기에 충분했다.

"얘, 너 어디 가는 거니?"

소녀의 물음이었다. 정신없이 창밖을 내다보던 프란츠는 고개를 살짝 돌려서 소녀를 흘끔 보고는 무뚝뚝하게 대답했다.

"뒤셀도르프."

"뒤셀도르프라……. 베를린에서 출발한 열차니까, 우와, 엄청 먼 곳까지 가는구나. 근데, 거긴 왜 가는 거야?"

"그거 알아서 뭐 하게?"

신경질적인 프란츠의 대답에 소녀는 살짝 놀란 듯했다. 하지만, 끈질기게도 계속 물어왔다.

"내가 곤란한 걸 물어본 거 같네. 그럼, 이름은 뭐야? 그 정도는 대답해 줄 수 있겠지?"

"프란츠 하이겔."

"반가워, 프란츠. 나는 안나. 안나 폰 리델하이머. 브라운슈바이크 출신이야."

미소 지으며 하는 인사를 건성으로 받은 프란츠는 브라운슈바이크라는 말에, 언젠가 먹었던 브라운슈바이크 소시지를 떠올리곤 피식 웃었다.

"브라운슈바이크? 그나저나 부잣집 따님께서 왜 이런 밤중에 행차를 하시는지?"

이름 가지고 빈정대는 것이었다. 하지만, 안나는 그런 건 상관없다는 듯 좋아하며 말했다.

"도르트문트의 친척집에 가려고. 혼자 나오게 되어서 심심하다 싶었는데, 잘됐다."

"이쪽은 전혀 아니야."

그와 함께 프란츠의 뱃속에서 들려오는 효과음. 프란츠는 아무렇지도 않다는 듯, 가방에서 종이로 싼 삶은 감자를 꺼내 먹기 시작했다. 삶은 감자라곤 하지만, 언제 삶았는지, 먼지가 여기저기 묻어있는, 꽤 오래된 것이었고 맛도 없었지만, 먼지를 대충 털어내고 한입 베어 물었다. 무슨 돌을 씹는 것 같은 기분이었지만, 먹을 것이라고 해 봐야 그것뿐인 프란츠는 울며 겨자 먹기 식으로 감자를 씹고 있었다.

"으응……. 그런 거 먹지 말고 이거 먹어."

언제 자리를 옮겨 프란츠의 옆에 앉았는지, 프란츠의 감자를 보던 안나가 자신의 소풍가방에서 샌드위치를 꺼내 건네준다.

"필요 없어."

"그러지 말고, 이거 먹어. 그렇게 오래된 거 먹으면 속에 탈 난다구."

얼른 받으라고 내미는 샌드위치의 유혹을 차마 견디지 못한 프란츠는 낚아채다시피 받아들고 게걸스레 먹어치웠다. 제대로 된 음식이래야 가끔 나치당의 삐라를 돌리고 받은 돈으로 사먹는 빵이 전부였던 프란츠에게 이런 음식은 사치였다. 그의 담임인 볼프강이 몇 차례 도시락을 싸온 적이 있었으나, 그럴 때마다 자기 자신이 집어던져 버렸던 것이다. 지금 와서 생각해 보니 미안한 마음이 들었다. 내용이 기억은 나지 않지만, 정성스럽게 쓴 편지가 안에 들어있던 것 같았다.

"많이 있으니까 천천히 먹어."

목이 막혀서 캑캑거리는 프란츠의 등을 두드려주며 다정하게 말하는 그 모습에, 언젠가, 기억도 아득한 옛날 ─ 지금은 아닌 ─ 어머니의 모습을 떠올리게 되었다. 친척이 보내준 돈으로 모처럼 어머니가 만들어준 요리를 급하게 먹다가 목에 걸렸을 때, 부드럽게 등을 두드려주며 말해 주던 그때를 떠올린 프란츠의 몸이 갑자기 떨리더니, 소리 죽여 울기 시작했다.

"너에게 무슨 일이 있었는지 내가 알 수는 없지만, 아마 너도 나처럼 외로웠 겠지?"

슬픈 빛을 띤 표정으로 중얼거리는 안나의 말을 들은 프란츠는 가만히 그녀 의 말에 귀를 기울였다.

"나, 너나 남들 말대로 부잣집 외동딸이라서, 부족한 것 없이 가지고 싶은 건 다 가지고 살았어. 하지만, 한 번도 외롭지 않다는 생각을 하지 않은 적이 없어. 전쟁이 끝나고 나서, 아버지는 살아 돌아오셨지만, 어떻게든 회사를 살려야 한 다고 여기저기 바쁘게 다니시고, 어머니도 그런 아버지 뒷바라지를 하시면서 집 에 들어오시는 날이 거의 없었어. 남동생이 있긴 했지만, 그 애는 외가에 가 있 고. 난 혼자였지. 맘을 터놓고 이야기할 사람도 없었고. 사실, 친척집에 간다고 하는 것도 거짓말이었어. 너무 답답하고 외로워서, 사람이 조금 많은 곳이라면 덜 할까, 나와 이야기가 통하는 사람을 만날 수 있을까 싶은 마음에 나온 거거든. 도르트문트에 간다고는 했지만, 사실 도르트문트에 가더라도 갈 곳은 없어."

프란츠는 아무 말도 할 수 없었다. 처음 봤을 때의 인상이 너무나도 활기차 고 명랑해 보여서 이런 모습이 있을 줄은 생각지도 못했기 때문에. 안나는 눈가 를 손등으로 훔치고는 프란츠를 향해 웃으면서 말했다.

"그래도 다행이다, 널 만날 수 있어서. 가는 내내 혼자거나 이상한 사람을 만 나면 어쩌나 싶었거든."

프란츠는 그 모습을 보자 자기도 모르게 얼굴이 붉어졌다. 그래서 고개를 돌 리면서 퉁명스럽게 말했다.

"뭐……. 다행이라면 다행이겠지. 이쪽은 전혀 아니지만."

쿡 하며 웃는 소리가 들렸지만, 프란츠는 아무 반응도 보이지 않았다. 그저, 오랜만에 배부르게 먹었기 때문에, 잠이 올 뿐이었다. 창문에 머리를 기댄 프란 츠의 눈이 천천히 감겼다. 이런 일이 싫지는 않았던지, 프란츠의 얼굴에는 옅은 미소가 드리워져 있었다.

그의 꿈에는 오랜만에 밝은 장면이 펼쳐졌다. 늘 보아오던 어두운 도시의 빈민가가 아닌, 아름답게 펼쳐진 태고의 들판. 마치 에덴동산과도 같다는 느낌을 받았다. 그곳에서의 자신은 밝게 웃고 있었다. 마치 세상의 고통과 시름 따위는 전혀 겪어보지 않은 듯한, 그런 천진한 얼굴이었다. 꿈속의 자신과 대면하는 순간, 프란츠는 눈을 떴다. 그리고 여전히 열차 안에 앉아 있는 자신의 절망적인 모습을 발견하고 흐느꼈다. 학교에서 문학시간에 얼핏 들은 적이 있었다.

"꿈을 꾸면 왜 슬픈지 아나? 꿈속의 세상은 현실이 아니기 때문이야. 그 이상 세계에 있지 못하는 자신을 발견한 인간은 슬픔에 빠지게 되지."

문학선생의 목소리가 귓속에 생생했다. 그 수업 후로 자신은 어떠한 꿈도 꾸지 않겠다고 결심했다. 꿈 때문에 절망할 것이라면, 아예 꿈을 꾸지 않겠다는 생각이었다. 흐느끼던 끝에, 프란츠는 뭔가 달라진 것이 있음을 느꼈다. 자신의 어깨에 기대어 눈을 감고 조용히 자고 있는 소녀, 안나였다. 왠지 웃음이 나왔다. 울던 얼굴에, 아직 눈물이 채 가시지 않은 얼굴로, 프란츠는 웃었다. 그러나 함께 떠오르는 생각 한 가지.

'난 도르트문트 가는데…….'

안나의 말이었다. 프란츠는 순간 창밖을 내다보았다. 이정표에 쓰여진 지명에는 이미 도르트문트를 벗어났고, 에센을 벗어나고 있었다. 프란츠는 머리를 쥐어뜯었다.

"아아……. 정말 왜 이렇게 되는 일이 없냐고…….."

실수야, 실수야, 절대 의도한 게 아니야. 이렇게 자신을 정당화하여도, 벌써부터 프란츠의 머리에는 뒷일로 벌어질 사건들이 떠올라 미칠 것 같았다. 결국, 프란츠는 안나를 흔들어 깨우며 말했다.

"야, 너 좀 일어나 봐."

"으……. 웅? 아……. 프란츠? 여기 어디야?"

기지개를 펴며 묻는 안나의 물음에 프란츠는 여전히 인상을 쓰고 있었다. 프란츠는 화를 꾹 누르는 듯한 목소리로 물었다.

"에센이다. 너 이제 어떻게 할래?"

안나는 잠시 창밖과 프란츠를 번갈아보더니, 별것 아니라는 듯이 말했다.

"그냥 너랑 같이 가면 되잖아? 그게 좋겠지? 그럼 덜 심심하잖아."

"미치겠네! 문제는 그게 아니잖아? 나도 아무 계획 없이 베를린이 싫어서 기차 탄 거고, 너도 아무 계획 없이 빠져나온 거 아냐?"

"그럼 우리 둘 다 같은 처지네? 오늘 일은 오늘 걱정하고 내일 일은 내일 걱정하랬잖아. 뒤셀도르프에서의 일은 뒤셀도르프에 가서 생각하면 되잖아. 나 말했잖아. 어차피 도르트문트에 가더라도 아는 사람은 없으니까 오히려 같이 지낼 수 있는 친구랑 같이 있으면 더 좋잖아. 너도 그렇지?"

"신이시여……."

프란츠는 난생 처음으로 신을 찾았다. 대체 상식이 통하질 않는다는 생각에 더 짜증이 났다. 물론 안나가 싫지는 않았지만, 이렇게 되면 곤란하게 되는 건 프란츠 자신이었기 때문이다.

"설마, 걱정되는 거야?"

"그래. 알면서 그러냐? 미치겠네."

프란츠의 걱정을 알기나 하는지, 안나는 생글생글 웃고 있었다. 아마 동행이 생겼다는 것이 좋았기 때문일 것이리라. 매우 낙천적인 성격의 안나를 프란츠는 못마땅하게 여기고 있었다. 프란츠는 불현듯 안나에게 물었다.

"그러고 보니, 너 도르트문트에 친척 있다며? 근데, 뭐? 아는 사람이 없다고?"

안나는 조심스레 고개를 끄덕이며 말했다.

"그래. 나 거짓말 했어. 도르트문트에 아는 사람은 하나도 없어. 친척이 있다는 건 그저 핑계였을 뿐이야. 그냥 바람을 좀 쐬고 싶어서. 그러다가 널 만나게 된 거고."

프란츠는 잠시 분을 식히고 안나의 말에 귀를 기울였다. 안나는 프란츠의 시선을 피하며 말을 이었다.

"사실, 처음 만난 순간 네가 맘에 안 들었어. 예의 없게 남의 자리에 발이나 올리고, 남루한 옷차림에, 쌀쌀맞은 말투까지……. 하지만, 네가 우는 모습, 그걸 봤을 때 네가 나 이상으로 상처를 많이 가지고 살아가고 있다는 것을 어렴풋이나마 알 수 있었어. 겉으로는 강한 척하지만, 그건 단지 상처입고 눈물 흘리는 자신의 약한 모습을 가리기 위한 가면이었음을 말이야. 그런 나와 비슷한 너의 그런 모습 때문에 너에게 이끌렸을 거야. 사실, 네 옆에서 잠들 때, 그냥 그대로 시간이 멈춰버렸으면 했었어. 나…… 왠지 널 좋아하게 된 거 같으니까, 그대로 좋은 사람의 어깨에 기대고 영원히 잠들고 싶다고……."

얼굴에 슬픈 빛을 띠고 말하는 안나를 무슨 말로 위로해 주어야 할 것인지 프란츠는 알지 못했지만, 아무 말도 하지 않는 것이 그녀를 위한 것임은 알 수 있었다. 괜히 위로하겠답시고 말을 꺼냈다간 더 큰 상처만 안겨주게 될지도 모르니 말이다. 대신 팔로 안나의 어깨를 감싸 안았다. 프란츠의 품에 안겨 안나는 소리없이 흐느꼈다. 그 모습에, 프란츠는 안나와 줄곧 함께 해주고 싶다는 생각이 들었다. 조용하고 평화로운, 누구도 상처를 입지 않을 곳으로 떠나버리고 싶은 생각이 들었다. 하지만, 프란츠는 그럴수록 마음을 다잡았다. 안나가 자신이 좋다고 한 것처럼, 자신의 우중충한 모습에 대비되는 명랑한 그녀가 좋았다. 다만 처음 만난 사이이고, 감정 표현엔 서툴렀기 때문에 표현하지를 못했을 뿐이었다. 그는 결심했다. 자신과 함께 하면서 고생을 하게 하느니, 집으로 돌려보내겠다고. 안나는 원하지 않을 것이 분명했지만, 프란츠가 안나를 위해 해줄 수 있는 최상의 방법은 그것뿐이었다.

그렇게 대략 한 시간이 지난 후, 차장의 딱딱한 군대식 말투가 뒤셀도르프에 도착했음을 알리고 있었다.

"종착점 뒤셀도르프에 도착했습니다. 내리실 분은 짐을 분실하시지 않게 주의하시길 바랍니다."

승무원이 칸 안에 들어와서 호루라기를 불며 외쳤다. 안나는 일어나서 프란츠의 손목을 잡아당겼다.

"이런다고 해서 해결될 건 아무것도 없잖아? 일단 내리고 보자. 응?"

마치 앙탈이라도 부리는 듯한 안나에게 못 이겨 프란츠는 안나와 함께 열차에서 내렸다. 모든 광경이 신기하다는 듯 역을 둘러보는 안나에 비해 프란츠는 근심이 가득한 얼굴로 모자를 눌러쓴 채로 밖을 나서고 있었다. 그때, 누군가가 등 뒤에서 자신을 부르는 듯한 소리, 아니, 자신을 부르는 소리가 들렸다.

"어이, 거기 학생!"

"젠장."

프란츠는 중얼거렸다. 그리고 안나에게 조용히 말했다.

"지금부터 뛰어. 알았지? 이유는 나중에 가르쳐줄 테니까."

그 말을 마치기 무섭게 프란츠는 달리기 시작했다. 프란츠와 부딪혀 넘어진 사람들이 욕지거리를 내뱉었지만, 프란츠는 지체할 시간이 없었다.

"학생! 잠깐만! 잠깐! 아, 정말! 아무나 저 학생 좀 잡아줘요!"

뒤를 힐끗 돌아본 프란츠는 그가 역무원이란 사실을 알았지만, 몰래 빠져나온지라, 가출 신고가 접수되었으면 꼼짝없이 베를린으로 돌아가야만 하기 때문에, 베를린으로 돌아가기가 죽기보다도 더 싫은 프란츠는 전속력으로 달렸다. 그러나 다리에 힘이 풀린 안나가 주저앉아버린 바람에 프란츠는 잠시 그 자리에 멈춰 서 있을 수밖에 없었다. 안나를 내려다보는 프란츠의 눈동자가 흔들렸다.

"젠장!"

프란츠는 안나를 내버려 둔 채로 그대로 달렸다. 자신을 부르는 안나의 목소리가 뒤에서 들려왔지만, 프란츠는 눈을 감고, 귀를 막은 채 달리며 중얼거렸다.

"미안……. 미안……. 정말 미안……."

얼마를 달렸을까. 프란츠는 결국 다른 역무원에게 붙잡혔다. 발악을 했지만,

역무원의 가마솥 뚜껑 같은 손바닥이 프란츠의 따귀를 후려갈겼고, 그렇게 붙잡힌 프란츠는 그대로 역 사무실에 앉아 있을 수밖에 없었다. 그를 쫓던 역무원이 숨을 헐떡이며 사무실 안에 들어와서는 프란츠를 가리키며 악담을 퍼부어댔다.

"정말 나쁜 놈이로구만. 어떻게 넘어진 여자애를, 그것도 자기랑 같이 있던 애를 던져놓고 그냥 갈 수가 있어? 그리고, 켕기는 게 없으면 그 자리에 멈추면 될 것을, 왜 도망을 쳐서 사람 고생하게 만들고 난리야? 에이, verrückt(미친 놈)……."

욕지거리를 하며 그 역무원은 신경질적으로 전화통을 집어들었다. 프란츠의 따귀를 갈긴 역무원이 불독 같은 눈으로 프란츠를 노려보고 있었다.

"아, 예. 지금 확인했습니다. 너, 프란츠 하이젤 맞지?"

그는 수화기를 잡고 누군가와 통화하던 도중, 프란츠에게 물었다. 프란츠는 말없이 역무원을 노려보다가 고개를 끄덕였다.

"맞다는군요. 그럼, 바꿔드릴까요? 예. 알겠습니다. 야, 전화 받아라."

전화를 건네주는 역무원의 손에서 수화기를 빼앗듯이 들고 전화를 받았다.

"여보세요? 프란츠냐?"

익숙한 목소리다. 그의 담임, 볼프강이다. 프란츠는 부아가 치밀어 올랐다.

"당신……. 다시는 날 찾지 말라고 했을 텐데."

"뒤셀도르프에 있는 거냐? 오, 하나님 맙소사. 곧 점심때인데, 점심 먹을 돈은 있고? 그래, 내가 언제까지 가면 되겠니?"

"그런 거 당신이 알 필요도 없고, 여기에 굳이 올 필요도 없어. 끊어."

신경질적으로 수화기를 내려놓은 프란츠는 주머니에 손을 찔러넣고 사무실을 나섰다. 역무원들은 프란츠를 향해 미친 놈, 호로 자식이라고 손가락질 했지만, 이미 그런 류의 욕을 많이 들었던지라 개의치 않았다. 문 앞에 서 있는 안나를 보는 순간, 프란츠는 고개를 돌렸다. 미안함에서였다. 안나 역시 아무 말없이 프란츠를 가만히 보더니, 빨갛게 부어버린 프란츠의 볼에 손을 가져다대었다.

"옥! 치워!"

깜짝 놀란 프란츠는 거칠게 안나의 손을 떼어냈다. 안나는 손을 내린 채, 조심스럽게 말했다.

"다쳤잖아. 괜찮아? 괜히 나 때문에……. 설마, 베를린으로 돌아오라는 거야?"

"아니. 별 미친 놈이 날 아는가 보더라고."

"그럼, 베를린으로 안 돌아가도 되는 거네?"

역을 나서서 근처의 조용한 공원에 들어와서까지도 풀이 죽어 있던 안나가 미소를 지으며 물었다.

"어, 그런 셈."

"하아, 난 또 뭐라고. 괜히 걱정했네. 그래, 그럼 이제 어떻게 할 거야? 시간을 보니까 점심은 먹어야겠고. 뒤셀도르프는 베를린만큼이나 큰 도시니까 묵을 곳도 많을 거야. 그렇지, 프란츠?"

"너, 안 돌아갈 거냐?"

자신을 보며 묻는 프란츠의 물음에, 들뜬 안나의 목소리가 가라앉았다. 그리고 여태껏 본 적 없는 진지한 표정으로 말했다.

"절대 안 돌아갈 거야. 다시 브라운슈바이크의 집으로 돌아가지 않을 거라고."

안나의 그 말을 들은 프란츠는 벌컥 화를 냈다.

"개소리 작작해! 태어나서 모자란 것 없이 지내왔으니까, 배부른 소리 하는 거냐? 날 따라다녀서 뭘 하게? 하, 싸움이라도 거들게? 웃기고 앉았네. 너 따위, 있으면 짐만 될 뿐이야. 그러니까 제발 내 앞에서 꺼져!"

그렇게 말한 프란츠는 꽉 쥔 자신의 주먹이 부들부들 떨리며 풀리는 것이 느껴졌다. 이러고 싶지는 않았다. 안나를 힘들게 하고 싶지 않아서 한 말이었지만, 자신도 모르게 베를린에서나 뱉어대던 거친 말투가 튀어나왔다. 안나는 눈도 깜빡이지 않고 얼마간 프란츠를 보더니, 왈칵 울음을 터뜨리며 프란츠에게 한마디 던졌다.

"너도…… 결국 다른 사람들이랑 똑같아!"

그리고는 역을 향해 달려가는 소녀의 뒷모습을, 프란츠는 감히 쳐다볼 수 없었다. 뒤쫓아 가서 붙잡을 수 있을지도 모른다. 하지만, 웃긴 짓이었다. 자기가 싫다고, 꺼지라고 해놓고선 내가 잘못했으니 같이 있자고 할 수는 없었기에, 프란츠는 그 자리에서 바닥만 쳐다보고 있을 수밖에 없었다.

"젠장할!"

프란츠는 욕지거리를 내뱉으며 고개를 돌렸다. 잠시나마 좋아하게 된 사람을 잃었다는 생각에 그는 울상을 짓고 있었다. 하지만, 안나의 모습은 이미 보이지 않았다. 역 안으로 들어가는 인파들에 섞여서 찾을 수 없었다. 떠나도 좋다. 하지만 자기로 인해 상처를 입은 안나에게 사과를 하고 싶었다. 그런 자신이 예전의 모습과 다르고 이상하다는 것은 잘 알았지만, 이대로 보내 버린다면 영원히 후회할 것만 같았기에, 프란츠는 역으로 달려갔다. 역 앞에서 두리번거렸으나, 안나의 모습은 없었다. 아까 그를 붙잡았던 역무원들이 의심 어린 눈초리로 프란츠를 감시하고 있었지만, 아랑곳하지 않고 열차가 대기하고 있는 곳으로 달렸다.

"곧 브라운슈바이크행 열차가 출발할 예정입니다. 승객 여러분은 탑승해 주시길 바랍니다."

안내방송이 울렸고, 프란츠의 마음은 더욱 다급해졌다.

"브라운슈바이크행 열차는 어디서 출발하지요?"

"3번 플랫폼으로 가 봐."

역무원에게 건성으로 인사를 하고 달려간 곳에 이미 열차는 떠나고 없었다.

떠나는 이들을 배웅한 사람들이 하나 둘씩 빠져나가기 시작했고, 그곳에는 프란츠만이 남아 있었다. 프란츠는 그 자리에 주저앉은 채, 떠나간 열차를 멍하니 바라보고 있었다. 미안한 마음이 북받쳐 올랐지만, 그 마음을 전할 수 없다는 고통에 애꿎은 바닥을 향해 주먹질을 했다.

"으아아아아!"

괴로움에서 우러나온 프란츠의 울음소리만이 플랫폼을 울렸다. 그렇게 한동안 있던 프란츠는 비틀거리며 역을 빠져나와 정처 없이 거리를 걸었다. 그리고 주머니에 손을 넣었을 때, 바스락거리는 소리를 듣고 그것을 꺼냈다. 곱게 접힌 종이였다. 프란츠는 조심스럽게 그 종이를 폈다. 안나의 것이라고 생각되는 우아한 곡선이 특징인 필기체로 이렇게 쓰여 있었다.

'꿈을 가지고, 꿈을 이루는 사람이 되기를. 그리고 그 꿈을 이루고 다시 만나길.'

Kapitel 3. Ernst Falmer, Die Fuchs (3장 에른스트 팔머, 모사꾼)

늦은 밤, 취객들조차도 길거리에서 잠을 청할 시간, 오직 가로등과 달빛만이 비추는 거리를 한 남자가 걷고 있었다. 남루한 옷 위로 드러난 처진 어깨는 그가 힘든 노동을 하고 있음을 알 수 있었다. 가로등 불빛에 책을 비추어 중얼거리며 읽는 그의 말투는 그가 뒤셀도르프 사람이 아님을 알 수 있게 해주었다.

"카틸리나여, 그대는 언제까지 우리의 인내심을 시험할 것인가? 우리를 조롱하는 그대의 광기는 언제까지 갈 것인가? 그대의 방종한 뻔뻔스러움은 언제 끝날 것인가?"

차림새와는 다르게, 라틴어를 정확하게 읽고 해석하는 그 모습은 보통의 부두 노동자와는 달랐다. 그는 계속해서 책을 읽어 내려갔다. 책을 읽던 그는 늘 그렇듯 서점 앞에 멈춰 섰다. 그는 오늘도 주머니를 뒤져 얼마 되지 않는 돈을 물끄러미 보다가 한숨을 내쉬었다.

서점 앞에 멈춰 서서 오랫동안 신간 서적들을 바라보고 있는데, 누군가가 그의 팔을 세게 잡았다. 취객일 것이라고 생각하고 거칠게 그 팔을 떼어내고 주먹을 쥔 채 쳐다본 곳에는 검은 제복을 입고 오른쪽 팔에 하켄크로이츠 완장을 찬 남자들이 몇 명 서 있었고, 그 뒤에 그들의 간부로 보이는 이가 서 있었다.

"어이, 지금은 통금시간이야. 그건 그렇다 치더라도, 에른스트 팔머 소령께서 지나가는데 못 본 체를 해?"

"에른스트 팔머 소령인지, 뭣인지, 나하고 무슨 관련이 있지?"

"이 새끼가!"

주먹을 날려오는 남자의 팔을 붙잡고 그대로 메쳐버리자, 뒤쪽의 남자들이 떼로 달려들었다. 하지만 그들은 한 명을 당해내지 못하고 그대로 길거리에 신음하며 누워버렸다.

"호오. 대단하구먼. LSSAH 대원들을 이렇게나 간단히 제압하다니."

남자는 비릿한 미소를 지으며 말했다.

"당신 뭐야?"

그는 다가와 손을 내밀며 말했다.

"아까 들은 그대로일세. LSSAH 제1대대장, 에른스트 팔머 소령일세. 자네, 맘에 들어."

"난 당신이 맘에 들지 않아."

"크훗. 재밌는 친구군."

그렇게 말한 에른스트는 바닥에 떨어진 책을 집어들어 표지와 사내의 얼굴을 보고는 의외라는 듯한 표정을 지었다.

"자네, 평범한 부두 노동자는 아닌 것 같군. 『카틸리나 탄핵』을 읽을 정도이니 말이야. 물론, 김나지움 학생이라면 다 하는 짓거리긴 하지만."

에른스트가 건네주는 책을 낚아채듯 뺏어들어 가방 안에 집어넣은 그는 여전히 에른스트를 경계하는 눈빛이었다.

"나한테 원하는 게 대체 뭐야?"

"원하는 것 따위 없어. 단지 자네가 사는 곳을 한번 가보고 싶을 뿐이네. 아아, 걱정하지 말게. 이 친구들은 깨어나면 알아서 돌아갈 거니까. 그리고 난 아무런 무기도 안 들고 있어. 앞장서게."

에른스트가 그의 눈을 잠시 쳐다보던 그 사내에게 턱짓으로 가라고 하자, 그 사내가 앞장서서 걷기 시작했다. 그의 집은 그곳에서 얼마 떨어지지 않은 낡아빠지고 냄새나는 싸구려 여관이었다. 에른스트는 들어서는 순간 진동하는 냄새에 인상을 찡그리며 주변을 둘러보고는 사내를 따라 계단을 올라갔다. 삐걱거리는 소리가 나는 어두운 복도 끝에 가서야 사내의 방을 찾을 수 있었다.

"여기요."

문을 열어주자, 에른스트는 방 안으로 들어가서 불을 켰다. 생각보다 깔끔한 방의 벽 한 모퉁이에 있는 낡은 책장에는 책들이 빼곡하게 꽂혀 있었다. 부두 노동자의 임금으로 이 정도의 책을 사 모았다는 것은 오랜 시간 동안 밥까지 굶어가며 책을 사 읽었음을 뜻한다. 책상 위에는 도서관에서 빌려온 책을 필사하던 공책이 놓여 있었다. 에른스트는 그 공책을 뒤적여보고는 뒤돌아서서 사내에게 물었다.

"이거, 헤로도토스의 『역사』가 아닌가? 이걸 필사한다고……?"

사내는 고개를 끄덕였다. 에른스트는 사내의 얼굴을 유심히 보았다. 모자를 쓰고 있을 때는 몰랐지만, 이제 와서 보니 꽤나 봐줄 만한 얼굴이었다. 살이 너무 없어서 그렇지, 살이 좀 붙는다면 꽤 괜찮은 외모였다. 에른스트는 공책을 내려놓고 의자에 앉아서 물었다. 사내가 덥혀 놓은 물로 커피를 타서 건네주자, 그것을 한 모금 마시고는 물었다.

"자네, 혹시 친위대에 들어올 생각 없나?"

자신의 양철 컵에 커피를 따르던 사내의 동작이 멈춘다.

"왜 그러나? 친위대는 안정된 직장이네. 아마 부두 노동자 임금의 몇십, 아니, 몇백, 몇천 배의 봉급을 받을 수 있지. 자네가 마음에 드는데, 특별히 SS 간부학교에 넣어주겠네. 장교로 바로 임관된다는 소리지. 어떤가. 솔깃하지 않나? 자네는 친위대에 입대할 수 있는 모든 조건을 갖추고 있어. 뿐만 아니라, 자네가 하고 싶은 공부도 할 수 있네. 나라에서 지원해 주니까. 후회하진 않을걸세. 오히려 나에게 감사하게 되겠지."

에른스트의 말을 다 들은 사내는 커피잔을 내려놓고 자신의 침대에 앉으며 말했다.

"그 제안, 거절하겠습니다. 제가 어째서 나치당의 개가 되어야 하지요?"

"하아, 나치당의 개라. 다들 그렇게 생각하고 있는가 보군. 근데 그건 틀린 걸세. 나치당도 나치당이지만, 우리는 본질적으로 독일을 위해 독일의 적들과 싸우는 거야. 물론 자네처럼 부두에서 일하는 것도 독일을 위한 것이지. 하지만, 좀 더 나은 환경에서 나은 대우를 받으면서 일하고 싶지 않은가? 자네 보아하니, 끼니도 굶는 것 같군. 친위대에 들어간다면 적어도 끼니는 굶지 않을 것 아닌가. 자, 이거라도 먹게."

대령이 건넨 봉지 안에는 샌드위치가 들어 있었다. 그것을 들여다보는 사내에게 대령은 웃으면서 말했다.

"내 단골 빵집에서 산 거라네. 맛은 내가 보장하지. 먼지 묻은 오래된 음식을 먹으면 속에 탈 난다네. 그 정도는 알고 있겠지."

'그렇게 오래된 거 먹으면 속에 탈 나……'

언젠가 들었던 그 소녀의 목소리. 사내의 손이 떨렸다. 대령이 조심스럽게 물었다.

"왜 그러나? 뭐라도 묻었나?"

"아, 아닙니다. 감사합니다. 잘 먹겠습니다."

대령은 대답이 맘에 들었는지, 몸을 의자에서 일어나 사내의 등을 가볍게 두드려주고 문을 나서며 말했다.

"커피 잘 마셨네. 그리고 혹여나 생각이 바뀐다면 나를 찾아오게. 관공서에서 에른스트 팔머 소령을 찾는다면 가르쳐줄걸세. 푹 쉬게. 내일 새벽부터 또 노동이잖나."

사내는 고개를 끄덕였다. 딸깍 하며 문이 닫히고, 대령이 계단을 내려가는 소리가 멀어지자, 그는 샌드위치를 입 안에 우겨넣으며 울었다. 잠시나마 행복했었던, 그날을 떠올리며.

조그만 쪽창을 통해 떠오르는 해가 눈에 들어왔다. 아무런 꿈도 꾸지 않았다. 밤을 꼬박 샜으니까. 하지만 어제의 일 그 자체가 꿈 같았다. 하지만, 바닥에 널브러진 샌드위치 조각과 봉지가 어제의 일이 꿈이 아님을 묵묵히 말해 주고 있었다.

"안나……."

소녀의 이름을 나지막하게 불러본다. 한동안 잊고 지냈던 그 소녀가 마지막으로 남기고 떠난 쪽지의 내용을 떠올려본다.

'꿈을 가지고, 꿈을 이루는 사람이 되기를. 그리고 그 꿈을 이루고 다시 만나길.'

사내, 프란츠는 천천히 몸을 일으켰다. 그의 생각은 오직 하나뿐이었다. 친위대에 들어가더라도, 자신의 꿈을 이루어 다시 당당하게 그녀, 안나 앞에 서서 그날의 일을 사과하겠다는 것. 복도는 조용했다. 아직 다른 방의 사람들은 눈을 뜨지 않은, 이른 시각이었다. 오직, 주인 할머니만이 일찍 교회에 다녀와서 여관방 사람들의 아침을 차리고 있었다. 프란츠는 계단을 내려가서 할머니에게 여느 때와 같이 아침 인사를 건넸다.

"좋은 아침입니다, 할머니."

"어, 그래. 이쁜 손주 일어났구나. 근데 오늘은 다른 날보다 좀 이른 것 같은데?"

"네. 어디 가 볼 데가 있어서요."

힘 없는 미소를 지어 보이며 프란츠는 문을 열고 거리로 나왔다. 어제 두들 겨 팼던 남자들이 그대로 퍼졌던지, 아직도 바닥에 널브러져 있었다. 프란츠는 그들 중 하나를 발로 툭툭 차며 말했다.

"어이, 일어나. 해 떴어."

"으으……. 윽! 네놈은……."

"그래. 나다. 너네 대장이 나 보잔다. 길 안내해."

"이 자식이……."

그는 주먹을 들려 했으나, 밤에 두들겨 맞은 곳이 아려오는 것인지, 제대로 몸을 가누지 못했다. 그는 프란츠를 노려보더니, 비틀거리며 길을 걷기 시작했 다. 그가 안내한 곳은 꽤나 고풍스러운 5층짜리 건물이었다. 문 앞에는 그들과 같은 검은 제복을 입은 이들이 서 있었고, 그들은 자신의 동료를 보고 꽤나 놀 란 표정이었다. 그들 중 하나가 웃음을 참으며 물었다.

"어이, 하인츠. 무슨 일 있었나?"

"그래. 내 뒤에 있는 이놈 덕택에 꽤나 고생했지. 라이히스슈트라쎄에 가 봐. 한스랑 빌헬름, 칼도 자빠져 있을걸."

"허헛, 굉장한 싸움꾼을 만났구먼. 그래. 어이, 유르겐. 하인츠랑 같이 가 봐. 그리고 거기 너! 나 따라 들어와."

남자가 자신을 향해 손짓을 하자 프란츠는 그를 따라 건물 안으로 들어간다. 건물 안에 들어서자마자 웅장한 석조 장식품들이 여기저기 눈에 들어왔다. 뿐 만 아니라, 길고 큰 창에서 들어오는 아침 햇살이 건물 안을 비추었으며, 바닥 의 붉은 카펫은 자신이 묵고 있던 여관의 싸구려와는 차원이 다른 고급스러운 것임을 한번에 알 수 있었다. 남자는 3층까지 올라가서 어떤 방 문 앞에서 멈추 었다. 그는 심호흡을 하고, 문을 두드리려다가 프란츠에게 물었다.

"어이, 자네 이름이 뭐지?"

"프란츠 하이겔, 어젯밤에 에른스트 팔머 소령을 만난 사람이라고 하면 알 거요."

그는 고개를 끄덕이곤 문을 두드리고 말했다.

"에른스트 팔머 소령님. 손님이 찾아왔습니다. 프란츠 하이겔이라고, 어젯밤에 소령님을 뵌 사람이라고 합니다."

"들어와."

방 안에서 들려오는 목소리에 그는 문을 열고 바로 경례를 붙였다.

"하일 히틀러!"

"나가 봐."

에른스트 소령의 말에 그는 문을 닫고 나갔으며, 프란츠는 문 앞에 굳은 채로 서 있었다.

"그래. 생각 좀 해봤나? 뭐, 자네 처지에 생각할 게 있기야 하겠나……."

평소 같았으면 한 대 먹여줬을 기분 나쁜 미소를 띄고 있는 그를 보고 감정을 억누르며 말했다.

"소령님의 그 제안, 받아들이겠습니다. 제발 저를 받아주십시오. 부탁입니다."

90도로 허리를 숙이는 그 모습에 오히려 소령이 당황한 듯하였다.

"아아, 이럴 필요는 없네. 허헛, 참. 허리를 펴게나. 자네는 이제부터 대독일 제국의 자랑스런 친위대야. 어디 가서 꿀릴 필요는 없단 말일세. 자, 내가 소개장을 써줄 터이니, 아까 자네를 데리고 왔던 그 친구에게 전해 주게. 그가 자네를 학교까지 태워다 줄 거야."

그는 금방 종이에 무어라고 쓰고는 사인까지 한 후 종이를 봉투에 넣어서 건네주었다. 그리고는 친절하게 문 앞까지 배웅해 주었다.

"자네는 분명히 뛰어난 친위대원이 될걸세. 내 장담하지. 아마 나와 같이 최정예 친위대인 LSSAH에 배속 받을 거야. 하사, 이 친구를 데려다주게. 내가 직접 추천서를 써 준 친구야. 잘 모셔 가게."

"예! 알겠습니다!"

소령의 명령에 그는 부동자세로 대답했다. 프란츠는 맘에 들지 않았다. 이런 규율에 얽매이는 것도, 나치당의 사병이 되는 것도. 하지만 이미 마음먹은 이상 번복하고 싶지는 않았다. 그리고 이것이 방법이라면 그 방법을 따를 수밖에 없었기에.

Kapitel 4. Lehrer und Heimat (4장 선생님과 고향)

콧부스에 위치한 친위대 사령부의 한 방에서 호탕한 웃음소리가 들려왔다. 그리고 그 방 안에는 검은 옷을 입은 두 명의 남자가 서 있었다. 약간 뚱뚱한 체구의 중년 남자가 활짝 웃으면서 그의 앞에 선 젊은 장교의 어깨를 두드려주며 말했다.

"프란츠 하이겔 대위, 축하하네. 역시나 자네다워. 이번 그리스 전투에서의 전공으로 히틀러 총통 각하께 직접 기사 십자장을 수여받는 데다가 모든 친위대원들을 대표해서 선서까지 하게 되니 말일세."

"과찬이십니다."

호탕하게 웃으면서 그를 치하하는 대대장의 말에 그는 열중쉬어 자세를 한 채 굳은 표정으로 대답했다.

"허헛, 왜 그러나. 이럴 땐 웃어도 된다네. 자네는 우리 대대의 자랑이야. 여태까지 제3대대나 다스 라이히 놈들이 설쳐대는 꼴을 보면서 배가 아파 죽는 줄 알았는데, 이제 자네가 내 답답한 속을 다 뚫어주는군. 고맙네, 고마워! 오늘, 바로 베를린행 비행기를 타게나. 그래야 총통 각하와의 만찬식에 맞추어 도착할 수 있어. 예행 연습이 있고 그 다음날이 바로 수여식이니 서두르게나."

베를린이란 말에 프란츠의 표정이 굳어지고, 어린 시절의 이미지가 영화 필름처럼 훑고 지나간다.

"프란츠? 프란츠 하이겔, 무슨 생각이 그리 많나? 서두르라니까."

"아, 네. 지금 바로 비행장으로 가겠습니다."

"그래. 나도 곧 갈 테니, 베를린에서 봄세."

손을 흔들어주는 대대장에게 경례를 붙인 프란츠는 문을 닫고 밖으로 나와서 한숨을 내쉬었다. 간부학교에서도 수석으로 졸업해서 소위 계급장을 단 그는 얼마 지나지 않아 터진 그리스 전선에 투입되어 기갑의 진격을 방해하던 적 진지를 함락하는 데 큰 공을 세워 1계급 특진, 그 이후의 고지 점령에서 그리스군 지휘관을 포로로 잡고, 전차를 노리던 중포를 파괴함으로써 다시 1계급 특진과 더불어 기사 십자장 수여가 결정된 것이었고, 때마침 계획된 친위대 열병식에 맞추어 가야 했던 것이었다. 콧부스는 베를린과 같은 브란덴부르크에 속해 있어서 꽤나 가까웠지만, 지금 시간이 점심을 막 넘어가고 있어서, 베를린에서의 예행 연습과 총통과의 만찬식에 맞추어 도착하려면 당장 출발해도 시간이 모자랄 판이었기에, 대대장은 프란츠를 재촉한 것이었다.

그는 일 년 전, 드레스덴에서의 일을 회상했다. 에른스트 팔머 소령 덕택에 부두 노동자였던 자신이 이렇게까지 출세할 수 있었기에, 그에게 약간은 감사하고 있었다. 하지만 자신의 활약이 신문에 대서특필되고, 그의 전공을 치하하는 사람들이 많았지만 그는 전우들에게 이렇게 말하곤 했다.

"사람을 죽여서 얻은 명예를 어디에 쓰지? 나는 이렇게 치하 받을지 몰라도, 내가 죽인 이들의 가족은 평생 나를 원망하면서 살 텐데."

지휘소 안의 사람들이 그를 보며 인사를, 경례를 하지만 기분이 좋지는 않았다. 거리에서는 그를 알아본 여성들이 사인과 포옹을 요청하지만, 모두 거절하고 비행장을 향해 천천히 걸어갔다. 비행장 한 블록 앞에서 그의 발걸음은 멈추었다. 그의 시선 끝에는 한 노인이 서 있었다. 그 노인의 시선 또한 프란츠에게 고정되어 있었다. 그 노인은 천천히 프란츠를 향해 걸어왔다. 그 노인은 프란츠의 앞에 서더니, 눈물을 주르륵 흘리며 그를 포옹하기 위해 팔을 벌렸다. 하지만, 프란츠는 그 노인을 매몰차게 밀어버렸다.

"다시는 내 앞에 나타나지 말라고 그때 분명히 얘기 했었습니다. 근데도 당신은 참 질기군요."

말투는 많이 공손해졌지만, 여전히 거부감을 띠고 있었다. 노인은 슬픈 낯빛이었다.

"프란츠. 너를 찾기 위해 뒤셀도르프를 뒤지고 다녔지만, 너를 찾을 순 없었다. 그런데, 얼마 전에 신문에 기사가 났더구나. 그리스에서 전공을 세웠다고."

"그게 당신과 무슨 상관이죠? 설마, 저보고 당장 이 짓거리를 때려치우라고 하시려는 것입니까?"

노인은 고개를 저었다. 하지만, 안타까운 눈빛이었다. 그 눈을 보았음에도 여전히 프란츠는 냉랭한 표정이었다.

"언제나 널 위해 기도하겠다. 하나님의 보호가 함께하길 바란다. 사랑한다, 프란츠."

그는 프란츠를 끌어안았다. 그리고 손에 쥐고 있던 작은 케이스 하나와 책을 건네주었다.

"힘들거나 싫증나면 언제든지 돌아오너라. 난 항상 거기 있단다. 그리고 이걸 볼 때마다 나를 생각해 주었으면 한다. 그리고 이건 네가 그렇게 읽고 싶어 하던 카이사르의 갈리아 전기다."

프란츠는 노인의 손으로부터 그것들을 낚아채고 냉정하게 말했다.

"선물은 감사히 받겠습니다. 하지만, 다음부터 제 앞에 나타난다면, 그때는 그냥 넘어가지 않을 겁니다. 그리고 제가 당신에게 돌아갈 이유도 없을 테구요."

"그래. 내가 너에게 입힌 상처가 있다면 용서해 주렴. 늙은이의 마지막 부탁이란다. 그럼, 잘 가거라. 내 사랑하는 제자야."

노인은 그 말을 남기고 반대쪽으로 걸어갔다. 프란츠는 그 노인의 뒷모습을 잠시 보고는 노인이 건네준 케이스를 열어보았다. 은빛 하모니카였다. 하모니카를 꺼내들었다. 고풍스러운 무늬가 새겨진 뒷면에 우아한 라틴 필기체로 음각된 글씨가 있었다.

'사랑하는 프란츠에게'

프란츠는 그걸 보고 코웃음을 치며 주머니에 넣고 비행장을 향해 걸어 들어갔다. 넓은 비행장 활주로에는 공군 조종사가 투덜대며 비행장 바닥에 굴러다니는 돌 조각을 걷어차고 있었다. 프란츠를 발견한 그는 다짜고짜 따지고 들었다.

"왜 이렇게 늦은 겁니까?"

"미안하네, 중위. 그럼 지금 바로 가도록 하지."

"나 원, 참……. 빨리 좀 다니십시오. 늦으면 제가 경을 친단 말입니다."

조종석에 올라탄 조종사가 비행기에 시동을 걸면서 말했다. 프로펠러가 회전하며, 비행기가 활주로를 천천히 달리기 시작했다. 그리고 속도가 붙자, 비행기는 하늘로 힘차게 날아올랐다.

"프란츠……. 부디 건강하거라. 다시 볼 수 있다면 좋겠구나."

노인은 하늘을 향해 날아가는 비행기를 보며 중얼거렸다.

"우우웩!"

프란츠는 비닐봉지에 대고 연신 구토를 해 댔다. 조종사가 혀를 끌끌 차며 말했다.

"비행기는 처음인가 봅니다, 대위님."

"어……. 으…… 우웩!"

또다시 먹은 것을 다 게워낸다. 조종사는 고개를 절레절레 흔들었다.

"앞으로 한 시간이나 남았는데, 그 시간은 어떻게 지내려고 그러시는 겁니까. 총통 각하 앞에 설 분이 그렇게 토해서 야위어지면 또 제가 경을 친단 말입니다. 그냥 눈 좀 붙이십시오. 잠자면 구토감이 덜할 겁니다."

"그렇게 하지. 고맙네."

기차를 탄다고 생각하고 몸을 의자에 맡겼다. 푹신한 쿠션의 감촉에 프란츠는 여태까지 쌓였던 피로가 한번에 몰려오기 시작했다. 그리고 5분도 되지 않아 곯아떨어졌다.

희미하게 드러나는 영상이 있다. 전쟁터였다. 잘 생각해 보니, 아마 그리스일 것이다. 그곳에서 적을 죽이는 자신을 보았다. 싫었다. 그가 원하는 건 전쟁터에서 사람을 죽이는 것이 아니었다. 그러나 그곳에서의 그는 그저 살기 위해서 본능적으로 총을 쏘고 있었다. 그리고 전투가 끝나자, 그 덕분에 살아남은 다른 병사들이 만세를 외치며 그를 헹가레를 치고 있었다. 만세 소리가 절정에 달했을 때, 그는 몸이 심하게 덜컹거림을 느꼈다. 꿈이었다.

"도착했습니다. 이제 깨시죠. 아주 푹 주무시더군요. 무슨 꿈을 꾸셨는지 몰라도 말입니다."

조종사가 능글능글한 표정으로 말했지만, 프란츠는 대답하지 않고 비행장에 내려섰다. 어릴 적 맡았던 베를린의 공기가 다시 프란츠의 몸속으로 들어왔다. 그를 맞이하러 나온 친위대 사관들이 경례를 했지만, 건성으로 받은 후, 중얼거렸다.

"베를린엔 다시 오지 않겠다고 했건만."

"하이겔 대위님, 연습 시간까지는 시간이 좀 있습니다만, 그동안 베를린 시내라도 좀 돌아보시는 것이 어떻겠습니까? 들어 보니, 고향이 베를린이라고……."

"어. 안 그래도 그럴 생각이었어."

"알겠습니다."

여태까지 베를린이라는 이름을 들었을 땐, 혐오의 대상이었지만, 막상 이렇게 다시 베를린에 돌아오게 되자, 그런 느낌은 전혀 들지 않았다. 오히려 뒤셀도르프나 콧부스보다도 더욱 편안했다. 아마 고향이라서 그럴 것이라고 생각했다. 차창 밖으로 보이는 베를린의 거리는 친숙했다. 다른 점이 있다면, 그가 어렸을 때 난무했던 폭력이 지금은 사라졌다는 것 정도랄까.

"도착했습니다. 브란덴부르크 문 앞입니다. 현재 시간이 4시이니, 앞으로 4시간 정도 여유가 있겠군요. 총통관저로 와 주시길 바랍니다."

"조금 늦을 수도 있겠는데. 아무튼 최대한 맞춰 가도록 노력하지."

문을 닫고 차의 트렁크를 쳐서 출발 신호를 보내자, 차량이 떠나갔다. 다시 돌아온 베를린, 몇 년 사이에 바뀐 것도 있었지만, 대부분은 그대로였다. 프란츠는 문득, 자신의 어머니가 궁금해졌다. 비록 자신을 거의 방치했다 하더라도 어머니는 어머니였으니, 아들인 이상 걱정되지 않을 리 없었다. 도로도, 이정표도, 건물도 그대로였다. 히틀러의 도시계획으로 건설되고 있는 북쪽의 몇몇 거대한 건물들을 제외하곤 말이다. 한 십여 분 걷자, 어릴 적의 그곳에 도착할 수 있었다. 형편이 어려운 이들이 모여 사는 곳인지라, 부랑자들이 삼삼오오 드럼통 앞에 모여서 불을 쬐고 있었다. 여전히 좁은 건물들이 들어서 있는 이곳은 프란츠로 하여금 어두웠던 어린 시절을 떠올리게 하였다. 프란츠는 인상을 찡그렸다. 여기저기서 자신을 보고 수군대는 소리가 들려왔다. 그는 누군가가 자신의 바짓가랑이를 잡아당기는 것을 느꼈다. 아래를 내려다보니, 새까만 검댕을 묻히고 있는 어린 여자아이다. 프란츠는 자기도 모르게 미소를 지으며 그 아이의 눈높이에 맞추고 부드럽게 물었다.

"왜 그러니?"

"저기, 어떤 오빠들이 한 언니를 괴롭히고 있어요. 가서 혼내주세요."

"어디니? 그런 못된 짓을 하는 애들이 있는 곳이."

그 아이는 자신을 따라오라고 하고 앞장서서 달렸다. 으슥한 곳이었다. 이곳에서 자신도 어릴 적에 싸움을 많이 했었다. 문득 그 기억이 떠오르자, 손이 떨려왔다. 하지만, 주먹을 꽉 쥐고 조심스레 골목 안으로 들어갔다.

"사······ 살려주세요······."

"어이, 누가 죽이기나 한대? 그냥 얘기나 좀 하자니까, 아가씨."

문 틈 사이로 보이는 광경은 남자 셋이서 여자 하나를 몰아놓고 위협하는 현장이었다.

"여기 있지 말고, 밖으로 나가려무나. 무슨 일이 있더라도 다시 들어오면 안 된다. 알았지?"

그 아이는 고개를 끄덕이고 밖으로 달려나갔다. 프란츠는 문을 걷어찼다.

"뭐냐?"

"치……친위대?!"

갑작스레 등장한 프란츠에 놀란 남자들이 뒤돌아보며 말했다. 프란츠는 그들을 쭉 훑어보고는 비웃듯 말했다.

"어이, 친구들, 힘 없는 여자는 그만 괴롭히라고."

"하아, 우리 하시는 일에 무슨 참견이십니까. 당신은 그냥 당신 갈 길이나 가시지요, 예?"

그렇게 말하면서 그들 중 한 사람이 칼을 들고 프란츠를 향해 찔러 들어왔다. 프란츠는 가볍게 피하며 그의 뒤통수를 쳐서 쓰러뜨렸다.

"하……하인리히!"

남은 두 명이 당황한 듯 소리쳤다. 바닥에 엎어진 남자는 신음소리만 낼 뿐, 움직이질 못하고 있었다. 남은 둘은 공포 반, 경악 반이 섞인 얼굴로 프란츠를 보고 있었다.

"네놈들도 덤빌 셈이냐?"

"죽어!"

그 둘이 동시에 달려들었고, 구석의 여자는 눈을 감고 비명을 질렀다. 프란츠는 권총을 뽑아들고 하나를 쓰러뜨리고, 다른 하나를 쓰러뜨리려 했으나, 이미 너무 가까이 들어온 그가 칼을 날려 프란츠의 어깨를 베었다.

"으윽!"

칼날이 그의 팔을 스치고 지나가자, 아려오며 쓰라린 아픔이 일었지만, 프란츠는 개의치 않고 그를 걷어차고 총으로 쏘았다. 그리고 총소리에 떨고 있는 여자를 일으켜 세우며 물었다.

"괜찮습니까? 그래도 너무 늦지 않아서 다행이군요."

"가…… 감사합니다……."

여전히 두려워하는 여자는 칼에 베인 프란츠의 팔을 보고 어쩔 줄 몰라했다.

"아, 괜찮습니다. 병원에 가면 되겠죠."

"그래도, 저 때문에……."

그녀는 자신의 외투를 찢어서 프란츠의 상처 부위를 싸매어 주었다.

"이러실 필요까지는 없는데……. 아무튼 감사합니다. 이곳은 그다지 물이 좋지 않은 곳인데, 어쩌다가 들어오신 거죠?"

"네, 저도 그 사실을 잘 알기 때문에, 둘러가려고 했지만, 약속 시간이 너무 급해서요. 뭐, 벌써 늦어버렸으니 소용은 없겠네요. 그런데요, 혹시 성함을 알 수 있을까요?"

부끄러워하는 여자의 모습을 재밌다는 듯 보며 프란츠가 대답했다.

"프란츠 하이겔입니다. 곤경에 처한 이를 보면 돕는 게 당연한 거죠."

그러나, 그 순간, 프란츠는 여자가 자신을 멍하니 쳐다보고 있음을 알 수 있었다.

"프란츠…… 프란츠 하이겔? 그때, 뒤셀도르프에서……."

뒤셀도르프에서의 일을 아는 이는 단 하나뿐이다. 안나. 안나 폰 리델하이머. 언젠가 꿈을 이루어 찾아가서 그날의 일에 대해 사과하겠다고 다짐하고 다짐했으며, 전장에서도 살아갈 이유를 주었던 그날의 소녀.

"안나…… 안나 폰 리델하이머."

여자는 고개를 끄덕였다. 그녀의 눈에 맺힌 눈물을 보는 순간, 프란츠는 무릎을 꿇었다.

"미안했어. 그때는 정말……. 사실, 나 그리고 후회하면서 살아왔고……."

프란츠는 목이 메여 더 이상 말을 할 수 없었다. 그런 프란츠를 안나는 다정하게 끌어안으며 위로하듯 말했다.

"괜찮아. 나도, 시간이 지나니까 그날의 널 이해할 수 있었어. 그리고 고마워. 나를 잊지 않아줘서."

나란히 길을 걷는 둘은 하고 싶은 이야기가 많았다. 하지만, 너무 하고픈 이야기가 많았기에, 어디부터 시작해야 할지 몰라서 둘은 그저 나란히 걸을 뿐이었다. 프란츠는 곧 총통관저로 가야 했고, 안나는 통금 시간이 얼마 남지 않아 둘은 헤어질 수밖에 없었다. 헤어지기 아쉬워 강에 놓인 고풍스런 다리 위에 안나와 나란히 서서 강물을 보던 프란츠는 불쑥 질문을 던졌다.

"내일, 열병식 있는 거 알지?"

"응. 그것 때문에 지금 난리인데. 왜?"

"나, 그 열병식에 참여하거든. 그래서 콧부스에서 여기까지 날아온 거고."

안나는 아쉽다는 마음을 지울 수 없는 표정으로 말했다.

"그래……. 그럼 오늘은 헤어져야겠네. 내일 열병식엔 꼭 갈게. 그나저나, 프란츠."

노을빛에 붉게 물든 강물을 가만히 내려다보던 프란츠가 고개를 돌렸다. 안나는 언제나와 같은 미소를 지으며 말했다.

"못 본 사이에 많이 멋져졌다. 정말 그때 처음 봤을 땐 피도 눈물도 없는 냉혈한인 줄 알았는데. 그리고…… 지금, 꿈을 이룬 거야?"

프란츠는 여전히 강물만을 바라보며 대답했다.

"아니. 난 아직도 꿈을 향해 달려가고 있을 뿐이야. 내 꿈은 이런 친위대 장교 따위가 아니야. 친위대에 들어온 것도, 다 내 꿈을 이루기 위해서이고."

안나는 고개를 갸우뚱했으나, 프란츠는 그냥 웃어 보이면서, 주머니에서 무언가를 꺼내들었다. 콧부스에서 그의 선생, 볼프강에게서 받은 하모니카였다.

천천히 음을 찾던 프란츠가 곡 하나를 불기 시작했다. 가만히 그 곡을 듣고 있던 안나는 조용히 가사를 읊었다. 하인리히 하이네의 시와 함께 애수 띤 하모니카 가락이 강물을 타고 흘러내려간다. 안나는 슬픔이 어려있는 그의 눈동자에 맺힌 물방울을 발견하고선 노래를 멈추고 프란츠를 바라보았다. 연주를 마친 프란츠가 하모니카를 집어넣고 어색하게 말을 돌렸다.

"그나저나, 돌아가봐야 하지 않아? 바래다줄까?"

안나는 고개를 살짝 저으며 말했다.

"아니, 괜찮아. 얼마 안 떨어진 곳인걸. 게다가, 여기서부터는 밝은 데다가 경찰들도 있잖아. 그런데, 너도 빨리 가봐야 하지 않아?"

"아, 괜찮아. 아직 한 시간 정도는 여유가 있으니까. 그리고 무엇보다도 만나고 싶은 사람이 있거든."

"그래……. 그럼, 내일 보자. 멋진 모습 기대할게."

그 말을 하고 프란츠의 뺨에 가볍게 입을 맞추고 다리 건너편으로 걸어가는 안나의 모습을 보며 프란츠는 자기도 모르게 얼굴을 붉히며 자신의 뺨을 어루만졌다.

"그래……. 내일 봐……."

안나와 헤어진 프란츠는 다시 빈민가로 돌아갔다. 날이 어두워지면 다른 곳에서는 다들 사람들이 하나 둘 모습을 감추기 마련인데, 오히려 이곳은 사람이 더 늘어났다. 하지만, 누구 하나 제지하는 이 없었기에 늘 싸움이 벌어지고 있었다. 하지만, 프란츠가 그곳에 들어서자, 사람들은 모두 숨을 죽였다. 그저 무장친위대원이다, 라고 소곤거리며 떨고 있을 뿐이었다. 주위를 두리번거리던 프란츠는 그들 중 하나에게 물었다.

"10번 건물이 어디 있지?"

"어이쿠, 10번 말씀이십니까? 10번이라면 아직 안으로 더 들어가야 합니다요."

"고맙네."

인사와 함께 지폐 하나를 던져주고 빈민가의 어둠 속으로 프란츠는 걸어 들어갔다. 안으로 들어가면 들어갈수록 괴로운 기억들이 하나 둘 떠올랐다. 특히 그것은 10번 건물 앞에 섰을 때는 더했다. 온갖 기억이 머릿속에 섞여 어지러웠다. 하지만, 프란츠는 건물의 문을 열고 계단을 올라갔다. 그가 베를린을 떠났던 날부터 바뀐 것은 없었다. 아니, 더 더러워졌다. 10번 건물 2층. 그와 그의 어머니가 살던 집이다. 그리고 그가 자신의 선생을 찌르고 도망쳤던 곳이기도 하다. 프란츠는 심호흡을 하고 손을 들어 문을 두드렸다. 반응이 없었지만, 프란츠는 다시 문을 두드리며 물었다.

"아무도 안 계십니까?"

그러나, 역시 아무런 반응이 없었고, 문 또한 굳게 잠겨 있었다. 프란츠는 옆집의 문을 두드렸다. 옆집에는 사람이 있었는지, 바로 문을 열어주었다.

"아, 저 실례합니다만, 옆집에 살던 분, 어디 가셨습니까?"

"하이겔 부인 말씀이오? 그 사람, 작년에 죽었어요. 거 참, 가족이라고는 아들 하나밖에 안 남았는데, 그 아들놈은 지 선생 찌르고 대체 어디로 도망을 가버렸는지, 코빼기도 안 뵈더구먼요. 그런데도 그 사람, 죽으면서 마지막으로 찾던 사람이 바로 그 아들놈이더라고. 참나……, 자식이란 게 뭔지."

프란츠는 그 사람의 말을 듣고, 순간 모든 것이 정지하는 듯한 느낌을 받았다. 넋 놓은 표정으로 멍하니 계단을 내려가다가 발을 잘못 디뎌 넘어져 상처를 입었음에도 불구하고 그의 머릿속에는 아무 생각도 들지 않았다. 단지 아까 그 사람이 말했던 이야기 중에서 죽으면서까지 아들을 찾았다는 말만이 머리를 맴돌았다. 건물을 나선 프란츠는 비틀거리다가 건물 벽에 주저앉아 흐느꼈다. 베를린의 변덕스러운 하늘은 그런 프란츠의 마음을 모르는지, 별빛만이 반짝일 뿐이었다.

베를린의 스포츠궁전에는 여느 때보다도 많은 사람들이 몰려 있었다. 바로 화제가 되어오던 친위대 열병식뿐 아니라 히틀러가 직접 모습을 드러내는 훈장 수여식이 있기 때문이었다.

"잠시만요, 조금만 비켜주세요……."

군중들 사이에 낀 안나는 검은 제복을 입은 친위대원들 사이에서 프란츠의 모습을 찾기 위해 고군분투하고 있었다. 소란스런 관중들을 경찰들과 친위대 병사들이 막아섰고, 신문기자들 정도만이 안으로 들어올 수 있었다. 곧 히틀러가 괴벨스를 비롯한 여러 고위 인사들의 호위를 받으며 연단에 모습을 드러냈다. 그러나 마이크를 잡은 건 히틀러가 아니라 괴벨스였다. 그의 목소리가 건물 안에 울리자, 소란스러웠던 군중들이 일제히 조용해졌다.

"훈장 수여식을 거행하기 전, 무장친위대의 총통 각하에 대한 충성서약문을 낭독하겠다. 무장친위대 3개 사단 대표! 제1무장친위대 기갑사단 LSSAH 제8대대 프란츠 하이겔 대위! 앞으로 나오도록!"

괴벨스의 말이 끝나자, 앞에서 한 사내가 일어나 연단 앞으로 걸어 올라갔다. 연단에는 괴벨스 대신 히틀러가 서 있었고, 프란츠 이외의 다른 사내 둘이 국기 위에 한 손을 올리고, 한 손은 들고 있었다. 프란츠가 그들의 가운데에서 히틀러와 마주 선 후, 그들과 같은 자세를 취하고 굳은 표정으로 충성서약문 낭독을 끝내자, 건물 안의 친위대원들이 일제히 부동자세로 경례를 했다. 위압적인 검은 군복을 입은 수백의 사내들이 일제히 같은 행동을 하는 것은 더욱 무거운 위압감을 느끼게 했다.

"총통 각하의 훈장 수여식이 있겠다. 기사 철십자장 수훈자는 그리스 전선에서 혁혁한 전공을 세운 프란츠 하이겔 대위!"

잠시 옆으로 물러나 있던 프란츠가 다시 히틀러 앞에 섰다. 히틀러가 옆의

사관이 들고 있던 훈장을 건네받고 프란츠의 목에 걸어주었다. 그리고 프란츠와 악수를 하자, 관중들이 일제히 박수를 치며 환호성을 질렀다. 뒤이어 여러 명의 병사들이 히틀러로부터 직접 훈장을 수여받긴 했지만, 그 전공이라던가, 훈장의 급이 프란츠를 능가하는 이들이 없었기에, 자연히 박수소리가 줄어갈 수밖에 없었다. 훈장수여식이 끝나고 히틀러의 간단한 연설이 있은 후 국가제창이라는 틀에 박힌 순서를 진행하고 나서야 행사가 끝났다. 스포츠궁전에 있던 이들은 마치 썰물처럼 빠져나갔고, 안나는 미리 밖에 나와서 프란츠를 기다리고 있었다. 어제 프란츠와 헤어졌던 시간대였기에 해는 뉘엿뉘엿 저물고 있었다. 입구를 통해 친위대원과 민간인들이 섞여서 나왔지만, 프란츠의 모습은 보이지 않았다.

"안나!"

"앗! 노…… 놀래라……. 프란츠!"

장난기 어린 표정으로 환하게 웃는 프란츠는 안나의 가방을 받아들고 팔짱을 꼈다.

"사람들 보는데 이러면……."

"뭐 어때. 괜찮은 식당이 있다고 들었는데, 거기 가자. 내가 살게. 하고 싶은 얘기도 많고."

안나는 아무 말도 못하고 프란츠에 이끌려 갔다. 프란츠가 데리고 간 곳은 베를린에서도 유명한 식당이었는데, 부잣집 딸인 그녀도 생활비를 혼자 벌겠다고 나선 후로는 엄두도 못 내던 곳이었다. 프란츠는 그런 곳을 아무렇지 않게 들어가 자리를 잡는 것이었다.

"돈은 걱정 안 해도 돼. 포상금 받았으니까."

프란츠가 다 안다는 표정으로 말하자, 미안해 하는 안나의 표정이 조금은 풀어졌지만, 여전히 불편한 모양이다. 웨이터가 따라준 물을 한 모금 마시고 어색하게 웃으며 먼저 안나가 입을 열었다.

"있잖아, 그 사이에 무슨 일이 있었던 거야? 그러니까, 뒤셀도르프에서도 그렇고, 훈장도 그렇고."

"그냥 뒤셀도르프에서 만난 어떤 사람 덕분에 친위대에 입대하게 됐고, 들었다시피 그리스에서 공을 세워서 훈장 받은 거지."

아무렇지도 않게 말하던 프란츠는 이내 그리스에서의 일을 약간의 과장까지 섞어가며 말하기 시작했다. 한동안 얘기를 듣던 안나가 말했다.

"다행이다. 좋아 보여서."

"응? 어, 그런가……."

"그때 봤을 때, 마치 모든 것을 포기한 사람 같았는데. 이제 와서 보니까, 너도 하고 싶은 일을 하기 위해서 열심히 노력하고, 또 무엇보다도, 사람들하고도 거부감 없이 잘 지내는 거 같네."

프란츠는 못 들은 체 포크와 나이프를 내려놓고 창 밖을 한번 보더니, 말을 돌렸다.

"오랜만에 날도 좋은데, 우리 티어가르텐에 바람이나 쐬러 갈까?"

안나는 고개를 끄덕였다. 프란츠는 마치 어린아이처럼 좋아하며 말했다.

"다행이다. 혹시나 무슨 일이 있어서 못 간다고 하면 어쩌나 싶었는데. 그럼, 먼저 나가 있어. 계산하고 나갈 테니까."

"아, 저 프란츠……."

"돈은 걱정 마. 충분하니까."

그렇게 말하고 자리에서 일어나 계산대로 향하는 프란츠의 뒷모습을 보며 안나는 중얼거렸다.

"그게 아닌데……."

그녀는 가방 안에 들어 있는 프란츠를 위해 준비한 선물을 가만히 내려다보았다.

Kapitel 6. Geständnis (6장 고백)

식당에서 나오니, 벌써 통금시간이 되어 사이렌소리와 호각소리가 날카롭게 울리고, 등화관제 실시로 인해 도시의 가로등도 하나 둘 꺼지고 있었다. 그럼에도 불이 환하게 밝혀진 곳이라면 브란덴부르크 문이 있는 슈트라쎄 운터린텐로였다. 나치 정권이 들어선 후 세워진 대리석 기둥들 사이로 켜진 불빛은 수려한 광경을 뽐내고 있었다. 거리의 경찰들은 다른 사람들에게는 빨리 들어가라고 채근했으나, 프란츠와 안나에게만은 아무 말도 하지 않았다. 오히려 모자를 살짝 들어 경례를 하고 지나갔다. 프란츠는 고개를 까딱이는 것으로 답례했다.

목적지인 티어가르텐은 얼마 걸리지 않는 거리였다. 벌써부터 나무들이 양옆으로 서 있는 숲의 오솔길에는 오직 풀벌레만이 조용히 울고 있었고, 옛 프로이센 선제후들이 사냥을 했다고 알려진 숲 깊은 곳에는 호수의 물이 달빛에 반사되어 은은한 빛을 띠고 있었다. 프란츠와 안나는 호숫가의 풀밭에 앉아 호수를 말없이 바라보고 있었다. 프란츠가 옆에 있는 조그만 돌을 호수에 던지며 쓸쓸하게 말했다.

"있잖아, 한 달 있다가 폴란드로 옮겨가. 이유는 잘 모르겠지만, 지금 군이 전체적으로 소련 쪽으로 이동 중이고."

"또 전쟁인 거야?"

'아마'라는 말이 목구멍까지 올라왔으나, 프란츠는 고개를 저으며 안심시키려는 듯이 말했다.

"괜찮을 거야. 일시적인 긴장상태겠지. 국경에는 늘 있는 거잖아."

그리고 프란츠는 안나의 손을 살며시 잡으며 말했다.

"기다려줄 거지? 전쟁이 끝날 때까지……."

안나는 고개를 끄덕였다. 그러자 프란츠는 주머니에서 은빛으로 반짝이는 반지를 꺼내 안나의 약지에 끼워주었다. 안나도 프란츠의 손을 잡았다. 그때,

프란츠는 왼손으로 안나의 뺨을 천천히 어루만지더니, 천천히 다가가 입을 맞추었다. 안나 역시 살며시 눈을 감았다. 구름 한 점 없는 하늘 위에 빛나는 달과 별들만이 둘을 비추고 있었고, 풀벌레가 조용히 울고 있는 그곳에서 안나와 프란츠는 마치 둘만의 비밀의 정원(Geheimnisgarten)에 있는 것 같았다. 프란츠는 마치 절대 놓아주지 않겠다는 듯, 안나를 끌어안았다. 안나는 믿음직한 그 넓은 어깨에 안겨 보호받는다는 것이 싫지 않았다. 오히려 이렇게 자신을 보호해 줄 수 있는 프란츠가 떠나간다는 것이 두려울 뿐이었다. 천천히 맞닿은 입술을 뗀 프란츠의 얼굴은 붉게 물들어 있었다. 말까지 더듬으며 무어라 해명하려 하는 프란츠에게 안나는 얼굴을 붉힌 채, 고개를 들지 못하며 조그만 선물꾸러미를 건넸다.

"이거…… 선물이야."

프란츠는 안나와 선물을 번갈아보더니, 천천히 포장을 뜯었다. 동프로이센 유명메이커 시계였다. 비싼 것이라, 무장친위대의 부사관들조차도 군침 흘리는 모델이었다. 프란츠는 얼떨떨해 하며 물었다.

"이거…… 비싼 거잖아? 받아도 돼?"

안나는 등을 돌리며 말했다.

"응……. 말했잖아, 선물이라고. 하지만, 내…… 내가 이 반지 보면서 프란츠를 생각하듯 프란츠도 그 시계 볼 때마다 날 생각해달라는…… 그런 의미랄까……."

프란츠는 천천히 다가와 안나의 뺨에 입을 맞추며 말했다.

"고마워."

안나의 뺨에 홍조가 일었다. 그걸 알았는지, 성급하게 말을 돌렸다.

"그런데, 아까 말했던 네가 이루고 싶다는 꿈이 뭐야?"

프란츠는 그 물음에 잠시 생각하더니, 이렇게 답했다.

"나……? 나는, 언제였던가…… 그때부터 역사를 가르치는 선생님이 되고 싶다고 생각하고 있고……. 그래서 전쟁이 끝나면, 친위대 일도 때려치울 생각인데…….”

안나는 그 말을 듣고 고개를 끄덕이며 말했다.

“그래. 프란츠라면 분명히 좋은 선생님이 될 거라고 믿어. 자기가 어려워봤고, 사고를 쳐본 사람이 선생님이 되면 그런 학생들을 잘 이해할 수 있다고 그러잖아?”

“에에? 뭐? 말도 안돼.”

그 말에 반색하는 프란츠에게 안나는 장난기 어린 표정을 지으며 말했다.

“다들 그러더라고. 실제로도 그렇고. 그러니까, 프란츠도 분명히 훌륭한 선생님이 될 거라고 난 확신하는데?”

이제는 프란츠가 할 말을 잃었다. 그런 프란츠의 어깨에 기대며 안나는 조용히 말을 건네었다.

“기대할게. 훌륭한 선생님이 될 프란츠의 모습…….”

Kapitel. 7 Berlin, 1945, Mord (7장 1945년, 베를린, 살인)

독일에서 폴란드로 옮겨가서 대소전에 참전한지 3년째 되는 해, 봄의 새싹 작전에 참여하여 헝가리에서 입은 부상이 채 낫기도 전에, 프란츠는 베를린으로 향하는 트럭에 몸을 실었다. 이미 사단은 와해되었고, 패잔병이 된 그들은 소련군의 마수에서 벗어나기 위해 달리고 있었다. 가는 곳마다 멀쩡한 곳은 없었고, 공원들과 도시들은 포탄에 여기저기가 파헤쳐져 있었다.

“베를린에 가도 별다를 건 없겠네요.”

“미군이 빨리 와야 할 텐데.”

저마다 한마디씩 던졌다. 이미 생존자들은 베를린으로 집결하라는 명령이 떨어져 있었기에 도망갈 수도 없었다.

— 마리엔펠데. 베를린까지 15km.

빛바랜 녹슨 표지판이 바람에 흔들리고 있었고, 소련군을 막기 위해 보내진 전차 위에 걸터앉은 전차병들도 힘 없는 표정으로 그들에게 손을 흔들고 있었다. 이미 패배는 목전으로 다가와 있었지만, 이들에게는 지켜야 할 것들이 있었기에, 총을 내릴 수 없었다. 길가에는 공포에 질린 피란민들과 군인들이 섞여 서쪽으로 가고 있었고, 반대로 전선을 향해 가고 있는 이들 또한 있었다. 너무 많은 인파가 한 곳으로 집중되었기에, 트럭은 그들에게 막혀 나아갈 수 없었다.

"다 내려. 걸어간다."

프란츠는 아직 붕대를 감은 팔을 힘겹게 이끌고 뛰어내린 후 피란민들 속으로 끼어들었다. 하늘은 청명했지만, 지상은 비참했다. 여기저기서 서로를 잃어버린 가족들의 아우성이 들려왔고, 총성에 지레 겁을 먹은 사람들이 달리다가 서로를 밟는 상황까지 벌어지고 있었다. 그것은 베를린 외곽에 위치한 검문소까지 계속되었다. 그 검문소에 서 있는 병사들은 피란민들을 세워 놓고, 지난번 대전에 참여한 노인들과, 총을 들 수 있을 정도의 어린아이들을 간추려내고 그들에게 완장을 채워주고 있었다. 그들 중 장교로 보이는 하나가 프란츠에게 다가와 경례를 했다.

"프란츠 하이겔 소령님, 반갑습니다. 무장친위대 제3기갑사단 토텐코프 소속 카알 쉰베르크 중위입니다."

"좋아. 쉰베르크 중위. 우리의 위치는 어디지?"

더 이상의 인사치레는 귀찮다는 듯, 사무적인 말투로 묻는 프란츠에게 쉰베르크는 벽에 붙여놓은 너덜너덜한 베를린 관광지도를 슬쩍 보고는 말했다.

"5소대는 편성된 국민돌격대와 함께 운터린덴로를 방어합니다. 돌격대원들은 이미 배치되어 있습니다. 안내해 드릴까요?"

"필요 없네."

간단히 대답한 프란츠는 쇤베르크를 지나쳐 베를린의 거리를 걸었다. 곳곳에 그의 추억이 새겨져 있는 곳이었다. 특히 운터린텐로는 더욱이나 그랬다. 프란츠는 길을 걷던 중, 자기도 모르게 웃음 지었다.

"소령님……, 안 가십니까?"

"어…… 어?"

프란츠는 다리 위에 가만히 서 있는 자신을 발견할 수 있었다. 머릿속으로 스쳐지나가는 아련한 추억들. 하지만 이제 그날의 그 장소는 없었다. 이미 폭격으로 강변에 서 있던 아름다운 건물들은 다 부서져버렸고, 탁한 색깔의 강물 위에는 건물의 잔해들만이 떠내려가고 있었다. 하지만, 안나와 함께 서 있었던 이 다리만큼은 그대로였기에, 프란츠는 다리의 난간을 가만히 쓰다듬고 모자를 고쳐 쓰고는 다시 걸었다. 다리 건너편에는 대공포 한 문이 배치되어 있었는데, 그것을 조작하는 병사들 옆으로 한 무리의 피란민들이 움직이고 있었다. 그들은 프란츠 일행을 흘끗 보고는 그냥 그대로 지나쳤는데, 그들 중 한 여자만은 무리에서 빠져나와 한 병사를 붙잡고 물었다.

"어느 부대 소속이죠?"

"무장친위대 제1기갑사단 LSSAH입니다. 왜 그러시죠?"

"아아, 하나님. 감사합니다. 혹시, 프란츠 하이겔 대위님을 만나뵐 수 있을까요?"

"소령님이라면……."

병사가 말끝을 흐리며 프란츠를 살짝 쳐다보았다. 프란츠는 고개를 돌리며 여자를 보며 말했다.

"제가 프란츠 하이겔입니다만……, 안나?"

프란츠는 믿을 수 없다는 표정으로 중얼거렸다.

"분명히 지난번 편지에는 베를린을 떠났다고 했는데……."

안나는 그 말에 대답하지 않고 뒤를 돌아보았다. 뒤에는 어린아이들과 김나지움 2학년쯤 되어 보이는 학생들이 여럿 서 있었다. 전부 피란민, 그러나 아주 멀리서 온 것 같은 누추한 옷차림들이었다.

"이 애들은?"

"동쪽에서 온 피란민들. 돌보고 있었어. 돌보는 사람 없이 여기까지 흘러 들어왔는데……."

프란츠는 아이들을 보고 살짝 인상을 찌푸리고는, 나이가 좀 든 학생들을 추려내었다. 깜짝 놀란 안나가 프란츠에게 그 연유를 묻자, 프란츠는 그녀를 보지도 않은 채, 학생들에게 말했다.

"너희들은 지금부터 국민돌격대로 베를린 방어에 동원된다. 여자애들은 가도 좋다. 안나, 데리고 가."

"무슨 소리……."

안나가 항변하려 했으나, 프란츠가 그녀의 말을 끊었다.

"국가 위기다. 총을 들 수 있는 사람은 모두 남아서 싸우는 게 당연한 거 아냐?"

병사들이 소년들을 일행에서 끌어내었다. 다들 겁먹은 표정이었다. 그러나 프란츠는 아무렇지도 않은 표정이었다. 이미 헝가리에서 오스트리아를 거쳐 여기까지 오면서 이런 광경을 숱하게 보았고, 행해 왔기 때문에 이제는 별 느낌도 없었다.

"전쟁이란 게 이런 거야. 그 누구도 피해갈 수 없지. 전장에 뛰어들지 않았다고 해서 전쟁을 피한 건 아니거든. 도망친다고 해서 다 사는 건 아니야. 가다가 재수없게 소련놈들 비행기라도 만나면 그 자리에서 다 죽어. 그런 개죽음 하는 것보다 차라리 이곳에서 한 명이라도 더 서쪽으로 도망갈 수 있게 시간을 끌어 주다가 죽으면 적어도 너희들의 목숨에 가치가 있겠지."

프란츠는 병사들과 아이들, 그리고 안나를 보며 말했다. 그런 프란츠를 보며 안나는 중얼거렸다.

"프란츠……, 변했어."

"그래. 난 변했어. 변하지 않은 것이 있다면 추억을 기억하고 있다는 것과 내 병사들을 챙기는 것뿐이지. 방아쇠를 당기는 것도 더 이상 망설이지 않고, 인질 극을 벌이는 것도 망설이지 않아. 왜냐고? 내가 살아야 하니까. 어떻게든 살아야 나의 미래를 새롭게 개척할 수 있으니까. 타인은 나를 위해 희생되는 존재에 지나지 않아."

프란츠는 모자를 눌러 쓰고 손을 흔들어주고 걸어갔다. 마치 저승으로 통하는 입구처럼 검은 재가 묻은 브란덴부르크 문을 향해서. 그리고 그런 프란츠를 안나는 믿을 수 없다는 허망한 눈으로 쳐다보고 있을 뿐이었다.

"지크 하일! 국민돌격대장 베른하르트 지켈입니다. 제 휘하 다섯 명은 지금부터 소령님의 지휘 하에 들어갑니다!"

1차대전 당시의 독일 제국군 장교복을 입은 노인이 힘차게 인사했으나, 피곤했던 프란츠는 건성으로 그 인사를 받고, 참호 안에 주저앉았다. 아까 데려온 소년들에게 늙은 돌격대원들이 대충 만든 소총을 쥐여주었고, 프란츠는 하늘을 올려다보았다. 잔뜩 인상을 찌푸린 하늘에서 빗방울이 하나 둘 떨어지기 시작했다. 그리고 그것은 이내 소낙비가 되어 그들의 머리 위로 쏟아부었다. 프란츠는 눈을 감고 얼굴에 떨어지는 빗물의 촉감을 느꼈다. 수많은 이미지들이 머리를 훑고 지나간다. 삐라 살포원으로 일하던 때와 브란덴부르크 문을 넋 놓고 보던 자신과, 베를린을 떠나던 날, 안나와 첫 키스를 하던 그날까지. 그리고 회상은 거기에서 끝이 났다. 누군가의 인기척 때문이었다. 프란츠는 눈을 뜨고 옆을 보았다. 중절모를 쓴 마른 체구의 노신사가 자신의 옆에 앉아서 숨을 헐떡이고 있었다. 프란츠는 묘한 느낌이 들었다. 그리 낯설지 않은 인상이었지만, 대체 어디서 이런 사람을 보았는지 전혀 기억나지 않았기에 프란츠는 넌지시 말을 걸었다.

"어르신, 어쩌다가 징집된 겁니까?"

"아, 소령님이시군요. 전 학교 교사였지요. 집단 소개령이 떨어져서 베를린을 빠져나가던 도중에 징집된 거랍니다. 하아, 아이들은 다 잘 빠져나갔는지 모르겠군요. 열세 살짜리도 끌려가는 판이니, 무사히 빠져나간 아이들이래야 초등학생이거나 유치원생이겠죠."

"나라가 미쳐 돌아가기 때문이죠. 지켜야 한다는 어린아이들까지 이제 전쟁터에 몰아넣고 있으니 말입니다. 게다가, 이미 전쟁을 겪은 어르신 세대까지 또다시 총을 쥐게 만들다니……. 이게 다 저희 군인들 책임입니다."

씁쓸한 표정을 지으며 말하는 프란츠에게 노인은 아무것도 아니라는 듯 대답했다.

"아니오. 당신들 군인들보다도 더 큰 책임을 지고 있는 것이 바로 우리들이라오. 이미 지난번 대전을 겪었음에도 불구하고 다시 전쟁을 터뜨릴 나치를 지지했으니, 우리야말로 천벌을 받아야 마땅하지요."

프란츠는 그의 말에 약간의 위안을 얻었다. 노인의 옆모습을 슬쩍 본 프란츠는 담배를 권하며 물었다.

"한 개비 하시겠습니까? 그나저나, 가족은 있으신지요?"

"아, 아닙니다. 저도 담배를 피지 않습니다. 그리고 가족은…… 없습니다. 다만, 아들처럼 여기던 학생이 하나 있었지요."

"아들처럼 여기던 학생이요?"

노인은 이야기를 계속했다.

"역사교사가 되고 싶다던 그 학생의 이름은 프란츠였지요. 전쟁이 터지기 전에 베를린에서 도망을 쳤는데, 저는 그 아이를 찾으려고 학교에 휴가를 내고 그 아이가 있다는 곳까지 가서 찾아다녔지만, 찾을 수 없었습니다. 그런데 신이 도우셨는지, 신문에서 그 아이의 소식을 접할 수 있었지요. 군인이 되어 전공을 세웠다더군요. 그래서 부대가 있는 곳으로 가서 그 아이를 찾았고 훈장 수여식에까지 갔습니다. 하지만, 저는 말을 걸 수 없었지요. 제가 그 아이에게 뭔지는 모르지만, 깊은 상처를 준 것 같았거든요. 살았는지, 죽었는지는 모르지만 만약 살아있다면 다시 만나서 저도 모르게 그 아이에게 주었던 상처를 고쳐주고 싶습니다. 그리고 그 아이가 여전히 같은 꿈을 꾸고 있다면 그 꿈을 이룰 수 있게 도와줄 생각입니다."

노인은 즐거운 상상을 하는 것인지 빙그레 웃었지만, 프란츠의 표정은 굳었다. 자신의 이야기였다. 이 노인은 자신이 찌르고 도망쳤던 자신의 담임선생이었다. 그의 기억 속에서 마지막으로 본 볼프강의 모습과 다르게, 너무 말라서 알아볼 수 없었던 것이었다. 볼프강 역시 프란츠를 못 알아보는 듯했다. 그러는 것이 당연했다. 프란츠는 철모를 눌러 쓰고 있으니 말이다.

"먼저 일어나겠습니다. 쉬십시오."

프란츠는 딱딱한 목소리로 그에게 말했다. 볼프강은 갑자기 태도가 변한 프란츠를 이상하다는 눈으로 쳐다보았다.

베를린에 산발적인 포격이 가해지기 시작했다. 곧 소련군이 들어올 것이라고 수군대고 있었고, 국회의사당 등에 배치된 프랑스, 벨기에 의용군 병사들은 죽을 각오를 하고 있었으며, 독일인 병사들의 심정은 절박 그 자체였다. 그것은 운터린덴로의 프란츠와 그의 병사들 또한 마찬가지였다.

"수상한 게 있으면 바로 방아쇠를 당겨라. 소련놈들은 포격 직후 전차와 함께 들어올 거다. 사거리 안에 들어오는 즉시 판저파우스트를 갈겨버려. 베를린을 놈들의 무덤으로 만들어주자."

프란츠가 병사들을 독려했다. 그러나 볼프강의 뒤에 섰을 때는 아무런 말도 나오지 않았고, 그저 지나칠 뿐이었다. 병사 하나가 뒤돌아보며, 장난기 어린 표정으로 물었다.

"그나저나, 소령님 여자친구분은 잘 빠져나갔습니까?"

멈춰선 프란츠는 그를 보더니, 아무렇지도 않다는 듯 답했다.

"아니, 아직이다. 고집불통이더구먼."

병사들이 그 말에 프란츠를 쳐다봤다. 프란츠는 병사들의 시선을 의식하고는 말을 돌렸다.

"지금은 그게 중요한 게 아니야. 이쪽으로 밀고 들어올 놈들을 얼마나 잘 막느냐가 중요한 것이지."

이미 멀지 않은 곳에서 포성과 총성이 들려왔고, 비명소리도 들려왔다. 소년병들은 바지에 오줌을 지리기도 했다. 그러나 베테랑 친위대 병사들은 아무렇지도 않은 표정으로 느긋하게 총알을 재고 있었다. 소련군이 오지 않아 몸이 근지럽다는 듯한 표정이었다. 그리고 그들의 기다림을 알았는지 모퉁이에서 소련군 전차가 천천히 모습을 드러내기 시작했고, 소련 병사들이 뛰어내리기 시작했다. 프란츠는 그들을 보고는 총을 집어들고 병사들을 독려했다.

"자, 그럼 이제 저놈들에게 베를린에 발을 들여놓은 대가가 어떤 것인지 확실히 보여주자. LSSAH가 아직 이곳에 남아있음을!"

소련군 병사들의 돌격이 시작됨과 동시에 병사들이 갈겨댄 총에 선두에 서서 함성을 지르며 달려들던 병사들이 피를 뿜으며 바닥에 쓰러졌다. 노인 한 명이 쏜 판저파우스트에 소련군의 전차가 파괴되었으나, 뒤에 전차 몇 대가 더 들어오고 있었다. 프란츠는 이들을 독려했다.

"사격을 늦추지 마! 놈들이 달려올 틈을 만들어주지 말고 구석에 쳐박아 둬! 전차는 보는 즉시 날려버려!"

그 자신도 침착하게 총을 쏘면서 노련한 지휘관의 모습을 보였다. 노인들도 지난번 대전에서 싸웠던 감이 다시 살아나는지, 소련군을 곧잘 쏘아 맞추고 있었지만, 그 노인, 볼프강만큼은 총을 쏘지 못하고 있었다. 총을 들고는 있었지만, 손을 떨며 바리케이트 뒤에 웅크리고 있었다. 그 모습을 본 프란츠는 그에게로 가서 그의 손을 잡았다.

"안 쏘면 죽습니다! 뭐 합니까? 아직 한 발도 안 쐈군요!"

"그…… 그러니까, 그게……."

그는 뭔가 변명을 하려 했지만, 프란츠는 그를 외면했다. 그저 돌아보지 않은 채 이렇게 말할 뿐이었다.

"배신자에게 할 말은 없습니다."

배신자, 그것만큼이나 치욕스런 말은 없었지만, 그는 아무 말도 하지 못했다. 그래도 어떻게든 무마해 보기 위해 몸을 내밀어 총을 몇 발 쏘긴 했지만, 그나마도 소련군이 두려워 잠깐에 그쳤다.

소련군을 물리친 후, 프란츠는 그 노인을 안타까움과 짜증이 섞인 표정으로 바라보았다. 노인은 그저 참호에 틀어박힌 채 고개를 들 생각을 하질 못했다. 총에 맞은 어린애들의 시체가 실려나가고, 부상병들이 붕대를 감고 있을 때도, 노인은 그저 공포에 움츠러든 채로 그것을 지켜볼 뿐, 움직일 생각을 하질 않았다. 그때, 그들의 뒤로 승용차 한 대가 도착하더니 조수석에 앉은 장교가 내렸다. 그는 병사들을 한번 쭉 둘러보더니, 프란츠에게 다가가 말했다.

"소령. 잘해 주었네."

대령이 어깨를 두드리며 말하고는 병사들의 총을 한번씩 만져보며 치하했다. 총이 뜨거우면 뜨거울수록, 받는 칭찬의 강도가 높아졌는데, 그 대령의 표정이 굳어진 것은 볼프강의 앞에서였다. 그는 노인의 총을 뺏어들더니, 탄창을 뽑아보고 물었다.

"당신은 어째서 총을 많이 쏘지 않은 것이오?"

묵묵부답인 노인에게 장교는 노기 띤 얼굴로 다시 물었다.

"다시 묻겠소. 왜 총을 제대로 쏘지 않은 거요?"

"그, 그게, 사람을 죽이는 것이 두려워서……."

장교는 그 말을 듣고 소리쳤다.

"데페티슈트(Defätist!)! ─ 패배자!"

노인은 순간 어깨를 움츠렸다. 장교는 노인에게 화를 내며 욕지거리를 하고는 프란츠를 돌아보았다.

"소령, 패배자는 어찌해야 한다고 했는가?"

"즉결처형입니다."

그리고, 프란츠는 그 자리에서 굳었다. 자기도 모르게 나온 말에 프란츠는 입을 닫았으나, 이미 말이 뱉어진 후였다. 대령은 고개를 끄덕이며 말했다.

"좋아. 자네가 처단하게. 민족의 배신자의 말로를 똑똑히 보여주도록."

대령은 자신의 권총을 뽑아서 건네주었다. 프란츠는 떨리는 손으로 그 권총을 받아들고는 노인의 머리에 총을 갖다대었다. 노인은 벌벌 떨고 있었으며, 그 자리에 주저앉아버렸다. 뒤에 서 있는 대령은 프란츠를 재촉했다.

"뭣 하나. 빨리 쏘지 않고."

프란츠는 눈을 질끈 감았다. 하지만, 차마 방아쇠를 당길 수 없었다. 주위 병사들이 수군대었다. 그가 이렇게까지 사람을 쏘는 데 망설이며 시간이 걸린 적은 단 한 번도 없었기 때문이었다.

"자네가 쏘지 않는다면 내가 쏘지."

대령은 프란츠의 손에서 권총을 낚아채고는 노인의 머리에 들이대려 할 때, 프란츠는 대령의 손에서 총을 낚아채고 눈을 질끈 감고 방아쇠를 당겼다. 총성이 울리고, 신음소리와 함께 노인은 바닥에 쓰러졌다. 얼마간 눈을 질끈 감고 있던 프란츠는 천천히 눈을 떠서 자신 앞에 피를 흘리며 엎드러진 노인을 쳐다보았다. 공포에 질린 눈이었다. 대령은 잠시 그 자리에서 프란츠의 눈치를 보더니, 욕지거리를 해대며 그 자리를 떴다. 프란츠는 권총을 떨어뜨리고 머리를 쥐어뜯으며 괴로운 울음을 토해 냈다. 손을 떨며 프란츠는 천천히 노인의 눈을 감겨주었다. 천천히 시신을 수습하던 도중, 노인의 외투에서 떨어진 조그만 가죽 수첩을 주워서 그것을 펼쳐보았다. 안에는 스크랩한 신문기사 조각들과 사진 몇 장, 그리고 메모들이 첫 장을 넘기는 순간 바닥에 떨어졌고, 프란츠는 그것들을 떨리는 손으로 집어들었다. 누렇게 색이 바랜 몇 년 전의 신문기사들과 한 어린 학생의 사진들. 사진 뒷면에는 필기체로 이름이 쓰여 있었다. 잉크가 번져 있었지만, 알아볼 수 있었다. 자신의 이름이었다. 그것을 본 프란츠는 수첩을 바닥에 내려놓으며 잠시 아무 말 않고 노인의 피 흘리는 머리를 잠시 보더니 눈물을 흘렸다.

"내가 죽였어. 내가 죽였다고……. 선생님, 크흐흐흑……."

프란츠는 미친 사람처럼 중얼거렸다. 머릿속으로 늘 반항만 하던 자신을 인자하게 대해 주던 그 모습이 떠올랐다. 늘 자신을 진심으로 대했건만, 그 진심을 가식이라고 의심하며 경계해 왔던 자신이 너무나도 부끄러웠다. 그 총으로 자신을 쏘아버리고 싶었다. 아버지가 없었던 자신에게 아버지의 역할까지 해주었던 볼프강의 그 부드러운 목소리를 다시는 들을 수 없다는 생각이 들자, 프란츠는 소리내며 오열했다. 그 모습을 다들 가만히 지켜보고 있었다. 그 광경을 보던 병사 하나가 프란츠를 떼어내며 말했다.

"소령님, 이러시면 안 됩니다. 언제 소련놈들이 또 몰려올지 모른단 말입니다."

"놔! 차라리 죽어버리겠어……."

거칠게 병사를 밀쳐낸 프란츠는 노인의 시신을 흔들며 떨리는 목소리로 말했다.

"선생님, 뭐라고 말씀 좀 해주세요. 제가 잘못했어요. 그러니까 눈 좀 떠봐요……."

잔뜩 찌푸린 베를린의 봄 하늘은 마치 프란츠의 심정을 대변하듯, 비를 쏟아붓고 있었다. 비를 맞으며 한참을 울던 프란츠는 갑자기 주먹을 쥐고 미친 듯이 웃었다. 정말 미친 사람처럼 웃으며 총을 집어들고 몸을 일으켰다. 그 모습은 마치 옛 게르만 전설 속에나 나오던 광전사의 모습과 필적했다. 병사들은 그를 보고 한 걸음씩 물러섰다. 프란츠는 바리케이드 밖으로 비틀거리며 걸어나가더니, 부상을 입고 바닥에 누워있는 소련군 병사들을 가만히 보고는 그들에게 총을 갈겨대기 시작했다. 탄창을 비울 때까지 총을 갈겨댄 후, 총을 집어

던졌다.

그리고 칼을 뽑아 목을 그으려는 순간, 뒤쪽에서 누군가가 프란츠의 팔을 강하게 움켜잡았다. 그리스에서부터 자신과 함께였던 그의 부하였다. 그는 프란츠의 칼을 뺏어들고는 바닥에 팽개쳤다. 그리고 멍한 얼굴의 프란츠에게 소리쳤다.

"이러지 마십시오! 죽은 사람은 죽었지만, 산 사람은 살아야 하지 않습니까. 소령님, 그분을 생각해서라도 살아남겠다고 하시지 않았습니까!"

"그……분?"

"아직 베를린에 남아 계신다고 하셨잖습니까? 저는 아까 처형당한 그 노인이 누구인지는 모릅니다만, 소령님이 정말로 그 노인을 진심으로 위한다면, 살아남아서 그분의 몫까지 살면서 속죄를 하는 것이 더 옳지 않겠습니까!"

그는 잠시 숨을 고르고, 뒤의 소년병들과 노인들을 쭉 훑어보고, 다시 프란츠에게 말했다.

"가십시오. 베를린을 빠져나가십시오."

그제서야 프란츠는 정신을 차린 듯, 병사의 손을 뿌리치며 말했다.

"중위! 미친 소리 하지 마. 군인이 맡은 임무를 완수하지도 못한 채, 도망간다는 게 말이나 되는 소리야? 그리고 나만 도망가라니, 나 혼자 비겁자가 되라는 소린가?"

"우리는 모두 동부 출신입니다. 아시잖습니까? 이미 우리 고향은 소련놈들에게 유린당했고, 가족들 생사도 모릅니다. 그런데, 소령님은 아니잖습니까. 우리는 복수하고 싶습니다."

"우선, 국방군 군복을 구해 드리겠습니다. 친위대 군복을 입고 있으면 어딜 가건 살아남기 힘드실 겁니다. 그리고 신분증과 군번줄을 다 주십시오."

중위는 프란츠의 신분증을 라이터로 태워버렸고, 군번줄은 대검으로 찢어버렸다.

"무슨 짓인가!"

"발각될 가능성이 있는 것들은 모두 없애버려야 합니다. 조금만 기다리십시오. 물류창고에는 아직 국방군 사병 군복들이 남아있습니다. 겔헬츠 병장!"

겔헬츠는 고개를 끄덕였다. 겔헬츠가 자리를 뜨는 것을 프란츠가 막으려 하자, 중위는 프란츠를 떼어냈다.

"여기서 잠시만 기다리십시오. 겔헬츠 병장이 군복을 가지고 올 동안 제가 안나 씨를 모셔오겠습니다. 함께 탈출하십시오. 아시지요? 최대한 서쪽으로 가시고, 차를 얻어 탈 수 있다면 얻어 타십시오. 소령님, 만약 죽으시면 용서하지 않을 겁니다."

중위는 프란츠를 참호 안에 앉혀놓고 뒤로 사라져갔다. 프란츠는 멍하니 그 모습을 보고 있었다.

Kapitel. 8 Entweichen (8장 탈출)

얼마 지나지 않아 겔헬츠가 군복을 가져와 프란츠의 앞에 내려놓았고, 중위가 베를린의 지하 병원에서 일손을 거들던 안나를 데리고 왔다. 영문도 모른 채, 끌려온 그녀는 프란츠를 보고 그 자리에 멈춰 섰다. 마지막 단추를 채운 프란츠는 천천히 고개를 돌렸다.

"소령님, 행운을 빕니다."

중위는 병사들과 함께 그에게 경례를 붙였다. 프란츠는 고개를 끄덕임으로써 답례하고, 안나에게 손을 내밀었다. 잠시 주저하던 그녀는 프란츠의 손을 잡았다.

"사이드카입니다. 연료는 가득 차 있습니다. 이거면 베를린을 탈출하는 데에는 무리가 없을 겁니다."

떠나려는 프란츠에게 다른 병사가 말했다. 그는 프란츠를 보며 머쓱한 표정으로 덧붙였다.

"뭐, 연락용이라곤 하지만, 곳곳에 소련놈들이 깔려 있으니, 차라리 걸어다니는 것이 더 안전하지요. 그럼, 조심히 가십시오. 행복하시길 빕니다."

다시 병사들을 하나하나 보는 프란츠의 눈에는 눈물이 맺혀 있었다. 그러나 그는 애써 눈물을 감추며 사이드카 위에 올라타서 시동을 걸며 병사들에게 말했다.

"살아서 다시 보자."

중위가 안나를 태우자, 프란츠는 뒤도 돌아보지 않은 채 사이드카를 몰았다. 폭격으로 인해 유령의 숲처럼 변해 버린 티어가르텐을 달렸다. 호수에는 배를 드러낸 채 죽어버린 물고기들이 떠다니고 있었고, 공원 여기저기에서는 총격전으로 죽은 독일, 소련 병사들의 시체들이 널려있었다. 프란츠는 속도를 높였다. 빨리 빠져나가고 싶었기 때문에. 그리고 뒤쪽에서 들려오는 포성으로부터 멀어지기 위해서.

티어가르텐 밖의 베를린 서부도 만신창이인 것은 매한가지였다. 하지만, 소련군의 공격이 밀집된 동쪽보다는 덜했기에 피란민들이 몰려있었다. 군인들이 여기저기 돌아다니며 징집대상자들을 골라내고 있었다. 그는 거기에서 낯익은 인물 하나를 볼 수 있었다. 바로 뒤셀도르프에서 자신에게 친위대에 들어갈 것을 권했던 에른스트 팔머 소령이었다. 지금은 대령이었다. 프란츠는 안나를 데리고 사이드카에서 내리고, 모자를 눌러 쓰고 초소 옆을 지나갔다. 팔머 대령이 그를 유심히 보더니, 그를 불러 세웠다.

"잠깐. 거기 자네, 이리 와 보게."

프란츠는 얼어붙었다. 팔머 대령은 그 자리에 서서 다시 불렀다.

"뭐하나. 이병(Schütze). 빨리 오지 않고."

프란츠는 고개를 천천히 돌리며 대답했다.

"예, 대령님(Oberstrumbannführer)."

그 대답에, 팔머 대령은 천천히 다가가 씩 웃으며 프란츠의 귀에 대고 말했다.

"국방군 군복을 입고 있다고 해서 날 속일 수 있으리라 생각했나?"

"보내주십시오."

프란츠는 대령의 눈을 똑바로 쳐다보며 말했다. 대령은 권총을 들이댔다.

"위치로 돌아가라. 소령."

"못 하겠습니다. 대령님."

프란츠도 총을 들이대며 말했고, 뒤쪽의 병사들 역시 프란츠에게 총을 들이댔다. 대령은 방아쇠에 손가락을 걸며 말했다.

"네놈이 날 쏠 수 있으리라고 생각하나? 날 쐈다가는 네놈도 벌집이 될 건데. 그래, 기를 쓰고 도망치려 하는 이유를 알겠군."

대령은 비열한 웃음을 지으며 말했다.

"저 여자 때문이다. 맞지? 그렇다면 거래를 하자. 저 여자는 보내줄 테니, 넌 네 위치로 돌아가. 알지? 난 약속은 지키는 사람이다."

프란츠는 이를 악물었다. 그리고 안나를 곁눈질로 보고 대령에게 말했다.

"약속하신 겁니다. 지키십시오."

"그래, 그래. 그러니 총 내려."

프란츠는 대령을 겨눈 총을 내렸다. 그 순간, 대령이 프란츠의 복부를 쳤다. 프란츠가 움찔한 사이 뒤의 병사들이 달려와서 프란츠의 총을 빼앗고는 팔을 뒤로 꺾었다. 프란츠는 입술을 악물었다.

"유감이지만, 배신자 처단은 내 임무다. 배신자는 즉결처형. 잘 가라, 프란츠 하이겔."

대령이 권총을 프란츠의 머리에 들이댔고, 안나는 병사 한 명에게 막혀 애타게 프란츠를 부를 뿐이었다. 대령의 손가락이 방아쇠를 당길 때, 뒤쪽에서 굉음이 들리고, 비행기가 나는 소리가 들렸다. 그와 함께 폭발이 그들이 있는 곳을 휩쓸었다. 프란츠도 폭발에 휘말려 튕겨 날아가 버렸다. 떨어질 때 팔을 다쳤는지, 정신을 차렸을 때 팔이 몹시 아파왔다. 꿈틀거리며 일어나 보니, 초소 앞에 있던 민간인들과 경비병들이 모두 뒤틀린 채 죽어있었고, 대령 역시 죽어있었다. 프란츠는 바닥에 떨어진 총을 주우려다가 바닥에 쓰러져 있는 안나를 발견하고는 그녀를 안아 들었다. 크게 다친 곳은 없는 듯했지만 프란츠는 마음이 철렁 내려앉는 느낌이었다. 프란츠는 절망적으로 안나를 불렀다.

"안나! 안나!"

죽은 듯했던 안나가 천천히 눈을 떴다. 프란츠의 심정은 복잡했다. 절망으로 흘리는 눈물과, 안나가 살아있다는 그 안도감에 웃고 있는 얼굴이 그걸 잘 나타내고 있었다.

프란츠는 안나를 끌어안았다. 살아 있어줘서 고맙다고 하면서……. 프란츠는 안나를 업었다. 안나가 발목을 삐어서 잘 걸을 수 없기 때문에 프란츠가 안나를 업은 것이었다. 자신 때문에 프란츠가 거의 죽을 뻔한 것이 미안한 안나는 프란츠에게 말했다.

"내려줘. 걸을 수 있어."

"무슨 소리야. 절뚝거리면서."

프란츠는 핀잔 주듯이 말했지만, 중얼거리듯 말했다.

"이럴 때만이라도 나한테 의지해 봐……."

안나는 얼굴을 붉혔다. 프란츠의 등에 얼굴을 기대었다. 자신도 모르게 프란츠가 훈장을 받았던 그날, 티어가르텐에서의 입맞춤이 떠오르는 것은 왜일까…….

그 후로도 둘은 정처 없이 걸었다. 굶는 것은 예사였고, 잠도 버려진 헛간에서 잤다. 그나마 프란츠는 거의 눈도 붙이지 못했다. 버려진 차량들을 몇 대 보았지만, 다들 연료가 없는, 아무 쓸모도 없는 것들이었다. 며칠 전에는 프란츠가 먹을 걸 구해 오겠다고 근처 마을로 나갔다가 소련군을 만나 사경을 몇 번이나 넘나들었는지 모른다.

"그런데 계속 이렇게 해도 괜찮을까? 나는 몰라도, 프란츠가……."

"며칠 굶는 건 굶는 축에도 안 들어가는 게 동부전선이었는데, 뭘."

무뚝뚝하게 말하는 얼굴에는 피로가 잔뜩 쌓여 있었다. 밤에 자다가 일어나 보면 프란츠는 항상 안나의 옆에서 뜬눈으로 밤을 지새우곤 했다. 그리고 혹시나 삶은 감자 알맹이라도 생긴다면 항상 안나에게 먼저 가져다 주었다.

그냥 받아 먹는 것이 너무 미안해서, 행여나 먹으라고 건네주면 자기는 먹었으니, 너 먹으라고만 한다. 그리고 굳이 걷겠다고 해도 업히라고 고집을 부리는 프란츠가 답답하기까지 해서 안나는 신경질적으로 물었다.

"나도 다리 있어. 왜 자꾸 업고 가려고 하는 거야?"

그 말에 프란츠는 쓸쓸한 표정으로 대답했다.

"다시 안 떨어지려고. 뒤셀도르프에서 내가 너 버리고 갔었잖아? 업고 가면 그럴 일은 없을 거잖아. 떨어지기 싫어서. 그래서 네가 싫다고 해도 억지로 이러는 거라고."

안나와 프란츠는 아무 말 없이 등을 맞대고 앉아 있었다. 프란츠가 중얼거리듯 말했다.

"싫으면 말해. 상대방이 싫다는 것을 내 쪽에서 일방적으로 강요하는 건…… 사랑이 아니래."

안나는 그 말에 놀란 듯 프란츠를 돌아보았다. 프란츠는 계속해서 말을 이어 갔다.

"동부전선에 있을 때, 내 부하 하나가 휴가를 갔다 오더니 그렇게 말하더라고. 고향에 가서 애인을 보러 가는 길에 애인이 다른 남자를 만나고 있는 것을 봤대. 순간 여러 가지 생각이 들었지만, 이렇게 결론 내렸다고 하더라고. '그녀가 자신의 행복을 위해 떠나갔다면, 그녀를 진심으로 사랑하는 나는 그녀가 행복할 수 있게 보내주자. 그리고 그녀와의 사랑은 가슴속에 간직하자…….' 지금 내 생각도 같아. 비굴해 보일지도 모르지만…… 이렇게 부탁할게. 내 곁에 있어 줘……."

Kapitel. 9 Tod (9장 죽음)

다시 길을 걷는 그들의 뒤로 트럭 한 대가 경적을 울리면서 달려와 멈추었다. 프란츠는 뒤돌아보았고, 창문이 내려가더니 털털한 인상의 운전병이 고개를 내밀고 물었다.

"서쪽으로 가는 거요?"

"그렇습니다만……."

"그럼 잘됐군. 타시오. 나도 서쪽으로 가는 길이고, 이미 베를린도 끝장났는데, 굳이 무덤 팔 이유도 없으니."

프란츠는 고개를 끄덕이며 답례하고 트럭 뒤에 올라탔다. 초췌한 얼굴의 병사들과 몇 명의 민간인들이 그들을 힘없이 바라보고 있었다.

"안녕하시오."

그들 중 한 사람이 말을 걸었다. 프란츠는 고개를 끄덕였다. 나이가 지긋한 그 사람은 안나와 프란츠를 보더니, 물었다.

"가족이오? 아니면…… 연인이오?"

"후자입니다. 베를린에서 탈출했지요."

"그래요……. 이 차는 엘베강을 따라 쭉 올라가서 함부르크까지 갈 거요. 군인들은 연합군에게 투항하고, 민간인들은 거기에 내려주는 거요. 나는 헤센의 다름슈타트 출신이오. 당신들은 고향이 어디오?"

"저는 베를린입니다. 이쪽은 브라운슈바이크구요."

고향이 다름슈타트라고 하는 그 중년의 노병은 사람 좋은 웃음을 띠며 이런 저런 이야기를 해주었다. 그러나 전쟁에 관련된 이야기는 일체 하지 않았다.

"그래서…… 난 그 녀석한테 알밤을 먹이고는 감자 한 포대를 줬지. 그랬더니, 애가 울다가 웃었다가 하면서 허리를 90도로 꺾으면서 진심어린 감사를 표하더구먼……. 헉!"

너털웃음을 지으면서 이야기를 하던 그의 가슴에서 갑자기 피가 솟구쳤다. 그것을 시작으로, 좌우에서 총성이 들리면서 트럭에 앉아 있던 이들이 쓰러져 갔다. 프란츠는 안나와 차 바닥에 엎드려서 그 노병의 얼굴을 살폈다. 이미 죽어있었다. 트럭 좌우에서 영어로 지껄이는 소리가 들렸다.

"영미놈들……."

미군 하나가 트럭 안을 슬쩍 들여다보더니, 무어라고 소리쳤고, 미군들의 발걸음 소리는 점점 멀어져갔다. 프란츠는 시체들 사이에서 몸을 일으켜 안나의 손목을 잡았다. 그러나 아무런 움직임도 없었다. 프란츠는 순간 심장이 덜컥 내려앉는 느낌이 들었다. 천천히 고개를 내려 안나를 보았다.

아직 숨은 쉬고 있었다. 그러나 배에 총상을 입었다. 프란츠의 몸이 떨렸다. 그는 지체하지 않고 그녀를 업고 트럭에서 내렸다. 그의 눈은 반 미친 사람처럼 동공이 풀려있었다. 정처 없이 길을 따라 걷기만 하고 있었다.

하루 종일 걸어서 프란츠는 불빛을 발견할 수 있었다. 아직 미약하게나마 안나는 숨을 쉬고 있었다. 사람이 있다는 그 사실만으로도 프란츠는 매우 기뻤다. 규모가 꽤 큰 마을이었기에, 의사도 있을 것이라 짐작한 프란츠는 달렸다. 돌부리에 걸려 넘어질 뻔도 했지만, 그런 것에 개의치 않고 달려 마을 안으로 들어설 수 있었다. 두리번거리던 끝에 그는 병원을 발견할 수 있었다. 불은 꺼져 있었지만, 그런 걸 신경 쓸 겨를이 없었다.

"아무도 없습니까? 다친 사람이 있습니다! 빨리 문 좀 열어주십시오!"

주먹으로 문을 두드리며 소리쳤지만, 안에서는 아무런 기척도 없었다. 프란츠는 안타까운 마음에 안나를 바라보았다. 숨을 헐떡이는 것이 당장 치료받지 않으면 죽을 것이 틀림없었다. 출혈이 심한 데다가, 날도 쌀쌀했기 때문에 시급한 치료가 필요했다.

"정말……."

프란츠가 허리에 차고 있던 야전삽을 뽑아들고 문을 내리 찍으려 하는 순간, 뒤에서 미약하게나마 자신을 부르는 소리가 들렸다. 잠시 경련을 일으키던 안나의 몸이 늘어졌다. 자신을 보는 안나의 눈에서 한줄기 눈물이 흘러내렸다. 프란츠는 넋을 놓고 그걸 보고 있었다. 숨이, 생명이 꺼져가는 것을.

"안……나?"

조심스레 불러본다. 그러나 아무런 응답도 없다. 프란츠는 떨리는 손으로 그녀의 눈을 감겨주고는 터져나오려는 울음을 애써 참으며 시선을 돌렸다. 참을 수 없는 슬픔에 눈물이 흘러내렸다. 이미 익숙해진 죽음이지만 언제까지고 함께할 것이라 믿어 의심치 않던 사람이 자신을 떠나갔고, 이제 세상에 혼자만이라는 생각이 들자, 프란츠는 두려웠다.

"아냐, 거짓말이야……. 그냥…… 그냥…… 자는 거야. 자는 것일 뿐이라고. 그래……."

죽었다는 것을 알지만, 믿고 싶지 않았기에 안나의 손을 붙잡고 중얼거렸다. 그리고 그 중얼거림은 곧 고함이 되어 터져나왔다.

"제발! 눈 좀 떠! 죽지 않았다고, 살아있다고 말하란 말이야!"

주먹으로 석조 포도를 내리치며 소리쳤다. 바닥에 피가 맺혔지만, 아픔을 느끼지 못할 정도로 프란츠의 슬픔은 컸다. 그저 죽은 이의 손을 붙잡고 짐승처럼 흐느끼기만 할 뿐이었다. 더 이상 울 기력도 없다고 생각되었지만, 눈물은 끊임없이 흘러내렸다. 그때, 그의 뒤에 한 그림자가 드리워졌다. 프란츠는 눈물과 피로 얼룩진 얼굴을 들어 뒤를 쳐다보았다. 그는 안타까운 표정으로 프란츠의 옆에 앉아 안나의 맥을 짚어보고는, 고개를 절레절레 흔들었다.

"이미 죽었네. 과다출혈이야."

프란츠는 그의 말에 분노를 느꼈다. 그는 다짜고짜 노인의 멱살을 잡고 소리쳤다.

"당신이 늦은 거잖아! 당신이 일찍 왔더라면 죽지 않았을 거라고! 난…… 아니 우린…… 두 시간 전부터 여기에 있었어! 그렇지만 당신은 여기에 없었다고!"

노인은 프란츠의 얼굴을 그대로 쳐다보며 말했다.

"내가 여기 있었다면 저 여자를 살릴 수 있었을 걸세. 인정하지. 하지만, 여기서 자네가 날 죽인다고 해서 뭐가 달라지지? 저 여자는 이미 죽었고, 내가 죽는다고 해서 저 여자가 다시 살아나는 건 아니지 않은가. 생각해 보게. 과연 자네가 날 죽이는 걸 저 여자가 좋아할까?"

프란츠는 잠시 멱살을 세게 움켜잡더니, 이내 팔에 힘이 풀리면서 주저앉아 버렸다. 노인은 프란츠의 등을 토닥여주며 말했다.

"자네가 이렇게 슬퍼하면, 죽은 사람이 어떻게 떠나겠나. 보내줄 땐 보내주게. 내일, 장의사에게 부탁해서 묻어주겠네. 일단 들어가지. 자, 일어서게."

그는 프란츠를 일으켜 세워 자신의 집으로 데리고 들어갔다. 이런저런 가구들이 많이 있긴 했지만, 집은 쓸쓸했다. 노인이 벽난로에 불을 지피자, 온기가 조금 감돌았고, 그는 커피를 내놓았다.

"몰골을 보아하니 패잔병이로구만. 어디서 싸웠나?"

"베를린……."

"이미 베를린은 소련놈들에게 함락되었고, 독일은 패배했네. 자네가 더 이상 그 옷을 입고 있을 이유가 없지."

노인은 잠시 창밖을 내다보더니, 프란츠를 힐끗 보며 말했다.

"그러고 보니, 자네는 내가 아는 어떤 사람과 아주 닮은 것 같구만."

프란츠는 고개를 들어 노인을 쳐다보았다. 노인은 벽난로 위에 놓여있던 액자에서 사진 한 장을 꺼내 프란츠 앞에 놓았다.

"지난번 대전에 내 전우였던 친구지. 전쟁 끝나기 며칠 전에 죽었어. 참 아까운 친구였지. 성실하고, 착하고……, 이름이 에르빈 하이겔이었을 걸세."

노인은 과거를 회상하는 듯 커피잔을 내려놓고 말했다.

"프랑스의 어느 마을에서 참호를 파고 안에 앉아 담요를 덮고 있었는데, 갑자기 편지가 왔다더군. 그 친구 앞으로 온 거였어. 아내가 보낸 거라서, 아주 신이 나서 편지를 뜯었지. 그 친구, 결혼하자마자 바로 동원됐으니까. 아무튼, 편지 내용이 아내가 임신을 했다는 거였어. 무척 좋아했지, 그 친구. 그래서 나에게 그러더군. '이름은 뭘로 하면 좋을까?' 그때 우리가 팠던 참호의 별명이 프란츠였어. 그래서 나는 우리 참호의 별명을 따서 이름을 붙여주라고 농담 삼아 말했는데, 진짜 그러더군. '프란츠 하이겔'이라 이름 짓겠다고 말이야."

"그래서…… 어떻게 됐습니까?"

프란츠는 조심스럽게 물었다. 자기를 버려놓고 무책임하게 죽어버렸다고 생각한 아버지의 새로운 모습이었기 때문에.

"음, 우리는 계속 싸웠지. 정말 정신없이. 그 친구, 몇 번 죽을 뻔했었는데 태어날 아들과 아내를 위해서라도 살아야겠다고, 억척같이 살았고, 결국 훈장을 받았지. 훈장을 받고 일주일도 채 안 돼서 포탄을 맞었어. 그때, 숨이 넘어가기 직전에 자기 훈장을 풀어서 나한테 건네주며 하는 말이, 아들한테 훈장을 전해달라고, 자기 아버지가 얼마나 열심히 싸웠는지, 그리고 어떻게 죽었는지 전해달라고 했지. 난 그러겠다고 약속했고, 그는 다행이라며 죽어버렸지. 정말 전쟁이 끝나기 3일 전이었어. 그리고 아들이 태어나기 7일 전이었고. 그래서 더 슬픈 죽음이었지. 아무튼, 나는 살아 돌아와서 고향인 여기에 개인병원을 차리고 에르빈의 가족을 수소문했는데 찾을 수 없었지. 그러다가, 다시 이렇게 전쟁이 터지고, 신문에서 에르빈의 아들을 볼 수 있었지."

그는 몸을 일으켜 책장 한쪽에 꽂아둔 신문을 가져와서 펼쳤다. 프란츠는 피식 웃었다. 신물나게 봤던, 훈장을 받는 자신의 사진이었다.

"그래서 잘됐다 싶어서 만사 제쳐두고 베를린으로 갔는데, 금세 폴란드로 가 버렸다더군. 거긴 최전방이라 내가 어찌 갈 수 있는 곳도 아니었고, 마을에는 병원이 여기 하나뿐이라 일도 더 이상 미룰 수 없었어. 그래도 만나게 되면 전해 주리라 마음먹고 있었지. 그리고……."

노인은 방 한쪽의 장식장으로 걸어가며 중얼거렸다.

"이렇게 만나게 됐구만."

노인은 장식장에서 조그만 상자를 꺼내서 프란츠에게 건네주었다.

"자네 아버지, 에르빈 하이겔의 유품일세."

상자 안에는 낡고 피가 묻은 훈장과 아마 전장으로 떠나기 직전에 찍은 걸로 보이는 부부 사진이 들어 있었다. 프란츠는 조용히 상자를 닫고 노인에게 쉰 목소리로 말했다.

"감……사합니다."

"아닐세. 나는 내 할 일을 했을 뿐이고, 자네는 자네 아버지 이상으로 훌륭하게 살아남았네. 이제는…… 자네의 연인 몫까지 훌륭하게 살아야지. 내 아들의 옷을 몇 벌 줄 테니 지금 씻고 갈아입게. 여기서 묵고 내일 떠나게. 여기는 아직 패잔병들이 있어서, 밤마다 이 근처의 미군을 습격하고 마을 젊은이들을 데리고 가지. 그러니까, 미군 차편으로 자네 가고 싶은 곳으로 가서 약속을 지키게."

"약속……이라니요?"

프란츠의 물음에 노인은 웃으며 말했다.

"연인 사이라면 한 가지 약속은 반드시 하기 마련이지. 그 내용이 뭔지는 모르겠지만, 그 약속 지키게."

프란츠는 고개를 끄덕였다. 그리고 자신이 했던 말을 떠올렸다.

나……? 언제였던가. 그때부터 역사를 가르치는 선생님이 되고 싶다고 생각하고 있었고……. 그래서 전쟁이 끝나면, 친위대 일도 때려치울 생각이었는

데······.'

"자아. 시간이 늦었네. 푹 자 두게. 내일부터는 다시 힘든 날이 될 테니까."

노인은 프란츠에게 담요를 한 장 건네주고, 불을 껐다. 프란츠는 소파 위에 누워 잠을 청했지만, 잠이 오지 않았다. 뜬눈으로 몇 시간을 뒤척이다가, 병원의 부검실로 가서 침대 위에 눕혀진 안나의 시신 옆에 앉았다. 창문으로 비치는 달빛에 창백한 얼굴이 더 하얗게 보여서, 다른 때였다면 섬뜩하게 느껴졌겠지만, 오히려 더 아름답고 슬프게 보였다. 프란츠는 죽은 이의 손을 잡고 혼자 중얼거렸다.

"부질없는 짓이란 건 알지만······ 누군가가 사람이 죽기 전까지 열려 있는 게 귀라고 그러더라고······. 그래서 하늘에서나마 내 말을 들어줄 거라고 믿고 말할게. 나, 내일이면 떠난다. 여기 찬 땅에 널 혼자 두고. 언제까지고 함께 해줄 거라고 했던 그 약속 못 지켰다고 생각하지는 않아. 왜냐고? 내 마음속에 넌 언제나 살아있으니까······. 그래, 식상한 말이야. 그렇지만, 정말 사실인걸. 그렇게······ 그렇게 믿고 있고, 지금 그렇게 느끼고 있으니까······."

목이 메어서 더 이상 말을 잇지 못하고 소리 없이 흐느꼈다. 소매로 눈물을 훔치고 돌아서서 뺨에 키스를 하고, 흰 이불을 덮어주며 말했다.

"잘 자······. 내 첫사랑······. 잊지 않을게······. 좋은 꿈······ 꾸고······."

Ende. Glück kommt züruck (행복이 되돌아온다)

아침해가 밝았다. 뜬눈으로 밤을 지낸 프란츠는 근처 교회에서 노의사의 도움으로 안나의 장례를 치를 수 있었다. 마지막으로 보내는 길에 프란츠는 넋을 놓고 그 자리에 주저앉기도 했다. 점심때가 되어 겨우 정신을 차린 프란츠는 노의사와 목사의 배웅을 받으며 미군 트럭에 올라 남쪽으로 향했다. 해질녘이 되어 괴팅엔의 기차역에 도착하자, 미군이 어눌한 독일어로 말했다.

"여기서부터는 기차 타고 당신 갈 곳으로 가시오."

프란츠는 고개를 끄덕이고 기차역으로 향했다. 역에는 전쟁통에서도 용케 살아남은 기차들이 여럿 왔다 갔다 하고 있었다. 프란츠는 그 연기를 물끄러미 바라보고는 매표소 앞에 서서 노선표를 보았다.

— 바이에른 〈 가르미쉬 파르텐키르헨(Garmisch Fartenkirchen) —〉 미텐발트 (Mittenwalt) 〉 편도 30마르크.

역무원은 한참을 가만히 서 있는 프란츠에게 짜증 어린 목소리로 물었다.

"이보시오, 표 살 거요, 말거요? 곧 막차가 도착하니까 빨리 문 닫아야 한단 말이오."

"아, 네. 미텐발트 편도로 주세요."

프란츠가 10마르크짜리 지폐를 세 장 내밀자, 역무원이 표를 던져주었고, 그는 대합실로 들어갔다. 그곳으로 간다 해서 모든 것을 잊을 수 있는 것은 아니지만 그래도 추억, 상처, 자신을 알아보는 이도 없는 산간도시로 가서 새롭게 시작한다면 그나마 나을 것이라 생각했다. 플랫폼의 의자에 앉아서 가만히 노을 지는 하늘을 올려다보는데, 한 아이가 와서 꽃을 내밀며 말했다.

"5페니히에요. 하나만 사주세요."

프란츠는 주머니에서 5페니히짜리 동전 한 개를 꺼내 건네주며 물었다.

"이 꽃이 뭐니?"

"은방울꽃이에요. 꽃말은 '행복이 되돌아온다'예요."

"행복이…… 되돌아온다……."

프란츠는 중얼거리더니, 싱긋 웃으며 아이의 머리를 쓰다듬어주고 꽃을 들고 막 도착한 기차에 올라탔다. 창 밖에서 그 아이가 손을 흔들어주고 있었다. 아이에게 손을 흔들어주고, 의자에 기대 앉아 꽃을 보며 중얼거렸다.

"행복이 되돌아온다……라……."

프란츠는 꽃말을 되뇌이며 눈을 감았다. 행복했던 순간들이 절로 떠올랐다. 안나와 함께 했던 수많은 시간들이 파노라마처럼 흘러갔고, 지금도 마치 함께 하고 있는 것처럼 느껴지고 있다. 처음 만났던 그날의 그 소녀는 어느새 커버린 소년의 곁에 마찬가지로 성숙한 모습으로 기대고 있다. 프란츠는 안나에게 선물했던 반지를 자신의 손가락에 꼈다.

'영원히 사랑할게.' (반지에 새겨진 글귀)

하모니카 소리와 즐거운 노랫소리가 눈 덮인 알프스 산기슭의 초지에 울려 퍼진다. 밀짚모자를 쓴 남자가 앞장서고 그 뒤를 20여 명 정도 되는 아이들이 따르고 있다. 그들은 풀밭에 둥글게 둘러앉았다.

"오늘은 무슨 얘기를 해 줄까?"

"선생님 사랑 이야기를 해주세요!"

한 아이가 벌떡 일어나며 소리쳤다. 그 말에, 남자는 들고 있던 하모니카를 내려놓고, 잠시 멍하니 먼 산만 바라보았다. 그런 어색한 분위기에 다른 아이들이 그 아이를 노려보았고, 그 아이는 당황해 하며 자리에 앉았다.

"저……, 선생님…… 괜찮으세요?"

한 학생이 걱정스런 목소리로 물었다. 청년은 모자를 벗고 밝게 웃으면서 말했다.

"그래. 괜찮단다, 린다. 프리드리히, 선생님의 사랑 이야기를 해달라고? 자아…… 그게 언제였더라? 내가……."

장장 30분에 달하는 이야기를 마치자, 조그만 어린애조차도 눈물을 글썽이고 있었다. 남자 역시 애써 눈물을 감추려 하고 있었다.

"선생님……, 너무 슬퍼요. 그런데, 선생님의 행복은 돌아왔나요?"

그 물음에 고개를 끄덕이는 청년은 프란츠였다. 미텐발트에 와서 한동안 양치기 노릇을 하다가, 교사채용시험에 통과하여 도시 외곽에 있는 전교생 20여명 정도의 마을학교 교사로 정신없는 생활을 하고 있었다. 처음 미텐발트에 와서 채용시험을 보기까지는 두 달도 채 걸리지 않았던 터라, 그 사이 프란츠의 생활에서 별 특이사항은 없었다. 마을 사람들 사이에서도 젊은 남자선생이 오자 이래저래 일을 도울 사람 왔다고 반기는 눈치였다.

프란츠는 마을 주민들 일까지 도와주고 해질녘에 집으로 돌아가는 길에 자주 북쪽을 멍하니 바라보았다. 때로는 슬픈 얼굴로, 어떤 때는 웃는 얼굴로.

"볼프강 선생님……, 안나……, 아버지, 어머니……, 짐머만 중위, 2소대 망나니 녀석들……."

그리운 이들의 이름을 되뇌이는 것으로 하루 일과를 마무리하는 평소와 달리, 오늘은 한 번 더 말했다.

"행복이 돌아왔어……. 나에게 행복이란 건…… 안나 너와 했던, 꿈을 이루겠다는 약속을 지키고 열심히 사는 것이었으니까."

노인은 연주를 마쳤다. 연단 앞에 앉아 있던 사람들은 말없이 박수를 쳤다. 그 하모니카 소리는 단순한 음악이 아니었다. 불우했던 한 노인이 그의 폭풍과도 같은 인생 속에서 사랑했던 이와 존경했던 이의 죽음 속에서도 의연하게 살아남아 꿈을 이룬, 그 인생의 가락이었다.

"저는 마지막으로 이 말씀을 드리고 싶습니다."

그는 종이를 꺼내들고 그것을 읽었다.

"옛 로마의 정치가이자 철학자인 M.T.키케로는 이렇게 말했습니다. '당당하게 살아라. 행운이 따라주지 않으면, 용기로서 불행에 맞서라'라고 말입니다. 여기 이 자리에 서 있는 저는 태어날 때부터 아버지가 없었고, 빈민가의 폭력속에서 살았고, 전쟁터에서 뒹굴었고, 사랑하는 이와 존경하는 선생님마저 잃은 불행한 인간이었습니다. 그럼에도 불구하고, 저는 저의 삶 속에서 당당했습니다. 제가 행한 일에 후회하긴 했어도 후회로 주저앉지 않았고, 무슨 일이 닥

치건 용기를 가지고 의연하게 맞서나갔습니다. 그랬더니 마지막에는 결국 저에게도 행복이 돌아왔던 것입니다."

그리움을 아는 사람만이

요한 볼프강 폰 괴테

그리움을 아는 사람만이
내 가슴의 슬픔을 이해합니다.
홀로
이 세상의 모든 기쁨을 등지고
머언
하늘을 바라봅니다.
아, 나를 사랑하고 나를 알아주던 사람은
지금 먼 곳에 있습니다.
눈은 어지럽고
가슴은 찢어집니다.
그리움을 아는 사람만이
내 가슴의 슬픔을 이해합니다.

용어 풀이

○ 프랑크푸르트 암 마인(Frankfurt Am Main) : 독일 서부에 위치한 라인-마인강변에 위치한 프랑크푸르트. 그와 반대방향에는 프랑크푸르트 안 데어 오데르가 있다.

○ LSSAH(Leibstandarte SchutzStaffel Adolf Hitler 라이프슈탄다르테 슈쯔슈타펠 아돌프 히틀러) : 2차대전 당시 알게마이네 SS 제1기갑사단으로, 히틀러의 근위대 역할을 함.

○ 김나지움(Gymnasium) : 한국의 중·고등학교에 해당되는 독일의 교육기관

○ 뒤셀도르프(Düsseldorf) : 독일의 노르트라인-베스트팔렌주의 라인 강변에 위치한 공업도시.

○ 에센(Essen) : 역시나 노르트라인-베스트팔렌주의 라인 강변에 위치한 공업도시. 독일의 대표적 철강산업지역이며, 중화학·군사산업이 밀집되어 있다.

○ 슈판다우어(Spandauer)슈트라쎄 : 베를린의 한 구역. 슈트라쎄는 영어의 Street.

○ 도르트문트(Dortmund) : 노르트라인-베스트팔렌주의 라인강변에 위치한 대도시.

○ 브라운슈바이크(Braunschweig) : 니더작센주의 내륙에 위치한 도시. 본 글에 나온 대로 브라운슈바이크 소시지로 유명하다.

○ 가르미쉬 파르텐키르헨(Garmish Fartenkirchen) : 바이에른 최남단, 스위스와 국경을 마주한 산악지대 근처의 도시.

○ 미텐발트(Mittenwalt) : 바이에른 알프스에 면한 산간도시.

○ 카틸리나 탄핵(In Catilinam) : B.C. 63년, 로마의 집정관 M.T.키케로가 당시 반란을 꾀한 카틸리나를 원로원에서 탄핵하기 위해 쓴 연설문. 유럽의 중·고등학생들은 한번쯤 다 해석해 본다는 명문이다.

○ 콧부스(Cottbus) : 브란덴부르크주의 남부에 위치한 도시.

○ 갈리아 전기(Commentarii de Bello Gallico) : 카이사르가 갈리아 원정 당시 쓴 일종의 견문록.

○ 브란덴부르크 문(Brandenburg Tor) : 베를린 중심의 파리저 광장(Pariser Platz)에 위치한 개선문. 승리한 군대는 다들 이 문을 지났으며, 동서베를린의 경계였다. 1차세계대전 때에는 패전했음에

도 독일군은 이 문을 지나 행군했다.

○ 스포츠궁전(Sports Palast) : 히틀러의 도시계획에 따라 지어진 건물. 현존하지 않는다.

○ 티어가르텐(Tiergarten) : 직역하면 동물정원. 베를린을 동서구역으로 나누는 베를린의 녹색지대. 덴마크-프로이센 전쟁의 승전기념탑이 히틀러에 의해 옮겨져서 서 있다.

○ 제3기갑사단 토텐코프(3SS Panzer Abteilung Totenkopf) : 소련과의 전투에서 악명을 떨친 무장친위대사단. 많은 전쟁범죄를 저질러, 다수가 소련에 의해 불공정한 처벌을 받음.

○ 국민돌격대(Volkssturm) : 2차세계대전 말기 조직된, 소년들과 노인들로 구성된 민병대.

○ 판저파우스트(Panzerfaust) : 독일군의 1회용 전차 격파용 무기.

○ 국방군(Wehrmacht) : 2차대전 독일군의 정식 명칭.

○ M. T. 키케로 : 마르쿠스 툴리우스 키케로(B.C. 106~B.C. 43) 고대 로마 공화정 말기의 정치가, 변호사, 문인.

○ SS-Oberstrumbannführer (오베르슈트름반퓨러) : 무장친위대 장교계급으로, 현재 한국군 계급으로 치면 대령.

○ Schütze (쉿체) : 2차대전 독일 육군의 사병계급으로, 한국군 계급으로는 이병.

후기

　사실 안나−프란츠의 사랑이 이루어지는 루트로 글을 쓸 요량이었는데, 한 친구 녀석 (머리글에서 소개했던 어대경 군)이 그런 식상한 엔딩보다는 차라리 한쪽이 죽는 엔딩을 쓰는 것이 어떠냐고 아주 좋은 조언을 해준 덕택에, 이미 살려놓은 프란츠를 죽일 순 없어서 안나가 죽는 것으로 처리했죠. 글을 시작할 때는 자신만만하게 시작했지만, 이야기가 흘러갈수록 순정소설의 분위기가 좀 많이 풍겨서 쓰는 데 좀 힘이 들었습니다. 그래서 사놓고 책장에 꽂아놓기만 한 모리 카오루 씨의 만화를 원작으로 한 소설 『엠마』를 꺼내서 참고했습니다. 그리고 마지막에 인용한 시는 안나를 잃은 프란츠의 슬픔을 나타내기에 적합하다고 여겨져서 넣었습니다.

My Writing

이준선

지금도 늦지 않았어요! 돌아가는 거예요. 그저 자신의 글을 다른 사람들이 읽어주면 하는 마음으로 글을 쓰던 그 시절로! 물론 우리뿐만이 아니에요. 우리와 함께 해줄 좋은 동료들도 있잖아요? 노블의 뜻이 뭐죠? 말 그대로 NOVEL이잖아요. 노블에서 글을 쓰지 않아도 글을 쓰고 있으면 그곳이 우리의 노블이 될 수 있어요. 우리에게는 그게 제일 중요하잖아요? 그저 글을 쓰는 것이…….

머리말

이 소설의 저자 이준선입니다.

장래희망이 소설가랍시고, 평소에도 몇 편이나 글을 써 왔지만, 이런 여운이 남는 건 처음이네요. 이 글에서 소설가를 장래희망으로 잡은 결정적인 계기가 만화에 있어서 어쩌면 약간 만화를 글로 풀어 쓴 것 같은 느낌이 드시는 분들도 있을 겁니다. 사실 제가 봐도 그렇거든요. 지금까지 써 온 글들도 그런 느낌이지만 이번에 쓰는 이 'My writing'만큼은 다른 기분이 드네요. 그리고 제가 원래 일탈이라던가, 비일상이라는 요소를 좋아해서 현실적이지만 생각해 보면 어이없는 일들뿐입니다. 기본적인 내용은, 글을 좋아하기도 하고 재능도 있는 소년이 한 사람의 소설가로서 성장해 가는 그런 내용입니다. 하지만 제가 글이라는 요소를 주제로 잡고 있지만, 또 한 가지 전하고 싶은 주제도 내포하고 있습니다. 친구들과의 갈등, 아버지와의 갈등, 남자와 여자로서의 갈등과 그들과의 유대나 우정, 사랑을 보여주고 있습니다. 전하고 싶은 내용을 전부 전하는 건 불가능하지만, 적어도 주인공인 소년의 심정만큼은 이해해 주시면 감사하겠습니다.

[프롤로그]

20XX년 12월 22일.

세계의 문학인들로 구성된 NOVEL(노블)이라는 일종의 문화기관을 중심으로 한 사건이 일어나게 된다.

그 사건은 노블 구성원들의 명성과 부를 시기하는 어떤 한 소설가로 인해 시작되는데 그 소설가는 노블에 어떤 원한을 가지고 있었다.

노블에 속해 있는 소설가들은 세계적으로 유명한 몇몇 소수의 인원뿐이며 그들을 제외한 소설가들의 글은 비유하자면 청소년들이 고리타분하게 여기는 기성세대의 산물처럼 여겨지고 있었다. 평범한 소설가들은 노블의 힘에 눌려 자유롭게 글을 쓰지도 못하고 있는 상황이며 그런 자들의 분함을 대신 풀어주려고 생각이라도 한 것처럼 노블에 잊을 수 없는 원한이 있다는 그 사람은 노블에 도전장을 던진다.

그 도전장이란 바로 노블의 이름으로 자국의 정부는 물론 각개 국가들을 비판하는 글을 쓴 것이다. 물론 전세계는 분노하고 일어났다. 사건의 진상을 확인할 겨를도 없이 노블을 강제해산시켰다. 이 사건이 있은 후 노블은 그동안 쌓아온 명성을 회복할 기회도 가지지 못한 채 가차 없이 모든 것을 박탈당하게 된다. 그 직후 노블은 정부에 의한 강제 해산, 구성원들의 문화 활동을 일체 금지당한다. 나는 그 사건을 글로 남기려 한다.

* * *

LA의 한 대학교

"……."

깜빡 잠이 들었나 보다. 눈을 떠 보니 수업은 이미 모두 끝났고, 주위의 녀석들은 시끄럽게 소음을 발생중이다.

"어이, 스캇."

"그렇게 부르지 말랬잖아. 그냥 테일러로 부르라니까."

"뭘 그렇게 부끄러워 해? 아닌가, 부끄러워하는 게 아닌가?"

이 녀석은 정말 바보다. 하지만 묘하게 마음에 드는 녀석이다. 녀석의 이름은 로이드 토머스. 무슨 코믹만화에라도 나올 법한 특이한 녀석이다. 녀석의 그런 면 때문에 로이드는 나에게 더 특별한 친구다. 내 주위에 널린 소음덩어리들이랑은 다른 시선으로 날 보는 조금 특별한 친구…….

딩 동 댕 동.

"아, 수업종 쳤다. 그럼 수업 마치고 교문에서 기다려라. 저번에 가려고 했던 아이스크림가게 갈 거니까. 저번처럼 또 잊어버리지 말고"

던지듯 말을 건넨 로이드는 자기 반으로 돌아갔다. 다음 수업은 니마이어 선생님의 수업이다. 하필이면 한 주의 마지막 수업이 이 선생님이라니. 한 주의 마지막 수업을 듣기 싫다는 마음도 있었지만 그것보다도 이 선생님의 수업 자체가 마음에 들지 않았다. 평소에도 터무니없는 숙제와 이해하기 어려운 수업 내용으로 나 이외의 다른 학생들에게도 상당히 미움을 받고 있다. 그 탓에 교내에서 출석률이 가장 낮은 수업으로 알려져 있다. 나 역시 이 선생님의 수업은 듣기 싫었기 때문에 한숨을 내쉬며 조용히 옥상으로 올라갔다.

옥상에 올라가니 탁 트인 사방에서 시원한 바람이 불어온다. 옥상 한쪽에 자리를 잡고 바람을 맞으며 경치 구경을 하고 있는데 교문 앞에 서 있는 한 남자가 보였다.

"저 남자, 뭐랄까······. 생김새랑은 상관없이 특이하게 보이네. 면도를 한 지 패 오래돼 보이는 턱수염과 깨끗한 옷을 보니, 집에서 잘 나가지 않는 직업을 가졌거나 비슷한 성격이라는 건데······. 서류가방을 들고 있는 걸 보면 만화가나 소설가 같기도 하고."

퍽!

뒤에서 뭐가 머리에 부딪쳤다.

"뭘 여유롭게 지나가는 사람이나 관찰하고 있냐?"

"아, 뭐야. 린다."

나의 뒤통수를 친 건 로이드의 여자 친구인 린다였다. 둘이 어울릴 것 같아서 내가 소개시켜 주었더니 서로 마음에 드는지 사귀게 됐는데 겉보기에는 괜찮은 여자애다. 성격에 문제가 좀 있지만······. 그래도 이 일대에서는 유명한 스콜린 가문의 외동딸이다.

"너, 속으로 내 욕했지!"

또 퍽······.

아프기는 했지만 그냥 넘어가기로 했다. 이런 행동의 요지 자체는 기운을 차리게 해주는 그런 뜻이었기 때문이다. 말하자면 린다 나름대로의 기합 같은 것이다.

"네, 네, 욕했습니다. 죄송합니다. 그런데 넌 여기서 뭐하는 거야?"

"수업종 치자마자 가방 싸매고 어딘가로 훌쩍 가버리길래 또 저번처럼 약속 잊어버리고 집에 가버리는 건 아닐까 하고 혹시나 해서 와 봤다, 이 화상아."

솔직히 잊어버리고 있었다. 로이드한테는 미안하지만, 요즘 건망증이 심해져서······.

"표정 보니 또 까먹고 있었구만!"

"아, 아니 이번에는 제대로 기억하고 있었어! 제발 때리지 좀 마!"

"그래? 그럼, 됐어. 어차피 나도 이미 수업 듣기는 늦었으니까 같이 있다가 로이드한테 가자."

이 녀석도 참 소음덩어리다. 그래도 착한 녀석이다. 로이드처럼 보통 사람들과 다른 시선으로 날 봐주는 좋은 녀석이다.

"그런데 아까 누굴 보고 그렇게 중얼거린 거야?"

"응? 아, 저기 교문 앞에 있는 어떤 이상한……."

다시 쳐다보니 그 남자는 어느새 사라지고 없었다.

"남자……였는데 그새 갔나 보네."

"흐음, 여전히 이상한 걸 좋아하나 봐?"

"주위에 널린 '소음들'보다야 '이상한 것들'이 난 훨씬 마음에 드니까."

"이상한 녀석."

이렇게 수다를 떠는 사이 종이 쳤다.

"자, 빨리 가자. 빨리 안 가면 로이드 또 혼자 삐친다."

린다가 내 손을 잡고 교문 쪽으로 이끈다. 우리는 로이드와 합류해 즐겁게 아이스크림가게에서 떠들고 떠들고 또 떠들었다. 그날 밤 그런 일이 일어날 줄도 모르고…….

"떠들다 보니 시간이 꽤 많이 지났네. 빨리 집에 가야겠다."

린다가 가게에 걸린 벽시계를 힐끗 보고는 말했다.

"그럼 오늘은 이쯤에서 해산할까. 내일 또 전화해라."

"아, 그래. 너희도 잘 가."

로이드들과 헤어진 후 서둘러 집으로 돌아가는데 한눈에 봐도 수상해 보이는 검은 밴이 집 앞에 서 있다. 밴 옆에는 아까 학교 옥상에서 봤던 이상한 남자가 서성거리며 요즘은 보기 힘든 파이프담배를 입에 물고 있다. 파이프 냄새는 처음 맡아봤는데 파이프만의 향기로운 냄새가 났다. 눈치를 보며 집에 들어섰는데 아버지가 어떤 남자와 이야기를 하고 있다. 그 남자 역시 척 봐도 수상해 보이는 검은 정장을 입고 있었는데 어두운 분위기를 풍기고 있었다.

거실에 들어서자 아버지가 남자에게 말한다.

"알았네. 오늘은 이만 돌아가게."

"그럼, 좋은 대답 기다리고 있겠습니다."

검은 정장의 남자가 밖으로 나간다. 그 남자가 나가길 기다렸다가 아버지에게 말을 건넸다.

"아버지, 저 사람들은 누구입니까?"

"스캇, 내가 하는 얘기 잘 들어라."

이야기를 시작하는 아버지의 목소리는 몹시 떨리고 있었다. 그때의 아버지는 평소와 너무나도 달라 아직도 기억하고 있다.

아버지의 이야기를 들은 나는 적지 않은 충격을 받았다. 노블의 강제해산? 뭐야 그게……. 생소한 정보를 갑작스럽게 받아들여 순식간에 이해하려고 하니 머리가 아파왔다.

"우리 테일러 가문은 이름 있는 소설가 가문이다. 그런데 이제는 누명을 쓰고 소설은 물론, 그저 글을 쓰는 것마저 할 수 없도록 압박당하고 있지. 그리고 이건 테일러 가문의 문제만이 아니다. 전세계의 노블 구성원들이 아마 나처럼 압박을 받겠지."

"그, 그럼 어떻게……."

"너에게 항상 아버지 입장에서 명령하듯이 말해 왔지만 이번만큼은 부탁하마. 우리들은 이제 이 사태를 어떻게 바꿀 입장도 아니고, 힘도 없다. 네가 우리의 누명을 벗겨다오."

순간 내 머릿속에 있던 지금까지의 아버지의 모습이 지나갔다. 요즘 시대에 보기 드문 권위적인 아버지, 무슨 일에서도 위에 계시던 아버지. 하지만 내가 진정으로 존경하고, 삶의 본보기로 삼았던 아버지. 그런데 지금의 아버지는 마치 약자가 약자에게 부탁하는 듯한 그런 모습이다. 나는 충격을 받았다.

"물론 네가 꼭 해야 할 필요는 없다. 하지만 이건 노블을 넘어서 문학 활동에까지 영향을 끼칠 것이다. 난 알고 있다. 네가 테일러라는 이름 때문에 얼마나 큰 고통을 겪고 있는지. 하지만 그 고통을 이겨낼 만큼 문학에 대한 큰 열정을 가지고 있다는 것도 알고 있다. 나 또한 젊었을 때 테일러의 이름 아래 많은 고통을 겪었지만 너처럼 열정을 가지고 뛰어넘었고, 인정받았다. 이제는 너의 차례다. 네가 할 일은 그저 글을 쓰는 행위가 아니라, 문학을 구하는 행위가 될 것이다."

"자, 잠깐만요, 아버지. 무슨 말씀이신지 모르겠어요. 문학을 구하다니요. 저한테는 무리예요!"

일순간 정적이 흐른다.

"그렇구나……. 넌 너무 어리구나. 난 일주일 후 정부에 불려가게 된다. 다른 노블 구성원들도 그럴 테지. 거기서 우리가 협상을 하게 될지, 일방적인 고문을 받게 될지, 아님 모두 그대로 죽게 될지는 아무도 모른다. 하지만 그렇다고 우리가 문학을 포기해서는 안 된다. 절대로…… 절대로……."

아버지의 확고한 모습과 말에서 아버지의 진심을 느꼈고, 문학에 대한 열정도 느꼈다.

그리고 그렇게 다음날이 되었다.

따르르르릉~, 따르르르릉~.

"여보세요?"

"아, 스캇이냐? 오늘 학교는 왜 안 나온 거야? 그리고 휴대폰은 또 왜 꺼놓은 건데."

시간을 보니 2시가 다 되어간다. 아버지는 어디 나가셨나 보다.

"아, 미안해. 너희들 괜찮으면 학교 마치고 우리집에 오지 않을래? 할 얘기가 있어."

"뭐? 학교는 나오지도 않고 다짜고짜 집으로 오라니, 오늘 너, 평소랑 좀 다른 것 같다."

"부탁이야. 잠시만이라도 좋으니까 부탁할게."

"뭐야, 무슨 일 있냐?"

"로이드, 전화기 이리 줘봐, 빨리!"

린다가 전화기를 뺏어든 모양이다.

"좋아. 로이드랑 학교 끝나고 바로 갈 테니까 대접할 준비해 놓고 있어라. 알겠어?"

"뭐? 너 또 혼자……."

뚜뚜뚜…….

전화가 끊겼다. 그래도 린다의 말을 들으니 걱정과 고민으로 가라앉았던 기분이 조금 가시는 듯했다. 이게 린다의 좋은 점, 소음덩어리들이랑 다른 점이다.

"아, 빨리 씻어야겠네."

떵동 떵동.

린다와 로이드는 남은 수업을 듣지 않고 왔는지, 꽤나 빨리 도착했다.

"어서 와. 서 있지 말고 안으로 들어와."

"야, 너희 집. 린다 집 못지않게 크네. 놀랐어."

로이드가 탄성을 지르며 말했다.

"경제적으로만 보면 우리 스콜린 가문이 더 크지만 사회적인 위치는 테일러 가문이 훨씬 더 인정받는 가문이야."

린다가 의젓하게 설명을 했고 로이드는 알겠다는 듯 고개를 끄덕였다.

"그, 그렇군. 역시 노블의 소설가라 그런지 스케일이 다른데……."

"거기 편한 대로 앉아 있어. 마실 거 좀 내올게."

두 녀석이 서성이며 집을 돌아보는 동안 핫초코를 진하게 타서 로이드와 린다에게 건넸다.

"갑자기 오라고 해서 미안해."

"뭔 이유가 있어서 그렇게 저자세로 부탁한 거야, 너답지 않게."

"그래. 우리야 뭐든지 다 들어줄 테니까 빨리 얘기해 봐."

그런 말을 들으니 역시 친구란 이런 것이구나 하고 생각하며 내심 기뻐했다. 나는 어젯밤 아버지한테서 들을 걸 모두 얘기해주었다. 녀석들의 반응은 예상대로였다. 로이드는 펄쩍 뛰며 말을 했다.

"우왓. 엄청난 얘긴데, 우리 그냥 이렇게 있어도 돼? 얘기를 들어 보니 테일러 아저씨, 엄청나게 위험한 거잖아. 테일러 아저씨를 구할 방법을 찾아야 하는 거 아니야?"

"좀 침착하게 있어 봐, 로이드."

"뭐, 뭐야. 린다, 넌 왜 그렇게 침착한 건데."

"아, 난 평소에도 우리집 경제 문제를 조금씩 책임지고 있으니까 그 때문이겠지."

참 태평스럽게 대단한 얘기를 하는 린다.

"린다, 뭐 문제 있어?"

나는 린다의 다음 말이 몹시 궁금했다.

"그 말대로 큰 문제가 하나 있어."

"큰 문제라니?"

"너희 아버지께서 하신 말씀은 노블의 이름으로 출판된 책에 세계의 각 정부를 비판하는 이야기가 써 있었고, 그에 각 정부가 분노하게 되었고, 노블을 강제해산했다는 말이지?"

"아, 응. 분명히 그렇게 말씀하셨어."

"그렇다면 여기서 이상한 것은 각 정부가 그 글이 출판된 후 분노하여 곧바로 노블의 해산까지 갔다는 점이야."

"그게 왜? 누가 자기 욕하면 당연히 화나는 거 아냐?"

나는 그 순간 린다가 하는 말의 의미를 알아차렸다.

"아니, 로이드. 린다가 말한 대로야. 이건 뭔가 이상해. 지금 노블과 정부의 관계는 뭐라 할 만한 트러블이나 문제가 전혀 없어. 그런데 노블이 그런 글을 썼다면 일반적으로 누군가 노블에게 누명을 씌우기 위한 거라고 생각하지 않을까?"

"그래. 그런데 정부는 어떤 조치를 취했지? 노블과의 회의는 둘째치고 자기들끼리만의 결정으로 노블을 해산시켰어. 그런데 노블 구성원에게 노블의 해산을 알린 뒤 모든 구성원들을 정부로 불러들인다고? 이건 모든 구성원들을 바로 없애버리겠다는 것과 같은 뜻이야. 그렇다는 건 명백히 정부가 그 책을 출판한 사람과 한 패라는 소리지. 아마 조만간 언론에 노블이 정부를 배신했다는 식의 발표를 하겠지."

아, 아……. 어제에 이어서 오늘도 충격 퍼레이드구만.

"그럼 아저씨는 어쩔 수 없이 끌려가게 생겼단 말이잖아. 그렇게 되면 스캇도 위험하잖아. 빨리 아저씨랑 같이 도망이라도 가야 하는 거 아니야?"

"아직 일주일 정도의 시간이 남아 있잖아. 일단은 내일까지 학교랑 주변 정리를 해놓고 어딘가에 숨어서 우리랑 아저씨랑 연락을 취해야 해."

"그럼 아버지는 괜찮으실까?"

"아, 그러고 보니 아저씨는 어디 나가셨어? 주말에는 거의 집에 계시잖아."

린다의 말에 순간 나도 놀랐다. 아버지가 안 계셔서 그냥 어디 나가셨나 보다 하고 대수롭지 않게 생각했는데 갑자기 걱정이 되었다. 평소 아버지가 급하게 외출하실 때면 늘 메모를 남기시던 것이 기억났다.

"아! 메모!"

"메모라니?"

"아버지는 급한 일이나 중요할 때는 항상 아버지 서재에 메모를 남기고 나가셨어."

나는 서재로 달려가 메모를 찾아보았다.

"여기 있어. 아마 잉크가 굳은 걸 보니까 적어도 새벽에 나가신 것 같아."

메모지에 적힌 글을 읽으며 우리는 사태의 심각성에 대해 깨달았다.

그리고 그날, 12월 23일 뉴스에는 린다가 말한 것처럼 '정부에 대한 노블의 도전'이라는 딱 일반 시민들의 구미에 당기는 타이틀이 올라왔다.

아버지의 메모의 적힌 내용은 다음과 같았다.

"말도 없이 나가서 미안하다. 우리 노블은 어젯밤 급하게 연락을 취하여 우선 어느 장소에서 만나기로 하였다. 정보의 누출 가능성 때문에 장소는 얘기 못하지만 내 동료에게 너에 대해 얘기해 두었다. 12월 25일, 크리스마스날. 모스크바에서 바이칼호로 가는 횡단열차를 타거라. 비행기표와 기차표는 내 서랍에 두고 가마. 자리에 앉으면 '메리 크리스마스'라고 옆 좌석의 사람이 너에게 말할 것이다. 러시아의 크리스마스는 1월 7일이기 때문에 보통 사람이라면 의아해 할 테지. 하지만 네가 내 아들이라면 대답을 한 다음, 테일러라는 이름을 말할 거라고 얘기해 두었다. 그러면 내 동료가 알아서 할 것이다. 내 동료와 함께 집합장소로 오너라. 아들아, 무사히 만나기를 기도하고 있으마."

내가 안도의 한숨을 쉬자 린다가 말했다.

"다행이다. 아저씨께서 먼저 움직이셨다면 우리가 움직이기 더 편해져."

"우리라니? 린다, 너 설마?"

"물론. 설마 너 우리를 내버려두고, 혼자 훌쩍 떠나려고 한 거야?"

행동파인 린다는 정말로 나를 따라올 듯한 눈으로 말했다.

"하지만 우린 표도 없는데 어떻게 따라 갈 건데?"

로이드가 그렇게 린다에게 묻자 린다는 전화기를 들고 어딘가로 전화를 걸어서는 비행기 시간과 기차 시간을 얘기하고는 전화를 끊는다.

"내가 이래뵈도 그 유명한 스콜린 가문의 딸 아니냐. 그런 표 구하는 것 정도야 식은 죽 먹기라고."

"그래도 연말 시즌이라서 표 구하기 엄청 힘들 텐데."

"그 이상 알려고 하면 다치니까 조용히 있으라구. 후후."

부잣집 아이들은 크든 작든 이렇게 돈으로 뭐든 해결해 버리는 경향이 있는 듯하다.

"자, 이제 우리 세 명 모두는 한 배를 탄 셈이니까 잘해 보자고."

우리는 저녁까지 얘기를 하다가 뉴스에서 노블에 대한 보도를 듣고, 침울한 표정으로 헤어졌다.

다음날, 아침 일찍부터 린다가 로이드를 데리고 우리집으로 찾아왔다.

"여, 좋은 아침."

엄청 졸려 보이는 얼굴의 로이드가 먼저 아침인사를 했다.

"아, 그래. 너도 좋은 아침"

린다가 우리의 대화에 끼어든다.

"우리 세 명의 휴학 신청서는 내가 모두 내고 왔으니까 걱정 말고."

"본인이 직접 안 내도 받아 줘?"

"당연하지, 내가 누군데."

"또, 또…… 시작이다."

로이드의 말에 린다는 눈을 찡긋거린다.

"너희들 이 상황을 즐기고 있는 거냐?"

"아니, 나는 심각하게 받아들이고 있단 말이야. 그저 린다 혼자서 즐기는 거라구."

"너도 아침에 전화하니까 깨있었잖아! 평소에는 그 시간대에는 일어날 생각도 안하면서."

아침부터 둘이 티격태격하는 모습을 보니 전혀 긴장감이 느껴지지 않는다. 그때 고급 승용차가 우리집 앞 도로에 멈춰 섰다.

"아가씨, 모시러 왔습니다."

"아, 이게 만화에서나 보던 전속 메이드란 건가? 야, 너희 집에는 메이드 있냐?"

"아니, 넌?"

"나도."

"뭘 멍청하게 서 있어? 빨리 타."

딸이 남자 둘이랑 학교에 휴학을 내고, 갑자기 러시아로 떠나겠다는데 이렇게까지 해주는 걸 보면 린다의 아버지도 꽤나 괴짜인 것 같다. 한참 뒤, 차가 멈춰 섰다.

"아가씨, 공항에 도착했습니다. 부디 안전하게 다녀오세요."

"응, 고마워. 너도 조심해서 들어가."

고급 승용차는 우리를 뒤로 하고 멀어져 갔다.

"자, 비행기 시간까지 아직 여유가 있는데 뭐라도 먹을까?"

"그럼 린다가 사주는 거야?"

"이번만큼은 특별히 내가 사주도록 하겠어."

린다는 웃으면서 얘기했다. 린다는 간단히 먹을 수 있는 햄버거를 먹자고 했다. 우리가 가게에 들어가 햄버거를 다 먹고 공항으로 들어가려는 순간 나는 어디선가 맡아보았던 향기로운 냄새에 고개를 돌렸다. 거기에는 정부에서 아버지를 찾아왔던 그날, 내가 봤던 파이프 담배를 문 남자가 있었다. 다행히 그 남자는 나를 알아보지 못한 것 같다. 생각해 보니 요 며칠간 저 남자를 세 번이나 보았다. 과연 우연일까? 라는 생각을 하고 있는데 로이드가 말했다.

"뭐야? 저 사람이 누군데 그렇게 유심히 보는 거야?"

"응? 아, 아무것도 아니야. 빨리 가자. 이러다 비행기 놓치겠다."

나는 두 사람의 등을 떠밀면서 그 사람을 쳐다보았다. 후에 그 사람이 얼마나 내 인생에 큰 영향을 미치게 될지 그때는 짐작도 못했다.

공항에 들어가 갖가지 수속을 마친 뒤에 티켓을 확인하고, 자리에 앉으니 안내방송이 나오고 비행기가 이륙하기 시작했다. 창문 너머로 지금까지 본 하늘 중에서 제일 맑은 하늘과 제일 눈부신 태양이 보였다.

"러시아까지 시간이 조금 걸리니까 그 사이에 잠을 자 두는 게 좋을 거야."

나는 린다의 말에 그저 말없이 동의하며 눈을 감고, 잠을 청했다. 꿈속에서 나는 파이프 담배의 남자를 보았다. 그 남자는 아버지에게 총을 겨누고 있었고 나는 그 남자에게 소리쳤다.

— 잠깐! 도대체 아버지에게 무슨 짓을 하려는 거야!

— 응? 이 녀석의 아들인가?

— 당신은 대체 누구지? 아버지와는 무슨 사이야.

— 나? 그렇군. 아직 내 소개를 안 했던가. 나도 예전에 노블에 소속해 있었지.

— 노블? 그런데 왜 이제 와서 이런 짓을 하는 거지?

— 네가 뭘 알지? 내가 어떤 짓을 당했는지, 알기나 해? 노블은 겉으로는 문학기관이지만 속으로는 이런저런 방법으로 번 돈을 당당하게 쓰고 다니는 구제할 길이 없는 파렴치한 녀석들의 소굴이다. 물론 네 아버지도 그런 녀석들 중 한 명이다.

내가 바른 말만 하면 그 녀석들은 싫다는 표정을 하고는 뒤에서 수군거렸지. 나 같은 사람이 있으면 오히려 방해만 된다고 말이야.

— 그래서? 쫓겨난 건가?

— 그래. 비참하게도 말이야. 그래도 난 노블이 무슨 짓을 하더라도 신경 쓰지 않고 나만의 글을 쓰고 싶었다. 하지만 내가 새로운 책을 써서 내놓자마자 노블은 방해를 하더군. 그런 일의 반복을 거듭하면서 나는 생각했다. 노블을 계속 이대로 두어도 괜찮은 걸까? 지금 누군가 막지 않으면 나중에는 아마 손을 쓸 수 없을 정도로 큰 조직이 되어 있겠지. 그리고 결국 이런 잘못된 순환은 바꿔 놓아야 한다는 결론에 도달했다. 그 일은 노블의 모든 비리를 알고 있는 나만이 할 수 있는 일이야! 내가 해야만 해! 나만이 할 수 있는 일이란 말이야!

— 미쳤어! 네 녀석이 말하는 건 모두 말이 안 돼! 당신이 노블을 바꾼다는 방법이 결국에는 모든 노블의 구성원들을 죽이는 거냐!

— 그래. 네 말대로 난 미쳤을지도 모르지. 하지만 날 이렇게 만든 건 결국 노블이야! 이제 아무도 날 막지 못해!

그 후로 약간의 정적이 흘렀다. 남자의 모습은 마치 진짜로 무언가에 홀린 듯한 모습을 하고 있어서 온몸에 소름이 끼칠 정도로 무서움을 느꼈다.

— 음……, 얘기가 새버렸군. 나는 나와 함께 노블의 악행을 세간에 퍼뜨릴 동료를 구하기 위해 정부에서 일하면서 노블에 불만이 있는 사람을 찾아다녔지. 그랬더니 생각보다 꽤 많은 사람들이 노블에 불만을 가지고 있더군. 결국 나는 그들과의 의논 끝에 한 가지 결론을 내놓았다.

— 설마, 그 결론이라는 게!

— 그래! 지금 네놈들이 뼈 빠지게 고생하고 있는 이유는 뭐지? 이 책이 아니던가?

그 남자는 사건의 원인이 된 책을 들어올리며 얘기했다.

그 장면에서 나는 잠에서 깨어났다. 린다와 로이드는 아직 자고 있다. 방금 그 꿈은 굉장히 신경 쓰였다. 보통 사람들이 말하는 예지몽 같았다. 그리고 꿈속의 파이프 담배를 피는 남자, 그 남자와는 어떤 식이든 관계가 있을 것 같다. 방금 그 꿈이 사실이든 아니든…….

기내 방송이 나왔다.

"이 비행기는 모스크바공항에 곧 착륙하도록 하겠습니다. 승객 여러분은 착륙 후 안전벨트를 풀어주시고 질서 있게 내리시기 바랍니다."

"로이드, 린다. 러시아에 도착했어. 이제 일어나야 해."

린다가 하품을 길게 하며 일어났다.

"드디어 러시아인가. 빨리 움직여야겠네. 야, 로이드! 일어나!"

퍽! 린다가 로이드의 뒤통수를 세게 가격했다.

"앗! 벌써 러시아에 도착했나?"

이제는 린다에게 맞는 게 대수롭지 않다는 듯 일어나서 말하고 있는 로이드였다.

"그래, 이제 곧 착륙하니까 정신 좀 차리고 있어."

끽! 끼이이익! 비행기가 안전하게 모스크바 공항에 착륙했다. 비행기에서 내려 짐을 가지러 가려고 보니 생각보다 많은 사람들이 몰려서 놀랐다.

"역시 크리스마스 이브라 북적거리는구만."

"아니, 너 뭘 들은 거야? 테일러 아저씨가 메모로 적어놓았잖아. 러시아의 크리스마스는 1월 7일이라고, 러시아는 우리랑 다른 달력을 사용하기 때문에 여긴 지금 12월 11일이야."

"오호~, 러시아는 13일이 느리다는 거지? 그럼, 나 지금 13일이나 젊어진 거 아냐?"

로이드가 자신의 무지를 자랑이라도 하듯이 큰 소리로 창피한 소리를 하고 있다. 린다는 로이드가 창피했는지 로이드의 손을 잡고 짐을 챙겨 황급히 공항 밖으로 이끈다.

"아, 정말! 밖에서 그런 소리 좀 하지 마! 내 쪽이 더 부끄러워지려고 한단 말야. 너 말이야, 네 여자친구가 재벌 딸이라는 것 좀 생각하고 다녀. 응? 제발 부탁이니까."

린다가 정말 화가 난 것처럼 버럭 소리를 지른다. 로이드는 풀이 죽어 고개를 끄덕인다.

린다는 택시를 잡고 미리 예약했던 호텔로 가달라고 기사에게 부탁한다. 린다가 유창하게 러시아어를 쓰기에, 언제 배웠냐고 물으려 했지만 부잣집 딸이니, 영재교육이라도 받았겠지 하고 그냥 넘어갔다. 택시가 시내의 커다란 호텔 앞에 멈춰 섰다.

"자, 여기가 우리가 묵을 호텔이야."

호텔을 보고, 다시 한번 친구의 경제력에 놀랐다. 정말 멋진 호텔이었다. 로비로 가서 우리가 묵을 방의 열쇠를 받았다. 역시 외관에 못지않은 실내였다.

"웃샤~, 이제 어떻게 할 거야?"

로이드는 편안해 보이는 침대에 몸을 던지며 얘기한다.

"일단은 내일 기차 시간이 될 때까지는 자유시간이겠네. 자유시간이래도 시간이 이래서야……."

린다가 시계를 보면서 얘기한다.

"벌써 11시 30분이야? 밥 먹어야 하는데 식당들 다 문 닫았겠다."

내가 그렇게 얘기하니 린다가 좋은 곳이 있다면서 같이 가자고 한다. 우리는 나갈 채비를 마치고 밖으로 나와 거리를 걷기 시작했다.

"저기 사거리를 빠져나가면 공원이 있거든? 거기에 되게 맛있는 핫도그집이 있어."

"핫도그?"

"왜? 핫도그 싫어해?"

"아니, 그런 게 아니라 네가 이런 길거리에서 파는 핫도그를 좋아하는 게 약간 의외라서."

"하하, 확실히 부잣집 따님이랑은 매치가 안 되겠지? 그래도 거기 핫도그는 보통 핫도그와는 차원이 다르다고. 말 그대로 천상의 맛이야!"

손으로 갖가지 제스처를 취하면서 린다가 그 엄청난 핫도그의 맛을 표현하고 있다. 그렇게 몇 분을 걷다 보니 공원이 나왔다.

"와~, 하나도 바뀐 게 없구나."

린다가 공원으로 뛰어갔다.

"저 녀석, 러시아에 와 본 적이 있는 모양인데."

내가 의아해 하며 말하고 있는데 로이드가 빨리 오라고 손짓하고 있다.

"야, 빨리 와. 린다가 또 뭐라고 하겠어."

"뭐, 나중에라도 한번 물어봐야겠다."

"뭘 자꾸 혼자 중얼거리는 거야. 그러다 진짜 린다한테 맞아."

공원 안쪽으로 걸어 들어가니 뭔지는 모르겠지만 러시아어로 적힌 간판 밑에 '핫도그 본고장 미국의 맛, 포크 스콜린'이라고 적힌 네온사인이 작게 빛나는 이동식 가게가 있었다. 그 옆 벤치에는 한 남자가 앉아 담배를 피고 있다.

"코리 삼촌."

린다가 그 남자에게 그렇게 외치며 뛰어가 안겼다.

"아니, 린다. 너, 어떻게 러시아에?"

"아빠한테서 전화 없었어? 아빠가 또 코리 삼촌이 러시아에 있는 거 잊어버리셨나 보네."

"하하, 너의 아빠는 사업으로 바쁜데 나한테 신경 쓸 시간이 어딨니? 그것보다 린다 네가 러시아에는 왜 온 거냐?'

"아, 배낭여행 비슷한 거예요. 제 친구들이랑 같이."

"뒤에 저 두 녀석이 네 친구들이냐?"

"네, 저기 약간 답답해 보이는 애가 로이드 토머스이고, 그 옆에 쿨해 보이는 애가 스캇, 참고로 남자친구는 로이드예요."

"네가 어떤 아이를 남자친구로 사귀든 난 상관없다. 네가 잘 보고 골랐을 테니까. 그것보다 저 테일러라는 아이는 내가 아는 그 테일러가 맞는 거냐?"

"네, 소설가 케이지 테일러의 아들 스캇 테일러예요."

린다의 삼촌이 나를 바라보면서 얘기했다.

"요즘 뉴스에서 네 아버지 성함이 많이 오르락내리락하더구나."

내가 별말 않고 고개를 숙이니까 린다의 삼촌이 웃으며 말했다.

"내가 아는 사람 중에도 노블의 사람이 있다. 그 사람은 항상 글을 쓸 때 웃으며 이렇게 말했지. '글을 사랑하는 사람 중에 나쁜 사람은 없어'라고. 참 바보 같지? 무슨 자기가 만화 주인공이라도 된 것처럼 얘기하잖아. 그래도 나는 그 말이 틀린 것은 아니라고 생각한다."

린다의 삼촌은 나를 격려하기 위해 일부러 그런 말을 한 것 같다.

"네, 걱정해 주셔서 감사합니다."

"녀석, 생김새랑은 다르게 예의바르구나. 하지만 너무 진지해도 딱딱해 보인다. 오랜만에 린다도 왔고 하니, 너희들에게 특제 핫도그를 만들어 주마. 먹어봐라."

린다의 삼촌과 이런저런 얘기를 하며 핫도그를 맛있게 먹었다. 핫도그를 먹고 호텔로 돌아와서는 배가 불러서인지 바로 잠이 들었다.

다음날, 일어나 보니 린다는 벌써 일어나 있었다.

"일어났어? 기차 시간까지는 아직 시간이 남았으니까 더 자도 되는데."

"아니, 충분히 잤어. 비행기에서 너무 많이 잤나 봐."

"그러게 말이야. 그런데도 로이드는 아직까지 자고 있어. 일단은 내버려 두자. 식당은 로비에 있는데 지금 먹으러 갈래?"

"아니, 로이드 일어나면 그때 같이 가자. 일단 씻고 나올게."

샤워실에서 따뜻한 물로 샤워를 하고 나오니, 로이드가 일어나 있었다.

"로이드가 벌써 일어난 걸 보니 확실히 비행기에서 많이 자긴 했나 보네."

내가 빈정대듯 얘기하니까 로이드가 크게 반발한다.

"아니! 사실은 더 잘 수 있었어. 그런데 러시아의 밤은 너무 추워. 호텔인데도 추워."

로이드의 말에 웃으며 린다와 나는 식당에 갈 채비를 마쳤다.

"로이드도 지금 밥 먹으러 갈 거지? 그럼 빨리 씻고 나와."

"별로 씻을 것도 없는데……. 잠깐만 기다려. 금방 준비하고 나올게."

로이드는 새집 머리를 하고 샤워실로 들어갔다. 잠시 후 로이드가 나왔고, 우리는 식당이 있는 로비로 향하였다.

"여기 음식 맛있는데? 역시 이 정도 호텔쯤 되니까 요리도 장난이 아닌데."

로이드는 아침부터 벌써 두 그릇째 뷔페에서 고기 종류를 싹 긁어 와서 먹고 있다. 밥을 다 먹고 방으로 올라가서 시계를 보니 10시에서 2, 3분쯤 지나 있었다.

"기차 시간은 11시인데 기차역이 바로 앞에 있으니까 30분쯤 아직 여유 있어."

30분 정도는 텔레비전을 보자고 권유해서 다 같이 텔레비전을 보다가 호텔을 나섰다.

"호텔에서 나오니까 장난 아니게 추운데? 이러니까 러시아라는 실감이 난다."

로이드가 옷깃을 여미며 얘기했다.

"넌 러시아 하면 추운 것 말고는 모르지? 러시아에는 더 유명한 것도 있잖아."

"러시아 하면 엄청난 추위와 넓은 땅과 보드카잖아."

내가 끼어들어 딴죽을 거니 린다가 나를 쳐다보며 얘기한다.

"그래서 생겨난 러시아 속담이 '40℃의 추위는 추위가 아니고, 40도의 술은 술이 아니며, 40km는 거리도 아니다'야. 러시아의 특징을 콕 집어서 설명해 주는 속담이지. 역시 스캇은 똑똑한데."

린다가 내 어깨를 툭 치며 말했다.

"나도 보드카는 들어 봤어. 마시면 몸이 엄청 뜨거워지는 술이잖아."

"너는 그냥 그렇게 알고 있어라."

내가 한숨을 쉬며 얘기하니까 로이드가 버럭 소리를 지른다.

"왜! 내가 말한 게 맞잖아! 괜히 내가 너보다 똑똑해 보일까 봐 그러는 거지?"

로이드는 내가 린다에게 칭찬을 받았다고 질투하는 것 같다. 로이드는 린다에 대한 마음을 쑥스러워서 잘 표현하지 못한다. 그렇게 수다를 떨다 보니 기차역에 도착했다.

"모스크바 역에서 출발해서 바이칼호까지 가는 횡단열차……."

린다가 중얼거리면서 우리가 탈 기차를 찾고 있다.

"바이칼호까지 가는 시베리아 횡단열차는 이곳에서 타시면 됩니다."

우리가 헤매는 걸 보고 기차역의 역무원 같은 여자가 손짓을 하며 얘기했다.

"아, 고맙습니다. 빨리 가자. 기차 곧 출발하겠어."

린다가 역무원에게 인사를 하고는 기차가 서 있는 곳으로 뛰어갔다. 기차 앞에 있는 역무원에게 짐을 안까지 들어달라고 부탁하고는 안으로 들어가 자리에 앉았다. 이 기차는 다른 지역의 역들을 거쳐 가는 횡단열차이기 때문에 밤에 잠을 잘 수 있는 4인 침대칸이었다.

"드디어 기차를 탔네. 긴장되지 않아?"

로이드가 약간 긴장된 목소리로 내게 말했다. 아직 우리 옆자리에는 아무도 오지 않았다.

"이제 곧 열차 출발시간인데 왜 아무도 안 오지?"

린다는 로이드와는 달리 초조해 보인다. 뭔가 잘못된 건 아닌지 걱정하는 듯하다. 기차가 곧 출발한다는 안내방송이 흘러 나왔다.

"아무래도 안 되겠어! 일단 내리자. 내리고 나서 생각해야겠어!"

린다가 큰소리로 말하며 자리에서 일어나 내리려는 순간 한 남자가 우리 자리 앞에 멈춰 섰다.

"저기, 거기가 내 자리인데 비켜주지 않을래? 아가씨."

"아, 죄송합니다. 앉으세요."

린다가 멍하니 그 남자를 바라보다가 남자가 앉자 린다도 따라 앉았다.

"메리 크리스마스."

옆 좌석의 남자가 웃으면서 성탄절 인사를 건넸다.

"메리 크리스마스, 만나서 반갑습니다. 제 이름은 테일러예요."

내가 긴장한 말투로 얘기하니 그 남자가 웃으며 얘기했다.

"하하, 긴장할 필요 없어. 한눈에 보고 네가 테일러 씨의 아들이라는 걸 알았다. 눈매가 테일러 씨와 아주 닮았구나."

그 말을 듣고, 나보다 린다와 로이드가 더 긴장했는지 안도의 한숨을 쉬었다.

"만나서 반갑다. 나는 듀이 한스다. 편한 대로 불러."

"그럼 듀이 형, 형은 테일러 아저씨랑 어떤 사이예요?"

로이드는 편하게 부르라고 말하자마자 바로 친숙한 듯이 이름을, 그것도 형이라고 불렀다.

"테일러 씨는 내 대학시절 강의의 특별 게스트였어. 한창 소설을 읽고 빠져 있을 때였지. 그때 노블의 유명한 소설가가 강연을 한다는 소식을 들었거든. 그 강의를 듣고 선생님의 문학에 대한 가치관에 공감하고 나도 선생님이 하시는 일에 보탬이 되고자 노블에 들어간 거야."

한스 씨도 로이드의 넉살에는 약간 당황한 듯 보였지만 금방 익숙해져 갔다.

"그래서, 집합장소는 어디예요? 거기에는 노블의 소설가가 모두 오나요?"

"어이, 아가씨. 조금 천천히 가자고. 나는 아직 스캇 외에는 너희 이름도 모르는데?"

린다가 미안해 하며 얘기했다.

"죄송해요. 제가 너무 앞서갔어요. 저는 린다 스콜린, 쟤는 제 남자친구 로이드 토머스예요."

"흐음, 연인 사이구나? 이런 아가씨가 여자친구라니 부러운데. 로이드 군?"

린다와 로이드는 얼굴을 붉히면서 서로 바라보더니 고개를 숙였다.

"그건 그렇고, 너희들은 대체 왜 따라온 거지? 나는 너희들이 따라온다는 말은 못 들었는데?"

"저희는 스캇이랑 정말 친한 친구 사이예요. 친구가 위험하다는데 당연히 도와야죠."

린다가 한껏 고조된 목소리로 열변을 토했다.

"너희가 절친한 친구 사이인 건 알겠는데, 그것만으로 너희 같은 꼬마들이 이런 위험한 일에 끼어들었다는 게 이해가 안 되는군. 특히 거기 아가씨, 린다 스콜린라고 했지? 이름을 들으니 알겠군. 너 스콜린 가문의 딸이지? 네가 이런 짓을 하면 스콜린 가문에도 적지 않은 타격이 갈 텐데 괜찮겠어? 우리 노블은 지금 정부에서 수배 중인 일명 범죄자집단이라고."

정부가 벌써 수배까지 하다니 생각보다 빨리 도망 사실을 알아챈 것 같다.

"네, 에?"

린다가 한스 씨의 말에 움찔하더니 더 이상 말을 잇지 못한다. 그때 로이드가 박차고 일어나서 한스 씨에게 말했다.

"듀이 형이 뭐라든 상관없어요. 저희는 그저 스캇을 따라가는 것뿐이니까. 그리고 더 이상 린다에게 그런 말투로 말하는 거 그만둬 주세요."

로이드의 얼굴은 여태까지 보지 못한 진지한 얼굴이었다. 듀이 형의 생각과 다르다는 것을 분명하게 드러내고 있었다. 로이드도 이렇게 진지하고 무서운 얼굴을 할 줄 아는구나 하는 생각을 했다. 그에 반해 린다는 로이드의 행동에 적잖게 놀랐는지 로이드를 붙잡으며 말렸다. 한스 씨는 그런 로이드를 지그시 바라보더니 미소를 지으며 얘기했다.

"그렇지? 미안해 로이드 군. 린다 양에 대해서는 사과하지. 하지만 내 말을 단지 너의 입장에서만 생각하지 말고, 스캇이나 린다 양의 입장에서 받아들이도록 해. 너는 괜찮겠지만 이 둘은 어떻게? 스캇은 자기 아버지의 생사가 걸린 일이야. 그리고 린다 양도 아무 말 못하는 거를 봐서는 당연히 집안이 걱정되는 거겠지. 그런데 너는 뭐지? 내가 봤을 때 지금 네가 하는 말은 그냥 억지에 불과해."

"억지라도 상관없어요. 내가 원래 이렇다는 건 이 둘도 아니까. 하지만 스캇에게는 오히려 우리가 필요해요. 그건 스캇 자신도 알고 있을 거예요. 듀이 형말대로 아버지의 생사가 걸린 일에 당신 같은 남보다는 우리 쪽이 훨씬 도움이 될 거예요. 그리고 린다, 너한테는 미안해."

"아니, 오히려 로이드가 그렇게 말해 줘서 고마워. 덕분에 결심이 섰어."

린다가 로이드를 바라보며 약간 눈물을 글썽이고 있었다. 한스 씨는 그런 둘을 바라보면서 한숨을 쉬며 얘기했다.

"너희들이 정 그렇다면 따라오도록 해. 로이드 군의 얼굴을 보니 여차하면 싸움이라도 벌일 것 같아서 말이야. 이제부터는 정말 조용히 이동해야 하니까 일단 앉도록 해."

그 말을 듣고 나서야 로이드가 웃으면서 자리에 앉는다.

"아이, 듀이 형도 허락해 주실 거면서 튕기시기는…… 어쨌든 고마워요."

로이드는 정말 분위기 전환이 빠르다. 주위의 분위기마저 휩쓸어 버릴 정도로 말이다.

"고마워 하기는 일러. 이런 중요한 일은 나 혼자 결정할 수 없어. 어차피 집합장소로 가기 전에 다른 동료들이 모여 있는 곳으로 갈 거야. 거기서 너희들에 대해서 얘기한 다음에 확실히 정할 거니까 일단 그때까지는 잘 부탁해."

이렇게 보니 한스 씨도 되게 넉살이 좋아 보인다. 그래도 로이드랑은 다르게 미소에서 위화감이 느껴진다. 그 후로 로이드는 아무 일도 없던 것처럼 한스 씨와 얘기를 나눴다. 꽤 긴 시간 동안 우리는 서로 말을 나누었고, 밤이 늦어서야 자리에 누웠다. 한스 씨가 먼저 잠이 들었는데 한스 씨가 자고 있는 걸 확인한 린다가 나에게 말을 걸었다.

"저기, 스캇. 혹시 자고 있니?"

"아니, 아직."

린다가 걱정이 가득한 얼굴로 막 잠이 들려는 나에게 말을 걸었다.

"저 한스라는 사람, 믿어도 될까? 뭔가 저 사람이 말할 때마다 위화감이 느껴져."

린다도 아까 나와 같은 느낌을 받았나 보다. 솔직히 나도 한스 씨가 의심스럽지만 아버지의 동료라는데 싫은 내색을 할 수는 없었다.

"그래도 네가 느낀 위화감만으로는 한스 씨를 의심할 수 없어."

"그래서 이렇게 너한테 얘기하고 있잖아. 너, 대학에서 범죄심리학을 배우고 있어서 사람 분석 같은 거 잘 하잖아. 저번처럼 한스 씨에 대해서 뭐라고 얘기 좀 해봐."

"솔직히 말하면 나도 너처럼 한스 씨에게서 위화감을 느꼈어. 하지만 그건 처음 만난 낯선 사람한테서도 자주 느낄 수 있는 것이고, 오래 알고 지낸 사람한테서도 느낄 수 있어."

"네가 그렇게까지 말한다면 나도 한스 씨에 대해 트집 잡을 생각은 없어. 그렇지만 걱정이 돼서……."

"네가 무슨 말이 하고 싶은지는 나도 알고 있어. 하지만 정말 쓸데없는 걱정일 수도 있잖아? 어차피 여기까지 온 거 돌이킬 수도 없어. 한스 씨가 원래 그런 사람일 수도 있고, 너희들이 나를 도와주겠다고 했으니까 나는 그걸로 됐어."

내가 웃으면서 그렇게 얘기하니까 린다도 웃으면서 자기 침대로 돌아간다.

"네가 그렇게 말해 주니까 기분 좋네. 아까 로이드도 그렇고……. 그렇게 말해 줘서 고마워."

우리는 대화를 마치고 횡단열차의 딱딱한 침대에서 잠을 청했다.

아침 햇살이 창을 통해 강하게 들어오는 탓에 눈이 부셔 잠에서 깨어났다. 창가 쪽인 나를 제외하고는 모두 잠에 깊이 빠져 있었다. 가방에서 세면도구를 챙겨 조용히 나가 씻고 돌아오니 한스 씨가 깨어 있었다.

"스캇은 아침잠이 없나 보네? 일찍 일어났구나."

"햇살이 너무 눈부셔서 어쩔 수 없이 일어났어요."

한스 씨가 창밖을 바라보면서 얘기했다.

"오늘 오후쯤에 눈이 내릴 거라고 하던데……."

"이 날씨에 눈까지 내리면 훨씬 춥겠네요. 역시 러시아는 추위가 장난이 아니던데요."

"그렇지? 나도 옷을 너무 얇게 입고 온 탓에 러시아에 도착하자마자 새 옷을 장만했다니까."

한스 씨가 웃으면서 얘기했다. 우리가 그렇게 얘기를 주고받는 사이에 다음 역에 도착했나 보다. 방송에서 나오는 소리를 듣고 린다와 로이드가 깨어났다.

"일어났어? 갑작스럽지만 아침밥은 어떻게 할래? 횡단열차에는 기내식당도 있지만 역마다 특산물을 먹는 것도 별미야."

한스 씨가 일어난 지 일 분도 안된 녀석들에게 아침밥을 무엇으로 할 거냐고 묻고 있었다.

"저는 식당 요리보다는 역에서 파는 음식을 더 먹고 싶어요."

로이드가 일어나자마자 웃으면서 음식을 찾았다. 린다는 그저 한숨을 내쉬면서 씻으러 나갔다.

"응? 아가씨께서 기분이 나쁘신가? 왜 저러지?"

로이드의 행동을 보면 저럴 수밖에 없다고 생각하면서 역에 내릴 준비를 했다. 린다가 돌아오고 나서 다음 역에 기차가 정차하자마자 우리는 다 같이 음식을 사러 내려갔다. 기차에서 내리니 특별한 날인 것처럼 많은 상인이 나와서 이 지역의 특산물을 팔고 있었다.

"이 지역에서는 특산물 중에 오물이 제일 인기가 있다나 봐."

한스 씨가 안내 책자를 펼쳐보면서 얘기했다.

"저, 그거 뭔지 알아요. 바이칼호에서 사는 물고기죠? 최근에는 멸종 위기 동물이 됐다던데?"

린다는 그 오물이라는 특산물을 알고 있는 듯했다.

"그렇긴 한데 허가를 받으면 누구나 잡을 수 있는 듯해."

로이드는 벌써 오물구이 한 봉지를 손에 들고, 꼬치 하나를 입에 물고 있다.

"우웃! 이거 되게 맛있어! 빨리 먹어봐."

꼬치를 하나 집어 먹으니 이제까지 먹어본 적 없는 새로운 맛을 느꼈다. 생긴 건 연어를 닮았는데 굉장히 색다른 맛이 났다.

"이거 생각보다 맛있는걸? 몇 개 싸가고 싶을 정도야."

한스 씨가 오물에게 찬사를 보내면서 천천히 맛을 보고 있다. 그때 기차가 곧 출발하니 탑승하라는 방송이 흘러나왔다. 우리는 배를 채울 만한 것들만 사들고 기차에 올라탔다.

"우리가 내릴 역에는 저녁 쯤에야 도착할 거야."

한스 씨가 여전히 오물을 먹으며 얘기했다.

"그럼 그때까지는 마음대로 행동해도 돼요?"

"그렇네. 그래도 웬만하면 이 방에서 나가지 않는 게 제일이겠지."

"듀이 형이 이렇게까지 말하는데 그냥 여기서 놀고 있자."

로이드가 생각보다 한스 씨를 잘 따르는 것 같다. 한스 씨가 특별히 로이드한테 뭔가 해주는 건 못 봤는데 두 사람 성격이 비슷해서인지 서로 대하기 편해하는 것 같다. 점심때가 될 때까지 음식을 먹으면서 한스 씨의 옛 이야기를 들었다.

"역시 눈이 내리는구나. 러시아의 일기예보는 생각보다 잘 맞는걸."

하던 이야기를 멈추고 잠깐 창밖을 내다보던 한스 씨가 말했다. 우리는 일제히 창밖을 바라봤다.

"그러고 보니 우리 어제 크리스마스였잖아? 지금쯤 애들은 재밌게 놀고 있겠지?"

린다가 한숨을 쉬면서 얘기했다.

"아~, 저번 크리스마스에는 애들이랑 파티를 했었는데, 또 하고 싶다."

로이드가 침대에 누우면서 얘기했다.

"나는 그렇게 우르르 몰려서 파티하는 것보다는 이렇게 얘기하는 게 더 좋아."

내가 로이드의 말을 딱 잘라 얘기하니까 한스 씨가 감탄했다.

"호오~, 스캇은 어른이구나. 그에 비하면 로이드 군은 역시 꼬마 같다고나 할까?"

린다가 그 대목에서 동감하면서 한스 씨에게 로이드의 단점을 연거푸 내뱉었다. 그렇게 몇 번 다른 역을 지나쳤다. 생각보다 많은 역을 지나쳐 온 후 한스 씨가 얘기했다.

"다음 역에서 내려야 해. 모두 내릴 채비를 해 둬."

"아직 밖에 눈이 많이 오는데 우리가 갈 곳이 역에서 먼 장소에 있나요?"

"아니, 그렇게 멀리는 아닌데 찾아가는 길이 좀 험해."

"험하다뇨? 산 속에라도 있는 거예요?"

린다가 깜짝 놀랐는지 급하게 한스 씨에게 물었다.

"산이 아니라 숲 속에 있어. 그래도 은신처인데 눈에 띄는 곳에 있으면 안 되잖아?"

숲 속에 집이 있으면 더 눈에 띄지 않나 하는 표정으로 린다가 나를 바라봤다. 그때 다음 역에 곧 도착할 거라는 안내방송이 나왔다.

"자, 짐들은 다 챙겼지? 그리고 모자는 꼭 써라. 추운데 머리 내놓으면 감기 걸리니까."

한스 씨가 친절하게 말했다. 드디어 기차가 멈췄다. 우리는 자리에서 일어나 짐을 챙겨 들고 기차에서 내렸다. 기차에서 내리니 눈보라가 생각보다 많이 불어 모두들 당황하게 했다.

"눈보라가 꽤 많이 부는걸. 빨리 움직이도록 하자. 더 이상 눈보라가 심해지면 갈 수 없어."

한스 씨도 당황한 듯 우리를 재촉했다. 한스 씨를 따라 역을 나가서 주택가를 빠져 나가니 숲 하나가 나왔다. 숲으로 들어서니 쌓인 눈이 아니면 한 치 앞도 모를 정도로 어둠이 내려앉았다. 한스 씨를 따라 숲속 길을 쭉 따라 들어가니 빛이 보이기 시작했다. 멀리서는 그저 한줄기 빛이었는데 점점 가까이 가니 오두막집이 있었다.

"드디어 도착했다. 여기가 우리의 은신처야."

한스 씨가 자랑스럽게 얘기했다. 오두막집이긴 했지만 생각보다 훨씬 큰 집이었다. 우리가 멍하니 서 있으니까 한스 씨가 문 앞으로 가 몇 번 노크를 하니 안에서 사람이 나왔다.

"아, 한스! 드디어 왔구나. 빨리 들어와. 거기 너희들도 들어오렴."

안에서 나온 사람은 우리 엄마와 나이가 비슷해 보이는 한 여성이었다. 우리가 쭈뼛쭈뼛하며 들어서니까 한스 씨가 괜찮다며 우리를 모두에게 소개시켜 주었다.

"여기 있는 이 아이가 테일러 씨의 아들 스캇이야. 이 둘은 스캇의 친구인 린다 양과 로이드 군."

린다는 쑥스러워 하며 자기 소개를 했는데 로이드는 역시 당당하게 자기 소개를 마쳤다. 집 안에는 우리와 한스 씨 외에 네 명이 더 있었다. 방금 문을 열어준 여성과 우리보다 조금 나이가 더 들어 보이는 남자 두 명, 그리고 우리와 같은 또래의 여자아이가 한 명 있었다. 한스 씨가 한 명, 한 명 다 소개시켜 주었다. 문을 열어준 여성은 웬디 스칼렛, 두 명의 남자는 쌍둥이였다. 형이 존 터너, 동생은 마커스 터너. 그리고……

"이 아이가 베라 존슨 양이야. 아마 너희와 동갑일 거야. 친하게 지내."

"안녕, 스캇. 오랜만이야. 잘 지냈어?"

갑자기 베라 존슨이라는 아이가 나에게 오랜만이라는 인사를 건넸다. 나는 당황스러워서 다른 사람들을 쳐다봤는데 다른 사람들도 놀란 눈치였다.

"너희들이 아는 사이인 줄은 몰랐는데? 하긴 테일러 씨는 베라를 매우 좋아하셨으니까 너희 둘이 어렸을 때 만났을 수도 있겠네?"

"아, 아니. 저는 처음 보는 것 같은데……"

내가 그렇게 말하자 존슨의 표정이 어두워졌다. 반응을 보니, 이 아이의 말이 사실인 것 같은데 정말로 기억이 나지 않았다.

"그럼 못 쓰지, 스캇. 여자아이의 꿈을 그렇게 짓밟으면."

스칼렛 씨가 끼어들어 존슨 양을 위로하며 그렇게 말했다. 다른 사람들도 뭔가 동의하는 분위기였다. 심지어 린다와 로이드마저 이상한 눈빛으로 나를 바라보았다. 잠깐 동안 다른 사람들이 나와 존슨 양을 번갈아 바라보았는데 그 자리가 가시방석 같았다.

존슨 양이 말을 꺼냈다.

"아니에요. 우리가 마지막으로 만난 건 상당히 오래 전의 얘기니까. 충분히 그럴 수 있어요. 그러니 스캇이 기억을 못하는 거에 대해 뭐라 하지 마세요."

내가 무슨 죄인이라도 된 기분이었다. 존슨 양은 그렇게 얘기하고 린다와 로이드에게 인사를 한 후 이층으로 올라갔다. 존슨 양이 올라가고 나서야 나는 안도의 한숨을 쉬었다.

"스캇, 네가 그런 아이인 줄은 몰랐어."

로이드가 빈정 섞인 말투로 얘기했다. 그러고는 킥킥 웃으며 린다와 같이 스칼렛 씨의 안내를 받아, 방으로 올라갔다.

"그러면 안되지, 스캇. 여자는 섬세하게 다뤄야 하는 법이야."

쌍둥이 형, 존 터너가 말을 걸어왔다. 동생인 마커스 터너는 맞장구를 치면서 나란히 서 있었다.

"아, 존 터너 씨와 마커스 터너 씨죠. 잘 부탁드려요."

"씨는 무슨, 나이 차이도 얼마 없는데 그냥 존 형이라고 불러. 얘는 마커스 형이라고 부르면 돼."

또 동생은 그저 맞장구만 쳤다.

"그럼 존 형, 잘 부탁해요. 마커스 형도요."

"아, 이 녀석은 말수가 적은 탓에 옆에서 맞장구만 치는 경우가 많으니까 알아둬. 그것보다도 여자는 그렇게 다루는 게 아니야."

"다루다니요. 존슨 양한테는 미안하지만 정말로 기억이 나지 않는걸요."

"그럴 수도 있겠지. 그러니까 너도 그렇게 풀죽어 있지 말고. 일단 기억나는 것이 없는지 생각해 봐."

마커스 형은 고개를 끄덕이며 맞장구를 쳤다. 그렇게 존 형은 나에게 병과 약을 한꺼번에 주고, 방으로 갔다. 나도 린다와 로이드를 따라 방으로 가 짐을 정리한 후에 늦은 저녁을 먹었다. 저녁 식사 후 린다와 로이드는 방으로 올라갔고 나는 소파에 앉아 곰곰이 생각에 빠졌다. 그런데 무언가 뜨거운 게 볼에 살짝 닿았다. 옆을 쳐다보니 스칼렛 씨가 양손에 커피를 들고 와 있었다. 나에게 커피를 건네주고, 그녀는 반대편 의자에 앉았다.

"저녁, 맛있게 먹었습니다."

"맛있었다니 다행이야."

우리 둘은 대화 없이 커피만 마셨다. 내가 커피를 홀짝홀짝 마시고 있는데 스칼렛 씨가 먼저 말을 걸었다.

"베라 때문에 그렇게 신경 쓰여?"

나는 담담하게 대답했다.

"아니라고 말하면 거짓말이겠죠. 처음 보는 사람이 갑자기 오랜만이라고, 잘 있었냐고 인사해 오니까 너무 당황스러워서 놀랐어요."

"정말 처음 만난 사람일까? 잘 생각해 봐. 사실은 나도 너랑 이게 초면은 아니야. 웬디 스칼렛, 어디서 많이 들어본 이름이지 않니?"

웬디 스칼렛? 웬디 스칼렛이라면 아버지가 쓰신 장편소설의 여주인공 이름이었다. 아버지는 그 소설의 여주인공이 자신의 친구 중 한 명을 모델로 삼아 쓴 것이라고 말씀하셨다.

"웬디 스칼렛이라면 혹시, 아버지 소설의 여주인공? 설마 그럴 리는 없겠죠."

내가 웃으면서 커피를 마시려는데 스칼렛 씨가 순순히 인정했다. 나는 너무 놀란 나머지 커피를 쏟을 뻔했다.

"미안하구나, 많이 놀랐니? 내가 케이지가 쓴 그 소설의 실제 여주인공 스칼렛이란다."

자세히 보니 내가 상상했던 소설의 여주인공이랑 이미지가 비슷해 보였다.

"그 소설 제목이 까마귀였던가? 내 삶이 까마귀 같다면서 제목을 그렇게 지었지. 까마귀라니 여자한테 할 만한 소리는 아니지?"

스칼렛 씨가 웃으면서 얘기했다.

"네 아버지가 그 소설을 쓰기 위해서는 나를 한번 보고 써야 한다면서 갑자기 나보고 오라는 거 있지? 어쩔 수 있니, 너의 아버지 성격이라면 본인이 당장에라도 쫓아올 것 같아서 내가 찾아갔지. 그때 너를 보았단다. 그래도 기억 못하겠니?"

아버지가 그 소설을 쓰실 때 나는 초등학교에 갓 들어간 어린애였다. 분명히 그때 아버지가 소설의 중요한 조력자라면서 데리고 온 사람이 있었다. 그 사람은 우리 집에 일주일 정도 머물렀는데 나는 그녀를 원더우먼이라고 불렀다.

이름은 원더랑 비슷했는데 사실은 생김새가 만화에 나오는 원더우먼을 닮았다고 생각해서 그렇게 불렀다. 그때는 훨씬 마르고 머리가 길어서 알아채지 못했다.

"원더…… 우먼?"

내가 그렇게 얘기하자 스칼렛 씨가 씨익 웃으며 커피잔을 내려놓았다.

"그래. 드디어 기억해 냈구나. 그때는 작고 귀여웠는데 홀쩍 컸구나."

정말로 그 원더우먼이 맞았다. 그런데 생각해 보니 아무리 어린아이였지만 스칼렛 씨를 원더우먼이라고 불렀다는 게 미안하게 느껴졌다.

"그때는 정말 죄송해요. 사람을 원더우먼이라고 이상한 별명을 붙여서 부르다니."

"아니, 오히려 기분 좋았어. 원더우먼이면 정의의 편이고, 스타일 좋은 영웅이잖아?"

"그렇게 생각해 주시면 감사한데……."

"그것보다 중요한 건 원더우먼이 아니야. 원더우먼의 딸이 여기서는 훨씬 중요해."

"원더우먼의 딸이면 스칼렛 씨의 딸 말씀이신가요?"

"그래, 내가 너희 집에 일주일 동안 있을 때 같이 온 여자아이가 하나 있었잖니."

"아, 네. 기억나는 것 같아요. 이름이 베라 스칼렛이었던가?"

"맞아. 내 딸 베라 스칼렛이었지. 지금은 스칼렛이 아니지만……."

"스칼렛이 아니라뇨? 무슨 일이 있었던 건가요?"

"너희 집에 다녀온 후에 남편이 갑작스럽게 사고로 죽어버렸지. 그 탓에 나는 그만두었던 소설가 일을 다시 하게 된 거고."

"죄송해요. 제가 쓸데없는 걸 물었네요."

내가 목소리를 죽이며 그렇게 얘기하니까 스칼렛 씨는 괜찮다며 얘기를 이어나갔다.

"갑자기 소설을 쓰려고 하니 잘될 리가 없지. 그래서 그 후로는 제대로 된 생활을 하지 못했단다. 그러던 어느 날 사촌동생이 내 딸을 입양해서 키우겠다는 거야. 나는 반대했지만 내심 알고 있었어. 그때 생활로는 아이의 공부에도 방해가 되고 아이가 정서적으로 힘들 거라는 걸 말이야. 그래서 어쩔 수 없이 내가 제대로 아이를 키울 수 있는 환경을 만들 때까지만 동생이 키우는 걸로 했지."

"지금은 소설가로 성공하지 않았나요?"

"그래. 그래서 나는 내 딸을 찾으러 갔지. 그런데 법적으로 무슨 문제가 있었는지 성을 다시 스칼렛으로 바꿀 수 없다는 거야."

"그래서 지금은 스칼렛이 아니라고 하셨군요."

"하지만 어쩔 수 있니? 성은 더 이상 스칼렛이 아니어도 분명히 내 딸 베라 스칼렛인데. 그래서 어쩔 수 없이 존슨이라는 성을 계속 쓰게 된 거야."

"존슨? 그럼 베라 존슨……. 아! 그럼 존슨 양이 스칼렛 씨의……?"

"이제 퍼즐이 거의 다 맞춰졌구나. 마지막 남은 퍼즐은 베라가 가지고 있을 거다. 언제든 베라랑 차분히 대화를 해 보거라. 그럼 알게 될 거야."

스칼렛 씨는 다 마신 커피잔을 들고 부엌으로 들어갔다. 존슨 양이랑 스칼렛 씨랑 그런 과거가 있다는 것도 충격적이었고, 존슨 양이 한 말이 사실이란 것도 충격이었다. 더 이상은 머리가 돌아가지 않을 것 같아서 방으로 가 침대로 기어 들어갔다.

다음날 잠에서 깨보니 린다와 로이드는 먼저 일어났나 보다. 시계를 보니 벌써 10시를 넘어가고 있었다. 어제 침대에 누워서도 쉽게 잠이 들지 못했던 탓에 늦잠을 잔 것이었다. 급히 머리를 가다듬고 밑으로 내려가 보니 모두 거실에 앉아 텔레비전을 보고 있었다. 그런데 존슨은 그 자리에 없었다.

내가 조심스럽게 말을 꺼냈다.

"저기, 존슨 양은 어디에?"

"네가 잔 방 바로 옆방이 베라 방이다. 아마 거기에 있을 거야."

내가 스칼렛 씨에게 꾸벅 인사를 하고 계단을 올라가는데 밑에서 몇 명이 킥 킥거리면서 웃는 소리가 들렸다. 내가 뒤를 돌아보니 아무 일도 없었던 것처럼 모두들 텔레비전을 보고 있다. 이층으로 올라가니 존슨 양이 방에서 나오고 있었다.

"저기, 할 말이 있는데 잠깐 시간 괜찮을까?"

"응, 괜찮아. 내 방에서 얘기할래?"

생각보다 어제 일로 많이 속상한 것 같지는 않았다. 존슨 양의 방에 들어가 보니 오두막집인데도 꽤 여자방같이 꾸며져 있었다. 내가 의자에 앉으니 존슨 양은 침대에 걸터앉으면서 얘기했다.

"할 얘기가 뭔데?"

"아, 그게……. 어제는 미안했어. 성도 바뀌고 너무 어릴 적에 본 탓에……."

"그 말은 나에 대해서 기억해 낸 거야?"

"어제 스칼렛 씨랑 얘기하다가 어렴풋이 눈치를 챘어. 설마 그런 일이 있었을 줄이야."

"뭐야, 그럼 엄마랑 얘기 안 했으면 영영 기억 못 했을 거 아니야."

"아니, 그런 건 아니고 너무 많이 바뀌어서 못 알아봤을 뿐이야. 며칠 지내다 보면 눈치 챘을 거야."

내가 급하게 변명을 하니까 존슨 양이 피식 웃었다.

"괜찮아. 크게 화난 것도 아니니까……."

그러면서 침대에서 일어나 갑자기 가방을 뒤지기 시작했다. 그 사이에 나는 식은땀을 닦았다. 여자랑 대화하면서 그렇게 당황한 건 그때뿐인 듯하다.

"이거, 기억나?"

존슨 양이 가방에서 책 한 권을 들고 와서 나에게 주고는 다시 침대에 앉았다. 그 책에는 제목이 없었다. 겉표지와 종이는 짙은 갈색을 띠고 있었다. 안을 펼쳐보니 내용은 제일 뒷장에 적힌 한 줄뿐이었다.

'스캇 테일러는 베라 스칼렛을 좋아한다.'

"내가 너희 집에 놀러갔을 때 케이지 아저씨가 나한테 선물로 주신 책이잖아. 여기에 네가 쓰고 싶은 걸 쓰라면서 말이야."

"나, 그냥 너한테 줘버렸는데 내가 돌아가는 날, 네가 다시 나한테 선물로 줬잖아. 그 후로 그 책에 아무것도 적지 않고 그대로 내버려 뒀어."

그 책을 보니 존슨 양이 우리집에 왔을 때가 기억나기 시작했다.

내가 초등학교에 갓 입학했을 때, 아버지는 갑자기 어느 아줌마와 그 딸로 보이는 아이를 데리고 왔다. 아버지와 그 아줌마는 서재에서 소설 쓰는 데에만 집중을 했고, 나는 자연스레 그 여자아이와 친하게 지내게 되었다. 그러다가 나는 그 여자아이를 좋아하게 되었고, 그 여자아이도 나를 좋아한다는 걸 어렴풋이 알고 있었다. 그런데 그 여자아이가 나한테 책 한 권을 주었다. 그 책은 제목도 내용도 없었다. 그래서 나는 그 책 마지막 페이지에 내가 그 여자아이를 좋아한다고 적어서 그녀가 떠나는 날 다시 주었다.

"이거, 혹시 내가 그때 적어준 책이야? 이걸 아직도 가지고 있었어?"

"난 지금까지도 너를 좋아하니까. 너도 나를 좋아하니까 그런 말을 적어 놓았을 거 아니야?"

내가 그렇게 좋아했던 여자아이에 대해 잊고 있었다는 미안함과 나를 잊지 않고 계속 좋아해 준 여자아이 때문에 갑자기 눈물이 핑 돌았다.

"혹시 우는 거야? 미안, 울 거라고는 생각도 못했어. 미안해."

"아니, 내가 더 미안해. 베라"

나는 어릴 적 좋아했던 그 여자아이를 베라라고 불렀었다. 지금 내 앞에 있는 여자를 보고 나는 베라라고 불렀다. 그러자 가슴이 뻥 뚫리는 것 같은 기분이 들고 머릿속의 퍼즐이 다 맞춰진 듯했다. 내가 그녀를 베라라고 부르자, 그녀도 갑자기 눈물을 흘리기 시작한다. 나는 그저 옆에서 손을 잡고 마주 앉아 있었다. 베라는 말없이 한참을 울고 나서야 진정이 되는지 눈물을 그쳤다.

"이제 잊어버리지 마, 스캇. 또 잊어버리면 우는 걸로는 끝나지 않을지도 몰라."

베라가 빨간 눈시울로 웃으면서 얘기했다.

"이제는 잊어버릴 일 없을 거야. 만약 잊어버려도 베라가 가르쳐주면 되잖아."

서로 바라보면서 웃다가 일어나서 나가려고 하는데 밖이 소란스러웠다. 급하게 문을 열고 보니 로이드가 문 앞에 쓰러져 있고 다른 사람들은 급하게 도망쳐서 옆 모퉁이에 숨었다.

"로이드……, 혹시 다 들었냐?"

"아, 아니야. '이거, 기억나?'부터였나……."

로이드가 배시시 웃으며 얘기한다. 한 대 쥐어 박을까 하고 생각했지만 왠지 긴장이 한꺼번에 풀려서 그런지 그럴 힘도 없었다. 베라는 창피했는지 얼굴이 빨개져서 내 뒤로 숨었다.

"어쨌든 다 해결된 거지? 스캇."

존 형이 나와서 얘기했다.

"아, 고마워. 거기 있는 모두에게도 걱정 끼쳐서 죄송해요."

"솔직히 걱정보다는 재밌어 보여서 엿들은 거야."

마커스 형이 강하게 맞장구를 쳤다. 그 두 사람이 나오자 숨어 있던 모두가 나온다. 그런데 거기에는 스칼렛 씨도 있었다. 스칼렛 씨도 엿들었다는 건 약간 충격이었다. 베라도 놀랐는지 소리부터 지른다.

"엄마! 엄마는 왜 거기서 엿들은 거야!"

"딸이 건전한 이성교제를 하는지 지켜본 거야. 이건 엄마의 의무의자 특권이야."

스칼렛 씨도 꽤 재미있어 보인다.

"스캇, 어릴 적 좋아했던 상대를 다시 만나 사랑에 빠지다니……. 정말 로맨틱하다."

린다는 의외로 이런 로맨틱한 전개를 좋아하나 보다.

"역시 스캇도 남자였군. 남자였어."

한스 씨는 의미심장한 말을 해댄다. 나와 베라의 이야기는 점심때까지 주된 화제였다. 점심 식사를 마치고 나서야 한스 씨가 최종 집합장소로 가는 것에 대해 얘기했다.

"집합장소에 늦지 않으려면 적어도 오늘 중에는 출발을 해야 해. 집합장소는 여기서 꽤 떨어져 있어. 그래도 러시아에 있으니까 가는 길이 힘들지는 않을 거야."

"집합장소가 들켰을 가능성은 없나요? 벌써 우리를 수배했다면 우리가 러시아에 와 있다는 것쯤은 정부도 이미 알고 있을 텐데……."

"어차피 우리는 끝까지 함께 해야 할 테니까 알려주지. 러시아는 사실 노블의 강제 해산에 반대하고 있는 상황이야. 겉으로는 찬성하고 있지만. 그래서 우리가 러시아에서 모이기로 한거야. 그리고 미국은 아직까지 러시아와 사이가 좋지 않기 때문에 전쟁이라도 각오하지 않는 이상은 쉽게 접근하지 않을 거야."

린다는 걱정스럽게 질문했다가 한스 씨의 대답에 안심한 듯 보였다.

"문제는 오늘 언제 출발하느냐 하는 거야. 아무리 미국이 섣불리 접근하지 못한다고 해도 소수 인원 정도는 파견했을 거야. 그렇다면 당연히 밤에 몰래 움직여야 하겠지만 그러기에는 여자들도 있고, 어두워서 신속하게 움직이기 힘들 거야. 그러니 반으로 나뉘어서 이동하는 게 최선일 거야."

우리는 모두 여덟 명이었다. 확실히 여덟 명이라는 인원으로 밤을 틈타 움직이기에는 무리가 있을 것 같았다.

"4명씩 팀을 나눠서 움직여야 하니까 일단 어떻게 팀을 나눌지부터 생각해야겠다. 집합장소를 아는 건 나와 스칼렛 씨뿐이야. 가는 길이 너무 복잡한 탓에 설명만으로는 어떻게 가르쳐줄 수 없을 거야. 그럼 나와 스칼렛 씨를 기준으로 팀을 나눠야겠군."

한스 씨가 심각한 표정으로 생각하고 있는데 갑자기 베라가 손을 들고 얘기했다.

"저는 꼭 스캇이랑 가야겠어요."

"그, 그럼 저는 꼭 로이드랑 가야겠어요."

베라가 그렇게 말하는 걸 보고 린다도 질 수 없었는지 손을 들고 얘기했다. 한스 씨는 어이가 없다는 듯이 바라보았지만 다른 방법도 없고 해서 나와 베라는 스칼렛 씨와 함께, 린다와 로이드는 한스 씨와 함께 가게 되었다.

"남은 건 존이랑 마커스뿐인데 너희는 어떻게 했으면 좋겠어?"

"우리는 함께 가면 좋겠지만 안 된다면 어떻게든 괜찮아요. 그냥 한스 씨가 판단해 주세요."

베라와 린다가 미안해 하며 고맙다는 인사를 했는데 존 형은 괜찮다며 손을 저었다.

"그럼 존이 스칼렛 씨랑 함께 가도록 해. 만에 하나 일이 생겨도 숙녀분과 동생들을 잘 지켜라."

어제 한스 씨에게 들었는데 존 형은 군사학교 출신이란다. 마커스 형도 존 형을 따라 군사학교를 들어가려고 했는데 필기시험에서 떨어졌다고 한다.

"출발은 스칼렛 씨 팀이 먼저 하는 걸로 하자. 지금부터 한 시간 후에 먼저 출발하는 걸로 한다. 그냥 겉으로만 보면 가족처럼 보이니까 들킬 일도 적을 테지. 그래도 조심하도록 해. 우리는 저녁이 되면 출발한다."

한 시간 동안 떠날 준비를 다 마치고 우리는 먼저 오두막집을 나섰다.

"스캇, 조심해. 우리도 곧 따라갈 거니까 거기서 꼭 다시 만나는 거다."

린다와 로이드는 걱정이 되는지 계속 손을 흔들며 얘기했다. 나도 둘이 걱정이 돼서 계속 뒤돌아보니까 베라가 괜찮을 거라며 손을 잡아주었다. 우리는 일단 지하철을 타고 이동하기로 했다. 러시아의 지하철은 굉장히 깊숙한 곳에 위치했다. 존 형이 말하기를 전쟁을 대비해서 깊숙한 곳에 지하철을 만들어 놓았다고 했다.

지하철을 한 시간 정도 타고 지상으로 올라와 보니 번화가가 펼쳐졌다. 높은 빌딩 숲을 지나 계속 걸으니 주택가가 나왔다. 그 주택가는 한눈에 봐도 매우 빈곤해 보였다. 금방이라도 무너질 것 같은 주택들을 지나서 깊숙이 들어가니 천막이 하나 쳐져 있었다. 그 천막 안에는 익숙한 얼굴들이 있었는데 그 중에 아버지의 얼굴도 있었다.

"아버지!"

너무 기쁜 나머지 나도 모르게 뛰어갔다.

"오! 스캇! 드디어 왔구나! 무사해서 다행이다."

아버지도 기쁘게 나를 반겨주었다. 주위에서 수군거리는 소리가 들렸다.

"쟤가 테일러 가문의 아들인가? 정말 재능이 있는 건가?"

"모두 들어보게. 드디어 내 아들이 도착했어. 이제 드디어 그 작전을 실행할
수 있다네."

"아버지, 작전이라니요? 그게 무슨 소리에요?"

"우리 노블은 이제 새로운 노블을 조직할 거다. 러시아에서 지원해 준다고
했단다. 그리고 그 새로운 노블의 총수로 너를 선정했단다."

아버지는 뜻밖의 이야기를 하였다.

"새로운 노블의 총수 자리를 저에게 주겠단 말씀이세요? 그게 지금 말이 된
다고 생각하세요?"

"우리 노블은 이미 사람들에게 신뢰를 잃었어. 그러니 우리는 다음 세대인
너희들에게 새로운 노블을 맡기려고 하는 거다."

"아니, 그런데 러시아와 손을 잡고 새로운 노블을 만들겠다는 건 무슨 뜻이
에요. 그럼 미국을 적대하고 러시아로 망명이라도 할 생각인가요?"

"그게 새로운 노블의 결성에 필요한 거라면 그래야겠지."

아버지는 진지하고 단호해 보였다.

"새로운 노블을 만들 필요가 있나요? 꼭 노블이라는 집단이 있어야 해요? 아
버지들에게는 소중하단 걸 알지만 그렇게까지 하면서 노블을 존속해 가야 해
요?"

"노블이라는 매개체가 없으면 아무도 글을 읽으려 하지 않을 게다."

"노블이 없어도 좋은 글을 쓰면 분명 읽어줄 사람이 있을 거예요. 지금까지
도 그런 식으로 글을 써오셨잖아요. 그것만으로 충분해요. 새로운 노블을 만들
필요가 없단 말이에요."

"아니! 노블은 꼭 있어야 할 존재란다. 우리가 글을 쓰기 위해서는 없어서는 안 될 존재야. 러시아와 손을 잡는 것보다 더 추태를 보여도 노블만 있다면야!"

아버지가 점점 흥분하면서 말하자 스칼렛 씨가 우리를 말렸다.

"케이지, 적당히 해 둬. 스캇은 여기까지 오느라고 많이 지쳐 있어. 일단은 충분히 쉬게 해주고, 그 후에 차분히 얘기해 봐."

스칼렛 씨는 아버지를 말리고 나서 나에게 위로의 말을 건네고는 다른 사람들과 자리를 옮겨갔다. 나는 너무 놀라고 흥분한 나머지 기운이 빠져 털썩 주저앉고 말았다. 존 형과 베라가 놀라서 나를 바깥의 벤치까지 데리고 가 앉혔다.

"스캇, 괜찮냐? 뭐 쓰러질 만도 하겠다마는 너도 너무 흥분했어."

존 형이 벤치에 기대어 앉으며 얘기했다.

"네가 그렇게 신경 쓸 필요는 없어. 어른들만의 고루한 얘기는 담아두지 말도록 해."

그렇게 말하면서 존 형은 나의 어깨를 툭툭 쳐주었다. 베라도 걱정이 많이 되는지 계속 내 옆에 붙어서 떨어지지 않는다. 존 형이 그런 베라를 보고 재빨리 자리를 피해 준다.

"미안해. 나 때문에 많이 놀랐지?"

"으응. 괜찮아. 그것보다 케이지 아저씨 때문에 놀랐어. 아저씨 원래 저런 분은 아니셨잖아."

"나도 뭐가 뭔지 모르겠어. 지금 무슨 일이 벌어지고 있는지도 말이야. 그래도 정말 아버지가 나한테 노블의 총수를 하라고 한다면 난 차라리 나만의 글을 쓸 거야."

"그게 훨씬 스캇다워. 나도 스캇이 노블이라든가 그런 거에 크게 얽매이지 않았으면 좋겠어."

그나마 베라가 있어 줘서 흥분이 좀 가라앉은 듯했다. 우리는 계속 그렇게 벤치에 앉아서 어두워지는 하늘을 바라보고 있었다.

그때 마을 쪽에서 몇 명의 사람이 이쪽으로 걸어오고 있었다. 점점 가까이 다가오는데 자세히 보니 한스 씨 일행이었다. 린다와 로이드가 야단법석을 피우며 나한테 달려들었다. 한스 씨는 다른 사람들이 있는 곳으로 향했고, 마커스 형은 존 형에게 갔다. 나는 린다와 로이드에게 아버지와의 대화에 대해 얘기해 주었다.

"노블의 총수라니, 그렇게 되면 스캇은 굉장히 높은 사람이 되겠네."

로이드는 감탄사를 보내면서 놀라워 했다. 린다는 린다대로 자신의 생각을 표현했다.

"테일러 아저씨가 그런 생각을 가지고 계셨구나. 새로운 노블을 만든다니……. 그렇게 되면 미국과의 관계는 더 이상 어떻게 할 수 없게 될 텐데."

"그런 복잡한 얘기는 그만하고 오늘은 푹 쉬자. 스캇도 피곤해 보이고, 너희들도 피곤할 테니까 잠이라도 자두는 게 좋을 거야."

베라가 더 이상 이런 얘기는 싫다면서 우리를 말렸다. 한스 씨에게 가서 잠자리를 요구하자 우리에게 천막과 침낭을 구해 주었다.

"오늘은 불편하더라도 여기서 이렇게 자도록 해."

한스 씨는 다른 사람들이 있는 천막으로 향했다. 다행히 오늘은 날씨가 그렇게 춥지 않아서 침낭과 천막만으로도 충분했다. 나는 쉽게 잠들지 못했다. 존 형은 신경 쓰지 말라고 했지만 신경이 몹시 쓰였다. 나머지 세 명은 벌써 잠이 든 것 같았다. 잠이 너무 오지 않아서 나는 침낭을 들고 하늘이 잘 보이는 곳으로 가서 누웠다. 러시아는 날씨가 추워서 그런지 눈이 올 때가 아니면 별들이 잘 보였다. 특히 이곳이 번화가와 꽤 떨어져 있어서 하늘이 훨씬 맑았다. 별들을 보고 있는데 베라가 나를 찾아왔다.

"이런 데서 혼자 별구경 하는 거야? 의외로 낭만적이네?"

베라가 그렇게 얘기하면서 내 옆에 침낭을 깔고 나란히 누웠다.

"미국에서는 몰랐는데 별이라는 거 이렇게 밝게 빛날 수도 있구나."

"별이라는 건 참 좋아. 보고만 있어도 희망 같은 게 생긴달까? 왠지 그런 느낌이 들어."

우리는 나란히 누워서 끝도 없이 나열해 있는 별들을 계속 바라보고 있었다.

"베라. 너는 소설에 대해 어떻게 생각하고 있어?"

"스캇은……?"

"내가 생각하는 소설은 하나의 나라라고 생각해. 내가 나의 글을 쓰고, 누군가가 나의 글을 읽고 있는 그 순간만큼은 누구도 방해할 수 없는 나와 독자만의 나라……."

"하나의 나라란 말이지. 꽤나 멋있는 말인데? 흐음, 나한테 소설은 미화해서 말하자면 하나의 연결고리라고 생각해. 나와 수많은 사람을 이어주는 연결고리."

"마치 나랑 너를 이어준 것처럼?"

내가 그렇게 말하자 베라는 뭔가 생각하더니 자리에서 일어나면서 얘기했다.

"스캇. 우리 차라리 같이 여행이라도 떠나 버릴까? 모두 내려놓고서 말이야."

"여행이라……. 그것도 괜찮네. 하지만 아버지와 더 얘기해 보고 싶어. 아버지를 설득해 보고 싶어. 기다려줄 거지?"

"당연하잖아. 넌 네가 할 일에만 집중하면 되는 거야."

"고마워, 베라. 베라가 있어 주면 나에게는 다른 어떤 것들보다도 훨씬 힘이 돼."

베라는 나를 보면서 웃어 주었다. 베라가 그런 말을 해줘서일까? 나는 편하게 잠들 수 있었다.

다음날 아침, 일어나 보니 이미 베라는 일어난 것 같았다. 다른 사람들도 일어났는지 아침부터 분주한 움직임이 느껴졌다. 벤치 쪽으로 가니 스칼렛 씨가 아버지와 앉아 커피를 마시고 있었다. 스칼렛 씨가 나를 보고 슬쩍 일어나 자리를 비켜주셨다.

"안녕히 주무셨어요?"

"아, 그래. 너도 잘 잤니?"

이렇게 아침인사만 주고받은 후 몇 분 동안 한마디 말도 없이 우리는 그저 앉아 있었다. 아버지가 먼저 말을 꺼냈다.

"너는 내 생각이 틀렸다고 판단하니?"

둘러서 말하려 했는데 아버지가 곧은 눈빛으로 나를 바라봐서 거짓말을 할 수 없었다.

"솔직히 저는 아버지의 의견이 타당하다고는 생각하지 않아요. 그렇다고 모두 틀리다는 것도 아니에요. 아버지는 그저 문학을 사랑하시고 그 문학을 다른 사람들이 알아주었으면 하는 것뿐이잖아요. 저도 그렇게 생각해요. 물론 다른 사람들에게 알리려면 노블이라는 단체의 힘을 빌리는 것이 더 편하겠죠. 하지만 그렇지 않고서는 자신이 쓰고 싶은 글 하나 제대로 써낼 수 없다면 차라리 문학을 그만둬 버리는 게 낫다고 생각해요."

그렇게 말하고 나서 슬쩍 아버지의 눈치를 보니, 아버지는 고민에 빠진 듯했다.

"그래. 너는 그렇게 생각한단 말이지? 노블은 나의 할아버지 세대 때부터 이어진 역사 있는 문학단체이다. 아버지는 할아버지에게 노블을 지키라는 말을 들었고, 나 역시 아버지에게서 그런 얘기를 들었다. 하지만 나는 노블을 지키라는 말을 잘못 이해하고 말았지. 할아버지께서는 글을 마음대로 쓸 장소가 필요해서 동료 소설가들과 함께 노블을 만드셨다. 그때는 학생들끼리 모여 만든 동아리 정도의 규모였지. 하지만 할아버지들의 소설에 대한 열정은 사람들의 마음을 울리고, 소설에 대한 의지는 사람들의 마음을 열게 했지. 그저 사람들이 읽을 글을 쓸 뿐이었던 노블이 왜 이렇게 됐을까……."

"아버지. 지금도 늦지 않았어요! 돌아가는 거예요, 그저 자신의 글을 다른 사람들이 읽어주면 하는 마음으로 글을 쓰던 그 시절로! 물론 우리뿐만이 아니에요. 우리와 함께 해줄 좋은 동료들도 있잖아요? 노블의 뜻이 뭐죠? 말 그대로 NOVEL이잖아요. 노블에서 글을 쓰지 않아도 글을 쓰고 있으면 그곳이 우리의 노블이 될 수 있어요. 우리에게는 그게 제일 중요하잖아요? 그저 글을 쓰는 것이……."

"너는 그걸로 괜찮은 거냐?"

"저 역시 아버지처럼 그저 글을 쓰고 싶을 뿐이에요. 저도 그렇고, 아버지도 그렇고, 스칼렛 씨도 물론이고 다른 사람들도 소설가라든가 그런 걸 떠나서 자기가 읽고 싶어하는 책이 나오면 눈을 반짝거리면서 열심히 읽어 내려갈 거예요. 저는 사람들이 그렇게 우리의 책을 읽어주었으면 해서 글을 쓰는 거예요. 저뿐만이 아니라 다른 사람들 모두를 위해서요."

"네가 그렇게까지 문학에 대해 생각하고 있을 줄은 몰랐다. 내가 어리석었어. 노블에서 나는 뭘 하고 있었던 걸까. 내가 그토록 원하던 걸 이렇게 눈앞에 두고……. 고맙구나, 스캇. 네가 아니었다면 나는 아마 또 같은 실수를 반복했겠지. 다른 사람들에게도 얘기해서 다시 시작하도록 하자. 노블이 아니라 소설가 케이지 테일러로서!"

아버지는 그렇게 말하고 다른 사람들을 설득하기 위해 서둘러 갔다.

"잘됐구나. 스캇. 이걸로 나도 베라도 안심이다."

"고맙습니다, 스칼렛 씨. 덕분에 여기까지 올 수 있었어요. 이제는 어떻게든 일이 잘 풀릴 거예요."

스칼렛 씨는 웃으면서 아버지가 뛰어간 쪽으로 걸어갔다. 린다와 로이드, 존 형과 마커스 형, 그리고 베라가 달려왔다.

"해냈구나! 역시 너라면 어떻게든 해줄 거라고 생각했어."

"다행이다. 테일러 아저씨가 마음을 바꾸셔서."

"아마 전부터 아버지도 그런 생각을 조금씩 가지고 계셨던 모양이야."

"그래도 생각보다 제법인데? 형님이 특별히 칭찬해 주도록 하겠어."

베라는 따뜻한 눈빛과 미소로 나를 격려해 주었다. 아버지와 스칼렛 씨가 돌아왔다.

"불만이 있어 보이는 사람들도 있었지만, 생각보다 잘 해결됐다. 이번 사건을 계기로 노블 회원 모두 스스로를 반성하게 됐던 모양이야. 남은 건 오해를 푸는 것뿐이다."

"잘됐다……."

"하지만 진짜 문제는 지금부터야. 과연 우리가 무죄라는 걸 믿어줄지 모르겠구나."

"확실히 정부가 믿어줄지는 예측할 수 없겠는데요. 우리가 무죄라는 걸 보여줄 증거라든가 그런 게 전혀 없잖아요. 그럼 설득은 무리 아닐까요?"

"그래. 잘 알고 있구나, 꼬마야. 네 말대로 정부가 범죄자의 말을 들을 리 있겠니?"

우리 뒤에서 누군가의 목소리가 들려왔다. 우리는 일제히 그 목소리가 나는 쪽을 돌아봤다. 그곳에는 바로 파이프 담배의 남자가 서 있었다.

"아, 아니! 네가 어떻게 여기에!"

아버지와 스칼렛 씨는 그 남자를 알고 있는 것 같았다.

"오랜만입니다, 선생님. 건강해 보여서 무엇보다도 다행이네요."

"아버지, 저 남자 저번에 정부의 사람이 우리집에 왔을 때 함께 왔던 사람이에요."

"정부? 자네가 정부에 소속돼 있다는 말인가? 대체 왜 정부 같은 데에……."

"물론 저도 지금 정부 체계가 좋아서 이러고 있는 건 아닙니다. 하지만 그런 것을 신경 쓰는 것보다도 저에게는 더욱 중요한 사명이 있어서요."

그 남자는 품속에서 수첩과 권총을 꺼내 들었다.

"지금 여기에 있는 모든 자들을 세계 연방에 대한 모반자와 그 일당들 혹은 모반자를 도운 자들로 판명하여 이 순간을 기해 미국 연방 정부의 이름으로 체포한다!"

그 말과 동시에 뒤편 언덕에서 몇 명의 덩치 좋은 남자들이 일제히 나와 아버지의 동료들에게 수갑을 채우기 시작했다.

"이렇게 됐다는 얘기입니다. 선생님, 이제 그만하시고 정의의 철퇴를 받으시지요."

그 남자는 기분 나쁜 웃음을 지으며 아버지에게 총을 겨누었다.

"잠깐! 도대체 아버지에게 무슨 짓을 하려는 거야!"

"응? 이 녀석의 아들인가?"

"당신은 대체 누구지? 아버지와는 무슨 사이야."

"나? 그렇군. 아직 내 소개를 안 했던가. 나도 예전에 노블에 소속해 있었지."

"노블? 그런데 왜 이제 와서 이런 짓을 하는 거지?"

"네가 뭘 알지? 내가 어떤 짓을 당했는지, 알기나 해? 노블은 겉으로는 문학 기관이지만 속으로는 이런저런 방법으로 번 돈을 쓰고 다니는, 구제할 길 없는 파렴치한 녀석들의 소굴이다. 물론 너의 아버지도 그런 녀석들 중 한 명이지. 내가 바른 말만 하면 그 녀석들은 싫다는 표정을 하고는 뒤에서 수군거렸지. 나 같은 사람이 있으면 오히려 방해만 된다고 말이야."

"그래서? 쫓겨난 건가?"

"그래. 비참하게도 말이야. 그래도 난 노블이 무슨 짓을 하더라도 신경 쓰지 않고 나만의 글을 쓰고 싶었다. 하지만 내가 새로운 책을 써서 내놓자마자 노블은 방해를 하더군. 그런 일이 반복된 후에 나는 생각했다. 노블을 계속 이대로 두어도 괜찮은 걸까? 지금 누군가 막지 않으면 나중에는 아마 손을 쓸 수 없을 정도로 큰 조직이 되어 있겠지. 그리고 결국 이런 잘못된 순환은 바꿔 놓아야 한다는 결론에 도달했다. 그 일은 노블의 모든 비리를 알고 있는 나만이 할 수 있는 일이야! 내가 해야만 해! 나만이 할 수 있는 일이란 말이야!"

"미쳤어! 네 녀석이 말하는 건 전혀 이해할 수가 없어! 당신이 생각한 노블을 바꿀 방법이라는 것이 결국에는 모든 노블의 구성원들을 죽이는 거냐!"

"그래. 네 말대로 난 미쳤을지도 모르지. 하지만 날 이렇게 만든 건 결국 노블이야! 이제 아무도 날 막지 못해!"

그 후로 약간의 정적이 흘렀다. 남자의 모습은 마치 진짜로 무언가에 홀린 듯한 모습을 하고 있어서 온몸에 소름이 끼칠 정도로 두려움을 느꼈다.

"음, 이야기가 새버렸군. 나는 나와 노블의 악행을 세간에 퍼뜨릴 동료를 구하기 위해 정부에서 일하면서 노블에 불만이 있는 사람을 찾아다녔지. 그랬더니 생각보다 꽤 많은 사람들이 노블에 불만을 가지고 있더군. 결국 나는 그들과의 의논 끝에 어느 한 가지 결론을 내놓았다."

"설마, 그 결론이라는 게!"

"그래! 지금 네놈들이 뼈 빠지도록 고생하고 있는 이유는 뭐지? 이 책이 아니던가?"

그 남자는 사건의 원인이 된 책을 들어올리며 얘기했다. 그 책을 보자 머릿속에 있던 의문점들이 해결되었다. 학교에서 봤을 때 이 남자의 차림, 만화가나 소설가 같은 차림이었지. 그리고 정부와 함께 작당하고 노블에게 복수를 하고 싶어하는 남자……. 분명히 이 남자가 정부와 작당하고 그런 글을 쓴 것이 틀림없었다.

"노블이 자네에게 정말 그런 일을 했단 말인가? 나는 몰랐다네. 정말이야. 믿어주게."

"이제 와서 그런 말을 하면 뭐가 달라질 줄 아십니까? 이미 저의 소설가로서의 인생은 끝났습니다. 당신들에게 받은 이 치욕과 분노! 오늘 전부 풀도록 하겠습니다. 그 후에 나는 정부의 개 신세가 되겠죠. 하지만 그걸로 된 겁니다!"

남자는 갑자기 흥분을 하면서 총의 안전장치를 풀고 아버지를 향해 총을 겨누었다.

"스캇. 빨리 도망가렴. 이미 나는 늦은 것 같구나. 이제 말로는 저자를 설득할 수 없어!"

"어떻게 아버지만 두고 가라고 하세요. 드디어 서로를 이해하게 됐는데……."

"고맙다, 스캇. 정말 네가 내 아들인 것이 다행이구나. 이런 아들을 둔 소설가는 아마 나밖에 없을 거야. 네 말을 듣고 내가 틀렸다는 걸 분명하게 깨닫고 나니 그제서야 알겠더구나. 나는 여태까지 살면서 한 명의 소설가도, 한 명의 아버지도 되지 못했던 게야. 그래도 드디어…… 적어도 네 아버지로서의 인생을 살아가기로 결심했는데 정말…… 정말…… 미안하다……. 그리고 정말 사랑한다."

"닥쳐!"

탕! 한 발의 총성과 함께 아버지는 쓰러졌다.

"아버지!"

쓰러진 아버지의 곁으로 달려가 보니 아버지의 몸에서는 붉은 피가 흐르고 있었다. 일순간 눈물이 핑 돌고, 전신에 힘이 빠져서 아무것도 하지 못했다. 우는 것밖에는…….

"시끄러워! 그렇게 아버지가 좋다면 따라가게 해주지!"

나에게 총구가 향하자 존 형이 달려들어 발로 그 남자의 팔을 차서 총을 떨어뜨렸다.

"빨리 스캇을 데리고 도망가요!"

"그래, 알겠어."

나는 한스 씨와 로이드의 도움을 받아 도망치기 시작했다.

"뭐 하는 거야! 빨리 저 녀석들을 잡아!"

그 말을 듣고 수갑을 채우던 남자들 중 몇 명이 우리에게 달려들었다. 하지만 존 형이 그 남자들을 처치해 준 덕분에 우리는 무사히 도망칠 수 있었다. 그 마을을 벗어나 숲 속으로 들어가서야 한스 씨와 로이드는 나의 팔을 놓았다.

"존 오빠…… 괜찮을까?"

린다가 걱정스러운 얼굴로 중얼거렸다. 존 형을 두고 와서 그런지 마커스 형이 안전부절 못했다.

"존이 걱정되는 거지? 우리는 괜찮으니까 어서 가 봐."

스칼렛 씨가 말했다.

"고, 고맙습니다!"

마커스 형이 우리와 만나고 처음으로 얘기했다.

"그 대신 반드시 돌아와야 한다. 존도 너도 무슨 일이 있든 반드시 무사히 돌아와야 해. 우리는 일단 은신처로 갈 거야. 너희도 그쪽으로 오도록 해."

스칼렛 씨는 마커스 형의 어깨를 붙잡고 다짐을 했다.

"네, 반드시 돌아올게요. 형이랑 같이."

그 말을 뒤로 하고 마커스 형이 마을 쪽으로 뛰어갔다.

"스캇, 괜찮아? 저기…… 케이지 아저씨의 일은……."

"……."

나는 멍하니 서서 아무 대답도 하지 못했다, 어느 누구도 더 이상 서로에게 말을 건네지 않았다. 한참 동안이나…….

"저기, 이제 움직이죠. 여기 이러고 있으면 잡히기만 할 뿐이에요."

나는 잠시 후 정신을 차려 모두에게 이야기했다. 잘못하다간 다른 사람들도 다칠 수 있다.

"그, 그렇지? 그럼 일단 아까 말한 대로 은신처로 향하자."

우리는 한스 씨를 따라 부지런히 걷기 시작했다. 몇 분인가 걸어가니 큰 도로가 나왔다. 버스를 타고 은신처 근처에 내려서 숲을 가로질러 걸어갔다. 드디어 은신처에 도착했다. 스칼렛 씨와 한스 씨는 식탁에 앉아 얘기를 나누고 우리는 일단 씻고 옷을 갈아입고 내려오기로 했다.

나는 샤워실로 들어가 물을 틀고 서서 떨어지는 물을 맞고 그대로 서 있었다. 울고 싶었지만 눈물이 흐르지 않았다. 이렇게 슬픈데도 눈물을 흘릴 수 없었다. 슬프고 마음이 아프다는 건 온몸이 쑤시도록 느낄 수 있는데 말이다.

샤워를 끝내고 내려오니 스칼렛 씨가 나를 불렀다.

"한스와 얘기 끝에 일단 린다와 로이드는 돌려보내기로 했다. 그 애들은 아직 정부에 들키지 않았어. 만약 들켰다고 해도 스콜린 가문이라면 어떻게든 그 애들을 보호할 정도의 힘은 있을 거야."

나도 린다와 로이드를 돌려보내는 쪽이 낫다고 생각했다. 나보다도 그 애들이 더 신경이 쓰였다. 린다와 로이드, 베라가 내려오고 나서 모두에게 그렇게 얘기했더니 로이드가 의외로 차분히 얘기를 듣고 동의했다.

"이제는 우리가 스캇의 친구로서 어쩌고저쩌고 할 수 있는 일이 아닌 것 같네요. 우리보다는 스칼렛 씨나 듀이 형, 베라가 옆에 있어주는 게 훨씬 힘이 될 거라고 생각해요."

"스캇, 같이 있어주지 못해서 미안해. 우리는 먼저 돌아가 있을 테니까 꼭 다시 돌아와야 해."

린다와 로이드는 바로 모스크바로 가서 비행기를 타고 돌아가기로 했다. 우리는 둘을 보내고 저녁까지 존 형과 마커스 형을 기다리기로 했다. 나는 방으로 올라가 휴대폰에 저장된 아버지의 사진을 물끄러미 바라보고 있었다.

"스캇, 잠깐 괜찮아?"

"베라? 잠깐만, 문 열어줄게."

휴대폰을 닫고 문을 여니 베라는 방으로 들어오더니 침대에 가 걸터앉았다.

"아~, 스캇의 침대는 푹신푹신하네."

"네 방에 있는 침대랑 똑같은 건데?"

"말이 그렇단 거지. 예나 지금이나 눈치는 요만큼도 없구나."

"그런 걸 눈치로 어떻게 알아차리란 말이야. 무슨 일이야?"

그렇게 말하면서 나도 베라 옆에 앉았다.

"무슨 일은 무슨, 당연히 네가 걱정돼서 온 거지. 거 봐, 눈치 없는 거 맞잖아."

"위로라도 해주려고 온 거야? 하지만 지금은 혼자 있고 싶은데……."

"거짓말."

내 말이 끝나자마자 딱 잘라 거짓말이라고 베라는 말했다.

"사실은 누군가 옆에 있어줬으면 하잖아? 옛날부터 스캇은 어리광을 잘 부렸으니까."

나는 베라의 말에 대답을 하지 않았다. 사실, 혼자 있는 것이 두렵기도 했다.

"그 어리광, 내가 받아줄 테니까 모두 털어놔도 괜찮아."

베라가 그렇게 말하자 눈가에 눈물이 핑 돌았다.

"아버지는 나 때문에 죽은 거나 마찬가지야. 난 그 남자에 대해 알고 있었는데, 괜찮을 거라고 생각해서……. 나 때문에 아버지는 죽은 거나 다름없어."

말문을 여니 눈물이 하염없이 쏟아져 내렸다. 아까는 흘리고 싶어도 흘릴 수 없었던 눈물이 지금은 마치 내가 슬프다는 걸 온몸으로 표현이라도 해주는 것처럼 방울방울 맺혀 그냥 주르륵 하고 흘러내렸다.

"아니야. 그건 스캇 때문이 아니야. 아무도 스캇을 탓하지 않을 거야. 그건 사고였어. 어쩔 수 없는 사고. 이렇게 하염없이 슬픔에 빠져 있으면 안 돼. 케이지 아저씨는 그런 걸 원치 않으실 거야. 아저씨가 마지막에 너한테 뭐라고 했는지 기억나? 미안하다고, 사랑한다고 하셨잖아. 그럼 너도 미안한 마음과 사랑하는 마음을 가지고 아저씨를 보내주는 거야. 오히려 아저씨는 너 때문에 행복해 하셨어. 네 덕분에 마지막에라도 그런 말을 하실 수 있었던 거란 말이야."

베라가 나를 생각해 위로를 하지만 지금은 그 어떤 말도 날 달랠 수 없을 것 같았다.

"하지만…… 이제 아버지는 없어……. 이제 난 뭘 어떻게 해야 하는 거야?"

"그래, 이제 케이지 아저씨는 없어. 하지만 너는 남아있잖아? 아저씨를 그렇게 사랑하는 네가 아직 남아있잖아. 다른 사람이 다 잊어도 너는 아저씨를 기억하면 돼. 사랑해 주면 되는 거야. 네가 힘들다면 우리가 도와줄게. 우리가 너와 아저씨를 이어주는 다리가 되어 줄게. 난 너에게 더 큰 도움이 되고 싶어. 네가 아저씨 때문에 그렇게 풀이 죽어있는 모습은 보기 싫어. 그렇다고 도망쳐서도 안돼. 정면으로 맞서는 거야. 쓰러지면 내가 손을 건네 줄게. 그러면 다시 일어서서 함께 마주하는 거야. 그렇게 하면 반드시 극복할 수 있을 거야. 내가 함께 있어줄 테니까……."

"네 말이 전부 맞아. 하지만 아직은 정면으로 맞설 자신이 없어."

"……."

"저기, 어젯밤에 하늘을 보면서 얘기한 거 기억해? 같이 여행이라도 떠나자는 말……."

"응, 기억해."

"이대로 진짜 둘이서 떠나지 않을래? 내가 같이 있어준다고 했잖아. 함께 극복하고 싶어. 그게 너를 위한 내 마음이야."

베라는 방문을 열고 나가며 얘기했다.

"엄마가 내려오라고 하셨어. 그 말 전하려고 온 거야."

방문이 닫히는 순간, 문 밖에서 베라는 조용히 울먹이는 목소리로 얘기했다.

"조금만…… 조금만 더 우리를 믿어줘……."

그렇게 베라가 나가고 나서 정말 많은 생각이 머릿속을 지나갔다. 스스로도 아버지의 죽음에 맞서고 싶지만 쉬운 일이 아니었다. 하지만 베라가 진심으로 함께 하자고 말해 주니 그 어떤 말보다 위로가 되었다. 한참을 침대에 누워 곰곰이 생각하다가 밑으로 내려갔다.

"스캇! 존과 마커스가 돌아왔어! 존은 총을 맞아서 다쳤지만 괜찮은 것 같아."

정말 한스 씨의 말대로 형들이 돌아와 있었다.

"녀석, 생각보다 팔팔해 보이는구나. 마음을 좀 추스렀냐?"

"네. 그저 멈춰서 있기만 할 때가 아니니까요. 저 나름대로 앞으로 나아갈 거예요."

모두가 안심한 듯한 얼굴로 안도의 한숨을 쉬었다.

"저기 스칼렛 씨. 저, 베라와 함께 여행을 떠나고 싶어요."

"스캇!"

"여행이라니?"

"세계를 돌아다니면서 일단 제 마음부터 정리하고 싶어요. 그리고 아버지가 못 다한 일을 해야죠. 모두가 읽고 싶어하는 글을 쓸 겁니다. 노블의 누명도 풀어야 하고요. 물론 베라와 함께."

베라는 나의 말에 감동이라도 받은 걸까, 아니면 그저 다행이라고 생각하는 걸까 조용히 흐느끼고 있었다.

"하지만, 지금 이 상황에서 여행이라니 그게 무엇을 뜻하는지 알고는 있겠지?"

"네. 하지만 이게 지금의 제가 할 수 있는 최선이에요. 죄송해요, 갑자기 이런 소리를 해서."

"베라와는 서로 얘기하고 결정한 거니?"

내가 베라를 바라보자 베라가 고개를 끄덕였다.

"네. 베라와 함께 가고 싶어요. 베라와 함께가 아니라면 의미가 없으니까요."

"…… 너희가 잘 생각하고 내린 결론이라면 따로 뭐라 말하지 않겠다."

스칼렛 씨는 한숨을 내쉬면서 얘기했다.

"하지만 스칼렛 씨! 어쩌려고 그러세요! 그냥 보내줘도 괜찮은 건가요?"

"지금 우리가 할 수 있는 일이 뭐가 있지? 일단은 기다리는 것뿐이지 않니. 그렇다면 저 애들 하고 싶은 대로 하게 해주자고. 우리는 우리가 할 수 있는 최선을 다하면서 말이야."

"감사합니다! 스칼렛 씨!"

"우리는 우리 나름대로 노블의 오해를 풀고 잡힌 사람들이 풀려날 수 있도록 하겠다. 너희들도 열심히 해서 꼭 원하는 걸 하도록 해라."

스칼렛 씨가 우리의 여행을 허락해 주셨을 때 감동했다. 만약 아버지라면 뭐라고 하셨을까? 아마 스칼렛 씨와 비슷하게 말씀하셨겠지.

다음날 우리는 미국행 비행기를 타고 LA로 돌아갔다. 스칼렛 씨와 존 형, 마커스 형은 형들의 고향으로 돌아가서 일단 때를 기다리겠다고 했다. 한스 씨의 직업은 대학교수란다. 한스 씨도 때를 기다리면서 본업으로 돌아가겠다고 했다. 우리는 미국에 도착해서 린다와 로이드를 만나 모두의 안부를 전하고 여행을 떠났다.

우선은 멕시코로 가서 여행을 하고 그 후로는 마음 내키는 대로 다니기로 했다. 여행 비용은 도시에서 외진 곳에 있는 마을을 돌아다니며 우리가 사비로 직접 쓴 책이나, 유명한 작품을 옮겨 쓴 책들을 팔아서 번 돈으로 때웠다.

여행 도중 나와 베라는 결혼식을 했다. 모두를 초대할 수는 없었지만, 린다의 도움으로 무사히 결혼식을 마쳤다. 결혼식 후에 도착한 마을은 브라질의 한 마을이었다. 엄청난 열기와 젊음이 넘치는 마을. 역시 브라질이라는 느낌이 들었다. 우리는 방을 잡고 일찍 들어가 쉬기로 했다.

나는 호텔에 들어가자마자 바로 씻고 나와 책상에 앉아 글을 써 내려갔다.

"어? 스캇, 이 내용을 글로 쓰려고?"

"응. 누군가가 읽어 줬으면 해서가 아니라. 우리가 간직하고 보기 위해서 말이야. 제목은 My writing이야."

"My writing이라……. 좋네. 글로 남긴다는 게 우리들다워서 좋고."

"그렇지? 오늘은 여기까지 쓰고 자도록 할까? 내일은 마을에 축제가 있다고 하니까……."

"알았어. 난 씻고 나서 잘게. 먼저 자."

"그럼 먼저 잘게. 잘 자. 베라."

＊＊*

"오늘은 여기까지 쓰도록 할까?"

"여보. 빨리 나와."

"알았어."

…….

"스캇! 빨리 나오라니까!"

"베라도 나이를 먹으니까 어딘가 린다를 닮아가는 것 같아."

"뭐라고?"

"아, 아니야."

우리는 아직도 여행 중이다. 아직 보지 못한 것들이 많기 때문에. 그리고 진정으로 이뤄내지 못한 것이 있기 때문에.

스캇 테일러는 독자들을 위해 언제까지나 글을 써 내려갈 것이다. My writing 처럼.

후기

이상이 제가 쓴 'My writing'입니다. 처음에 이 소설을 쓰기 시작할 때는 그냥 제 꿈이 소설가이기 때문에 적어도 소설이라는 요소를 넣어서 글을 써보자고 생각해서 쓰기 시작했는데 중간부터는 소설과는 관계가 없게 되어버렸습니다.

중간중간에 주인공과 인물들의 사건과 조금 동떨어진 대화가 들어있습니다. 그 부분은 제가 아직 실력이 미흡해서 사건과 사건 사이를 끊지 않으려고 한 저 나름대로의 방법입니다. 그리고 테일러가 아버지를 잃은 후인 마지막 부분에서 흐지부지하게 이야기가 끝나는 느낌이 들지도 모릅니다. 저 나름대로 끝부분은 조금이라도 독자들이 제 글을 더 깊게 생각해 주면 좋겠다는 심정으로 확실하게 매듭을 짓지 않고 끝을 냈습니다.

위 소설에서 테일러는 이런 말을 합니다.

'내가 글을 쓰고, 누군가가 나의 글을 읽고 있는 그 순간만큼은 나의 나라다.'

꼭 글을 쓸 때뿐만 아니라 자신이 하고 싶어하는 일들을 하고 있을 때, 또는 그 일을 이루어냈을 때, 그 순간만큼은 자신만의 나라를 만들 수 있을 겁니다. 끝까지 자신의 나라를 믿고 그 나라를 키워나간다면 성공할 것이라 믿습니다.

86400

이상훈

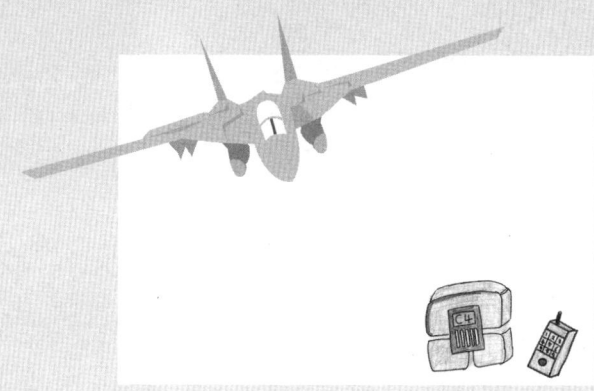

1분대장은 천천히 앞으로 전진해갔다. 그리고 GPS를 켜서 자신의 위치와 목표물의 위치를 확인하고 앞으로 걸어갔다. 그들은 걸은 지 2분 만에 총을 겨눈다. 모든 건물 위에서 총알이 날아온다. 모두 벽에 붙어서 반대쪽 벽을 향해 총을 쏜다. 무장차량까지 와서 1분대원들을 향해 난사하고 간다. 이대로는 이곳을 뚫을 수 없을 것 같아 보인다.

머리말

 이 글을 읽기 전에 알아 주었으면 하는 몇 가지가 있다. 처음 쓰는 글이라서 조금 서툰 부분도 있고 문맥상 어울리지 않는 부분도 있을 것이다. 이 글은 내 꿈을 가지고 쓴 것이다. 난 아직 꿈이 정확하지 않았다. 하지만 이걸 계기로 내 꿈에 대해 생각할 시간이 많아졌고 쏟아버린 물처럼 흐트러져 있던 미래가 점점 뚜렷한 상으로 맺혔다. 이 글의 제목인 '86400'은, 하루 동안 일어난 모든 일을 쓴다는 의미에서 1일, 즉 86,400초에서 따온 것이다.

2013년 7월 12일

소말리아 베르베라 시가지는 리마크의 쿠데타로 그의 수중에 들어온다.

그로부터 6주 후인 8월 24일. 소말리아는 자치적인 진압 실패로 UN에 지원을 요청한다. 그리고 UN 가입국 중 5개국으로부터 지원 요청을 수락 받는다.

2014년 2월 12일

한국을 시작으로 미국, 캐나다, 오스트레일리아, 프랑스가 소말리아에 도착한다. 한국과 미국의 대규모 파병으로 인해 캐나다, 오스트레일리아, 프랑스는 소규모 파병을 수락하였고 그들은 소말리아를 위해서라기보다 자국의 위상을 위해 파병을 수락한 것으로 보였다. 그리하여 3국은 진압보다는 정찰이나 정보를 빼내는 것에 더 치중하였다.

2014년 3월 21일(작전 하루 전)

베르베라 남서쪽 42km 한국 육군 사령부

작전에 직접 참여하여 침투를 맡은 분대장과 몇몇 장교가 모여 있고 정적이

감도는 가운데 이곳 사령부 사령관이 입을 떼었다.

"모두 알다시피 우리 군이 작전에 직접 참여한다. 그리고 오늘이 작전 하루 전이라는 것을 알리기 위해 자네들을 불렀네."

잠시 웅성거리더니 사령관의 말이 이어지자 다시 조용해졌다.

"자네들은 내일 9시 40분경에 이곳을 출발하여 10시 10분까지 베르베라시 중심부에 도착한다. 그 후 리마크를 생포해 귀환시킨다. 하지만 우리는 그렇게 많은 물자를 가져오지 않은 관계로 미군의 수송, 공격 헬기와 전차 지원을 받게 된다. 작전 소요시간은 2시간, 군사무전 7047을 이용해 연락한다. 이상ー."

그는 말을 마친 뒤 조용히 회의실 옆에 있는 지휘통제실로 관료와 함께 들어 갔다. 그리고 이번 작전에 대해 상세히 설명할 박 소장은 지휘통제실에 있다가 사령관이 지휘통제실로 들어서자 그곳을 나와, 모여 있던 사람들 앞에 섰다. 그는 위성지도 한 장과 작은 헬기, 전차, 보병 모형을 펼쳐놓고 지도 위에 노란 형광펜으로 이동경로를 그리기 시작했다. 모두가 숨죽인 가운데 그림을 그린 그는 말을 이었다.

"너희들이 보는 것과 같이 베르베라는 작은 소도시에 불과하다. 하지만 이 작은 도시 건물의 40%나 되는 건물 옥상에는 지대공 미사일 진지가 자리 잡고 있고, 시 외곽 쪽으로는 대전차 미사일 진지가 배치되어 있다. 그렇기 때문에 전차, 장갑차, 수헬(수송헬기), 공헬(공격헬기)의 진입이 거의 불가능하다."

그리고 그는 손가락으로 1분대 분대장(이하 1분대장)을 지목했다.

"너희들은 미사일 사정권 밖까지는 헬기로 수송, 그 뒤 4륜 오토바이로 대전차 미사일 진지까지 이동한다. 진지 점령 후 우리 측 이동이 용이하게 되면 나머지는 험비를 통해 시 외곽까지 이동한다."

그의 말이 끝남과 동시에 각 분대장들에게 GPS를 지급했다.

"GPS에 표시된 A지역이 리마크가 있을 곳으로 추정된다. 리마크 생포 후 험비가 있는 외곽까지 이동, 리마크를 장갑차로 수송한 후 귀환한다. 질문 있나?"

질문이 없자 그는 지휘통제실로 들어갔다. 분대장들도 회의실에서 빠져나
왔다.

2014년 3월 22일(작전 당일) 8시 50분

"자, 각자 짐을 잘 챙기도록! 하나도 빠짐없이! 넉넉히 챙겨라!"

1분대장이 말했다.

"예잇~!"

그들은 장비를 챙기기 시작했다. 네 통의 탄약, 식수통, 휴대용 무전기, 방탄
복, 각자의 혈액형이 적혀 있는 전투모, 어깨·팔뚝 패드, GPS 등 각각의 역할에
따라 작게는 20kg에서 많게는 30kg씩 챙겼다. 그리고 9시 30분에 1분대장과 분
대원 아홉 명은 마지막으로 4륜 오토바이까지 천천히 내렸다. 블랙호크를 타고
외각에서 1km 떨어진 곳까지 왔다. 4륜 오토바이 역시 이송했다.

"자, 차례차례로 내리라고, 한 명씩. 강 병장부터 해서 마지막 김 일병까지."

그들은 로프를 타고 차례차례로 내려왔다.

1km 밖 시 외각 대전차 미사일 진지

아랍인 1 "저게 뭐야? 헬기 같은데……."

아랍인 2 "모래 폭풍이야."

아랍인 1 "그런가? 이상한데……."

"자, 이제 오토바이를 타고 달린다."

1분대장의 외침과 함께 그들은 4륜 오토바이를 타고 대전차 미사일 진지가
보일 만큼 가까운 곳으로 이동했다.

"자, 저기 보이지? 저게 미사일 진지일 거야. 특수병! C4를 4륜 오토바이에 설치하도록."

특수병의 설치가 끝나자 4륜 오토바이는 대전차 진지쪽으로 향했다.

170m 밖 시 외각 대전차 미사일 진지

아랍인 1 "??????????????"

아랍인 2 "???????????????????"

미사일 진지에 4륜 오토바이가 도착했다.

아랍인 1 "웬 거지?"

1분대장은 쌍안경으로 4륜 오토바이가 미사일 진지까지 잘 가는지 지켜 보고 있었다.

"자, 폭파."

특수병은 무선 스위치를 눌렀다.

펑!

"무전병, 지휘통제실로 알리도록. 대전차 미사일 진지를 점령했다고."

"네. 여기는 1분대. 적군의 대전차 미사일 진지를 점령했습니다."

무전이 지휘통제실까지 들어왔다.

"나머지 분대 모두 이동."

지휘통제실에 있던 사령관이 명령했다. 그리고 분대는 험비를 타고 이동했다.

베르베라시 외각 대전차 미사일 진지

"우리는 지원부대가 올 때까지 이곳을 방어하면서 기다린다. 각자 위치를 잡고 대기하라."

그때 폭음을 듣고 M240 기관총을 단 무장차량 한 대가 달려오고 있었다.

"......"

무장차량이 멈췄다. 그리고 기관총을 난사하기 시작했다.

"각자 엄호물 뒤에 몸을 숨겨. 그리고 총탄을 재장전할 때까지 기다린 후 장전할 때 대응 사격을 한다!"

기관총 소리 때문에 1분대장은 그 외침을 되풀이하였다. 갑자기 총소리가 멈췄다.

"사격!"

그들은 사수와 운전자를 향해 사격하였고 사수와 운전자는 총에 맞아 죽었다.

"가장 빠른 한 상병이 가서 M240을 회수해 오고 나머지는 엄호를 한다."

한 상병은 달려갔고 나머지는 긴장 속에서 그를 엄호를 했다. 하지만 더 이상의 무장차량이나 적은 오지 않았다. 한 상병은 M240과 무장차량에 수류탄을 던진 후 탄창만 들고 왔다.

"저기 있는 M240은 차량과 용접해 놓아서 못 가지고 오고 폭파했습니다. 탄약을 들고 왔습니다."

"그래, 수고했다."

1분대장은 지친 한 상병에게 쉴 자리를 마련해 주었다. 곧이어 지원부대가 왔다.

"어서 와라, 환영한다."

1분대장은 다른 분대장들에게 말한 뒤 각자의 작전에 따라 이동하도록 했다.

　― 1분대의 길

　1분대는 리마크가 있을 곳으로 추정되는 곳까지 거의 직선으로 가는 구간으로 가장 위험이 크게 따른다.

　― 2분대의 길

1분대보다는 위험이 적지만 그래도 위험한 구간이다. 중간에서 1분대와 모여서 같이 간다.

— 4분대의 길

가장 위험이 적은 구간이다. 시가지 중에서도 가장 취약한 부분만 골라 돌아가므로 상대적으로 많이 걸어야 한다.

— 7분대의 길

1분대가 뚫어준 길을 정비해 작전완료 후 모든 분대를 엄호한다.

1분대

"우리 분대가 가장 위험한 길을 택했다. 이유는 우리가 강인하고 가장 용맹스럽기 때문이다. 모두 후회 없는 판단을 하도록."

1분대장은 천천히 앞으로 전진해갔다. 그리고 GPS를 켜서 자신의 위치와 목표물의 위치를 확인하고 앞으로 걸어갔다. 그들은 걸은 지 2분 만에 총을 겨눈다. 모든 건물 위에서 총알이 날아온다. 모두 벽에 붙어서 반대쪽 벽을 향해 총을 쏜다. 무장차량까지 와서 1분대원들을 향해 난사하고 간다. 이대로는 이곳을 뚫을 수 없을 것 같아 보인다.

"저쪽 건물 안으로 들어간다."

1분대장은 다급한 목소리로 반대쪽 건물을 가리켰다.

"차례대로 간다. 그리고 나머지는 엄호한다. 나를 따라 오라."

1분대장이 달려간 후 한 명씩 달려간다.

"마지막 손 일병. 빨리 달려와."

손 일병이 달려올 때 적의 총알이 손 일병의 허벅지에 박혔다.

"아아아아악."

그는 도로 한복판에 쓰러진 채 비명을 질렀다. 두 명의 분대원이 그를 끌어 건물 안으로 들어왔다.

"위생병!"

다른 분대원들은 그를 감싸고 있고 위생병은 그의 허벅지에 붕대를 감고는 다른 곳의 상처를 살폈다.

"다른 곳은 문제없는가?"

1분대장의 물음에 위생병은 고개를 끄덕였다.

"계속 도로로 이동하는 것은 무리일 것 같다. 옥상을 이용하여 A지역까지 이동한다. 무전병은 지휘통제실에 알리도록."

분재장의 제안에 하 상병이 물었다.

"다친 손 일병은 어떡하죠?"

"이곳 건물은 대부분 3층으로 되어 있다. 그렇기 때문에 누군가 부축만 해주면 건물 옥상으로 이동하는 데 문제가 없을 것으로 보인다."

"지휘통제실로부터 무전이 왔습니다. 이왕 옥상으로 가는 거면 적군의 지대공 미사일 진지를 파괴해 경헬기의 지원이 가능하도록 하랍니다."

무전병이 말했다.

"그럼, 모두 옥상으로 진격한다."

그들은 다친 손 일병을 부축하여 옥상으로 올라갔다.

2분대

우측으로 전진한 2분대는 1분대보다는 빠르게 이동할 수 있었다. 적군이 1분대에게 집중한 때문이다.

"총소리가 들리는 걸 보니 저쪽에서 전투가 벌어지고 있는 것 같구나. 1분대 덕분에 우리가 편하게 갈 수 있겠어."

2분대장의 나지막한 목소리와 함께 그들은 전진했다.

펑!

제일 선두에서 달리던 2분대의 천 일병이 지뢰를 밟고 그 자리에서 온몸이 산산조각 나면서 즉사했다.

"……아, 이곳에 병력이 없는 이유가 있었구나! 무전병, 지휘통제실에 알려라. 이곳은 지뢰로 인해 더 이상의 접근이 어렵고, 사상자 한 명이 났다고."

2분대장은 생각에 잠겼다. 그때 지휘통제실로부터 무전이 왔다.

"사령관이다. 미군기지로부터 기관포 2문을 단 A-10 공격기가 잠시 후 갈 것이다. 공격기가 사정거리 밖에서 낙하하여 초저공비행 후 자네들이 갈 길에 두 줄의 총알 자국을 남길 테니 그 총알 자국을 따라 이동하여라."

그리고 무전은 끝났다. 그들은 하는 수없이 기다릴 수밖에 없었다.

17여 분이 지난 후 하늘에서 굉음의 A-10 공격기 한 대가 수직 낙하한 후 길을 따라 총을 쏘아댔다. 그때 건물 옥상에서 지대공 미사일이 날아갔고 플레어를 뿌렸지만 꼬리날개에 미사일 한 대가 명중했다.(A-10 공격기는 꼬리날개 바로 앞에 엔진이 존재함으로 꼬리날개에 미사일을 맞는 것은 매우 치명적이다.) 그 후 공격기는 다시 오지 않았다.

"A-10 공격기의 상황이 어떤지 물어보아라."

2분대장의 안색이 어두워졌다.

"비행기 한 대는 잃었지만 조종사는 무사하답니다. 다행히 시로부터 멀리 떨어져서 곧 구조된답니다."

그 말을 듣고 2분대장은 안도의 한숨을 쉬었다.

"어서 이동하도록 하자."

2분대는 총알 자국을 따라 도로로 이동했다.

4분대

4분대는 약간의 교전과 문제될 것 없는 도로. 하지만 다른 곳보다 이동거리가 길기 때문에 다른 분대에 비해 피로가 더 많이 쌓인다.

"모두들 서둘러, 시간이 없다."

4분대장의 외침과 함께 그들은 서두르기 시작했다. 갑자기 왼쪽 모퉁이에서 무장차량이 다가 왔다.

"숨어!"

분대장의 말이 떨어지기 무섭게 분대원들은 몸을 숨기고 무장차량이 지나가기만을 기다렸다. 무장차량이 그들 앞 사거리를 지나갔고, 그들이 다시 이동하려고 전열을 가다듬을 때 아까와는 다른 또 다른 무장차량이 오른쪽 모퉁이에서 나왔다.

"숨어!"

이번에도 무사히 몸을 숨길 수 있었고 이런 상황을 통해 4분대장은 자신들이 있는 곳으로부터 왼편에 무장차량 무기고가 있다는 것을 직감할 수 있었다.

"무전병. 지휘통제실에 알리도록 해라. 아마 이곳 주위에 무장차량 전용 무기고가 있을 것 같다고. 무인 정찰기를 통해 이곳 주변에 무기고가 있는지 확인해 달라고……."

"여기 4분대입니다. 지금 저희가 위치한 곳 주변에 혹시 무기고처럼 보이는 건물이 있습니까? 확인해 주시기 바랍니다."

무전병의 연락을 들은 지휘통제실의 무인정찰기 조종사가 3분대 주변을 살폈다. 그곳에는 역시나 무장차량 무기고가 있었고 그곳에서 모든 무장차량이 정비를 하고 있었다. 잠시 후 그들에게 연락이 왔다.

"여기는 지휘통제실, 무인정찰기 센터이다. 지금 3분대의 반경 30미터 내외에 무장차량 무기고가 있다고 판단된다. 그곳을 점령 후 A지역으로 오기 바란다.”

“역시 내 예감이 맞았어. 어서 출발하자!”

7분대

7분대는 아직 대전차 미사일 진지에 남아 있었다. 1분대가 길을 뚫어주기를 기다릴 뿐이었다. 그때 지휘통제실로부터 무전이 왔다.

“7분대에게 변경된 작전을 전달한다. 다시 반복한다. 작전이 변경되었다. 7분대는 지금 즉시 1분대가 가기로 예정된 길로 가서 1분대와 함께 길을 내기 바란다. 1분대는 지금 건물 옥상으로 이동 중이다. 7분대는 도로로 이동 바란다.”

그들은 의아한 표정으로 1분대가 가기로 한 길로 향하고 있었다. 이미 건물에서는 총격전이 벌어지고 있는 터라 서둘러 움직이지 않으면 안될 분위기였다.

“어서 뛰어!”

7분대장은 뛰었고, 그를 따라 분대원들이 따라갔다.

“우리는 도로 아래에서 적을 공격한다!”

총알이 오가고 있는 지금, 7분대는 누구보다 위험한 상황에 놓여 있다. 건물 창, 건물 옥상, 도로, 무장차량 모든 곳으로부터 공격을 받았다.

“으으으.”

날아온 총알이 엄호물로 삼은 콘크리트 벽에 맞고 이 병장의 오른쪽 눈으로 파편을 튀겼다.

“의무병!”

이 병장은 외쳤다. 하지만 총소리 때문에 의무병에게 들리지 않았다.

“의무병!”

그는 더욱 크게 외쳤다. 그제서야 의무병은 그를 향해 달려왔다. 그때 의무병의 왼쪽 손목에 총알이 관통하고 손은 그의 팔에서 떨어져나갔다.

"이 병장님, 괜찮으십니까?"

"네 손은?"

"병장님부터 치료해 드리겠습니다."

의무병은 자신의 고통을 참으며 붕대를 꺼내기 시작했다.

"아니다. 네 손목부터 감아주마."

의무병의 손목을 붕대로 감은 후 총을 지지할 수 있도록 팔과 함께 붕대로 총을 감았다. 그나마 왼손이라서 다행이었다. 그리고 병장은 자신의 눈에 스스로 붕대를 감았다.

"위에서 1분대가 옥상을 공격하고 있다. 우리는 앞만 보고 나아가면 된다."

7분대장은 앞을 보고 달렸다. 그리고 분대지원병은 M60을 들고 무장차량을 향해 총을 난사하였다.

1분대

"자, 옥상으로 진입하자!"

1분대장이 먼저 돌격하여 건물 옥상에 있던 두 명의 보초병을 차례로 죽였고, 그를 따라 분대원들도 돌진하였다.

"저를 이곳에 내버려 두고 먼저 가십시오."

손 일병이 엄호물을 가리키며 부축해 주던 하 상병에게 말했다.

"분대장님. 저와 손 일병은 이곳에 남겠습니다."

"하 상병! 그래도 괜찮겠는가? 위험할 텐데."

"대신 돌아갈 때 저희를 꼭 챙겨주십시오."

"그래, 좋다. 약속하마. 조심해라. 모두 앞으로 진격!"

1분대장은 옥상의 적과 대치하며 맞은편 건물로 뛰었고, 손 일병과 하 상병만을 남겨둔 채 모두들 이동하였다.

"하 상병님, 왜…… 남으신 겁니까?"

"손 일병! 네가 좋아서가 아니야. 우리 분대를 위해서 남은 거니까. 괜한 생각하지 말라고."

손 일병의 눈시울이 붉어졌다.

"손 일병, 뭐해? 어서 쏴. 그러다 네가 죽겠어!"

"옛."

그렇게 1분대는 이동하였고, 옥상에 있는 지대공 미사일 진지를 하나씩 파괴하기 시작했다. 옆에 있던 건물에 부착된 M260이 그들을 향해 총을 쏘기 시작했다.

"저곳으로 유탄을 발사해라!"

슈————우—웅…… 펑!

유탄은 정확히 기관총 진지에 떨어졌고 기관총 사수와 부사수와 함께 기관총이 박살났다. 그때 건물 아래서 7분대의 말소리가 들렸다.

"분대장님. 7분대가 지금 우리가 있는 건물 아래에 있습니다."

"그래? 우리가 진로를 바꿨더니 이리로 온 모양이군. 지원해라."

두 명의 분대 지원병이 M60으로 적을 향해 무차별 난사하였고 그들 덕분에 7분대는 조금이나마 적의 공격을 덜 받게 되었다. 하지만 이 상병의 목에 총알이 관통하고 3층 아래로 떨어졌다.

"안 돼!"

바로 옆에 있던 최 상병은 외쳤고 그 외침은 모두가 들을 수 있을 정도로 컸다.

"위생병, 1분대 분대지원병을 살펴라."

아래에 있던 7분대장의 부름에 위생병은 그에게 달려갔지만 그는 이미 과다출혈로 의식을 잃은 상태였다.

"안될 것 같습니다."

"그래도 최선을 다해! 목 주위의 출혈을 멈추게 하고, 수혈을 한다. 그리고 이곳에 두고 나중에 돌아갈 때 데려간다."

7분대장은 그를 다시 보았다. 그들 둘은 모두가 알아주는 절친한 친구 사이였다.

"나머지는 계속 진격한다."

그렇게 1분대와 7분대는 2분대와 만날 지점까지 왔다.

2분대

A-10 공격기가 길을 내준 덕분에 그들은 수월하게 다닐 수 있었다.

"어서 출발해. 우린 뒤쳐져 있어. 발 조심하고 이곳 지뢰는 현대식 지뢰라고! 뇌관 자르고 할 것 없이 그냥 밟으면 바로 터져서 죽어."

펑!

2분대장의 말이 끝나기 무섭게 또다시 굉음이 들려왔다.

"이번엔 누구야!"

그는 다급한 목소리로 굉음이 들린 곳을 쳐다봤다.

"헤헤, 접니다."

서 상병이 대답했다.

"무슨 소리였지? 지뢰가 터지는 소리 같았는데."

"맞습니다, 지뢰 터지는 소리."

"어떻게 된 거지?"

"여분의 군화 끈과 빈 수통을 연결했습니다. 수통에 모래를 가득 채운 후 던져놓고 빠른 속도로 끌면 이것이 지뢰를 건드리는 순간 터집니다. 부비트랩이 장착된 이 지뢰가 대전차 지뢰로 여겨져서 한번 시험 삼아 해봤는데 되네요."

"이걸 이용해서 갈 수 있다는 말이지?"

"그렇다고 볼 수 있죠."

"그럼 자네가 앞장서게."

"네!"

2분대는 도로 정중앙에 놓여있는 총알자국을 따라가지 않고 건물 쪽으로 안전하게 갈 수 있게 되었다. 하지만 그들이 지나가는 걸 본 적은 그들을 그대로 두지 않았다.

아랍인 3 "저기 봐. 이쪽에도 병력을 배치해야겠어!"

아랍인 4 "어떻게 지뢰 밭을 지나가지? 이쪽에도 병력을 배치해."

아랍인 3 "이곳에도 병력을 배치하거라."

갑자기 옥상으로부터 총알 세례를 받기 시작했다.

"모두 저기 옥상을 향해 조준 사격해라."

하지만 죽여도 끊임없이 오는 적들.

"하는 수 없다. 총알 자국을 따라 다시 달려라. 낙오되면 그냥 버리고 갈 거니까 그렇게 알아라!"

분대원들은 2분대장의 외침에 놀라 총알을 맞고도 뛰었다 그리고 1분대와 만나야 할 지점에 도착했다.

"여기서 재정비하도록 하고, 다친 사람은 위생병에게 가라."

그때 경비를 맡던 김 병장이 외쳤다.

"저기 1분대가 보입니다. 7분대도 같이 보입니다."

"이제 겨우 절반을 온 것인가?"

3분대장은 위치표시용 연막탄을 뿌리고 답이 올 때까지 기다렸다.

4분대

　그들은 적의 무장차량 무기고까지 도착했다. 그곳에는 생각보다 많은 병력이 배치되어 있어 접근이 어려웠다.

　"저 곳을 점령할 좋은 방법이 있는가?"

　4분대장이 물었다.

　"그냥 바로 가서 싸우면 안 될까요?"

　이 일병이 물었다.

　"안 될 거야 없지. 하지만 많은 사상자가 날 수도 있고, 실패할 수도 있지."

　"그럼 이렇게 합시다."

　4분대장의 말이 끝나기가 무섭게 이 상병이 말을 이었다.

　"제가 가지고 있는 고속유탄발사기로 저 무기고를 통째로 날려버립시다."

　"나도 그 생각을 하고 있었어. 하지만 그렇게 되면 우리가 타고 갈 무장차량 또한 없어져 버려!"

　4분대장은 고개를 저었다.

　"무장차량은 정비하러 또다시 올 것입니다. 그걸 타면 되지 않겠습니까?"

　4분대장은 잠시 생각한 뒤 말을 이었다.

　"지금까지 약 7~8분 간격으로 무장차량이 들어오고 나갔다. 적어도 7분 안에 무기고를 점령해야 우리가 안전하다. 알겠나!"

　"네."

　4분대 전체가 대답했다.

　"그럼 다음 차가 오는 즉시 작전을 시작한다!"

　"네."

　잠시 후 무장차량이 들어오고 이곳에 있던 무장차량은 나갔다. 4분대는 신속히 움직였다. 이 상병은 조립 완료한 고속유탄발사기를 연속으로 쏘아댔다.

일분에 60발, 즉 1초당 1발씩을 쏠 수 있었지만 그는 4초에 1발씩 쏘았다. 유탄 자체가 무겁고 차지하는 부피가 커서 일정량의 탄환만 가지고 다닐 수 있기 때문에 그는 침착히 쏘았다.

펑!

"…… 둘 셋 넷."

봉! 슈우—웅.

"하나……."

펑!

"…… 둘 셋 넷."

덕분에 적들의 모든 시선은 이 상병에게 향할 수밖에 없었다.

슈우—웅

아랍인 5 "이게 뭐야?"

아랍인 6 "유탄이다!"

펑!

아랍인 7 "으아아아악."

아랍인 6 "으~, 모두 피해."

아랍인 7 "제라드(아랍인6) 정신차려!!"

아랍인 8 "그는 놔 두고 일단 대응사격을 가해! 저기다."

아랍인 7 "응."

아랍인 8 "으아아캮."

총구가 이 상병을 겨눌 때 4분대장과 분대원들은 이미 무기고를 포위했다.

"한 명도 살려두지 마라!!"

4분대장은 외쳤고 분대원들은 무차별 난사를 했다. 엄호물이 있는 아군과 엄호물 없이 광장에 서 있는 적군. 아군은 단 한 명의 사상자도 없이 무기고를 점령했다.

"이 상병! 어서 달려와."

박 병장의 외침에 그제서야 이 상병이 달려왔다. 바로 그 순간 거친 엔진소리와 함께 총을 발사하며 적의 무장차량이 다가왔다.

"으윽."

이 상병은 짧은 비명소리와 함께 쓰러졌다.

"안 돼!"

모든 분대원들은 울부짖었다. 4분대장은 달리면서 무장차량의 사수를 단 두 발의 총알로 머리를 정확하게 맞추고 이 상병에게 달려갔다.

"안 돼……, 안 돼……, 안 돼!"

그의 눈물은 이 상병의 얼굴로 떨어졌고 모든 분대원 또한 눈물을 떨어뜨렸다. 그는 이 상병의 주검을 감싸안았다.

"절대로 널 두고 가지 않을게……. 꼭 널 데리고 갈게……."

그렇게 말하고 4분대장은 무장차량에 그의 주검을 태웠다. 그리고 나머지 분대원들은 무기고를 사용불능 상태로 만들었다. 그리고 한 대의 무장차량을 추가로 획득하여 A지역으로 향했다.

X지점(1, 2분대가 만나기로 한 곳)

이곳까지 그들은 한 가지 목표만을 위해 달려왔고 드디어 이 자리에 모였다.

"다시 만나서 반갑네."

1분대장이 말했다.

"반갑습니다."

전원이 대답했다.

"7분대는 이제 더 이상 오지 말고, 이곳부터 도로를 정비해 주기를 바라네. 무엇보다 퇴로가 중요한 법이라네."

말이 끝난 후 1분대장은 손짓으로 2분대장을 불렀다.

"이곳은 7분대에게 맡기고 우린 어서 가도록 하지!"

"네."

"자― 모두 자리 잡고 이동한다."

도로가 조용했다. 병력이 모두 A지역으로 이동한 것으로 보였다. 그래서 무사히 그들은 A지역 앞까지 올 수 있었다. 하지만 문제는 지금부터였다. 모든 적의 병력이 이곳에 밀집해 있는 이상 이곳을 점령할 수 없다고 판단했다.

"무전병! 지휘통제실과 연결하게."

1분대장은 지휘통제실과 연결되자 말했다.

"1분대장입니다. 무장 경헬기를 지원해 주실 수 있습니까?"

"지대공 미사일 진지는 모두 파괴했는가?"

사령관이 물었다.

"이곳까지 저희가 지나쳐온 곳의 지대공 미사일 진지는 모두 파괴했습니다."

"알겠다. 10분 후, 두 대의 경헬기를 투입하도록 하겠네."

"감사합니다. 4분대는 지금 어디에 있죠?"

"GPS에 4분대의 위치를 표시해주겠네."

잠시 후 1분대장의 GPS에 4분대의 위치가 표시되었다.

"무전병! 4분대 무전병에게 연락하게."

"옛."

"1분대장이네. 지금 어딘가?"

"지금 A지역 주변을 돌아보고 있습니다."

4분대 무전병으로부터 무전이 왔다.

"좋다. A지역 주변을 정찰하도록."

"옛."

그들은 무장 경헬기가 오기만을 기다렸다.

A지역

아랍인 9 "리마크 님 지금 적들이 바로 앞까지 왔답니다. 어서 몸을 피하시……."

아랍인 10 "안됩니다. 더 이상 갈 곳도 없고 이곳을 지켜야 합니다."

아랍인 9 "아닙니다. 어서 빠져나……."

탕!

리마크가 쏜 총에서 발사된 총알이 아랍인9의 머리 정중앙에 박혔다.

리마크 "우리는 도망치지 않는다!"

와————————.

그의 외침에 주위에 있던 부하들은 고함을 질렀다.

리마크 "전쟁이다!"

그때 두 대의 무장 경헬기가 A지역까지 도달했다. 그리고 로켓포와 기관포를 쏘면서 광장에 있던 거의 모든 적을 죽이고 경헬기는 돌아갔다.

리마크 "어쩔 수가 없구나. 모두 이곳을 빠져 나간다."

그는 아까 죽인 수하를 보고 말했다.

리마크 "조금만 더 늦게 말하지……. 이것도 네 운이구나."

그는 그 건물 차고로 향했다.

"광장에 있던 모든 적이 죽었다. 모두 달려라!"

1분대장이 외쳤다. 그들이 광장에 들어섰을 때 차고의 셔터가 올라가고 장갑차 한 대가 나왔다.

"일단 몸을 숨겨!"

1분대장이 외쳤고 그들은 장갑차를 바로 볼 수밖에 없었다. 그때 정찰하고 있던 7분대의 무장차량이 나타났고 무장차량이 장갑차 측면에 박히면서 굉음과 함께 폭발했다. 하지만 장갑차는 부서지지 않았다.

장갑차 안

아랍인 10 "장군! 장갑차가 움직이지 않습니다!!"

리마크 "……."

아랍인 11 "장군님, 죄송합니다."

리마크 "???"

탕!

아랍인 10의 머리에 총알구멍이 나고 그 피가 리마크의 얼굴에 튀었다.

리마크 "무…… 무슨 짓인가?"

아랍인 11 "저희로선 어쩔 수가 없네요. 장군을 잡아라. 그리고 무기를 뺏어라."

아랍인 11 "넷."

리마크 "이노옴!"

잠시 후 멈춘 장갑차에서는 리마크를 앞세운 아랍인11이 등장했다. 그 뒤로는 백기를 든 수하가 보인다.

"이놈이 리마크겠다."

리마크를 노려본 후

"잘 생각했네."

1분대장은 아랍인11에게 엄지손가락을 치켜든 후 총을 그의 머리에 겨눴다.

"! @ # & * % ^ # $ % @ #."

탕! 탕! 탕!

세 발의 총알은 리마크를 제외한 나머지를 쏘았다.

"더러운 놈."

1분대장은 리마크를 남은 무장차량 한 대에 태운 후 기지로 향했다. 가던 중 손 일병과 하 상병에게 승리의 소식을 전하고 목에 총을 맞아 이미 죽은 이 상병에게 애도를 표한 후 다시 출발했다.

한국 육군사령부

1분대장은 리마크를 앞세우고 왔다.

"잘했네. 아주 좋아!"

사령관은 입에 침이 마르도록 그를 칭찬했다.

"별말씀을…… 저는 좀 쉬도록 하겠습니다."

"그래 쉬게. 혼자 왔는가?"

"다른 분대장 및 분대원들은 곧 도착할 것입니다."

"그래, 어서 가서 쉬게. 그리고 이제 고향으로 갈 수 있다. 빠르면 28일까지 모두가 귀환할 수 있을 것이고, 이번 작전에 투입된 전원은 내일 한국으로 미군의 C-130 수송기로 이동한다."

"네, 감사합니다."

서울 청와대 무공훈장 수여식

"무공훈장 수여식이 있겠습니다."

사회자가 말했다. 그리고 대통령이 등장했다.

"이번 훈장수여식은 ⋯⋯⋯⋯⋯⋯ 훈장을 수여하도록 하겠습니다."

박수 소리가 끊어지지 않았고 그들 전부가 훈장을 받았다.

"이번 작전에 주축이었던 이상훈 분대장의 소감을 듣겠습니다."

사회자는 1분대장에게 마이크를 건넸다.

"이번 작전에서는 저보다 다른 전우의 공이 더 컸습니다. 그들에게 큰 찬사를 보냅니다."

그의 말이 끝나자 박수가 끊이지 않았고, 그는 여러 유명인사로부터 축하를 받았다.

이상훈 분대장의 자택

따르릉 따르릉⋯⋯.

"여보세요? 네, 맞는데요. 잠시만요. 여보! 전화 받아요."

"어—."

잠시 후

"여보세요?"

"나다."

"⋯⋯."

"돈은 예정대로 입금했다."

"이제 우리 인연은 끝인가?"

"아직은 모르지……."

뚜＿＿＿.

아랍인 12 "리마크 님, 이제 어느 곳으로 가……."

후기

제가 쓴 글에서 가장 이해하기 어려운 부분이 맨 마지막 부분이라고 생각합니다. 엄청난 반전을 만들고 싶었던 저의 관점이 들어간 부분입니다. 주인공인 제1분대의 분대장을 맡고 있는 이상훈 중위는 앞에서 말하진 않았지만 이미 리마크와 연관되어 있는 인물로, 그는 작전완료 후 기지로 리마크를 이송하던 중에 그를 바꿔치기 합니다. 그리고 명예는 명예대로, 돈은 돈대로 얻게 됩니다. 이러한 결말은 제가 보았던 영화와 드라마 〈안드로메다 바이러스〉에서 비롯된 것입니다. 그곳에도 예상치 못한 자의 계략이 모든 일을 초래합니다. 어느 정도 재미가 있었을 것이라고 생각하지만, 세상이 정의로워야 함을 이야기하고 싶었습니다. 개인의 탐욕이 많은 이의 바람과 희생을 져버려서는 안 될 것입니다. 바르고 밝은 세상과 평화를 기원하는 마음으로 이 글을 썼습니다. 마지막까지 읽어주셔서 감사합니다.

민들레꽃

곽명근

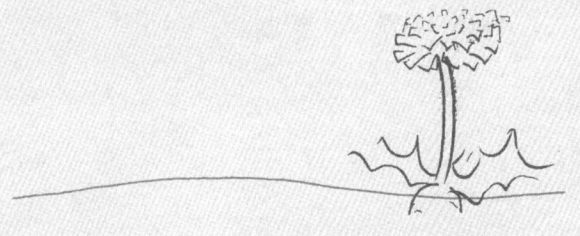

엄마도, 아빠도, 친구들도

나를 사랑한다는 거 알았어.

그리고 예쁜 네가 있어서 더 행복해.

내가 행복해진 거

네가 내 곁에 와서 그런 거 아닐까?

엄마는 바빠. 아빠도 바빠.

그래서 나와 이야기할 시간이 없대.

친구들은 내가 싫은가 봐.

나를 가까이 하지 않아.

나는 외톨이.
그래서 슬퍼.

토끼야, 넌 내 친구지?
토끼가 말을 안 하네.
토끼도 내가 싫은가 봐.

그래도 나한테는 토끼 너밖에 없어.

토끼야, 이것 좀 봐.

예쁜 씨앗이야.

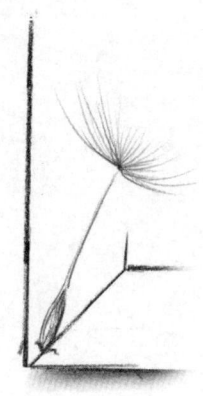

씨앗아, 너는

너는 나처럼 외롭지 않니?

미소야, 놀자……

드디어 친구가 찾아왔어요. 내가 좋대요.

나도 네가 좋아.

우리 예쁜 딸, 사랑해.
엄마와 아빠가 오늘은 일찍 오셔서
나를 꼭 안아주셨어요.
엄마, 아빠. 사랑해요.

민들레꽃, 너 참 예쁘다.

엄마도, 아빠도, 친구들도
나를 사랑한다는 거 알았어.
그리고 예쁜 네가 있어서 더 행복해.
내가 행복해진 거
네가 내 곁에 와서 그런 거 아닐까?

이 세상 곳곳에

날아가서 많은 사람들에게

행복을 나눠 주렴.

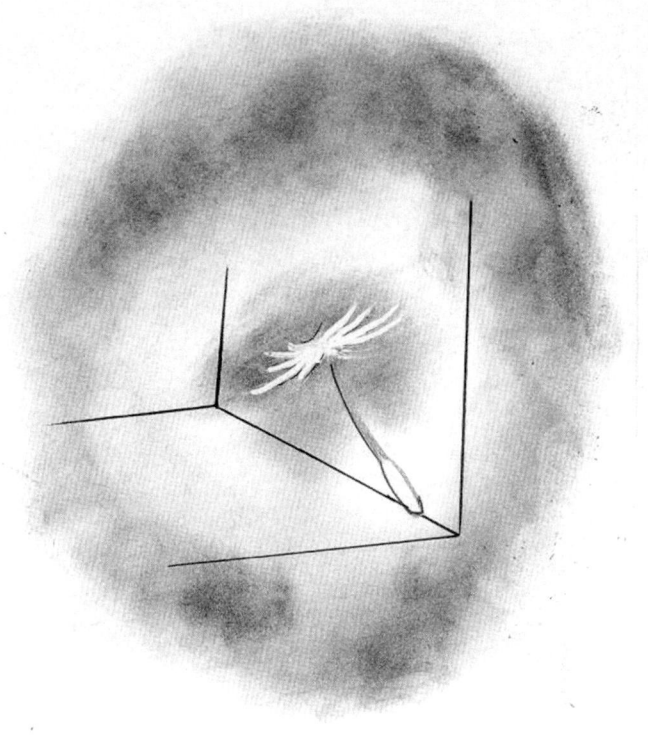